Rosemarie Brilmayer

Mütterlein, tanz den Tod mit mir

Ein Baden-Württemberg-Thriller

Silberburg-Verlag

Rosemarie Brilmayer, geboren 1956 in Mannheim, studierte Archäologie und Kunstgeschichte, absolvierte eine Ausbildung zur Trickkamerafrau und Filmcutterin und ist heute unter anderem als Texterin und Grafikerin tätig. Die Leidenschaft für das Schreiben hat sie stets begleitet und führte über das Verfassen von Kurzgeschichten und einem Kinderbuch mit eigenen Illustrationen schließlich zu ihrem ersten Thriller.

Für meinen Freund und ganz privaten,
unermüdlichen Lektor Michael Ockert,
ohne den ich niemals durchgehalten hätte.

1. Auflage 2014

Umschlaggestaltung: Christoph Wöhler, Tübingen.
Coverfoto: © Artem Furman – Fotolia.
Druck: CPI books, Leck.
Printed in Germany.

ISBN 978-3-8425-1350-1

Im alten Haus
Mit sieben Sälen
Muss der König langsam faulen
Sich am letzten Bissen quälen

Schach dem König
Erledigt sich
Gewöhnlich
Durch die Königin

Äxel

I

Kaja gab einen dumpfen, gequälten Laut von sich und schloss die Augen vor dem Ungeheuerlichen, doch die grausigen Bilder verschwanden nicht. Übelkeit stieg in ihr hoch, ihr wurde wieder schwindlig, die grässliche Küche drehte sich, schnell und immer schneller. Der ekelhafte Geruch der Verwesung, der aus allen Ecken und Ritzen des dämmrigen Raumes kroch, nahm ihr den Atem. Die Fesseln, durchtränkt von ihrem Blut, schnitten ihr unbarmherzig ins Fleisch.

Er war wieder hier.

Mühsam schlug sie die Augen auf, konnte sie nur noch zu Schlitzen öffnen.

Und plötzlich kippte alles. Sämtliche Gegenstände schienen im Zoom auf sie zuzurasen und über ihr zu zerbersten. Die säuselnde Stimme ihres Peinigers schwoll an und dröhnte ihr in den Ohren. Sie würgte und erbrach sich, wieder und wieder, ihre wunde Kehle brannte wie Feuer.

Er lachte sein heiseres, krankes Lachen.

Dies war kein Traum, sie wusste, für sie würde es kein Erwachen mehr geben. Das hier war der winzige, elende Rest ihres Lebens. Es war vorbei. Niemand konnte auch nur im Entferntesten ahnen, wo sie sich befand, und deshalb hatte sie auch nicht die geringste Chance, gefunden zu werden. Tränen liefen ihr heiß übers Gesicht.

Sie konnte sich nicht erklären, wie sie ihn jemals hatte anziehend finden können. Aber das hatte sie, es war ganz und gar unbegreiflich.

Seine eleganten, gepflegten Hände waren in Wahrheit erbarmungslose Vernichtungswerkzeuge, die steinernen Gesichtszüge stumpf und vollkommen gefühllos. Nur seine flackernden Augen glühten wie Kohlen im Eis.

»Du sollst hinschauen, verfluchte Hexe, los, schau hin!«

Zornig griff er in ihre wirren, verfilzten Haare, riss ihren Kopf hoch und presste mit Daumen und Zeigefinger der anderen Hand unbarmherzig ihre Wangen zusammen.

Kaja stöhnte und zwang sich, die verquollenen Augen zu öffnen. Und da war es wieder, das scheußliche Bild. Nein, lieber wollte sie gleich sterben als weiter hinsehen zu müssen. Er würde sie sowieso umbringen, daran hatte sie keinen Zweifel mehr. Kein Mensch konnte, kein Mensch durfte dieses Haus lebend verlassen. Niemand jedenfalls, der diese Küche je gesehen hatte.

Er ließ kurz von ihr ab und blickte zu seiner Mutter hinüber. Seine Züge wurden schlagartig weich, eine verzweifelte Zärtlichkeit huschte über sein Gesicht, das dadurch noch furchteinflößender und abstoßender wirkte. Als bestände es aus Gallert, das sich ständig veränderte, sich verschob und verdrehte wie bei einer Zeichentrickfigur aus Knetmasse. Seine Augen brannten in krankem Fieber, die Haare hingen ihm wirr ins Gesicht. Mit fahrigen Händen strich er sie zurück und ging neben dem Stuhl seiner Mutter in die Hocke.

»Ist Kaja nicht entzückend, Mutter?«, wisperte er und streichelte behutsam die Knochenhand.

Kaja gefror das Blut in den Adern. Sie wimmerte leise, versuchte mit letzter Kraft ihre Wahrnehmung abzuspalten, sich innerlich abzuschotten. Sie schloss wieder die Augen, aber Ohren und Nase konnte sie nicht vor dem Grauen verschließen. Die ganze Küche atmete Tod.

Plötzlich kicherte er und machte sich schnaufend an ihren Fesseln zu schaffen, vergewisserte sich noch einmal, dass sie ihm nicht entkommen konnte. Schon lange spürte sie Arme und Beine nicht mehr. Selbst wenn sie es jemals schaffen würde, die Stricke zu lösen, konnte sie nicht mehr fliehen.

Sie wusste nicht, wie lange sie schon hier hockte, von Entsetzen geschüttelt, verrückt vor Angst, sie hatte inzwischen längst jegliches Zeitgefühl verloren. Bilder aus ihrem früheren Leben zogen immer wieder in Momentaufnahmen vor ihrem inneren Auge vorüber, und dann stürzte alles in sich zusammen, hinab in den entsetzlichen Abgrund.

Hier also würde sie sterben. Bald. Sie wollte längst kein Essen aus seinen Todeshänden mehr nehmen. Aber immer, wenn er kam, um etwas Essbares in sie hineinzustopfen, öffnete sich ihr armer Mund wie von selbst und sog gierig die Nahrung in sich auf. Dabei hatte sie nur noch den einen Wunsch: dass er verschwinden würde, damit sie in Ruhe sterben konnte.

»Ist meine Mutter nicht überirdisch schön?«, flüsterte er dicht an ihrem Ohr.

Sein heißer Atem streifte ihre Wange wie sengendes Feuer.

»Antworte!«, brüllte er.

Sie hob die Lider und blickte direkt in sein wutverzerrtes Gesicht. Verzweifelt versuchte sie, Worte zu formen, und brachte doch nur ein klägliches Gurgeln zustande. Das Atmen fiel ihr immer schwerer, ihr geschundener Körper schmerzte wie eine einzige große, offene Wunde. Die Fesseln, die ihre Brust einschnürten, zwangen sie, aufrecht zu sitzen. Sie sehnte sich danach, alles loszulassen, sich dem Tod einfach zu ergeben. Mit letzter Kraft hob sie den Kopf und spuckte ihm mitten ins Gesicht. Ihr Speichel traf ihn ins

Auge und blieb an seinen dichten, dunklen Wimpern hängen.

Wutentbrannt schrie er auf und wischte sich mit dem Ärmel hektisch über die Augen. Dann stieß er ihr mit einer einzigen brutalen Bewegung wieder den stinkenden Stofffetzen in den Mund, sprang auf und hetzte zur Spüle, wo er sich mit beiden Händen wie besessen Wasser ins Gesicht schaufelte.

Ein absurdes Gefühl der Dankbarkeit überkam sie, und gleichzeitig tiefe Verwunderung, dass die Befriedigung darüber, ihn besudelt zu haben, im Angesicht des Todes so stark sein konnte.

Sehnsüchtig blickte sie zum Fenster hinüber. Draußen ging gerade die Sonne auf, das Morgenlicht hatte schon jetzt diesen besonderen Glanz. Der Tag, an dem sie sterben würde, versprach ein herrlicher Sonnentag zu werden. Sie weinte lautlos.

Nur noch ein Mal die Sonne spüren, noch ein Mal auf der Erde liegen, im klammen Novembergras, mit dem Gesicht nach unten. Sie würde das Gras riechen und den frostigen Boden, würde gierig den herben, frischen Duft einatmen, sie würde sich auf den Rücken drehen, Arme und Beine ausbreiten, und die flirrenden Sonnenstrahlen würden sie berühren und liebkosen.

Im nächsten Moment versank ihre Welt im Dunkel.

2

Albert absolvierte seine gewohnte Route durch die Stadt wie jeden Tag. Es war Mitte Januar. Man konnte schon deutlich merken, dass die Tage wieder länger wurden, aber es war bitterkalt, der Winter schien in diesem Jahr endlos. Der eisigen Kälte zum Trotz schoben sich schon jetzt am Morgen Einkaufslustige durch die weitläufigen Straßen.

Mannheim ist ein Besuchermagnet, egal zu welcher Jahreszeit, vielsprachiges Stimmengewirr vermischt sich mit den Klängen hupender Autos, die versuchen, sich ihren Weg durch die flanierenden Passanten zu bahnen. Mannheimer empfinden eine rote Fußgängerampel nicht grundsätzlich als ein definitives Haltesignal, sondern eher als Vorschlag, den man annehmen oder ablehnen kann. Meistens wird er abgelehnt, weshalb in der Mannheimer Innenstadt die Autos nicht fahren, sondern zuckeln. Das beste Beispiel für diese gemütliche Symbiose sind die Fressgasse und ihre Schwester, die Kunststraße.

An Werktagen war Albert am liebsten vormittags unterwegs. In den Fußgängerzonen der Breiten Straße und den Planken, die Mannheim wie ein riesiges T mittendurch zerteilen, parkte, wie immer um diese Zeit, Lieferwagen an Lieferwagen vor den Geschäften. Warenkisten wurden herausgewuchtet und in die Läden geschleppt, überall herrschte rege Betriebsamkeit. Manchmal, wenn ein Lieferant es eilig hatte, durfte Albert mit anpacken, meistens vor den kleineren Geschäften. Mit seinen fast sechzig Jahren war er noch recht kräftig, und das trotz schlechter Ernährung und sonstigem körperlichem Raubbau. Oft wurde er in Naturalien ausbezahlt. Feinere Geschäfte hatten allerdings feinere Lieferanten, dort hatte ein Penner wie er nichts zu suchen. Grundsätzlich galt hier für ihn die Wasserturmregel. Je näher am Wasserturm, dem Mannheimer Wahrzeichen, desto feiner die Läden und desto nachdrücklicher der Rauswurf.

Die vormittägliche Geschäftigkeit der Stadt wirkte auf Albert belebend und beruhigend zugleich. Die Nachmittage dagegen mit dem endlosen Besucherstrom und den kamerabewehrten Touristengrüppchen entlarvten ihn allzu deutlich als Außenseiter, durch den man hindurchsah, als sei er aus schmutzigem Glas. Albert hatte sich im Laufe der Jahre daran gewöhnt, auch an den Widerwillen und den stummen Protest, den er überall hervorrief.

Inzwischen war er bei Rudis Kiosk angekommen, der etwas abseits des Stadtkerns in der Schwetzinger Vorstadt lag. Um diese Zeit waren hier nur wenige Menschen unterwegs.

»Ouh«, machte er erstaunt.

Rudi war wohl spät dran heute. Erst einer der fünf runden, mit den neuesten Tageszeitungen bestückten Ständer stand auf dem Bürgersteig. Trotzdem war die kleine Tür an der Seite des Kiosks geschlossen. Seltsam.

Albert klopfte an die fleckige Scheibe über der Ladentheke. Er wusste, dass er sich bei Rudi solch aufdringliches Verhalten ohne Weiteres herausnehmen konnte. Ja, er ging sogar so weit, Rudi in seinem tiefsten Inneren als Freund zu bezeichnen, obwohl ihm klar war, dass seine eigene Einschätzung ihrer Beziehung wahrscheinlich nicht auf Gegenseitigkeit beruhte. Rudi war oft miesepetrig und brummig, aber er behandelte ihn und seinesgleichen wie alle anderen Menschen auch. Und er verschenkte die vom Vortag übrig gebliebenen Backwaren. Das allein war schon Grund genug, täglich bei ihm vorbeizuschauen. Mit überraschend anmutendem Feingefühl hatte Albert Rudis Menschenfreundlichkeit nie über Gebühr strapaziert. Na ja, jedenfalls nicht allzu oft.

Jetzt starrte er durch das Thekenfensterchen ins Innere des Kiosks, konnte aber so gut wie nichts erkennen. Die kleine Funzel, die von der Decke hing, spendete nur schwaches Licht, und draußen war es morgens zu dieser Zeit noch ziemlich düster. Außerdem standen die restlichen vier Zeitungsständer drinnen, und zwar so dicht hinter dem Fenster, dass sie völlig die Sicht verdeckten.

Rudi musste noch einmal weggegangen sein. Aber warum hatte er dann den Zeitungsständer einfach draußen stehen lassen? Das war noch nie passiert.

»Entweder alle draußen oder alle drinnen«, sagte Albert laut zu sich selbst und klopfte noch einmal an die Scheibe, diesmal kräftiger.

Nichts rührte sich.

Er ging um den Kiosk herum zur Tür und rüttelte daran. Eigenartig, die Tür war nicht mal abgeschlossen und gab sofort nach. Albert blickte sich rasch nach allen Seiten um, bevor er in die Hütte trat. Eine Frau mit Kinderwagen, an dessen Seitenstange sich ein Kleinkind festhielt und trippelnd versuchte, mit dem strammen Tempo der Mutter mitzuhalten, sah kurz zu ihm herüber und dann sofort wieder weg.

Zögernd betrat Albert den kleinen Raum und zog die Tür hinter sich zu. Er brauchte ein paar Sekunden, bis er überhaupt etwas sehen konnte. Aha, der Bäcker war jedenfalls schon da gewesen. Die Tüten mit den frischen Brezeln, Brötchen und Kuchen lagen unausgepackt auf dem kleinen Seitentisch. Noch fest verschnürte und ein paar schon aufgeschnittene Zeitungspacken stapelten sich an der Seitenwand. Zuoberst sprang Albert die Schlagzeile über den Fund eines weiteren Opfers des Frauenschänders entgegen.

Der zweite Zeitungsständer war bereits bestückt und wartete darauf, hinausgerollt zu werden. Rudi musste seine Arbeit mittendrin unterbrochen haben.

Aus dem unwiderstehlichen Drang heraus, Normalität zu schaffen, so, als könne er damit den plötzlich sicheren Instinkt verscheuchen, dass hier irgendetwas überhaupt nicht in Ordnung war, griff Albert nach dem Ständer, um ihn nach draußen zu rollen. Aber etwas musste sich da oben verhakt haben. Er streckte sich, fasste in das Gestänge und berührte dabei unerwartet etwas Weiches, Schlaffes. Er griff danach und schrie im nächsten Augenblick angstvoll auf.

Teufel, von dort oben baumelte eine Hand herab, eine leblose, aber noch warme, menschliche Hand.

Taumelnd wich er zurück und fiel rückwärts über den kleinen, rollbaren Radiator, der hinter der Tür stand. Polternd ging er zu Boden, er zitterte am ganzen Körper und blieb einige Sekunden gelähmt von Entsetzen liegen. Schließlich rappelte er sich wieder auf und zwang sich dazu, nach oben zu blicken, obwohl er sich vor Grauen kaum auf den Beinen halten konnte.

Rudi hing mit einer dicken Kordel um den Hals, die tief in sein Fleisch einschnitt, an einem Haken von der Decke. Sein Gesicht war blau angelaufen, die Augen traten wie rotgeäderte Murmeln aus ihren Höhlen. Durch Alberts Berührung baumelte der Leichnam sachte hin und her, und Rudis tote Füße tippten ihm sanft gegen den Bauch. Albert machte einen Satz zur Seite.

Es musste gerade erst passiert sein, die Leiche war ja noch warm! Warum hatte Rudi das getan, so völlig ohne Vorwarnung? Wieso hatte er plötzlich einen Strick genommen und sich da oben erhängt? Warum hätte er überhaupt morgens wie immer zur Arbeit gehen sollen, wenn er vorhatte sich umzubringen? Das ergab doch überhaupt keinen Sinn!

Unterhalb der Leiche lag ein umgekippter Stuhl – der Stuhl, auf dem Rudi immer hinter seinem Fensterchen gesessen hatte. Rudi musste ihn dazu benutzt haben, hochzusteigen und sich die Schlinge um den Hals zu legen, und dann hatte er ihn wohl unter sich weggetreten. Mechanisch griff Albert nach dem Stuhl, stellte ihn auf und sank darauf nieder. Sein Herz schlug so heftig, dass es schmerzte, er ballte beide Hände zu Fäusten und drückte sie sich gegen die Brust. Rudi glotzte aus toten Augen zu ihm herunter, seine dicklichen Wangen hingen ihm wie zwei kleine, traurige Säckchen im Gesicht.

Warum hatte er das bloß gemacht? Er hatte seinen Kiosk, seine Frau Linda, ja, er hatte sogar seit einiger Zeit eine Geliebte, ein junges, naives Ding. War ganz stolz drauf gewesen. Und jetzt das!

Mit fahrigen Händen zog Albert aus dem Seitenregal eine Flasche Weinbrand heraus, öffnete den Schraubverschluss und leerte sie in einem Zug fast bis zur Hälfte. Betäuben. Nicht denken, bloß nicht denken. Von draußen drangen laute, fröhliche Stimmen herein, wahrscheinlich Kinder auf dem Weg zur Schule.

Was sollte er jetzt bloß machen? Polizei, klar, er musste die Polizei alarmieren.

Halt, nein, das war keine gute Idee. Sie würden ihm alle möglichen Fragen stellen und vielleicht sogar Schlimmeres mit ihm machen. Er hatte in seinem bisherigen Leben immer einen möglichst großen Bogen um sie gemacht und war bisher ganz gut damit gefahren. Rudi war sowieso nicht mehr zu helfen, und allmählich dämmerte Albert, dass er sich gerade in einer wirklich miserablen Lage befand.

Er musste verschwinden, sofort! Rudis Frau würde bald auftauchen. Sie kam morgens immer kurz vorbei, um ihn für ein halbes Stündchen abzulösen, damit er in Ruhe eine Kleinigkeit essen und seine Zigarre rauchen konnte. Sie würde Rudi finden und dann alles Notwendige tun. Er stellte sich ihr Entsetzen vor, und wieder überlief ihn ein eisiger Schauer. Hastig kippte er noch einen Schluck Schnaps hinunter, das Zeug brannte wie Feuer.

Und dann tat er etwas, das er sich später selber nicht mehr erklären konnte: Er öffnete die Ladenkasse unter der Theke und nahm das Wechselgeld heraus, die bereits in die Kasse eingezählten Münzen ließ er einfach liegen. Beiläufig nahm er wahr, dass die Scheine sich noch in einem Umschlag befanden, der sich ziemlich dick anfühlte. Er griff hastig danach, warf einen kurzen Blick hinein – und schnappte vor Überraschung nach Luft. Von wegen Wechselgeld! Das waren ja lauter 50-Euro-Scheine, ein ganzes Bündel! Und erst ganz unten kamen die Zehner und Fünfer. Mit offenem Mund starrte er auf den Schatz in seinen Händen. Seine zitternden Finger wollten ihm nicht so recht gehorchen, als er den Umschlag in seine Manteltasche schob. Und sobald das Geld in der Tasche war, fing es auch schon buchstäblich zu brennen an.

Er fluchte leise. Sollte er es wieder zurücklegen? Nein! Er musste irgendeinen Ausgleich schaffen zu dem Schock. Und weil er sich sowieso schon nicht mehr schlechter fühlen konnte, klemmte er die angebrochene Flasche Schnaps vorn in seinen Hosenbund und knöpfte den alten Mantel darüber fest zu.

Rudi brauchte kein Geld mehr. Rudi brauchte gar nichts mehr.

Albert schlich zur Tür, drehte sich noch einmal um und linste nach oben. An dem Haken dort oben hing einer seiner wenigen Freunde, sein aufgedunsenes Gesicht wurde von der nackten Glühbirne an der Decke gruselig beleuchtet. Niemals würde er diesen entsetzlichen Anblick vergessen.

Er trat, immer noch wacklig auf den Beinen und vorsichtig um sich blickend, hinaus und schlich zu dem Parkplatz, der sich hinter dem Kiosk befand. Gerade wollte er sich geduckt zwischen den geparkten Autos davonstehlen, da kam sie schon um die Ecke.

Linda Hardt wackelte behäbig auf ihren stämmigen Beinen heran. Sie stieß Kälterauchwölkchen aus und erinnerte an eine kleine, grimmige Dampflok. Albert kauerte sich blitzschnell hinter einen weißen Lieferwagen. Er musste warten, bis Linda im Kiosk war, bevor er sich aus dem Staub machen konnte. Auf gar keinen Fall wollte er ihr jetzt begegnen.

Er beobachtete durch die Scheiben des Lieferwagens hindurch, wie sie die Tür öffnete, und wartete mit klopfendem Herzen auf ihren Entsetzensschrei. Linda trat in den Kiosk und zog rasch die Tür hinter sich zu.

Und dann folgte Stille, absolute Stille. Kein Geheul, kein Rufen, kein Jammern, nichts. Entweder war Linda bei dem grausigen Anblick ohnmächtig geworden, oder sie hatte wesentlich bessere Nerven als er. Albert überlegte kurz, ob er nach ihr sehen sollte, entschied sich dann aber dagegen, für heute hatte er wahrlich genug Aufregung gehabt. Als er sich noch einmal umblickte, registrierte er überrascht, dass in dem Häuschen nun kein Licht mehr brannte.

Merkwürdiger Zeitpunkt, um ans Stromsparen zu denken, dachte er irritiert. Dann zog er den Kopf ein und schlich aufgewühlt und traurig davon. Erst Stunden später fiel ihm ein, dass er vergessen hatte, den Stuhl wieder unter dem Erhängten auf den Boden zu legen.

3

Kommissar Herbert Niederegger zog die Jalousien seines Schlafzimmerfensters hoch und erblickte den vollkommensten Sonnenaufgang des Jahres. Vom Wind in fast unnatürlicher Gleichmäßigkeit zu fein ziselierten Wellen getriebene Schleierwolken wurden von den ersten zarten Strahlen der Sonne beleuchtet und in orangerotes Licht getaucht. Keiner seiner Kollegen ahnte, dass Niederegger in Wahrheit ein stiller Romantiker war.

Sein Gesicht bestand vorwiegend aus riesigen Glubschaugen hinter dicken Brillengläsern, die von einem altmodischen, dunkelbraunen Kassengestell umrahmt wurden, seine Stupsnase saß wie ein Knopf eingeklemmt unter dem stark nach unten gebogenen Brillensteg. Den scharfsinnigen Beobachter, der in ihm steckte, sah man ihm jedenfalls nicht an, im Gegenteil, er wirkte auf den ersten Blick eher wie ein muffiger, graustichiger Antiquitätenhändler, bei dem die Zeit schon vor Jahren stehen geblieben war.

Erst wenn man ihn näher kennen lernte, erkannte man, dass sein sperriger Charakter die augenscheinliche Harmlosigkeit mehr als wettmachte. Fast war diese sogar ein Ablenkungsmanöver, die meisten Menschen fielen nämlich auf Anhieb auf sein linkisches Gebaren und die kauzige, harmlose Ausstrahlung herein. Dieser Umstand hatte sich schon bei zahllosen Verhören bewährt. Niederegger war das As im Ärmel, die Geheimwaffe der Mannheimer Kripo, wenn sie bei einem Fall auf der Stelle traten.

Zwischen dem Haus am Ortsrand von Seckenheim, in dem Niederegger mit seinen drei Katzen lebte, und dem Fluss befand sich eine viel befahrene Durchgangsstraße. Ab und zu stach ein ungeduldiges, rechthaberisches Hupen aus dem gleichförmigen Gebrumme des Verkehrslärms hervor, der trotz der doppelt verglasten Fenster bis in seine Wohnung drang. Sein Blick wanderte hinüber zum Neckar. Ein schwer beladenes Schiff glitt stromabwärts, der Schiffsrumpf lag so tief im Wasser, dass man davon nur den vordersten und den hintersten Teil sah. Von weitem sah es so aus, als schwebten die bunten Container, die das Schiff transportierte, direkt über dem Wasser.

Da riss ihn das schrille Läuten des Telefons aus seinen Betrachtungen. Er stellte die Kaffeetasse auf die Fensterbank und griff nach dem Hörer.

»Niederegger«, bellte er unfreundlich und warf einen letzten sehnsüchtigen Blick hinaus in den goldenen Himmel, bevor er sich in Richtung Tür in Bewegung setzte.

Wer es wagte, ihn morgens anzurufen, egal ob dienstlich oder privat, durfte keine Opernarien erwarten.

»Ringshauser hier«, dröhnte eine sonore Stimme betont fröhlich am anderen Ende. »Hab ich Sie aus dem Bett geholt? Täte mir wirklich leid.«

»Klar doch. Was gibt's? Machen Sie's kurz.«

»Mord. Kürzer geht's nicht.«

Sofort war Niederegger hellwach, und synchron dazu begann er, an den Füßen zu frieren.

»Doch nicht schon wieder eine Frauenleiche, etwa diese vermisste Lisetta Traub?«, stöhnte er.

»Im Gegenteil.«

»Was soll denn das jetzt wieder heißen, Mensch?«

»Na ja, es ist ein älterer Mann. Kioskbesitzer. Sein Zigarettenlieferant hat ihn gefunden. Er wartet noch dort. Seckenheimer Straße, Ecke Otto-Beck-Straße.«

»Kenn ich«, grunzte Niederegger. »Bin in einer Viertelstunde da.«

4

Eine Viertelstunde war allerdings um diese Uhrzeit, wo die halbe Stadt auf den Beinen war, viel zu niedrig angesetzt, obwohl er die Bäckerei heute sausen ließ. Er nahm das kurze Stück Autobahn von Seckenheim nach Mannheim, das direkt in die Augustaanlage mündet, bog nach links in die Otto-Beck-Straße ein, bis er auf die Seckenheimer Straße stieß. Dies war die kürzeste Strecke, dennoch brauchte er heute fast fünfundzwanzig Minuten, und als er endlich am Tatort ankam, waren alle schon da. Elmar Ringshauser, die Polizeifotografin Milena Breiter, der Polizeiarzt, die Kriminalassistentin Luisa Eichinger …

Moment mal. Er stutzte. Was wollte die denn eigentlich hier, die hatte doch heute frei?

Ringshauser begrüßte ihn mit einem kurzen Nicken. Er ließ sich neuerdings ein bisschen gehen, war schlecht rasiert und trug Klamotten, die er schon fast die ganze letzte Woche getragen hatte. Niederegger tippte auf eine aktuelle Ehekrise bei den Ringshausers, die traditionell mindestens einmal monatlich stattfand. Nicht dass Elmar Ringshauser seinen Kollegen irgendetwas aus seinem Privatleben anvertraut hätte. Aber seine Frau Ria war ebenfalls Kommissarin im Team der Mannheimer Kripo, und obwohl beide Ringshausers sich bemühten, im Arbeitsalltag professionell miteinander umzugehen, blieben dem geübten Blick die untrüglichen Anzeichen ehelicher Gewitterwolken nicht verborgen. Niederegger beglückwünschte sich insgeheim zu seinem friedlichen Katzenhaushalt.

»Weiß die Familie des Toten schon Bescheid?«, fragte er.

»Eichinger sollte das längst erledigt haben und der Ehefrau auch gleich ein paar Fragen stellen, aber die hat ja Wichtigeres zu tun«, antwortete Ringshauser achselzuckend.

»Ich hör wohl nicht richtig«, schnaubte Niederegger ärgerlich. »Die hat zu machen, was man ihr sagt, basta.«

»Ach ja«, blaffte Ringshauser. »Als ob das so einfach wäre.«

»Es *ist* einfach«, blökte Niederegger. »Wo steckt sie denn, die Gnädigste?«

Er blickte sich suchend um, aber Luisa Eichinger war plötzlich nirgends mehr zu sehen.

»Keine Ahnung. Vermutlich irgendwo in der Nähe. Ihr Wagen steht jedenfalls noch dort drüben an der Ecke.«

Ringshausers Gleichmut konnte einen wahnsinnig machen. Niederegger raufte sich die Haare, riss sich entnervt die Brille herunter und setzte sie sofort wieder auf.

»Manchmal könnte ich …«, polterte er los. »Herrgott nochmal, ist das hier ein Kegelausflug oder was?«

Jemand kicherte. Die Traube neugieriger Passanten, die sich inzwischen bis dicht an die Absperrung drängte, wurde immer größer.

»Ganz ruhig, Niederegger, denken Sie an Ihren Blutdruck! Dann fahre ich eben zu Frau Hardt«, schlug Ringshauser sanft vor. »Sie sind ja jetzt hier und können sich selbst noch mal umsehen und mit Holger Lembach, dem Zigarettenlieferanten, reden.«

»Nichts da. Wofür haben wir denn Assistenten?«

»Um sie rumzuscheuchen?« Ringshauser grinste.

»Funktioniert ja dummerweise bloß, wenn sie greifbar sind«, brummte Niederegger missmutig. »Ich will jetzt erst mal den Toten sehen.«

Der Kiosk, ein würfelförmiges Häuschen mit Flachdach, stand vor einem großen düsteren Schulgebäude. Zwischen dem Kiosk und der Schule lag ein Parkplatz und direkt daneben ein von Bäumen umsäumter Spielplatz mit Schaukeln und Rutsche, der jetzt im Winter allerdings völlig verwaist war. Drumherum und auf der gegenüberliegenden Straßenseite erhoben sich mehrstöckige Mietshäuser, von denen die meisten einen Laden, eine Kneipe oder ein Café im Untergeschoss beherbergten. Die Seckenheimer Straße war eine mäßig belebte Straße, die aus der Stadtmitte bis hinaus in die Vorstadt führte. Obwohl Mannheim im Zweiten Weltkrieg fast vollständig zerbombt worden war, standen hier in diesem Stadtteil noch viele Gebäude aus den zwanziger und dreißiger Jahren. Alle paar Minuten quietschte eine Straßenbahn vorbei.

Der Zigarettenlieferant Lembach saß bei offener Schiebetür auf der Rückbank seines roten Lieferwagens und rauchte

Kette. Die Kippen warf er wohl schon seit den frühen Morgenstunden einfach in kurzem Bogen hinaus auf den Bürgersteig, der inzwischen aussah, als hätte eine Mannschaft von Zwergen gerade ein paar Dutzend winzige Birken zerlegt und auf dem Gehweg abgeladen.

Niederegger nickte dem Mann kurz zu. Die Schar der Gaffer wuchs und wuchs, er bedachte die Sensationshungrigen mit einem finsteren Blick und betrat kopfschüttelnd den Kiosk. Ringshauser folgte ihm.

Der Polizeiarzt Friedemann Schill hatte bereits den Tod des Opfers festgestellt, was nicht allzu schwierig gewesen sein konnte. Dass der Mann, der dort oben von der Decke baumelte, tot war, war nicht zu übersehen. Der kleine Raum war in grelles Scheinwerferlicht getaucht, das die Kollegen von der Spurensicherung installiert hatten.

»Können Sie schon etwas über den Todeszeitpunkt sagen?«, fragte Niederegger den Arzt und sah sich in dem muffigen kleinen Kabuff um.

Die Spurensicherung war wohl bereits abgeschlossen, niemand aus dieser Abteilung, außer dem Leiter Elmar Ringshauser natürlich, war noch vor Ort, aber alle Flächen waren bedeckt mit Unmengen von diesem fluoreszierenden, bläulichen Pulver.

Niederegger verzog das Gesicht und nieste. Nicht auszudenken. Dieser stickige Raum war mit Sicherheit bis unter die Decke voll mit Bakterien und Keimen. Grund genug, die Besichtigung des Tatorts so schnell wie möglich hinter sich zu bringen.

»Wie ich Ringshauser schon sagte, zwischen sieben und acht heute Morgen«, antwortete der Arzt.

Schill wirkte wie immer aus dem Ei gepellt, als rechne er jederzeit damit, im nächsten Moment in die Oper eingeladen zu werden.

»Hmm, also vor ungefähr zwei Stunden.«

Schill nickte, ohne aufzusehen, und fuhr damit fort, seine Instrumente in einem schwarzen Köfferchen zu verstauen.

Der Tote war Ende fünfzig, etwa einsachtzig groß und korpulent. Ein dicker Strick grub sich tief in das Fleisch seines Halses. Die mit grauen Strähnen durchzogenen schwarzen Haare fielen in das aufgedunsene Gesicht, sie waren so lang, dass die Vermutung nahelag, dass Rudolf Hardt zu Lebzeiten Pferdeschwanzträger gewesen war. Jemand musste ihn vor dem Erhängen geknebelt haben, denn ein bunter Stofffetzen hing ihm lang, ja fast obszön, aus dem Mund heraus, so, als hätte er ihn gerade hervorgewürgt. Damit konnte man Selbstmord eindeutig ausschließen.

Es war ein scheußlicher Anblick, und Niederegger war froh, dass er außer Kaffee noch nichts im Magen hatte. Nein, er würde sich nie an solche Bilder gewöhnen.

Er konnte nicht umhin, sich wieder mal über diese junge Fotografin, Milena Breiter, zu wundern, die um den Erhängten herumtänzelte und Bilder schoss, als befände sie sich auf einem Popkonzert. Hübsche Person übrigens. Ihr auf wilde Lockenmähne sorgfältig getrimmtes Haar war stets perfekt frisiert und umrahmte ein herzförmiges, ausdrucksvolles Gesicht. Immer ein bisschen zu aufdringlich geschminkt für seinen Geschmack, aber sein Geschmack war leider mit Sicherheit völlig irrelevant für sie. Sie war groß und kräftig, ohne dick oder auch nur mollig zu sein. Er wäre jede Wette eingegangen, dass sie regelmäßig Kraftsport trieb, um sich fit zu halten.

Mit dem Toten war sie wohl inzwischen fertig. Nun begann sie, alles in der Hütte aus jedem Blickwinkel zu fotografieren, es war offensichtlich, dass sie ihr Handwerk aus dem Effeff beherrschte. Zwischendurch unterhielt sie sich lebhaft mit dem jungen Arzt, der sein Notizbuch in der Hand hielt und eifrig hineinkritzelte. War er es, den sie mit ihrer Tapferkeit beeindrucken wollte? Oder überspielte sie ihre Nervosität, um einfach nur ihre Arbeit erledigen zu können? Ja, so war es wohl, er selbst machte es ja auch nicht anders.

Hardt musste von seinem Mörder mitten in der Arbeit unterbrochen worden sein. Überall lagen Zeitungspacken herum, manche aufgerissen, andere noch völlig unberührt.

Die meisten Tageszeitungen berichteten heute auf ihren Titelseiten über den Fund des letzten rothaarigen Opfers des Frauenmörders. Einige brachten Fotos der Ermordeten aus glücklichen Tagen, ein junges lachendes Gesicht, und daneben eine Aufnahme des Waldstückes, in dem ihre Leiche gefunden worden war. Der »Mannheimer Morgen« lag auf dem Boden, direkt neben einem Stuhl. Niederegger betrachtete das scharfe Teppichmesser, mit dem Hardt die Zeitungspacken aufgeschnitten hatte. Es wäre ein Leichtes gewesen, ihm damit die Kehle durchzuschneiden. Stattdessen hatte sich der Mörder die Mühe gemacht, sein schwergewichtiges Opfer auf einen Stuhl zu hieven und an der Decke aufzuknüpfen. Merkwürdig fleißig.

Niederegger begann, sich Notizen zu machen, dann zog er ein paar dünne Handschuhe aus der Tasche, von denen er immer mehrere Packen im Wagen hatte, und betätigte den Lichtschalter neben dem Eingang. Nichts, die Glühbirne da oben musste kaputt sein. Er legte den Kippschalter für die Scheinwerfer um. Sofort versank der kleine Raum in düsterem Halbdunkel.

»Hallo?«, machte die Fotografin entrüstet.

»Wird gleich wieder hell«, versprach Niederegger.

Zum Todeszeitpunkt Hardts war es draußen auf jeden Fall noch dunkel gewesen. Das kleine Oberlicht in der Decke ließ sogar jetzt um halb zehn nur wenig Tageslicht in den Raum. Neugierig stieg er auf einen Stuhl und betastete die Glühbirne, die traurig in ihrer Fassung hing. Direkt neben ihm baumelte Hardts Leichnam, der einen säuerlichen Geruch verströmte. Krampfhaft versuchte Niederegger, möglichst flach zu atmen.

Aha, die Birne war offensichtlich nur herausgeschraubt worden. Sobald sie wieder Kontakt hatte, brannte immerhin ein trübes Licht. Nachdenklich stieg er wieder herunter.

»Auf diese Weise hätte man ihn hinauflocken können«, murmelte er vor sich hin.

»Was? Wie?« Ringshauser trat neben ihn.

»Na, jemand dreht die Birne heraus, um Hardt dazu zu bringen, auf den Stuhl zu steigen. Er denkt, sie sei kaputt und will sie auswechseln. Nur, er schafft es nicht mehr, weil der Mörder ebenfalls hochsteigt und ihn von hinten stranguliert. Er könnte den zweiten Stuhl hier benutzt haben.«

Niederegger schaltete die Scheinwerfer wieder an.

»Na endlich«, seufzte der Polizeiarzt Schill.

Warum ist der denn überhaupt noch hier? Er ist doch längst fertig mit seinem Job, dachte Niederegger gereizt. Der Kiosk war auch für drei Personen schon eng genug.

»Irgendwas stimmt da nicht«, murmelte Ringshauser. »Das müsste ja alles passiert sein, während er damit beschäftigt war, die Zeitungen zu sortieren. Das bedeutet doch, dass das Licht zumindest anfangs noch funktioniert hat.«

»Hm, ja.«

Niederegger versuchte, sich die Szene vorzustellen, sein Blick wanderte wieder zur Decke. Ein Gedanke schoss ihm durch den Kopf. Aber nein, das war einfach zu unwahrscheinlich, obwohl … Eine herausgedrehte Glühbirne, nur etwa dreißig Zentimeter vom Oberlicht entfernt. Das Oberlicht!

»Wir müssen das Dach nach Spuren absuchen.« Er fegte aus dem Kiosk und kam wenige Sekunden darauf triumphierend wieder zurück. »Auf einer Seite gibt's 'ne nette, kleine Leiter, und man kann mit bloßem Auge erkennen, dass sie erst kürzlich benutzt worden ist. Raten Sie mal, wofür?«

»Die hab ich natürlich auch schon entdeckt. Um aufs Dach zu kommen, na und?« Ringshauser zog zweifelnd die dichten, schwarzen Brauen zusammen.

»Wenn man das Oberlicht von außen aufschieben kann, würde ein schmaler Spalt schon ausreichen, dann …«

»… ist es eine Kleinigkeit, die Glühbirne herauszudrehen, ohne den Kiosk zu betreten«, vollendete Ringshauser kopfschüttelnd den Satz. »Unwahrscheinlich, dass Hardt nichts davon bemerkt haben soll. Und auch sonst niemand aus einem der Häuser gegenüber.«

Er musterte den Toten an der Decke, als erwarte er von ihm ein bestätigendes Nicken.

»Hardt war ja mit dem Aufschneiden der Zeitungspacken beschäftigt. Und dann ...«, Niederegger schnippte mit den Fingern, »... geht plötzlich das Licht aus.«

»Möglich«, nickte Ringshauser. »Ja, so könnte es vielleicht geklappt haben, Hardt auf den Stuhl zu locken. Aber ich kann mir immer noch nicht vorstellen, wie es funktioniert haben soll, ihn da oben zu strangulieren. Wäre 'ne echte Meisterleistung.«

»Die Vorstellung ist ziemlich abenteuerlich, klar, trotzdem wäre es machbar.« Niederegger betrachtete den auf dem Boden gelandeten linken Schuh des Toten. Der rechte baumelte direkt neben ihm, am Fuß der Leiche.

»Und dann vergisst er, seinem Opfer den Knebel aus dem Mund zu nehmen und die Glühbirne wieder reinzudrehen?« Ringshauser schüttelte wieder den Kopf. »Nein, das wäre doch wirklich zu dumm! Warum kümmert er sich um Kleinigkeiten und vergisst dann das Offensichtliche?«

Er ließ den Blick über die vollgepfropften Regale schweifen. Ein wahrlich breites Sortiment, vom Gebissreiniger bis zum Kondom war hier alles zu haben. Er griff nach einem Päckchen Erdnüsse und riss die Verpackung auf.

Nichts und niemand konnte Ringshauser den Appetit verderben. Seelenruhig knabberte er seine Nüsschen, während Niederegger noch immer mit seinem Mageninhalt vom Vortag kämpfte.

»Vielleicht ist er überrascht worden und musste schnell verschwinden.«

Niederegger zog das Schublädchen heraus, das die Kasse beherbergte. Sie war leer.

»Um Reichtümer wird es sich hier ja wohl kaum gehandelt haben«, murmelte er. »Apropos Geld, Herr Kollege. Sie können sich hier doch nicht einfach so bedienen.«

Ringshauser hatte bereits die nächste Handvoll Nüsse im Mund.

»Ich bezahle sie ja«, grummelte er undeutlich, zog ein plattgedrücktes Portemonnaie aus der Hosentasche und warf einen Euro in die Kasse. »So, mit Trinkgeld. Zufrieden?«

»Müssen Sie eigentlich immer irgendetwas zwischen den Zähnen haben?«, meckerte Niederegger, der sich ärgerte, dass er schon zunahm, wenn er nur an Erdnüsse dachte.

Zum hundertsten Mal nahm er sich vor, wenigstens ab und zu ein paar Trainingseinheiten im Polizeisportverein einzulegen.

»Was dagegen?«

Ringshauser wandte ihm demonstrativ den Rücken zu. Sein drahtiger Körper strotzte vor Kraft und wirkte trotz seiner Massigkeit beweglich und geschmeidig.

Milena Breiter war inzwischen fertig und schon damit beschäftigt, ihre Kamera zu verstauen, da erschien Luisa Eichinger neben der schmalen Eingangstür und beäugte die hübsche Fotografin mit abschätzigem Blick. Ihre beiden Vorgesetzten übersah sie geflissentlich. Breiter sah Eichinger herausfordernd an und packte gelassen weiter.

Niederegger pfiff leise durch die Zähne.

Aha, natürlich, daher wehte der Wind! Todsicher hatte Luisa ihre Schicht getauscht, um ihren Freddy, wie sie Friedemann Schill nannte, bewachen zu können. Es war ein offenes Geheimnis, dass sie und der junge Arzt seit einiger Zeit liiert waren. Manche hatten, wenn auch noch nicht das Läuten der Hochzeitsglocken, so doch immerhin schon ein leises Scheppern vernommen. Und dann tauchte diese Vorstadtprinzessin Milena Breiter in Mannheim auf und fuhr Luisa Eichinger zielgenau in die Parade.

Niederegger holte tief Luft. »Na, wieder auf dem Posten, Frau Assistentin?«, bellte er. »Oder soll ich lieber sagen: auf dem Beobachtungsposten?«

Luisa reagierte kaum, hatte aber immerhin den Anstand, zartrosa anzulaufen.

»Ich geh ja gleich«, zischte sie.

»Nicht gleich, sondern sofort«, schnauzte Niederegger. »Du fährst dir grade wieder mal haufenweise Minuspunkte ein.«

Luisa trug eine olivgrüne Inkamütze auf dem kurzen, schwarzen Haar, was ihr hübsches Gesicht mit dem makellosen Teint betonte. Außerdem hatte sie ihre »gefährliche« Lederjacke an. Niederegger lächelte grimmig. Sobald die zierliche Polizistin in dieser Jacke steckte, hatte sie, bei aller Zartheit, automatisch eine einschüchternde, fast maskuline Ausstrahlung. Heute war das Outfit allerdings durch einen schwarzen Lederminirock und rote Stiefel abgemildert.

Glücklicher Schill! Wie beneidenswert, von zwei so attraktiven Frauen umschwärmt zu werden. Warum passierte eigentlich so was nie ihm? Milena Breiter war eine Frau, die ihm auch hätte gefallen können. Das dichte rote Haar, die ebenmäßigen Gesichtszüge und der bewegliche Körper – sicherlich unerreichbar für ihn. Nicht aber für Friedemann Schill, der nicht mal zu bemerken schien, dass sie ihn haltlos anhimmelte.

Da, plötzlich stolperte sie, der Arzt machte einen Schritt nach vorn und fing sie auf. Das Ganze wirkte wie eine Filmszene, die beiden hübschen Gesichter ganz nah beieinander, lachend und erhitzt, obwohl es in der Hütte lausig kalt war. Nur der aufgedunsene Rudolf Hardt oben an seinem Haken störte ein bisschen.

»Ach Gottchen, Frau Fotografin, kann ich helfen?«, spottete Luisa und verdrehte die Augen.

»Nicht nötig, ich hab alles im Griff«, erwiderte Schill gelassen und hielt Milena ein paar Sekunden länger als nötig im Arm.

»Luisa«, brummte Niederegger mit drohendem Unterton, »verschwinde endlich!«

»Aber ich hab doch überhaupt keine Erfahrung damit, solche Nachrichten zu überbringen«, maulte sie aufsässig. »Warum muss ausgerechnet ich diesen miesen Job erledigen?«

»Weil ich es dir sage!«, raunzte Niederegger. »Und jetzt Abmarsch, ich komme später nach.«

Eichinger stampfte mit zornrotem Gesicht zu ihrem Wagen, und Niederegger bemerkte plötzlich, dass Ringshauser das Geschehen genauso gespannt verfolgte wie er selbst. Das Ganze erinnerte inzwischen eher an ein schlecht gespieltes Theaterstück als an eine Tatortbesichtigung. Die Eifersüchteleien am Set waren mittlerweile eindeutig interessanter als der Tote an der Decke, der inmitten der Szene hing wie ein vergessenes Requisit.

Ringshauser folgte der wütenden Luisa und rief ihr etwas zu, das Niederegger nicht verstand, weil Milena Breiter genau in diesem Moment einen ihrer bezaubernden Lacher platzierte. Luisa legte draußen einen Eins-A-Kavalierstart hin und brauste mit quietschenden Reifen davon.

Schill wirkte erleichtert, während die Fotografin scheinbar unbeeindruckt immer noch an ihrer Ausrüstung herumwerkelte. Wahrscheinlich war ihre Stolperei genau geplant gewesen, aber wer kannte sich da schon aus? Auf jeden Fall hatte sie grade einen dicken Punktesieg über Luisa Eichinger errungen.

Niederegger riss sich aus seinen Betrachtungen, ging nach draußen und wandte sich endlich dem Zigarettenlieferanten im roten Lieferwagen zu, der selbst sein bester Kunde zu sein schien. Er hatte schon wieder eine frische Zigarette im Mund, und mit seiner fahlen, zerknitterten Haut wirkte er wesentlich älter als er laut Protokoll war, nämlich neunundzwanzig. Er trug, Klischee auf zwei Beinen, tatsächlich Westernstiefel, die unter hochgekrempelten, ausgebleichten Jeans hervorlugten, und eine dicke, gefütterte Lederjacke. Sein ausgemergeltes Gesicht hätte attraktiv, ja, beinahe hübsch sein können, wären da nicht die stechenden, schwarzen Augen gewesen, die nervös hin und her schossen und den Eindruck des coolen Stadtrandcowboys verdarben.

Niederegger schob sich eines seiner roten Plastikkissen unter, die er sicherheitshalber stets mit sich führte, und setzte sich zu dem Mann auf die Rückbank. Man konnte zwar kaum atmen hier drinnen, trotzdem war er dankbar, sitzen zu können. Er war immer noch nicht richtig wach.

Soeben hatte Ringshauser sich noch mit dem Arzt unterhalten, jetzt kam er herüber und lehnte sich an die offene Schiebetür des roten Lieferwagens. Offenbar zog er es vor, sich nicht der zweifelhaften Versuchung des Passivrauchens auszusetzen, sondern blieb draußen stehen.

»Sie heißen Karsten Lembach?«, begann Niederegger, und der Mann antwortete mit einem nervösen Nicken. »Dann erzählen Sie mal. Legen Sie einfach los.«

Lembach sah ihn erschrocken an.

Niederegger stöhnte leise. Was erwartete der Mann? Einen Fragebogen für Leichenfinder? Er musste es anders angehen.

»Sie haben also den Toten, Rudolf Hardt, heute Morgen hier gefunden?«, fragte er.

Heftiges Nicken.

»Und uns natürlich sofort verständigt?« Wieder ein Nicken.

»Sie haben den Platz nicht verlassen, sondern sind die ganze Zeit hiergeblieben?«

Kopfschütteln, gefolgt von Nicken.

Niederegger begann sich allmählich Sorgen um Lembach zu machen. Hoffentlich konnte der Mann überhaupt sprechen. Ringshauser grinste und biss in ein Schokocroissant.

»Herr Lembach, Sie kommen jeden Morgen hierher und …« Niederegger sprach hastig weiter, bevor Lembach wieder nicken konnte, »… ist Ihnen heute Morgen irgendetwas Außergewöhnliches aufgefallen? Etwas, das anders war als sonst?«

»Ja. Rudi hing an der Decke.«

Ringshauser verschluckte sich an seinem Croissant und begann zu röcheln.

Machte der Mann sich über sie lustig? Niederegger betrachtete misstrauisch Lembachs sorgenvolles Gesicht, zwei arglos ängstliche Augen blickten ihm entgegen. Vielleicht stand der Cowboy ja einfach noch unter Schock.

»Ja, ja, Herr Lembach. Rudi hing an der Decke, und Sie sind sicher fürchterlich erschrocken.«

Eifriges Nicken.

Niederegger versuchte es mit einer »offenen« Frage, die beim besten Willen nicht mit bloßem Nicken beantwortet werden konnte.

»Wie haben Sie ihn gefunden? Warum sind Sie überhaupt in den Kiosk hineingegangen, Herr Lembach?«

Es funktionierte.

»Das Fenster war noch runtergelassen. War noch nie so. Rudi hat sonst immer schon offen, wenn ich komme. Deshalb hab ich geklopft und bin dann rein.«

Niederegger atmete erleichtert auf. Das waren hintereinander vier ganze Sätze gewesen. Mit Subjekt, Verben und allem Drum und Dran. Es ging voran.

In diesem Moment traten Friedemann Schill und die Fotografin aus der Hütte. Die beiden waren tief ins Gespräch versunken. Milena Breiter blickte kurz auf, winkte zu ihnen herüber und stieg dann auf der Beifahrerseite in Schills Wagen. Schill hatte sich ihre Kamerabox über die Schulter gehängt und verstaute sie nun sorgfältig im Kofferraum.

Inzwischen war ein Leichenwagen auf den Bürgersteig gefahren, und zwei kräftige Männer stellten eine Trage neben der Tür ab. Die Gaffer drängten sich noch dichter an die Absperrung heran und waren nicht davon abzubringen, in der Kälte auszuharren, um nur ja keinen Augenblick des traurigen Geschehens zu verpassen. Die Faszination des gewaltsamen Todes, es war immer das Gleiche.

Niederegger wandte sich wieder an Lembach. »Kommen Sie immer um die gleiche Uhrzeit hier an?«

»Na ja, so ungefähr immer um sieben.«

Niederegger ersparte es sich, den Mann auf die Unlogik hinzuweisen. Es war egal. Warum sich unnötig aufreiben? Es war viel zu früh und viel zu kalt.

»Heute auch?«

»Nein, heute nicht.« Kopfschütteln und neue Zigarette.

Niederegger war nahe daran, ebenfalls um eine Zigarette zu bitten. Am liebsten hätte er die Antworten aus dem Kerl herausgeschüttelt. Stattdessen brummte er etwas Unverständliches und sah hilfesuchend zu Ringshauser hinüber.

Mach was, bevor ich ihn schlage, sagte sein Blick.

Ringshausers blitzende Augen verrieten, wie sehr er das Ganze genoss. »Wann sind Sie denn nun heute hier angekommen?«, fragte er kauend.

»Um halb acht«, kam die Antwort wie aus der Pistole geschossen.

»Und warum erst so spät heute?«

»Da war so ein komischer Anruf, deshalb bin ich ja einen Umweg gefahren. Aber dann stellte sich raus, das war für die Katz.«

»*Wer* hat Sie *wann* angerufen?«

»Weiß nicht. War 'ne fremde Stimme. Aber irgendwie so komisch verstellt. Klang ganz unnatürlich, 'n bisschen wie Micky Maus, wenn Sie mich fragen.«

»Und ob wir Sie fragen«, schaltete Niederegger sich ungeduldig ein, und sofort verschloss sich das Gesicht des Mannes wieder.

»Das heißt also, dass Sie die Stimme nicht erkennen konnten?«, fragte Ringshauser.

Lembach schüttelte den Kopf. Mit seiner zigarettenlosen Hand strich er sich die langen, dunkelblonden Haare nach hinten.

Plötzlich sagte er: »Aber es muss ja jemand gewesen sein, den ich kenne. Warum hätte derjenige sonst seine Stimme verstellen sollen?«

Niederegger sah schnell zu Ringshauser hinüber, der anerkennend die buschigen Augenbrauen hochzog. Der Zigarettenmann offenbarte überraschende logische Fähigkeiten.

»Ich wollte gerade in die Seckenheimer Straße einbiegen und wäre dann zirka fünf Minuten später hier gewesen, als der Anruf kam. Ich wurde noch mal zu 'nem Kunden gerufen, bei dem ich gerade kurz zuvor auf meiner Tour gewesen war. Am Tattersall. Hatte angeblich bei seiner Bestellung was vergessen, kommt ja schon mal vor ab und zu. Aber diesmal war's für die Katz.«

Dieser Ausdruck schien Lembach zu gefallen. Er nahm sich schon wieder eine Zigarette aus seiner Packung und zündete sie an. Niederegger sah, dass die letzte Kippe, die auf dem Bürgersteig gelandet war, noch qualmte und dankte Gott, dass er diesem Laster seit kurzem erfolgreich entronnen war. Na ja, dafür hatte er genügend andere.

Lembachs Ankunft beim Kiosk war wahrscheinlich absichtlich und mit gutem Grund hinausgezögert worden. Es hörte sich zumindest so an.

»Wurde die Nummer auf Ihrem Handy angezeigt?«

»Ja, aber das war komisch. Hardy hat eigentlich 'ne Nummer, die ich immer sofort erkenne. Und die war's nicht. Und seine Stimme war's erst recht nicht.«

Wäre ja auch zu schön gewesen!

»Wer ist Hardy?«

»Na ja, Harald Sauter, der hat doch diesen Kiosk am Tattersall.«

»Reichen Sie das Ding doch mal rüber.«

Ringshauser streckte die Hand aus, und Lembach förderte mit bebenden Händen sein Handy zutage.

»Telefonzelle?«, fragte Niederegger sofort.

Ringshauser nickte, und Lembachs Augen schossen von einem zum anderen, als verfolge er ein Tennismatch. Niederegger und Ringshauser wechselten einen Blick. Auf jeden Fall musste der geheimnisvolle Anrufer Lembachs Tour mit den Anfahrtszeiten genau gekannt haben, um ihn erfolgreich abzufangen und umzuleiten. Wie zum Beispiel ebendieser Harald Sauter. Die Nutzung einer öffentlichen Telefonzelle konnte einfach ein geschickter Bluff sein. Es war nur verwunderlich, warum diese Person so knapp kalkuliert hatte, sozusagen auf den letzten Drücker. Und niemand konnte einen schweren Mann mal eben spontan an einen Haken an der Decke hängen.

»Harald Sauter war der Kunde, bei dem Sie vorher gewesen waren?«, fragte Niederegger.

»Genau. Hardy.«

Lembach linste nach draußen. Der Anblick von Rudis Kiosk ließ ihn wieder und wieder erschauern.

Niederegger betrachtete ihn nachdenklich. Hier passte einiges nicht zusammen. Wenn die Tat geplant gewesen war, warum hatte der Mörder dann nicht einen abgelegeneren Ort gewählt, sondern ausgerechnet diesen Kiosk mitten in der Stadt? Und warum hatte er es sich so schwer gemacht? Erhängen war in den westlichen Ländern zwar die häufigste Art, sich selbst umzubringen, aber als Mordwaffe rangierte der Strick ganz unten. In diesen seltenen Fällen stellte er oft eine Art Symbol dar, und den Morden haftete meist etwas Rituelles an.

Im vorliegenden Fall schied Selbstmord jedenfalls aus. Schon allein wegen des Knebels. Kein Mensch, der seine Qualen im Diesseits durch Selbsttötung beenden will, fügt sich unnötigerweise noch weitere Qualen zu, indem er kurz vor seinem Tod seinen eigenen Schal verspeist.

»Nach dem Umweg kamen Sie also hierher«, schaltete Ringshauser sich wieder ein. »Und das Einzige, das anders war als sonst, war, dass Rudolf Hardt in seinem Kiosk an der Decke hing?«

Er war endlich fertig mit seinem Croissant, und seine Jacke war vorn übersät mit Bröseln. Niederegger widerstand dem Impuls, die Hand auszustrecken und sie ihm abzuklopfen.

»Nicht ganz.«

Lembach malträtierte sichtlich sein Gedächtnis, um es zu Höchstleistungen anzuspornen, und sog intensiv an seinem Glimmstängel. Ringshauser und Niederegger blieben mucksmäuschenstill.

»Ein paar Zeitungsständer fehlten, standen wohl noch im Kiosk. Klar, da stehen sie ja immer noch. War zuvor noch nie so, deshalb bin ich auch gleich rein. Na, und da hing er dann.« Lembach zog wieder nervös an seiner Zigarette, und mit dem Rauch spie er plötzlich einen sehr überraschenden Satz aus.

»Musste ja irgendwann so kommen, der Rudi war schon ein schlimmer Finger.«

Lembach machte nach diesem Bekenntnis ein betretenes Gesicht, wie ein kleiner Junge, der soeben seinen Spielkameraden verpetzt hat.

»Was meinen Sie damit?«, fragte Niederegger scharf.

Lembach wand sich. »Vielleicht fragen Sie das lieber seine Frau.«

»Das werden wir ganz bestimmt noch tun. Aber jetzt fragen wir Sie.«

Lembach schwieg. Er bereute sichtlich, überhaupt etwas so Verfängliches geäußert zu haben, und verfolgte mit ängstlichem Blick, wie Rudi von der Gerichtsmedizin abtransportiert wurde. Er schluckte.

»Ich will nichts Schlechtes über Rudi sagen«, flüsterte er heiser.

»Das Schlimmste, was Rudi passieren konnte, *ist* ihm heute bereits passiert. Sie können also nicht mehr viel falsch machen.« Ringshauser machte eine kunstvolle Pause. »Es sei denn, Sie stecken irgendwie mit drin.«

Lembachs fahles Gesicht wechselte von grau zu grün. »Sie glauben, dass ich …? Rudi war wie ein Freund für mich. Und wenn ich etwas damit zu tun hätte, warum bin ich dann hiergeblieben? Wär ich ja schön blöd.«

»Doppelter Bluff«, bemerkte Ringshauser freundlich und schnippte einen imaginären Fussel von seinem Hosenbein.

Niederegger hielt sich zurück und ließ die Sache einfach laufen.

Lembach schüttelte verzweifelt den Kopf.

»Wir wollen ja nur an Ihren Gedanken teilhaben«, sagte Niederegger ruhig. »Warum sagen Sie uns nicht einfach, was Sie denken? Über Rudi. Und warum er ein schlimmer Finger war.«

Lembach war so aufgeregt, dass er sogar vergaß weiterzurauchen. Auf diese Weise hatte er geschlagene drei Minuten ohne Zigarette überlebt. Stattdessen rang er die Hände und zwang sich, nicht mehr zum Kiosk hinüberzuschauen. Sein Tag hatte denkbar miserabel angefangen, und es sah ganz danach aus, als würde es genauso miserabel weitergehen. Aber es stimmte natürlich, Rudi war tot und damit jenseits von Gut und Böse.

»Na schön.«

Lembach belohnte sich für seinen Mut mit einer neuen Zigarette.

Niederegger lehnte sich aufatmend zurück, während Ringshauser nun doch in den Wagen stieg und die Schiebetür zuzog.

Besser ersticken als erfrieren, dachte er. Lembach würde zwar sowieso noch ins Präsidium kommen müssen, um seine Aussage zu unterschreiben, aber unter Schock verrieten die Leute einfach mehr. Deshalb war es so wichtig dranzubleiben. Ringshauser warf einen Blick zu Niederegger, der sich so dünn wie möglich machte, um nur ja niemanden zufällig zu berühren. Natürlich saß er mal wieder auf einem seiner bekloppten abwaschbaren Plastikkissen. Ringshauser verdrehte die Augen. Der Mann konnte einen verrückt machen mit seinem Hygiene-Tick.

Lembach nahm einen Zug, stieß den Rauch aus und verkündete: »Ich weiß, er sieht nicht danach aus, aber Rudi war ein übler Aufreißer.«

Jetzt sieht er zumindest nicht mehr danach aus, dachte Ringshauser.

»Ja, da kann man so manche Überraschung erleben«, ermunterte er den Mann. »Was genau haben wir uns denn unter übel vorzustellen?«

»Na ja, er sammelte Frauen wie andere Bierdeckel. Und so behandelte er sie auch. Ließ sich grundsätzlich nur mit verheirateten Frauen ein, weil die ihn ansonsten in Ruhe ließen, meinte er. Aber das ist noch nicht alles.«

Lembach zögerte und sah sich unruhig um, als rechne er damit, den toten Rudi plötzlich hinten im Laderaum hocken zu sehen. Die Kommissare ließen ihm Zeit. Er war durch den grausigen Fund weichgekocht. Und er wollte etwas loswerden.

»Er hatte irgendwo in Ilvesheim ein kleines Apartment mit eingebauten Kameras. Und er hat jeden verdammten Quatsch, den er mit den Frauen angestellt hat, gefilmt.«

Niederegger beugte sich vor. Jetzt wurde es spannend. Eine eifersüchtige Frau konnte unangenehm werden, je nach Gemütslage und Temperament. Eine Horde betrogener Ehemänner dagegen war ein echtes Sicherheitsrisiko.

»Er hat sie erpresst, richtig?«

Lembach nickte gequält.

»Wenn er von ihnen genug hatte, hat er sie damit erpresst, ja. So wurde er sie am schnellsten wieder los. Er gab fürchterlich damit an, wie genial das war. Er hatte seine Ruhe vor ihnen und bekam noch dazu ihre Kohle. Und sie waren froh, wenn sie danach nie wieder etwas von ihm hörten. Er hat ihnen die Bänder teuer verkauft. Und nicht nur ihnen.«

Niederegger sog scharf die Luft ein und brachte die Schweinerei auf den Punkt. »Er verkaufte die Kopien unter der Ladentheke auch an interessierte Herren?«

Lembach ließ den Kopf sinken. Er öffnete ein Schiebefenster und warf seine noch brennende Zigarette hinaus.

»Zum Beispiel an Sie«, folgerte Niederegger mit Bedacht. »Und deshalb wissen Sie auch davon.«

»An alle, die sich dafür interessiert haben«, brauste Lembach auf. »Ich bin bestimmt nicht der Einzige gewesen. Außerdem hab ich nur ein einziges Mal ein Band gekauft. War langweilig. Ich mach's lieber selber, wenn Sie's genau wissen wollen.«

»Wo genau ist dieses Apartment? Wer sind die Frauen? Und wo sind die Filme?«

»Keine Ahnung.« Lembach stöhnte. »Mehr weiß ich wirklich nicht. Ich wollte auch gar nicht mehr darüber wissen. Ich fand das Ganze ziemlich ekelhaft.«

Niederegger sah über Lembachs Kopf hinweg zu Ringshauser hinüber. Der wirkte plötzlich seltsam abwesend.

So viel stand jedenfalls fest: Rudolf Hardts Hobby war nicht nur anrüchig, sondern auch gefährlich gewesen.

5

Sein Gesicht brannte vor Wut, die Haut spannte sich bis zum Zerreißen über dem kantigen Kinn, auf seiner Stirn bildete sich trotz der nächtlichen Kälte ein dünner Schweißfilm.

Er hatte dieses verdammte Versteckspiel so satt.

Wie viele Nächte hatte er hier schon in erzwungener und, wie er jetzt wusste, überflüssiger Zurückhaltung vergeudet? Und heute zeigte diese verlogene Schlampe endlich ihr wahres Gesicht. Schonzeit abgelaufen!

Zornig angespannt starrte er vom Waldrand aus hinüber zu der dunklen Glasfront des kleinen Hauses. Hier, wie auch in den umliegenden, ausnahmslos größeren Häusern, brannte nirgendwo mehr Licht. Klotz für Klotz reihten sich die phantasielosen Neubauten aneinander, abgegrenzt durch nahezu identische Vorgärten und Garagen. Die nächtliche Stille lag über der Vorstadtsiedlung Blumenau wie eine Totendecke, die nur vereinzelt trübe schimmernden Straßenlaternen erinnerten an Grablämpchen auf einem riesigen Betonfriedhof.

Milena war heute erst mitten in der Nacht nach Hause gekommen, und zwar nicht alleine, sondern – Überraschung, böse Überraschung – mit einem Mann, einem unscheinbaren Gnom, den er noch nie zuvor gesehen hatte, weder bei ihr noch sonst wo in der Stadt. Der Hänfling war aus einem Auto mit Kölner Kennzeichen gestiegen und hatte Milena dreist an ihrer Haustür abgepasst. Er hatte deutlich den Namen »Max« gehört, bevor er aus seinem Versteck im Vorgarten des Nachbarhauses zu seinem Lieblingsplatz am Waldrand geschlichen war.

Sein Mund verzerrte sich zu einem kleinen, grausamen Lächeln, doch schon im nächsten Augenblick wich die höhnische Grimasse wieder einer starren Maske.

Feige Weiberlügen, beschissene Lügen, die ihn hinters Licht geführt hatten, aber nun konnte sie ihn nicht mehr täuschen. Er hatte ja von Anfang an gewusst, dass alles nur Getue war. Ihr blödes Geschwätz vom überzeugten Single-Dasein, ihre scheinheiligen Beteuerungen, es läge nicht an ihm, sie wolle nur einfach nicht mehr enttäuscht werden, sich auf niemanden mehr einlassen und – oho, wie nobel – vor allem selbst niemanden mehr enttäuschen. Dieser ganze vorgeschobene Quatsch eben.

Er ballte die für einen so kräftigen Mann überraschend feingliedrigen Hände zu Fäusten. Ihm war immer absolut klar gewesen, dass sie es in Wahrheit genauso wollte und brauchte wie er. Sie alle wollten es.

Doch er war wohl ihrer Meinung nach dumm und einfältig genug, um sich von ihrem gespielt schüchternen Kleinmädchengefasel an der Nase herumführen zu lassen. Statt einfach zuzupacken! So wie es dieser Max offensichtlich getan hatte, der soeben mit ihr in der Wohnung verschwunden war.

Der feuchte Kies unter seinen Schuhen knirschte sanft, als er sein Gewicht vom linken auf das rechte Bein verlagerte. Er starrte hinüber zu dem großen, dunklen Fenster, das von Milenas Wohnzimmer direkt auf die Terrasse führte.

Warum machte sie bloß kein Licht? Sie hatte doch sowieso alle Vorhänge sofort nach dem Betreten der Wohnung zugezogen. Das tat sie sonst nie, sie war im Gegenteil immer lachhaft unbekümmert, lief abends oft halbnackt in ihrer hell erleuchteten Wohnung herum. Er war fast sicher, dass dies mit Absicht geschah, um ihn noch mehr zu reizen.

Plötzlich wurde er unruhig und ein fast unwiderstehlicher Drang überkam ihn, einfach hinüberzuschleichen und sich gewaltsam Einlass zu verschaffen. Doch er beherrschte sich, nein, so dumm war er nicht. Sie war ja nicht allein.

Dass sie plötzlich die Vorhänge zuzog, konnte nur eines bedeuten, nämlich dass dieser lächerliche Zwerg da drinnen nun all das von ihr bekam, was er selbst längst hätte haben können, wenn er sich nicht so leichtgläubig von ihr hätte abfertigen lassen. Aber ihm konnte sie nichts mehr vormachen.

Seine glitschigen Hände über dem halb entblößten Glied öffneten und schlossen sich, wieder und immer wieder, schneller und immer schneller. Er spürte die Winterkälte nicht. Nein, er würde sich nicht mehr damit begnügen, jeden Abend in den Büschen hinter ihrem Haus zu hocken, nur um ab und zu einen Blick auf sie zu erhaschen. Der Kerl da drinnen war Beweis genug dafür, dass mehr für ihn zu holen war. Für jeden. Frauen wie sie musste man zwingen. Zwingen, ja, genau! Sie wollten es nicht anders.

Seine wahnwitzige Erregung nahm ihm jetzt fast den Atem, er keuchte, als wäre er mit ihr schon am Ziel.

6

Mona Krampp saß in ihrem sackfinsteren Schlafzimmer auf einem herbeigezogenen Stuhl am Fenster und starrte zum Waldrand hinüber.

Da, wieder eine leichte Bewegung in den Büschen! Kaum wahrnehmbar zwar, aber sie hatte sich nicht getäuscht. Angeblich gab es ja tatsächlich noch Leute, die kein Fernglas besaßen. Zum Glück gehörte sie selbst nicht zu diesen bedauernswerten Geschöpfen. Sie hatte sogar zwei, eines davon speziell für nachts. Das war insbesondere für die Wintermonate wichtig, wenn die Tage kurz und die Nächte lang und öde waren.

Klarer Fall, der Kerl war wieder da, an der gleichen Stelle in dem stacheligen, immergrünen Gesträuch, das den Weg am Waldrand begrenzte. Und er beobachtete wie immer ihr Haus. Wie bescheuert musste man eigentlich sein, um bei dieser Affenkälte Nacht für Nacht stundenlang im Gebüsch zu hocken und Eiswürfel zu kacken?

Eigentlich ging sie seit Wochen davon aus, dass er es auf dieses Flittchen Milena Breiter, ihre Mieterin aus der Erdgeschosswohnung, abgesehen hatte. Oder täuschte sie sich etwa? Sie wusste genau, dass Milena heute Abend noch gar nicht zu Hause war. Also war es doch durchaus möglich, dass er tatsächlich wegen ihr, Mona, dort herumlungerte und sich die Beine in den Bauch stand. Konnte doch sein, oder?

Ein leiser, wohliger Schauder überlief ihren dürren Körper. Wie lange war es her, seit sich ein Mann für sie interessiert hatte? Mona forschte vergeblich in ihrem Hirn nach entsprechenden Ereignissen. Ja, tatsächlich, der letzte Mann in ihrem von aberwitzigen gymnastischen Bettübungen gottlob freien Leben war Carolines Vater gewesen. Diese unerfreuliche Geschichte war inzwischen fast zwölf Jahre her. Sie biss sich bei dem Gedanken an Johann auf die Lippen. Frauen mit Charakter hatten wenig Chancen bei den Kerlen. Stattdessen interessierten sie sich für oberflächliche Weibsbilder wie diese Milena.

Leider war die Visage des Mannes am Waldrand trotz des teuren Fernglases nie wirklich gut zu erkennen, da er sich immer nur nach Einbruch der Dunkelheit dort herumtrieb. Es erforderte enorm viel Geduld und Erfahrung im Observieren, um ihn überhaupt zweifelsfrei auszumachen. Glücklicherweise besaß sie beides im Übermaß.

Sie überlegte kurz, ob sie Milena von dem Spanner erzählen sollte. Musste man Angst vor ihm haben? Und wenn schon, so aufreizend wie Milena herumlief, war es wirklich kein Wunder, wenn sie die Kerle anzog wie Schmeißfliegen.

Mona legte ihr Fernglas auf das Fensterbrett zwischen die Pflanzentöpfe und tappte auf Strümpfen ins Wohnzimmer, um ihre Strickjacke zu holen. Sie trug zwar schon einen dicken Pullover über ihrem Nachthemd, aber beim Herumsitzen war ihr trotzdem kalt geworden.

»Habisch disch net schun vor ner Ewischkeit ins Bett gschickt?« Sie streckte kurz den Kopf ins Wohnzimmer, in dem ihre elfjährige Tochter Caroline wie ein kleiner, dicker Buddha vor dem Fernseher kauerte.

»Schlafen is langweilig«, maulte Caro kauend.

»Schluss jetzt, ab mit dir.«

Mona schnappte sich ihre Strickjacke und schaltete im Vorübergehen den Fernseher aus. Caro heulte enttäuscht auf, trottete dann aber endlich mit missmutigem Gesicht in ihr Zimmer. Mona hoffte schwer, dass die Göre bald tief und fest schlafen würde. Es war letzte Woche doch reichlich peinlich gewesen, von ihrem eigenen Fleisch und Blut auf den Badezimmerfliesen unterm Waschbecken liegend mit einem Weizenbierglas am Ohr ertappt zu werden. Die effektivste Methode übrigens, um Milena im Bad zu belauschen. Caro hatte geschrien vor Lachen und sich eine Woche Hausarrest eingehandelt. Eigentlich überflüssig, denn sie hockte sowieso nur zu Hause herum, glotzte diese albernen Serien und wurde dabei immer fetter und fetter. Sollte sie nur ruhig so weitermachen, dann würde sie schon sehen, wohin das führte. Die Nachbarskinder weigerten sich mittlerweile, mit ihr zu spielen, seit sie letzte Weihnachten deren Kaufladen, mitsamt dem Spielgeld aus Schokolade, leergefressen hatte. Nichts Essbares war vor Caro sicher.

Plötzlich hörte Mona gedämpfte Stimmen aus der unteren Wohnung. Aha, die feine Dame war nach Hause gekommen, hatte sicher wieder irgendeinen Kerl abgeschleppt. Monas Mundwinkel verzogen sich zu missgünstig geschwungenen Linien, die rechts und links ihres Mundes deutlich nach unten strebten. Sie hastete zurück ans Fenster.

Unten vor Milenas Wohnzimmerfenster fiel eine schräge Lichtraute auf den Rasen, die im nächsten Moment gleich wieder verblasste. Milena hatte Licht gemacht und dann sofort die Vorhänge zugezogen. Das war hochinteressant bei einem Weib, das ansonsten die Schamlosigkeit in Person war.

Milena hatte häufig Männerbesuch, trotzdem waren leider nie Sexgeräusche von unten zu hören. Irgendwie passte das doch überhaupt nicht zusammen! Wie ein Stummfilm ohne Untertitel, bei dem man notgedrungen darauf angewiesen war, sich seine eigene Version zurechtzubasteln. Manchmal handelte es sich bei Milenas Besuchern auch um Arbeitskollegen aus dem Präsidium, Elmar Ringshauser zum Beispiel. Und Heribert Santmann, ein wichtigtuerischer Zwerg, den Mona Napoleon getauft hatte wegen der aufgeplusterten Selbstgefälligkeit, mit der er unten seine Monologe führte. Hauptsächlich wirres Zeug, deshalb lohnte sich das Lauschen bei Napoleon eigentlich nicht.

Ein Blick durchs Fernglas verriet ihr, dass der Spanner am Waldrand noch auf seinem Posten war. Ohne Licht zu machen, tastete sie sich wieder zurück in den schmalen Flur. Seltsam, sie hatte die Haustür gar nicht zufallen hören, obwohl Milena in dieser Hinsicht, wie in vielen anderen Belangen übrigens auch, nicht gerade rücksichtsvoll war.

Wie ärgerlich, dass sie nicht mitbekommen hatte, mit wem Milena nach Hause gekommen war! Sie war wohl doch zu sehr mit dem witterungsresistenten Würstchen am Waldrand beschäftigt gewesen. Und sie bedauerte mal wieder, dass das Haus letztendlich doch nicht hellhörig genug war.

Jetzt stand sie wie eine Wachsfigur in ihrem dunklen Flur und lief ernsthaft Gefahr, vor Neugier zu platzen. Sie konnte sich unmöglich schlafen legen, ohne nicht wenigstens versucht zu haben herauszufinden, wer so spät noch unten bei dem Flittchen war. Nicht zum ersten Mal kam ihr der Gedanke, in der Erdgeschosswohnung heimlich ein paar geschickt versteckte Kameras zu installieren. Wenigstens in die maßgeblichen Räume wie Bad und Schlafzimmer, allein der Gedanke daran ließ ihr Herz höher schlagen. Dr. Wilken, ihr Psychologe, hatte ihr schließlich schon des Öfteren geraten, sich mehr um ihre Mitmenschen zu bemühen, um ihrer Einsamkeit entgegenzuwirken. Na bitte.

Sie schlurfte zum Wohnzimmerfenster zurück und vergewisserte sich, dass der Spanner noch brav in seinem Gestrüpp saß. Plötzlich wurde ihr bewusst, dass der Kerl dort drüben womöglich das Aufblitzen ihres Fernglases sehen konnte. Erschrocken ließ sie das Glas sinken und wich vom Fenster zurück.

Unschlüssig schlich sie in ihrer dunklen Wohnung von einem Raum zum anderen. Ein kurzer Test mit dem Weizenbierglas am Badezimmerboden ergab keinerlei Aufschluss über wie auch immer geartete Aktivitäten im Bad ihrer Mieterin. Kein Laut war von unten zu hören, so dass sie nicht einmal ausmachen konnte, in welchem Zimmer sich Milena mit ihrem Besuch aufhielt. War es jemand, den Mona bereits kannte? Wahrscheinlich, dachte sie, und der Gedanke beruhigte sie ein wenig. Emma, Milenas Freundin, diese geschwätzige Fotografin, war es jedenfalls nicht. Die hatte ihre Micky-Maus-Stimme überhaupt nicht im Griff und hätte sich damit längst geoutet. Mittlerweile hatte sie sogar schon einen Zweitschlüssel für Milenas Wohnung und kam ziemlich oft vorbei, war aber leider für Mona völlig uninteressant. Eine Person ohne Ecken und Kanten, eine durch und durch mittelmäßige Erscheinung, abgesehen von ihrer Betonfrisur. Klar, auf irgendeine Art und Weise musste sie ja auf sich aufmerksam machen. Es gab Tausende von der Sorte, sie hatte tatsächlich etwas von einem Klon, fand Mona.

Von unten kam ein leises Poltern, wahrscheinlich das Schließen einer Tür. Da, eine männliche Stimme, ganz leise und dumpf, und gleich darauf ein weinerlicher Singsang, den sie keinem Geschlecht eindeutig zuordnen konnte.

Mona hielt mitten in der Bewegung inne und horchte angestrengt. Es half nichts, sie musste noch mal ins Treppenhaus hinunter. Wo waren bloß diese verflixten Filzlatschen? Obwohl sie seit Jahren gewohnt war, im Dunkeln in ihrer Wohnung umherzuschleichen, gab es immer wieder diese nervtötenden Suchaktionen.

Vielleicht war es dieser eingebildete Schönling, der mal wieder zu Besuch war. Der, von dem Mona eigentlich angenommen hatte, er sei Milenas neuer Liebhaber. Aber das hatte sich dann als falsch herausgestellt, es sei denn, Milena und er stopften sich beim Sex gegenseitig Knebel in den Mund. Also, da hörte man wirklich gar nichts. Anfangs war Mona ja noch auf die keuchenden Laute hereingefallen, die manchmal von unten zu hören waren. Aber dann hatte sie sich eines Abends nicht mehr bremsen können, war hinausgeschlichen und hatte vom Garten aus kurz einen Blick in das hell erleuchtete Wohnzimmer geworfen.

Blödsinnige Idee, denn damit hatte sie sich selbst der herrlichsten Phantasien beraubt. Diese Frau vögelte nicht etwa, oh nein, sie hatte ein komplettes Fitnessstudio in ihrer Wohnung! War wohl zwanghaft eitel und mühte sich an diesen grässlichen Folterinstrumenten ab, um bloß ja eine gute Figur zu machen.

Inzwischen war es weit nach ein Uhr. Mona tappte wieder zu Carolines Zimmer hinüber und horchte an der Tür. Kein Laut, kein Lichtschein drang durch die Türritzen. Sie konnte also ungestört noch ein bisschen intensiver schnüffeln … äh … ihrer Einsamkeit entgegenwirken. Sie kicherte. Herzlichen Dank auch, Dr. Wilken.

Aha, hier waren ja die Dinger. Mona zog sich ihre Filzschuhe über, öffnete die Wohnungstür gerade so weit, dass sie hindurchschlüpfen konnte, und trat auf den Treppenabsatz hinaus. Es roch nach altem Bohnerwachs und nach den Ausdünstungen der Schuhe, die vor ihrer Wohnungstür in einem offenen Regal vor sich hin müffelten.

Genau in diesem Augenblick wurde unten die Haustür sachte geöffnet, und gleich darauf hörte sie verstohlene Schritte auf der Außentreppe. Mit klopfendem Herzen hielt sie inne. Wie gut, dass sie noch nicht ganz auf der Treppe war! Wie hätte sie ihr nächtliches Umherirren erklären sollen, noch dazu in Nachthemd und Strickjacke? Ganz zu schweigen von der grünbraunen Olivenölmaske.

Mit brennendem Gesicht tippelte Mona auf Zehenspitzen zum Küchenfenster zurück und spähte auf die Straße hinunter.

Im nächsten Moment trat unten ein schlanker, schmalbrüstiger Mann aus dem Haus und ging mit kurzen, schnellen Schritten auf einen unscheinbaren Kleinwagen zu, der eingekeilt zwischen anderen Autos auf der gegenüberliegenden Straßenseite stand. Kurz bevor er einstieg, drehte er sich noch einmal um und winkte mit, wie Mona fand, einer enttäuscht wirkenden Geste zum Haus zurück. Milena stand bewegungslos wie eine Statue im Eingang und sah ihm nach, bevor sie sich langsam umwandte und wieder im Haus verschwand.

Mona hastete ins Wohnzimmer und fingerte auf dem Fensterbrett nach ihrem Fernglas. Es wäre doch zu schön, wenigstens das Nummernschild des Wagens entziffern zu können. Immerhin war der Mann ihres Wissens noch nie hier gewesen. Ein Neuzugang sozusagen. Und dass Milena seinetwegen ganz gegen ihre Gewohnheit die Vorhänge im Wohnzimmer zugezogen hatte, ließ doch irgendwie neue Hoffnung auf anregende Unterhaltung von unten aufkommen.

Zu spät! Sie kam gerade noch rechtzeitig zum Küchenfenster zurück, um die Rücklichter des Autos um die nächste Ecke biegen zu sehen. Sie glaubte zwar, ein K als ersten Buchstaben erkannt zu haben, aber ganz sicher war sie nicht. Wie ärgerlich!

Enttäuscht schlurfte sie wieder zu ihrem Beobachtungsposten im Wohnzimmer zurück und riss das Fernglas an die Augen, aber auch der Wicht am Waldrand war inzwischen verschwunden.

Mona musste einsehen, dass ihr Abendprogramm für heute zu Ende war. Um auch wirklich nichts zu verpassen, riskierte sie noch einen kurzen Blick aus ihrem Badezimmerfenster auf das Nachbarhaus der Hallmanns, und hier ganz speziell zum Zimmer des Halbstarken. Seine Rollläden waren vollständig heruntergelassen, so dass kein Fitzelchen Licht nach draußen dringen konnte. Das machte der immer so, ein beleidigend misstrauischer Bursche! Was sollte es denn bei dem schon zu sehen geben? Trotzdem empfand Mona die heruntergelassenen Läden als Provokation.

Ihr Leben war zurzeit wirklich mehr als unbefriedigend. Mit der Breiter war auf Dauer einfach nicht auszukommen. Sie musste Mittel und Wege finden, diese langweilige Mieterin loszuwerden. Und sich ein möglichst holprig funktionierendes Ehepaar als Nachmieter suchen. Da gäbe es dann immerhin entweder Sex oder Streit. Mit etwas Glück sogar beides.

7

»Wirklich wahr, Milena, seit du dich endlich von diesem … diesem …«

Emma tunkte genüsslich ein aufgespießtes Brotstückchen in den auf der Tischmitte platzierten Fonduetopf, aus dem herrlicher Käseduft hochstieg.

»Richard«, warf Milena kauend ein.

»Ach ja, Richard. Wenn mir jemand unsympathisch ist, verdränge ich automatisch alles, was mit ihm zusammenhängt, als Erstes den Namen.«

Emma fluchte leise und stocherte in dem zähflüssigen Käse nach ihrem verloren gegangenen Brotwürfel.

»Dieses Gejodel vom Band macht mich ganz kirre«, brummte Milena. »Ich finde, Egbert übertreibt ein bisschen.«

»Ach, ich find's lustig. Ist doch mal was anderes.«

»Aber viel zu laut.«

Milena hob die Hand und deutete auf ihr leeres Weinglas. Karen, die neue Kellnerin, lächelte freundlich über sie hinweg und stöckelte in die andere Richtung davon.

Es war viel los im *Uhland* in der kultigen Neckarstadt, obwohl heute nur ein ganz gewöhnlicher Mittwochabend war. Zum Teil lag dies wahrscheinlich an den moderaten Preisen, aber so richtig Schwung war in den Laden erst gekommen, seit Egbert seine Themenabende eingeführt hatte. Fast alle Tische waren besetzt. Im Sommer hatte er noch den kleinen Biergarten hinten im Hof, da gab es keine Umsatzprobleme. Und dem gefürchteten Winterloch hatte er nun mit seinen wechselnden Länderspezialitäten ein Schnippchen geschlagen. Diese Woche war die Schweiz dran, er hatte es sogar geschafft, von irgendwoher eine Endlosschleife Schwyzer Volksmusik aufzutreiben. Stolz thronte er hinter seiner Theke und strahlte geschäftige Zufriedenheit aus. Sein mausbrauner Fiffi, den zu tragen er eigensinnig abstritt, obwohl jeder Idiot ihn sofort als Toupet erkannte, war um ein paar Zentimeter verrutscht, so dass der Scheitel nur knapp über dem linken Ohr saß. Er hatte ein weiß-rot kariertes Geschirrtuch über der Schulter hängen und kam kaum nach mit dem Bierzapfen.

»Was ich eigentlich sagen wollte … Seit dieser Richard aus deinem Leben verschwunden ist, bist du …«, begann Emma.

»Ist er gar nicht«, berichtigte Milena. »Er steht seit zwei Wochen fast jeden Abend unten vorm Haus und versucht mich abzupassen.«

»Wie peinlich! Und natürlich ein gefundenes Fressen für deine reizende Vermieterin.«

»Allerdings. Mittlerweile gehe ich davon aus, dass sie haarklein Buch führt.«

»Na, jedenfalls siehst du wieder viel besser aus, bist sogar ein bisschen … äh …«, Emma suchte nach dem richtigen Wort.

»… fett geworden«, soufflierte Milena in neutralem Tonfall.

»Rundlich, wollte ich sagen.«

Emma zeichnete mit ihrer Fonduegabel ein kurvenreiches Etwas in die Luft, ein dünner Käsefaden schwang dabei nach hinten und landete dekorativ in ihrem vollen, dunklen Haar. Milena behielt das für sich, um den Anblick noch ein Weilchen genießen zu können, und lächelte ihre Freundin liebenswürdig an. Emma sah immer so langweilig adrett aus mit ihrem von tiefschwarzem Schneewittchenhaar umrahmten Mondgesicht, da tat der kleine Käsepatzer richtig gut. Mit ihrer biederen dunkelblauen Strickjacke über der beigen Cordhose wäre sie heute Abend locker als Pfadfinderin durchgegangen. Sie war nett und harmlos und sah auch genauso aus.

Apropos harmlos … Sie musste bald einen Weg finden, sich an Emmas Freund Patrick ranzumachen. Obwohl Patrick ja wirklich ein elend unscheinbares Kerlchen war. Aber das hatte überhaupt nichts zu sagen, sie hatte in den letzten Wochen in dieser Hinsicht schon so manche Überraschung erlebt.

Emma wedelte heftig mit beiden Armen, Karen winkte charmant zurück.

»Das gibt's doch gar nicht! Mit diesem Gefuchtel könnte man einen Panzer stoppen.«

Milena war mit ihrer roten Lockenmähne und der stattlichen Größe von fast einsachtzig eine moderne Walküre mit makellosem Teint, vollen Lippen und, na ja, das war dann wohl weniger walkürenhaft, dieser unmöglichen Brille mit dem bunten, seitlich in spitzem Schwung zulaufenden Gestell. Die hatte sie sicher irgendwann auf einem Flohmarkt erstanden, wie übrigens fast ihre gesamte, immer einen Tick zu schrille Garderobe. Milena fiel überall auf und zog sämtliche Blicke auf sich, schien dies aber kaum zu bemerken. Sie scharte immer einen ganzen Club von Verehrern um sich, während Emma schon froh war, wenn sie mit einem einzigen Mann zurechtkam.

Milena war Emma schnell eine gute Freundin geworden, ihr Verhältnis war angenehm unkompliziert. Sie hatten sich auf Anhieb sympathisch gefunden, als Milena eines Tages im Fotoladen aufgekreuzt war. Sie war gerade erst wegen ihres neuen Jobs von Köln nach Mannheim gezogen und hatte Emma gefragt, was man hier abends so unternehmen könne. Seit diesem Tag waren sie ständig zusammen unterwegs gewesen. In Mannheim war rund um die Uhr etwas los, wenn man Ausdauer hatte, konnte man jeden Abend ausgehen und zwischen mehreren hochkarätigen Events wählen. Jedenfalls hatte es nicht lange gedauert, bis Milena sich in Mannheim genauso gut auskannte wie Emma.

»Wie geht's bei der Arbeit?«, fragte Emma.

»Willst du das wirklich wissen? Würde mich wundern.«

Milena grinste die Freundin über den Tisch hinweg an. Sie kannte Emmas zartes Gemüt, das so gar nicht zu ihrem robusten Äußeren passte. Und die Fälle, zu denen sie als Polizeifotografin abgestellt wurde, waren wirklich nichts für ein Sensibelchen, das seine Brötchen damit verdiente, goldene Hochzeiten und zahnlose Babys auf Schaffellen zu fotografieren.

»Wie gruselig ist es denn diesmal?«

»Ziemlich.«

»Na, dann doch lieber nach dem Essen«, sagte Emma schnell.

»Auf die Liebe und auf den nächsten Honeymoon«, rief Milena plötzlich und riss ihr Weinglas hoch.

»Ach, gibt's etwa schon einen Nachfolger für Richard? Komm schon, wer ist es? Und wo hast du ihn kennen gelernt?«

»Na, bei der Arbeit, deshalb fällt's mir ja gerade ein. Aber da gibt's wirklich noch nicht viel zu erzählen. Wir haben ja erst ein einziges Mal miteinander …«

»Was, so weit seid ihr schon?«

»... zu Abend gegessen«, vollendete Milena würdevoll den Satz.

Egbert sah gerade herüber. Sie hob mit einer halben Kopfbewegung zur Theke ihr Weinglas in die Höhe, und Egbert griff sofort nach einem frisch gespülten Glas auf seiner Ablage, polierte es sorgfältig mit einem schneeweißen Gläsertuch und füllte es dann bis knapp über die Hälfte mit Weißwein. Sein breites rötliches Gesicht zeigte alle Anzeichen liebevoller Konzentration, als er die Weinflasche mit schräg geneigtem Kopf wieder an ihren Platz zurückstellte. Dann brachte er das Glas eigenhändig zum Tisch.

»Danke, Egbert.« Milena nippte an ihrem Wein und stellte das Glas vor sich auf den Tisch. »Deine neue Kellnerin entlastet dich nicht wirklich, oder?«

»Na ja, ich brauche dringend Verstärkung, und vielleicht macht sie sich ja noch«, raunte Egbert und schaffte es, zugleich hoffnungsvoll und zweifelnd auszusehen.

»Tolle Idee übrigens, dein Fondue-Abend«, lobte Emma. »Und es funktioniert, der Laden ist voll.«

Egbert nickte und ließ seinen Blick zufrieden über die Tische schweifen, auf denen überall dampfende Fonduetöpfe standen.

»Ja, den Leuten gefällt's, wenn alle das Gleiche kriegen. Wirkt irgendwie familiär.«

»Fehlt nur noch das Kindergeschrei.«

Milena lachte und ihre weißen, ebenmäßigen Zähne blitzten.

»Tja, man muss sich schon was einfallen lassen, um Stammgäste heranzuzüchten. Wartet nur bis mein russischer Abend kommt, ich sag's euch, dann ist hier die Hölle los! Und diese Hölle wird untermalt von russischer Musik.«

»Toll, ich bin auf jeden Fall dabei.« Milena prostete Egbert zu.

Er errötete vor Freude und trabte auf seinen O-Beinen davon. Mittlerweile gehörte Milena längst zu den Stammgästen im *Uhland* in der Lange-Rötter-Straße. Die Kneipe war heruntergekommen genug, um gemütlich zu sein, ohne jedoch schäbig zu wirken, und bot bis spät in die Nacht Speisen an. Wenn in der *Alten Feuerwache* und im *Capitol* nichts mehr los war, trafen sich bei Egbert die modernen Heimatlosen und die Nachtschwärmer, die Einzelesser und die Melancholischen, die an der klobigen Theke hingen und Egberts phlegmatischen und deshalb so beruhigenden Bewegungen zusahen.

»So, wo waren wir? Ach ja, dein Neuer. Los, sag schon, wer ist es?« Emma ließ nicht locker.

»Na schön. Es ist einer unserer Polizeiärzte.«

»Ach nee.«

»Wir trafen bei einem besonders scheußlichen Mordfall aufeinander.«

»Wie romantisch.«

Milena wischte die Bemerkung mit einer klitzekleinen, arroganten Handbewegung beiseite und fuhr fort.

»Erinnerst du dich an diese junge Verkäuferin, die monatelang vermisst wurde? Die Zeitungen waren voll davon.«

»Allerdings«, antwortete Emma schaudernd.

Das Mädchen war eines Abends auf dem Heimweg von der Arbeit in einem der zahlreichen Billigläden, die die Breite Straße zwischen Marktplatz und Kurpfalzbrücke säumen, spurlos verschwunden. Man hatte mit sämtlichen verfügbaren Mitteln wochenlang unzählige Spuren verfolgt, die bis über die französische Grenze führten. Vergeblich. Vor Emmas innerem Auge erschien das Bild der verzweifelten Eltern, die einige Male sogar in den Fernsehnachrichten die Bevölkerung um Mithilfe bei der Suche nach ihrer Tochter angefleht hatten. Die Leiche war erst kürzlich von einem LKW-Fahrer, der eine Pause eingelegt hatte, in einem Straßengraben in der Nähe von Viernheim entdeckt worden. Nun hatten die Eltern nach endlos langer, quälender Zeit die furchtbare Gewissheit, dass ihre Tochter wirklich tot war, grausam ermordet. Was konnte es Schlimmeres geben? Emma fröstelte.

»Jedenfalls, inzwischen hat sich zweifelsfrei herausgestellt, dass sie es war. Ich sollte die Leiche am Fundort fotografieren. Oder besser gesagt, das, was von ihr übrig war.«

Milena registrierte nicht, dass Emma die Gabel sinken ließ und ihren Teller von sich schob. Sie selbst drehte sich um zur Theke und schwenkte das leere Brotkörbchen, um Nachschub anzufordern, und verputzte nebenbei die letzten Reste ihres Beilagensalates, der so üppig gewesen war, dass er eigentlich kaum diesen Namen verdiente.

»Immerhin war sie seit Wochen tot, bevor man sie fand«, fuhr Milena fort, »und trotz der Kälte fordert das Zeitliche natürlich seinen Tribut, wie du dir vielleicht vorstellen kannst.«

»Kann ich«, ächzte Emma.

»Na ja, und da war Friedemann, also Freddy«, erzählte Milena zwischen zwei Bissen weiter. »Er ist schon viel länger dabei als ich, aber ich bin ihm bisher erst ein paar Mal in der Kantine begegnet. Diesmal waren wir das erste Mal zusammen an einem Tatort, oder besser gesagt, Fundort. Sie war schon tot, als sie dort abgeladen wurde, das wissen wir inzwischen.«

Milena war einfach unglaublich. Sie aß und trank so unbekümmert weiter, als berichte sie von einer Weihnachtsfeier. Emma lehnte sich in ihrem Stuhl zurück und verschränkte die Arme vor der Brust. In der Kantine des Polizeipräsidiums mochte es wohl ähnlich zugehen wie im Speisesaal eines Krankenhauses, wo die Chirurgen vor ihren Tellern hockten und ein Wiener Schnitzel zersäbelten, während sie sich kauend darüber unterhielten, dass man mit den Gallensteinen von Frau Meier locker ein Gartenhäuschen bauen könnte. Wahrscheinlich war alles einfach nur eine Frage der Gewohnheit, die Emma allerdings gänzlich abging.

»Er hatte die Leiche gerade untersucht, stand da und machte sich Notizen. Zuerst nahm ich ihn, ehrlich gesagt, kaum wahr. Eigentlich eher der unauffällige Typ, würde ich sagen. Aber nicht hässlich.«

Sie spießte ein neues Brotwürfelchen auf ihre Gabel und tunkte es in den Fonduetopf. Dann griff sie wieder nach ihrem Weinglas und trank es in einem Zug leer.

»Ausgerechnet ein Polizeiarzt«, seufzte Emma missbilligend.

»Na ja, jedenfalls, plötzlich versagte ich auf ganzer Linie. Es war aber auch zu grausig! Niederegger hielt eine Stablampe über die Leiche, oder besser gesagt über das, was von ihr noch übrig war …«

»Das hatten wir schon«, flüsterte Emma abwehrend.

»Du hast gefragt, hier ist die Antwort«, fuhr Milena ungerührt fort. »Da lag sie also im grellen Scheinwerferlicht. Ich hab ja schon einiges gesehen, aber man konnte gar nicht gleich erkennen, was da im Straßengraben zwischen dem

Laub vor sich hin verweste. Auf den ersten Blick waren die Knochen überhaupt nicht von den Ästen zu unterscheiden, also man musste jedenfalls schon genauer hingucken. Und ich in meiner Funktion als Fotografin sowieso. Ich war sicher weiß wie eine Wand und erinnere mich nur noch, dass Niederegger, dieses Eulengesicht, mal wieder eine blöde Bemerkung über Frauen bei der Polizei machte. Dann hab ich plötzlich diesen sauren Geschmack im Mund, du weißt ja, wenn sich alles so komisch zusammenzieht, und ich merke, gleich muss ich mich übergeben. Ich schaffe es gerade noch, die Kamera auf den Boden zu legen und in die Büsche zu wanken, da ging's schon los.«

»Halt, Schnitt!« Emma hob abwehrend beide Arme in die Luft. »Egbert, einen Doppelten, aber schnell!«, schrie sie.

Sämtliche Gäste in der Kneipe sahen neugierig herüber. Sogar Karen.

»Ist dir eigentlich klar, dass man mit dir in letzter Zeit so gut wie kein Gespräch mehr ohne hochprozentigen Beistand führen kann?«, jammerte Emma in die plötzliche Stille hinein.

Irgendjemand prustete los.

Egbert wuselte in ungewohnter Schnelligkeit hinter seiner Theke hervor und stellte ein Glas Whisky vor Emma auf den Tisch, das sie sofort hinunterkippte. Die anderen Gäste setzten nach und nach ihre Unterhaltungen fort, und bald summte der ganze Laden wieder wie ein Bienenkorb.

»Ach ja, gute Idee. Egbert, für mich auch, bitte.« Milena warf schwungvoll ihre rote Haarpracht zurück. »Friedemann kam herüber und brachte mir Papiertaschentücher und eine Wasserflasche. Und, na ja, ich drehe mich zu ihm um, weil ich denke, es ist vorbei.« Milena grinste schief. »War es aber nicht.«

»Du meinst, du hast ihn …?«

»Genau.«

»Nein.«

»Doch. Prost.«

»Es geht doch nichts über einen gelungenen Auftakt«, resümierte Emma, durch den Whisky wieder lebhafter geworden. »Ehrlich, Milena, wie hältst du das bloß aus?«

»Gar nicht, wie du grade gehört hast. Aber dann geht's eben doch irgendwie weiter. Außerdem ist es enorm spannend und …«

»… man trifft nette Menschen.«

»Du sagst es.«

Milena knabberte an einem Stückchen Brot, und Emma starrte sie dumpf an.

»Weiter!«

»Freddy kümmerte sich also netterweise um mich, während dieser rohe Klotz von Niederegger etwas von Zeitverschwendung und Blümchenfotografin faselte. Und seine Assistentin Luisa, das bittersüße Täubchen, grinste schadenfroh.«

»Ha! Nette Menschen, ja?«

»Ach, Emma, in euer Fotostudio kommen auch nicht nur nette Leute, oder?«

»Natürlich nicht, aber auf jeden Fall keine zerstückelten Leichen.«

Emma knallte ihr leeres Glas auf den Tisch und sah aus dem Augenwinkel, wie Egbert hinter der Theke automatisch nach der Whiskyflasche griff.

»Zerstückelt war sie ja gar nicht. Nur ziemlich … na ja … zerfleddert.«

»Danke, ich hab's kapiert. Dieser Freddy muss jedenfalls gute Nerven haben. Eine wichtige Voraussetzung, wenn er es mit dir aufnehmen will. Dann warten wir also mal ab, ob er sich von dir umkrempeln lässt.«

»Vielleicht gefällt er mir ja genau so, wie er ist.«

»Na, das wird spannend, da wäre er der Erste.«

Egbert kam, um den Tisch abzuräumen. Milena bestellte noch ein Glas Wein und Emma Mineralwasser. Karen schrieb gerade für einen Tisch die Rechnung, was bedeutete, dass sie mit halbem Hintern auf der Fensterbank saß, einen Drink nach dem anderen kippte und es Egbert überließ, die Tische abzuräumen.

»Karen, kommst du mal rüber?«, flötete Egbert und belud die mit Unschuldsmiene Herbeischwebende bis knapp unters Kinn mit Tellern.

Karen trottete mit verdutztem Gesicht in Richtung Küche davon. Egbert grinste Milena und Emma verschwörerisch zu und wandte sich zum Nebentisch.

»Mal sehen, vielleicht wird ja auch gar nichts daraus«, fuhr Milena fort. »Aber irgendwie hab ich bei Freddy ein gutes Gefühl.«

»Das sagst du immer am Anfang. Es ist jedes Mal dasselbe, dein inneres Auge macht aus der Sau einen Märchenprinzen ...«

»Jetzt wird's lustig«, lachte Milena, »darf ich mitschreiben?«

»... und dann, große Überraschung, hält dieser schnuckelige rosa Traum der Beziehungsrealität natürlich nicht stand. So läuft das immer bei dir. Gib's doch zu, du willst die Schweinsöhrchen und die gespaltenen Haxen und den lächerlichen Ringelschwanz gar nicht sehen! Und am bitteren Beziehungsende bestrafst du die armen Kerle für deine eigene Blindheit.«

»Stimmt, vor allem den Ringelschwanz mag ich nicht sehen. Ach, du bist klasse, Emma! Du meinst also, ich sollte versuchen, Richard mit Schweinsöhrchen und Ringelschwanz zu lieben?«

»Bloß nicht, nicht jeder dahergelaufene Kandidat verdient Nachsicht.«

»Ach so. Und wer bitte, liebe Tante, entscheidet das? Du? Oder vielleicht der Würfel?« Milena quietschte vor Lachen. »Au ja, würfeln ist gut. Ein Würfel mit fünf Nullen drauf und nur einer einzigen Sechs.«

In diesem Augenblick wurde die Tür schwungvoll aufgestoßen und ein Hauch von Winter fegte herein. Milena hatte den Eingang im Blickfeld, und Emma beobachtete erstaunt, wie ihr Gesicht mit einem Schlag zu glühen begann.

Sie drehte sich neugierig um und sah ein Paar eintreten. Die beiden hielten sich an den Händen und schlugen sich gegenseitig lachend Schnee von den Jacken. Die zierliche, etwa dreißigjährige Frau, eine langbeinige Schönheit mit streichholzkurzem, pechschwarzem Haar, das ihren Kopf wie eine fedrige Badekappe bedeckte, blieb plötzlich wie angewurzelt an der Garderobe stehen und starrte angewidert zu ihnen herüber, während ihr Begleiter ihr aus der Jacke half und sie neben seiner eigenen aufhängte. Dann drehte auch er sich um. Emma riss die Augen auf. Grüne Augen, dunkles, volles Haar, weiß blitzende Zähne. Dieser Mann war mehr als nur gutaussehend.

»Hallo Luisa.« Milena schenkte der Dunkelhaarigen ein falsches Lächeln und kippte den Rest ihres Whiskys hinunter. »Na, Freddy, auch Lust auf angebrannten Käse?«

8

Er parkte in sicherer Entfernung und beobachtete, wie Milena aus ihrem klapprigen Wagen stieg und an einem Parkautomaten ein Ticket löste. Nun, dafür hatte er jetzt keine Zeit mehr, er wollte schließlich nicht aus Angst vor einem lächerlichen Strafzettel riskieren, Milena am Ende doch noch aus den Augen zu verlieren.

Diesen Max hatte er in den letzten Tagen nicht mehr vor Milenas Haus gesichtet, vielleicht hatte Milena ihn ja gleich wieder zum Teufel gejagt. Oder er war wirklich nur ein alter Bekannter aus ihrer Kölner Zeit. Trotzdem war die Heimlichtuerei um den Kerl höchst verdächtig. Er hatte gleich am nächsten Tag vorsichtig versucht, Milena auszufragen, aber sie hatte ihm frech ins Gesicht gelogen. Er hatte sich natürlich nichts anmerken lassen und so getan, als glaube er ihr jedes verfluchte Wort.

Es wurde Zeit, endlich zu handeln, Weiber wie sie wollten ohne viel Federlesens und romantischen Schmus brutal genommen werden, genau wie all die einfältigen jungen Dinger von früher.

Und zuletzt Kaja, die schöne, unnahbare Kaja.

Da hatte er nicht lange gefackelt und sie sich einfach geholt. Es war eine schöne Zeit gewesen mit ihr, zumindest was ihn selbst betraf. Doch, wie immer, ziemlich kurz und naturgemäß bald darauf unwiederbringlich vorbei. Er lachte leise und fuhr sich mit der Zunge über die trockenen Lippen.

Milena war wahllos, was ihre ständig wechselnden Männerbekanntschaften betraf, aber das würde er ihr schon noch austreiben. Bestimmt war sie auch jetzt auf dem Weg zu einem ihrer Verehrer. Wieder schoss brennende Wut in ihm hoch, und trotz der Kälte kam er ins Schwitzen. Hastig riss er mit beiden Händen die Knöpfe seines Wintermantels auf und rieb sich seine feucht gewordenen Hände an der Hose ab.

Graue Wolken hingen über dem winterlichen Heidelberg, der pulvrige Neuschnee dämpfte die Schritte der in dicke Mäntel gepackten Passanten. Obwohl ein eisiger Wind wehte, war die Stadt wie immer voll mit durch die Gassen wuselnden Touristen, darunter viele Asiaten, die mit Kameras und Stadtplänen bewaffnet die angekreuzten Attraktionen eine nach der anderen in Rekordzeit abarbeiteten, allen voran das majestätisch über der Altstadt thronende Schloss, die Heiliggeistkirche am Marktplatz und das wunderschöne Hotel »Ritter«.

Er beobachtete, wie Milena durch die Theaterstraße in Richtung Hauptstraße schlenderte. Am Theaterplatz standen zwei Straßenmusiker, denen sie kurz zulächelte, bevor sie auf ihren hochhackigen Stiefeln weiterstapfte. Es war ein Wunder, dass sie auf dem rutschigen Pflaster nicht ständig ins Straucheln kam.

In der Hauptstraße hatten schon wieder zwei, drei Läden den Besitzer gewechselt. Alles war hier ein bisschen exklusiver, ein bisschen hochnäsiger und vor allem teurer als in der

Arbeiterstadt Mannheim. Aber er glaubte ja auch nicht, dass Milena zum Shoppen nach Heidelberg gefahren war.

Kurz vor Erreichen des Marktplatzes bog sie an der Heiliggeistkirche nach links in die Haspelgasse ein. Er musste sich beherrschen, um nicht wie verrückt loszurennen, aber er wusste nur zu gut, wie wichtig es war, niemals aufzufallen.

Als er in der Unteren Straße ankam, dachte er schon, er hätte Milena aus den Augen verloren, aber dann sah er sie gerade noch in dem altehrwürdigen *Café Burkardt* verschwinden, zu seinem grenzenlosen Erstaunen dicht gefolgt von der Polizeisekretärin Irmgard Hölzer.

Er schnaubte verächtlich durch die Nase.

Schwer vorstellbar, dass es jemanden auf dieser Welt gab, der weniger zu Milena passte als dieses verstaubte Huhn. Na, wenigstens war es diesmal zur Abwechslung mal kein Mann. Er atmete tief durch, und das Pochen in seinen Schläfen ließ allmählich nach.

Wäre er nicht abgelenkt worden, hätte er mitbekommen, dass kurz darauf noch eine dritte Person zu den beiden stieß. Und dann wäre seine Verwirrung perfekt gewesen.

Aber genau in diesem Moment fragte ihn ein Touristengrüppchen in gebrochenem Deutsch nach dem Friedrich-Ebert-Geburtshaus. Zerstreut lächelnd führte er die Leute die wenigen Meter zu dem Hinterhof in der Pfaffengasse, wo sie schwatzend die steile Treppe zu der engen, teilweise noch mit den Originalmöbeln ausgestatteten Wohnung hinaufstiegen.

Er stellte sich vor, wie wildfremde Menschen in sein Elternhaus eindringen und neugierig durch die Zimmer streifen würden …

Die Augen würden ihnen aus dem Kopf fallen, und sie kämen aus dem Fotografieren nicht mehr heraus. Er lachte meckernd. Vorausgesetzt, sie wären dann überhaupt noch dazu imstande, eine Kamera zu halten.

9

Anton Traub saß wie jeden Tag in seinem Lieblingssessel am Fenster und blickte hinaus in den winterlichen Park, der das Seniorenheim »Waldpfad« am Stadtrand von Mainz umgab. Aus den kahlen Bäumen stiegen ein paar Krähen krächzend in die Luft, die Laute drangen schwach zu ihm herein. Wintervögel. Totenvögel.

Die Hügel in der Ferne waren heute weniger klar zu sehen, wabernder Dunst lag über den Feldern, die Natur schien in der Kälte zu erstarren. Es war unvorstellbar, dass diese geisterhafte Landschaft schon in wenigen Wochen wieder zu pulsierendem Leben erwachen und in freundlichen Farben erblühen würde.

Gestern, heute oder morgen – Zeit spielte für Anton schon lange keine Rolle mehr. Die Chancen, dass es für einen Achtzigjährigen ein Morgen geben würde, standen fünfzig zu fünfzig, und das war nicht mal weiter schlimm. In Wahrheit galt das ja sowieso für jeden, nicht nur für die Alten. Man tat also gut daran, sich an nichts mehr festzuhalten, sondern einfach alles loszulassen, die Freude, den Schmerz, die Angst, ja, vor allem die Angst. Der Tod war im Alter wohl kaum noch ein spektakuläres Ereignis, sondern bloß der Normalfall und sonst nichts.

Eine von alten Platanen gesäumte Landstraße schlängelte sich hinter dem Park durch die mit Raureif bedeckten Felder in Richtung Mainzer Innenstadt. Nur selten blitzte ein Auto in der Ferne auf.

Vergeblich versuchte Anton sich daran zu erinnern, ob eines seiner beiden Kinder sich für heute angekündigt hatte. Er konnte sich nichts mehr merken und vergaß im nächsten Moment gleich wieder, was man gerade zu ihm gesagt hatte, doch sie waren ihm nie böse deswegen.

Aber er war böse auf sie! Ein bisschen. Weil sie ihm verbieten wollten, alleine spazieren zu gehen. Aber das konnte er sich nicht gefallen lassen. Denn wenn er immer nur wartete, bis sie kamen, um ihn rauszuholen, würde er hier drin glatt vermodern.

Er wusste gar nicht mehr, wann er das letzte Mal draußen gewesen, und auch nicht mehr, wohin er gegangen war. Und erst recht nicht, wie er danach zurück zum Heim gefunden hatte. Gar nicht wahrscheinlich. Sie holten einen aber seiner Erfahrung nach immer wieder zurück, ob man wollte oder nicht.

Er sah hinüber zu seinem Klavier, das er aus seinem Haus hatte mitbringen dürfen, obwohl er fast gar nicht mehr spielen konnte. Parkinson. Die Medikamente linderten zwar die schlimmsten Anfälle, aber die eigenen Hände waren ihm fremd geworden, unzuverlässige Greifwerkzeuge, die seine Befehle nur notdürftig ausführten. Trotzdem war es gut, das Klavier im Zimmer zu haben, es war wie ein guter alter Freund. Und seine Tochter Lisetta spielte manchmal für ihn, wenn sie zu Besuch war. Fast die ganze obere Ablagefläche stand voll mit Familienbildern.

Da, jemand klopfte an seine Tür.

Schon wieder Schwester Daniela, die sich immer aufführte wie eine genervte Gouvernante? Vielleicht hatte er ja wieder mal einen Termin vergessen, zum Beispiel das Gedächtnistraining, haha. Oder die Bastelstunde oder etwas ähnlich Überlebenswichtiges.

Die Zeit der Alten war sowieso nicht mehr dieselbe. Die Gedanken und Gefühle flossen ungehindert und grenzenlos zwischen Vergangenheit und Gegenwart hin und her, und die Sortiermaschine Bewusstsein arbeitete nicht mehr nach Zeitabläufen, sondern nur noch nach Intensität der Gefühle. Versäumnisse, sich selbst und anderen gegenüber, kämpften sich durch die Nebel der Vergangenheit und wollten plötzlich wieder beachtet werden.

Es klopfte noch einmal.

»Hallo«, rief er mit brüchiger Stimme, ohne sich umzudrehen.

Es fiel ihm in letzter Zeit schwerer, über das hohe Rückenteil des Lehnstuhls zur Tür zu schauen. Meistens kamen die Leute sowieso einfach rein, das Klopfen war nur noch eine Floskel. Am schnellsten kamen sie herein, wenn man gar nicht antwortete. Er hatte es ausprobiert. Nur so, um zu wissen, woran er war. Dasselbe mit diesem komischen Apparat, dem Sirenenkasten in der Zimmerecke. Da hatte er ein paar Mal auf den dicken, roten Knopf gedrückt und dann immer die Zeit gestoppt, die die Sanitäter bis in seine Wohnung brauchten. Nachts natürlich, da hatten sie mehr Zeit – und er war sowieso wach. Sie wurden von Mal zu Mal langsamer, darauf hatte er sie freundlich hingewiesen.

Am nächsten Tag war Lisetta aufmarschiert und hatte ihn aufgebracht heruntergeputzt. Und er bekam jetzt immer eine Rechnung, die er privat bezahlen musste. Also, seiner Meinung nach war das die Sache wert. An Geld fehlte es ja wahrlich nicht, an Unterhaltung dagegen schon.

Lisetta! Er wusste es natürlich nicht mit Sicherheit, aber er hatte wirklich das Gefühl, seine Tochter schon seit Ewigkeiten nicht mehr gesehen zu haben. Und die letzten Male war sie immer nur ganz kurz da gewesen, und auch nur, weil sie Geld gebraucht hatte. Viel Geld. Natürlich hatte sie es bekommen, wie immer. Sein Prinzesschen, dem er keinen Wunsch abschlagen konnte. Es war besser, wenn ihr Bruder nichts davon erfuhr, er würde sich sonst bloß wieder zurückgesetzt fühlen.

Es klopfte noch einmal, diesmal lauter. Ach herrje, er hatte völlig vergessen, dass da draußen offenbar jemand stand und wartete. Kam ja selten genug vor.

»Hallo«, rief er wieder und versuchte sich daran zu erinnern, wie das Zauberwort für solche Gelegenheiten hieß. »Ruhe!«, brüllte er. Nein, das war auch nicht das Richtige, aber es funktionierte.

»Hallo, Papa«, antwortete eine geliebte Stimme.

Es war die Stimme seines Sohnes, und Antons Herz machte einen Hüpfer vor Freude.

Dummerweise fiel ihm gerade nicht ein, wie der Junge hieß, deshalb sagte er unverbindlich: »Ich freu mich so, Kind!« Das passte immer.

Er strahlte den jungen Mann an, der auf ihn zukam, ihm die Arme um die Schultern legte und ihn kurz an sich drückte. Seine Brille verrutschte dabei, aber er ließ sie einfach schief auf seiner Nase hängen. Unwichtig. Sein Sohn fischte sie ihm behutsam aus dem Gesicht, putzte die Gläser mit einem Zipfel seines Pullovers und setzte sie ihm ordentlich wieder auf. Dann zog er sich einen Stuhl heran und setzte sich seinem Vater direkt gegenüber.

»Sag mal, weißt du vielleicht, wo Lisetta steckt?«, fragte der alte Mann ohne Umschweife.

Der Junge musste das doch wissen, er gehörte schließlich zur Familie. Die Schwestern hier redeten nur wirres Zeug, wenn man sie etwas fragte, und er hatte sie stark im Verdacht, dass sie die Bewohner und ihre Familiengeschichten ab und zu verwechselten. War ja nicht weiter schlimm, solange man selber noch wusste, wer man war. Äh … ja.

Ein Schatten flog über das Gesicht des jungen Mannes. Dies war immer die erste Frage seines Vaters in den letzten Wochen, und Marvin wünschte sich nichts sehnlicher, als sie endlich beantworten zu können. Doch Lisetta war und blieb verschwunden.

»Wenn sie zurück ist, wird sie dich besuchen kommen«, versprach er.

Diese Antwort war auch seit Wochen dieselbe. Er musste sich bald irgendetwas Beruhigenderes für seinen Vater einfallen lassen, der zwar Probleme damit hatte, Ereignisse zeitlich einzuordnen, dafür aber umso deutlicher fühlte, dass etwas nicht stimmte.

Zärtlich betrachtete Marvin den alten Mann. Seine Haare schienen noch dünner geworden zu sein, die Haut durchscheinender, die Hände, die leise bebend auf den Sessellehnen lagen, knochiger und von immer mehr Altersflecken übersät.

»Wann kommt Lisetta denn endlich zurück?«

Marvins Magen krampfte sich zusammen, und er fühlte wieder diese eisige Kälte in seinem Inneren aufsteigen. Wo war Lisetta? Seit jenem schwarzen Mittwoch vor über einem halben Jahr, als die Polizeibeamten bei ihm erschienen waren, um ihm mitzuteilen, dass ihr Freund Robert Lisetta als vermisst gemeldet hatte, war er jeden Tag, der ohne einen neuen Hinweis auf seine Schwester verging, unruhiger geworden. Aus purer Verzweiflung über den unerträglichen Stillstand war er dann auf diese verrückte Idee gekommen, von der er sich so viel versprochen hatte. Es schien die einzige Möglichkeit zu sein, doch noch etwas über Lisettas rätselhaftes Verschwinden herauszufinden. Zum Glück hatte Heribert Santmann, der Leiter der Mannheimer Mordkommission, sich nach anfänglichem Zögern einverstanden erklärt, aber nach einigen kläglichen Fortschritten waren die Ermittlungen dann doch wieder ins Stocken geraten. Lisettas Spur verlor sich endgültig in Mannheim, das war das Einzige, was wirklich sicher schien.

»Bald, Papa«, log er.

Und ausgerechnet jetzt musste er Max von sich fernhalten, weil das Ganze einfach zu riskant geworden war. Sowohl für ihn als auch für Max. Alles konnte auffliegen und Max unter Umständen sogar selber in Verdacht geraten, etwas mit Lisettas Verschwinden zu tun zu haben.

»Wo ist sie überhaupt? Ist sie verreist?« Die Stimme des Vaters zitterte bang, so, als fühle er die Unmöglichkeit einer Antwort.

»Ja, sie ist verreist«, sagte Marvin leise.

Robert hatte geschworen, dass es ausnahmsweise mal keinen Streit zwischen ihm und Lisetta gegeben hatte. Marvin glaubte ihm. Nicht etwa, weil er die beiden für ein plötzlich friedfertiges Paar hielt, nein, aber Lisetta hatte nie Angst vor Auseinandersetzungen gehabt, kein noch so heftiger Streit wäre für sie ein Grund gewesen, einfach abzuhauen. Gab es vielleicht einen anderen Mann? Oder eine andere Frau? Entrüstet hatte Robert beides verneint. Im Gegenteil, sie hätten in der letzten Zeit sogar davon gesprochen zu heiraten. Ungläubig hatte Marvin ihn angestarrt. Lisetta wollte heiraten? Unvorstellbar! Andererseits, warum sollte Robert lügen? War er vielleicht der Grund dafür, warum Lisetta den Vater ständig um Geld angebettelt hatte?

Marvin hatte seinen Wintermantel gleich anbehalten, obwohl der kleine Raum ziemlich stickig und überheizt war. Er ergriff die Hände seines Vaters und stellte fest, dass die Fingerspitzen eiskalt waren. Entschlossen stand er auf, ging zu der kleinen Garderobe hinter der Tür und nahm den wärmsten Mantel seines Vaters samt Schal und Mütze vom Haken.

»Komm, Papa, wir gehen ein paar Schritte spazieren.«

Der Greis nickte und lächelte. Das Alter ist sanft.

Marvin half ihm aus dem tiefen Sessel und legte ihm den Mantel um. Er wollte morgen unbedingt noch mal mit Lisettas Freundin Corinna reden, und zwar am besten allein. Auf jeden Fall aber ohne Robert.

10

Marvin sprang vom Rad und lehnte es an den niedrigen Holzzaun. Ein Güterzug ratterte auf den wenige Meter hinter dem Häuschen vorbeiführenden Bahngeleisen in Richtung Frankfurt vorüber. Bestimmt waren die Grundstückspreise hier einigermaßen erschwinglich, im Gegensatz zu den anderen Ortsteilen von Hemsbach. Im Osten erhoben sich, begrenzt von der für ihre Mandelblüte im Frühling berühmten Bergstraße, die ersten sanften Hügel des Odenwaldes, etwas weiter südlich lag, in den Winterwald gebettet, die Zweiburgenstadt Weinheim.

Marvin zog Mütze und Stirnband vom Kopf und streifte die Handschuhe ab. Es war so kalt, dass sein Atem dampfende Wölkchen bildete, aber sein Körper war warm geworden durch die fast einstündige Tour von seiner Wohnung in

Mannheim bis hinaus nach Hemsbach. Er fuhr sich mit beiden Händen durchs Haar und wappnete sich innerlich für das Zusammentreffen mit Lisettas Sandkastenfreundin Corinna. Er hatte seit Längerem das deutliche Gefühl, dass sie etwas Wichtiges verschwieg, was in Anbetracht der verzweifelten Situation nicht nur gefährlich war, sondern auch dumm.

Diesmal war er alleine gekommen, in der Hoffnung, sie so vielleicht eher zum Reden zu bringen. Als er vor einigen Wochen mit Elmar Ringshauser hier gewesen war, hatte Corinna sich nicht sehr mitteilsam gezeigt. Sie schien den Ernst der Lage noch nicht begriffen zu haben und betrachtete Lisettas Verschwinden wohl als eine ihrer Launen, als ein harmloses Spiel, das sich irgendwann im Stil dieser einfältigen Überraschungsshows im Fernsehen, die sie sich ständig reinzog, auflösen würde.

Marvin atmete tief durch und läutete.

Von drinnen rollte eine Klackerlawine von spitzen Absätzen auf nackten Fliesen heran. Aha, sie trug wieder diese hochhackigen Pantöffelchen mit den rosa Käfern obendrauf.

Als Corinna die Tür aufriss, schrie sie entzückt auf und fiel ihm um den Hals, und er spürte, dass sie unter dem seidigen roten Morgenmantel nur ihre sommersprossige Haut trug. Es war wohl doch ein Fehler gewesen, seinen Besuch anzukündigen. Er klaubte die eiskalten Hände aus seinem Nacken, drehte ihren mageren Körper energisch von sich weg und schob sie wie eine Rollkommode vor sich her in die überheizte Puppenstube, die sie Wohnzimmer nannte.

Die Farbe Rosa beherrschte den vollgepfropften Raum. Unzählige grellbunte Kissen ließen auf dem Riesensofa kaum Platz zum Sitzen, und durch die mehrfach gerafften, mit Goldfäden durchwirkten Rüschenvorhänge fiel der Blick auf einen winzigen, von Putten und Zwergen bevölkerten Garten, in dem der Springbrunnen mit pinkelndem Faun sicherlich nur aus Platzgründen fehlte. Auf allen freien Flächen im Zimmer tummelten sich Nippesfiguren, Puppen, Clownsmarionetten und anderer Krimskrams. Der nierenförmige, mintgrüne Couchtisch versank auf niedrigen, nach unten spitz zulaufenden Chrombeinen in dem weinroten Flokati, und vor dem unechten Kamin lag ein ebenfalls unechtes Bärenfell, um das sich drei Clubsessel gruppierten. Die pink gestrichenen Wände waren übersät mit gerahmten Ansichtskarten. Da hing ein Elvis im Glitzeranzug direkt neben dem bayrischen Biertrinker, und der wiederum neben Dürers Händen, die – Zufall oder nicht – Sophia Loren in jungen Jahren anbeteten. Insgesamt hatte man beim Betreten des Zimmers das Gefühl, in eine überdimensionale Torte zu steigen und sofort in ihr zu versinken.

Marvin steuerte auf den einzigen Stuhl im Raum zu, der neben der Terrassentür stand, nahm die lebensgroße Puppe herunter und setzte sich, während Corinna versuchte, ihren hageren Körper einigermaßen dekorativ auf dem Sofa zu drapieren. Ihr blutroter Seidenkimono klaffte vorn wie zufällig auseinander und ließ den Ansatz ihres Busens sehen.

»Wass Neuess von Lisetta?«

Corinna lispelte, seit sie sich ein Zungenpiercing hatte machen lassen, das vermutlich von ihren schiefen Zähnen ablenken sollte. Mit Erfolg. Man konnte gar nicht anders als auf das hüpfende, silbrige Kügelchen zu starren, wenn sie redete. Ihre fisseligen Goldlöckchen hatte sie am Hinterkopf zu einem nestartigen Dutt hochgesteckt, die kleinen, mit schwarzem Eyeliner umrandeten Augen bildeten einen harten Kontrast zu der ungesunden Blässe ihrer Haut.

»Eben nicht.« Marvin nahm den Faden sofort auf. »Deshalb bin ich ja hier. Du glaubst immer noch an einen von Lisettas Späßen, stimmt's?«

»Ach, Marvin, du bist einfach ssüß, wenn du dich aufregst«, zwitscherte Corinna kokett, aber ihre Stimme klang nicht mehr ganz so selbstsicher wie noch vor ein paar Tagen.

Wann würde sie bloß endlich begreifen, dass Lisetta wirklich etwas zugestoßen sein musste? Corinna versuchte, seinem Blick auszuweichen, indem sie die Kissen um sich herum neu gruppierte.

»Mein Gott, was ssoll schon passiert ssein? Lisetta weiß schon, wass ssie tut.«

Ihre offensichtliche Nervosität strafte die exaltierte Unbekümmertheit Lügen. Sie holte aus den Taschen ihres Morgenmantels Zigaretten und Feuerzeug hervor, aber ihre spinnenartigen Finger mit den viel zu langen, dunkelrot lackierten Nägeln zitterten.

»Steckt etwa ein anderer Kerl dahinter?«, drängte Marvin. »Ist sie noch irgendwo in Mannheim? Dort ist sie jedenfalls zuletzt gesehen worden.«

Er beobachtete, wie Corinna zusammenzuckte. Es war völlig klar, dass sie wichtige Informationen verheimlichte, aber warum? Sie blickte ihn mit neckischem Augenaufschlag an und lächelte, antwortete aber nicht. Plötzlich wurde er wütend.

»Was muss ich eigentlich noch tun, damit du endlich auspackst?«

Er sprang auf und war mit zwei Schritten bei ihr, packte sie bei den Schultern und schüttelte sie so heftig, dass ihr die Zigarette aus dem Mundwinkel rutschte und in dem roten Flokati landete. Mit einem spitzen Schrei grapschte sie danach und rubbelte mit dem Ärmel ihres Kimonos hektisch über einen kleinen grauen Fleck auf dem Teppich. Eine Wolke betäubend süßlichen Parfüms stieg zu ihm auf.

»He, wass fällt dir ein, bist du verrückt geworden?« Corinna nahm einen tiefen, beleidigten Zug aus ihrer wiederbelebten Zigarette und blies ihm frech den Rauch ins Gesicht. Ärgerlich rückte Marvin von ihr ab.

»Wann begreifst du endlich, dass du Lisetta nur schadest, wenn du das Maul nicht aufmachst?«, stieß er aufgebracht hervor.

Corinna drückte ihre Zigarette aus, zog den Morgenmantel fester vor ihren Brüsten zusammen und presste trotzig die Lippen aufeinander.

»Ich mach unss jetzt erst mal einen Tee«, verkündete sie plötzlich und wollte aufstehen.

»Ich will keinen Tee!«, brüllte Marvin und drückte sie in ihre Sofakissen zurück. »Verdammt, Corinna, sag mir endlich, was du weißt!« Er ließ sich auf seinen Stuhl zurückfallen und fuhr sich nervös mit beiden Händen übers Gesicht. »Sie war seit Ewigkeiten nicht mehr bei unserem alten Vater. Von Robert ganz zu schweigen. Kein Mensch weiß, wo sie ist, niemand hat sie gesehen.«

Corinna hob unsicher die mageren Schultern, der rote Kimono raschelte leise. Mit ihren weit aufgerissenen, schwarz umrandeten Augen und dem blutrot bemalten Mund sah sie jetzt selbst aus wie einer ihrer Harlekine.

»Der ist doch schuld an allem«, brach es plötzlich aus ihr hervor.

»Was soll das heißen?« Marvin packte ihre Hände. »Los, raus damit!«

Was für ein Märchen wollte sie ihm jetzt wieder auftischen? Und von wem redete sie überhaupt? Von Robert? Oder von Vater?

»Aber ich hab ihr doch versprochen, nichtss zu verraten.«

Corinna machte sich von ihm los und beugte sich über die Sofalehne zu dem winzigen Beistelltischchen hinüber. Mit fahrigen Händen schenkte sie sich einen Cognac ein. Es war drei Uhr nachmittags, aber gut, wenn das ihre Zunge lockerte, sollte es Marvin recht sein.

»Für dich auch?«

Ohne seine Antwort abzuwarten, füllte sie ein weiteres Glas fast bis zum Rand. Dann leerte sie ihr eigenes in einem Zug, verschluckte sich und hustete, dass das Sofa bebte. Und plötzlich liefen ihr Tränen übers Gesicht, blauschwarze Mascarabäche rannen über ihre Wangen, die blassen Augenlider flatterten. Der Sonntagnachmittagsvamp hatte sich in das kleine, hilflose Mädchen zurückverwandelt, das in Corinna steckte. Marvin war sie so jedenfalls viel sympathischer, und plötzlich wusste er, dass sie jetzt endlich reden würde.

»Du hast ja keine Ahnung.« Sie zog geräuschvoll die Nase hoch.

Marvin holte ein Taschentuch aus seiner Hosentasche.

Sie lächelte ihn flüchtig an, es war ein erbärmliches, hilfloses Lächeln, das gründlich misslang. Sein Herz zog sich zusammen, als er die aufflackernde Furcht in ihren Augen sah.

»Robert ist nicht sso lieb und nett, wie alle glauben«, flüsterte sie. »Er hat ssie … Lisetta wollte ssich von ihm trennen, und da hat er ssie …« Sie stockte.

»Er hat was? Raus damit!«

»Er ist völlig ausgerastet. Und wenn er erfährt, dass ich dir alless erzählt hab, bin ich auch dran. Lisetta kann er ja nichtss mehr tun, die ist über alle Berge.«

»Was heißt das, über alle Berge?«

Marvin musste sich beherrschen, um Corinna nicht wieder zu schütteln.

»Er hat ssie verprügelt, er hat ihr die Nase blutig geschlagen. Da ist ssie abgehauen, hätte ich auch gemacht an ihrer Stelle.«

Corinna schrie jetzt beinahe und begann wieder zu schluchzen, ihre zarten Hände lagen zu Fäusten geballt in ihrem Schoß.

»Er hat sie geschlagen?«

Marvin war völlig verblüfft. Er wusste natürlich von den ständigen Streitereien zwischen Robert und Lisetta, aber seine Schwester hatte nie von Gewalttätigkeiten erzählt. Er konnte eigentlich gar nicht glauben, was er da hörte. Warum hatte Lisetta sich ihm nicht anvertraut? »Aber sie wollten doch sogar heiraten«, stieß er schließlich hervor.

»Heiraten?« Corinna lachte hysterisch. »Sso ein Quatsch! Lisetta und heiraten. Nie im Leben, und schon gar nicht Robert.«

Marvin sah Corinna prüfend an. Und plötzlich war ihm klar, dass sie absolut recht hatte. Genau das Gleiche hatte er ja auch gedacht, als Robert ihm von den angeblichen Heiratsplänen erzählt hatte. Hatte er das nur getan, um von sich abzulenken? Marvin griff nach seinem Cognacglas und nahm einen Schluck. Das Zeug brannte wie Feuer, dies hier war jedenfalls kein billiger Fusel. Draußen schlug eine Autotür zu.

»Warum bist du dir da so sicher?«, fragte er schnell.

Einer der beiden log. Und er kannte weder Corinna noch Robert gut genug, um zu erraten, wer.

»Also gut.«

Corinna zog die Nase hoch und schenkte sich schon wieder nach, nippte dann aber nur kurz an ihrem Glas. Sie hatte die Pantoffeln abgestreift, und ihre nackten Füße lugten blass unter dem roten Kimono hervor.

»Ich bin ja sselbst schon ganz krank vor Angst. Ssie hat versprochen, ssich zu melden, aber ich hab wirklich sseit Ewigkeiten nichtss mehr von ihr gehört. Nicht mal an Weihnachten.« Die Tränen flossen jetzt haltlos. »Dabei wollten wir doch zusammen feiern.«

Corinnas Schultern bebten, den Oberkörper über die Knie gebeugt, rang und knetete sie unablässig ihre knochigen Hände.

»Und?«

»Und ja, ssie war zuletzt noch in Mannheim, aber von dort hat ssie ssich nur noch ein einzigess Mal gemeldet. Danach kam gar nichtss mehr – kein Brief, kein Anruf, keine Mailss.« Corinna holte tief Luft. »Nicht mal 'ne SsMSs.«Herrje, dass ihr dieses Gelispel nicht auch selbst fürchterlich auf die Nerven ging!

»Weiter«, drängte Marvin, »was noch?«

»Nichtss weiter«, heulte Corinna. »Ihr Handy hat ssie längst abgeschaltet. Zuerst dachte ich noch, weil ssie frisch verliebt ist, vergisst ssie eben einfach alless andere um ssich herum. Aber inzwischen … hab ich einfach eine Scheißangst.«

»Frisch verliebt!«

Marvin sprang auf und wäre bei dem Versuch, in dem vollgestellten Raum ein paar Schritte zu machen, beinahe über den Couchtisch gefallen. Dann war seine Vermutung also doch von Anfang an richtig gewesen. Und wegen Corinnas kindischer Sturheit hatten sie wahrscheinlich wertvolle Zeit verloren. Er wurde sofort wieder wütend, am liebsten hätte er ihr eine Ohrfeige verpasst.

»Verdammt, warum hast du das nicht der Polizei erzählt? Oder wenigstens mir?«, schrie er. »Du hast Lisetta mit deiner Heimlichtuerei absolut keinen Gefallen getan!«

»Ich hab ihr doch versprochen dichtzuhalten«, jammerte Corinna.

Sie fingerte mit fahrigen Händen in den Taschen ihres Kimonos nach ihrem Taschentuch.

»Wegen Robert. Ssie hatte wirklich Angst vor ihm. Ssie wollte einfach nur für 'ne Weile untertauchen, biss er ssich beruhigt hat und ssie in Ruhe lässt.«

Marvin ließ sich schwer atmend in einen Sessel sinken. Der Teddybär, auf den er sich dabei gesetzt hatte, brummte beleidigt. Er zog ihn ungeduldig hervor und warf ihn achtlos zu Boden. Corinna kippte gerade das dritte Glas Cognac in sich hinein, sie war offenbar entschlossen, sich volllaufen zu lassen. Aber vorher musste er noch den Rest aus ihr herausbekommen.

»Ist es jemand, den ich kenne? Wie heißt er?«

»Weiß ich nicht«, schnüffelte Corinna kleinlaut und wandte ihm ihr fleckiges, verheultes Gesicht zu. »Ich hab ihn nur ein einzigess Mal kurz mit ihr gesehen, aber bloß von weitem. Ich wollte ihnen nach, aber dann waren ssie plötzlich weg. Ich weiß nicht mal, ob ich ihn wiedererkennen würde, wenn er hier zur Tür reinkäme. Aber du hättest mal hören ssollen, wie ssie von ihm geschwärmt hat.« Corinna hing über der Sofalehne und stierte unglücklich vor sich hin. »Na ja, von Robert hatte ssie jedenfallss die Nase gestrichen voll.«

11

Als Marvin noch am selben Abend bei Robert Sturm läutete, war es bereits halb zwölf Uhr nachts. Er hatte kurz überlegt, ob er Elmar Ringshauser bitten sollte mitzukommen. Aber es war wohl doch besser, heute Abend keinen Zeugen dabeizuhaben.

Das Viertel *Im Rott* zwischen den Stadtteilen Vogelstang und Käfertal bestand aus einer Ansammlung schmutziger, Düsternis ausstrahlender Wohnblocks. Hier hatte man nicht einmal den Versuch unternommen, die Häuser in ansprechenden Grünanlagen zu gruppieren. Man hatte auf möglichst engen Raum möglichst viele hässliche Betonklötze gepackt, der alles beherrschende Farbton war grau. Die Straßen waren wie leergefegt. Hinter vielen Fenstern flackerte das ewig blaugraue Licht der Fernsehgeräte, und das nie endende Rauschen der nahe gelegenen Stadtautobahn verstärkte noch den Eindruck der Trostlosigkeit, die über der Siedlung lag. Wie hatte Lisetta es hier bloß ausgehalten?

Hatte sie gar nicht, rief er sich in Erinnerung. Jedenfalls nicht allzu lange.

Der Türsummer ertönte, und Marvin warf sich gegen die zuverlässig klemmende Eingangstür, die seit seinem letzten Besuch wieder um einige schmierige Graffiti reicher geworden war.

»Fuck the school« wurden die Eintretenden von mit dem genannten Vorgang offenbar noch nicht vertrauten Personen aufgefordert. Dreisprachig immerhin. Marvin hastete, immer zwei Stufen auf einmal nehmend, in den dritten Stock.

Robert öffnete und blieb unsicher grinsend in der Wohnungstür stehen. Irgendjemand musste ihm einmal gesagt haben, er habe Ähnlichkeit mit James Dean, denn er trug jahrein, jahraus diese weißen Feinrippunterhemden, die nur ganz jungen Männern wirklich gut stehen. Ein offenes, rotkariertes Flanellhemd ließ den Blick auf einen muskulösen Brustkorb frei. Er war auf eine etwas gewöhnliche Weise gutaussehend, wenn man auf Männer mit Bullterrierblick und Ganzkörperbehaarung stand. Sein dichtes dunkles Haar hatte er an den Seiten nach hinten gekämmt und über der Stirn mit viel Gel zu einer lässigen Tolle geformt. Er senkte den Kopf und warf Marvin aus graugrünen Augen einen Blick zu, der vermutlich verwegen wirken sollte.

»Is was mit Lisetta?«, fragte er kauend.

In der rechten Hand hielt er ein angebissenes Stück Pizza. Von irgendwoher kamen Stimmen, wahrscheinlich lief hinten im Wohnzimmer der Fernseher.

Wortlos drängte sich Marvin an ihm vorbei in den Flur, in dem es ziemlich muffig roch. In allen Räumen brannte Licht.

»He, was soll das?«

»Darf ich reinkommen?«, rief Marvin über die Schulter zurück.

Er marschierte zuerst in die vor Schmutz klebrige Küche und dann ins Wohnzimmer, wo auf dem nackten Boden neben der Couch eine halbleere Flasche Bier und ein offener Pizzakarton standen. Ein mit Käse und Ketchup verklebtes Brotmesser lag auf dem geöffneten Deckel der Pappschachtel.

Robert hatte offensichtlich eine Vorliebe für Müllhalden. Jedenfalls schien er sich dazu entschlossen zu haben, auf einer solchen zu leben, denn in dem ungemütlichen Raum mit der grellen Neonbeleuchtung war alles, was man normalerweise in Schränken verstaut, wild über den Fußboden verstreut. Darüber lagerte eine fingerdicke Staubschicht, der ganze Kram starrte vor Dreck, und man hielt unwillkürlich Ausschau nach vielbeinigen Mitbewohnern. Es war offensichtlich, dass die Wohnung seit Lisettas Verschwinden nicht mehr geputzt worden war. Das Chaos war inzwischen deutlich schlimmer geworden, und Marvin fragte sich plötzlich, ob Robert nicht wesentlich mehr fehlte als Arbeit und Nachhilfe im Putzen. Im Fernseher lief ein Actionfilm, in dem sich gerade die obligatorische, lärmintensive Verfolgungsjagd abspielte. Marvin bückte sich nach der Fernbedienung und verdreifachte die Lautstärke.

»Hey, bist du verrückt?«, protestierte Robert. »Ich hab hier Nachbarn. Was glaubst du eigentlich, wie das …?«

Marvins Faust traf ihn direkt in den Magen. Er klappte zusammen, keuchte und taumelte gegen die Wand. Marvin setzte nach und rammte ihm sein Knie zwischen die Beine. Robert schrie auf vor Schmerz, er war vollkommen überrumpelt.

»Was hast du mit ihr gemacht?«

Marvin riss Robert herum und drehte ihm die Arme auf den Rücken.

»Nichts, verdammt!« stöhnte Robert. »Ich hab keine Ahnung, wo sie ist.«

»Vorher! Ich will wissen, was du mit ihr gemacht hast, *bevor* sie verschwunden ist, Mann. Von wegen heiraten und all dem Quatsch.«

»Doch, das stimmt. Ich wollte sie wirklich heiraten.« Robert sah nicht auf. »Sie mich aber nicht.«

»Und da hast du dir gedacht, mit ein paar gezielten Hieben kannst du sie doch noch von deiner überwältigenden Zuneigung überzeugen, was? Du Idiot!«

»Sie war so verdammt stur.«

Marvin drückte noch ein bisschen fester zu. Robert ächzte, wand sich und trat dann mit aller Kraft gegen Marvins Schienbein, doch Marvin ließ nicht locker. Im Film lief jetzt ein gigantisches Geballere ab, vermutlich wurden dort gerade die Bewohner einer kompletten Plattenbausiedlung niedergemetzelt. Der Lärm im Zimmer war ohrenbetäubend. Von unten hämmerte jemand wütend gegen die Decke.

»Is bald Ruhe da oben?«, brüllte eine sich überschlagende Männerstimme. »Ich hab selber 'nen Fernseher.«

»Wieso *war*? Wieso sagst du, sie *war* stur?«, schrie Marvin, um das Getöse zu übertönen.

»Na, weil … Ich hab sie ja seit dem Tag, an dem ich sie … an dem sie abgehauen ist, nicht mehr gesehen. Mann, lass mich los!«

»Wundert dich das? Du hast sie doch nach Strich und Faden vermöbelt.«

»Das hast du von Corinna, dieser blöden Ziege«, polterte Robert, »na, die kann was erleben!«

»Wenn du sie auch nur mit dem kleinen Finger antippst, komm ich wieder. Dann aber nicht allein.«

»Willst du mir drohen?«

»Gratuliere. Wie schlau du doch bist!«

Plötzlich stieß Robert seinen Hinterkopf mit Wucht in Marvins Gesicht. Marvin stieß einen Schrei aus, er spürte, wie ihm fast augenblicklich warmes Blut aus der Nase quoll. Er verlor den Halt, und Robert stürzte sich sofort auf ihn. Im nächsten Augenblick lagen sie ringend am Boden. Sie wälzten sich durchs Zimmer, ein Regal kam ins Wanken und krachte samt Inhalt auf sie herunter. Marvin spürte einen heftigen Schlag auf den Hinterkopf, als ein dickes Brett auf ihn niedersauste, Robert hatte es an der Schläfe erwischt. Er war wesentlich schwergewichtiger als Marvin, dafür aber nur halb so schnell. Marvin riss Robert mit einem Ruck den Kopf nach hinten und presste ihm den Ellbogen so hart gegen den Kehlkopf, dass er aufschrie und zu röcheln begann.

»Scheiße, gleich komm ich rauf«, tönte es hitzig aus der unteren Wohnung, unterstrichen von wütendem Gewummere gegen die Decke.

»Nette Nachbarn hast du hier«, keuchte Marvin. »Wo ist Lisetta?«

Er lockerte den Griff gerade so weit, dass Robert kurz Luft holen konnte.

»Ich weiß es wirklich nicht, Mann.« Robert hustete und würgte. »Sie hat irgendwas von einem anderen Kerl gefaselt. Deshalb bin ich ja ausgetickt. Stellt sich hin und erzählt mir nach drei Jahren Beziehung, dass sie sich von mir trennen will. Angeblich wegen der ganz großen Liebe. Und dann war sie plötzlich weg.«

»Nachdem du ihr ordentlich eingeschenkt hast.«

»Es war das erste und einzige Mal. Ehrlich.«

»Klar, weil du danach keine Gelegenheit mehr dazu hattest.«

Widerwillig gestand Marvin sich ein, dass er Robert in diesem Punkt glaubte. Wahrscheinlich hatte es wirklich nur dieses eine Mal gegeben. Das würde zumindest erklären, warum Lisetta sich ihm nicht anvertraut hatte. Sie war einfach nicht mehr dazu gekommen.

»Was hat sie dir von dem Mann erzählt?«

»Nichts. Und ich wollte auch gar nichts wissen, Mensch, ich war total bedient! Glaubst du etwa, da hab ich noch Lust, mir Lobeshymnen auf irgendeinen bescheuerten Typen anzuhören?«

»Und du weißt natürlich nicht, wie dieser Typ heißt oder wo er wohnt?«

»Wenn ich's wüsste, hätte ich ihm schon längst die Fresse poliert.«

»Klar, was Gescheiteres fällt dir sowieso nicht ein. Und warum hast du das alles nicht gleich erzählt?«

»Dämliche Frage. Sieh dich mal um, du führst dich doch auf wie Rambo.«

Überall waren Blutspritzer, an der Wand gegenüber und auf dem versifften Boden, den schon Pizzareste und ausgelaufenes Bier zierten. Zerfledderte Zeitschriften lagen zwischen Scherben und verstreutem Kleinkram herum, und zwei riesige, verwahrloste Pflanzen waren von der Fensterbank gekippt. Marvin fühlte sein linkes Auge anschwellen.

»Mensch, du hast es wirklich verdient.«

Marvin stieß Robert heftig von sich und rappelte sich auf. Sämtliche Knochen taten ihm weh, aus seiner Nase tropfte immer noch hellrotes Blut.

»Wenn die Bullen erfahren, dass ich Lisetta geschlagen hab, bin ich doch für die der Verdächtige Nummer eins.«

Robert war auf dem Boden sitzen geblieben und rieb sich den Nacken. Seine schöne Frisur war komplett im Eimer und einiges andere ebenfalls. Im Gesicht hatte er tiefe, dunkelrote Schrammen, die Unterlippe blutete und war schon jetzt zu doppelter Größe angeschwollen, sein Trägerhemd war eingerissen und hing nur noch in Fetzen an ihm herab.

»Na und?«, versetzte Marvin, »vielleicht liegen sie ja damit genau richtig.«

»Nein, verdammt. Ich schwör's.«

»Das ist natürlich was anderes, wer könnte da noch zweifeln.«

»Glaub's oder glaub's nicht. Sie hat nur eine einzige Reisetasche gepackt und ist dann abgezogen, ihre restlichen Sachen wollte sie später holen. Das hat sie aber nie getan. Dieser Kerl hat ihr wahrscheinlich Gott weiß was versprochen.«

»Wie? Was hat er ihr versprochen?«

»Mann, weiß ich doch nicht. Jedenfalls muss er sie irgendwie bearbeitet haben, sonst wär sie doch nicht Knall auf Fall abgehauen.«

»Klar, bestimmt hat er sie mit Gold und Perlen gelockt, sonst hätte sie das Luxusleben an deiner Seite sicher nie hingeschmissen.« Marvin lachte. »Blödmann, so ziemlich alles ist besser als das hier.« Er sah sich verächtlich um. »Und komm mir jetzt bloß nicht mit deinen inneren Werten.«

Sie brüllten immer noch aus Leibeskräften gegen den lärmenden Fernseher an. Inzwischen war aber klar, dass von Robert nicht viel mehr zu erfahren war. Seine Behauptungen deckten sich im Wesentlichen mit dem, was Corinna erzählt hatte. Zeit zu gehen.

Als Marvin durch den Flur zur Wohnungstür ging, wurde von außen heftig dagegengehämmert. Aha, der Nachbar von unten machte einen Freundschaftsbesuch. Marvin riss die Tür auf.

Ein bulliger Riese im ausgebeulten Schlafanzug starrte wütend auf ihn herab, der Knopf über seinem haarigen Bauchnabel stand offen und gestattete appetitliche Einblicke auf ein großes Stück Männerfleisch von ungesunder Hautfarbe.

»Aaah, gut, dass Sie kommen! Wollen Sie wissen, wie er Sie nennt? Volltrottel. Pavian.« Marvin sprang zur Seite. »Nur herein. Immer geradeaus den Flur entlang.«

Der Bulle drängte sich schnaufend an ihm vorbei und marschierte zielstrebig in Richtung Wohnzimmer. Man konnte getrost davon ausgehen, dass seine Wohnung unten exakt den gleichen Grundriss hatte. Er hinterließ eine Dunstwolke von Alkohol, kaltem Zigarettenrauch und Schweiß.

»Viel Spaß zusammen«, murmelte Marvin, zog hastig die Tür hinter sich zu und eilte die Treppe hinunter.

12

Der Schmerz war so heftig, dass ihr die Tränen in die Augen traten.

Das war der Nachteil, wenn man sich nicht an die Wege hielt, man musste immer damit rechnen, über irgendetwas zu stolpern. Aber sie trainierte für den diesjährigen Orientierungslauf in Schweden, und das bedeutete nun mal, quer durch den Wald zu rennen und sich selbst seine Pfade zu suchen.

Laut schimpfend blieb Elvira ein paar Minuten im Graben liegen, bis das Pochen in ihrem Knöchel etwas nachließ, die Kälte des winterharten Waldbodens nahm sie dabei kaum wahr. Dann setzte sie sich langsam auf, umschlang den Fuß mit beiden Händen und versuchte im Sitzen, ihn behutsam auf den Boden aufzusetzen. Ein neuer Schmerz durchfuhr sie. Sie rollte die Socke vorsichtig nach unten und begutachtete ihren Knöchel. Na prima, man konnte regelrecht dabei zusehen, wie die Haut sich über dem anschwellenden Gewebe immer mehr spannte und begann, sich dunkel zu verfärben. Ihr altes Problem, Bänderüberdehnung. Mit dem Joggen war es jetzt erst einmal vorbei, den Rest des Weges bis nach Hause in die Gartenstadt würde sie hinkend zurücklegen müssen.

Elvira legte den Kopf in den Nacken und blickte prüfend zum Februarhimmel hinauf, der grau und düster in den kahlen Ästen der Bäume hing und unfreundlich auf sie herabsah.

Noch war es einigermaßen hell, sie würde es also selbst bei langsamem Gehen schaffen, vor Einbruch der Dunkelheit aus dem Käfertaler Wald herauszukommen. Erfahrungsgemäß konnte sie nach ein paar Minuten, wenn auch unter Schmerzen, wieder einigermaßen auftreten. Sie hatte sogar festgestellt, dass ein umgeknickter Knöchel, wenn man ihn am Anfang zu sehr schont und gar nicht belastet, später wesentlich mehr Zeit zum Abschwellen braucht.

Sie stützte sich vom Waldboden ab und wollte behutsam aufstehen, als ihre linke Hand unter dem modrigen Winterlaub etwas unerwartet Weiches, Faseriges zu fassen bekam. Noch in der Hocke drehte sie sich halb um und schaufelte neugierig die Blätter beiseite.

Im nächsten Augenblick gellte ihr markerschütternder Schrei durch den menschenleeren Wald, sie warf sich nach hinten, weg von dem Unfassbaren, und schnappte nach Luft, rang nach Atem wie eine Ertrinkende, ihr Herz raste und hämmerte heftig gegen die Brust, ihre Finger brannten vor Ekel und Entsetzen. Sie riss die Arme nach oben, sprang wie von tausend Furien gehetzt auf und humpelte los, ohne sich noch einmal umzudrehen. Sie konnte überhaupt nicht mehr aufhören zu schreien und sich vor Grauen zu schütteln, sie lief und lief, rannte, so schnell sie mit ihrem verletzten Fuß nur konnte, die Böschung hinab.

Als sie endlich einen der Waldwege erreichte, die zum *Karlstern* führen, sah sie sich verzweifelt nach Spaziergängern um, aber niemand war zu sehen. Die eisige Winterluft durchschnitt ihre Lungen, ihr Brustkorb schmerzte bei jedem Atemzug. Und wieder schossen ihr Tränen in die Augen. Wie betäubt klaubte sie ein paar Steine vom Boden auf und legte mit bebenden Händen am Wegrand ein Steinkreuz nieder, um später die Stelle wiederfinden zu können, wo man den Weg verlassen und die Böschung hinaufsteigen musste.

Polizei. Sie musste sofort die Polizei alarmieren! Sie schwor sich, nie wieder ohne Handy ihre Wohnung zu verlassen.

Als sie aus dem Wald torkelte und endlich die letzten Bäume hinter sich ließ, fielen die ersten Regentropfen. Nein, jetzt nicht auch noch nass werden bei dieser Kälte! Aber eigentlich war das ja völlig egal, wichtig war nur noch, schnell nach Hause zu kommen. Der Schock ließ sie immer wieder in Schluchzen ausbrechen, das tief aus ihrem Innersten aufzusteigen schien, Eisregen tränkte ihr Haar, rann ihr übers Gesicht und in die halb geöffneten Lippen. Sie traf auf dem ganzen Weg keinen einzigen Menschen, das düstere, nasskalte Wetter trieb niemanden nach draußen.

Abgesehen von zwanghaften Sportlern. Und Mördern.

Der grausige Fund, das Entsetzliche, das dort draußen im Wald unter dem braunen, morschen Winterlaub tot und modrig im Graben lag, das schaurige Grinsen der perfekten, weißen Zähne, das lange rote Haar, das ihre Hand umschlungen hatte, ausgebreitet um den Kopf des halb verwesten Knochengesichts wie blutiges Stroh, war unauslöschlich eingraviert, würde sie von nun an überallhin verfolgen.

Ihre Hände zitterten so heftig, dass sie einige Sekunden brauchte, um ihren Schlüssel ins Schloss zu stecken. Dann stürzte sie zum Telefon und wählte den Notruf.

13

Sie kamen zu fünft in zwei unauffälligen, geräumigen Wagen. Der Chef der Spurensicherung, Elmar Ringshauser, Kommissar Herbert Niederegger, ein Arzt und zwei auffallend hübsche Frauen, von denen sich die jüngere als Kriminalassistentin Luisa Eichinger vorstellte und die andere, die aussah, als sei sie gerade einer Modezeitschrift entstiegen, als Polizeifotografin. Sie hatten nicht mal eine halbe Stunde gebraucht. Unaufgefordert drängten sie sich an Elvira vorbei in die Wohnung und blieben in der kleinen Diele stehen.

Die Zeit hatte gerade so gereicht, heiß zu duschen und trockene, warme Kleider anzuziehen. Trotzdem hatte Elvira Becker sich immer noch nicht unter Kontrolle. Sie bemühte sich jedoch, deutlich und verständlich zu sprechen, obwohl ihr ab und zu die Stimme wegrutschte. Sie ging voran ins Wohnzimmer.

»Wie geht es Ihnen?« Der Polizeiarzt musterte sie mitfühlend. »Glauben Sie wirklich, dass Sie gleich mit zum Fundort kommen können?«

Er war um die vierzig, mittelgroß und attraktiv. Unter dem Arm trug er eine kissenförmige, schwarze Tasche, die er neben dem Klavier abstellte. Der Raum schien für die Versammlung in dicke Winterkleidung verpackter Menschen zu eng und viel zu warm. Elvira trat ans Fenster und öffnete es. Ein Schwall nasskalter Luft strömte herein.

»Sie muss«, stellte Niederegger nüchtern fest, »und das so schnell wie möglich.«

Irritiert sah Elvira zu ihm hinüber. Er war auf jeden Fall der Älteste der Truppe und machte einen ausgesprochen mürrischen Eindruck. Er war als Einziger nicht mit ins Wohnzimmer gekommen, sondern blieb, ungeduldig auf den Fersen wippend, in der Tür zur Diele stehen. Er wirkte nervös, wahrscheinlich war er der Leitende Ermittler und trug die Verantwortung für diesen Einsatz. Aber sie irrte sich.

»Nicht so grob, Herr Kollege«, mahnte Ringshauser. »Hier geht's schließlich nicht um einen Sonntagsspaziergang.«

»Eben deshalb«, versetzte Niederegger bockig.

Elvira starrte von einem zum anderen, zwischen ihren Augenbrauen bildete sich eine steile Falte. Ein Pochen in den Schläfen kündigte beginnende Kopfschmerzen an. Am liebsten hätte sie sich auf ihr Sofa gelegt und sich eine Decke über den Kopf gezogen. Aber es half alles nichts, sie musste noch einmal zurück in den Wald. Und zwar jetzt.

»Schon gut. Lassen Sie sich ruhig Zeit.« Niedereggers Stimme war klebrig vor Ironie. »Schließlich ist sie bereits tot. Es geht ja bloß noch darum, ihren Mörder zu finden. Ein Klacks.«

Luisa Eichinger boxte ihn in die Rippen. »Was ist denn los mit dir?«, zischte sie. »Mann, die Frau steht unter Schock.«

»Hoffentlich hindert der sie nicht daran, die Leiche wiederzufinden«, trumpfte Niederegger auf.

Elvira fühlte eine Welle der Übelkeit heiß in sich aufsteigen. Was für ein unangenehmer Mensch!

»Das war's mal wieder, Niederegger«, sagte Elmar Ringshauser eisig. »Sie dürfen im Wagen auf uns warten.«

Damit war klar, wer hier das Sagen hatte.

Niederegger biss sich auf die Lippen und verschwand ohne Widerrede, die Tür fiel laut krachend hinter ihm ins Schloss. Die hübsche Fotografin nahm kurz Blickkontakt zu Ringshauser auf und zog fragend die linke Augenbraue hoch. Als dieser kurz nickte, folgte sie Niederegger wortlos nach draußen. Der Arzt sah den beiden stirnrunzelnd nach.

Ringshauser und Eichinger nahmen auf dem Sofa Platz, allerdings ohne ihre Mäntel abzulegen.

Elvira Becker verstand den Wink und setzte mit zitternden Händen ihre Tasse auf dem Tisch ab. Sie ging voran in die Diele und kramte in dem kleinen Schränkchen neben der Eingangstür nach einem Notizblock. Sie musste wenigstens eine kurze Nachricht für ihren Mann hinterlassen, der innerhalb der nächsten Stunde nach Hause kommen würde. Aber was sollte sie ihm schreiben? Bin im Wald, Leichen suchen? Auf seinem Handy hatte sie ihn nicht erreicht, wahrscheinlich saß er schon im Auto und konnte nicht rangehen. Hastig kritzelte sie ein paar Zeilen und legte den Zettel auf den Küchentisch. Den Rest würde sie ihm später erklären.

»Gehen wir lieber gleich«, seufzte sie, »ich will es ja auch so schnell wie möglich hinter mich bringen.«

Natürlich würde sie die Leiche wiederfinden. Die Frage war bloß, wie sie es mit ihren Puddingbeinen und dem verstauchten Knöchel jemals bis zum Fundort im Wald schaffen sollte. Ringshauser versicherte ihr, dass sie so nah wie möglich mit den Wagen heranfahren würden. Er zog eine Karte des weitläufigen Käfertaler Waldgebietes hervor und breitete sie auf dem Wohnzimmertisch aus. Elvira orientierte sich kurz an dem fett markierten Vogelpark und bezeichnete die ungefähre Stelle. Dann schnappte sie sich ihre Lammfelljacke und folgte dem kleinen Trupp hinaus in die Dunkelheit.

Niederegger saß bereits in einem der Wagen, während die Fotografin rauchend vor dem Haus auf und ab ging. Es war halb acht, die Nacht war bereits rabenschwarz hereingebrochen, und in den umliegenden Häusern leuchtete fast überall Licht in den Fenstern. Die Straßen waren menschenleer und still, die Kälte hielt die Leute in ihren Häusern.

Sie ließen die Einfamilienhäuschen der Gartenstadt hinter sich und erreichten nach etwa zehn Minuten den breiten Waldweg Richtung *Karlstern* im Herzen des Käfertaler Waldes.

Elvira Becker fuhr mit Friedemann Schill und Luisa Eichinger, die ununterbrochen quasselte. Elvira wünschte sich bereits nach wenigen Metern, in den anderen Wagen gestiegen zu sein, aber nun hieß es durchhalten. Zum Glück konzentrierte sich die dunkelhaarige Schönheit auf Schill, der angestrengt auf die nassglänzende Straße starrte. Die beiden schienen weit mehr zu sein als nur Kollegen, wobei Eichinger eindeutig die Interessiertere zu sein schien. Freddy, wie sie den Arzt nannte, machte einen eher gelangweilten Eindruck.

»Jetzt halt mal die Luft an, Luisa«, stöhnte er, nachdem sie ihn mit einem Schwall nicht enden wollender Fragen traktiert hatte.

Elvira räusperte sich. Es war peinlich, ungewollt Zeuge eines Beziehungskonflikts zu werden, vor allem in dieser Situation. Ihre Nerven waren sowieso schon zum Zerreißen gespannt, da fehlte es noch, mit einem streitenden Liebespaar im Auto zu sitzen und vielleicht gar am Ende noch Schiedsrichter spielen zu müssen. Der Arzt schien eindeutig der Vernünftigere der beiden zu sein. Er blickte entschuldigend in den Rückspiegel, wo sich ihre Blicke trafen.

Elvira lächelte. Schills Gesicht war vielleicht etwas zu hager, aber trotzdem ausgesprochen attraktiv, um seinen Mund spielte ein verlegenes Lächeln.

»Warum muss sie auch ausgerechnet bei uns mitfahren?«, schnaubte Luisa mit einem Seitenblick nach hinten.

Im Gegensatz zu Schill schien Luisa Eichinger Elviras Anwesenheit völlig gleichgültig zu sein. Offenbar stand es mit der Beziehung der beiden nicht zum Besten, sie befand sich wohl eher in einem Stadium, in dem Peinlichkeiten keine Rolle mehr spielen.

»Es reicht, Luisa«, wies Schill sie zurecht. »Wenn du so weitermachst, können wir in Zukunft einfach nicht mehr zusammenarbeiten. Willst du das wirklich?«

Eichinger zog sich beleidigt in einen imaginären Schmollwinkel zurück. Sie drehte den Kopf zur Fensterseite, ließ sich in ihren Sitz zurücksinken und schloss die Augen. Elvira betrachtete verstohlen ihr hübsches Profil, das sich in der Scheibe spiegelte, die vollen, herausfordernd aufgeworfenen Lippen, das energische kleine Kinn, den sanften Schwung der langen Wimpern über den geschlossenen Augen. Sicher war sie noch keine dreißig.

Der Rest der Fahrt verlief friedlich. Knapp zehn Minuten später erreichten sie den *Karlstern*. Sie verließen den gepflasterten Weg und fuhren hoppelnd auf einem engen Fußweg weiter, tief in den Wald hinein, bis sie endlich die Stelle erreichten, an der Elvira die Böschung heruntergekommen war.

Ja, dort an der Seite lag ihr Steinkreuz, sie erkannte es auf Anhieb. Sofort traten ihr wieder Tränen in die Augen.

Schweigend stiegen die Beamten aus und beluden sich mit allerlei Geräten. Elvira staunte, wie schnell der kleine Trupp startbereit war.

Es war stockdunkel, und ein eisiger Wind fegte durch die Wipfel. Der Mond hing als fahle Sichel am Himmel, der schwarze Wald wirkte unheimlich und abweisend. Elvira humpelte die Böschung hinauf, und die anderen folgten ihr.

Die tanzenden Lichtkegel der Stablampen bohrten gleißende Tunnel ins Dunkel.

Ringshauser stapfte neben der Fotografin Milena Breiter her und trug für sie die schwere Fotoausrüstung. Die beiden unterhielten sich leise.

»Willst du deiner Frau nicht endlich mal die Wahrheit über uns sagen?«, flüsterte die Fotografin. »Oder soll ich das vielleicht lieber übernehmen?«

»Bloß nicht«, wehrte Ringshauser ab. »Es ist noch zu früh, glaub mir. Lass uns lieber noch ein bisschen warten.«

»Wie du meinst.« Milena zuckte die Achseln. »Aber je länger du wartest, desto wütender wird sie sein.«

Friedemann Schill beobachtete die beiden mit Argusaugen. Luisa Eichinger hatte sich an seine Fersen geheftet und redete schon wieder unaufhörlich auf ihn ein. In diesem Moment war Elvira allerdings beinahe froh über ihr Geplapper, es lenkte wenigstens ein bisschen von der düsteren Stimmung ab, die über dem Grüppchen lag. Niederegger, der sich demonstrativ abseits hielt, kam als Letzter.

Elvira hatte nun doch Mühe, die richtige Stelle zu finden, im Dunkeln sah alles so anders aus. Sie hätte sich ohrfeigen können, warum hatte sie bloß nicht noch weitere Markierungen hinterlassen? Zögernd blieb sie stehen. Ihre fünf Begleiter versuchten, sich ihre Ungeduld nicht anmerken zu lassen, sogar Niederegger hielt den Mund. Elvira kletterte noch ein Stückchen höher den Hang hinauf. Hier irgendwo musste es sein, sie war sich plötzlich wieder ganz sicher. Niederegger begann mit seiner Lampe den Waldboden abzusuchen und fand ein paar Sekunden später tatsächlich Spuren.

Endlich, hier war es! Elvira blieb ruckartig stehen und zeigte wortlos nach unten, sie fühlte, dass ihr schon wieder Tränen übers Gesicht liefen. Und obwohl es schier unerträglich war, konnte sie den Blick kaum von dem grausigen Bündel abwenden, das unverändert in der mit totem Laub bedeckten Senke lag. An den Stellen des starren Körpers, an denen sich das faserige, verwesende Fleisch schon abgelöst hatte, schimmerten die Gebeine weiß hervor. Unwirklich, gespenstisch.

Die Fotografin ging in die Knie und blickte einige Sekunden lang wie versteinert auf die Leiche hinab. Dann richtete sie sich wieder auf und begann, ihre Kamera auszupacken. Sie war totenblass, und man sah ihr deutlich an, dass sie gegen Übelkeit ankämpfen musste. Nachdem die Scheinwerfer ausgerichtet worden waren, begann sie damit, den Leichnam aus allen Blickwinkeln zu fotografieren. Sie erledigte ihre Arbeit schweigend und mit ausdruckslosem, bleichem Gesicht, ihre Bewegungen wirkten mechanisch wie die eines Roboters.

Niederegger beobachtete sie spöttisch aus dem Augenwinkel, während er mit monotoner Stimme das Protokoll in sein Aufnahmegerät diktierte. Beim letzten Leichenfund hatte die Breiter sich ausgiebig übergeben und damit diesem Lackaffen Schill die Gelegenheit verschafft, sich bei ihr einzuschleimen. Und das hatte der Kerl auch prompt so geschickt gemacht, dass sie ihm später sogar erlaubt hatte, sie nach Hause zu bringen. Aber das würde sich heute mit Sicherheit nicht wiederholen, vorher würde Luisa ihr nämlich die Augen auskratzen. Sie schien wild entschlossen, auf ihren Freddy aufzupassen. Trotzdem, Luisa hatte den Schönling wohl doch noch nicht endgültig im Sack.

Schill beugte sich jetzt über die Leiche und gab erste Einschätzungen ab. Tot seit wenigstens zwei bis maximal drei Monaten, am Fundort seit mindestens fünf bis maximal sieben Tagen. Dann nahm er Handschuhe aus seiner schwarzen Tasche und begann vorsichtig, den Körper abzutasten.

Elmar Ringshauser biss die Zähne so fest zusammen, dass seine Kieferknochen deutlich hervortraten. Schon wieder eine rothaarige Frau, die dritte innerhalb weniger Monate. Die Leiche war als solche fast nicht mehr zu erkennen, bestand nur noch aus Knochen und vertrockneten, in der Kälte erstarrten Fleischfetzen. Um den grinsenden Schädel herum lag das lange, rote Haar, makabres Markenzeichen des Mörders.

Die Familien der zur Zeit noch vermissten rothaarigen Frauen mussten benachrichtigt werden, er war sicher, dass hier die Überreste einer dieser Frauen vor ihnen lagen. Die Identifizierung würde schwierig werden, weil die Verwesung schon so weit fortgeschritten war. Die Angehörigen würden allerdings nicht den Leichnam, sondern nur die zerfetzten Lumpen, die einmal Kleidungsstücke gewesen waren, zu Gesicht bekommen. Endgültige Sicherheit würde erst die DNA-Analyse ergeben.

Milena Breiter schien mit ihrer Arbeit fertig zu sein, sie packte gerade ihre Kamera ein. Niederegger erhob sich von seinem Baumstumpf und trat heran. Die Spurensicherung konnte beginnen. Es würde eine lange Nacht werden.

14

Milena sah, wie immer, phantastisch aus. Sie hatte ihre rote Mähne betont spielerisch hochgesteckt, so, als ob sie willkürlich ein paar dicke Strähnen hinten und an den Seiten aufgenommen und oben locker zusammengebunden hätte. Einzelne Löckchen ihres wunderschönen Haares fielen lässig aus dem Wust heraus und umspielten das geschickt geschminkte Gesicht. Sie sah aus, als wäre sie soeben einem Liebesnest entstiegen und auf dem direkten Weg in die Dusche.

Patrick wäre jede Wette eingegangen, dass in Wahrheit jede einzelne Strähne ganz genau dort saß, wo sie sitzen sollte. Perfekt inszenierte Unordnung, die genau so wirkte, wie Milena es geplant hatte: verführerisch.

Milena war eine Frau, die nichts dem Zufall überließ, nicht einmal die Anordnung ihrer Muttermale. Das hatte er längst durchschaut.

Plötzlich beschlichen ihn leise Zweifel, dass sie sich wirklich nur rein zufällig am Paradeplatz begegnet waren, er auf dem Weg von der Hauptpost zur Straßenbahnhaltestelle und sie angeblich auf einer Shoppingtour. Offensichtlich war sie eine dieser Frauen, die stundenlang durch die Läden zogen und sich für nichts entscheiden konnten, denn sie hatte keine einzige Einkaufstüte bei sich. Andererseits, was sollte schon groß dahinterstecken?

Trotzdem begann genau in dem Moment, als Milena sich ungewohnt vertraulich bei ihm untergehakt und ihn zu Egberts Kneipe in der Neckarstadt geschleppt hatte, in seinem Hirn ein rotes Alarmlämpchen wie wild zu blinken. Und erst als er ihr im *Uhland* gegenübersaß, war ihm aufgegangen, dass sie ihm mit Leichtigkeit und ganz nebenbei ihren Willen aufgezwungen hatte. Er verabscheute dominante Menschen. Egal ob weiblich oder männlich. Und er hasste das Gefühl, sich nicht gegen sie wehren zu können.

Wieso saß er überhaupt noch hier? Schließlich war Milena Emmas Freundin, nicht seine. Er hatte eigentlich vorgehabt, sich zu Hause einen gemütlichen Abend vor dem Fernseher zu machen, mit einer Pizza vom *Adria* und einer guten Flasche Rotwein. Stattdessen hing er mitten in einem von Egberts berüchtigten Themenabenden fest und ließ sich die Ohren mit japanischer Musik volldudeln. Ein elendes Gejammere, wenn man ihn fragte. Und das Sushi, das Egbert kredenzte, sah zwar wunderschön aus, er würde es sich zu Hause auch jederzeit gerahmt an die Wand hängen. Aber essen? Die Dinger waren sicherlich auch der Grund dafür, warum trotz der vielen Gäste der Geräuschpegel in der Kneipe heute vergleichsweise niedrig war. Sie waren allesamt damit beschäftigt, auf diesen verdammten Algen herumzukauen. Na, zweifellos war das Zeug wahnsinnig gesund. Patrick schüttelte sich.

Egbert, der in einem bettbezugähnlichen schwarzroten Gewand steckte, thronte selbstzufrieden hinter seiner Theke und kümmerte sich um die Getränkebestellungen, während Karen, die einen lächerlich kurzen japanischen Kimono und Essstäbchen im künstlich nachtschwarzen Haar trug, gerade dabei war, das Büfett aufzufüllen.

»Was ist los?«, fragte Milena. »Du guckst aus der Wäsche wie ein schüchternes Knäblein am ersten Schultag.«

Damit hatte sie den Nagel auf den Kopf getroffen, denn genauso fühlte er sich tatsächlich. Plötzlich fiel ihm ein, dass seine Freundin Emma nicht etwa zufällig hier auftauchen konnte, wie er insgeheim gehofft hatte. Sie musste ja heute Abend arbeiten. Er fühlte sich zunehmend unwohl in Milenas Gegenwart. Aber warum sollte er sich überhaupt gängeln lassen? Er würde jetzt aufstehen und gehen. Ganz einfach. Milena konnte ihn schließlich nicht festhalten.

Doch genau das tat sie jetzt. Als hätte sie seine Absicht gewittert, erhob sie sich plötzlich, umrundete mit katzenhaften Bewegungen den Tisch und ließ ihn dabei nicht aus den Augen. So ähnlich musste Hypnose funktionieren, der Schreck lähmte ihn regelrecht.

Sie glitt neben ihn auf die Bank und versperrte ihm gekonnt den Fluchtweg. Aus der Nähe betrachtet wirkten ihre Gesichtszüge härter und die mehrfach übertünchten Wimpern wie haarige Spinnenbeine, außerdem hatte sie einen Lippenstiftfleck auf einem ihrer Schneidezähne. Er spürte, wie er sich innerlich verkrampfte. Diese Frau jagte ihm eine diffuse Angst ein.

»Ist es nicht schön, dass wir zwei endlich mal allein sind?«, schwärmte Milena mit ihrer rauchigen Stimme.

Ihre ellenlangen Beine, die in einer mit Pailletten besetzten, hautengen Jeans steckten, berührten seine. Es fehlte nicht viel und sie würde auf seinem Schoß sitzen.

»Nein«, sagte er bloß.

Wie aufdringlich sie war! Merkte sie denn nicht, dass die Leute schon zu ihnen herübersahen, einschließlich Egbert hinter seiner Theke?

»Aah«, machte sie, als sie seine Blicke bemerkte, »das ist es! Du fühlst dich hier beobachtet. Dann lass uns doch einfach gehen, bei mir zu Hause sind wir ganz ungestört.«

Sie ergriff seine Hände, und ihre fünf klobigen Ringe bohrten sich schmerzhaft in sein Fleisch. Die Dinger konnte sie im Bedarfsfall ohne Weiteres als Totschläger einsetzen.

»Nein«, sagte er wieder, diesmal lauter, und entriss ihr mit einem Ruck seine Hände.

Im gleichen Moment rückte er so weit wie möglich von ihr ab. Er wusste, dass das *Uhland* Emmas Stammkneipe war, er selbst war aber bisher nur zwei- oder dreimal hier gewesen. Wahrscheinlich würde niemand ihn mit Emma in Verbindung bringen, trotzdem war er peinlich berührt.

Milena legte nach. »Irgendwas ist doch zwischen uns, etwas … Magisches«, flüsterte sie beschwörend dicht an seinem Ohr. »Ich hab's vom ersten Augenblick an gespürt.«

Sie hatte ihren Arm auf die Banklehne hinter seinem Rücken gelegt und ganz beiläufig begonnen, mit seinen Haaren zu spielen.

»Also …« Seine Stimme kiekste, unwillig räusperte er sich und begann von Neuem. »Also, erstens bin ich mit Emma zusammen.« Er verzog den Mund und brachte seinen Kopf mit einer ruckartigen Bewegung außer Reichweite. »Und zweitens bist du sowieso nicht mein Typ.«

Milena grinste und rückte Patrick so nah auf den Leib, dass sie sein braves Aftershave riechen konnte, obwohl es sicher schon Stunden her war, seit er es aufgetragen hatte. Er sah heute zum Anbeißen aus. Sie schätzte ihn auf etwa dreißig, also ein paar Jährchen jünger als Emma. Er hatte kobaltblaue Augen und einen schön gezeichneten festen Mund. Seine dunklen Haare lockten sich leicht im Nacken. Er trug sie etwas zu lang, was bei seinen sanften Gesichtszügen ein bisschen weibisch wirkte, trotzdem war er sehr anziehend. Er war schlank, ohne schmächtig zu wirken, man konnte deutlich die gut ausgebildeten Muskeln unter seinem eng anliegenden Pullover erkennen.

Karen erschien wie eine überschminkte Fee unaufgefordert am Tisch, schnappte sich die leeren Wassergläser und schenkte Patrick einen tiefen Blick aus ihren mit grünglitzerndem Lidschatten umrandeten Augen.

»Bezaubernd«, stellte Milena trocken fest. »Heute überschlägst du dich ja regelrecht. Wie kommt's? Letzte Woche wäre ich hier beinahe verdurstet.«

Karen zog die dünn gezupften Augenbrauen hoch. »Kann mich gar nicht erinnern, dich jemals hier bedient zu haben.«

»Genau«, lachte Milena. »Ich auch nicht.« Sie wandte sich wieder Patrick zu. »Ich bin also nicht dein Typ, ja?«

Amüsiert griff sie nach ihrem Weinglas, nahm einen tiefen Schluck und stellte es dann dicht neben seinem ab.

»Ja«, nickte Patrick entnervt. »Stell dir vor, Milena, es gibt Männer, die nicht auf dich abfahren. Was sagst du jetzt?«

»Tja, das mag ich mir, ehrlich gesagt, gar nicht vorstellen«, sagte Milena gedehnt. »Aber, na ja, meinetwegen.«

»Und noch was.« Patrick, mutiger geworden, setzte sich kerzengerade auf.

»Ja?« Milena blinzelte ihn neckisch an, ihre braunen, dunkel umrandeten Augen waren riesengroß.

»Wenn ich mir vorstelle, dass Emma dich für ihre beste Freundin hält, kann ich kaum glauben, was du hier abziehst. Feine Freundin, ehrlich!«

Patricks Entrüstung klang absolut echt, und Milena schwankte zwischen Belustigung und Neid.

»Ach, stell dich nicht so an, du bist sicher auch kein Heiliger.«

»Das hab ich auch nie behauptet«, versetzte Patrick wütend, »aber ich mag Emma. Und ich würde sie nie mit ihrer besten Freundin hintergehen. Das hat sie nicht verdient.«

»Na ja. Die meisten Leute interessieren sich nicht die Bohne dafür, was ihre Partner verdienen oder nicht.«

»Weiß ich nicht. Ist mir auch egal. Ich bin nicht die meisten Leute.«

»Okay. Schön für Emma, schade für mich.« Milena zuckte hochmütig die Schultern. »Du weißt ja gar nicht, was dir entgeht.«

»Du hältst dich wirklich für unwiderstehlich, oder? Bist du aber nicht.«

»Okay, du hast gewonnen, ich lass dich in Frieden.«

»Wie überaus freundlich von dir. Ich bin bloß gespannt, was Emma zu deiner Aktion sagt.«

»Behalt's für dich, sie würde es dir sowieso nicht abnehmen.«

Milena schob sich endlich aus der engen Bank heraus und setzte sich wieder auf ihren Stuhl gegenüber. Mit einer Hand zupfte sie an ihren Haaren herum, mit der anderen griff sie lässig nach ihrem Glas.

»Sei dir da mal nicht zu sicher.«

Doch Milena hatte schlagartig jegliches Interesse an Patrick verloren. Kein Zweifel, er würde nicht anbeißen. Emma hatte anscheinend tatsächlich einen guten Fang mit ihm gemacht. Patrick sah aus wie ein netter Mann, und er war ein netter Mann. Ein bisschen zu nett für ihren Geschmack. Nette Leute waren irgendwie anstrengend. Man fühlte sich so unvollkommen und mickrig neben ihnen. Außerdem waren sie sterbenslangweilig. Emma konnte den Kerl ruhig behalten, aber hoffentlich hielt er den Mund!

»Mach, was du willst«, sagte sie herablassend. »Aber einen Gefallen tust du ihr bestimmt nicht damit, wenn du über ihre Freundin herziehst.«

Patrick starrte sie sprachlos an. Es war nicht zu fassen! Sie hatte doch tatsächlich die Unverschämtheit, einfach den Spieß umzudrehen.

»Warum essen wir nicht endlich? Ich liebe Sushi.«

Milena sprang auf, steuerte auf das Büfett zu und schnappte sich einen Teller. Egbert kurvte hinter seiner Theke hervor und begann, Erklärungen zu den kunstvollen bunten Häppchen zu liefern, die wie gemalt auf den großen, weißen Platten lagen.

Das war die Gelegenheit. Patrick zählte hastig etwas Geld auf den Tisch, und als Milena mit ihrem Essen zurückkam, war er schon dabei, in seine Jacke zu schlüpfen.

»Wie? Willst du mir nicht wenigstens noch beim Essen Gesellschaft leisten?« Milena schien ehrlich entrüstet.

»Du gibst wohl nie auf, was?« Patrick wandte sich zur Tür und hatte schon die Klinke in der Hand. »Aber weißt du was, ich hab keine Lust mehr auf deine Spielchen.«

»Patrick, bitte bleib noch.«

Der völlig veränderte Tonfall in ihrer Stimme ließ ihn innehalten.

»Bitte«, flehte sie. »Nur ein paar Minuten. Ich muss dir was erklären.«

15

Frauen waren ohne jeden Zweifel dazu da, verfügbar zu sein. Sie waren wie Gegenstände, die man benutzte und danach wie Müll entsorgte. Man brauchte nur mal nachts die Glotze anzumachen und sich reinzuziehen, was die Miezen da für eine Show abzogen, und das mehr als freiwillig! Sie wollten benutzt und gedemütigt werden, die Braven spielten nur eine blöde aufgesetzte Naivenrolle.

Ihn konnte das allerdings nicht täuschen. Letztendlich waren sie alle gleich, sie waren willige Beutetiere, die es genossen, beherrscht zu werden. An jedem Kiosk hingen sie, die aufdringlich zur Schau gestellten Weiberleiber mit den geistlosen Gesichtern, dargeboten und ausgestellt wie die nackten, toten Kadaver der Tiere beim Metzger.

Mal abgesehen davon, dass die Tiere dort tatsächlich tot waren, standen ihnen Frauen in ihrer bedingungslosen Verfügbarkeit in nichts nach. Sie stellten sich tot und willenlos, sie waren zufrieden damit, lediglich Gegenstände zu sein. Für jeden optisch und in der Phantasie benutzbar. Niemand nahm daran Anstoß, alles in Ordnung, kein Grund zur Aufregung.

Plötzlich stand ihm wieder Mutters Bild vor Augen, wie sie geheult und gejammert hatte unter den unbeherrschten, hasserfüllten Schlägen seines Vaters.

Wenn der Vater zur Bestie wurde, zum reißenden Tier, war er selbst natürlich jedes Mal froh gewesen, wenn es nicht ihn, sondern wieder mal die Mutter erwischte. Er lachte laut auf, als er daran dachte, dass sie allen Ernstes versucht hatte, ihn zu schützen vor dem Tollwütigen, sich selbst aber nicht. Ein weiterer Beweis dafür, dass sie das Ganze gewollt, ja, genossen hatte. Nein, sie hatte sich nie gewehrt, wenn der Vater sie mit Fußtritten durchs Haus jagte und gegen die Wände schleuderte, die noch immer mit Schmutz- und Blutflecken übersät waren, wenn er sie die Treppen hinunterstieß und die am Boden Liegende mit seinen riesigen Füßen traktierte.

Deshalb hatte er nie Freunde zu sich nach Hause einladen können. Nicht, dass er welche gehabt hätte. Die beiden Welten, die da draußen und die hier drinnen, hatten immer nur völlig unabhängig voneinander existieren können. Zwischen drinnen und draußen gab es keinerlei Verbindung.

Ja, Mutter hätte sich wehren können, warum also war sie nicht geflohen? Aus diesem Haus, aus ihrem kraftlosen, wertlosen Leben? Dafür konnte es nur eine Erklärung geben, nämlich die, dass sie nicht hatte fliehen wollen. Alles im Haus konnte zur Waffe werden, sie hätte ein Haus voller Waffen gehabt, wenn sie nur gewollt hätte!

Wertlos, ja, das war sie. Oft hatte sie schreiend die schwieligen Hände nach ihrem Sohn ausgestreckt, als wolle sie ihn in das bizarre Spiel mit hineinziehen. Oder hatte sie sich etwa eingebildet, er könne ihr helfen? Er hatte dann immer hysterisch gelacht, froh, wieder einmal davongekommen zu sein. Die Tränen liefen ihm vor Lachen übers Gesicht, wenn er seine Mutter so sah, ihren schmutzigweißen, mit dunklen Flecken gezeichneten Körper, die teigige Haut. Sie hatte todsicher ihren Spaß dabei gehabt.

Er lachte. Todsicher, genau.

Bis zu jener Nacht, in der das schöne, immer wiederkehrende Spiel plötzlich vorbei gewesen war. Und in der ein neues Spiel begann.

16

Es war kurz nach zehn.

Die aparte Hildegard Reiss aus dem fünfköpfigen Schreibpool ging gerade an Hauptkommissar Heribert Santmanns Büro vorbei, als es drinnen einen fürchterlichen Knall gab und eine Welle der Erschütterung die Wände erbeben ließ. Sie schrak heftig zusammen und ließ ihr Schinkenbrötchen fallen, das sie sich gerade aus der Kantine geholt hatte. Entweder war Santmanns schwere Bücherwand aus Eiche gerade über ihm zusammengefallen oder es war noch weit Schlimmeres geschehen. Im nächsten Moment hatte sie schon den durchdringenden Brandgeruch in der Nase und begann sofort, aus Leibeskräften zu schreien.

Überall wurden Türen aufgerissen, und Sekunden später war der Flur voll von Polizeibeamten, die durcheinanderbrüllten und zu Santmanns Zimmer stürmten.

Entsetzt starrten alle auf das Chaos, das die Explosion angerichtet hatte.

Eine Bombe – wenig später würde sich herausstellen, dass es eine Briefbombe gewesen war – hatte Heribert Santmann in ungesund viele Einzelteile zerlegt, während sie seinen heiligen Schreibtisch immerhin teilweise verschont hatte. Der kleine, quadratische Raum mit den hohen Decken glich einer Schlachterei. Zuvor streng klinikweiß wie alle Zimmer des Polizeipräsidiums, hatte Santmanns Blut bizarre Bilder an die kahlen Wände gemalt. Er war auf der Stelle tot gewesen.

»Raus hier!«, schrie jemand mit sich hysterisch überschlagender Stimme.

Es war unverantwortlich dilettantisch, das Büro zu bevölkern und dadurch vielleicht wichtige Spuren zu zerstören. Das wussten natürlich alle, trotzdem verließen die Kollegen nur widerstrebend den Raum. Zurück blieb nur Elmar Ringshauser, Chef der Spurensicherung, der in harschem Befehlston per Handy die Kollegen seiner Abteilung herbeizitierte.

»Ja, klar bin ich hier oben, wo sonst? Was? Wie oft soll ich es noch sagen, dritter Stock, Santmanns Büro. Mein Gott, ist das anstrengend mit euch!«

Friedemann Schill, den man eilends aus seinen Kellerräumen geholt hatte, kämpfte sich durch das Gewühl vor dem Unglückszimmer. Er schnappte hörbar nach Luft, als er das verwüstete Büro betrat. Ringshauser trat zu ihm und redete aufgeregt auf ihn ein, aber der Arzt schien ihn überhaupt nicht wahrzunehmen, starrte nur wie paralysiert und mit vor Grauen aufgerissenen Augen auf das entsetzliche Bild.

Santmann war für ihn nicht nur ein Kollege, sondern auch ein Freund gewesen. Dennoch zwang er sich schließlich, den zerfetzten Leichnam in Augenschein zu nehmen, schüttelte aber schon nach wenigen Sekunden verzweifelt den Kopf. Dann stand er abrupt auf und verließ wortlos den Raum, das schmale Gesicht leichenblass. Das Stimmengewirr verstummte schlagartig, als die Kollegen ihm Platz machten.

Wo war eigentlich Schills Freundin, Luisa Eichinger? Sie hatte doch angekündigt, heute den ganzen Tag im Büro zu sein, um Berichte zu schreiben, warum war sie nicht hier? Sie konnte doch das Getöse unmöglich überhört haben! Wenn ihm jetzt jemand beistehen konnte, dann doch wohl sie.

Kurz darauf erschienen endlich ein paar Beamte der Spurensicherung in ihren Spezialoveralls. Mit ungläubiger Miene betrachteten sie das Blutbad und machten sich an ihre grausige Arbeit.

Ringshauser blieb in der Nähe der Tür stehen und bellte Befehle nach draußen. »Wo bleiben die Fotografen, verdammt noch mal? Einer würde ja schon reichen. Mensch, was ist das hier bloß für ein Sauhaufen!«

Er fuhr sich nervös mit beiden Händen übers Gesicht. Ein Attentat im Präsidium, auf den Leiter der Mordkommission! Und alle rannten wild durcheinander wie ein Rudel herrenloser Straßenköter, als ob keiner von ihnen je eine Polizeiausbildung absolviert hätte. Ringshauser spürte regelrecht, wie seine Nerven mit ihm durchzugehen drohten.

Da Santmann ein Leitender Beamter war, war dies hier ein Fall für das Landeskriminalamt.

Ringshauser stöhnte. Wahrscheinlich würde das LKA wieder Neugebauer und Schrunz schicken, weil beide aus Mannheim stammten und sich deshalb vor Ort am besten auskannten. Und sie würden den Kollegen aus Stuttgart ein Büro zur Verfügung stellen und ihnen assistieren müssen. Der großspurige, schlampige Schrunz würde sich todsicher an Niederegger die Zähne ausbeißen. Oder umgekehrt. Es war jedenfalls angeraten, diese Kombination, wo es nur ging, zu vermeiden.

Am besten telefonierte er jetzt als Erstes mit dem Polizeipräsidenten, der vor zwei Tagen auf eine Kreuzfahrt in die karibische See gestochen war. Kahling würde seine goldene Hochzeitsreise abbrechen und in den erstbesten Flieger nach Frankfurt steigen müssen. Da Santmann als Abteilungsleiter der Mordkommission sein direkter Vertreter gewesen war, blieb ihm nach dessen plötzlichem Ableben gar nichts anderes übrig. Und angesichts von Santmanns Schicksal traf ihn damit wahrlich nur das kleinere Übel.

Besonders makaber war, dass Santmann kurz vor der Pensionierung gestanden hatte. Schon drei Wochen später wäre er nicht mehr im Dienst gewesen.

Aufgewühlt wählte Ringshauser Kahlings Nummer, erwischte allerdings nur dessen Mailbox und hinterließ ihm eine kurze Nachricht mit der dringenden Bitte um einen Rückruf. Er stellte sich Kahling vor, der womöglich genau in diesem Moment mit seiner Frau an Deck saß und Cocktails schlürfte. Mit Strohhalm und Schirmchen. Tja, so war das nun mal in diesem Beruf, wo auch immer man sich zu verkriechen versuchte, man war trotzdem im Dienst.

Na, endlich! Milena Breiter erschien, ihre schwere Ausrüstung schleppend, in der Tür.

»Das wurde aber auch Zeit, wo stecken Sie denn?«

Die Fotografin drückte sich hastig an Ringshauser vorbei in Santmanns Büro und schrie im nächsten Moment entsetzt auf. Laut polternd fiel ihre Kameratasche zu Boden.

Ringshauser fuhr herum. »Mensch, reißen Sie sich zusammen. Wir haben jetzt keine Zeit für hysterische Anfälle. Und fangen Sie in Gottes Namen endlich an!« Er merkte selbst, dass er sich gerade gehörig im Ton vergriff. »Wir sind natürlich alle verdammt nervös«, setzte er mühsam beherrscht hinzu, »aber funktionieren müssen wir trotzdem.«

Milena Breiter antwortete nicht, sondern packte mit bebenden Händen ihre Kamera aus und begann, Santmanns zerfetzte Leiche zu fotografieren. Plötzlich erschien Luisa Eichinger in der Tür, ihr Blick fiel als Erstes auf Milena, die mühsam versuchte, Haltung zu bewahren und irgendwie ihren Job zu erledigen. Luisas hübsches, schmales Gesicht unter dem schwarzen Kurzhaarschnitt erstarrte für den Bruchteil einer Sekunde – eine winzige Irritation, die nur ein Einziger der Umstehenden überrascht registrierte. Dann endlich erfasste sie das Grauen in seinem ganzen Ausmaß und schlug stöhnend die Hand vor den Mund.

Inzwischen war die gesamte Belegschaft des Präsidiums auf den Beinen, man hatte alles stehen und liegen lassen und war in die dritte Etage gerannt. Das wuchtige Gebäude wurde von dieser fiebrigen, unheilschwangeren Stimmung überrollt, die Katastrophen unweigerlich nach sich ziehen. Wer konnte eigentlich mit Sicherheit sagen, dass nicht noch mehr Bomben eingeschmuggelt worden waren? Ein eilends zusammengetrommelter Spezialtrupp stellte das ganze Dienstgebäude auf den Kopf und durchsuchte jeden Winkel nach verdächtigen Gegenständen. Gefunden wurde jedoch nichts.

Milena Breiter hatte ihre grausige Arbeit inzwischen beendet, ihre Hände zitterten jetzt so stark, dass sie es kaum schaffte, ihre Ausrüstung in den Packtaschen zu verstauen. Mit aschfahlem Gesicht taumelte sie hinaus auf den Flur.

Der kauzige Niederegger verblüffte alle, insbesondere aber Milena Breiter, als er sie, ungewohnt behutsam, mit zwei Fingern an ihrem Ellbogen in sein Zimmer steuerte, das schräg gegenüber von Santmanns Büro lag.

17

Niederegger schloss die Tür, um Milena wenigstens ein bisschen von dem Geschehen abzuschirmen, und flößte ihr einen halben Zahnputzbecher voll Whisky ein, der aus den geheimen Reservebeständen im abschließbaren Teil seines Schreibtisches stammte. Von draußen drangen immer wieder Geräusche herein, kein Wunder, der lange Flur war noch immer voller aufgeregter Menschen. Ringshauser schien seine Nerven noch nicht unter Kontrolle zu haben, man hörte ihn immer wieder Anordnungen und Befehle brüllen. Irgendjemand weinte.

Milena Breiter war tatsächlich noch zarter besaitet, als Niederegger geahnt hatte. Klar, er war schon des Öfteren über sie hergezogen und hatte nie einen Hehl daraus gemacht, was er davon hielt, wenn Frauen glaubten, sich in solch harten Berufen beweisen zu müssen. Aber er hatte nicht geahnt, wie richtig er bei ihr damit lag.

Milena kippte den Whisky hinunter wie Wasser und begann dann plötzlich, so heftig zu schluchzen, dass ihm angst und bange wurde. So nah waren sie und der alte Santmann sich ja nun auch wieder nicht gestanden, sie kannte ihn doch erst seit gerade mal einem halben Jahr. Genau wie er selbst übrigens auch.

»Ist ja gut«, murmelte er verlegen.

Gar nichts war gut!

Er brachte es nicht über sich, sie einfach in den Arm zu nehmen, um sie zu beruhigen, sicher hatte sie jede Menge Bakterien und Mikroorganismen an sich. Er hatte sogar Probleme damit, anderen Menschen die Hand zu schütteln! Und wenn er sich doch einmal nicht davor drücken konnte, desinfizierte er danach seine Hände immer sofort gründlich. Das entsprechende Spray führte er stets bei sich, schon allein wegen der vielen alltäglichen Gegenstände, die er reinigen musste, bevor er sie anfassen konnte. Jede hundsgewöhnliche Türklinke stellte für ihn ein schier unüberwindliches Hindernis dar.

Noch hatte anscheinend niemand aus dem Kollegenkreis sein kleines Handikap erkannt. Es war jedoch sehr wahrscheinlich, dass dies irgendwann geschehen würde. Oder sogar bereits ansatzweise geschehen war. So wie in all seinen früheren Dienststellen, wo er jedes Mal, wenn er sich entdeckt fühlte, sofort seine Versetzung beantragt hatte, um ins nächstbeste Präsidium in einer anderen Stadt überzuwechseln. Wer weiß, vielleicht eilte ihm mittlerweile sein Ruf schon voraus?

Unschlüssig beobachtete er Milena, die noch immer aussah, als würde sie im nächsten Moment ohnmächtig werden. Er würde sie jedenfalls nicht auffangen. Fast bereute er es schon, sich überhaupt um sie gekümmert zu haben. Demonstrativ verschränkte er seine Hände auf dem Rücken und wandte sich ab. Bloß nichts anfassen!

In Wahrheit waren natürlich die anderen die Dummen. Offenbar war ihnen nicht bewusst, welche hygienischen Gefahren überall lauerten, auch bei den alltäglichsten Verrichtungen. Er wusste inzwischen, dass er als Sonderling galt, und er musste oft all seine Kräfte aufbieten, um sich seinen Ärger darüber nicht anmerken zu lassen. Aber er dachte und handelte einfach nur streng logisch, das war alles.

Hilflos stand er jetzt vor dieser haltlos weinenden Frau und achtete peinlich genau auf den notwendigen Sicherheitsabstand.

»Es ist entsetzlich, wer tut bloß so was?«, stammelte sie heiser.

Milena Breiter war groß, fast so groß wie er selbst, und er konnte den Duft ihres wundervollen Haares wahrnehmen, ein leichter Sandelholzgeruch, wie ihn auch manche Seifen verströmen.

»Tja, wir werden alles tun, um genau das herauszufinden.«

Allmählich könnte sie sich beruhigen, fand er, er spürte schon eine leise Welle von Unmut in sich aufsteigen. Gerade als er sie einfach stehen lassen und aus dem Zimmer gehen wollte, warf sie plötzlich ihre Arme um seinen Hals und barg, erneut aufschluchzend, ihren Kopf an seiner Schulter. Ihre offenen Haare kitzelten ihn in der Nase, und er musste einen spontanen Niesreiz unterdrücken.

Es war ein abscheuliches Gefühl, diesen fremden, unreinen Körper so eng an seinem eigenen zu spüren. Er erschauerte, aber er durfte sich jetzt auf keinen Fall etwas anmerken lassen. Gut, es war nun mal geschehen, der Vorfall würde eine baldige umfassende Reinigungsaktion nach sich ziehen. Und da es jetzt sowieso egal war, nahm er sie endlich richtig in die Arme und strich ihr ein paar Mal unbeholfen über den Rücken.

Es war eine eigenartige, beängstigende Erfahrung. Das Fell seiner Katzen war ihm jedenfalls hundertmal lieber, auch wenn es einen ungeheuren Aufwand bedeutete, die Tiere täglich einer peinlichen Säuberung zu unterziehen.

Plötzlich hielt er es nicht mehr aus, abrupt klaubte er Milenas Hände aus seinem Nacken, murmelte eine Entschuldigung und flüchtete hinaus auf den Flur. Er hatte wirklich genug Ritterlichkeit bewiesen, nun musste es reichen.

Milena folgte ihm zaghaft, mehrere zusammengeknüllte Papiertaschentücher in der Hand. Ihr Make-up war verwischt und fleckig, das hübsche Gesicht wirkte plötzlich nackt, verhärmt und verletzlich.

Luisa stand im Türrahmen von Santmanns Büro und beobachtete sie mit spöttischem Blick. Sieh an, die falsche Schönheit hat gelitten, dachte sie schadenfroh. Ab ins Klo zum Nachbessern!

Und tatsächlich, Milena senkte den Kopf und verschwand mit ihrer kleinen, roten Handtasche in der Damentoilette.

Luisa stieß sich lässig von der Wand ab und folgte ihr.

18

Die Spurensicherung hatte inzwischen ihre Arbeit beendet, und das verwüstete Büro wirkte jetzt noch chaotischer als nach dem Anschlag. Überall zeichneten sich Rußspuren ab, sämtliche Flächen waren mit grauem Pulver bedeckt, und alles war gesprenkelt mit Santmanns dunklem Blut. Die Leiche lag immer noch seltsam verdreht hinter dem wuchtigen ausgebrannten Schreibtisch. Das Ganze wirkte unecht, eher wie ein skurriles Bild oder eine gestellte Filmszene. Man erwartete beinahe, dass der Hauptdarsteller Santmann im nächsten Moment aufstehen und sich die Kleider abklopfen würde, er würde sich das Ketchup aus dem Gesicht und vom Hals wischen und in sein dröhnendes Lachen ausbrechen.

Ringshauser schauderte. Nein, dies war kein Film, sondern kalte Realität. Und jemand musste nun Santmanns Witwe die ungeheuerliche Nachricht überbringen. Aber wer? Friedemann Schill war zwar ein Freund der Familie, aber ihm konnte man diese Mission in seiner derzeitigen Verfassung wohl kaum zumuten, Luisa Eichinger war inzwischen hoffentlich wieder unten bei ihm.

Also würde er wohl am besten selber fahren.

»Soll ich mitkommen?«, fragte Niederegger.

Ringshauser schüttelte müde den Kopf. Es war ihm eigentlich ganz recht, mit Sibilla Santmann alleine zu sprechen. So konnte er ihr vielleicht noch ein paar Fragen stellen, die einem etwaigen Begleiter vielleicht seltsam erscheinen würden. Allmählich hatte er wirklich die Nase voll von dieser Heimlichtuerei, wagte es jedoch noch nicht, jemanden ins Vertrauen zu ziehen. Schon gar nicht ohne Marvins Zustimmung. Nicht mal seine Frau Ria, die immerhin in der gleichen Abteilung arbeitete wie er, wusste davon, obwohl das irgendwann natürlich nicht mehr zu vermeiden sein würde. Vor allem jetzt, nach Santmanns Tod.

»Hier ist noch genug für Sie zu tun, ich mach das schon alleine«, erwiderte er und schlüpfte in seinen Mantel. »Ich wünschte bloß, ich hätte es schon hinter mir.«

Unheilvolle Stille folgte dem vormittäglichen Schock, das ganze Präsidium schien unter den Nachwirkungen des schrecklichen Ereignisses lautlos zu vibrieren. Der Brandgeruch aus Santmanns Büro war in jede Ritze des Gebäudes gedrungen, es würde Wochen dauern, bis er verschwand.

Nun würde die obere Etage schon bald mit dem Namen von Santmanns Nachfolger herausrücken müssen, er stand wahrscheinlich ohnehin seit langem fest. Der Bewerbungsreigen war wegen Santmanns bevorstehender Pensionierung schon seit Monaten im Gange, auch Elmar Ringshauser hatte sich um den Posten des Abteilungsleiters der Mannheimer Mordkommission beworben und rechnete sich gute Chancen aus. Insgeheim schalt er sich herzlos, dass er angesichts der heutigen Tragödie überhaupt an so etwas Profanes dachte, aber er konnte einfach nicht anders.

Die Presse würde ihnen in den nächsten Tagen die Bude einrennen, das war nach dem gewaltsamen Tod eines hochrangigen Polizeibeamten nicht anders zu erwarten. Am besten setzte man Niederegger auf die Journalisten an, der hatte die besten Tricks auf Lager, sich Menschen aller Art effektiv vom Leib zu halten.

Was Ringshauser im Augenblick jedoch fast noch mehr beschäftigte, war Luisa Eichingers Erschrecken bei dem Anblick der Polizeifotografin in Santmanns Büro. Warum war es für Eichinger so überraschend gewesen, Milena Breiter bei ihrer Arbeit anzutreffen? Wo hätte sie denn sonst sein sollen? Am Boden, neben Santmanns Leiche, tot und in Stücke gerissen?

Er machte sich in letzter Zeit sowieso Sorgen um Eichinger. Was war bloß los mit ihr? Klar, sie war natürlich rasend eifersüchtig auf Milena, weil diese ganz offenkundig versuchte, ihr diesen Strahlemann Schill auszuspannen. Aber war das wirklich schon alles? Wenn ja, konnte er ihr diesen Zahn ohne weiteres ziehen. Seufzend nahm er sich vor, bei Gelegenheit mal ein paar Takte mit ihr zu reden.

Schnellen Schrittes verließ er das Präsidium und steuerte auf den Parkplatz zu. Fast augenblicklich spürte er, wie erleichtert er war, das Unglücksgebäude wenigstens für ein, zwei Stunden verlassen zu können. Gierig atmete er die eiskalte Luft ein und blieb einige Sekunden vor dem dunkelblauen Audi stehen. Dann stieg er ein und fuhr los.

19

Als Luisa den Waschraum betrat, zuckte Milena, die dicht vorm Spiegel stand und Mascara auftrug, unwillkürlich zusammen, mit dem Ergebnis, dass im nächsten Moment ein fetter, schwarzer Fleck unter ihrem rechten Auge prangte. Sie legte die Wimperntusche beiseite und griff nach einem flachen Döschen. Mit einem Tupfer Creme auf dem kleinen Finger wischte sie den Patzer geschickt weg, dann durchforstete sie mit gesenktem Kopf ihr Schminktäschchen und förderte einen Eyeliner zutage.

»Immer bestens ausgerüstet, was?«, lästerte Luisa.

Sie war hinter Milena stehen geblieben und hatte ihre Arme vor der Brust verschränkt. Ihr herzförmiges Gesicht war gerötet, sie strahlte eine Anspannung aus, die fast mit Handen zu greifen war. Angriffslustig starrte sie über Milenas Schulter in den Spiegel. Ohne zu antworten warf Milena Luisas Spiegelbild einen fragenden Blick zu, während sie vorsichtig damit begann, ihren Lidstrich nachzuzeichnen.

»Wie kannst du bloß nach solch einem Unglück, einem derartigen Schock, an dein vermaledeites Aussehen denken!« Luisas Augen funkelten böse. »Wie abgebrüht bist du eigentlich?« Ihre Stimme überschlug sich fast vor Empörung.

»Und du? Wie kannst du sogar jetzt an deine idiotische Eifersucht denken?«, gab Milena zurück. »Kriegst du eigentlich selber noch mit, dass du dich aufführst wie eine Fünfzehnjährige? Glaubst du wirklich, das macht dich attraktiver für deinen Freddy?«

Sie griff nach einem Lippenstift. Mit geübten Bewegungen zeichnete sie ihre vollen Lippen nach und presste sie kurz aufeinander.

»Ich brauche mich nicht abzumühen, um attraktiv zu sein«, versetzte Luisa. »Im Gegensatz zu dir.«

»Na, dann freu dich und lass mich zufrieden, okay?«

»Kannst du dir nicht ein anderes Spielzeug suchen?«, zeterte Luisa. »Freddy gehört mir.«

Ihre Unterlippe bebte, als könne sie nur mit Mühe die Tränen zurückhalten. Über dem V-Ausschnitt ihres Pullovers, dessen lindgrüne Farbe einen reizvollen Kontrast zu dem pechschwarzen Haar bildete, zeichneten sich hektische rote Flecken ab, die langsam den schlanken Hals hinaufwanderten.

»Weiß er das auch?«, fragte Milena lauernd.

Sie drehte sich halb um und lächelte süffisant auf Luisa herab. Obwohl diese Stiefel mit hohen Absätzen trug, war Milena noch immer fast einen ganzen Kopf größer. Luisas Haare glänzten, die Haarwurzeln waren gleichmäßig ebenholzfarben.

»Und wenn ja, warum rennt er mir dann pausenlos die Bude ein?«

Milena zog mit spitzen Fingern betont lässig den Reißverschluss ihres Schminktäschchens zu und verstaute es in ihrer Handtasche.

»Verdammt, kannst du nicht einfach deine Pfoten von ihm lassen?«, kreischte Luisa los.

»Noch besser wäre es wohl, wenn er seine Pfoten von *mir* lassen könnte«, grinste Milena und musterte sich noch einmal abschließend im Spiegel.

Luisa kniff die Lippen zu einem wütenden Strich zusammen und suchte verzweifelt nach einer passenden Antwort.

Milena warf ihre Mähne zurück und wandte sich zur Tür. »Lass mich durch«, zischte sie drohend.

Als Luisa sich nicht von der Stelle rührte, blieb sie dicht vor ihr stehen und blickte ihr kerzengerade in die grünen Katzenaugen. Aus der Nähe betrachtet erinnerte die Haut unterhalb von Luisas dünngezupften Augenbrauen an ein gerupftes Huhn.

»Hast du denn überhaupt keinen Stolz?« Milena rückte noch näher an Luisa heran, ihre Körper berührten sich fast. »Und jetzt geh mir aus dem Weg.«

Luisa zitterte vor Wut, sie musste sich beherrschen, um nicht in Milenas arrogantes, überschminktes Gesicht zu spucken. Mühsam riss sie sich zusammen und trat zur Seite. Als die Tür hinter Milena zugefallen war, glitt sie langsam auf den kalten gefliesten Boden und brach in jämmerliches Schluchzen aus.

20

Santmanns Haus stand im besten Viertel Mannheims, in der Oststadt, einer Wohngegend, in der die stattlichen Gebäude so diskret durch kleine Parks voneinander abgetrennt sind, dass man seinen Nachbarn das ganze Jahr über nicht begegnen muss, wenn man sich nicht wirklich nach ihnen sehnt. Die Glocke der Christuskirche schlug gerade zwölf, als Ringshauser durch die Werderstraße fuhr. Er erinnerte sich daran, wie er noch vor wenigen Wochen auf dem Vorplatz der Kirche mit der mächtigen runden Kuppel mit Ria und den Kindern das alljährliche weihnachtliche Bläserkonzert angehört hatte. Es war bitterkalt gewesen, und es hatte leise geschneit. Sie hatten Santmann und seine Frau Sibilla getroffen, in dicke Mäntel gepackt wie Polarforscher.

Die wenigsten Kollegen waren jemals bis hierher vorgedrungen. Santmann war kein Freund des geselligen Lebens und noch dazu ein Geizkragen gewesen. Keine Partys, keine Grillabende, keine Silvesterempfänge. Was ihn allerdings nicht im mindesten davon abhielt, beleidigt zu sein, wenn jemand es gewagt hatte, *ihn* von einem Fest auszuschließen.

Eine fast zwei Meter hohe, weiß verputzte Mauer umgab das Anwesen. Hinter dem protzigen, schmiedeeisernen Tor führte ein Kiesweg durch einen parkähnlichen Garten zu dem zweistöckigen Haus. Das Tor war nicht verschlossen, wurde aber mit Sicherheit überwacht.

Ringshauser seufzte. Auch das Präsidium verfügte über Überwachungstechnik, doch alle Wachsamkeit hatte das Bombenattentat mit seinen verheerenden Folgen nicht verhindern können.

Mindestens vier Mitarbeiter hatten an jenem Morgen bei Santmann hereingeschaut, weil sie ihn sprechen wollten. Sielker, ein ganz junger Kollege, der von zwei anderen Personen ebenfalls in der Nähe des Zimmers gesehen worden war, hatte sich angeblich nur in der Etage geirrt und verhaspelte sich mehrmals bei seiner Schilderung. Allerdings wäre jeder an seiner Stelle nervös geworden, viel verdächtiger wäre gewesen, wenn er ruhig geblieben wäre. Natürlich konnte man dies wiederum geschickt einkalkulieren, wenn man gute Nerven hatte und ein einigermaßen passabler Schauspieler war. Seiner Schilderung zufolge hatte er die Bürotür geöffnet, Santmann frühstückend in seinem ledernen Schreibtischsessel vorgefunden und sich mit einer Entschuldigung sofort wieder entfernt. Laut Protokoll hatten sich heute Morgen, abgesehen von den dreiundzwanzig Diensthabenden und fünf Schreibkräften, dem Hausmeister und dem Pförtner, vierzehn weitere Personen wenigstens zeitweise im Präsidium aufgehalten. Die Namen der Besucher waren, wie üblich, festgehalten und überprüft worden. Alle diese Leute würden in den nächsten Tagen unter der Leitung der Kollegen des LKA verhört werden, und wenn sie Glück hatten, ergaben sich dabei ein paar brauchbare Hinweise.

Der Garten der Santmanns war riesig und gärtnergepflegt. Immergrüne, akkurat beschnittene Büsche säumten den hellgrauen Kiesweg. Von weitem sah das Haus aus, als bestände es aus zwei leicht versetzt übereinandergepackten weißen Würfeln. Neue und inzwischen schon wieder veraltete Sachlichkeit, die die Santmanns mit wild gemusterten Vorhängen in den Fenstern entschärft hatten.

Er läutete, und keine Sekunde später öffnete ihm eine kleine verschrumpelte Person, Hilda Bretschnik, die Haushälterin der Santmanns. Ringshauser war schon einige Male hier gewesen, sie kannten sich also bereits. Ihr verbindliches Lächeln erlosch, als sie seine ernste Miene sah.

»Was ist passiert?«, fragte sie sofort, und Ringshauser bewunderte wieder einmal ihre ausgeprägte Beobachtungsgabe.

»Ich muss mit Frau Santmann sprechen«, erklärte er.

Die Bretschnik würde ihn nicht dazu bringen, vorschnell mit Informationen herauszurücken, auch wenn sie diese sowieso in Kürze mitbekam.

»Ach Gott«, flüsterte sie bestürzt und hielt sich die Hand vor den Mund.

»Was gibt's denn?«, ertönte von drinnen eine schrille Stimme.

Ringshauser nahm all seinen Mut zusammen und marschierte an der Haushälterin vorbei in Richtung Wohnzimmer.

»Ach, Sie sind's, Elmar«, begrüßte ihn Sibilla Santmann.

Majestätisch thronte sie auf ihrem Riesensofa und schwamm regelrecht in Modezeitschriften. Sie trug ein knallrotes, mit kopfüber durcheinanderpurzelnden Schornsteinfegerchen bedrucktes Hauskleid aus Flanell, ein Design, das Ringshauser vage an einen Strampelanzug erinnerte. Ungeduldig winkte sie Ringshauser herbei und bugsierte ihre Lesebrille mit einem Ruck auf ihren platinblond gefärbten Lockenkopf. Im Gegensatz zu ihrer Haushälterin hatte sie keinerlei Gespür für düstere Schwingungen.

»Na? Schickt Sie mein Gatte?«, näselte sie. »Warum ruft er nicht einfach an, um mich mal wieder auf heute Abend zu vertrösten?«

Ihr sorgfältig geschminktes, rundliches Gesicht lief rot an wegen des vermuteten bevorstehenden Ärgers. Es wirkte wie aufgepumpt, und der faltige Hals darunter ließ darauf schließen, dass ein paar geschickt platzierte Nähte hinter den Ohren für künstliche Ordnung sorgten.

Hilda Bretschnik stand währenddessen wie aus Stein gemeißelt in der Tür und machte keinerlei Anstalten, sich zu entfernen.

Frau Santmann bemerkte Ringshausers fragenden Blick und sagte: »Nun reden Sie schon endlich, Mann! Ich glaube sowieso nicht, dass es irgendetwas gibt, was man vor der Bretschnik verbergen könnte. Nicht wahr, Hilda, meine Gute?«

Die Haushälterin errötete bis unter die grauen Haarwurzeln und verschwand. Nachdrücklich schloss sie die Wohnzimmertür. Ringshauser wäre jede Wette eingegangen, dass sie dicht dahinter stehen blieb, um zu lauschen. Egal. Was er zu sagen hatte würde sowieso nicht lange geheim bleiben. Wenn es doch bloß schon raus wäre! Er räusperte sich und schluckte.

Dann ließ er sich in einen Sessel fallen und sagte: »Es ist etwas Schreckliches passiert, Sibilla. Ihr Mann hatte einen … äh … Unfall.«

Der Platinkopf fuhr herum, ihre weit aufgerissenen Augen starrten ihn angstvoll an, alle Farbe war schlagartig aus ihrem Gesicht gewichen.

Plötzlich bereute er, alleine hergefahren zu sein. Niederegger mit seiner vermaledeiten Distanziertheit wäre in diesem Fall genau die richtige Begleitung gewesen.

»Ist er … ist er etwa … tot?«, hauchte sie.

Nun musste er nur noch nicken.

21

Jedes Mal, wenn Emma durch die unansehnliche, aber einbruchsichere Stahltür ins Innere ihres Turmes trat, fühlte sie sich augenblicklich wie in einer anderen Welt. Ihr Vermieter, der Kunstmaler Armin Mitteldecker, hatte den alten Wasserturm in Edingen, einem Örtchen am Neckar zwischen Mannheim und Heidelberg, einst entkernen und umgestalten lassen, kurz darauf jedoch, ganz der verkannte Künstler, Mannheim den Rücken gekehrt. Die Zeiten, in denen die Leute es amüsant fanden, wenn ein Mittfünfziger mit Farbbeuteln um sich warf und sie mit Unflätigkeiten traktierte, waren vorbei. Mitteldecker zog nach Berlin und vermietete seinen Turm an Emma und ihren Freund Patrick, die ihn gegen keine Villa der Welt mehr eingetauscht hätten. Emma liebte die Abgeschiedenheit und Einzigartigkeit ihrer Behausung und konnte dort meistens sofort von Alltag auf Entspannung umschalten.

Aber heute gelang es ihr nicht. Nachdenklich stieg sie die steile Wendeltreppe im Inneren des Turms hinauf. Milena hatte einen sehr niedergeschlagenen Eindruck gemacht, als sie Emma gestern angerufen hatte. Na ja, kein Wunder. Emma hatte den Eindruck, dass Milena dem Opfer des Attentats, einem leitenden Beamten der Mordkommission, nähergestanden hatte, als es der rein berufliche Bezug vermuten ließ. Es war schon spät, trotzdem wollte Milena nachher noch bei ihr vorbeikommen, und Emma rechnete fast damit, dass sie über Nacht bleiben würde, obwohl sie das bisher noch nie getan hatte. So richtete sie in dem runden Dachkämmerchen über ihrem Schlafzimmer vorsorglich einen Schlafplatz her.

Das Kämmerchen war höchstens einssiebzig hoch, hatte eine kuppelförmige Decke und acht schießschartenartige, etwa flaschengroße Fenster. Die Wände und auch die Kuppel waren mit Mosaiksteinen in allen Farben geschmückt, und mit seinen unregelmäßig in die Wände eingelassenen Lichtsteinen wirkte der kleine, bunte Raum wie ein Schatzkästchen.

Sie stieg hinunter in die Küche, inspizierte den Inhalt ihres Kühlschranks und begann den halbrunden Tisch am Fenster zu decken.

Die Sicht über die weit unter ihr liegende Landschaft war zu allen Tageszeiten grandios, jetzt in der Dämmerung konnte man nach und nach das Aufblitzen unzähliger Lichter beobachten, in der Ferne lag Heidelberg am Neckar, eingebettet zwischen Königstuhl und Weißem Stein, an der Bergstraße Richtung Norden Dossenheim, Schriesheim und Weinheim mit ihren oberhalb der Städtchen im Wald sitzenden Burgen, und in der Ebene davor erhoben sich die beiden rötlich glühenden Türme der Ladenburger St.-Gallus-Kirche.

Gleichzeitig mit dem Plopp des Korkens, der aus der Rotweinflasche schoss, ertönte die Türglocke. Emma trat dichter ans Fenster und erkannte im Halbdunkel Milenas schemenhafte Gestalt am Fuß des Turms. Sie betätigte den Türöffner, ging zum Küchenschrank und nahm zwei Gläser heraus.

Milena sah müde und abgespannt aus. Noch in der Tür ließ sie ihre große schwarze Ledertasche auf den Boden gleiten und schälte sich aus ihrem Wollmantel, den sie achtlos über eine Stuhllehne warf. Sofort verschränkte sie die Arme vor ihrem Körper, als sei ihr kalt. Das stets sorgfältig aufgetragene Make-up konnte heute die Ringe unter den großen, braunen Augen und die Falten um die Mundwinkel nicht überdecken, und der hellrot geschminkte Mund in dem müden Gesicht erinnerte an eine klaffende Wunde. Der Mord an ihrem Kollegen musste ihr wirklich zugesetzt haben.

»Na, du siehst ziemlich mitgenommen aus«, begrüßte Emma ihre Freundin. »Ich glaube, ein Gläschen Wein wird dir guttun.«

Sie nahm Milena kurz in den Arm und zog sie dann gleich hinüber zum Esstisch.

Milena ließ sich matt auf einen Stuhl sinken. »Danke, Emma.«

Milena war ganz gegen ihre Gewohnheit ziemlich nachlässig gekleidet, trug ausgebeulte Jeans und einen weiten, dicken Pullover, der ihre aufregenden Formen weitgehend verbarg. Emma lächelte. Heute galt es natürlich keinen Mann zu erobern, nicht mal Patrick war hier.

Wenn Milena sich ankündigte, zog Patrick sich sowieso meistens in sein Zimmer zurück. Und wenn die beiden doch einmal aufeinandertrafen, herrschte zwischen ihnen freundliche Gleichgültigkeit – eine oberflächliche Atmosphäre, die zwar erträglich war, aber nicht gerade nach ständiger Wiederholung schrie.

Emma goss Wein in die hochstieligen Gläser und setzte sich zu Milena an den rötlich schimmernden, elegant geschwungenen Holztisch. Milena stützte den Kopf in die Hände, ihre Mähne hatte sie im Nacken mit einem einfachen Haargummi achtlos zusammengebunden. Sie starrte abwesend vor sich hin, und Emma bemerkte heute erstmals die vielen feinen Furchen unter dem Make-up, die sich allmählich in Milenas Stirn zu graben begannen. Emma schnitt Brot auf und legte die Scheiben in ein kleines Weidenkörbchen, das sie zu Milena hinüberschob.

»Und? Wie geht's dir inzwischen?«, fragte sie. »Gibt's neue Erkenntnisse über das Attentat?«

»Noch nicht, leider. Wir sind alle immer noch wie vor den Kopf geschlagen. Was da passiert ist, ist einfach unglaublich.«

»Allerdings! Hinterlässt der Mann Familie?«

»Ja, ich kenne aber nur seine Frau, und auch die nur flüchtig.«

Milena nahm sich ein Stück Brot und begann langsam, es mit Butter zu bestreichen.

Emma räusperte sich. »Mochtest du ihn sehr?«

»Na ja, Santmann war, ehrlich gesagt, nicht besonders sympathisch.«

Milena wich Emmas Blick aus und schluckte nervös. Mit abwesender Miene zerbröselte sie Brot über ihrem Teller.

»Aber offensichtlich war er dir trotzdem wichtig«, bohrte Emma weiter.

Aus Milenas Augen schossen Blitze, als sie antwortete. »Er war ein alter Knochen von über sechzig, stand kurz vor der Pensionierung und einer Vollglatze und war anscheinend in gleich mehreren festen Händen.«

»Alles keine echten Hindernisse, oder?«, konterte Emma trocken. »Du bist jedenfalls wie ausgewechselt seit diesem Anschlag, da wird man doch mal nachfragen dürfen.«

»Es ist keine Kleinigkeit, plötzlich die zerfetzten Überreste eines Kollegen vor der Linse zu haben. Das ist schon schlimm genug bei fremden Leichen, glaub mir.«

Emma registrierte, dass Milenas Stimme einen hysterischen Unterton angenommen hatte.

»Klar.« Emma schluckte. »Mensch, ich bin wirklich ein Trampel. Tut mir leid, wenn ich unsensibel war. Ich mach mir einfach nur Sorgen um dich.«

Milena schob ihren fast unbenutzten Teller von sich und lächelte zaghaft. »Ich bin froh, dass ich dich habe«, sagte sie dann leise. »Du bist überhaupt nicht unsensibel. Und du hast vollkommen recht, Santmanns Tod hat mich wirklich aus der Bahn geworfen.« Ihre Stimme klang plötzlich verzweifelt und heiser vor Angst. »Es war offensichtlich kinderleicht, ihn zu töten, verstehst du? Am hellen Tag, mitten in einem Polizeipräsidium. Das macht mich fertig!«

In Milenas Augen glitzerten Tränen, und ihre Nase lief rot an. Aber sie weinte nicht.

»Ja, das ist wirklich furchtbar.«

Emma verstummte und beobachtete beklommen, wie viel Kraft es Milena sichtlich kostete, die Fassung zu bewahren.

»Sei mir nicht böse, Emma, das Thema deprimiert mich zu sehr«, murmelte Milena. »Im Präsidium reden wir seit Tagen von nichts anderem. Erzähl lieber von dir. Wie läuft's denn so mit Patrick?«

»Gut, wie immer.« Emma zuckte die Achseln und biss in eine Tomate. »Wieso fragst du?«

Milena atmete auf. Patrick hatte also dichtgehalten! Sie hatte ihn wohl tatsächlich mit ihrem Märchen überzeugt, sonst hätte Emma sie schon längst auf die peinliche Szene in Egberts Kneipe angesprochen. Patrick war anscheinend genauso leichtgläubig wie Emma, die beiden passten wirklich wunderbar zusammen.

»Und bei dir?«, fragte Emma. »Wie geht's denn eigentlich voran mit diesem Freddy?«

»Ach der«, seufzte Milena. »Der ist längst vergeben. Du hast Luisa ja mal kurz kennen gelernt, beim Fondue-Abend im *Uhland*, weißt du noch? Die Zierliche mit dem Bürstenhaarschnitt, das ist seine Freundin. Behauptet sie jedenfalls. Sie hat mich neulich regelrecht bedroht.«

»Wie kommt sie dazu? Da hat Friedemann ja vielleicht auch noch ein Wörtchen mitzureden. Ich glaube, für den bist eindeutig du die erste Wahl.«

»Na, ich weiß nicht.« Milena klang nicht überzeugt. »Und wenn es so ist, sollte er ihr das vielleicht mal klarmachen. Sie macht mir Angst.«

Die Landschaft draußen versank langsam im Dunkel der Nacht, in der Ferne blitzten immer mehr Lichter auf, die sich zur Stadt hin zu einem schimmernden Nebel verdichteten.

Schwer vorstellbar, dass Milena vor irgendeiner Frau Angst haben sollte.

22

Nachdem er Lilli aus seinem Bett entfernt und aus dem Haus gebracht hatte, hatte er Silja nach oben getragen, um den Ehrenplatz am Tisch für Lisetta frei zu machen.

Silja hatte er auch wieder Fesseln angelegt, nachdem er sie vom Stuhl losgebunden und in sein Bett gelegt hatte. Das war eine ausgezeichnete Idee gewesen, denn so konnte er die Vorstellung länger aufrechterhalten, dass sie noch am Leben war, weil er die Schnüre ja noch für sie benötigte. Und deshalb konnte er ganz ungezwungen mit ihr reden, auch wenn sie längst nicht mehr antwortete.

Erst in diesem Stadium, in dem sie offen gestanden nicht mehr sehr anziehend wirkten, waren sie ungefährlich, konnten ihn nicht mehr mit ihren Augen und Mündern verführen und zum Idioten machen. Dann erst durften sie mit nach oben in sein Bett, es war immer die schönste Zeit mit einer

Frau für ihn. Nur rudimentär erinnerte jetzt noch das eine oder andere Attribut daran, wer sie einmal gewesen waren, die Ähnlichkeit mit Mutter war in diesem Zustand immer am größten. Nur leider dauerte diese Hoch-Zeit nie lange, und er musste unten in der Küche wieder eine Nachfolgerin heranzüchten.

Wenn er dann aber irgendwann vor sich selbst nicht mehr verbergen konnte, dass die Frau tot war, trennte er sich endgültig von ihr und schaffte sie aus dem Haus.

Voller Vorfreude dachte er wieder an Milena. Sie würde gar nicht genug bekommen können von ihm, er würde ihr das volle Programm verpassen, jetzt, nachdem er sie endlich durchschaut hatte.

Aber zuerst musste er sie natürlich Mutter vorstellen. Alles, was danach kam, hing sowieso ganz und gar von dieser ersten Begegnung ab. Das war er seiner Mutter schuldig. Würde Milena mit Mutter klarkommen? Er hoffte es. Bisher waren seine Beziehungen ausnahmslos an genau diesem Punkt gescheitert. Keine Frau hatte seine Eltern, so wie sie nun einmal waren, akzeptieren können.

Natürlich waren sie ungewöhnlich, das musste man schon einräumen.

23

Kommissar Niederegger befand sich auf dem Weg zu Bertie Santmanns Witwe.

Es gab keinerlei Grund, sich auf diese Begegnung zu freuen, außer vielleicht den, dass ihm für diesen Gang Luisa Eichinger als Assistentin zugeteilt worden war. Sibilla Santmann musste ein weiteres Mal zum Tod ihres Gatten befragt werden, es gab da inzwischen einige Neuigkeiten.

Niederegger hatte keine Ahnung, was Ringshauser den beiden Kollegen vom LKA über ihn erzählt hatte, Tatsache war jedenfalls, dass dieser ungepflegte, klebrige Schrunz bisher gottlob noch niemals mit Niederegger zusammen in einen Dienstwagen gestiegen war. Und wenn es nach ihm ginge, konnte es gerne dabei bleiben. Sollten sich doch die Ringshausers mit dieser überheblichen Bakterienschleuder herumschlagen.

In den meisten Fällen schickten Neugebauer und Schrunz jedoch sowieso die Mannheimer Kommissare zu den Außeneinsätzen, während sie die Verhöre leiteten, die im Präsidium stattfanden. Schrunz genoss es ganz unverhohlen, dass die Mannheimer Kollegen nach seiner Pfeife tanzen mussten, und Niederegger ging ihm aus dem Weg, wo er nur konnte.

Luisa war rein optisch wie immer eine Augenweide, aber sie wirkte heute nervös und abgelenkt. Nicht angenehm, wenn sie einen Wagen chauffierte und man ihr als Beifahrer praktisch ausgeliefert war. Sie nahm alle Kurven viel zu schnell, scherte sich einen Dreck um Verkehrsschilder und drängelte, wenn vor ihr jemand für ihren Geschmack zu langsam fuhr. Auf dem Kaiserring, auf dem zu dieser Uhrzeit der Berufsverkehr tobte, wechselte sie ständig die Spur, um ein Haar hätte sie ein Taxi gerammt, das blinkend am Straßenrand hielt, um einen Fahrgast aufzunehmen. Niederegger biss die Zähne zusammen und beschloss, sich nach der Ankunft am Haus der Santmanns sofort die Autoschlüssel geben zu lassen. Vorausgesetzt, sie würden überhaupt lebend dort ankommen.

Er lehnte sich vorsichtig zurück und ließ die letzten Tage Revue passieren.

Polizeipräsident Kahling hatte seinen Urlaub erwartungsgemäß abgebrochen und sofort nach seiner Rückkehr damit begonnen, die Nachfolge Santmanns zu regeln. Überraschend war nicht Elmar Ringshauser, sondern seine Frau Ria – zunächst kommissarisch – zur neuen Leiterin der Mordkommission ernannt worden.

Überraschend deshalb, weil außer Kahling niemand überhaupt auch nur von ihrer Bewerbung gewusst hatte, nicht einmal ihr Mann. Elmar Ringshauser fühlte sich als der Dienstältere natürlich übergangen, und wer vorher geglaubt hatte, Elmars Laune könne nicht noch schlechter werden, als sie ohnehin grundsätzlich war, wurde nun eines Besseren belehrt.

Seit dem Attentat war kein Tag vergangen, an dem nicht irgendeine Meldung in der Presse erschien, die Santmanns Tod zum Inhalt hatte, die nachfolgenden Ermittlungen unterlagen allerdings vorerst noch strengster Geheimhaltung. Um weiteres Aufsehen zu vermeiden, hatte man versucht, Santmanns Beisetzung auf dem Mannheimer Hauptfriedhof nicht zu einem Medienereignis werden zu lassen. Was ihn sicher maßlos geärgert hätte, denn er hatte sich immer für außerordentlich wichtig gehalten.

Es gab übereinstimmende Beobachtungen verschiedener Kollegen, wonach Santmann in seinen letzten Stunden vor seinem tragischen Tod über irgendetwas gebrütet hatte, aber das konnte vieles bedeuten. Er konnte zum Beispiel schlicht und einfach private Probleme gehabt haben.

Außerdem hatte er als Leiter der Mordkommission stapelweise ungeklärte Fälle auf dem Schreibtisch liegen, keinen dieser Fälle hatte er jedoch in letzter Zeit systematisch nachgeprüft oder sich alte Akten zur erneuten Einsicht vorlegen lassen. Es gab daher keinen einzigen Hinweis, in welche Richtung er gebrütet hatte. Trotzdem war es nicht auszuschließen, dass Santmann tatsächlich, sei es durch Zufall oder aufgrund von Recherchen, kurz vor seiner Pensionierung bei einem dieser Fälle auf ein entscheidendes Detail gestoßen war. Die Frage war nur, warum er dies niemandem im Präsidium mitgeteilt hatte. Er war angeblich kurz davor gewesen, Elmar Ringshauser in was auch immer einzuweihen, aber dafür hatte man eigentlich nur Ringshausers Wort.

Santmanns sämtliche Falldateien wurden abgerufen und durchleuchtet, aber es war die Suche nach der sprichwörtlichen Nadel im Heuhaufen. Da nicht einmal klar war, in welcher Ecke des Heuhaufens man beginnen sollte, konnten die Ermittlungen noch wochenlang dauern.

Und außerdem, warum ausgerechnet Elmar Ringshauser? Er war bekanntermaßen nicht gerade Santmanns Liebling gewesen. Oder war es vielleicht nur darum gegangen, seinen zukünftigen Nachfolger ins Bild zu setzen? Auch das war möglich, wenn auch nicht sehr wahrscheinlich, denn zu diesem Zeitpunkt war Elmar Ringshauser ein Bewerber unter mindestens vier weiteren gewesen. Es gab einfach keine naheliegende Erklärung für all das. Noch nicht jedenfalls.

Wütendes Hupen katapultierte Niederegger unversehens aus seinen Gedanken.

»Willst du uns umbringen?«, brüllte er und stemmte aufgeschreckt beide Füße in den Boden, als hätte er eine auf der Beifahrerseite eingebaute Hilfsbremse.

Luisa hatte an einer völlig unübersichtlichen Stelle überholt und gerade noch kurz vor einem entgegenkommenden Lastwagen einscheren können.

»Zeit zum Hupen hatte er aber noch«, murrte sie.

»Was ist bloß los mit dir in letzter Zeit?«, schimpfte er. »Machst du eine deiner seltsamen Diäten? Oder hast du wieder mal Liebeskummer?«

»Ach, lass mich doch einfach in Ruhe. Du hast ja keine Ahnung.«

»Okay, hab ich nicht. Aber stell dir vor, ich hänge an meinem mickrigen Leben. Wenn du vorhast, dir den Schädel einzurennen, halt doch bitte kurz an und lass mich vorher aussteigen.«

»Krieg dich mal wieder ein.«

Luisas hübsches Profil hatte mit der kurzen Nase und der gerunzelten Stirn plötzlich etwas von einem Pekinesen.

»Hast du etwa Angst vor dieser rothaarigen Sirene?«, stichelte Niederegger. »Tja, könnte ich schon verstehen.«

»Halt endlich die Klappe, Mensch! Warum sollte ich vor der Angst haben? Die stecke ich hundertmal in die Tasche, diese zugekleisterte Vogelscheuche.«

»Eben. Aber worüber regst du dich dann auf? Eine andere Konkurrenz sehe ich im Augenblick nicht.«

»Phh! Milena ist für mich keine Konkurrenz. Merk dir das gefälligst.«

»Hauptsache, dein Freddy merkt sich das.«

Eichinger klammerte sich so verbissen ans Lenkrad, dass ihre Knöchel weiß hervortraten. Sie starrte stur geradeaus auf die Straße und gab noch mehr Gas. Höchste Zeit, sie ein bisschen abzulenken. Mit Arbeit. Niederegger angelte seine Aktentasche vom Rücksitz und zog das Protokoll von Santmanns Todestag heraus.

»Wie denkst du eigentlich über das Attentat, hast du irgendeine Idee?«, fragte er.

»Ach, ich weiß nicht, ich hatte viel zu wenig mit Santmann zu tun. Du selbst warst doch viel öfter mit ihm unterwegs, oder? Vielleicht war er wirklich einem brisanten Ding auf der Spur. Oder jemand hatte es doch auf seine Sekretärin abgesehen.«

»Glaub ich nicht. Sonst hätte man das Päckchen direkt an sie adressiert und wäre damit sicherer gefahren.«

»Stimmt. Er hätte ihre persönliche Post niemals geöffnet. Umgekehrt schon.«

»Hast du eigentlich je seine Frau kennen gelernt?«

»Äh … nein, nicht so richtig. Ich weiß natürlich, wie sie aussieht, weil ich sie ein paar Mal im Präsidium von weitem gesehen hab. Aber das war's auch schon.«

Luisa fädelte sich halsbrecherisch in die Abbiegerspur ein, die in Mannheims Reichenviertel führte.

»Und was ist mit dir?«, fragte sie.

Erleichtert registrierte er, dass sie zumindest vordergründig zu einem einigermaßen sachlichen Ton zurückgefunden hatte.

»Ich hab sie mal in der Stadt getroffen«, antwortete er. »Ist aber schon 'ne Weile her, wahrscheinlich erinnert sie sich gar nicht mehr an mich.«

»Unmöglich! Dich vergisst man nicht so schnell.«

»Ist das jetzt ein Kompliment oder was?«, fragte Niederegger misstrauisch.

»Du fällst einfach völlig raus, Herbert. Allein schon dein Hygiene-Tick! Du riechst wie 'ne ganze Apotheke. Du merkst das wahrscheinlich gar nicht mehr, aber für andere bist du so unauffällig wie ein Huhn im Matrosenanzug.«

Niederegger zuckte zusammen.

Es war mal wieder so weit! Er würde sich bald nach einer neuen Stelle in einer anderen Stadt umhören müssen. Aber diesmal würde es ihm schwerer fallen als sonst, er hatte sich inzwischen tatsächlich an das sonnige Mannheim mit seinen schnoddrigen Eingeborenen gewöhnt. Er zog den Kopf ein und vertiefte sich wieder in den Bericht auf seinen Knien. Eine Zeitlang verstummte das Gespräch, und man hörte nur noch den Verkehrslärm, der sie umgab, und das Rascheln der vielen Blätter, aus denen die Akte inzwischen bestand. Niederegger ging die Seiten durch bis zur ersten Befragung der Witwe. Dieses Gespräch hatte Ringshauser geführt.

»Hier steht, die Santmann hatte keine Ahnung davon, dass ihr Mann mindestens zweimal pro Woche im Fitnessstudio war. Kaum zu glauben, was?«

»Wieso? Sie waren immerhin fast dreißig Jahre verheiratet. Da ist es nicht mehr so wahnsinnig interessant, was der Partner treibt.«

»Möglich. Aber Achtung, jetzt kommt's. Sie hat ihm quasi postum unterstellt, seinen Körper für den dritten Frühling aufgerüstet zu haben, um sie nach Strich und Faden zu betrügen.«

»Und? Hat er?«

»Allerdings. Mit der Besitzerin eines Cafés, *Zeilfelder* heißt der Laden. Aber die Santmann behauptet, nichts davon gewusst zu haben. Mensch, Luisa, guck auf die Straße!«

In der Augustaanlage war wegen einer Baustelle wieder mal nur Stop-and-go möglich. Unerträglich für die reizbare Luisa.

»Ist ja ein Ding. Der alte Santmann, wer hätte das gedacht?«

»Na, seine Frau zum Beispiel. Inzwischen haben sich nämlich zwei Zeugen gemeldet, die sich an eine miserabel verkleidete ältere Frau erinnern, die wochenlang vom Hotel-Restaurant *Alter Simpl* ziemlich auffällig das *Zeilfelder* observiert hat. Sie haben die Santmann inzwischen eindeutig identifiziert.«

»Was? Gleich zwei? Dann muss sie sich aber wirklich ungeschickt angestellt haben.«

»Kann man wohl sagen. Zumal einer der Zeugen ein richtig alter Knabe und auf einem Auge fast blind ist. Also, sie hätte sich ruhig ein bisschen mehr anstrengen können.«

Die Straßen in dem Viertel, durch das sie jetzt fuhren, waren breit und auf beiden Seiten von Platanen gesäumt. Eindrucksvolle Jugendstilfassaden wechselten sich mit modernen Einfamilienhäusern ab, die in parkähnlichen Gärten standen. Sie bogen in die Spinozastraße ein.

»Auf jeden Fall hat sie von Santmanns Geliebter gewusst, das ist sonnenklar«, stellte Luisa fest. »Vielleicht hatte sie sogar Angst, auf ihre alten Tage verlassen zu werden, wer weiß? Sie hat jedenfalls ein handfestes Motiv, finde ich.«

»Eigentlich sogar mehrere«, bekräftigte Niederegger. »Der Alte hinterlässt ihr jede Menge Barvermögen und ein abbezahltes Haus. Und, nicht zu vergessen, seine fette Pension. So, gleich müssten wir da sein.«

»Oh Gott, immer die gleiche Leier. Immer ist es das beschissene Geld.«

»Langsam«, wehrte Niederegger ab. »Das heißt noch lange nicht, dass sie ihren Gatten wirklich auf dem Gewissen hat. Die Vorstellung, dass dieses alternde Püppchen in ihrem Bungalow sitzt und Bomben bastelt, ist schon ziemlich abenteuerlich. Aber natürlich nicht ausgeschlossen.«

»Sie war jedenfalls an diesem Mittwochmorgen nachweislich im Präsidium«, erinnerte Luisa.

»Ja. Zusammen mit dreiundvierzig anderen Leuten. Uns eingeschlossen. Noch sind wir nicht aus dem Schneider, vergiss das nicht.«

»Aber sie hat das beste Motiv«, beharrte Luisa.

»Es könnte jemanden geben, der ein noch besseres hat.«

»Okay, schon gut. Mal sehen, wie sie sich herauswindet.«

Sie parkten direkt vor dem schmiedeeisernen Tor und stiegen aus. Niederegger ging um den Wagen und hielt Luisa wortlos die Hand unter die Nase. Widerwillig rückte sie die Autoschlüssel heraus. Kommentarlos steckte er sie in die Jackentasche, erst dann streifte er seine dünnen Lederhandschuhe ab. Luisa grinste.

Die ganze Wohngegend wirkte auf den ersten Blick einsam und verlassen. Auch der nahegelegene Luisenpark war um diese Uhrzeit und vor allem bei der immer noch herrschenden Kälte wie ausgestorben. Es gab kaum Passanten, keine spielenden Kinder, keine Hunde, ja, nicht einmal Katzen. Die Reichen mochten es gern exklusiv und totenstill.

»Geschmacksache«, murmelte Luisa, und im nächsten Moment schwang das hohe Tor zu Santmanns Grundstück zurück wie von Geisterhand geführt. Anscheinend waren sie längst gesichtet worden. Schnell schritten sie den gewundenen Kiesweg auf das Würfelhaus zu. Als Luisa am Eingang läuten wollte, wurde fast zeitgleich die Haustür aufgerissen, aber, wie sich herausstellte, nicht von Frau Santmann selbst, sondern von ihrer Haushälterin. Sie musste praktisch direkt hinter der Tür gelauert haben und berichtete umgehend und ungefragt, dass die Witwe gerade zum Friseur gefahren sei. Sie wusste sogar, zu welchem. Den Termin mit den Beamten hatte die Dame wohl vergessen.

Eichinger und Niederegger machten kehrt, stiegen in den Wagen und fuhren zurück in Richtung Stadt.

24

Sibilla Santmann hatte beschlossen, sich nach den ganzen Aufregungen eine Erneuerung ihrer Fassade zu gönnen.

Seit Berties Tod musste sie nun wirklich nur noch an sich selbst denken, vorbei waren die halbherzigen Bemühungen um ehelichen Gleichklang. Auch die beunruhigenden Gedanken, mit wem er sie wohl gerade betrog, gehörten endlich der Vergangenheit an. Dass er sie immer mal wieder betrogen hatte, war sowieso klar.

Trotzdem vermisste sie Bertie manchmal ein bisschen. Aber wenn sie genauer in sich hineinhorchte, war es wohl eher die Tatsache, dass überhaupt etwas außer ihr und der Bretschnik im Haus Geräusche machte und atmete. Das war genau genommen sowieso der einzige Grund, warum sie all die Jahre bei Bertie geblieben war. Dies und das Geld natürlich.

Selbstverständlich könnte sie sich einen Hund anschaffen. Alles war besser als Bertie. Ja doch, im Grunde hatte es nur Vorteile, dass er tot war. Sie konnte endlich tun und lassen, was sie wollte, war seinen unberechenbaren Launen nicht mehr ausgeliefert und hatte nur noch die Hälfte der lästigen Hausarbeit am Hals. Oder besser gesagt, die Bretschnik, aber die war ja eigentlich auch bloß eine Art Füllsel. Bertie hatte sie damals vor zwanzig Jahren eingestellt, angeblich auf Empfehlung irgendeiner Agentur für Hauspersonal. Sie war allgegenwärtig, schnüffelte überall herum und hatte noch dazu eine große Klappe. Natürlich könnte sie die vorlaute Nervensäge einfach entlassen, jetzt, wo Bertie tot war. Andererseits hatte sie sich im Laufe der Jahre irgendwie an ihre penetrante Gegenwart gewöhnt.

Sie parkte vor einem Frisiersalon in der hektischen Kunststraße, genau unter einem unübersehbaren Halteverbotsschild, und kletterte ächzend aus dem Wagen. Die Suche nach einem regulären Parkplatz mitten in der Stadt zu dieser Tageszeit war sowieso sinnlos, warum also Zeit und Nerven vergeuden? Sie würde den Wagen vom Salon aus im Auge behalten und lautstark einschreiten, wenn ein Verkehrspolizist es auch nur wagen sollte, einen Finger an den Scheibenwischer ihres Wagens zu legen.

Im Salon gab es vier Frisierstühle. Über die kobaltblauen Wände zogen sich handbreite Ornamente in Schlangenlinien aus strahlend weißem Gips, in die überall echte Muscheln eingefügt waren. Die großen runden Spiegel waren tief in die Wände eingelassen und wurden von kunstvoll verschlungenen Lichtschläuchen sanft beleuchtet.

Sibilla Santmann warf ihren Mantel ab wie eine Schlange, die sich häutet, und nickte dem Lehrling, der ihn gerade noch auffangen konnte, gönnerhaft zu.

Der Saloninhaber und Starfriseur war nahezu kahlrasiert, während der wehende Haarschopf des Lehrlings mindestens fünf verschiedene Strähnchenfarben aufwies. Der Junge wuselte mit einem großen Besen um den Stuhl einer Kundin herum, die mit einer Plastikhaube auf dem Kopf und einer Zeitschrift auf den Knien ihrer gestalterischen Vollendung entgegendämmerte.

Als Frau Santmann endlich auf einem der bequemen, rollbaren Frisiersessel saß, zog sie eine Modezeitschrift aus ihrer Tasche.

»Junger Mann«, sagte sie zu dem etwas verlegen dreinblickenden Friseur, »ich habe Ihnen hier eine Vorlage mitgebracht, nach der Sie mich herrichten sollen. Kriegen Sie das hin?«

Der Friseur, selber nicht mehr der Jüngste, betrachtete das Bild und verzog das solariumsgebräunte Gesicht. Die olivstichige Hautfarbe verlieh ihm das Aussehen eines Magenleidenden.

»Was gibt's? Ist Ihnen nicht gut?«

Frau Santmann schaute dem Mann im Spiegel tief in die Augen, lehnte sich zurück und stemmte beide Beine gegen die robuste Hartgummistange zu ihren Füßen. Der Friseur bettete ihren blondierten Strohkopf in das kleine Waschbecken, das er inzwischen herangezogen hatte.

»Du lieber Himmel«, murmelte er, »wo fangen wir denn da am besten an?«

»Hören Sie um Gottes willen damit auf, von mir zu reden wie von einer zerbombten Stadt.«

In diesem Augenblick schwang die Salontür auf und Eichinger und Niederegger erschienen auf der Schwelle.

Himmel, die beiden hatte sie total vergessen!

»Guten Tag, Frau Santmann«, grüßte Niederegger und baute sich direkt neben ihrem Frisiersessel auf.

Luisa fingerte in ihrer Jackentasche nach ihrem Dienstausweis. Sibilla Santmann winkte genervt ab.

»Nicht nötig, lassen Sie das! Ich weiß, wer Sie sind. Aber muss das denn unbedingt sein, dass Sie mich bis zum Friseur verfolgen? Ich weiß sowieso nicht, wie ich Ihnen noch helfen könnte.«

»Indem Sie uns nochmals ein paar Fragen beantworten, Frau Santmann. Wir waren verabredet, ist Ihnen das entfallen?« Niederegger blieb ruhig. »Wir machen nur unsere Arbeit und müssen nun mal alles so schnell wie möglich abhandeln. Das ist bestimmt auch in Ihrem Interesse, schließlich geht es um den Mord an Ihrem Mann.«

»Ja, ja, ist ja schon gut. Dann legen Sie mal los.«

Sibilla Santmann machte keinerlei Anstalten, aus ihrem Frisierstuhl zu steigen.

»Tja, also, Sie müssten uns schon zum Präsidium begleiten.«

»Wozu? Ich hab nichts zu verbergen.«

Der Friseur war inzwischen hinter seinen Empfangstresen geflüchtet und beschäftigte sich demonstrativ mit seinem Terminbuch. Der junge Buntspecht kümmerte sich intensiv um den Haartrockner der anderen Kundin und versuchte gleichzeitig, möglichst kein Wort der Unterhaltung zu verpassen. Endlich war mal was los in dem Laden.

»Na schön, wie Sie wollen«, sagte Luisa sanft. »Sie haben ausgesagt, dass Sie nichts von den … äh … außerehelichen Aktivitäten Ihres Mannes gewusst haben.«

»Na und?«

Frau Santmann sah aufmüpfig zu Luisa auf. Diese jungen Dinger mit ihrem Schlankheitswahn, überhaupt keine Kurven! Und wenn sie nicht alles täuschte, hatte sie soeben direkt neben ihrem linken Ohr ein deutliches Magenknurren vernommen.

»Wir haben inzwischen zwei Zeugenaussagen vorliegen, denen zufolge Sie in den letzten Wochen, recht mittelmäßig maskiert übrigens, fast täglich im Restaurant *Alter Simpl* in der Fressgasse saßen und das *Café Zeilfelder* beobachtet haben.«

»Ich esse nun mal gerne auswärts«, erklärte die Witwe bockig. »Und was ich anziehe, ist ja wohl ganz allein meine Sache.«

»Sicher«, nickte Niederegger freundlich. »Sie waren also nicht vielleicht dort, um Ihren Mann zu beschatten?«

»Wenn Sie das sowieso schon wissen, ja, ich hab ihm hinterherspioniert. Ständig fuhr er zu dieser Tortentante. Sie verschwanden dann immer zusammen in den hinteren Räumen, manchmal stundenlang. Ich wollte ihm auf den Kopf zusagen, dass ich von seinem Techtelmechtel mit dieser fetten Schnecke wusste. Sieht aus, als würde sie jeden Tag ihr gesamtes Sortiment rauf und runter in sich reinfressen.«

Wie aufs Stichwort knurrte Luisas Magen erneut und Niederegger sah irritiert auf.

»Waren Sie eifersüchtig auf die Dame? Haben Sie Ihren Mann noch geliebt?«

Klar, eine solche Frage konnte nur von Luisa kommen. Niederegger schnippte nervös mit den Fingern. Die Santmann hatte viel zu schnell klein beigegeben, um wirklich etwas zu verbergen zu haben, also waren sie bei ihr höchstwahrscheinlich an der falschen Adresse.

»Dame? Phh, dafür gibt's ja wohl 'ne passendere Bezeichnung, oder? Aber lassen wir das.«

Frau Santmann klaubte in Zeitlupe ein paar Fussel von ihrem Revers, bevor sie endlich weitersprach.

»Also. Ja, ich hatte tatsächlich vor, die Scheidung einzureichen und Berti ordentlich bluten zu lassen.«

»Seine Besuche im *Zeilfelder* könnten dienstlich gewesen sein«, warf Luisa ein.

»So ein Quatsch! Ich hab sie mehr als einmal mit eigenen Augen knutschend aus dem Laden kommen sehen. Nicht dienstlich, sondern widerlich. Richtig geschämt hab ich mich für ihn.«

»Wir werden Frau Neuner sicherlich auch noch verhören«, beschwichtigte Niederegger. »Aber finden Sie nicht, dass wir dieses Gespräch doch lieber im Präsidium fortsetzen sollten?«

Alle anderen noch anwesenden Personen im Salon hatten mittlerweile ihr Bemühen, einen desinteressierten Eindruck zu machen, aufgegeben und starrten ungeniert herüber.

»Wir werden sowieso ein neues Protokoll erstellen, das Sie unterschreiben müssen«, ergänzte Luisa. »Immerhin sind das ganz neue Perspektiven, die sich da eröffnen.«

»Eröffnen, eröffnen«, äffte Frau Santmann sie nach. »Was soll sich dadurch schon groß eröffnen? Mein Mann hat mich betrogen, na und? Jeder macht das. Glauben Sie wirklich, das wäre Grund genug für mich, ihn in die Luft zu jagen?«

»Sie wären nicht die Erste«, bemerkte Luisa spitz.

Sie würde Milena Breiter jederzeit in die Luft jagen, um sie aus dem Weg zu räumen, gar keine Frage.

»Sind Sie überhaupt noch dazu gekommen, mit ihm über seine Affäre zu reden?«, wollte Niederegger wissen.

»Nein, leider. Ich hätte alles dafür gegeben, sein Gesicht zu sehen, wenn ich es ihm auf den Kopf zusage. Nun ja, vorbei ist vorbei. Und ich sage Ihnen noch was: Wenn ich ihn hätte umbringen wollen, hätte ich ihn zu Hause bequemer erledigen können, finden Sie nicht?«

Niederegger und Eichinger blickten sich an. Abgesehen davon, dass Frau Santmann intellektuell und technisch außerstande schien, einen so raffinierten Mord zu planen, hatte sie mit ihrer letzten Bemerkung auch noch vollkommen recht.

25

»Bitte, Sibilla. Wenn dir irgendjemand einfällt, der einen Grund gehabt haben könnte, Heribert zu töten, dann sag es mir.«

»Mir fällt niemand ein, wie oft soll ich das denn noch sagen!«

Friedemann Schill saß in Sibilla Santmanns opulent eingerichtetem Wohnzimmer auf einem der wuchtigen Sessel, Sibilla lag frisch blondiert und gestriegelt auf dem Sofa und wandte ihm ihr genervtes Gesicht zu.

»Deine Kollegen haben mich heute wirklich schon genug gelöchert. Ich weiß nichts, überhaupt nichts.«

»War er in letzter Zeit anders als sonst?«, hakte Schill unerbittlich nach. »Hat er irgendwelche seltsamen Andeutungen gemacht?«

»Seltsame Andeutungen, dass ich nicht lache! Wenn es hoch kam, haben wir drei Sätze pro Tag gewechselt, da war kein Platz für seltsame Andeutungen. Ach, Friedemann, weißt du, da gab es einige Leute, mit denen er wesentlich mehr Zeit verbracht hat als mit mir, und das schon seit Jahren. Mit dir zum Beispiel! Dir als seinem Freund hätte deshalb doch viel eher etwas auffallen müssen.« Sie seufzte und legte ihre Stirn in Falten. »Apropos. Hand aufs Herz, Friedemann. Hast du von seinem Betthäschen gewusst? Obwohl, Betthäschen ist ja wohl kaum die richtige Bezeichnung für dieses Walross, das er sich da eingefangen hat, oder?«

Schill wand sich, er würde den Teufel tun und vermintes Gebiet betreten. Sein Bedürfnis, Heriberts und Sibillas Eheprobleme durchzuhecheln, hielt sich in Grenzen. Und dazu würde es unweigerlich kommen, wenn er sich über Heriberts außereheliche Aktivitäten ausließ. Von denen er selbstverständlich gewusst hatte.

»Schon gut, Friedemann«, winkte Sibilla ab, die seine gequälte Miene richtig deutete. »Ich will dich nicht in Verlegenheit bringen. Hat ja auch wenig Sinn, schmutzige Wäsche zu waschen. Sauber wird die in diesem Leben eh nicht mehr.«

Wie wahr, dachte Schill.

»Vielleicht kannst du mir wenigstens sagen, wo er am Tag vor dem Attentat, also am 14. Februar, war? War er abends zu Hause?«, fragte er vorsichtig.

Erstaunt blickte sie ihn an.

»Das ist jetzt aber nicht dein Ernst, oder?«

»Wieso?«

»Na, er wollte doch zu dir, das hat er jedenfalls behauptet. Um dich in die Sauna abzuholen.«

»Ach ja, richtig.« Friedemann schlug sich vor die Stirn. »Klar, war ja ein Dienstag, unser Saunatag. Da musste ich ihm aber kurzfristig absagen, ich hatte überraschenden Besuch von … äh … Luisa Eichinger.«

»Oha«, machte Sibilla amüsiert, »wo du doch eigentlich eine ganz andere Dame im Visier hast, stimmt's?«

»Stimmt«, nickte er ergeben. »Hat Heribert dir das verraten?«

»Er hat mal 'ne Andeutung gemacht. Scheint ein heißer Feger zu sein, diese Milena Breiter, wie?« Sie lächelte. »Aber zurück zu Bertie. Ich schätze, er wird wohl an dem Abend allein in die Sauna gegangen sein. Oder vielleicht sogar mit dem Walross.« Sie verzog angewidert das Gesicht. »Unbegreiflich! Was hat er bloß an dieser geschwätzigen Kröte gefunden?«

»Na, ich werde jedenfalls mal nachfragen, ob er dort war«, sagte Schill hastig, bevor sie sich noch weiter in ihr Hassobjekt verbeißen konnte. »Vielleicht hat er …«

»Das kannst du dir sparen«, fiel sie ihm ins Wort. »Das haben deine Kollegen mit Sicherheit schon erledigt. Ich hab ihnen natürlich erzählt, dass dienstags euer Saunatag war.«

»Dann kann er gar nicht dort gewesen sein«, folgerte Schill, »sonst hätten sie mich bestimmt inzwischen darauf angesprochen. Sie mussten ja davon ausgehen, dass ich wie immer dabei war.«

»Tja, was weiß ich? Ich hoffe bloß, dass diese endlose Fragerei bald ein Ende hat. Dieser Niederegger zum Beispiel, der in den letzten Tagen schon zwei Mal hier war, ist 'ne echte Zumutung mit seinen Macken.«

»Dieses Theater ist unser täglich Brot.« Schill erhob sich. »So, ich muss dann mal wieder los.«

Sibilla Santmann wuchtete sich ächzend von der Couch hoch.

»Also, wenn der noch ein einziges Mal Zicken macht und mit Sagrotan um sich sprüht, bloß weil ich es wage, in meinem eigenen Wohnzimmer zu niesen, schmeiße ich ihn hochkant raus«, lamentierte sie, während sie Friedemann hinaus in die Diele begleitete.

Irgendwo im Haus klappte eine Tür. Die Bretschnik hatte mal wieder gelauscht, klar. Am besten war es wohl, sie künftig einfach dazuzubitten. Dann wäre endlich Schluss mit dieser albernen Herumschleicherei.

»Ach, der Tick mit dem Sagrotan ist harmlos«, winkte Schill ab, während er in seinen Mantel schlüpfte. »Der hat noch ganz andere Marotten auf Lager. Ich sage dir, wenn jemand reif ist für die Klapsmühle, dann er.«

»Aber nur im Schutzanzug«, kicherte Sibilla.

26

Gestern hatten sie wieder mit Dutzenden von Polizisten den Wald um den Teltschikturm durchkämmt.

Er sah nicht ein, dass die Beamten keine Rücksicht nehmen konnten, auch nicht auf die jungen, empfindlichen Bäumchen, die schon ohne zusätzliche Störungen genug gegen schädliche Umwelteinflüsse zu kämpfen hatten. Andererseits war klar, dass die fieberhafte Suche nach den vermissten jungen Frauen für die Polizei Vorrang hatte. Inzwischen waren es vier oder nicht vielleicht sogar schon fünf?

Aus seiner Sicht als Förster war der Schutz seiner Schonungen allerdings mindestens genauso wichtig wie die Suche nach den Frauen. Wenn sie hier im Wald landeten, waren sie sowieso bereits tot. Zumindest war dies bei den zwei Unglücklichen so gewesen, die bisher in seinem Revier, dem vorderen Odenwald nördlich des Neckars, entdeckt worden waren. Was sollte es also bringen, seine heranwachsenden Schützlinge auch noch in Mitleidenschaft zu ziehen? Die Verwüstungen, die die rücksichtslosen Beamten mit ihren an den Leinen zerrenden Hunden hier oben anrichteten, waren meist irreparabel.

Er pfiff missbilligend durch die Zähne, als er durch die in Reih und Glied stehenden, gerade erst mannshohen Tännchen schritt und traurig die vielen abgeknickten Zweige begutachtete. Ganz zu schweigen von den niedergetrampelten Kleingewächsen. Er seufzte tief. Aber man tat besser daran, sich nicht übermäßig über die Zerstörung aufzuregen. Die Natur würde sich nach und nach wieder von den Misshandlungen erholen, im Gegensatz zu den armen Frauen, nach denen die Polizei seit Monaten suchte.

Zeit fürs Mittagessen. Er steuerte auf den nächstgelegenen Hochsitz zu. Es gab nichts Schöneres, als hoch oben über seinem grünen Reich zu thronen und sich über die Leckereien, die Cordula ihm am Morgen eingepackt hatte, herzumachen. Die Februarsonne hatte schon so viel Kraft, dass man es sicherlich ein halbes Stündchen auf der gemütlichen kleinen Bank des Hochsitzes aushalten konnte. Und heute schien sie aus einem fast wolkenlosen Himmel, ein wahrer Segen nach den endlos trüben Tagen der vergangenen Wochen.

Aha, dort oben waren sie also auch gewesen! Sein Hund Karli sprang wie wild am Fuß der Leiter hoch und bellte aus Leibeskräften.

»Aus, Karli, ganz ruhig! Ist ja schon gut, sie sind weg.«

Aber Karli wollte sich nicht beruhigen. Er tänzelte wie verrückt um die Leiter herum und kläffte und knurrte, seine Nackenhaare sträubten sich, und die flinken, klugen Augen schnellten zwischen seinem Herrchen und dem Hochsitz hin und her.

Der Förster packte ihn am Halsband und befestigte die Leine an einer der unteren Sprossen. Aber Karli hielt keine Sekunde still. Der Förster legte ihm beruhigend die Hand auf den Kopf, und endlich ließ sich der Hund auf die Hinterpfoten nieder und legte seinen gescheckten Kopf leise winselnd zwischen die Vorderläufe.

»Na also, so ist es recht.«

Karli antwortete mit einem kurzen, angstvollen Jaulen. Was der Hund da witterte, schien noch frisch und intensiv zu sein, vielleicht hatten die Polizisten hier eine längere Rast gemacht.

»Und genau das werde ich jetzt auch tun.«

Er tätschelte den Kopf des Hundes, der nervös kläffend zu ihm aufsah, und begann die Leiter hinaufzusteigen. Die klobigen Baumstammsprossen fühlten sich kalt an und glatt von den Schuhen unzähliger Menschen, die im Lauf der Jahre hochgeklettert waren. Erst vorletzte Woche war er selbst hier droben gewesen, damals war es aber noch zu kalt, um sich oben auf dem Bänkchen auf der aus groben Holzlatten gezimmerten Plattform niederzulassen.

Als er die oberste Sprosse erreichte, griff er wie gewohnt rechts und links nach den beiden Stützpfeilern, die in das hölzerne Geländer übergingen. Er zog sich hoch und spürte mal wieder die fünf Kilo Übergewicht, die er seit Weihnachten mit sich herumschleppte. Zusätzlich zu den fünf Kilo vom Jahr davor.

Endlich oben angekommen, richtete er sich auf.

Doch im nächsten Moment fuhr er entsetzt zurück. Eine grässliche Totenfratze mit gebleckten Zähnen starrte ihm entgegen, er taumelte und klammerte sich haltsuchend an das wacklige Geländer.

»Lieber Himmel, nein!«, stöhnte er.

Der Leichnam lehnte gekrümmt in einer Ecke der Bank, die Knochenarme waren um die Banklehne geschlungen, als wollten sie sich im Todeskampf festhalten, langes, verfilztes rotes Haar wehte sacht um das grinsende Totengesicht. Ein Windstoß fuhr durch das Geäst, und ihm war, als nicke der grässliche Schädel ihm einladend zu. Der Förster rang keuchend nach Atem und spürte plötzlich, dass er den Boden unter den Füßen verlor, panisch blickte er nach unten in den Abgrund und ließ sich instinktiv nach vorn auf die Knie fallen. Er landete bäuchlings auf den klammen Holzlatten, mit dem Gesicht nach unten. Modriger Geruch kroch ihm scharf in die Nase. Als er die Augen wieder aufschlug, fiel sein Blick auf zwei halb verweste Füße, die, nur teilweise in Stofffetzen gehüllt, von der Bank herabbaumelten. Und erst jetzt nahm er wahr, dass Karli unten wieder heftig bellend herumsprang und wie besessen an seiner Leine riss. Kein Wunder, dass der Hund verrückt spielte, er hatte wahrlich allen Grund dazu. Er schloss die Augen, wollte das grausige Bild einfach ausblenden und blieb sekundenlang mit hämmerndem Herzen auf dem Bauch liegen.

Sobald seine Beine ihm wieder einigermaßen gehorchten, hangelte er sich wie vom Teufel gejagt die Leiter hinab und kramte mit zitternden Händen im Rucksack nach seinem Handy. Dann kniete er neben dem winselnden Hund nieder, schlang einen Arm um ihn und alarmierte die Polizei.

27

»Sie war's wieder nicht, hast du's schon gehört?«, fragte Marvin und starrte Ringshauser aus rotgeränderten Augen an.

Es war spät in der Nacht. Sich tagsüber zu treffen, war einfach zu riskant.

Marvins Wohnung wirkte düster und ungepflegt. Es war nicht zu übersehen, dass jeder weitere Tag, der keine neuen Erkenntnisse über Lisettas Verschwinden brachte, heftig an seinen Nerven rüttelte, ihn seiner Umgebung gegenüber immer gleichgültiger werden ließ. Außerdem war es kalt hier drinnen, trotzdem war die Küche zur Zeit noch der heimeligste Platz in der Wohnung, darum saßen sie meistens hier beisammen.

Marvin schien am Ende seiner Kräfte. Immer wenn die Polizei wieder eine Frauenleiche gefunden hatte, überfiel ihn diese wahnsinnige Angst, es könnte seine Schwester Lisetta sein. Dann folgte, auch diesmal wieder, die unermessliche Erleichterung, weil es eine andere war. Und gleichzeitig tiefstes Mitleid mit den Angehörigen. Er konnte sich sehr gut vorstellen, wie sie sich fühlen mussten.

»Klar hab ich's mitbekommen. Ist schließlich immer das Allererste, woran ich denke, wenn sie wieder eine Rothaarige finden. Sie haben mich natürlich sofort zum Fundort geholt.«

»Ich … ich schäme mich fast dafür, dass ich jedes Mal so erleichtert bin. Aber es ist einfach so.«

»Mensch, Marvin, das ist doch völlig normal! Ich war mit den Eltern des Mädchens im Leichenschauhaus. Sie hätten alles dafür gegeben, alles getan, um in diesen grausigen Überresten nicht ihr eigenes Kind erkennen zu müssen. Es ist unerträglich, das mit anzusehen. Und sie wären genauso erleichtert wie du, wenn es nicht ihre Tochter Lilli gewesen wäre. Mach dir nicht auch noch Vorwürfe deswegen.«

Marvin nickte. Er stützte den Kopf in beide Hände, und plötzlich liefen ihm Tränen übers Gesicht. Der bullige Mann, der ihm gegenübersaß, wurde unruhig, aber dann schickte er alle Distanziertheit zum Teufel, stand auf, ging um den quadratischen Holztisch herum und legte den Arm um Marvins Schultern, hielt ihn fest, bis das Schluchzen wieder nachließ.

»Wir kriegen ihn. Irgendwann kriegen wir ihn, das verspreche ich dir«, raunte er mit belegter Stimme.

Marvin schluckte. Ringshauser setzte sich wieder auf seinen Stuhl. Sein Blick glitt über die vollgestellte Arbeitsfläche hinter Marvins Rücken, im Spülbecken links daneben türmte sich schmutziges Geschirr.

»Das verfluchte Schwein! Und Lisetta ... glaubst du wirklich, dass sie noch lebt?«

»Solange ich nicht ihre Leiche sehe, glaube ich das, ja.«

»Ihre Leiche«, schluchzte Marvin. »Sie sind alle schon so lange tot, bevor er sie loslässt. Was macht er bloß mit ihnen? Warum behält er sie so lange bei sich? Und wo? Er muss völlig verrückt sein.«

»Keine Frage, das ist er. Oder sie. Es könnte auch eine Frau sein, vergiss das nicht.«

Marvin schüttelte fassungslos den Kopf. »Nein. Nein, das glaub ich nicht. Aber du hast recht, wir wissen einfach immer noch viel zu wenig.«

»Leider, ja. Es gibt da zum Beispiel einen Umstand, der sogar eher auf eine Frau als auf einen Mann hinweist.«

Noch einen Schluck Kaffee mehr, und er würde zum Berserker werden. Er stellte seine Tasse auf den Tisch zurück, drehte sich zu dem Küchenschrank in seinem Rücken um und holte zwei Wassergläser heraus. Ein Wunder, dass es in dieser Wohnung überhaupt noch saubere Gläser gab! Er schenkte sich und Marvin Wasser ein.

»Was meinst du damit?« Marvin ließ sein Glas unbeachtet stehen.

»Skelettierte Leichen sind leichter.« Ringshauser machte eine kurze Pause und trank einen Schluck Wasser. »Man muss nicht besonders kräftig sein, um eine solche Leiche hinauf in einen Hochsitz zu hieven.«

Marvin schluchzte wieder gequält auf und ließ den Kopf auf seine verschränkten Arme fallen. Ringshauser zögerte beklommen, doch dann sprach er weiter.

»Und außerdem fällt auf, dass der Kraftaufwand bei der Tötung der Frauen immer äußerst gering ist. Sie sterben nicht aufgrund von Gewalteinwirkung. Zumindest nicht unmittelbar.«

»Sie verhungern, verdursten ... Die Körperfunktionen versagen aus den unterschiedlichsten Gründen, ich weiß.« Marvin schrie jetzt beinahe. »Mein Gott, wie furchtbar! Ich werde selbst noch wahnsinnig. Der Täter könnte tatsächlich eine Frau sein, das stimmt.«

»Trotzdem wäre es natürlich ungewöhnlich, das muss ich zugeben. Und ich mag es eigentlich selbst nicht glauben, aber ausschließen können wir es eben auch nicht.«

»Das bedeutet, dass ich die Augen auch in dieser Richtung offenhalten muss. Ich darf mich nicht ausschließlich auf Männer fixieren.«

Elmar Ringshauser nickte. »Ja, das ist wichtig. Wer weiß, wohin uns das Ganze noch führt.«

Marvin stand auf, schwerfällig wie ein alter Mann, ging in die kleine Speisekammer neben dem Fenster und kam mit einer Flasche Kräuterschnaps zurück. Er schüttete den Inhalt seines Wasserglases in die Bananenpalme am Fenster und füllte es dann bis zur Hälfte mit Schnaps. Es war kalt in der Küche, so kalt, dass an den Fensterscheiben innen Eisblumen wuchsen. Aber er wollte es hier gar nicht warm und gemütlich haben, die Kälte passte viel besser zu seinem verzweifelten Gemütszustand. Er kippte den Schnaps hinunter und schenkte sich sofort wieder nach. Ringshauser beobachtete ihn besorgt.

»Ich frage mich, ob dies alles irgendetwas mit dem Geld zu tun haben könnte, das Lisetta in den letzten Monaten von dem Konto unseres Vaters abgehoben hat«, sagte Marvin plötzlich.

»Davon hast du mir gar nichts erzählt.« Ringshauser sah überrascht auf. »Das könnte wichtig sein, Mann. Ist dir das denn nicht klar? Um wie viel Geld ging es denn dabei?«

Marvin knallte sein Glas auf den Tisch, und Ringshauser fuhr erschrocken zusammen.

»Oh, es waren jedes Mal recht ansehnliche Sümmchen, die sich Papas Prinzesschen erbettelt hat.«

Marvins Stimme klang gepresst, und Ringshauser erschrak über den unüberhörbar hämischen Unterton.

»Brauchte es wohl für ihren Neuanfang, nachdem sie sich endlich von Robert, dieser Pfeife, getrennt hatte. Tja, sie weiß immer genau, welche Knöpfe sie bei unserem Vater drücken muss.«

Marvin lächelte schief, entschuldigend. »Denk dir nichts, Elmar, das ist nur die übliche Rivalität unter Geschwistern.« Aber sein Lächeln wirkte gequält. »Und heute«, fuhr er fort, »heute würde ich alles tun, alles dafür geben, wenn Lisetta bloß wieder hier wäre.«

»Du hast schon halb Mannheim abgecheckt, Marvin. Und du machst deine Sache unglaublich gut, du bist noch kein einziges Mal aufgeflogen.«

»Aber es reicht nicht, es ist einfach nicht genug.«

»Wir bleiben dran, und zwar so lange, bis wir das Monster haben. Irgendwann geht er uns in die Falle.« Ringshauser starrte nachdenklich auf seine riesigen Hände. »Dieser Mensch tötet nicht aus Hass«, sagte er dann plötzlich, fast wie zu sich selbst, »sondern weil es zwingend notwendig ist ..., weil es einfach keine andere Lösung gibt als den Tod. So etwas wie Mitgefühl kennt er nicht, er hat nicht die Möglichkeit, sich die Angst eines anderen Menschen auch nur im Entferntesten vorzustellen. Er existiert völlig abgetrennt von allem und lebt in eiskalter Distanziertheit vor sich hin, andere Menschen sind für ihn Gegenstände ohne Gefühle, er hat keinerlei Bezug zu ihnen. Er ist ganz und gar mit sich allein.«

Marvin starrte Ringshauser an. Sein klar geschnittenes Gesicht war bleich und von den Anstrengungen der letzten Wochen deutlich gezeichnet, die dichten Haare hingen ihm strähnig in die Stirn.

»Es ist unheimlich, wie du ihn beschreibst. Als würdest du den Täter kennen.«

Ringshauser hob abwehrend die Hände. »Es ist nur so ein Bauchgefühl. Gib bloß nicht zu viel auf das, was ich so von mir gebe, ich denke nur laut.«

Er tat es Marvin nach und schenkte sich ebenfalls von dem Kräuterschnaps ein. Das Zeug schmeckte widerlich.

»Denk um Himmels willen weiter«, drängte Marvin. »Ich selbst hab überhaupt kein Bild vor Augen. Nein, schlimmer, ich verdächtige jeden. Ich muss mich zusammenreißen, besser aufpassen.«

Er zog ein Taschentuch aus seiner Hosentasche und schnäuzte sich die Nase. Von Tag zu Tag fühlte er sich kraftloser. Und musste trotzdem weitermachen, so tun, als wäre alles in Ordnung, als stünde er nicht Tag für Tag und Nacht für Nacht vor diesem gähnenden Abgrund, als würde die Angst ihn nicht langsam, aber unaufhaltsam zerstören … Aber er durfte nicht aufgeben.

»Es kann jemand völlig Unscheinbares sein, das ist sogar ziemlich wahrscheinlich«, sagte Ringshauser. »Unauffällig, nett. Zumindest höflich. Distanziert höflich, genau!« Er schlug mit der flachen Hand auf den Tisch. »Ach, ich weiß nicht. Aber eins ist hundertprozentig sicher, dieser Mensch ist keinesfalls dumm, sondern höchst intelligent und auf perfide Art schlau. Und berechnend, seine Gräueltaten sind immer perfekt durchorganisiert. Er hat sich selbst hervorragend im Griff, und genau das macht ihn so gefährlich. Er kann seine Gefühle mühelos abspalten und läuft so kaum Gefahr, sich zu verraten. Leider. Sonst hätten wir ihn längst.«

»Und jetzt auch noch Santmanns Tod.« Marvin warf verzweifelt den Kopf in den Nacken. »Ich kann's immer noch nicht glauben.«

»Geht mir genauso. Und wenn er nicht so offensichtlich gewaltsam umgekommen wäre, würde ich fast denken, dass es da irgendeinen Zusammenhang gibt. Komischer Zufall, dass wir alle drei genau an diesem Morgen wegen der gleichen Sache mit Santmann verabredet waren, oder?«

»Alle drei?«

»Ja, er hatte Irmgard Hölzer ebenfalls herbeizitiert. Sie war bloß nicht da, weil ihr hundeelend war. Und auch daran ist was faul, das schwöre ich dir. Das sind für meinen Geschmack zu viele seltsame Zufälle.«

»Stimmt. Getötet hat ihn ja letztendlich die Bombe, kein Mensch, jedenfalls nicht unmittelbar. Ein präpariertes Päckchen abzugeben, hat erst mal überhaupt nichts Gewalttätiges, das kann doch eigentlich jeder! Es könnte also sehr wohl zu unserem feigen, heimtückischen Monster passen.«

»Richtig«, nickte Ringshauser. »Eine Bombe ist tatsächlich eher eine indirekte Art zu morden. Man muss nicht selbst Hand anlegen, man muss es nicht mal mit eigenen Augen sehen.«

»Eben. Hat eigentlich jemand von deiner Verabredung mit Santmann gewusst?«

»Tja, ich fürchte, das haben schon einige mitgekriegt. War schließlich nichts Besonderes dabei, wenn er mich sprechen wollte. Aber natürlich kannte keiner die wirklichen Gründe.«

Ringshauser nahm sein Glas in beide Hände und trank. Er merkte, wie seine Lider allmählich schwer wurden. »Und wie ist es mit dir? Da sieht es schon ein bisschen anders aus, finde ich. Warst du zuvor überhaupt schon mal in Santmanns Büro?«

»Nein, das hat er immer vermieden. Es war das erste Mal. Deshalb war ich auch so gespannt darauf, was er zu sagen hatte. Aber mitbekommen hat das, soviel ich weiß, niemand.«

»Wenn du dich da mal nicht täuschst«, sagte Ringshauser nachdenklich.

»Du sagst das so komisch. Woran denkst du?«

»Ich finde, der Mörder ist einfach zu gut informiert über unsere Ermittlungen. Das ist jetzt schon die dritte Frauenleiche, die genau in einem der Waldgebiete abgeladen wurde, die wir kurz zuvor durchsucht hatten. Als wüsste der Täter über jeden unserer Schritte genau Bescheid, er kokettiert richtiggehend mit seinem Wissen. Schleppt die Leiche auf einen Hochsitz, was für eine wahnwitzige Idee! Er muss sich wirklich verdammt sicher fühlen. Der Förster steht noch immer unter Schock.«

»Glaubst du etwa …?«

»Es würde jedenfalls einiges erklären, zum Beispiel die Sorglosigkeit, mit der er die Leichen beseitigt. Er hat es nicht mal nötig, sie richtig zu vergraben. Kaja Rohner lag nur unter einer lächerlich dünnen Blätterschicht. Und Inga Treiber auch, in einem jedermann zugänglichen Waldstück im Käfertaler Wald. Zwar nicht direkt am Weg, aber auch nicht wirklich gut versteckt. Jeder Rehpinscher hätte sie ohne weiteres aufspüren können. Zufällig war es aber dann diese Joggerin, die übrigens dem sogenannten Orientierungslauf huldigt. Was bedeutet, dass man nicht, wie ein normaler Mensch, einfach Wege benutzt, sondern querfeldein durch den Wald rennt. Es erhöht wahrscheinlich den Reiz, wenn man sich dabei die Haxen brechen kann. Egal.«

Ringshauser schenkte nach. Das Teufelszeug hatte ihm immerhin Wärme in den Gliedern beschert. Er sah auf. Marvins Gesicht glühte.

»Jedenfalls«, fuhr Ringshauser fort, »würde dieser Gedanke Santmanns Tod in ein völlig anderes Licht rücken. Vielleicht ist er auf seine alten Tage tatsächlich einem Verräter in den eigenen Reihen auf die Schliche gekommen, womöglich wollte er uns genau das an dem bewussten Morgen mitteilen. Möglicherweise war sogar das der eigentliche Grund dafür, warum er dich damals so bereitwillig bei uns eingeschleust hat, und nicht nur die Tatsache, dass du der Bruder einer der Vermissten bist. Deshalb durfte auch niemand etwas von unserem kleinen Komplott wissen, das hat er uns ja immer wieder eingebläut.«

»Mann, wenn du recht hättest! Aber warum sagst du das erst jetzt?«, brauste Marvin auf. »Es kommt doch auf jede verdammte Sekunde an. Verschweigst du mir noch mehr?«

»Blödsinn, warum sollte ich? Marvin, bitte, bleib um Gottes willen auf dem Teppich. Santmanns Tod hat mich doch gerade erst auf diesen Gedanken gebracht. Und die ungewöhnlichen Fundorte der Leichen«, antwortete Ringshauser ruhig.

»Tut mir leid, Elmar.« Marvin sackte in sich zusammen und fuhr sich nervös mit beiden Händen übers Gesicht. »Ich bin einfach runter mit den Nerven.«

»Schon gut, geht mir ja auch nicht anders. Wir müssen jeden Einzelnen im Präsidium genauestens unter die Lupe nehmen, und zwar so schnell und unauffällig wie möglich. Ohne Santmanns Schutz und Beistand wird nun alles noch viel schwieriger, und dass ausgerechnet Ria jetzt seinen Posten übernommen hat, macht das Ganze nicht einfacher. Wenn Neugebauer und Schrunz jemals mitkriegen, was wir da ausgeheckt haben, wird's erst so richtig gemütlich.«

»Du musst Ria endlich die Wahrheit sagen, Elmar!«

Ringshauser erhob sich müde und stützte sich mit beiden Händen auf dem Tisch ab.

»Aber erst mal müssen wir 'ne Runde schlafen, wir sind beide hundemüde und noch dazu angetrunken.«

»Ich kann jetzt nicht schlafen!«

»Reiß dich zusammen, Marvin, versuch's wenigstens. Wie ist denn deine Couch im Wohnzimmer? Kann ich bleiben?«

»Klar.« Marvin atmete erleichtert auf. »Aber wird Ria sich nicht wundern, wenn du nicht nach Hause kommst?«

»Ach wo. Manchmal frage ich mich, womit ich sie überhaupt noch überraschen könnte.«

»Na, da wüsste ich schon was!« Zum ersten Mal an diesem Abend überflog ein winziges Lächeln Marvins erschöpftes Gesicht. »Komm, ich hol dir Bettzeug.«

28

Es war ein großes Glück, dass der alte Berenskötter, übrigens gottlob der einzige Nachbar, dessen Grundstück überhaupt so nahe ans Haus grenzte, so tatterig und schwerhörig war. Wie peinlich hätte sonst alles werden können!

Dieser aufdringliche Mensch hatte damals schon keine Ruhe geben wollen, ständig hatte er nach den Eltern gefragt und ihn mit hohlen Grüßen an sie überschüttet. Als ob er sich in den ganzen Jahren zuvor auch nur einen Deut um sie gekümmert hätte, der alte Heuchler.

Irgendwann hatte er ihm dann einfach erzählt, seine Eltern seien bedauerlicherweise beide bei einem Unfall ums Leben gekommen. Was ja auch tatsächlich stimmte, wenn die Wahrheit auch nicht unbedingt den gängigen Vorstellungen entsprach.

Nach einiger Zeit hatte der neugierige Wicht dann endlich Ruhe gegeben, und er konnte wieder aufatmen.

Heute war wieder einer dieser Tage, an denen er die Lebendigkeit der Innenstadt als Bedrohung empfand. Die ihn umgebenden Geräusche legten sich wie eine Schlinge um seinen Hals, sein Kopf glühte. Er flüchtete in eine Nebenstraße, wo er nicht ständig fürchten musste, dass eine der hässlich quietschenden Straßenbahnen aus ihren Schienen sprang, mit dem Ziel, ihn zu überrollen. Dennoch, sein Leben wurde allein wertvoll durch die Gewissheit, dass sie es ihm jederzeit nehmen konnten. Alles war eine Frage von Macht.

Er sehnte sich nach der Totenstille des alten Hauses und beschleunigte seine Schritte. Plötzlich konnte er gar nicht schnell genug nach Hause kommen. Nur dort war er wirklich sicher, das Haus hielt ihn gemäß seiner ihm innewohnenden Gesetze am Leben, ohne dass er etwas dazu beitragen musste.

Letzte Woche hatte er sich endgültig von Inga trennen müssen. Er hatte gelacht, als die Erdbrocken auf ihr verwestes Gesicht fielen. Es war lustig, wie ähnlich sie in diesem Augenblick seiner Mutter sah mit den roten Haarstrahnen und dem schon sichtbaren Totenkopf unter der wächsernen Haut, die Wangen hohl und eingefallen.

Gerade mal acht Wochen hatte ihre Beziehung gedauert, von dem Tag an gerechnet, als Inga ihm ihr erstes Lächeln geschenkt hatte.

Immerhin hatte sie ganze vier Wochen länger durchgehalten als ihre Vorgängerin. Wie lange würde Milena wohl durchhalten?

29

Elmar Ringshauser saß beim Frühstück seiner Frau gegenüber. Auf dem Nachhauseweg von Marvin hatte er frische Brötchen und den »Mannheimer Morgen« gekauft. Ria hatte sein nächtliches Fernbleiben mit keinem Wort erwähnt, entweder hatte sie es gar nicht mitbekommen, oder es war ihr inzwischen egal.

Sie brachten tatsächlich heute Morgen schon einen ausführlichen Bericht über die Leiche, die erst vorgestern gefunden worden war. Ringshauser schäumte innerlich vor Wut. Wie war die Presse bloß wieder so schnell an die Details gekommen? Auch dafür gab es immer noch keine Erklärung. Ringshausers Verdacht richtete sich auch diesbezüglich immer dringlicher auf irgendjemanden aus dem Präsidium. Dabei war dieser Personenkreis doch höchst vertrauenswürdig und sehr überschaubar. Aber es würde erklären, warum vertrauliche Informationen schneller bei der Presse ankamen, als er »Stopp!« schreien konnte.

Plötzlich dachte er wieder an den erhängten Kioskbesitzer Rudolf Hardt und daran, dass bei ihrem Eintreffen am Tatort einer dieser Artikel mitten in der Hütte auf dem Boden gelegen hatte. Mit einem Foto des Waldstückes, in dem sie die Leiche gefunden hatten, und daneben Kaja Rohners hübsches, lachendes Gesicht. Hardt musste gerade dabei gewesen sein, genau diesen Zeitungspacken zu öffnen und einzusortieren, als er auf den Stuhl gelockt und aufgeknüpft worden war.

Morgen würde er, wahrscheinlich zusammen mit Niederegger, Rudolf Hardts Ehefrau noch einmal auf den Zahn fühlen. Hardts Mörder liefen ja auch immer noch frei herum, obwohl die Ermittlungen in diesem Fall seit Januar auf Hochtouren liefen.

Er ließ die Zeitung ein paar Zentimeter sinken und starrte zu seiner Frau hinüber. Ria reagierte nicht einmal mit einem

Zucken ihrer dunklen Augenbrauen, die schwungvoll über den tiefliegenden, blauen Augen schwebten.

»Manchmal habe ich das Gefühl, du würdest nicht mal merken, wenn ich nicht mehr da wäre«, sagte sie plötzlich, ohne ihre Zeitschrift auch nur um einen Millimeter zu senken.

»Oh doch. Im Kleiderschrank wäre wesentlich mehr Platz«, versetzte Elmar streitlustig.

»Und im Bett auch, was?«

Elmar antwortete nicht und vertiefte sich wieder in seine Zeitung.

Ria knallte ihre Zeitschrift auf den Tisch, griff nach der Isolierkanne und schenkte sich Kaffee nach. Wütend stierte sie auf die Rückseite von Elmars Zeitung.

Gut, sie hatte einen Fehler gemacht, sie hätte ihrem Mann von ihrer Bewerbung um den Chefsessel erzählen sollen, nein, müssen! Aber das hatte sie nun mal nicht getan, sie konnte es nicht mehr rückgängig machen. Und als sie kurz nach dem Attentat auf Santmann tatsächlich zur Leiterin der Mannheimer Mordkommission ernannt wurde, war sie von allen Seiten bestätigt worden, wie sehr, hatte sie sogar selbst überrascht.

Ihr Mann Elmar allerdings war mit zorngerötetem Gesicht aus der in Anbetracht der prekären Umstände hastig anberaumten Sitzung gestürmt und hatte sich für den Rest des Tages krankgemeldet. Und danach hatte er das Thema konsequent totgeschwiegen, natürlich nicht, ohne Ria bei jeder Gelegenheit seine Empörung über ihren Alleingang spüren zu lassen.

Nun einen Rückzieher zu machen, um den häuslichen Frieden zu retten, konnte jedoch gleich der nächste Fehler sein. Ria musste einen anderen Weg finden, vielleicht als Erstes einfach mehr räumliche Trennung schaffen. Jedenfalls war sie nicht mehr bereit, diesen ständigen unausgesprochenen Vorwurf, der sich in Anfeindungen unterschiedlichster Art äußerte, noch länger auszuhalten.

»Schatz?« Rias Stimme troff vor Ironie, und das Wort hing im Zimmer wie eine dunkle, scharf umrissene Sprachwolke.

Das Programm reagiert nicht. Klicken Sie Hilfe an, dachte sie zynisch.

Sie riss ihrem Mann die Zeitung aus der Hand und starrte ihn böse an. Er starrte aus seinen kleinen, braunen Wolfsaugen, die fast unter den buschigen Augenbrauen verschwanden, zurück. In der riesigen, sonst so gemütlichen Wohnküche mit den hellen Kirschholzmöbeln und dem samtigen Rot an den Wänden herrschte Krieg. Wie so oft in den letzten Tagen.

Ria ließ nicht locker. Sie verfiel in ihren Lehrerinnentonfall.

»Hör mal, Elmar …«

Ringshauser stellte befriedigt fest, dass ihre Stimme kaum wahrnehmbar bebte.

»Ich fände es gut, wenn wir hier im Haus getrennte Zimmer hätten, wenigstens mal für eine Weile.«

»Hab nichts dagegen«, sagte er, ohne zu zögern.

Wenn sie jetzt glaubte, er würde widersprechen, hatte sie sich getäuscht. Den Gefallen würde er ihr nicht tun. Er sah Gekränktheit über ihr müdes Gesicht huschen, die aber schnell der kompromisslosen Entschlossenheit Platz machte, die er immer so gefürchtet hatte. Jetzt berührte sie ihn kaum noch, das wunderte und freute ihn.

»Schön, dass du das auch so siehst.« Sie machte eine kurze Pause, die Elmar absichtlich ungenutzt verstreichen ließ. »Dann ziehe ich ins Dachkämmerchen.«

»Genau, das passt! Immer schön hoch hinaus.«

Ria stieg die Röte ins Gesicht.

In diesem Moment läutete das Telefon. Ria bildete sich ein, schon allein am Klingeln zu erkennen, dass es ihr Schwiegervater Hilmar war. Schrill, hartnäckig, erbarmungslos.

»Wenn es Hilmar ist und er sein Hörgerät nicht drin hat, verzichte ich«, sagte sie hastig.

»Dasselbe wollte ich auch grade sagen.«

»Tja, immerhin ist er dein Vater, Liebling.« Ria ließ das Wort auf ihrer Zunge zergehen. »*Mein* Vater wäre nicht im Traum auf die Idee gekommen, frühmorgens anzurufen.«

»Das könnte daran liegen, dass dein Vater tot ist«, murmelte Elmar vor sich hin. Laut sagte er: »Wir müssen ja nicht drangehen.«

In diesem Moment wurde die Tür aufgerissen und Toni, neunzehn Jahre alt und noch hauptberuflich Tochter, platzte in die morgendliche Idylle.

»Na, Stress, wie üblich?«

Sie nahm sich einen Apfel aus der Obstschale, die auf dem Kühlschrank stand.

»Schnabel halten oder raus!« Ärgerlich verschanzte sich Elmar wieder hinter seiner Zeitung.

»Mann, was ist denn hier los?« Toni zeigte sich unbeeindruckt. Sie öffnete den Kühlschrank und nahm sich einen Joghurt heraus. »Warum hab ich eigentlich kein Frühstücksei?«

»Mach dir doch selbst eins. Und für deinen Bruder gleich mit.«

»Okay.«

Ungewohnt friedfertig drehte Toni die Herdplatte an und stellte das kleine Eiertöpfchen darauf.

Ria betrachtete ihre hübsche Tochter. Abgesehen von ihrer Zartheit machte Toni einen gesunden Eindruck, ihre Haut schimmerte rosig, und die dichten, dunklen Haare fielen seidig glänzend über den schmalen Rücken. Sie wollte für ein Jahr nach Australien gehen und hatte auch schon fast alle erforderlichen Papiere beisammen.

»Wann kriegt ihr euch denn endlich mal wieder ein?«, fragte Toni.

In hundert Jahren, dachte Elmar.

»Bald, mein Schatz«, versicherte Ria zärtlich. »Übrigens, ich werde vorübergehend ins Dachkämmerchen ziehen.«

»Was? Na toll, und was ist mit unseren Freunden?« Toni war sofort alarmiert.

»Sollen zur Abwechslung mal ihren eigenen Eltern auf den Wecker fallen.«

»Für mich brauchst du kein Ei zu kochen, ich hab keinen Hunger.«

Kai war in die Wohnküche gekommen, aber offensichtlich nur, um sich gleich wieder zu verabschieden, denn er war fix und fertig angezogen, komplett in Mantel und Schuhen.

»Was ist denn mit dir los?«, fragte Ria irritiert.

»Er ist verliebt«, verkündete Toni fröhlich.

»Na, endlich«, murmelte Elmar hinter seiner Zeitung.

»Blödsinn, stimmt ja gar nicht«, keifte der sechzehnjährige Kai, dessen Gesicht wie aus dem Lehrbuch mit Pubertätspickeln übersät war. Wenigstens waren in den letzten Wochen die Kiekser aus seiner Stimme verschwunden.

»Klar stimmt's. Ich weiß sogar, wer es ist«, quakte Toni ungerührt.

»Halt die Klappe, du kennst sie ja gar nicht.« Kai erkannte im nächsten Augenblick, dass er prompt in die Falle getappt war. »Blöde Kuh«, maulte er und wollte gleich wieder verschwinden.

»Dann nimm wenigstens ein bisschen Obst mit«, sagte Ria nachdrücklich. »Und mach dir ein paar Brötchen. Oder soll ich das für dich tun?«

»Nee, schon gut, Mama, das krieg ich grade noch hin.«

Kai setzte sich in voller Montur an den Tisch und begann ein Brötchen mit Butter zu bestreichen. Ria strich ihm liebevoll über das glatte, hellbraune Haar, aber der Junge bog den Kopf zur Seite. Ria seufzte. Wann hatte das eigentlich angefangen, dass aus dem anhänglichen Kind ein widerborstiger, einsilbiger Fremder geworden war, der nur noch das Nötigste redete?

»Ist doch was Schönes«, bohrte Toni weiter. »Oder will sie nichts von dir wissen?«

»Geht dich überhaupt nichts an. Pass du lieber auf, dass dein abartiger Romeo dich nicht austauscht, während du in der großen weiten Welt herumjettest.«

»Das kann ihr genauso gut passieren, wenn sie hier bleibt«, knurrte sein Vater. »Oder ihm.«

Und das wäre nicht das Schlechteste, dachte Ria.

»Toll! Danke, Papa. Sehr aufbauend, wirklich!« Toni hieb ihrem Ei so schwungvoll den Kopf ab, dass der geköpfte Teil auf der Käseplatte landete. »Steffen ist überhaupt nicht abartig. Und übrigens: Er will mich in Australien besuchen, wahrscheinlich sogar für mehrere Monate. So, jetzt wisst ihr's.«

Das hörte Ria gar nicht gern. Tonis Freund war ein besserwisserischer Kontrollfreak und fast sieben Jahre älter als ihre Tochter. Ihrer Meinung nach hatte er Toni viel zu fest im Griff. Sie hoffte inständig, dass aus Steffens Reiseplänen nichts wurde.

»Na, so ein Pech! Da versuchst du mal, dir ohne sein ewiges Gemeckere irgendwo anders auf der Welt 'ne schöne Zeit zu machen, und dann fliegt der Kerl dir prompt hinterher. Du kannst einem echt leidtun.«

Kai sprach fast exakt Rias Gedanken aus.

»Du bist bloß neidisch, weil dir niemand hinterherfliegt«, konterte Toni. »Ich freu mich jedenfalls, wenn er kommt. Wirklich.«

Sie versuchte überzeugend zu klingen, was ihr aber nicht hundertprozentig gelang.

»Kann er sich denn so einfach über einen längeren Zeitraum frei nehmen?«, fragte Elmar neugierig und ließ die Zeitung sinken.

»Er versucht's jedenfalls«, antwortete Toni kurz.

»Hast du ihn darum gebeten?« Elmar blieb hartnäckig.

Wenigstens in dieser Hinsicht rudern wir in die gleiche Richtung, dachte Ria erleichtert.

»Na klar«, behauptete Toni. Doch im nächsten Moment errötete sie. »Also gut, nein, hab ich nicht.« Sie sah nicht auf. »Ich hätte es aber getan, wenn er nicht von selbst auf die Idee gekommen wäre.«

»Sagte das Schäfchen zum Wolf.« Kai kicherte.

Toni boxte ihn in die Seite, er ließ sein Messer fallen und kroch unter den Tisch, um es wieder aufzuheben.

Ria blickte auf die Uhr, sprang hastig auf und rannte nach oben, um sich umzuziehen. Seit Ausbruch der Eiszeit zwischen ihr und ihrem Mann fuhren sie nicht mehr gemeinsam zur Arbeit. Sie musste also gar nicht erst auf ihn warten.

Elmar faltete die Zeitung zusammen und lächelte seiner Tochter zu, die im Schneckentempo ihr Ei löffelte.

Kai war kurz nach seiner Mutter gegangen. Trotz des Matschwetters fuhr er täglich eisern die halbe Stunde von Feudenheim zum Tullagymnasium hinter dem Rosengarten mit dem Rad.

Der Tag draußen versprach wieder eintönig grau und kalt zu werden.

Elmar stand auf, um sich auf den Weg ins Präsidium zu machen. Immer noch lustlos, wie er feststellen musste. Er küsste Toni kurz auf den glänzenden Scheitel und sah über ihren Kopf hinweg aus dem Fenster. Ria hatte mal wieder die rücksichtsvolle Gattin raushängen lassen und ihm den Wagen überlassen. Statt sich darüber zu freuen, reagierte er gereizt. Das war doch Absicht! Um hundert Ecken gedacht, und das beherrschte Ria so gut wie niemand sonst, war dies wieder eine hübsche Möglichkeit, sich als Wohltäterin aufzuspielen. Aber er würde heute den Wagen stehen lassen und die Straßenbahn nehmen. Dann konnte er wenigstens in Ruhe seine Zeitung zu Ende lesen.

30

Es war ein eiskalter Februarmorgen, auf dem Weg zur Haltestelle begegneten ihm nur Menschen mit mürrischen Gesichtern. Die Leute hatten den Winter satt, es wurde langsam Zeit für ein bisschen Wärme.

Elmar Ringshauser erwischte gerade noch eine Straßenbahn und ergatterte einen Sitzplatz in der schlingernden Wagenmitte. Hier drinnen roch es nach unausgeschlafenen Menschen und nassem Hund. Horden lärmender Schulkinder hielten den Geräuschpegel gleichbleibend hoch. Er zog die Zeitung aus der Tasche und schlug sie auf. Auf der zweiten Seite sprang ihm ein Bild des Hochsitzes im Odenwald entgegen, in dem die Leiche des jungen Mädchens vor zwei Tagen von dem Förster gefunden worden war. Wieder einmal lachhaft leicht auffindbar, so, als hielte der Mörder es gar nicht für nötig, sie für immer verschwinden zu lassen. War er so sicher, dass sie ihm nicht auf die Spur kommen würden?

Die traurige Berühmtheit, die die Rhein-Neckar-Region durch die grässlichen Funde inzwischen erlangt hatte, setzte die hiesige Mordkommission unter enormen Aufklärungsdruck. Sie kamen und kamen in dieser Sache einfach nicht voran.

Dies war nun schon die dritte junge Frau, die vorher monatelang verschwunden war. Und natürlich war es wieder eine Rothaarige. Wieder gab es keine brauchbaren Spuren, keine Fingerabdrücke, keine Hautpartikel, keine fremden Fasern. Als hätte der Mörder die Leiche desinfiziert, sie quasi in einen jungfräulichen Zustand zurückversetzt. Wenn sexueller Missbrauch überhaupt stattgefunden hatte, waren die Spuren jedenfalls gründlichst beseitigt worden.

Aber etwas war diesmal anders gewesen: Das Mädchen war zwar gefesselt worden, genau wie die anderen auch. Aber diesmal erst nach ihrem Tod.

Er spürte, wie ihm eine Gänsehaut über den Rücken kroch. Die Frauen waren bereits allesamt eine geraume Zeit lang tot, bevor der Mörder sich ihrer endgültig entledigte. Wo hielt er die Toten so lange versteckt? Was machte er bloß mit ihnen? Die forensischen Untersuchungen hatten ergeben, dass die Körper seltsamerweise alle in der Zeit nach Todeseintritt bis zu ihrer Aussetzung noch mehrmals bewegt worden waren. Bei zwei der Leichen waren sogar Knochenbrüche festgestellt worden, die nachweislich erst nach ihrem Tod stattgefunden haben konnten. Was bedeutete das? Bettete der Kerl die Toten um? Welch schaurige Vorstellung! Und warum machte er sich die Mühe, sie zuerst so sorgfältig zu verstecken, wenn er sie später doch nur notdürftig verscharrte?

Auch was das Briefbombenattentat betraf, ging es kaum vorwärts. Und Schrunz und Neugebauer mischten sich, nachdem sie die Verhöre der am Tag des Attentats im Präsidium anwesenden Personen ergebnislos abgeschlossen hatten, weiterhin überall ein und spielten genüsslich die Vorgesetzten.

Ein kleiner, verlegener Dickwanst wurde von seinen Schulkameraden auf Ringshausers Schoß geschubst und riss ihn abrupt aus seinen düsteren Gedanken. Ärgerlich packte er den Jungen und stellte ihn wieder auf die Beine. Die anderen Kinder johlten und kicherten.

Ringshauser stand auf und drängte sich zur Tür hindurch. Zeit auszusteigen. Zwar hielt die Bahn gerade erst am Nationaltheater, aber bis zum Präsidium in den L-Quadraten war es von hier aus höchstens eine Viertelstunde zu Fuß, und nach dem Mief in der Straßenbahn würde ihm die kalte, klare Morgenluft guttun.

War Lisetta Traub noch am Leben? Er hatte, ehrlich gesagt, wenig Hoffnung, aber das wollte er in Marvins Gegenwart natürlich nicht offen zugeben. Wie lange würde Marvin überhaupt noch durchhalten, wann würde er endgültig zusammenbrechen?

Manchmal, wenn Marvin über seine Kindheit sprach, schilderte er seine Schwester als verwöhntes Püppchen, das schon früh gelernt hatte, andere Menschen zu manipulieren und auszunutzen, dann wieder schwärmte er von ihr wie von einer Heiligen. Na, wahrscheinlich war es die übliche Hassliebe unter Geschwistern. Er selbst als Einzelkind konnte dies wohl kaum beurteilen.

Ein Wagen bremste scharf ab und hielt direkt neben ihm am Randstein. Oh nein, der Kollege Niederegger! Ringshauser wollte nicht unhöflich sein, deshalb riss er die Beifahrertür auf und ließ sich in den Sitz fallen. Im Auto roch es wie in einem Krankenhaus.

»Seit Ihre Frau Chefin ist, nimmt sie jetzt wohl den Wagen«, begrüßte Niederegger ihn grinsend.

Seine Haut war, wie immer, makellos glatt rasiert. Wahrscheinlich rupfte sich dieser Mensch in seiner Pingeligkeit die Barthaare einzeln mit einer Pinzette aus dem Gesicht.

»Von wegen. Sie ist meistens so scheißfreundlich, ihn mir zu überlassen.«

»Ah ja. Und deshalb latschen Sie hier also morgens durch den Matsch?«

»Genau.«

»Klingt einleuchtend.«

Noch ein Wort von dem Kerl und er würde wieder aussteigen, aber Niederegger hielt gottlob die Klappe.

Elmar Ringshauser hatte seit einigen Tagen damit begonnen, die Kollegen im Präsidium heimlich zu beobachten und auf irgendwelche Ungereimtheiten abzuklopfen. Konnte wirklich einer von ihnen das Leck sein, das Infos an die Presse gegeben oder das Päckchen mit der Bombe eingeschmuggelt hatte?

Bisher hatte er jedoch nichts Auffälliges herausgefunden. Außer dass sie, wie zum Beispiel Niederegger oder Becker, allmählich misstrauisch wurden und ihrerseits mit Argwohn und verstärkter Zurückhaltung reagierten. Man konnte es ihnen nicht verdenken.

Aber gerade was Niederegger betraf, hatte sich sein Verdacht, dass irgendetwas mit ihm nicht stimmte, verstärkt. Ringshauser hatte vorsichtig bei seinen ehemaligen Dienststellen nachgeforscht und ein bisschen herumgestochert. Niederegger war nirgendwo länger als ein Jahr geblieben, bevor er wieder versetzt wurde. Auf eigenen Wunsch, das wurde jedes Mal von den entsprechenden Dienststellenleitern betont. Private Kontakte zu Kollegen habe er auch dort kaum gehabt. Niederegger war ein Einzelgänger, das war hier in

Mannheim nicht anders. Doch abgesehen davon, dass er eigenbrötlerisch und pampig war, konnte man nichts Nachteiliges über ihn sagen. In sein Katzenhaus war aber bisher noch keiner aus dem Präsidium vorgedrungen, und auch alle Versuche, die Ringshauser selbst diesbezüglich unternommen hatte, waren bisher gescheitert.

Am Präsidium angekommen, beobachtete Ringshauser verstohlen, wie Niederegger seinen Wagen per Fernbedienung verriegelte und sich dann noch zweimal vergewisserte, dass die Türen wirklich zu waren.

»Die Räder sind auch noch alle dran«, versuchte Ringshauser zu scherzen und erntete dafür einen bitterbösen Blick.

Sie betraten das Dienstgebäude um Viertel nach neun, und Ringshauser knöpfte schon auf der Treppe seinen Mantel auf. Ihre Schritte hallten von den hohen, schmucklosen Wänden wider, das Gebäude hatte den Charme einer Militärkaserne. Im zweiten Stockwerk betrat Ringshauser das Großraumbüro für das Fußvolk, zu dem er ja nun auch weiterhin gehörte, während Niederegger grußlos zur Treppe nach oben strebte. Es war ganz und gar unbegreiflich, warum Ria ausgerechnet diesen schrägen Vogel als ihren persönlichen Assistenten favorisierte.

Ringshauser hängte seinen Mantel an die Garderobe neben der Tür und steuerte auf einen der sechs Arbeitsplätze im Raum zu.

Reinstein brütete über einer Akte und hob kurz grüßend die Hand, bevor er sich wieder über seinen Schreibtisch beugte. Ringshauser antwortete mit einem nichtssagenden Brummen und überflog ein paar Notizen, die Becker und Luisa Eichinger ihm auf seinem Schreibtisch hinterlassen hatten. Erstaunt stellte er fest, dass beide nicht an ihrem Platz waren. Er sah kurz auf seine Uhr und runzelte die Stirn. Eichinger steckte sicher mal wieder bei ihrem Liebling Friedemann Schill unten in den Kellergewölben, und Becker nahm wahrscheinlich gerade sein zweites Frühstück in der Kantine ein. Was für ein undisziplinierter Haufen!

Was aber viel schlimmer war: Er hatte keine Ahnung, wie es nun nach Santmanns Tod mit dem Spezialauftrag Lisetta Traub weitergehen sollte. Er ließ sich schwer auf seinen Stuhl fallen.

Mit Santmann war seinerzeit abgesprochen worden, niemanden über die Zusammenarbeit mit Marvin Traub zu informieren. Es war eigentlich ganz und gar unüblich, in einem Vermisstenfall Verwandte auf diese Weise in die Ermittlungen einzubeziehen. Abgesehen von der Gefahr, der man sie damit aussetzte, konnte ein solches Vorgehen bei einem wie auch immer gearteten Misserfolg komplizierte rechtliche Konsequenzen nach sich ziehen. Wenn die Sache gutginge, würde allerdings später kein Hahn mehr danach krähen.

Im Grunde war ihm klar, dass er eigentlich nicht mehr länger damit warten durfte, seine Frau über die Zusammenhänge in Kenntnis zu setzen. Sie war Santmanns Nachfolgerin und damit seine Vorgesetzte. Es war also seine Pflicht, sie über alles zu informieren. Andernfalls würde er wissentlich dazu beitragen, ihre neue Position zu boykottieren, und sich damit ins Unrecht setzen. Andererseits war dies seine letzte Chance, vielleicht doch noch ohne Rias Mithilfe den Fall zu knacken. Dann wäre das Gleichgewicht zwischen ihm und Ria wenigstens annähernd wiederhergestellt. Er beschloss, noch ein paar Tage Stillschweigen zu riskieren.

»Neugebauer findet, es wäre gut, wenn Sie nachher bei dem nächsten Verhör von Rudolf Hardts Frau dabei sein könnten«, ertönte Niedereggers Stimme plötzlich direkt hinter ihm. »Geht das in Ordnung?«

Ringshauser fuhr herum. »Lässt sich machen, sagen Sie mir dann einfach Bescheid.«

Der Kerl schlich wirklich herum wie eine Katze, er hatte ihn nicht mal hereinkommen hören. Außerdem spielte er sich ziemlich auf, seit er oben in der Chefetage ein und aus ging. Warum hatte Neugebauer eigentlich nicht direkt mit ihm gesprochen und schickte stattdessen den spleenigen Niederegger vor?

»Und bei dem Bäcker, der Hardt morgens immer belieferte, am besten auch.« Niederegger durchblätterte raschelnd eine Akte, die er in der Hand hielt. »Holger Brandtner heißt der übrigens. Am besten fahren wir noch heute Vormittag hin.«

Ringshauser nickte. »Ja, ja, schon gut, bin gleich so weit. Ich muss nur noch was loswerden.«

Er griff nach seinem Telefon und wandte Niederegger demonstrativ den Rücken zu. Entschlossen wählte er die Nummer des Chefredakteurs vom »Mannheimer Morgen«, seine Wut war noch frisch.

31

Eine Viertelstunde später waren Herbert Niederegger und Elmar Ringshauser auf dem Weg nach Heidelberg zu der Frau des ermordeten Kioskbesitzers Rudolf Hardt.

Niederegger fuhr heute wie ein Achtzigjähriger. Das Kinn vorgereckt, klebte er hinter der Windschutzscheibe wie eine Nacktschnecke im Aquarium und murmelte mantraartig Straßennamen vor sich hin. Er fuhr den nagelneuen Dienstwagen viel zu hochtourig. Ringshauser versuchte, das gequälte Heulen des Motors zu ignorieren und sich auf die bevorstehende Aufgabe zu konzentrieren.

Obwohl wahrscheinlich nicht wenige Menschen den Wunsch gehabt hatten, Hardt hängen zu sehen, seine vielen Liebesaffären zum Beispiel oder deren Ehemänner und Partner, war es bisher noch nicht gelungen, auch nur einer dieser Personen etwas nachzuweisen.

Kein Mensch konnte sich Hardts durchschlagenden Erfolg beim weiblichen Geschlecht erklären, im Nachhinein am allerwenigsten die involvierten Frauen selbst. Er war weder ein Adonis noch besonders charismatisch gewesen, niemand außer seiner Frau weinte ihm auch nur eine einzige

Träne nach. Das gesamte anrüchige Filmmaterial in seinem Ilvesheimer Apartment wurde nun nach Auffälligkeiten durchgesehen, die beteiligten Personen überprüft und ihre Aktivitäten rund um den Zeitpunkt des Mordes unter die Lupe genommen, aber bisher schien niemand aus diesem Kreis angreifbar, obwohl im Grunde alle verdächtig blieben.

Die Telefonzelle, von der aus jemand den Zigarettenlieferanten Lembach umgeleitet hatte, war inzwischen eingehend inspiziert worden. Die Spurenflut in der Zelle war überwältigend. Und genau deshalb völlig unbrauchbar. Anscheinend hatte halb Mannheim und noch ein Dutzend Touristen in den letzten Wochen aus dieser Zelle telefoniert. Ein wahres Freudenfest für die Beamten der Spurensicherung, die DNA der gesamten Republik schien sich dort zu tummeln.

Nun ging es in die zweite Runde. Rudolf Hardts Ehefrau Linda hatte sich bei den bisherigen Befragungen reichlich merkwürdig verhalten. Aber doch wieder nicht merkwürdig genug für die Witwe eines Mannes mit einem derart anrüchigen Hobby, von dem sie angeblich nichts gewusst hatte.

Niederegger kämpfte sich durch den morgendlichen Verkehr und warf einen prüfenden Seitenblick auf Ringshauser, der seit Fahrtantritt noch keine drei Worte mit ihm gewechselt hatte.

»Haben Sie sich immer noch nicht wieder eingekriegt?«, wagte er sich vor. »Ihre Frau macht ihre Sache doch bisher ganz gut, oder? Wenn man bedenkt, dass sie von heute auf morgen ins kalte Wasser geworfen wurde.«

»Meinetwegen kann sie darin ersaufen.« Ringshauser schnippte ärgerlich mit den Fingern gegen die Scheibe des Beifahrerfensters. »Außerdem ist sie nervös, es ist nur eine Frage der Zeit, wann sie ihren ersten gravierenden Fehler macht.«

»Das klingt fast, als würden Sie sich drauf freuen.«

»Reden Sie keinen Blödsinn, Mann!«

Niederegger sah schnell zu Ringshauser hinüber. »Schon gut. Ich ziehe die Frage zurück und ersetze sie durch eine andere: Wo zum Henker ist diese Häusserstraße? Es hieß doch Heidelberger Weststadt, oder? Diese dämlichen Einbahnstraßen mit den Temposchwellen alle paar Meter machen einen komplett wahnsinnig.«

»Tja, Herr Kollege, so was nennt man Verkehrsberuhigung. Typisch Heidelberg eben.«

»Sind wir überhaupt noch richtig? Ich hab schon die ganze Zeit den Eindruck, dass wir im Kreis fahren.«

»Das kommt davon, wenn man sich so verbissen dagegen wehrt, das Navi zu benutzen.«

»Ich kann diese ölige Stimme so früh am Morgen einfach nicht ab«, brummte Niederegger.

»Warum lassen Sie dann nicht einfach mich fahren?«

»Weil ich lebend ankommen will. Gucken Sie doch mal in den Spiegel! Sie sehen aus, als hätten Sie seit Wochen nicht mehr richtig geschlafen.«

Der Kandidat hat hundert Punkte, dachte Ringshauser.

»So, gerade sind Sie dran vorbeigebraust«, bemerkte er lässig. »Also wieder rein in die Römerstraße, dann gleich rechts, geradeaus durch auf die Rohrbacherstraße und dann wieder nach rechts. Aha, hier sind wir richtig. Mein lieber Schwan, von dieser absurden Verkehrsführung werde ich heute Nacht wahrscheinlich träumen.«

Niederegger quetschte den Wagen mühsam in eine Mini-Parklücke, der Kühler ragte allerdings ein gutes Stück über den breiten Bürgersteig. Keine zehn Sekunden später stand ein Anwohner mit verschränkten Armen neben der Fahrertür.

»Hier können Sie nicht parken, sehen Sie denn nicht, dass Sie den Gehweg blockieren?«

Willkommen in Heidelberg, der Stadt mit Herz, dachte Ringshauser.

»Von Blockieren kann ja wohl keine Rede sein, hier ist doch noch jede Menge Platz«, wehrte sich Niederegger.

»Wenn Sie nicht augenblicklich wieder ausparken, gibt's richtig Ärger.«

Einem Menschen, der im Winter Anzug mit Gesundheitssandalen und Socken trug, war dies allemal zuzutrauen.

»Haben Sie wirklich nichts Besseres zu tun?« Ringshauser zückte seinen Dienstausweis.

Der Mann trat murrend den Rückzug an. Allerdings erst nachdem er demonstrativ mit seinem Handy ein paar Fotos geschossen hatte.

Endlich standen sie vor Hardts schmuckem Einfamilienhäuschen.

Wenn man bedachte, dass Rudolf Hardt sich in Ilvesheim zusätzlich eine Art Lustschlösschen in Form eines Zweizimmerapartments geleistet hatte, konnte man getrost davon ausgehen, dass sein kleiner Ausflug in die Pornobranche sich bezahlt gemacht hatte. Der Umsatz vom Kiosk und das Gehalt seiner Frau Linda, die halbtags in einem Kinderheim als Erzieherin arbeitete, hätten jedenfalls nicht mal annähernd dafür ausgereicht, beide Wohnsitze zu halten.

Linda Hardt begrüßte sie mit verweinten Augen und führte sie durch eine düstere Diele ins Wohnzimmer, einem Raum mit dunklen Eichenholzmöbeln und einem Riesenschinken von Landschaftsmalerei mit einer Jagdszene über der Couch. Auf dem Kaminsims lehnte zwischen allerlei Nippes eine mit einem hauchzarten Trauerflor umrahmte Porträtaufnahme Rudolf Hardts. Der Verblichene grinste schelmisch in die Kamera und entblößte dabei ein Pferdegebiss, aus dem mehrere Goldzähne hervorblitzten. Nun lag er seit drei Wochen in einem Kühlfach des rechtsmedizinischen Instituts in Heidelberg und wartete auf die Freigabe zur Bestattung. Dort würde er auch bleiben, und zwar so lange, bis sein Tod restlos aufgeklärt war. Die Obduktion der Leiche hatte den offiziellen Berichten zufolge, die heute Morgen im Präsidium eingetroffen waren, nichts wesentlich Neues ergeben.

Ringshauser setzte sich unter den röhrenden Hirsch, während Niederegger ans Fenster trat und dort stehen blieb. Frau

Hardt erbot sich, Kaffee oder Tee zu kochen, aber sie lehnten beide dankend ab.

Linda Hardts vierschrötige Figur steckte in einem schwarzen, schlauchartigen Kostüm, aus dem am Halsausschnitt eine anthrazitfarbene Rüschenbluse hervorlugte. Sie war höchstens einsfünfzig groß und auch ungefähr so breit. Wie ihr verstorbener Mann war sie in den Fünfzigern. Ihr mit grauen Strähnen durchzogenes glattes Haar war zu einer helmartigen Pagenfrisur toupiert und erinnerte Ringshauser spontan an diese rund getrimmten Bäumchen, die wie salutierende Soldaten in Schlossparks herumstehen. Ihr Gesicht hatte jenen dauergrimmigen Ausdruck der grundsätzlich Enttäuschten, die vom Leben keine großartigen Ereignisse mehr erwarten. Die Erziehung fremder Kinder schien jedenfalls äußerst kräftezehrend zu sein. Ihre angeschwollenen Füße steckten in offenen Pantoletten mit zu hohen Absätzen. Sie schwankte gefährlich, als sie vor einem Sessel haltmachte, um sich dann seufzend hineinsinken zu lassen. In der linken Hand zerknüllte sie nervös ein Taschentuch.

Auf den anrüchigen Nebenerwerb ihres Mannes angesprochen, hatte sie bei der ersten Befragung ausgesagt, von nichts gewusst zu haben, und sie war auch bisher bei dieser Behauptung geblieben. Bei der anschließenden Hausdurchsuchung war tatsächlich nichts Belastendes gefunden worden.

Dafür war das Apartment, von dessen Existenz Linda Hardt angeblich ebenfalls nichts wusste, voll bis unter die Decke mit schlüpfrigen Filmchen und Fotografien.

»Frau Hardt«, begann Ringshauser, »ist Ihnen, als Ihr Mann an jenem Morgen aus dem Haus ging, etwas Außergewöhnliches an ihm aufgefallen?«

»Nein, nichts.« Sie schüttelte traurig den Kopf. »Und diese fürchterlichen Andeutungen, die peinlichen Fragen! Wir haben eine gute Ehe geführt, ich verstehe das alles nicht.«

»Wir alle haben viele Gesichter«, bemerkte Ringshauser salbungsvoll. »Niemals kennen wir einen Menschen ganz und gar.«

Linda Hardt sah überrascht auf, und Niederegger räusperte sich. Oje, Ringshauser hatte wieder einmal seinen philosophischen Tag. Auch das noch.

»Wie war seine Stimmung?«, schaltete er sich ein. »War Ihr Mann anders als sonst?«

Nebenbei unterzog er den gesamten Raum einer eingehenden Musterung. Zu viel nutzloser Kleinkram, der sicher andauernd abgestaubt werden musste. Allein der Anblick bescherte ihm schon Nasenkribbeln.

»Nein, überhaupt nicht«, antwortete Frau Hardt. »Ich fragte Rudi, ob ich ihm noch beim Außenaufbau am Kiosk helfen soll, aber er wusste, dass ich an diesem Morgen einen wichtigen Arzttermin wegen meiner Rückenbeschwerden hatte, und er sagte mir, er käme schon alleine klar. Ich habe mich gewundert, dass Lembach seine Ware noch nicht geliefert hatte, aber der hatte sich wohl aus irgendeinem Grund verspätet.«

»Danke, das haben wir mit Herrn Lembach bereits geklärt.«

Warum versuchte sie abzulenken? Niederegger war auf der Hut. Den Arzttermin hatten sie natürlich längst überprüft, sie war tatsächlich wenig später bei ihrem Orthopäden gewesen.

»Ähm … Frau Hardt, es ist natürlich unangenehm, aber leider müssen wir doch noch mal nachhaken«, schaltete sich Ringshauser wieder ein. »Sie bleiben also dabei, dass Sie nichts von den … äh … Liebschaften Ihres Mannes und den einträglichen Geschäften, die er damit machte, gewusst haben?«

Linda Hardt fuhr hoch wie ein angeschossenes Reh. Ihr Bäuchlein in der zu eng sitzenden Bluse bebte, die Augen unter der Pagenfrisur verengten sich und schossen graublaue Blitze.

»Wenn ich's Ihnen doch sage! Ich begreife es nicht ... werde es nie begreifen. Mein geliebter Rudi tot! Und nun noch diese haarsträubenden Schauergeschichten! Das Ganze ist ein einziger, grässlicher Albtraum.«

Sie begann lautlos zu weinen und tupfte sich mit ihrem Taschentuch die Augenwinkel.

Sie lügt, dachte Niederegger. Mit Interesse registrierte er, dass unter dem glatten Haar Ohrclipse hervorblitzten. Frau Hardt war jedenfalls nicht schockiert genug, um auf Nebensächlichkeiten wie Schmuck zu verzichten.

Er blickte auf ihre pummeligen Finger herab: Ihren Ehering trug die Dame nicht. Als hätte sie seine Gedanken erraten, faltete sie schnell die Hände und vergrub sie im Schoß. Er trat hinter ihren Sessel und sah auf ihren kerzengerade gezogenen Scheitel hinab.

»Bei der Vielzahl von ... äh ... Gespielinnen, die Ihr Mann im Laufe der letzten Jahre hatte, ist es schwer zu glauben, dass Sie gar nichts davon mitbekommen haben wollen«, sagte er sanft.

Sie fuhr herum. »Wie meinen Sie das? Verdächtigen Sie mich etwa auch?«

»Sie und noch ein paar andere«, erwiderte Ringshauser prompt.

Sie fuhr wieder herum und starrte Ringshauser ungläubig an. Ihre Augen weiteten sich und füllten sich mit Tränen. »Sie glauben, ich habe ihn erhängt?« Hilfesuchend drehte sie sich zu Niederegger um, der jetzt wieder am Fenster stand und wachsam herübersah. »Wie soll ich das denn gemacht haben?« Ihre Stimme wurde schrill, gleich würde sie kippen. »Können Sie mir das bitte mal verraten?« Ihre Blicke flogen zwischen Ringshauser und Niederegger hin und her.

»Sie hätten zum Beispiel einfach jemanden beauftragen können«, antwortete Niederegger gelassen. »Vielleicht haben Sie sich diesen Arzttermin besorgt, weil Sie genau wussten, dass Ihr Mann während dieser Zeit sterben würde.«

»Aber warum? Warum sollte ich das tun?« Ihre Augen waren jetzt blind vor Tränen, die Stimme nur noch ein heiseres Flüstern.

»Zweihunderttausend sind ein lohnendes Motiv, finden Sie nicht?«

Sie wurde noch blasser und griff sich an den Hals. »Ach, das wissen Sie also auch schon«, schniefte sie. »Dabei ist es noch gar nicht sicher, dass ich das Geld von der Lebensversicherung wirklich bekomme.«

»Oh doch, Sie werden es bekommen«, versicherte Ringshauser. »Ausgeschlossen ist in der Klausel nur Selbstmord, nicht wahr? Und Selbstmord kann es ja nicht gewesen sein.«

»Das Geld steht mir zu.« Linda Hardt bemühte sich, ruhig zu bleiben. »Ich bin heilfroh, dass ich ohne meinen Mann nun nicht ganz mittellos dastehe.«

»Nicht ganz mittellos ist nett ausgedrückt«, bemerkte Niederegger. »Sie haben noch am Todestag Ihres Mannes die Versicherungsgesellschaft kontaktiert. Wissen Sie, das passt nicht so ganz zu der hilflosen, trauernden Witwe, die Sie uns bisher vorgespielt haben.«

Sie zuckte zusammen wie unter einer Ohrfeige. Fast konnte sie einem leidtun, aber Mitleid war hier nur hinderlich. Es war an der Zeit, Gas zu geben, sonst kämen sie nie voran.

»Ich könnte niemals … einen Menschen … töten«, stammelte sie tränenerstickt, »schon gar nicht meinen Rudi, aber ich «

»Aber?« Ringshauser beugte sich gespannt vor.

Niederegger hatte sich die ganze Zeit über Notizen gemacht, jetzt legte er seinen Block auf den niedrigen Tisch und setzte sich auf die Sofalehne. Was kam jetzt?

Linda Hardt schloss kurz die Augen, sie rang sichtlich um Fassung. Als sie dann redete, war ihre Stimme flach und tonlos.

»Also schön. In einem haben Sie recht«, gab sie zu. »Ich wusste von seinen vermaledeiten Weibergeschichten. Aber auch nur das. Das müssen Sie mir glauben.«

»So, müssen wir das?«

Sie überging den Einwurf.

»Dieser treulose Dreckskerl! Können Sie sich vorstellen, wie demütigend das alles für mich war?« Ihre Stimme klang müde und resigniert. »Und seit ich das mit dem Apartment erfahren habe, kann ich an nichts anderes mehr denken als an diese Frauen. Was er mit ihnen dort gemacht und wie er sie abgezockt hat. Ich will ganz ehrlich sein …«

»Bitte tun Sie das«, ermunterte Niederegger sie kühl.

»Also, das mit der Wohnung in Ilvesheim hab ich wirklich nicht gewusst, bin wohl mit Scheuklappen durch die Gegend gelaufen. So, wie es jetzt aussieht, war mein Mann ein richtiges Schwein! Wenn er noch am Leben wäre … ich könnte es nicht ertragen, dass er mich auch nur mit dem kleinen Finger anrührt.«

»Na, diese Gefahr besteht jedenfalls nicht mehr.«

Die Frau schluchzte laut auf, und Ringshauser starrte wütend zu seinem Kollegen hinüber.

Linda Hardt fuhr sich mit beiden Händen übers Gesicht und presste sie dann auf ihre Wangen, die wie im Fieber glänzten. »Es ist furchtbar, so etwas zu sagen, aber …aber ich …« Sie stockte, holte tief Luft und straffte die Schultern, bevor sie weitersprach. »Jawohl, ich gebe es zu, ich bin froh, dass Rudi tot ist.« Diesen letzten Satz flüsterte sie nur noch.

Niederegger und Ringshauser sahen sich an. Dies war jetzt vermutlich endlich die Wahrheit.

32

Rudi Hardts Filme warteten mit der Sorte von Sexspielchen auf, die seinen Gespielinnen die abenteuerlichsten Verrenkungen abverlangten und die sie auch mehr oder weniger bereitwillig absolvierten, weil sie glaubten, es dem Kerl recht machen zu müssen. Sie alle hatten Abwechslung und erotische Abenteuer gesucht und einfach nur das Pech gehabt, auf Rudis Pornospielplatz zu landen.

Er hatte nichts ausgelassen. Von der an den entsprechenden Stellen mit Löchern versehenen Matratze, die immerhin den Vorteil hatte, dass sie Hardts in Ekstase sicherlich nicht übermäßig ansprechendes Antlitz verdeckte, über den ausrangierten Frauenarztstuhl bis hin zu einer Riesensammlung diverser schriller Kostüme für Männlein und Weiblein war alles vorhanden. Es erforderte ein gutes Stück Überwindung, sich den fettleibigen, alternden Kioskbesitzer im rosa Federtanga durchs Apartment hüpfend vorzustellen. Aber genau so war es gewesen. Die abendfüllenden Videofilme bewiesen es zur Genüge.

Luisa Eichinger und Elmar Ringshauser waren dazu verdonnert worden, das schlüpfrige Filmmaterial nach und nach zu sichten, um nach Auffälligkeiten oder Besonderheiten zu fahnden. Der kahle Raum mit den Monitoren hatte keine Fenster, nur ein winziges Oberlicht aus Milchglas ließ sich einen Spalt breit öffnen. Eine dicke Neonröhre an der Decke sorgte für gleißendes, hartes Licht, in dem man aussah, als hätte man noch maximal zwei Stunden zu leben. Sechs einfache Stühle um einen hässlichen weißen Resopaltisch, auf dem ein paar überquellende Aschenbecher standen, vervollständigten die heimelige Atmosphäre. Es war der einzige Raum im Präsidium, in dem noch geraucht werden durfte, und dem Gestank nach zu urteilen, wurde er fast rund um die Uhr belagert.

Ringshauser knabberte tütenweise Kartoffelchips und trank einen Kaffee nach dem anderen, während Eichinger kaugummikauend mit in die Hände gestütztem Kopf vor dem Bildschirm saß und ab und zu angewiderte Laute von sich gab. Was brachte gestandene, attraktive Frauen bloß dazu, sich Hardts feisten Wurstfingern und seinen Sexspielzeugen auszuliefern?

»Das Ganze ist mir absolut schleierhaft. Der Kerl dürfte mich nicht mal mit dem Fingernagel antippen«, schnaubte

Luisa Eichinger. »Haben Sie gesehen, wie armselig er in diesem Kettengeschirr aussah? Warum hat sich eigentlich keine der Damen kaputtgelacht?«

»Sagen Sie's mir, Sie sind hier die Frau.«

»Puh«, machte Luisa und zog eine Grimasse. »Ich werd Wochen brauchen, um mich von diesem Anblick zu erholen.«

Sie trug enge, schwarze Jeans und darüber ein kirschrotes Kapuzenshirt. Mit ihren kurzen, schwarzen Haaren wirkte sie eher wie ein Schuljunge als wie eine angehende Polizistin.

»Vielleicht haben sich ja doch ein paar eifersüchtige Ehemänner zusammengerottet und ihn aufgeknüpft«, überlegte Ringshauser. »Das würde erklären, warum diesem Mord irgendwie etwas Rituelles anhaftet. Wir müssen sie alle noch mal abklopfen.«

»Ich weiß nicht.« Luisa schüttelte den Kopf. »Das würde ja bedeuten, dass er mit seiner Masche aufgeflogen ist, weil eine der Frauen nicht zahlen konnte oder wollte und ihn verraten hat. Und das müsste doch jemand der bisher Befragten mitgekriegt haben.«

»Oder jemand ist zufällig an diese Videos geraten. Man stelle sich mal vor, ein Typ lässt sich von Rudi nichtsahnend so ein Drecksding aufschwatzen, und dann spielt die eigene Frau 'ne Hauptrolle. Wäre doch ein starkes Motiv, oder?«

»Einem, der diesen Mist kauft, würde ich eher zutrauen, dass er aus Eifersucht seine Frau verprügelt, anstatt sich mit 'nem Schrank wie Rudi anzulegen.«

»Hm. Oder beides.« Ringshauser gähnte. »Könnten aber auch ein paar der verschaukelten Frauen gewesen sein, die sich gemeinsam rächen wollten.«

»Warum sollten die es sich absichtlich schwer machen und ihn ausgerechnet an die Decke hängen? Da würde ihnen doch sicher eine bequemere Methode einfallen.«

»Tja, auch wieder wahr«, nickte Ringshauser.

Gerade lief eine Sequenz, in der Hardt eine dickliche Dame mittleren Alters mit nichts als einem Klinikflügelhemdchen bekleidet bäuchlings auf den liegenden Marterpfahl band. Die Knie rechts und links davon auf dem Boden, reckte sie ihr Hinterteil, das jetzt in Großaufnahme erschien, über dem dunkel polierten Stamm in die Höhe.

»So, mir reicht's, ich brauche dringend 'ne Pause«, stöhnte Luisa. »Das ist ja schlimmer als Streifendienst. Können Sie sich nicht mal jemand anderen dazuholen? Wenn ich noch ein Fitzelchen nackter, wabbeliger Haut sehe, muss ich kotzen.«

»Glauben Sie, mir macht das Spaß?«

»Wollen Sie 'ne ehrliche Antwort? Also, ich denke mal ...«

»Stopp, bevor Sie sich um Kopf und Kragen quasseln«, fuhr Ringshauser dazwischen. »Und, tut mir leid, Frau Kollegin, aber da müssen wir jetzt durch. Obwohl ich auch nicht glaube, dass wir was wirklich Bahnbrechendes entdecken. Bisher war nie Blut im Spiel gewesen. Auch keine Gewalt. Die Frauen verhalten sich allesamt unauffällig, abgesehen davon, dass sie sich wie Spielzeug von ihm benutzen lassen.«

Er nippte an seinem Kaffee und verzog das Gesicht.

»Soll die Breiter doch weitergucken«, maulte Luisa. »Die kennt sich aus mit perversen Typen. Ich wundere mich schon die ganze Zeit darüber, dass sie noch nicht in einem von Hardts Filmen aufgetaucht ist. Die macht doch jeden Kerl an.«

»Na, na«, bremste Ringshauser. »So schlimm ist es auch wieder nicht. Mich zum Beispiel lässt sie völlig kalt.«

»Ach ja?«, machte Luisa spitz.

Sie bemerkte nicht, dass Ringshauser still in sich hineinlachte.

»Ich hab jedenfalls noch nie eine so aufdringliche, arrogante ...« Plötzlich blieb ihr der Mund offen stehen, und ihre Augen weiteten sich.

»Ich werd verrückt«, krächzte Ringshauser.

Eine neue Szene hatte begonnen. Und auf Rudi Hardts satinbezogener Spielwiese räkelte sich splitternackt und ganz unverkennbar Santmanns Witwe.

Doch halt, nein, nicht seine Witwe. In der oberen Bildschirmecke lief sekundengenau das Datum mit: 22. November, 15.43 Uhr. Zu diesem Zeitpunkt war Santmann noch quicklebendig gewesen.

Sie lag als fleischfarbenes, fülliges X auf blutrotem, glitschigem Satin, ihre Hände und Füße ans Bett gefesselt, und lächelte unter ihrer zerwühlten Strohfrisur neckisch in die Kamera. Ihr fülliger Körper geriet bei der kleinsten Bewegung ins Schwabbeln. Die Kamera zoomte erbarmungslos auf den wulstigen Dschungel zwischen ihren gespreizten Beinen, wurde aber im nächsten Augenblick von dem haarigen Hintern Rudolf Hardts verdeckt, der sich auf sie warf und sie hemmungslos begattete.

»Das glaub ich jetzt nicht!«, jubelte Luisa. »Die piekfeine Santmann! Mann, bin ich froh, dass ich hiergeblieben bin!«

Ringshauser griff hektisch nach der Fernbedienung und stoppte den Film.

»He«, rief Luisa entrüstet, »jetzt wird's doch grade interessant.«

»Ab sofort ist das hier Chefsache«, bestimmte Ringshauser, »benachrichtigen Sie bitte sofort meine Frau!«

»Ich will doch nur …«

»Verdammt noch mal, Eichinger, muss ich Sie erst an Ihren Dienstgrad erinnern?«

»Aber ich hab doch noch gar keinen.«

»Ja, eben. Raus mit Ihnen!«

Die Assistentin rauschte wütend hinaus und ließ die Tür hinter sich zukrachen.

Schill ist wirklich nicht zu beneiden, dachte Ringshauser genervt.

Und die Santmann erst recht nicht. Es war einfach unglaublich, die Frau des Leiters der Mannheimer Mordkommission war eines der Betthäschen des späteren Mordopfers Rudolf Hardt gewesen! Wie betäubt schaltete er das Gerät wieder an und verfolgte fassungslos, wie Hardt sich in seiner rutschigen Satinbettwäsche austobte.

Was für ein Skandal!

Hatte Santmann von den Eskapaden seiner Frau Wind bekommen? Waren die Santmanns ebenfalls von Hardt erpresst worden? Wenn ja, hätten sie jedenfalls eine nie versiegende Geldquelle für ihn dargestellt.

Hatte Santmann etwa ... aber nein, das war unvorstellbar.

Doch sofort befahl er sich weiterzudenken. Hatte Heribert Santmann Rudolf Hardt ermorden lassen? Und war die Briefbombe, die ihn wenig später selbst tötete, ein Racheakt für den Mord an Hardt gewesen? Ihm wurde schwindlig. Das gerade entdeckte, äußerst brisante Betthupferl Rudolf Hardts warf ein völlig neues Licht auf beide Fälle.

Als seine Frau endlich hereinkam, klickte Ringshauser die Sequenz auf ihren Anfang zurück. »Hier, schau dir das mal an!«

»Eigentlich hab ich überhaupt keine Zeit«, sagte Ria ungeduldig und strich nervös ihre dunkel glänzenden Locken zurück. »Ich hoffe, es ist wirklich wichtig genug, um mich vom Schreibtisch aufzuscheuchen. Die Eichinger wollte ja nicht damit rausrücken, was los ist. Hat nur vielsagend gegrinst. Ich muss in spätestens fünf Minuten unbedingt wieder ...«

Im nächsten Augenblick sank sie auf einen Stuhl und riss ungläubig die Augen auf. »Nein! Ist es ... ist es ... tatsächlich das, wonach es aussieht?«, stotterte sie.

»Allerdings«, nickte Ringshauser.

Ria konnte den Blick nicht vom Monitor losreißen, ihr Gesicht war zur ungläubigen Maske erstarrt.

»Und? Wichtig genug?«

»Was?« Ria schoss das Blut ins Gesicht. »Tja, das kann man wohl sagen. Unfassbar! Schafft sie her. Sofort.«

Elmar Ringshauser baute sich grinsend vor seiner Frau auf und schlug die Hacken zusammen.

»Sehr wohl, Frau Königin.«

»Idiot.« Ria musste wider Willen lachen.

Dass sie ihn beschimpfte, war eindeutig ein Fortschritt. Es ging wieder bergauf mit ihnen.

33

Sie saßen im Konferenzraum im Erdgeschoss des Präsidiums an dem großen, ovalen Tisch. Die hohen, bodentiefen Flügelfenster gingen auf den Hof hinaus, draußen war es schon finster. Die in kurzen Abständen angebrachten Kugellampen, die den gewundenen, schmalen Kiesweg zum Parkplatz erhellten, leuchteten wie kleine Monde in der Dunkelheit. Aus der Kantine nebenan drangen schwache Geräusche von klapperndem Geschirr herüber, die Kollegen der Nachtschicht stärkten sich für den bevorstehenden Dienst.

»Mein Privatleben geht Sie gar nichts an«, skandierte Sibilla Santmann mit hochrotem Kopf und blickte trotzig von einem zum anderen.

Was für ein Aufgebot! Alle waren da, Ria und Elmar Ringshauser, Niederegger und natürlich auch diese dürre Luisa Eichinger. Und dazu noch Schrunz und Neugebauer vom LKA, die auch bei der Beerdigung ihres Mannes dabei gewesen waren. Sie kannte die beiden noch aus deren Mannheimer Zeit. Neugebauer war seit dem letzten Mal kahler und der rotblonde Schrunz dicker geworden.

»Das kommt ganz darauf an, wer in Ihrem Privatleben mitmischt«, bemerkte Ria Ringshauser liebenswürdig.

Es war schwer, die hier anwesende, in ein biederes dunkelblaues Kostüm gekleidete ältere Dame mit der hechelnden Bettgenossin Rudi Hardts in Verbindung zu bringen. Ria lenkte sich ab, indem sie sich vorzustellen versuchte, wie viele Lockenwickler Frau Santmann für ihre Pudelfrisur benötigte. Viele.

»Rudolf Hardt zum Beispiel ist ermordet worden«, setzte Niederegger hinzu. »Also gehen uns alle Leute etwas an, die mit ihm in den letzten Wochen und Monaten zu tun hatten.«

Es hatte ihm schier die Sprache verschlagen, als sie ihm den Film vorgespielt hatten. Aber er wollte nicht daran glauben, dass Santmann bei Hardts Ermordung seine Finger mit im

Spiel gehabt hatte. Nicht, weil er es ihm nicht zutraute. Er traute grundsätzlich allen Menschen alles zu, das brachte der Beruf einfach mit sich. Nein, es war eher die Tatsache, dass Santmanns Karriere sowieso durch seine Pensionierung bald ihr natürliches Ende gefunden hätte. Warum hätte ein solcher Skandal ihn also überhaupt noch jucken sollen?

»Na, ich hab ihn bestimmt nicht aufgehängt, im Gegenteil, ich hätt ihn gern noch 'ne Weile behalten«, versetzte die Witwe ungeniert. »Und zwar lebend. Ja, ja, auch in meinem Ofen brennt noch ein hübsches Feuerchen.«

Niederegger räusperte sich verlegen und lief dunkelrot an. Das ganze Thema war ihm eindeutig zu unappetitlich, zu fleischbetont. Dass das ganze Präsidium an ihren glibbrigen Hasch-mich-Spielchen mit Hardt teilhatte, schien diese Frau nicht im Mindesten zu stören. Er versuchte, nicht auf ihre riesigen Brüste zu starren, die jetzt, verdeckt und eingesperrt, irreführend harmlos aussahen.

Ria und Elmar Ringshauser wechselten einen kurzen, belustigten Blick. Der Kollege Niederegger wirkte sichtlich gequält.

»Nachdem ich wusste, dass Bertie mich mit dieser drögen Kuchenmamsell betrügt, hab ich natürlich sofort selber losgelegt, ist doch wohl klar«, fuhr Sibilla Santmann ungerührt fort. »Wenn ein alter Knacker wie mein Bertie hingeht und anfängt, wie wild herumzuvögeln, halten ihn alle für 'nen tollen Hecht, stimmt's? Aber wenn eine Frau in den besten Jahren das Gleiche macht, ist es plötzlich eklig. Verdammt ungerecht, finde ich.«

Niederegger nieste dreimal hintereinander.

Wenn er könnte, würde er nach jedem Satz, den die Santmann von sich gibt, die Luft desinfizieren, dachte Ria Ringshauser.

»Natürlich«, beschwichtigte sie, »kein Mensch hat was dagegen.«

»Das hoffe ich, wirklich! Wo bitte steht geschrieben, dass nur die Jungen und Schönen Spaß am Sex haben dürfen?«

Ria holte sich die fraglichen Szenen ins Gedächtnis zurück.

»Gar keine Frage, Frau Santmann, aber das ist überhaupt nicht der Punkt«, stellte sie nüchtern fest. »Sie können jeden Tag zehn Männer vernaschen, und das geht tatsächlich niemanden etwas an. Das Dumme ist nur …«, Ria deutete mit dem Daumen über der Schulter auf den Monitor hinter sich, »dass dieser spezielle Mann hier ermordet wurde. Warum haben Sie verschwiegen, dass Sie ihn kannten? Mal ganz abgesehen davon, wie gut sie ihn kannten?« Luisa Eichinger kritzelte eifrig mit. Sie selbst war wahrscheinlich die Einzige, die noch nicht mitbekommen hatte, dass der vierschrötige Schrunz ganz offensichtlich eine Schwäche für sie hatte. Auch jetzt blieben seine Blicke häufiger als nötig an ihrer zierlichen Gestalt haften.

Frau Santmann wand sich, ihr Kopf mit den vielen Löckchen schien zu vibrieren.

»Wozu denn?«, nuschelte sie. »Er ist tot, und Bertie auch. Alles ist vorbei. Was hätte das also bringen sollen?«

»Hat Hardt Sie etwa auch erpresst?«

»Erpresst? Womit denn? Und wieso *auch*?«

»Mit den Filmen natürlich«, schaltete Niederegger sich unwirsch ein. Er war müde. Und er wollte endlich nach Hause zu seinen Katzen. »Ihr Galan hat sich nämlich mit der Erpressung der Damen, die er beglückte, ein hübsches Sümmchen dazuverdient.«

»Im Ernst?« Frau Santmann zog ungläubig die Augenbrauen hoch. »Na, soo toll war er auch wieder nicht. Ich hätt ihm keinen Cent dafür gezahlt, wenn er es bei mir versucht hätte.«

»Hat er nicht?«

»Nein, zum Kuckuck.« Empört funkelte die Witwe ihn an. »Und es wär mir piepegal gewesen, wenn er es Bertie vor den Latz geknallt hätte. Ach, was sage ich, gutgetan hätte mir das. Nur, Rudi wollte plötzlich nicht mehr. Sagte, er hätte sich verliebt. Pah, Liebe! Ich hätt noch ewig so mit ihm weitergemacht, aber er war plötzlich wie ausgewechselt. Hatte sogar vor, sein Apartment in Ilvesheim aufzugeben, wollte einfach alles hinschmeißen und mit seiner Neuen abhauen. Und die wollte das angeblich auch. War noch ein ganz junges Ding.«

Etwas in dieser Art hatte der Zigarettenmann Lembach auch schon angedeutet. Hatte vielleicht nur die Tatsache, dass Hardt sich auf seine alten Tage noch mal ernsthaft verliebt hatte, verhindert, dass Sibilla Santmann ebenfalls erpresst worden war? Oder erzählte sie Märchen? Geplant hatte Hardt die Erpressung mit Sicherheit, sonst hätte er seine peinlichen Doktorspielchen mit ihr ganz bestimmt nicht filmisch festgehalten.

»Kannten Sie die junge Frau?« Ria Ringshauser nagelte die Witwe mit ihrem unnachgiebigen Blick fest.

»Quatsch! Ein Mann wird den Teufel tun und einer abgelegten Geliebten seine neue Flamme vorstellen. Hat mich auch gar nicht interessiert. Hab ja schließlich auch meinem Stolz.«

»Na klar, Frau Santmann. Könnte aber doch sein, dass Sie die beiden zufällig irgendwo getroffen haben.«

»Hab ich nicht. Aber er hat mir mal ein Bild von ihr gezeigt, hätte seine Tochter sein können.« Sibilla Santmann sah von einem zum anderen. »Sie war blutjung. Und eine richtige Schönheit! Unglaublich, dass sie es nötig hatte, sich mit diesem alten Bock abzugeben.«

»Sie haben es ja auch getan«, versetzte Neugebauer trocken.

Die Witwe warf ihm einen bitterbösen Blick zu.

»Wie sah sie denn aus?« Niederegger beugte sich gespannt vor.

Frau Santmann fixierte ihn interessiert.

Er zog sofort die Schultern ein. Womöglich suchte diese Frau nach einem Nachfolger für ihren glorreichen Rudi, ein entsetzlicher Gedanke!

»Na ja, lockige rote Haare bis zum Hintern, der Typ Waldnymphe, würde ich sagen.«

Elmar Ringshauser erstarrte. »Hat er denn wirklich überhaupt nichts über sie erzählt?«, hakte er nach.

Auf der einen Seite gab es Hardts Erpressungsopfer, und diese Frauen bedeuteten dem Kerl gar nichts. Sie waren lediglich dazu da, benutzt und ausgenommen zu werden. Aber dann hatte es ihn wohl tatsächlich richtig erwischt. Und Ringshauser wusste aus Erfahrung, dass Männer kaum widerstehen konnten, mit einer Eroberung zu prahlen. Vor allem alte Männer.

»Nein, erzählt hat er nichts. Aber es hat ja ein übles Ende genommen mit ihr. Hab sie sofort erkannt, als ihr Bild damals in der Zeitung erschien. Stand sogar der Name dabei. Kaja … äh … Römer oder so. Tja, und einen Tag später war Rudi dann ebenfalls tot.«

Luisa Eichinger vergaß mitzuschreiben und starrte die Witwe mit offenem Mund an. In dem Raum hätte man eine Fledermaus rülpsen hören können, sekundenlang herrschte Totenstille. Dann brach die Hölle los.

34

Kaja Rohner, die erste ermordete Rothaarige, war also tatsächlich die Geliebte Rudolf Hardts gewesen, das stand nun außer Frage. Aber hatte er das Mädchen auch getötet?

Und war Hardt vielleicht sogar auch der Mörder der anderen rothaarigen Frauen? Dann war er möglicherweise für seine Gräueltaten hingerichtet worden, denn exakt einen Tag nachdem Kaja Rohner gefunden worden war, hatte man ihn aufgeknüpft. Äußerst pikant war auch, dass Hardts Mörder genau den richtigen Zeitpunkt abgepasst hatten. Hardt war ja gerade dabei gewesen, den Zeitungspacken aufzuschneiden, dessen Titelbild ein Foto seiner ermordeten Geliebten zeigte. Womöglich war dies überhaupt kein Zufall? Waren die Zeitungen als eine Art makabrer Fingerzeig vielleicht sogar absichtlich unter der Leiche platziert worden?

Hardt hätte Inga Treiber und Lilli irgendwann vorher versteckt haben müssen, konnte das zeitlich überhaupt hinkommen?

Ria Ringshauser rechnete und grübelte. Ja, bei Inga Treiber auf jeden Fall, aber was Lilli betraf, der Leiche im Hochsitz, da musste dieser Aspekt noch einmal genau überprüft und nachvollzogen werden.

Die Verbindung von Santmanns Ehefrau Sibilla zu dem Kioskbesitzer ließ zudem den Verdacht aufkommen, dass die beiden Morde irgendwie zusammenhingen. Ria mochte auch hier nicht mehr an einen bloßen Zufall glauben.

Elmar hatte zu ihren Ausführungen geschwiegen und nur ab und zu leise den Kopf geschüttelt, aber noch keine eigene Theorie dargelegt. In letzter Zeit steckte er ständig mit dieser Fotografin Milena Breiter zusammen. Warum nur hatte Ria das unbehagliche Gefühl, dass er irgendetwas Wichtiges vor ihr verheimlichte?

Morgen würde sie endlich noch einmal selbst Santmanns Sekretärin Irmgard Hölzer zu dem Tag des Attentats befragen, vielleicht gelang es ihr, bei dieser Gelegenheit doch noch ein paar offene Fragen zu klären. Das Protokoll der Befragung der Sekretärin durch Schrunz und Neugebauer lag zwar vor, aber Rias Instinkt sagte ihr, dass es sich lohnen konnte, Frau Hölzer ein wenig nachdrücklicher auf den Zahn zu fühlen.

Die wichtigste und drängendste Frage war allerdings: Wo steckte die vierte verschwundene junge Frau, Lisetta Traub? War sie bereits tot? Oder lebte sie noch und vegetierte in irgendeinem Versteck vor sich hin? Und wie sollten sie sie jemals finden, jetzt, nachdem ihr möglicher Peiniger Rudolf Hardt tot war und ihnen nichts mehr über ihren Verbleib sagen konnte?

Auch was diesen Fall anging, wollte Elmar ihr nicht zustimmen. Er versteifte sich darauf, dass Hardt unmöglich der

Mörder der Rothaarigen sein könne, weil all die anderen Frauen, mit denen er sich vergnügt hatte, nicht dem Beuteschema des Täters entsprachen. Hardt sei, Originalton Elmar, eindeutig nicht krank genug gewesen.

Ihrer Meinung nach schloss das eine das andere aber nicht aus. Die Frauen, die der Kioskbesitzer erpresst hatte, waren eine Sache für sich, eine endlose, fiese Vergnügungstour, aber hauptsächlich einfach nur ein einträgliches Geschäft. Seine Obsession für rothaarige Mädchen konnte jedoch auf einer ganz anderen Schiene abgelaufen sein. Immerhin wollte er für Kaja Rohner sein ganzes bisheriges Leben hinschmeißen. Wenn dies keine Obsession war, was dann?

Ria lag mit zur Wand gedrehtem Gesicht im Bett und versuchte trotz der aufwühlenden Gedanken, die pausenlos in ihrem Kopf rotierten, einzuschlafen. Sie hörte Elmars Schritte auf der Treppe und schloss schnell die Augen. Nach diesem anstrengenden Tag, an dem die Neuigkeiten wie Hagel auf sie niedergeprasselt waren, hatte sie keine Energie mehr, mit Elmar zu diskutieren. Sie nahm sich vor, morgen, am Samstag, endlich ihr Vorhaben umzusetzen und ins Dachkämmerchen umzuziehen.

35

Es war angenehm, der Legebatterie, wie alle die stickigen Großraumbüros in den unteren Stockwerken treffend nannten, entronnen zu sein und endlich ein eigenes Büro zu haben, in dem man ungestört und konzentriert arbeiten konnte.

Ria Ringshauser ertappte sich dabei, wie sie in Gedanken ein kleines Schlafsofa unter dem Fenster platzierte. Sie verbrachte ohnehin in den letzten Wochen viel mehr Zeit im Präsidium als zu Hause, warum sollte sie sich also hier nicht ab und zu ein Nickerchen gönnen? Auf Entspannung durfte sie ja in diesen Tagen daheim nicht hoffen. Das Einzige, was sie überhaupt noch nach Feudenheim zog, waren die Kinder. Aber auch die kamen inzwischen schon wunderbar alleine klar und brauchten ihre Eltern höchstens noch als Tischlein-deck-dich und Goldesel.

Sie ordnete die verschiedenfarbigen Notizen auf ihrem Schreibtisch nach Wichtigkeitsgrad von rot bis gelb.

In der Untersuchung von Santmanns Tod traten sie noch immer auf der Stelle. Die Aufklärung seiner Ermordung hatte natürlich oberste Priorität und lag in den Händen beziehungsweise in der Verantwortung des LKA. Andererseits war sie, wenn auch vorerst nur kommissarisch, Santmanns Nachfolgerin. Es konnte also nicht schaden, ein paar naheliegende Ermittlungen auf eigene Faust anzustellen.

Ihr Gespräch mit Santmanns Sekretärin Irmgard Hölzer, die sie nach dessen Tod quasi von ihm geerbt hatte, stand heute an erster Stelle. Sie hatte Niederegger mit dazugebeten, obwohl sie nicht sagen konnte, warum sie ausgerechnet diesen sonderbaren, humorlosen Außenseiter dabeihaben wollte. Aber irgendein diffuses Bauchgefühl sagte ihr, dass er mit seiner gnadenlosen Pingeligkeit genau das richtige Gegenüber für die Hölzer war.

Sie stand auf und trat ans Fenster. Der Himmel wölbte sich grau über den Dächern, und an den Straßenrändern türmten sich schmutziggraue Schneeschlieren. Die Bäume, die die Allee vor dem Präsidium säumten, reckten ihre nackten, dunklen Arme in die eisige Luft. Ria konnte sich nicht erinnern, jemals zuvor einen derart hartnäckigen Winter erlebt zu haben. Sie sehnte sich nach einer Tasse heißen Tees und setzte den Wasserkocher in Betrieb.

Unruhig ging sie auf und ab, ihre Schritte wurden durch den neuen Teppichboden wohltuend gedämpft. Niederegger musste in seinem Büro nebenan ja nicht unbedingt jede ihrer Bewegungen mitbekommen.

Viertel nach elf. Frau Hölzer war noch unten im Schreibpool und erledigte Kopierarbeiten. Ria kramte in ihrer obersten Schreibtischschublade nach einem Schokoriegel und beförderte das zusammengeknüllte Papier mit einem gezielten Wurf in den Papierkorb neben der Tür. Sie setzte sich wieder an ihren Schreibtisch, lehnte sich zurück, legte die Füße auf den Schreibtisch und biss in den Riegel.

Man hatte ihr gestattet, Santmanns ehemaliges Büro, das ja nun ihres war, weitgehend nach ihren Vorstellungen einzurichten. Nach mittlerweile knapp drei Wochen erinnerte nichts mehr an den verwüsteten Raum, die klobigen, dunklen Eichenmöbel waren durch eine helle, freundliche Garnitur aus Kiefernholz ersetzt worden.

Tja, wie konnte ein Mensch nur solches Pech haben! Jahrzehntelang hatte Heribert Santmann sich hinter seinem klobigen Schreibtisch verschanzt und sich, wo es nur ging, geschont und war allen absehbaren Gefahren geschickt ausgewichen, indem er andere vorausschickte. Und drei Wochen vor seinem Ruhestand fand er den Tod durch eine simple Briefbombe.

Die Ironie war, dass seine Sekretärin Irmgard Hölzer, die normalerweise die Post geöffnet hätte, sich an diesem Tag wegen Übelkeit und Erbrechen krank gemeldet hatte, was in manchen Köpfen zu wilden Spekulationen geführt hatte. Santmann war ein unausstehlicher Rüpel gewesen und außerordentlich nervenaufreibend, wenn man ihn täglich ertragen musste. Aber deswegen brachte man jemanden schließlich nicht gleich um.

Und außerdem wäre er ja drei Wochen später sowieso im Ruhestand gewesen. So gesehen hätte seine Witwe sogar das stärkere Motiv gehabt. Wenn man bedachte, dass sie sich in den letzten Wochen mit Rudolf Hardt ausgiebig im Bett herumgewälzt hatte und vielleicht, entgegen ihrer Behauptung, doch von ihm erpresst worden war, sowieso. War ihr Gatte, der sie noch dazu betrogen hatte, erst einmal hinüber, konnten ihr Rudis Filmchen nicht mehr gefährlich werden. Gegen diese Theorie sprach allerdings Sibilla Santmanns offenherzige Schamlosigkeit. Sie hätte einen deftigen Skandal wohl eher genossen als gefürchtet.

Jedenfalls hatte Irmgard Hölzer bei Santmanns Begräbnis vor aller Augen echte Tränen vergossen, im Gegensatz zur Witwe Santmann, an der das einzig Traurige das wurstpellenartige schwarze Kostüm gewesen war.

Noch immer gab es kaum brauchbare Hinweise, woher die Briefbombe gekommen war. Einfach jeder im Präsidium hätte das Ding bei Santmann abliefern können. Sicher war nur, dass es nicht mit der Post gekommen war. Die Bombe war direkt in Santmanns Hand losgegangen und als einfacher Bastelsatz, den heutzutage jeder nachbauen konnte, identifiziert worden. Selbstverständlich gab es keinerlei Fingerabdrücke, und der Adressat war auf ein selbstklebendes Etikett gedruckt worden. Allem Anschein nach hatte der Täter keine Fehler gemacht – nur den auffälligen, völlig unverständlichen Absender »Ihr Küchenprofi« hatte er sich nicht verkneifen können. Niemand konnte mit dieser Anspielung bisher irgendetwas anfangen. Möglicherweise hatte Santmann das Schreiben für eine Werbesendung gehalten und sich überhaupt nichts dabei gedacht.

Der Wasserkocher schaltete sich aus. Ria legte Neugebauers Ermittlungsprotokoll nachdenklich zurück in die dicke Mappe und ging in die winzige Nische hinter der Tür, füllte das heiße mit etwas kaltem Wasser auf und übergoss ihren grünen Tee. Sofort durchzog ein feiner, würziger Geruch den Raum.

Wäre Santmanns Sekretärin an seiner Stelle in Stücke gerissen worden, wenn sie an diesem Tag zur Arbeit erschienen wäre? Oder war sie sogar die eigentliche Zielperson gewesen?

Es klopfte an der Tür, zuerst zaghaft, dann noch einmal nachdrücklicher.

»Ja, bitte«, sagte Ria Ringshauser ungeduldig.

Sie hatte sich noch nicht daran gewöhnt, dass ihr seit ihrer Beförderung plötzlich alle mit dieser befremdlichen Übervorsichtigkeit und, ja, Dienstbeflissenheit begegneten. Abgesehen von ihrem Mann natürlich, der genau das Gegenteil tat. Die Luft, die sie umgab, war merklich dünner geworden, und die Kollegen gingen, wahrscheinlich ganz unbewusst, aber spürbar auf Distanz. Natürlich hatte sie mit derartigen Veränderungen gerechnet. Aber nicht damit, wie sehr es sie verunsichern würde.

Der Alte war tot – jetzt war sie die Alte. Sie war von einem Tag zum anderen aus der schützenden Masse herausgetreten und fühlte sich manchmal wie die Zweitbesetzung für ein Ein-Personen-Stück, die sich unversehens auf der Bühne wiederfindet und ihren Text vergessen hat.

Schüchtern trat Irmgard Hölzer ein, Niederegger folgte ihr auf dem Fuß und ließ die Tür hinter sich mit einem Knall zufallen. Ungehobelter Mensch! Wahrscheinlich war das Getöse wieder seiner Marotte zuzuschreiben, keine Türklinken anzufassen. Wie anstrengend!

Ria wies auf die kleine Sitzgarnitur in der Fensternische und bot Tee an, den beide ablehnten. Dann eben nicht. Sie nahm ihre eigene Tasse mit hinüber und stellte sie auf das wacklige Beistelltischchen.

Frau Hölzer war zu bescheiden, um einen vollständigen Sitz für sich in Anspruch zu nehmen. Sie setzte sich vorsichtig auf die Sofakante und drückte ihren hageren Rücken durch wie einen Flitzebogen, als erwarte sie, im nächsten Augenblick flüchten zu müssen. Nervös schraubte sie an den Knöpfen ihrer Kostümjacke herum. Es war schwer vorstellbar, dass dieses aufgeschreckte Persönchen in der Lage sein sollte, einen kaltblütigen Mord zu planen und durchzuführen. Dumm nur, dass Mörder sich in den wenigsten Fällen an die gängigen Klischees hielten.

Ria nippte an ihrem Tee und konzentrierte sich auf ihr Gegenüber.

Irmgard Hölzer war in den Sechzigern und hatte eines jener Gesichter, bei deren Betrachtung man sich schwer oder gar nicht vorstellen konnte, wie es in jungen Jahren ausgesehen haben mochte. Der dauerbekümmerte Ausdruck auf dem farblosen Gesicht tat sein Übriges. Zu allem Überfluss hatte sie den Bogen raus, sich bemerkenswert unvorteilhaft zu kleiden, ihr ohnehin blasser Teint wirkte über dem beigefarbenen, altmodischen Rollkragenpullover fast krank. Die dünnen Lippen waren nie vollständig geschlossen und entblößten eckige, gelbliche Zähne, die strähnigen, blondierten Haare wirkten wie am Kopf festgeklebt, und ihre strichdünnen Augenbrauen bildeten zwei unsichere Bögen, die zu den Schläfen hin spitz nach unten abknickten. Die blassblauen Augen waren fast wimpernlos und wanderten unruhig im Raum umher, an der kleinen, knopfartigen Nase prangte seitlich eine hellbraune, etwa linsengroße Warze, die sie ständig nervös befingerte.

Automatisch fasste Ria sich an ihre eigene Nase, zuckte aber sofort wieder zurück und bemerkte erschrocken, wie Frau Hölzers Gesicht rosa anlief. Sie räusperte sich verlegen.

»Sie waren … wie lange insgesamt krank, Frau Hölzer?«, fragte sie vorsichtig.

»Nur zwei Tage. Irgendeine Magen-Darm-Geschichte. Ich konnte kaum stehen, sonst wäre ich natürlich nicht zu Hause im Bett geblieben, sondern zur Arbeit gekommen.« Tränen glitzerten in ihren kummervollen Augen.

»Sicher. Niemand macht Ihnen Vorwürfe. War es eine Viruserkrankung?«

»Nein, nein, mein Hausarzt konnte nichts Derartiges feststellen. Ich muss mir wohl mit irgendetwas gründlich den Magen verdorben haben. Ich kann mir allerdings immer noch nicht erklären, womit. Eigentlich habe ich strikte Ernährungsregeln, und an die halte ich mich auch eisern.«

Das glaubte Ria aufs Wort. Frau Hölzer wirkte wie eine Frau, die sich selbst und ihren Körper kleinlichst unter Kontrolle hielt. Was wieder einmal bewies, dass diese Eigenschaft nicht zwangsläufig glücklich und schon gar nicht gesund machte.

Niederegger, der den angebotenen Sitzplatz ausgeschlagen hatte und betont lässig an Rias Schreibtisch lehnte, verschränkte die Arme vor der Brust und seufzte vernehmlich.

Da wollen wir doch mal sehen, dass wir *deine* Zwänge nicht vernachlässigen, mein Lieber, dachte Ria stirnrunzelnd.

»Öffnen Sie doch bitte mal kurz das Fenster«, sagte sie sanft zu Niederegger, »es ist ein bisschen stickig hier drinnen.«

Sie war gespannt, wie er sich diesmal aus der Affäre ziehen würde.

»Sind Sie sicher?«, fragte er unsicher.

»Absolut. Haben Sie damit ein Problem?«, schoss sie zurück.

»Äh … nein, natürlich nicht.«

Frau Hölzers Gesicht über dem beigen Rollkragenpullover zeigte Verwirrung. Niederegger schlenderte zum Fenster hinüber, zog mit der rechten Hand blitzschnell den Ärmel über seine Linke und packte den Fenstergriff. Clever! Aber natürlich hatte er jede Menge Übung. Eisige Luft wehte herein.

Ab in die nächste Runde.

»Ach … und … Herr Kollege, würden Sie sich bitte setzen, Sie machen mich ganz nervös, wenn Sie da so herumstehen.«

Sie wunderte sich, dass er sich tatsächlich wortlos fügte. Er nahm umständlich auf dem Zweisitzer neben Frau Hölzer Platz, drückte sich dabei aber so tief wie möglich in seine Ecke und schlug die Beine übereinander, um die Frau nur ja nicht aus Versehen zu berühren.

Da saßen sie also, die Hölzer, angespannt wie eine Sprungfeder, und Niederegger, in sich verschlungen wie eine Brezel. Was für ein Paar!

Ria lächelte und nahm den Faden wieder auf. »Trotzdem müssen Sie ja etwas zu sich genommen haben, das Sie umgehauen hat«, sagte sie zu der Sekretärin gewandt. »Eine unverträgliche Speiseabfolge, irgendetwas Schweres vielleicht, ungewohnte Mengen Alkohol oder …«

Weiter kam sie nicht. Frau Hölzer richtete sich plötzlich kerzengerade auf.

»Ich trinke nie Alkohol. Und schon gar keine ungewohnten Mengen«, erklärte sie mit klarer Stimme. »Ich rauche und nasche nicht, mein Magen hatte also eigentlich überhaupt keinen Grund, verstimmt zu sein.«

»Hilfe«, schnaufte Niederegger.

Ria schmunzelte, wurde aber gleich darauf wieder ernst. Es war schon auffällig, dass Niederegger, wenn sie mit ihm alleine war, so viel unsicherer war als zum Beispiel jetzt in diesem Moment. Sobald Personen anwesend waren, die schwächer wirkten als er selbst, kehrte er den Überlegenen heraus.

Ria lächelte ihrer Sekretärin betont aufmunternd zu.

Frau Hölzer faltete ihre spirrligen Hände im Schoß, um sie am Mitreden zu hindern. Es war offensichtlich, dass sie sehr aufgeregt war. Das konnte natürlich einfach damit zusammenhängen, dass sie ihrer neuen Chefin gegenübersaß, die sie schließlich kaum kannte. Fast dreißig Jahre unter Santmann hatten sicherlich Spuren hinterlassen und Reaktionen und Eigenschaften herausgebildet, die neu sortiert und auf Anwendbarkeit auf die neue Vorgesetzte geprüft werden mussten. Und der Schock über Santmanns unerwarteten, gewaltsamen Tod saß natürlich tief.

Frau Hölzer schluckte und fuhr sich mit der Zunge über die spröden Lippen, bevor sie weitersprach. »In der Kantine, am Tag bevor ... es passierte ... Also, da hab ich gegessen, was alle anderen auch gegessen haben. Nichts Besonderes. Es gab gefüllte Krautwickel mit dieser Pampe ... äh ... Kartoffelbrei, meine ich natürlich. Und zum Nachtisch ein kleines Spaghetti-Eis mit Erdbeerpüree und weißen Schokoladenstreuseln. Das weiß ich deshalb noch so genau, weil das mein Lieblingsdessert ist.«

Niedereggers Magen reagierte mit einem lauten Knurren, und Ria sah auf ihre Uhr. Es war schon fast zwölf, Zeit fürs Mittagessen. Wenn sie es wieder sausen ließ, würde sie sich den ganzen Nachmittag über kraftlos und müde fühlen. Aber Streitereien mit Elmar hatten ihr schon immer den Appetit verdorben.

»Ich saß wie immer alleine an einem Vierertisch«, erzählte Frau Hölzer weiter. »Es waren zwar noch jede Menge Kollegen in der Kantine, aber da man ja beim Essen nicht reden soll ...«

»Ja, ja«, unterbrach Ria hastig.

Wenigstens ein Lieblingsdessert hat sie, dachte sie erleichtert. Es würde sicher anstrengend werden, eine dermaßen puritanische Person täglich um sich zu haben.

Niederegger grinste schadenfroh vor sich hin.

»Waren Sie am Abend zuvor vielleicht in einem Restaurant?«, fragte Ria, obwohl die Antwort bereits in einer Sprechwolke über dem Haupt der betrübt dreinblickenden Frau zu schweben schien.

»Außer in unserer Kantine esse ich niemals auswärts. Man weiß nie, was sie einem da vorsetzen. Auch in den besten Häusern nicht.«

Paranoia, schoss es Ria durch den Kopf.

»Oder bei Freunden?«, hakte Niederegger ungerührt nach.

»Selbst wenn ich Freunde *hätte ...*«

»Um Himmels willen, Frau Hölzer«, platzte Ria heraus.

Die Sekretärin fuhr zusammen und riss erschrocken die Augen auf.

Ria beugte sich fast drohend vor. »Was machen Sie denn in Ihrer freien Zeit? Abends, an den Wochenenden, im Urlaub?«

Da war irgendwas, das spürte sie genau.

Was nun kam, hätte nicht überraschender sein können. Na gut, noch überraschender wäre vielleicht gewesen, wenn die Sekretärin gebeichtet hätte, nebenberuflich ein Domina-Studio zu betreiben.

Stattdessen presste Irmgard Hölzer die dürren Hände zusammen und hauchte: »Also gut. Sie würden es ja sowieso rausbekommen, neulich hab ich einen Kollegen dort getroffen. Ich spiele.«

»Sie spielen *was*?«, fragte Niederegger überflüssigerweise, denn Ria hatte sofort begriffen.

Die Worte hingen sekundenlang in der Luft, Hölzer starrte mit hochrotem Kopf wie versteinert auf den Fußboden. Endlich kapierte auch Niederegger, und ungläubiges Staunen breitete sich auf seinem Gesicht aus.

Die Sekretärin wand sich. »Das ist ja nicht verboten«, brachte sie schließlich heraus, »und selbstverständlich habe ich alles im Griff.«

»Selbstverständlich«, wiederholte Ria mechanisch. »Waren Sie an dem bewussten Abend auch im Casino in Bad Dürkheim?«

Sie fragte sich, wie lange die Frau wohl schon der Spielsucht verfallen war. Dieses Laster machte sie zwar einerseits menschlicher, aber befremdlich war es natürlich trotzdem. An ihrem Arbeitsplatz war die Hölzer allerdings stets ein Vorbild an Fleiß und Zuverlässigkeit, man konnte ihr nicht das Geringste vorwerfen. Letztlich war sie nur sich selbst verantwortlich und konnte mit ihrem sauer verdienten Geld machen, was sie wollte.

»Nein«, antwortete Hölzer sofort. »Ich war den ganzen Abend zu Hause und habe ferngesehen. Tatort.«

Wie passend.

»Hat irgendjemand, dem Sie an diesem Tag begegnet sind, später von ähnlichen Übelkeitssymptomen erzählt?«

Frau Hölzer dachte angestrengt nach und schüttelte dann mit Bestimmtheit den Kopf. »Nein, niemand.«

Dankbar registrierte sie, dass ihre Chefin wieder zum eigentlichen Thema zurückgekehrt war und nicht weiter auf ihrem kleinen Laster herumritt.

»Wer ist denn dieser andere Kollege, den Sie in der Spielbank getroffen haben?«

Klar, Niederegger musste natürlich weiterbohren.

»Das ist doch jetzt völlig irrelevant«, fuhr Ria ihn an.

Irgendwie war es ein mieseres Gefühl, von einer Frau heruntergeputzt zu werden, auch wenn Niederegger nicht hätte erklären können, warum. War die Ringshauser denn überhaupt nicht neugierig? Oder, Moment mal. Na klar, wahrscheinlich wusste sie längst, um wen es sich dabei handelte, ja, so musste es sein. Aber das würde er auch noch rauskriegen.

Es war immer gut, über die Schwächen der Kollegen Bescheid zu wissen. Das machte die eigenen Unzulänglichkeiten wesentlich erträglicher.

»Bitte, Frau Hölzer, gehen Sie diesen Tag, und vielleicht auch den Tag davor, in Gedanken noch einmal ganz genau durch. Sie sind doch bekannt für Ihr gutes Gedächtnis.«

Die Frau lächelte schüchtern.

»Vielleicht fällt Ihnen ja doch noch etwas ein, das anders war als sonst. Es kann eine Kleinigkeit sein. Ja, es muss sogar eine Kleinigkeit sein, sonst wären Sie längst draufgekommen. Ein Bonbon. Oder etwas, das aussah wie ein Bonbon. Oder was ganz anderes, etwas normalerweise völlig Unwichtiges.«

Wäre Hölzer in irgendeiner Weise schuldig gewesen, hätte sie jetzt zig Möglichkeiten erfinden können, um den Verdacht auf jemanden zu lenken, der sie angeblich an Santmanns Todestag hatte außer Gefecht setzen wollen. Offenbar fiel ihr keine einzige ein. Obwohl es eine Unregelmäßigkeit gegeben haben musste.

Entweder war sie tatsächlich unschuldig oder sie war sehr, sehr schlau.

Aber auch dann blieb noch die Riesenfrage nach dem Motiv. Ria starrte die kleine Frau ratlos an. War mit Santmann doch die eigentliche Zielperson erwischt worden und hatte man Frau Hölzer wirklich nur vorübergehend aus dem Weg räumen wollen? Und gleichzeitig praktischerweise noch versucht, sie in Verdacht zu bringen?

»Ich schlage vor, wir gehen jetzt zusammen zum Mittagessen und vergessen das Ganze für den Moment. Irgendwann wird es dann vielleicht klick in Ihrem Hirn machen, und alles ist wieder da.«

Ria erhob sich von ihrem Stuhl und zog ihre Strickjacke über, in der Kantine war es während der Wintermonate immer einen Tick zu kalt.

Irgendetwas stimmte hier nicht, die Sekretärin war jedenfalls mit ihrer Spielsucht viel zu schnell herausgeplatzt. Als wolle sie etwas noch Brisanteres damit überdecken. Ria hätte ihren eigenen Mann verwettet, dass sie etwas verschwieg. Die Frau war nicht dumm, es würde bestimmt nicht leicht werden, diese beigefarbene Nuss zu knacken.

Irmgard Hölzer blieb unbeweglich sitzen und sagte gar nichts. Ihre Chefin wollte in der Kantine essen gehen. Mit ihr! Unbehaglich sah sie auf.

»Ich verspreche hoch und heilig, dass ich während des ganzen Essens keinen Mucks von mir gebe«, lachte Ria und öffnete die Tür zum Flur.

Niederegger folgte ihr auf dem Fuß.

»Ich esse immer erst um halb eins«, ertönte Frau Hölzers Fistelstimme schüchtern, »und das sind noch genau …«

»… sieben Minuten«, beendete Ria den Satz, rauschte hinaus und ließ die Tür mit einem Krachen hinter sich zufallen.

Wie hatte Santmann das bloß über dreißig Jahre ausgehalten?

36

Irmgard Hölzer entspannte sich. Sie hatte alles richtig gemacht.

Jedenfalls wenn man Elmar Ringshauser Glauben schenken durfte. Noch hatten weder er noch Marvin ihr einen Anlass gegeben, an ihren Motiven zu zweifeln. Vorerst würde sie also alles beim Alten belassen.

Zum Glück hatte sie es bisher immer geschafft, sich vor gemeinsamen Kantinenbesuchen mit der neuen Chefin zu drücken. Und die Vorstellung, beim Mittagessen auch noch diesem spleenigen Niederegger gegenüberzusitzen, verdarb ihr erst recht den Appetit. Er brachte sogar sein eigenes Besteck von zu Hause mit! Ein Wunder, dass er noch nicht mit einer Schutzmaske herumlief. Und so jemand besaß die Frechheit, sich über sie lustig zu machen!

Sie war eine miserable Schauspielerin, und sie hasste es, lügen zu müssen. Lange würde sie dieses Versteckspiel nicht mehr durchhalten können. Sie musste Ria fast jeden Tag gegenübertreten und Theater spielen. Das war ziemlich anstrengend.

Außerdem war ihr überhaupt nicht mehr klar, an wessen Anweisungen sie sich nun eigentlich zu halten hatte. Santmanns Tod hatte sie in eine völlig neue Realität katapultiert.

Sie hatte der Chefin ihre Spielsucht als Leckerli vor die Füße werfen müssen, um sie abzulenken. Und es hatte funktioniert.

37

»Was meinen Sie? Was halten Sie von ihr?«, fragte Ria Ringshauser, als sich die Fahrstuhltür vor ihnen schloss und sie sicher sein konnte, dass niemand ihr Gespräch mitbekam.

Die Kabine ruckelte nach unten ins Erdgeschoss.

»Ich weiß nicht. Sie wirkt so harmlos«, antwortete Niederegger. »Zu harmlos für meinen Geschmack. Ich traue ihr nicht.«

»Ja, sie ist ziemlich undurchsichtig«, nickte Ria. *Du aber auch*, dachte sie. »Trotzdem klang alles recht stimmig.«

»Bis auf die Sache mit der Spielbank«, platzte Niederegger heraus. »Ich wüsste ja zu gern, wen sie dort getroffen hat. Haben Sie irgendeinen Schimmer?«

»Nein«, sagte Ria schnell, »und ich finde es auch nicht so furchtbar wichtig.«

Ach ja? Vielleicht ist es ja tatsächlich dein Mann, schoss es Niederegger durch den Kopf.

»Viel interessanter ist doch, warum sie es uns überhaupt verraten hat«, fuhr Ria ruhig fort. »Weshalb haut sie uns einen solchen Knüller um die Ohren? Warum hat sie uns nicht einfach von irgendeinem gängigen Hobby erzählt? Sticken, Stricken, tralala, davon gibt's doch Hunderte!«

»Tja, das kann nur eins bedeuten: Sie verbirgt etwas, das sie auf gar keinen Fall rauslassen will«, meinte Niederegger.

»Aber was? Sie selbst scheidet für mich mittlerweile als Täterin aus. Sie hat einfach kein Motiv. Aber vielleicht deckt sie ja jemanden.«

Der Fahrstuhl hielt mit einem Ruck. Niederegger starrte auf das rote Kontrolllämpchen über der Tür.

»Sie könnte ihre Krankheit natürlich vorgetäuscht haben«, sagte er.

»Eben. Aber irgendwie glaub ich das nicht. Trotzdem, mit der Frau stimmt was nicht.«

38

Mona Krampp holte den »Mannheimer Morgen« aus dem Briefkasten und warf auf dem Weg zurück ins Haus einen kurzen Blick auf die Titelseite.

»Ich werd verriggt«, entfuhr es ihr. »Napoleon!«

Sie blieb mit einem Ruck auf der Haustreppe stehen und starrte entgeistert auf das Bild auf der ersten Seite. Ein kahlköpfiger, etwas selbstgefällig dreinblickender älterer Mann, den sie sofort zweifelsfrei erkannte.

Sie eilte die Treppe hinauf in ihre Wohnung, knallte die Tür hinter sich zu und setzte sich hastig an den Küchentisch. Mit einer einzigen ungeduldigen Bewegung schob sie alles, was dort herumstand, zur Seite, breitete die Zeitung aus und überflog den kargen Bericht.

Das war ja unglaublich, Napoleon war tot. Ermordet!

Sie fuhr sich mit der Hand übers Gesicht, schwankte sekundenlang zwischen Sensationslust und Entsetzen. Sie hatte also recht gehabt, Santmann war tatsächlich ein Kollege von Milena, ja, hier stand sogar, dass er der Leiter der Mannheimer Mordkommission gewesen war. Mona nahm nachträglich Haltung an. Ein so wichtiger Mann war also in ihrem

Haus ein und aus gegangen! Das musste sie sofort Edwina erzählen.

Der Täter war noch nicht gefunden worden, mittlerweile wurde nun sogar die Bevölkerung um Mithilfe gebeten. Es müsse herausgefunden werden, womit Santmann sich in den Wochen vor seinem gewaltsamen Tod befasst habe. Für zweckdienliche Hinweise, die zur Aufklärung des Verbrechens führten, wurde eine Belohnung ausgesetzt. Mona atmete tief durch.

Na ja, zum Beispiel hatte er sich ziemlich regelmäßig mit ihrer arroganten Mieterin Milena Breiter befasst. War es ein zweckdienlicher Hinweis, dass Santmann bei diesem Flittchen praktisch Stammgast gewesen war? Oder waren diese Zusammenkünfte rein beruflicher Natur? Würde sie sich womöglich bis auf die Knochen blamieren, wenn sie im Revier aufmarschierte? Andererseits, wenn es zwischen den beiden wirklich nur um ihre Arbeit gegangen wäre, warum hatten sie sich dann so oft außerhalb des Polizeipräsidiums getroffen?

Nein, es war ihre Pflicht als Bürgerin dieser Stadt, alles, was auch nur ansatzweise auffällig schien, zu melden. Und es war auffällig, wenn ein junges Ding wie Milena ständig einen alten Sack wie Napoleon bei sich herumhocken hatte. Noch auffälliger war, wenn auf genau diesen alten Sack ein Attentat verübt wurde.

Sie musste sofort handeln, Edwina konnte warten. Ein kurzer Blick auf die Uhr sagte ihr, dass sie heute Vormittag noch genug Zeit hatte, ihrer Bürgerpflicht nachzukommen. Ihre Tochter würde erst in drei Stunden von der Schule nach Hause kommen. Außerdem besaß Caro einen Schlüssel und konnte jederzeit ins Haus. Und damit an den Kühlschrank, das war für sie ja sowieso die Hauptsache.

»Es sind die unverhofften Blümchen am Wegesrand, die es zu pflücken gilt«, wie ihr Psychiater Dr. Wilken völlig richtig zu sagen pflegte. Ja, das Leben war aufregend und schön, wenn man es schaffte, nicht nach den Sternen zu greifen, sondern stattdessen die kleinen Freuden des Lebens zu genießen. Und die Gelegenheit, Milena Breiter ordentlich eins auswischen zu können, war zweifellos eine Freude. Eigentlich sogar fast schon ein Stern.

Sie warf sich in ihren Sonntagsstaat und eilte zur Bushaltestelle. Auf halber Strecke begegnete sie dem Halbstarken aus dem Nachbarhaus.

»Bei Fuß, Mona«, rief er genüsslich, als er mit ihr auf gleicher Höhe war, und zerrte seinen verlotterten Köter hinter einem Baum hervor.

Das Tier ließ sich aufsässig auf den Asphalt plumpsen und stemmte die Pfoten gegen den Boden, die straff gespannte Hundeleine versperrte Mona ganz zufällig den Weg.

»Sieht aus wie oistudiert«, zischte sie und wechselte aufgebracht auf die andere Straßenseite.

Im Bus malte sie sich aus, wie sie den Beamten im Präsidium ihre Beobachtungen schildern und wie man sie ausfragen und in den höchsten Tönen loben würde. Wer weiß, vielleicht brauchten die Polizisten sogar später noch einmal ihre Hilfe und würden sie zu Hause aufsuchen. Dann könnte sie einen Kuchen backen.

Als sie eine Dreiviertelstunde später endlich vor dem großen, düsteren Polizeipräsidium stand, verließ sie vorübergehend der Mut, aber dann nahm sie sich zusammen und betrat das Gebäude.

In der Anmeldung herrschte reger Betrieb. In dem kanariengelb gestrichenen Raum standen hinter einer hohen thekenähnlichen Abtrennung acht klobige, graue Schreibtische, von denen sechs besetzt waren. Köpfe hoben sich, sie wurde kurz gemustert und offenbar sofort wieder vergessen, denn kein Mensch machte Anstalten, sich näher mit ihr zu befassen. Telefone schrillten, und ein Faxgerät spuckte lange Schlangen dicht beschriebenen Papiers aus, die unbeachtet bis zum Boden hingen. Eine Beamtin brüllte in ein Telefon, wobei sie sich ein Ohr zuhielt, um ihrem Gespräch folgen zu können, aus einem knarzenden Lautsprecher an der Decke drang eine körperlose Stimme, die verschlüsselte Mitteilungen von sich gab, ein Polizist rief einem anderen über die Tische hinweg etwas Unverständliches zu, schnappte sich seine Jacke und hastete hinaus. Mit lautem Knall schlug die Tür hinter ihm zu.

Mona begann sich zu ärgern. Was dachten sich die Kerle eigentlich? Sie stand hier mit wichtigen Informationen und wollte beachtet werden. Wozu hatte sie sich denn in Schale geworfen, ihre guten Schuhe angezogen und sich herbemüht? Sie räusperte sich vernehmlich und knallte ihre voluminöse Handtasche auf den Tresen.

»Einen Moment noch«, nuschelte ein kahlköpfiger Beamter, ohne aufzusehen. »Nehmen Sie doch einfach kurz Platz.«

Widerstrebend setzte Mona sich auf einen der unbequemen Stühle direkt neben der Tür und legte sich ihren Mantel quer über den Schoß. Lange würde sie nicht mehr warten, schließlich hatte sie Besseres zu tun, als sich hier von einem Haufen uniformierter Schwachköpfe ignorieren zu lassen.

Vor einem der Fenster hing ein kleiner Schwebekran, in dem ein Fensterputzer stand, der mit konzentriert zusammengezogenen Brauen seinen Wischer über die Scheiben zog. Sein Kollege unten am Schalthebel musste neu sein, jedenfalls sauste der Aufzug plötzlich unvermittelt nach oben, und Mona sah gerade noch die schreckgeweiteten Augen und den aufgerissenen Mund, bevor der Fensterputzer, eine schnurgerade Schaumspur auf der Scheibe hinterlassend, lautlos aus ihrem Blickfeld verschwand. Kein Mensch reagierte.

Endlich erhob sich der Kahlköpfige und trat an die Empfangstheke. Mona sprang auf, ihr neuer Mantel landete auf dem Boden.

»Es geht um Napoleon ... äh ... Herrn Santmann«, stotterte sie.

»Ganz langsam«, sagte der Beamte unerträglich herablassend.

Er blieb in sicherer Entfernung, als habe er die Befürchtung, sie sei nicht ganz zurechnungsfähig.

»Was möchten Sie uns denn mitteilen?«

»Na, dass dieser Mensch in moim Haus oi un ausgange is. Also, unne bei moiner Miederin. Immer bloß nachts«, setzte Mona vielsagend hinzu.

»Ach ja?«, schnarrte der Beamte, der die Anweisung hatte, ausnahmslos jeden hochzuschicken, der den Namen Santmann nur in den Mund nahm.

»Das erzählen Sie am besten alles gleich in der Chefetage. He, Leute, ich bin mal schnell oben bei Ringshauser.«

Aha, jetzt wurde es endlich interessant, wurde aber auch Zeit! Stolz folgte Mona dem Polizisten zum Fahrstuhl, der sie zwei Stockwerke weiter nach oben brachte. Gleich würde sie dem Chef gegenübersitzen, die Sache begann allmählich Spaß zu machen. Erwartungsvoll betrat sie nach dem Beamten das Chefzimmer, in dem aber nur eine Sekretärin hinter dem Schreibtisch saß. Diese erhob sich nun und streckte Mona die Hand entgegen.

»Hauptkommissarin Ringshauser«, sagte sie knapp.

Ihre Hand war glatt und schmal, der Händedruck kräftig, stellte Mona fest.

Und zum Glatzkopf sagte Ringshauser: »Schicken Sie mir bitte Niederegger herein.«

Sie nahm Mona den Mantel ab und bedeutete ihr, in der kleinen Sitzecke am Fenster Platz zu nehmen. Dann brachte sie den Mantel eigenhändig zur Garderobe hinter der Tür und setzte sich Mona gegenüber in einen Sessel.

Mona brauchte ein paar Sekunden, um sich zu fangen. Der Chef war eine Frau! Ihre Stimmung sank augenblicklich.

Und Niederegger entpuppte sich gleich darauf als griesgrämiger Unsympath, der ihr nicht mal die Hand reichte, sondern sich sofort vor ihr aufbaute und stocknüchtern ihre Personalien aufnahm. Wie enttäuschend!

»Was können wir für Sie tun?«, fragte Frau Ringshauser.

Sie war um die Vierzig, hatte halblanges, dunkles Haar, das ihr lockig auf die Schultern fiel, und ein klar geschnittenes, hübsches Gesicht. Die blauen Augen unter den fein geschwungenen Brauen blickten kühl und intelligent.

Der Unsympath setzte sich polternd an den Schreibtisch und legte aufreizend akkurat seinen Schreibblock vor sich hin.

»Nää, nää.« Mona schüttelte den Kopf. »Onnerschderum. Isch fer Sie.«

»Bitte?« Niedereggers Gesicht war ein einziges Fragezeichen.

»Umgekehrt«, dolmetschte Ria. »Ich für Sie, meint Frau Krampp.«

»Saachisch doch«, nickte Mona achselzuckend.

Ringshauser lächelte säuerlich. Frau Krampp war Mitte vierzig, vielleicht auch etwas jünger. Das unordentliche, bereits ergraute Haar mochte sie älter erscheinen lassen, als sie tatsächlich war. Sie war mager, und ihr Gesicht mit der spitzen Nase hatte einen ungesunden, teigigen Teint.

»Na schön. Bitte, wir sind gespannt.«

»Alla gut. Moi Miederin, die schafft jo hier bei Ihne, un Ihr Herr Santmann … Isch sag jo immer Napoleon, wisse Se … weil … ha ja, weil er halt so wa, wirer wa, verschteen Se mich?«

»Nein!«, schnaufte Niederegger entschieden.

»Ich verstehe, ja.« Ringshauser lächelte wieder. Der Spitzname Napoleon passte wirklich ausgezeichnet zu Santmann.

»Jedenfalls, er war oft nachts bei ihr zu Besuch. Warum, froogisch Sie? Wo er se doch jeden Dag hier bei de Aaweit trifft?«

Mona beobachtete mit Befriedigung, wie die Herablassung in Ringshausers Gesicht gespannter Aufmerksamkeit wich.

»Und wie heißt Ihre Mieterin?«, fragte sie.

»Milena Breiter.«

Niederegger hinter dem Schreibtisch sog scharf die Luft ein.

»Frau Breiter hat ufffallend oft Männerbesuch. Net dass mich des was ooging …«

»Wir verstehen Sie vollkommen richtig.« Ria schwieg einen Augenblick, bevor sie ruhig hinzusetzte: »Ich glaube zwar nicht, dass da etwas Verwerfliches dahintersteckt, aber wir werden uns natürlich darum kümmern. Niederegger, sehen Sie bitte doch mal nach, ob Frau Breiter schon im Haus ist.«

»Och nää«, beeilte Mona sich zu sagen, »liwwer net … könnte Se den Hinweis net verdraulisch …«

»Schon gut. Sie wollen ihr hier möglichst nicht über den Weg laufen, wie?«

»Genau. Der Hausfriede muss jo gewahrt bleibe, gell?«

Niederegger, der schon fast an der Tür gewesen war, machte wieder kehrt.

»Der Hausfrieden. Klar doch«, sagte Ringshauser.

Täuschte Mona sich oder machte sich die Kommissarin über sie lustig?

»Und? War das schon alles?«

Jemand klopfte, ein Kopf erschien in der Tür, rief etwas herein und verschwand sofort wieder.

Mona fuhr zusammen. Das wurde ja immer schöner, hier war sie ja in ein richtiges Wespennest getreten!

»Ah, der übrigens aa«, rief sie aus und deutete mit dem Daumen über ihre Schulter zur Tür. »Der kummt sogar noch öfter als wie de Napoleon.«

»Sind Sie sicher?«, platzte Niederegger heraus.

»Un ob«, nickte Mona nachdrücklich. »Moi … äh … Aage sin noch ganz ausgezeischend.«

Ringshauser und Niederegger sahen sich an, auf ihren Gesichtern lag blanke Verblüffung. Ein paar Sekunden lang passierte gar nichts. Dann hatte die Kommissarin sich wieder im Griff.

»Wenn wir sonst nichts mehr für Sie … ich meine natürlich, wenn *Sie* nichts mehr für *uns* tun können …«

Das Ende des Satzes blieb in der Luft hängen, Ringshauser erhob sich abrupt.

»Niederegger, bitte begleiten Sie Frau Krampp nach unten.«

»Jetzt sofort?«

»Jetzt sofort! Und vielen Dank, Frau Krampp, dass Sie sich herbemüht haben. Sie haben uns sehr geholfen. Möglicherweise werde ich mich wieder bei Ihnen melden.«

Wie, sollte das etwa schon alles gewesen sein? Kein Protokoll? Keine Unterschrift? Kein Kaffee? Keine Belohnung?

Mona stand auf und nahm verwirrt ihren Mantel entgegen. Aus irgendeinem Grund war die Stimmung im Raum plötzlich völlig umgeschlagen. Und sie hatte nicht die leiseste Ahnung, warum.

Niederegger schien genauso überrascht zu sein wie sie selbst. Der Stoffel stand doch jetzt tatsächlich direkt neben ihr und sah seelenruhig dabei zu, wie sie sich abmühte, in ihren schweren Wintermantel zu kommen. Beide Hände hinter dem Rücken, glotzte er nur unnütz vor sich hin. Ihr Abstecher in die Welt der Gesetzeshüter war wirklich eine Enttäuschung auf ganzer Linie.

»Donkschää, isch finschun alläa naus«, zischte sie wütend und drängelte sich an Niederegger vorbei zur Tür.

Der Kerl zuckte vor ihr zurück, als hätte sie die Beulenpest. Ja, er hatte nicht einmal den Anstand, ihr die Tür zu öffnen. Was für ein Deppenladen! Na, sie würde jedenfalls nicht so schnell wieder herkommen, und wenn Jack the Ripper persönlich bei Milena auf der Terrasse hockte.

39

Ria Ringshauser stand am Fenster und starrte auf die nass glänzende Straße hinunter, auf der die dürre Frau Krampp in ihrem viel zu großen Mantel im Stakkatoschritt bei Rot die Bismarckstraße überquerte und in Richtung Suezkanal trippelte.

Konnte man der Frau tatsächlich glauben? Oder wollte sie sich nur wichtig machen? Nun, das eine schloss das andere natürlich nicht aus. Diese Klatschbase hatte gerade allen

Ernstes behauptet, ihr Mann Elmar statte Milena Breiter Privatbesuche ab, und das regelmäßig. Sie musste sich geirrt haben! Hatte sie Elmar mit einem anderen Mann verwechselt? Aber sie hatte so prompt reagiert, so pfeilgerade. Es war schwer, sich etwas anderes einzureden.

Sie stockte und hielt den Atem an. Die Erkenntnis traf sie wie ein Fausthieb.

Natürlich, dass sie nicht schon früher darauf gekommen war! Hatte nicht erst kürzlich jemand im Präsidium schon einmal eine Bemerkung über Elmar und Milena Breiter gemacht? Die sie allerdings nicht ernst genommen hatte …

Wer war das noch mal gewesen? Ach ja, der Arzt, dieser propere Friedemann Schill. Ria hatte ihn kurz und knapp zurechtgewiesen und ihm empfohlen, sich um seinen eigenen Kram zu kümmern. Doch vielleicht hatte der Mann sie einfach nur warnen wollen? Wobei natürlich völlig klar war, dass es Schill in erster Linie um sein eigenes Seelenheil ging, weil er selber hinter der Breiter her war.

Und nun marschierte diese sperrige Krampp hier auf und schoss in die gleiche Richtung. Was hatte Elmar in Milenas Wohnung zu suchen? Na, was denn wohl! Das, was anscheinend alle Männer bei ihr suchten. Santmann zum Beispiel, und Schill natürlich auch.

Aber halt, sie durfte keine voreiligen Schlüsse ziehen. Elmar traf sich manchmal privat auch mit anderen Kollegen, das musste also noch nichts bedeuten. Aber warum spürte sie dann so deutlich, dass sehr wohl mehr dahintersteckte? Vielleicht war der Grund für Elmars polternde Gereiztheit gar nicht ihre Beförderung? Vielleicht war die Antwort ja viel naheliegender, viel banaler?

Ihr Mund war plötzlich unangenehm trocken, sie schluckte ein paar Mal und lehnte die Stirn gegen das kühle Fenster. Sie fühlte brennende Hitze in sich aufsteigen, ihr Gesicht glühte. Sollte sie das Pferd von hinten aufzäumen und die Fotografin direkt darauf ansprechen, ihre Reaktion beobachten und darauf hoffen, eine einigermaßen ehrliche Antwort zu bekommen?

Ja, sie würde ihren Stolz beiseiteschieben müssen und ihren ganzen Mut zusammennehmen.

40

Milena trat aus ihrer Wohnung heraus ins Treppenhaus. Mit einem Bein kickte sie die Fußmatte nach hinten, damit nicht etwa ihre Tür zufiel.

»Frau Krampp«, rief sie aufs Geratewohl in die trügerische Stille.

Du bist bestimmt hier, du bist doch immer irgendwo in der Nähe. Milena ging ein paar Stufen die Treppe hinauf.

»Jo, was gibt's?«, tönte plötzlich eine zaghafte Stimme aus dem Nichts.

Ein zauseliger Grauschopf erschien über dem oberen Treppengeländer. Mona steckte in einer ihrer umwerfenden Kittelschürzen.

Siehst du? Ich kenn dich doch.

Milena blieb stehen und räusperte sich. »Werte Frau Krampp, Sie kriegen doch immer alles mit ... Können Sie mir vielleicht sagen, ob ich vorletzte Woche am Samstagabend zu Hause war?«

Monas Gesicht zeigte keinerlei Überraschung, offensichtlich fand sie die Frage völlig normal.

»Tja, Momendemol ... des war doch der Dag, an dem beim olle Lundgreen die Verwandtschaft zu Besuch war, odder?«

Sie legte ihren Busen auf dem Geländer ab und beugte sich noch ein bisschen weiter nach vorn, so dass sie Milena direkt in das emporgereckte Gesicht blicken konnte.

»Keine Ahnung, kommen die nicht immer freitags?«, fragte Milena listig.

»Nää, immer samsdags. Abber aa bloß, weil der Alde die Brut hinnerher zum Esse ausfiehrt.«

»Und? Macht er das?«

»Hajo machder des. Sunscht deeder doch monatelang kää Schwoin zu sehe grigge, der aame Käl.«

»Und ich? War ich zu Hause?«

»Ach woherdonn«, kam die prompte Antwort. »In derre Nacht sin Se erscht um Vädel nach eens um di Eck gschlische.« Mona schlang sich die dürren Arme um den Körper, als fröre sie.

»Ich schleiche nicht. *Sie* schleichen. War ich allein?« Milena war die Liebenswürdigkeit in Person.

»Komischi Froog, nadierlisch net. Losse Se misch mol nochdenge.« Mona legte ihre Stirn in Falten. »Hajo, der große Schlonge war debei. Der war abber inzwische nimmi do, gell?«

Milena stemmte die Arme in die Hüften und holte tief Luft. »Stimmt!«, kreischte sie.

Mona trat vorsichtshalber einen Schritt zurück, als die erboste Milena die nächste Stufe nahm.

»Wenn ich Sie schon nicht vom Spionieren abhalten kann, verbitte ich mir wenigstens, dass Sie losrennen und über mich tratschen!«

Milenas Stimme war scharf wie ein Rasiermesser. Sie hatte das Blaue vom Himmel herunterlügen müssen, um sich Ria Ringshauser vom Hals zu schaffen. Und die Chefin war immer noch nicht restlos überzeugt. Das hatte sie alles dieser Klatschbase zu verdanken. Elmar musste Ria bald reinen Wein einschenken, diese Heimlichtuerei war einfach entwürdigend.

»Was bilde Se sisch eigentlisch oi«, ereiferte sich Mona. »So intressont sin Se jetzt aa widder net.«

»Halten Sie sich gefälligst von meinem Arbeitsplatz fern!« Milena war jetzt fast oben. »Noch so ein peinlicher Auftritt wie gestern, und ich ziehe Ihnen Ihr tolles Fernglas über den Kopf! Sind Sie eigentlich mit dem Ding im Gesicht geboren worden?«

Mona war das Blut ins Gesicht geschossen, aber nicht vor Scham, sondern vor Wut. Das hätte sie sich ja denken können, dabei hatte sie doch ausdrücklich um Vertraulichkeit gebeten. Man konnte wirklich keinem mehr trauen heutzutage, nicht mal der Polizei.

»Bass uff«, murmelte sie, »disch griggisch noch.«

41

»Niederegger, Sie summen schon wieder.«

Von allen Zurechtweisungen, die Niederegger von der neuen Chefin ertragen musste, war dies die peinlichste. Dabei war ihm gar nicht bewusst, dass er summte, das nannte man dann wohl einen Tick. Wenn man's selber noch merkte, war es ja bloß eine schlechte Angewohnheit.

»Ich glaube, wenn ich summe, kann ich mich besser konzentrieren«, versuchte er sich zu verteidigen.

»Sie vielleicht schon, ich aber nicht.«

Schrunz vom LKA ließ Ria Ringshauser und Niederegger seit Tagen sämtliche Küchenstudios im Umkreis abklappern. Der ungewöhnliche, fast ironisch anmutende Absender »Ihr Küchenprofi« auf dem Umschlag der Briefbombe war der einzige wirklich greifbare Hinweis, den der Mörder Santmanns hinterlassen hatte, trotzdem hatte sich noch nichts Erhellendes daraus ergeben. Sie mussten dieser Spur natürlich dennoch weiterhin nachgehen, auch wenn sie noch so dünn war.

Heute nervte Ria Ringshauser einfach alles, und Niederegger sowieso. Die ständigen Streitereien mit Elmar und die seit Wochen angespannte Stimmung zu Hause hinterließen allmählich Spuren. Ria war niedergeschlagen und gereizt, außerdem krochen ihr vom Nacken her pochende Schmerzen in den Kopf. Migräne, das hatte gerade noch gefehlt! Der kauzige Niederegger hatte einfach nur das Pech, da zu sein und dummerweise mit ihr im gleichen Wagen zu sitzen.

Jetzt starrte er stur geradeaus auf die Fahrbahn und presste die Lippen aufeinander wie ein trotziges Kind, wahrscheinlich um sich selbst vom Summen abzuhalten. In seltsamem Gegensatz zu seinem spröden Äußeren hatte er auffallend schöne, gepflegte Hände mit perfekt manikürten Nägeln, wie man sie selten zu sehen bekam. Schon gar nicht bei Männern. Außerdem fehlte überraschenderweise der muffige Geruch, stattdessen umwehte diesen Sonderling stets ein, ja, beinahe klinischer Geruch.

Sie fuhren an Sandhofen vorbei Richtung Norden, mittlerweile hatten sie den Stadtrand erreicht, hier gab es fast nur noch Bürobunker, Einrichtungshäuser und Industrieanlagen. Das gänzliche Fehlen von Ästhetik hatte gerade an einem grauen Wintertag eine deprimierende Wirkung, Ria schloss die Augen und lehnte ihren Kopf gegen die Nackenstütze.

Niederegger war einer der Kollegen, die ihr deutlich gezeigt hatten, dass sie es gut fanden, dass sie Santmanns Nachfolge angetreten hatte. Und nun mäkelte sie pausenlos an ihm herum. Sie biss sich auf die Lippen und nahm sich vor, sich zu zügeln.

»Okay, wenn Sie summen müssen, um vom Glimmstängel wegzukommen, dann summen Sie meinetwegen«, sagte sie betont lässig.

Niederegger stöhnte innerlich. Die Ringshauser war ja als Kollegin ganz passabel gewesen, aber seit ihrer Beförderung war der Umgang mit ihr plötzlich wesentlich anstrengender. Man war allgemein davon ausgegangen, dass sie nahtlos und ohne größere Anstrengungen das Ruder übernehmen würde. Und nun schluckte sie schachtelweise Kopfschmerztabletten, was sie übrigens gerade schon wieder tat. Ganz unerwartet sehnte er sich nach dem alten Santmann zurück, wer hätte das gedacht!

Ria musterte Niederegger verstohlen. Er war der Inbegriff des verstaubten Junggesellen, genau, dieser altmodische Ausdruck passte viel besser zu ihm als etwa die Bezeichnung Single, fand Ria. Single klang nach aufregendem Nachtleben und erotischen Abenteuern. All dies ließ sich denkbar schlecht mit Niederegger in Verbindung bringen.

»Wohnen Sie eigentlich wirklich ganz allein in diesem riesigen Haus in Seckenheim, oder gibt's da noch andere Mieter?«, fragte sie geradeheraus.

Aus dem Augenwinkel heraus bemerkte sie überrascht, dass Niederegger regelrecht zusammenzuckte.

»Äh … ja, eigentlich … nein, nicht ganz«, stotterte er.

Er mochte es überhaupt nicht, wenn jemand so unumwunden in sein Privatleben eindrang, weder verbal noch sonst wie.

»Ist ja schon gut, Sie müssen überhaupt nichts erklären, wirklich nicht. Tut mir leid, wenn ich zu neugierig war.«

Du meine Güte, der Mann war ja wirklich eine Mimose.

»Macht nichts«, brummte er und zog die Nase kraus. »Es ist nicht so, dass ich … na ja …also, ich habe ein paar Katzen«, platzte er dann plötzlich heraus.

Ria Ringshauser lachte laut auf, und Niederegger zog sofort wieder den Kopf ein. Katzen also! Wieder ein Detail, das so gar nicht zu ihm zu passen schien. Obwohl, Katzen waren auch Einzelgänger. Aber es war schlicht unvorstellbar, dass sich ein Mensch, der mit seinem Sauberkeitsfimmel sämtliche Menschen in seinem Umfeld auf die Palme brachte, ausgerechnet Tiere hielt, die ihm jede Menge Bakterien ins Haus schleppten!

Die natürlich jeden Abend ausgiebig geputzt und gestriegelt werden, ergänzte Niederegger bei sich, weil er Rias Gedanken erriet. »Sie halten sich ausschließlich im Haus auf.«

»Aber die armen Dinger sind ja fast den ganzen Tag allein«, sagte Ria gespielt vorwurfsvoll.

Niederegger legte sich sofort ins Zeug. »Ach, die haben eine Menge Platz, sie können schlafen und dösen, soviel sie wollen, und kriegen tagtäglich ihre Streicheleinheiten. Ist doch ein schönes Leben, oder?«

Seine Stimme war weich und schwärmerisch geworden, und Ria blickte erstaunt zu ihm hinüber. Prompt räusperte er sich und wurde wieder rot.

Wie hatte ein so überempfindlicher Mensch es bloß in den Polizeidienst geschafft, und was hatte ihn überhaupt dorthin getrieben? Wie hatte er all die Tests bestanden? Gut, er hatte fantastische logische Denkfähigkeiten und verfügte über eine überdurchschnittlich ausgeprägte Intuition. Eine Eigenschaft, die ihr manchmal fast ein bisschen unheimlich war. Ria fragte sich, ob sie dies einer weiblichen Beamtin gegenüber auch so empfunden hätte, und musste sich eingestehen, dass sie sich gerade wieder mal bei einem Vorurteil ertappt hatte. Außerdem war sie nahe daran, Niedereggers Katzen zu beneiden. Schon allein wegen der Streicheleinheiten. Sofort verfiel sie wieder in trübe Gedanken.

Niederegger parkte den Dienstwagen auf dem fast leeren Parkplatz eines Küchenstudios, das sich *Profiküchen* nannte. Der Reflex, sobald er sich im Freien befand, in seiner Brusttasche nach Zigaretten zu suchen, hielt sich immer noch hartnäckig, und er verwandelte die verräterische Geste schnell in ein Abklopfen seiner braunen Lederjacke. Ria kramte in ihrer Umhängetasche nach Pfefferminzbonbons und hielt ihm wortlos die angebrochene Packung hin.

Gab es eigentlich irgendetwas, das diese Frau nicht mitbekam? Er schüttelte verneinend den Kopf und hüstelte verlegen.

Gemeinsam betraten sie das Küchenstudio. Dies war jetzt schon das siebte Einrichtungshaus, das sie abklapperten, und es schien mal wieder, als hätten sämtliche Hersteller eine Übereinkunft getroffen, möglichst langweilige, phantasielose Küchen zu fabrizieren.

Ria sah sich vergeblich nach anderen Kunden um. Und bisher hatte sich auch noch niemand vom Verkaufspersonal blicken lassen. Sie tippte kurz mit dem Finger auf eine der kostbaren, marmorierten Arbeitsflächen. Das hatte bisher immer funktioniert.

Und tatsächlich, im nächsten Moment bog ein blasser, Krawatte tragender Verkäufer um die Ecke, der Ria und Niederegger sekundenlang von Kopf bis Fuß musterte und dann in hochnäsigem Tonfall nach ihren Wünschen fragte.

Ein weißes Namensschild am Revers des Jacketts verriet, dass der Verkäufer Jürgen Halling hieß. Und der leicht gelbliche Schimmer in seinen Augen, dass er Probleme mit der Leber hatte.

Ria kramte in den Taschen ihres Wollmantels nach ihrem Dienstausweis. Niederegger war schon wieder damit beschäftigt, auf diverse Knöpfe zu drücken und Schubladen und Schränke aufzureißen, wie er das in den anderen Geschäften auch immer getan hatte, seine Lederhandschuhe hatte er selbstverständlich anbehalten. Die jungfräuliche Unberührtheit der Küchen schien ihn zu faszinieren und unwiderstehlich anzuziehen. Und er summte wieder.

Der Verkäufer beobachtete ihn missbilligend aus dem Augenwinkel, redete aber unablässig auf Ria ein und fixierte dabei einen imaginären Punkt zwischen ihren Brüsten. Als sie ihm endlich ihren Dienstausweis unter die Nase hielt, fiel das verbindliche Verkäufergesicht wie eine Maske von ihm ab. Schnell nahm er seine randlose Brille ab und betupfte sich die Stirn mit einem Stofftaschentuch. Die Räume waren recht kühl und es gab eigentlich keinen Grund zum Schwitzen. Oder vielleicht doch?

»Ich habe Ihrem Kollegen schon alles gesagt, was ich über diesen seltsamen Mann weiß. Und der war ja inzwischen auch gar nicht mehr hier«, sprudelte Halling aufgeregt hervor.

Seine Blicke flogen zwischen Ria und Niederegger hin und her.

Volltreffer, hier schienen sie endlich richtig zu sein! Niederegger baute sich sofort mit seinem Notizblock neben dem Verkäufer auf. War Santmann in den letzten Wochen tatsächlich hier gewesen?

»Welchem Kollegen? Vielleicht diesem hier?« Ria zog ein Foto von Santmann aus der Tasche.

»Ja, das ist er«, nickte Halling. »Er war zwei Mal hier und hat mich ausgequetscht wie eine Zitrone. Und meine Angestellten auch.«

Endlich waren sie auf der richtigen Fährte! Aber warum war Santmann plötzlich von seiner Gewohnheit zu delegieren abgerückt und alleine losgezogen? Eigentlich passte das doch überhaupt nicht zu ihm.

»Tja, und nun müssen Sie uns alles noch einmal erzählen«, erklärte Ria und knöpfte ihren Mantel auf.

Halling stöhnte. »Ich sage Ihnen doch, der Kerl war nicht mehr hier inzwischen.«

»Welcher Kerl?«

»Na, der Verrückte.«

Von wem sprach der Mann, doch wohl kaum von Santmann?

Ria blickte fragend zu Niederegger, der seinerseits den Verkäufer fixierte. Wie ein Jagdhund, der Wild wittert, hatte Niedereggers Gesicht plötzlich diesen hochkonzentrierten Ausdruck, die grauen Augen waren hellwach, nichts mehr erinnerte an das überempfindliche Nervenbündel von vorhin.

»Unser Kollege hier ist ermordet worden.«

Niederegger sprach langsam und überdeutlich und tippte mit seinem behandschuhten Zeigefinger auf Santmanns Foto.

Ria beobachtete erstaunt, wie dem Verkäufer der Schreck in die Glieder fuhr. Er wurde blass, taumelte ein paar Schritte zurück und prallte gegen eine Geschirrspülmaschine, die klirrend aufsprang und ihr wenig spannendes Innenleben offenbarte.

»Mord?«, krächzte er, seine Hand fuhr an den Hals.

Er war ziemlich wahrscheinlich nicht der »Küchenprofi«, der sicher längst wusste, dass sein Attentat gelungen war. In der Nähe waren jetzt Stimmen zu hören, ein anderer Verkäufer führte ein älteres Paar durch die Küchenlandschaft.

»Können wir hier irgendwo ungestört reden?«, fragte Ria.

Niederegger gab der Tür der Spülmaschine einen leichten Schubs, die sich daraufhin fast geräuschlos wieder schloss. Halling nickte und dirigierte sie durch die kühl blitzenden Küchen hindurch in eine Art Großraumbüro, in dem drei

Angestellte vor ihren Computern saßen und neugierig die Köpfe reckten. Er schickte zwei der Leute nach draußen in den Verkaufsraum. An der Stirnseite des großen, hellen Raumes führte eine Tür in ein kleineres Zimmer, offenbar das Büro des Verkaufsleiters. Es war kaltweiß möbliert und hatte den Liebreiz einer Gefängniszelle.

Niederegger zog die Tür hinter sich zu, und Halling sank auf den nächstbesten Stuhl.

»Wusste ich's doch, dass dieser unheimliche Kerl Unglück bringt«, stöhnte er.

Er zeigte auf zwei weitere Stühle, Ria nahm Platz, während Niederegger stehen blieb.

»Was genau meinen Sie damit?«, fragte Ria, noch bevor sie richtig saß. »Es geht um einen Mann, über den unser Kollege Sie befragt hat, richtig?«

»Ja, genau. In letzter Zeit, na, sagen wir mal, bis vor fünf oder sechs Wochen – das kann ich Ihnen aber noch genauer sagen, wenn ich die entsprechenden Rechnungen herausgesucht habe – hatten wir diesen merkwürdigen Kunden, der ständig neue Küchenteile bestellte. Er stand jedes Mal ... na ja ...wie unter Strom, wollte nie auf eine Lieferung warten, wie das normalerweise der Fall ist. Bis eine bestellte Küche bei einem Kunden eintrifft, können ja manchmal Wochen vergehen. Aber davon wollte er nichts wissen. Er bestand darauf, immer alles gleich mitzunehmen, was überhaupt nicht der gängigen Praxis entspricht. Er erzählte uns, er sei Innenarchitekt und habe Wohnungen für seine Klienten einzurichten. Gut für uns natürlich. Einerseits.«

»Und andererseits?« Niederegger wurde ungeduldig.

Halling zog sein Taschentuch hervor und betupfte sich wieder die Stirn. Dann sprach er weiter, und sein ausgeprägter Adamsapfel ruckte auf und nieder.

»Andererseits hinterließ er, wie gesagt, nie Lieferadressen, er holte die Sachen immer selbst mit einem Kleinlaster ab. Eines von diesen Vehikeln, die man für Umzüge mieten kann. Es musste ja immer sofort sein! Er redete jedes Mal so lange auf mich ein, bis ich die Stücke herausgab und einfach nur froh war, ihn loszuwerden. Dies alles kam uns komisch vor, und das sagte ich dann auch Ihrem Kollegen.«

Niederegger machte sich eifrig Notizen und fand trotzdem noch Zeit, Ria bedeutungsvoll zuzunicken.

»Weiter, was können Sie uns noch sagen?«, ermunterte sie den Mann.

»Na ja, es war wahrscheinlich so, dass sie sich zufällig hier getroffen haben. Jedenfalls war Ihr Kollege an diesem Tag zum ersten Mal hier. Er unterhielt sich eine Weile mit dem Verrückten, verließ danach unser Haus und kam gegen Abend wieder. Da zückte er dann plötzlich seinen Ausweis und verhörte uns, dass uns Hören und Sehen verging. So was hab ich noch nie erlebt! Er wollte einfach alles über den Kerl wissen, wie oft er bei uns war und was er gekauft hatte, wie er bezahlt hat und so weiter.«

»Tja, genau das wollen wir auch wissen«, sagte Niederegger sanft und grinste ein bisschen.

Es machte ihm sichtlich Spaß, Halling durch den Wolf zu drehen.

»Und da unser Kollege leider nicht mehr unter uns weilt, müssen Sie alles noch einmal erzählen. Haben Sie denn damals ein Protokoll unterschrieben?«

»Nein«, antwortete Halling, »und das hat mich auch im Nachhinein gewundert, denn Ihr Kollege hier hatte genau dies angekündigt. Aber dann ist er nie wieder aufgetaucht, keiner der beiden war jemals wieder hier.«

»Wie sah er denn aus, dieser ›Verrückte‹?«, fragte Ria. »Bitte versuchen Sie sich genau zu erinnern. Größe, Statur, Haarfarbe, Kleidung, Auffälligkeiten.«

»Hm.« Halling zuckte hilflos die Achseln. »Er bestand quasi nur aus Auffälligkeiten, das war ja das Unheimliche an ihm. Er trug zum Beispiel immer eine verspiegelte Sonnenbrille, und das mitten im Winter – ich bitte Sie! Er legte nie Mantel und Hut ab, erschien immer in voller Montur. Das bisschen, was man von seinem Gesicht über dem hochgeschlagenen Mantelkragen noch sehen konnte, reicht im Leben nicht dazu aus, eine gute Beschreibung abzuliefern.«

»Versuchen Sie's einfach.«

»Groß war er. Und kräftig, das kann man ja nicht gut verbergen. Alles andere passt auf Tausende andere Männer auch. Aber Ihr Kollege muss ihn wohl trotzdem erkannt haben. Er starrte eine Weile zu ihm hinüber und ging dann schnurstracks auf ihn zu.«

»Haben Sie gehört, worüber die beiden geredet haben?«, fragte Niederegger schnell.

»Na, hören Sie mal, wofür halten Sie mich?« Halling zog finster die Brauen zusammen.

»Ja, ja, schon gut. Es hätte doch sein können, dass Sie etwas aufgeschnappt haben.«

»Hab ich nicht. Ich kann Ihnen aber sagen, dass Ihr Kollege einen ziemlich verwirrten Eindruck machte.

»Was ist mit seiner Stimme?« Ria Ringshauser gab nicht auf. »Würden Sie die vielleicht wiedererkennen? Sie sagten doch, dass er oft hier war.«

»Ich fürchte, nein. Inzwischen glaube ich sogar, dass er sie verstellt hat. Es war so ein heiseres Flüstern, ich sage Ihnen, wie im Film! Es läuft mir eiskalt den Rücken runter, wenn ich nur daran denke. Sehen Sie?«

Zum Beweis streckte er seine käsigen Unterarme nach vorn, auf der sich jetzt tatsächlich eine Gänsehaut abzeichnete.

»Wissen Sie noch, an welchem Tag das Ganze passiert ist?«

Ein glückseliges Lächeln breitete sich auf Hallings blassem Gesicht aus, endlich konnte er doch noch etwas Wichtiges beisteuern.

»Oh ja«, sagte er, »das kann ich. Es war der 14. Februar. Das weiß ich deshalb so genau, weil meine Frau an diesem Tag Geburtstag hat. Und ich konnte doch wegen Ihres Kollegen nicht pünktlich Feierabend machen.«

Ria schluckte. Exakt einen Tag später war Santmann tot gewesen.

42

Friedemann Schill öffnete die gut gesicherte Tür zu seiner kleinen Penthauswohnung in Neuostheim.

Er vermisste Santmann, die gemeinsamen Abende im Fitnessstudio, die Saunabesuche und die Stunden auf dem Tennisplatz. Der Altersunterschied zwischen ihnen von über zwanzig Jahren hatte kaum eine Rolle gespielt. Sie hatten gemeinsame Interessen und ähnlich unregelmäßige Arbeitszeiten im Polizeidienst. Die meisten anderen Menschen, die ein geregelteres Leben führten, hatten wenig oder überhaupt kein Verständnis für ständige Verschiebungen oder gar Absagen von Verabredungen. Unter Kollegen gab es diesbezüglich keinerlei Erklärungsnot. Außer bei Luisa, herrje, er hätte sie beinahe vergessen!

Sie war wie eine Klette, unaufhaltsam drängelte sie sich jetzt hinter ihm durch die Tür in seine Wohnung. Tag für Tag trottete sie hinter ihm her wie ein hungriges Schoßhündchen und kapierte nicht, dass er sich nicht die Bohne für sie interessierte. Frauen hatten manchmal so wenig Achtung vor sich selbst, er wusste nicht, was er noch tun sollte, um sie loszuwerden. Egal wie abfällig er sie auch behandelte, sie blieb süß und klebrig wie Zuckerwatte. Lange würde er das nicht mehr aushalten.

»Soll ich uns was Schönes kochen?«, zwitscherte sie, kaum, dass die Wohnungstür hinter ihnen ins Schloss gefallen war.

»Ich hab keinen Hunger«, antwortete Friedemann kurz und überlegte fieberhaft, wie er es anstellen sollte, sie schnellstmöglich wieder aus seiner Wohnung zu bugsieren.

Am meisten ärgerte er sich darüber, dass Luisa so tat, als sei er ihr persönliches Eigentum. Wahrscheinlich gingen alle ganz selbstverständlich davon aus, dass sie längst ein Paar waren und nicht nur Freunde. Es gab Kollegen, die völlig unbefangen mehr oder weniger deutliche Bemerkungen fallen ließen und ihn und Luisa schon vor dem Traualtar sahen.

Er musste es unbedingt schaffen, wieder aus dieser Nummer herauszukommen, Luisa war in Ordnung, aber es war offensichtlich, dass sie ganz andere Aktivitäten von ihm erwartete als die, die er mit ihr zu teilen bereit war. Als Frau war sie für ihn, trotz ihrer augenfälligen Attraktivität, einfach vollkommen uninteressant. Milena dagegen warf ihn regelrecht um, und er hatte das Gefühl, dass auch sie heftig mit ihm flirtete. Luisa schien das auch schon mitbekommen zu haben, sie legte sich neuerdings noch mehr ins Zeug, auch wenn dieser Kampf ganz und gar aussichtslos war, sie erweckte keinerlei Leidenschaft in ihm. Die Tatsache, dass er ab und zu mit ihr ausgegangen war, hatte wohl Hoffnungen in ihr geweckt, die er weder erfüllen konnte noch wollte. Ein Fehler!

»Och, ich aber. Ich könnte glatt ein halbes Schwein verdrücken«, plapperte sie unbekümmert.

»Dann iss etwas und lass mich zufrieden.«

Er sah, wie sie zusammenzuckte, aber sie gab nicht auf.

»Na gut. Dann geh ich jetzt in die Küche und mache uns ein paar Schnittchen. Vielleicht bekommst du ja doch noch Appetit.«

»Herrgott noch mal, Luisa! Ich will keine Schnittchen. Ich will meine Ruhe.«

Deutlicher ging es ja wohl nicht. Aber sie hatte immer noch nicht genug.

»Mann, du bist aber mies drauf heute. Stört es dich, wenn ich trotzdem einen Happen hier bei dir esse?«

Am liebsten hätte er »ja« gebrüllt. Aber er durfte es sich auch nicht ganz mit ihr verderben. Immerhin waren sie Kollegen und mussten weiterhin zusammenarbeiten.

»Mach, was du willst«, brummte er undeutlich und wandte sich ab. »Hauptsache, du verschwindest danach. Ich bin todmüde.«

Luisa zog beleidigt ab, und wenig später hörte er sie in der Küche hantieren. Na, viel Essbares würde sie dort jedenfalls nicht finden. Friedemann zog seinen Mantel aus und knipste ein paar Lampen an. Die Wohnung war leicht überschlagen, er ließ die Heizkörper im Winter immer auf der kleinsten Stufe durchlaufen. Er ging durch den Flur, durchquerte das Wohnzimmer und trat mit sehr gemischten Gefühlen hinaus auf die großzügige Dachterrasse. Die Lichter der Stadt breiteten sich unter ihm aus und er atmete tief die klare, eisige Luft ein. Er konnte von hier oben in drei Himmelsrichtungen blicken, nach Westen Richtung Innenstadt, nach Norden auf den Neckar und die Maulbeerinsel, nach Osten auf den kleinen Mannheimer Flugplatz und bei klarer Sicht sogar noch auf die vorderen Ausläufer des Odenwaldes.

Die Terrasse war überhaupt das Beste an der Wohnung, Milena war sichtlich beeindruckt, als sie vor ein paar Tagen zum ersten Mal hier gewesen war.

Es war eine gute Idee gewesen, Erde aufzuschütten, so hatte er die Oleanderbäume und Schneebällchen pflanzen können, die, über den Winter sorgfältig in Plastikfolie verpackt, auf den Frühling warteten. Sogar die Rosen an den weißen Außenwänden waren, wenn man sie regelmäßig düngte und schnitt und im Sommer nicht zu gießen vergaß, nicht allzu anspruchsvoll. Zur Zeit war natürlich, abgesehen von dem Immergrün, das sich ungebeten, aber dekorativ überall ausgebreitet hatte, alles noch ziemlich kahl. Er begann zu frieren, drehte sich um und ging langsam zurück ins Wohnzimmer.

Luisa hatte die Heizung voll aufgedreht, ihren Pullover ausgezogen und saß nun im ärmellosen Top auf der Couch. Sie hatte die Füße hochgelegt und balancierte auf den Oberschenkeln einen Teller mit belegten Broten. Auf dem Tisch standen eine ungeöffnete Flasche Rotwein und zwei Gläser, daneben lag der Korkenzieher.

»Machst du das bitte?«

Kauend zeigte sie auf die Flasche. Sie hatte den Fernseher eingeschaltet und zappte durch die Kanäle. Und sie würde nicht kampflos weichen, so viel war klar.

»Nein, mach ich nicht.«

Er setzte sich demonstrativ in einen der beiden Sessel statt neben sie auf die Couch. Auf dem Bildschirm lief eine

Talkshow, in der sich eine fünfköpfige Familie vor laufender Kamera Gemeinheiten vor den Latz knallte, angeheizt von einem Moderator, dem man deutlich ansah, dass er sich hervorragend auf Kosten seiner eingeladenen Gäste amüsierte.

»Mein Gott, bist du heute wieder mal gastfreundlich!«

Luisa spie das letzte Wort aus wie einen schalen Kaugummi. Wütend biss sie in ihr Brot, stellte den Teller beiseite und machte sich an der Weinflasche zu schaffen.

Friedemann stöhnte. »Ich kann mich nicht erinnern, dich eingeladen zu haben, Luisa.«

»Ich dachte, du freust dich, wenn ich mitkomme«, antwortete sie mit Schmollmund.

»Tja, falsch. Ich freue mich nicht. Was jetzt?« Er erhob sich, war mit wenigen Schritten bei ihr und riss ihr die Flasche aus den Händen.

»Mann, sei doch nicht so grob«, jammerte sie.

Er knallte die Flasche wortlos auf die marmorne Fensterbank und ließ sich wieder in seinen Sessel fallen. Das Wohnzimmer wirkte, trotz der sanften Beleuchtung durch die Bodenlampen, immer noch kahl und unpersönlich. Er würde Bilder aufhängen, das Ganze irgendwie auflockern. Bald. Er würde alles richtig gemütlich machen, Milena sollte sich bei ihm wohlfühlen.

Luisa saß jetzt mit angewinkelten Beinen auf der Couch. Ihr Teller war inzwischen fast leer. Ein Träger ihres Tops war wie zufällig heruntergerutscht, aber sie unternahm nichts dagegen. Wahrscheinlich erwartete sie, dass er endlich über sie herfallen würde, doch nichts lag ihm ferner. Er hatte noch so viel vor heute Abend! Ohne Luisa.

Er nahm seinen ganzen Mut zusammen und sah sie nicht an, während er redete. »Luisa, ob dir das jetzt passt oder nicht, ich bin einfach müde. Ich glaub, ich wäre jetzt wirklich am liebsten allein.«

Das stimmte nicht ganz, denn er hätte überhaupt nichts dagegen gehabt, wenn Milena statt Luisa hier gewesen wäre.

Milena war wie ein Sog. Argwöhnisch hatte er beobachtet, dass es Elmar Ringshauser wohl ähnlich erging. Er und Milena steckten ständig zusammen. Immer wenn er mal auf Milena zugehen wollte, war Ringshauser schon da. In der Polizeikantine, bei internen Veranstaltungen, nach Dienstschluss. Auch privat schienen sie Kontakt zu haben. Er hatte ein paar Mal zufällig mitbekommen, wie die beiden sich fast verschwörerisch verabredet hatten. Ob dann auch immer Milenas Freundin, diese aufdringliche, geschwätzige Emma, dazwischenhing?

Und die neue Chefin Ria Ringshauser war so sehr damit beschäftigt, tüchtig zu sein und ein gutes Bild abzugeben, dass sie anscheinend blind war für die Schäkereien ihres Mannes. Sie würde es nicht mal mitkriegen, wenn Elmar sich Milenas Namen auf den Hintern tätowieren ließe.

Es konnte also nicht schaden, der Chefin bei Gelegenheit noch mal ein bisschen auf die Sprünge zu helfen. Einmal hatte er ja schon eine Andeutung fallen lassen, sie hatte mit hochgezogenen Augenbrauen durch ihn hindurchgesehen und ihn auf ihre überhebliche Art auflaufen lassen.

Luisa spürte natürlich, dass zwischen ihm und Milena etwas war, und sie war rasend vor Wut und Eifersucht. Er würde sich in Zukunft noch eindeutiger verhalten müssen, nur so konnte er ihr vielleicht aus ihren Gefühlen heraushelfen. Und sie endlich loswerden.

»Hast du nicht gehört?«, wiederholte er scharf, als Luisa nicht reagierte. »Ich möchte, dass du jetzt gehst, Luisa. Ich will, verdammt noch mal, alleine sein.«

Luisas Unterlippe zitterte, und als könne sie Gedanken lesen, sagte sie plötzlich: »Gib's ruhig zu, mein einziger Schönheitsfehler ist, dass ich nicht Milena heiße. Du bist ganz scharf auf sie, stimmt's?« Ihre Stimme war jetzt kalt und schneidend.

Sie wollte es nicht anders, sie brauchte offenbar die volle Breitseite. Konnte sie haben.

»Und wenn es so wäre?«

Luisa schnappte nach Luft. »Verdammt, Freddy. Wie kannst du mir das antun? Warum bist du bloß so gemein zu mir?«

Er sah Tränen in ihren Augen aufblitzen. Ihr hübsches Gesicht unter dem pechschwarzen Haar wurde zuerst leichenblass, dann dunkelrot. Gleich würde es wieder losgehen mit der Heulerei. Gott, wie er das hasste!

»Ich tu dir überhaupt nichts an, hörst du? Mensch, Luisa, du willst unbedingt, dass ich so funktioniere, wie du es gern hättest. Aber so läuft das nicht.«

»Aber bisher war ich gut genug, ja? Bis diese … diese arrogante Ziege hier aufgetaucht ist. Die treibt es doch mit jedem.«

Vor Wut schlug er mit der flachen Hand auf den Tisch. Wie konnte sie es wagen, so über Milena zu reden!

»Gut genug? Was meinst du bloß damit?«, schrie er. »Du und ich, wir hatten doch noch nie eine Liebesbeziehung. Hast du das nicht mitgekriegt? Und das ist es ja wohl, was du um jeden Preis willst, oder? Hab ich dir jemals irgendwas versprochen? Hab ich auch nur ein einziges Mal behauptet, dich zu lieben? Nein! Ich hab nichts getan, was dich auf diesen Gedanken bringen konnte, überhaupt nichts. Es ging alles immer von dir aus!«

Ihre riesigen Rehaugen starrten ihn erschrocken an. Endlich schob sie den Träger ihres Tops mit einer hastigen Bewegung hoch.

»Aber ich dachte immer …«

»Du dachtest … du dachtest …«, äffte er sie nach. »Das bildest du dir doch alles bloß ein. Und dann versuchst du auch noch, mich mit aller Gewalt in dein Hirngespinst reinzuzwingen.«

»Wenn Milena, diese Schlange, nicht wäre, wären wir längst richtig zusammen«, heulte Luisa.

»Eben nicht! Ich sag's dir noch mal, ich liebe dich nicht. Und das hat mit Milena überhaupt nichts zu tun. Lass deinen Frust also nicht an ihr aus, ja?«

»Ach was, hast du etwa Angst um sie? Die arme Milena, das süße Täubchen. Und die böse, böse Luisa. Das ist ja lächerlich!«

Mein Gott, was sollte er ihr denn noch alles an den Kopf werfen? Warum machte sie sich bloß so klein? Hatte sie denn gar keinen Respekt vor sich selbst? Begriff sie denn nicht, dass es genau das war, was ihn immer mehr abstieß? Wie konnte man jemanden lieben, den man verachtete?

»Du gehst mir unglaublich auf die Nerven, Luisa«, sagte er müde, »lass mich einfach in Ruhe.«

Endlich brach sie in Tränen aus. Oh, wie sehr er weinende Frauen verabscheute! Und er sehnte sich mit jeder Faser seines Herzens nach Milena.

43

Max schalt sich einen Idioten. Marvin hatte recht, er hätte nicht bei ihm auftauchen dürfen. Aber er hatte es einfach nicht mehr ausgehalten.

Seit Lisetta verschwunden war, sahen er und Marvin sich höchstens einmal im Monat. Häufig genug sagte Marvin dann sogar noch diese seltenen Verabredungen ab. Marvin hatte ihm strikt verboten, noch einmal auch nur in die Nähe seiner Wohnung in Mannheim zu kommen, aus Angst, die ganze Geschichte könnte auffliegen, und die Chance, Lisetta doch noch lebend zu finden, wäre endgültig verspielt.

Eigentlich hätte Max doch jetzt froh sein müssen, dass der Störfaktor Lisetta endlich beseitigt war. Er hatte sie nicht besonders gemocht, daraus hatte er nie einen Hehl gemacht.

Er erschrak, als ihm auffiel, dass er bereits in der Vergangenheitsform von ihr dachte. Und bereute inzwischen bitter, dass er sich nicht mehr um Marvins Schwester bemüht hatte, dass er nicht wenigstens versucht hatte, eine gute Beziehung zu ihr herzustellen. Er konnte nur hoffen, noch einmal eine Chance zu bekommen.

44

Max, schon wieder, es war zum Verrücktwerden! Warum war er immer noch in Mannheim? Was wollte er noch hier? Milena duckte sich blitzschnell hinter einen Turm aus Waschmittelkartons. Bloß nicht schon wieder eine Szene, und vor allem nicht in der Öffentlichkeit! Vorsichtig lugte sie um die Ecke ihres Schutzwalls. Max stand keine fünf Meter von ihr entfernt an der dritten Kasse des Supermarktes im Stadthaus und war gerade dabei, Waren auf das Band zu legen. Es war nicht viel. Seinen Tabak, Getränkedosen und ein paar Schokoriegel. Sie konnte nur hoffen, dass es sich dabei um Reiseproviant für die Rückfahrt nach Köln handelte. Dort sollte er inzwischen nämlich längst sein, das hatte er ihr eigentlich fest versprochen.

Und Himmel, draußen wartete Elmar Ringshauser auf sie. Na ja, Max kannte ihn ja gottlob nicht. Und Elmar, der natürlich von Max wusste, würde sich hoffentlich hüten, ihn anzusprechen.

Milena seufzte. Max kam überhaupt nicht mehr klar mit der Situation. Es war von Anfang an schwierig für ihn gewesen, aber in letzter Zeit war es schlimmer geworden. Er wurde allmählich zu einem unkontrollierbaren Risiko. Und ihr fiel nichts ein, wie sie ihn hätte bremsen können.

Endlich war er an der Reihe. Er zog sein Portemonnaie aus der Hosentasche und kramte nervös nach Münzen. Sein Geld schien nicht zu reichen, denn er fingerte seine Kreditkarte hervor und hielt sie der ungeduldigen Kassiererin hin. Sie war von der übereifrig flinken Sorte, eine von denen, die den Kunden schon die geöffnete Hand unter die Nase strecken, wenn die noch dabei sind, ihre Eier vor dem Absturz am Ende des Warenbandes zu retten. Sie verzog genervt das Gesicht und steckte die Karte in das Lesegerät. Max verstaute seine Einkäufe umständlich in den Jackentaschen und tippte mit gesenktem Kopf seine Pin-Nummer in das Gerät ein. Die schwarzen krausen Locken fielen ihm in die Stirn, sein Nacken wirkte so verletzlich …

Eine Welle von Zärtlichkeit erfasste Milena, und am liebsten wäre sie zu ihm gerannt und hätte diesen Nacken geküsst, ihn in die Arme genommen und nie wieder losgelassen. Stattdessen blieb sie mit hämmerndem Herzen in ihrem Versteck hocken und schickte Stoßgebete zum Himmel.

Er musste eine falsche Zahl eingegeben haben, denn das Gerät piepte, und die Kassiererin zischte ihm etwas zu, worauf sich hektische Verzweiflung auf seinem dunklen Gesicht ausbreitete. Beim zweiten Mal klappte es, und Milena und die Kassiererin atmeten auf.

»Sind Sie die neue Ladendetektivin?«

Milena fuhr herum. Ein Angestellter des Supermarkts im marineblauen Arbeitskittel stand direkt hinter ihr und musterte sie misstrauisch von Kopf bis Fuß. Er hatte leicht vorstehende Zähne und schielte heftig.

»Ein bisschen unauffälliger könnten Sie es schon machen, finden Sie nicht?«

»Schschsch!«

Milena zog den verblüfften Mann weg und beobachtete aus dem Augenwinkel heraus, wie sich die automatischen Türen hinter Max' schmalem Rücken schlossen.

So, das war's. Sie würde trotzdem noch mindestens zehn Minuten im Laden bleiben, um sicherzugehen, dass er wirklich weg war. Immer dieses Theater mit Max, als ob ihr Leben nicht schon anstrengend genug wäre! Sie atmete tief durch und versuchte sich zu entspannen.

»Nein, ich bin keine Detektivin«, erklärte sie dem Angestellten.

»Schade. Würde es Ihnen etwas ausmachen, meinen Arm loszulassen?«

Mit einem Auge fixierte der Mann ihr Gesicht, während sich das andere in die Osterdekoration über ihren Köpfen verirrte.

Verlegen trat Milena den Rückzug an. Wo hatte sie bloß den Einkaufswagen stehen lassen? Ah, da war er ja. Sie spürte den Silberblick des blauen Angestellten wie einen Pfeil zwischen ihren Schulterblättern, als sie, Lässigkeit vortäuschend, suchend an den Regalen entlangschritt. Sie drehte sich noch einmal halb um und schenkte ihm ein strahlendes Lächeln.

45

Santmann war zu neugierig geworden. Noch nie zuvor hatte er jemanden gezielt und mit gutem Grund umbringen müssen. Santmann war der Erste, und es war schrecklich gewesen! Er hoffte, etwas so Entsetzliches nie wieder tun zu müssen. Aber Santmann hatte ihm einfach keine Wahl gelassen, er wäre in das Haus eingedrungen und hätte ihm die Eltern weggenommen. Und hätte niemals auch nur ansatzweise verstanden, warum das völlig unmöglich war. Dabei hatte er die Küche noch nicht mal zu Gesicht bekommen. Nicht auszudenken, wenn er sie an diesem Abend tatsächlich betreten hätte! Na, das konnte jetzt jedenfalls nicht mehr passieren, Santmann war ausgelöscht, und mit ihm seine Entdeckungen.

Nun legte er Silja in sein Bett, ihr vorläufiges Grab. Und Lisetta bekam an ihrer Stelle den Stuhl gegenüber der Mutter, deren Skelett seit Jahren unverändert in seinen Fesseln hing.

Lisetta war nach allem, was zwischen ihr und ihm geschehen war, schon zu schwach, um sich noch in irgendeiner Weise wehren zu können. Schreien konnte sie sowieso nicht mehr wegen des Knebels, den er ihr in den Mund gestopft hatte, nachdem sie so hysterisch geworden war. Sie hatte sich geweigert, für ihn und seine Eltern in der Küche zu kochen, genau wie all die anderen Weiber vor ihr auch.

Gut, dann eben nicht. Er konnte warten. Warten, bis sie schwarz wurden. Er kicherte, denn schwarz wurden sie alle …

Plötzlich atmete er heftig stoßweise ein und aus und begann, sich mit der Faust gegen die Stirn zu hämmern. Er packte mit beiden Händen den Stuhl, auf dem die gekrümmte Leiche seiner Mutter festgezurrt saß, und rüttelte heftig daran.

»Warum hast du das getan, Mutter?«

Seine Stimme brach anklagend aus den Abgründen seiner Seele hervor, wie Eiter, der aus einem aufgeplatzten Geschwür herausschießt. Dann trat er so wutentbrannt mit dem Fuß gegen den Stuhl, dass dieser umkippte, über den Fußboden schlitterte und krachend direkt vor Lisettas gefesselten Füßen landete. Lisetta schrak vor Entsetzen zurück. Das Totengesicht grinste ihr von unten her zu, und die alten, farblosen Kleiderfetzen, die der Mutter um den Knochenhals baumelten, schleiften auf dem nackten Boden. Lisettas Augen wurden schwarz vor Grauen.

Er lachte.

»Schau genau hin, so wirst du auch bald aussehen«, sagte er zärtlich zu Lisetta. »Deine ganze Schönheit hat dir nichts genützt, genauso wenig wie ihr.«

Oh ja, er konnte sich noch sehr gut daran erinnern, wie schön die Mutter früher gewesen war, an ihr langes rotes Haar, die alabasterweiße Haut, die großen, braunen Augen.

Sein Vater hatte die Macht besessen, dies alles zu zerstören, so wie der Tod die Macht besaß, alles zu zerstören. Auch den Vater.

Aber er würde nie alleine sein. Hier saß Lisetta, die süße Lisetta, von der er sich einmal so viel erhofft hatte. Wer weiß, vielleicht käme sie ja doch noch zur Besinnung, sie müsste einfach nur verstehen, worin ihre Aufgabe bestand. Dann durfte sie leben. Hier, mit ihm und seinen Eltern.

Es war ein wunderbarer Kreislauf, der nie enden durfte. Die wichtigsten Plätze in diesem Haus, in seinem Leben würden immer besetzt sein. So musste es sein.

Wenn Lisetta nicht gehorchen wollte, würde sie hier im Angesicht seiner Mutter sitzen bleiben, bis die Nächste kam und er wieder Platz brauchte. Und wenn Lisetta nicht sowieso vor Grauen starb, würde er irgendwann einfach aufhören sie zu füttern. Meistens hatten sie ohnehin keinen rechten Appetit mehr, egal was er ihnen vorsetzte.

Katzenfutter für die Miezen. Er lachte höhnisch.

46

Lisetta war hier. Endlich. Mein Gott, wie er sich freute!

Müde sah sie aus, und auch ein bisschen traurig, mit dunklen Ringen unter den Augen, und ihre Stimme klang nicht so hell und unbeschwert wie sonst. Dünner war sie geworden, und ihre Wangen waren schmal und blass. Er fragte sich, ob sie nicht vielleicht zu viel arbeitete.

Anton Traub hatte geweint, aber nur, weil er so unendlich froh war, seine Tochter nach so langer Zeit endlich zu sehen und in den Armen halten zu können. Bestürzt versprach sie, ihn ab jetzt wieder häufiger zu besuchen.

Das war auch ein Vorteil des Alters. Man konnte seinen Gefühlen freien Lauf lassen, es gab keinen Grund mehr, sich für Gefühlsregungen zu schämen. Natürlich hatte es diesen Grund vorher auch nie gegeben, aber leider lernte man das erst viel zu spät, vor allem als Mann. Seine schöne Tochter, es ging ihr gut, er musste jedenfalls keine Angst mehr um sie haben.

Sie machten einen langen Spaziergang miteinander, wanderten quer durch den ganzen Park bis hinaus in die Felder. Es war nach wie vor eiskalt, obwohl es schon fast Mitte März war, der Boden immer noch hart gefroren. Aber das Licht hatte schon eine andere, freundlichere Färbung angenommen, und die Natur schien allmählich aus ihrer bleiernen Winterstarre zu erwachen. Man konnte den Frühling sogar schon ein bisschen riechen, und er war voller Dankbarkeit, weil er ihn ein weiteres Mal erleben durfte.

In der rechten Hand trug er seinen Stock, ohne den er schon lange keinen Schritt mehr gehen konnte. Mit dem linken Arm hatte er sich bei Lisetta untergehakt und sie festgehalten, damit sie auf dem stellenweise immer noch glatten Boden nicht ausrutschte. Oder war es vielleicht doch umgekehrt und sie hielt ihn?

Egal, er spürte die Kälte da draußen jedenfalls fast gar nicht mehr, einfach weil er so glücklich war!

Sie erreichten die noch kahlen, grauen Felder, die etwas weiter draußen von der mit Platanen gesäumten Landstraße durchschnitten wurden. Hinter ihnen, am Rand der Mainzer Vorstadt, lag das Heim, ein klobiger, weißer Kasten, der ebenso gut eine Schule oder ein Gefängnis hätte sein können.

Lisetta plapperte ständig von irgendeinem Robert. Er wusste zwar nicht, wer das war, aber sie schien ihn zu mögen. Er schlug vor, sie solle ihn doch mal mitbringen, damit er ihn kennen lernen könne.

»Aber Papa, das ist doch mein Freund. Ich wohne seit Jahren mit ihm zusammen, du kennst ihn doch längst.«

Sie lachte ihr silbernes Lachen, das er so liebte, wenn es auch nicht ganz so hell und fröhlich klang wie sonst.

»Na, das wüsste ich aber«, rief er entrüstet aus. »Und, behandelt er dich auch gut? Wenn nicht, kriegt er es nämlich mit mir zu tun.« Er blieb stehen und schwang seinen Stock durch die Luft.

»Klar, Papa, er ist sanft und freundlich und trägt mich auf Händen.« Sie lachte wieder.

Aber ihr Lachen hatte plötzlich einen ganz falschen Klang, und er wurde sofort wieder hellhörig.

Lisetta war als Kind immer schwieriger gewesen als Marvin, so etwas schien sich nie auszuwachsen wie etwa abstehende Ohren oder Milchschorf. Sie hatte sein eigenes, unbezähmbares Temperament geerbt. Aber das war doch immerhin besser als ein duldsames Schaf, das jeder nach Belieben herumschubsen konnte, oder etwa nicht?

Stolz betrachtete er ihr klares Profil, das lange, rote Haar floss wie dunkler Honig über ihre Wangen und reichte ihr mittlerweile fast bis zur Taille. Wehmütig dachte er an ihre Mutter, deren Ebenbild sie war, sie war viel zu früh gestorben und hatte ihn mit den beiden Kindern alleine gelassen.

Bei den meisten Heimbewohnern war es genau umgekehrt, deshalb gab es dort viel mehr Frauen als Männer. Dies bedeutete Bastelnachmittage und Singspiele statt Boxen oder Fußball im Fernsehen. Er war, wenn er sich recht erinnerte, einer von nur acht Männern. Nein, falsch! Seit vorgestern waren sie nur noch sieben. Aber er hatte sich an die Situation gewöhnt. Wegen der Überzahl an Frauen war man hier als Mann immer ein bisschen Hahn im Korb, das war nicht unangenehm.

»Hör mal«, schlug Anton vor, »könnten wir nicht alle drei zusammen mal wieder einen Ausflug machen, Marvin, du und ich? Ich würde so gerne mal wieder mit euch zum Hambacher Schloss fahren und ein bisschen durch den Pfälzer Wald spazieren. Sprich doch mal mit deinem Bruder darüber, ja?«

Lisetta murmelte eine unverständliche Antwort, die sowohl ja als auch nein bedeuten konnte. Sie wandte dabei ihr Gesicht ab, aber nicht schnell genug, als dass er nicht hätte bemerken können, wie traurig sie plötzlich wieder aussah.

»Oder hast du etwa wieder Streit mit deinem Bruder?«, hakte er nach.

Lisetta antwortete nicht, sondern zuckte nur die Achseln, und daraus schloss er, dass er ins Schwarze getroffen hatte. Er seufzte.

»Was ist es denn diesmal? Hat er dich wieder angepumpt und dich dann hängen lassen?«

Lisetta blieb mit einem Ruck stehen.

»Mich angepumpt? Wie kommst du denn darauf? Nein, Papa, hat er nicht. Und das hat er auch noch nie getan.«

»So? Noch nie getan?«

Anton blieb stehen, zog seinen Arm unter ihrem hervor, lüpfte seine Fellmütze und kratzte sich nachdenklich am

Hinterkopf. »Mädchen, du erzählst doch immer, dass er Geldprobleme hat und dir damit auf die Nerven geht, weil du ihn dann jedes Mal raushauen musst.«

»Das ist doch …« Lisetta brach mitten im Satz ab und biss sich auf die Lippen, aber sie sah dabei nicht auf. »Nein, Papa«, erklärte sie dann bestimmt, »da hast du was falsch verstanden. Mach dir bloß keine Sorgen, ja?«

Der alte Mann hakte sich wieder bei ihr unter.

»Und warum musste ich dir dann die letzten Male das viele Geld geben und die Bankvollmacht dazu?«, beharrte er. »Ja, ja, mein Prinzesschen, ich erinnere mich noch genau daran. Und weißt du auch wieso?«

Lisetta schüttelte den Kopf und drehte sich langsam zu ihrem Vater um. Er erschrak über ihren starren Blick.

»Na, wir mussten doch zur Bank fahren, wegen der Unterschriften und so.« Er fuhr mit dem Zeigefinger durch die Luft. »Und dort haben wir dann diesen seltsamen Mann getroffen, der dich später bei mir abgeholt hat. Jetzt sag bloß, das weißt du nicht mehr? Sag mal, wer ist hier eigentlich der Tattergreis, du oder ich?«

47

Er spürte, dass Milena etwas ganz Besonderes war, sie sorgte jetzt schon dafür, dass seine Phantasien alles bisher Erlebte übertrafen. Und er war sich sicher, dass sie dies wusste, ja, sogar beabsichtigte und sich schon längst auf die Partie mit ihm eingelassen hatte, obwohl sie bisher noch nicht ein einziges Mal mit ihm im Haus seiner Eltern im Kraichgau gewesen war. Sie sah seiner Mutter ebenso ähnlich wie Lisetta, es war fast unheimlich. Er konnte es kaum erwarten, fieberte ihr mit allen Sinnen entgegen.

Aber vorher musste er wieder eine neue Küche anschaffen. Diese hier war beim letzten Kampf mit Lisetta entsetzlich verschmutzt und verwüstet worden, bevor er es endlich geschafft hatte, sie zu fesseln und zu knebeln. Das musste behoben werden. Für die nächste Frau, für Milena, musste alles wieder perfekt sein.

Zu *Profiküchen* konnte er allerdings nicht mehr gehen. Es war zu gefährlich, dort hatte man ihn mit Santmann zusammen gesehen. Und prompt hatte die Ringshauser dort herumgeschnüffelt. Er glaubte zwar nicht, dass sie ihn schon im Verdacht hatten, aber er durfte kein Risiko eingehen, würde lieber weiter weg nach einem Einrichtungshaus suchen, wo man ihn noch nicht kannte. Jedenfalls musste schnellstens eine neue, unbefleckte Einrichtung her. Jede Frau hatte es verdient, dass alles immer wieder ganz von vorn begann.

Auch das gehörte zum Spiel, sie mussten sich sicher fühlen, ihm bedingungslos vertrauen. Die Küche durften sie erst betreten, wenn er spürte, dass sie ihm schon die Macht übergeben, sich ihm unterworfen hatten. Er konnte doch keine Frau um sich haben, die nicht mit seinen Eltern zurechtkam!

Aber keine hatte bisher die Nerven behalten, keine verstand, worum es wirklich ging. Deshalb hatte auch noch keine bleiben und weiterleben dürfen. Sie schrien und tobten, schlugen wie rasend um sich, von einer Sekunde zur nächsten verwandelten sie sich in schwache, vor Entsetzen am ganzen Körper zitternde, hysterische Geschöpfe, deren Engelsgesichter zu verzerrten, ungläubigen Fratzen wurden.

Lilli war sogar ohnmächtig geworden, als sie Mutter so am Küchentisch hatte sitzen sehen. Hatte sich einfach aus der Gegenwart ausgeklinkt und ihm damit den ganzen Spaß verdorben. Wie hatte er sie gehasst dafür!

Als sie wieder zu sich gekommen war, war sie erstarrt wie eine lebensgroße Puppe und hatte sich, bis auf ihre Augen, die in ihrem Kopf hin und her rollten wie riesige Murmeln, nicht mehr gerührt. Fast wäre er darauf hereingefallen und hätte an einen katatonischen Anfall geglaubt. Doch als er die Küche nur kurz verließ, um schon mal die Stricke zu holen, war sie zum Fenster gehetzt und hatte sich durch die geschlossene Scheibe gestürzt. Er konnte sie aber ganz gemütlich vorn am Tor abfangen, das er mittels der automatischen Schließanlage inzwischen längst vorsorglich verschlossen hatte.

Das ganze Anwesen glich einer Festung, und die Mauer, die das gesamtes Grundstück umgab, war über drei Meter hoch. Lilli hatte also nicht die geringste Chance gehabt, aber die kleine Jagd hatte ihm trotzdem Spaß gemacht. Mit dem Sprung durch die Fensterscheibe hatte sie sich allerdings erhebliche Verletzungen zugezogen. Deshalb musste er ihretwegen dieses Mal nicht nur wie üblich neues Kücheninventar kaufen, sondern auch einen neuen Teppichboden für den Flur, durch den er sie zurück in die Küche geschleift hatte.

Natürlich hatte sie danach bald sterben müssen. Wenn er jemals eine von ihnen am Leben ließe, würden sie mit Sicherheit kommen und ihm seine Eltern wegnehmen. Das durfte nie geschehen.

Der Vorfall mit Lilli hatte ihn dazu veranlasst, dicke Panzerglasscheiben in der Küche einzusetzen. In Eigenregie natürlich, er war ganz stolz darauf, dass alles so gut geklappt hatte.

Er hatte Lilli nachts zum Hochsitz in den Odenwald gefahren. Das war völlig ungefährlich, dort oben am Teltschikturm war alles schon mehrere Male durchsucht worden, die Gegend war absolut sicher. Und später würde er anderswo ein Grab für Lisetta finden, er musste nur warten, bis die Suchaktionen nach ihr abgeklungen waren. Und wer wusste das besser als er?

Zunächst würde er Lisetta zu sich ins Bett holen und damit in der Küche wieder Platz schaffen für Milena. Aber bis Milena im Haus Einzug hielt, sollte Lisetta seiner Mutter ruhig noch ein wenig Gesellschaft leisten. Noch war Lisetta ja am Leben.

Klar, Kaja Rohner war jünger und unerfahrener gewesen, hatte sich viel zu schnell rumkriegen lassen. Das hatte seinen Hass beflügelt, ihn wütend gemacht. Obwohl er sie bedrängt hatte, natürlich, das gehörte zum Spiel. Sie war wohl doch noch zu jung gewesen, um wenigstens die einfachsten Regeln zu verstehen, das hätte er eigentlich wissen müssen. Aber es war trotzdem schön gewesen mit ihr, er hatte die Liaison nie bereut.

In Zukunft musste er aber darauf achten, dass seine Frauen erfahrener waren. Älter bedeutete das wohl. Dann boten sie wesentlich mehr Widerstand, hingen verzweifelter an ihrem jämmerlichen Leben, versuchten sich zu retten …

Ja, so musste es sein, sie sollten schreien und winseln. Das war wichtig für seinen Genuss, Teil des Ganzen.

Seine ganze Hoffnung richtete sich nun auf Milena.

Eigentlich war sie ja auch noch ziemlich jung, bestimmt nicht viel älter als Lisetta. Und diese Ähnlichkeit! Langes rotes Haar, klar, das war sowieso Bedingung. Aber es war nicht nur das. Auch ihre Züge erinnerten ihn an Lisetta, die verschämten Gesten, der Blick aus den großen, wissenden Augen. Er musste sie einfach haben!

Ein anderer war ihm zwar zuvorgekommen, aber das war kein Hindernis. Im Gegenteil, es war eine Herausforderung. Er hatte sie wochenlang umschwärmt, alles getan, wovon er wusste, dass es einfach getan werden musste, um Frauen zu Gefangenen zu machen. Die sie ohnehin waren, sie wussten es nur nicht …

Er hatte sogar schon für Milena gekocht, bei ihr zu Hause natürlich, ganz brav. Sie war weiterhin distanziert geblieben, hatte ihm die zögerliche Naive vorgespielt.

So war es gut.

Neulich waren sie stundenlang in seinem Wohnzimmer auf dem Boden gehockt und hatten alte Jazzplatten angehört. Selbstverständlich nicht im Haus der Eltern auf dem Land, sondern in seiner Stadtwohnung. Sie hatte ihn beobachtet, er hatte gespürt, dass sie irgendetwas von ihm erwartete.

Aber es war noch zu früh. Und sie hatte nicht versucht, ihn zu verführen, sondern weiterhin die Schüchterne gespielt. Perfekt! Es war wirklich ein sehr schöner Abend gewesen.

Bald war es so weit, allmählich war sie reif für die Küche. Und er hoffte sehr, dass sie endlich diejenige sein würde, die es schaffte, ihn nicht zu enttäuschen.

48

»Oho, welche Ehre«, rief Milena mit absichtlich schlecht gespielter Begeisterung, als sie die nächtliche Besucherin im Halbdunkeln erkannte.

Luisa hatte im Treppenhaus kein Licht gemacht, meisterte aber mühelos die sieben Steinstufen und steuerte so zielstrebig auf Milenas Wohnungstür zu, als wäre sie schon hundertmal hier gewesen. In der Hand hielt sie eine Flasche Prosecco, die sie wie einen Siegerpokal vor sich hertrug.

Milena war so verblüfft, dass sie wortlos zur Seite sprang. Luisa schlängelte sich an ihr vorbei und hatte im nächsten Augenblick auch schon ihre Lederjacke abgestreift und an die Garderobe gehängt.

»Du wunderst dich bestimmt, dass ich komme«, säuselte sie.

Sie roch nach schneekalter Luft und … nach etwas anderem. Milena hätte schwören können, dass Luisa sich Mut angetrunken hatte.

»Äh … nein, ich wundere mich nicht«, antwortete sie ohne Umschweife. »Ich bin entsetzt! Was zum Teufel willst du hier?«

Milena trug einen schneeweißen, flauschigen Bademantel und rote Wollsocken, offensichtlich war sie gerade aus der Dusche gekommen, ein leichter Duft nach Rosenöl umwehte sie. Ohne Push-up-BH war ihr sonst so aufregender Busen platt wie ausgerollter Nudelteig. Luisa frohlockte.

Milenas ebenmäßiges Gesicht, umrahmt von der wundervollen honigfarbenen Haarpracht, war allerdings noch perfekt geschminkt, was möglicherweise auf männlichen Besuch schließen ließ.

»Bist du allein?«

Luisa linste in die Küche, die direkt neben dem Eingang lag.

»Was, wenn nicht? Verdammt, Luisa, was soll das?«

»Na ja, ich hab noch Licht bei dir gesehen, und da dachte ich …«

»Noch Licht bei mir gesehen? Jetzt tu doch nicht so, als würdest du in dieser Spießergegend drei Mal am Tag vorbeiflanieren. Das Aufsehenerregendste hier ist unsere phänomenale Vielfalt an Gartenzwergen.«

»Erwischt.« Luisa grinste. »Okay, ich bin nicht zufällig hier.«

»Sag bloß«, machte Milena gedehnt. »Warum bist du hier? Spuck's endlich aus, ich will nämlich noch mal weg.«

»Jetzt? Mitten in der Nacht?«

»Natürlich nur, wenn du nichts dagegen hast«, versetzte Milena gereizt.

»Zu wem?«

»Jetzt reicht's aber, Luisa. Also, mach schon, was willst du?«

»Mensch, ich möchte einfach nur, dass wir endlich unser Kriegsbeil begraben. Und ich will mit dir darauf anstoßen. Was hältst du davon? Der Sekt ist noch kalt.«

»Ach ja? Und das fällt dir um zwölf Uhr nachts ein?«

Misstrauisch beobachtete Milena, wie Luisa ohne jede Verlegenheit nacheinander sämtliche Räume durchschritt und schließlich im Wohnzimmer haltmachte. Sehr selbstbewusst, ganz die Polizistin. Und unverfroren.

»Niemand da«, stellte sie befriedigt fest. »Schön. Wo hast du Gläser?«

»Dachtest du vielleicht, ich hätte deinen Freddy hier irgendwo rumsitzen?«

Milena, die Luisa ins Wohnzimmer gefolgt war, zog ihren Bademantel enger um die Schultern und verschränkte abwehrend die Arme vor der Brust.

»Hätte doch sein können, oder?«

Für einen Sekundenbruchteil flackerte die alte Feindschaft in Luisas meergrünen Augen auf, aber schon im nächsten Augenblick hatte sie sich wieder unter Kontrolle.

»Da hättest du schon gestern kommen müssen«, bemerkte Milena boshaft. »Da war er nämlich hier.«

Luisas Gesicht erstarrte, eine heiße Welle der Eifersucht jagte durch ihren Körper, brennend wie Feuer, bis hinauf in die Haarspitzen.

»Du bist wirklich ein … ein …«, begann sie. Doch dann lachte sie plötzlich laut auf, etwas zu schrill vielleicht. »Nein, darauf falle ich nicht rein, Milena.«

»Wieso nicht? Es ist zufällig die Wahrheit.«

Milena sah amüsiert auf Luisas Füße hinunter, die in hohen, mit zotteligem Fell besetzten Stiefeln steckten. Sie sah aus wie ein Shetlandpony.

»Und wenn schon, meinetwegen«, flötete Luisa.

Milena kniff die Augen zusammen. Sie hätte nicht sagen können, warum, aber irgendwie war Luisa ihr als Feindin lieber. Diese Verwandlung war … beunruhigend. Was wollte sie wirklich, was hatte sie vor? Mit dem lauernden Blick ihrer blitzenden, grünen Augen ähnelte sie mehr denn je einer zum Sprung bereiten Katze. Sie trug einen gefütterten, schwarzen Overall mit einem schmalen, silbrig glänzenden Gürtel, der ihre zierliche Figur betonte. Am Halsausschnitt blitzte eine blutrote Bluse hervor, ein zartes Weißgoldkettchen schimmerte auf der goldenen Haut, und an jedem Ohrläppchen saß ein winziger, blattförmiger Ohrstecker. Sie strahlte eine nervöse, fiebrige Energie aus.

Milena beschloss, auf der Hut zu sein.

»Ich kann deinem Umschwung ehrlich gesagt nicht so ganz folgen, Frau Eichinger«, sagte sie langsam. »Erst kürzlich noch hättest du mich am liebsten umgebracht.«

Tja, genau das will ich immer noch, dachte Luisa kalt. Dieses Miststück spürte doch nicht etwa, was los war? Es würde wohl nicht ganz so einfach werden, wie sie gehofft hatte. Sie fuhr sich mit der Hand durch das kurze rabenschwarze Haar und blickte zu Milena auf, die einen guten Kopf größer war als sie selbst.

Es war diese unheilvolle, verderbliche Anziehungskraft, die bittersüße Gefahr, die Milena ausstrahlte, das Versprechen von ungezügelter Freizügigkeit, hemmungslosem Sex und grenzenlosem Fallen ... Einfach jede Frau musste neben ihr blass und langweilig wirken.

»Komm schon, wir sind schließlich Kolleginnen. Ich will diesen albernen Zickenkrieg endlich beenden.«

»Ich führe keinen Krieg«, versetzte Milena hochnäsig. »Aber, na gut, mir soll's recht sein. Wenn man sich um einen Kerl streitet, ist er es meistens sowieso nicht wert.«

»Ganz meine Meinung«, pflichtete Luisa honigsüß bei.

Milenas Nackenhaare sträubten sich. Und sie fragte sich plötzlich, was wohl passiert wäre, wenn Freddy heute tatsächlich hier gewesen wäre. Luisa hätte wahrscheinlich das ganze Viertel zusammengebrüllt. Zögernd ging sie zu der schmalen Glasvitrine neben der Terrassentür, nahm zwei Sektgläser heraus und stellte sie auf das niedrige Tischchen, das bei der Sitzgruppe stand. Dann ließ sie sich in einen Sessel fallen.

»Du hättest wenigstens vorher anrufen und mich vorwarnen können«, sagte sie mürrisch.

»Dann hättest du nein gesagt.«

»Stimmt. Also, können wir's einigermaßen kurz machen?«

Milena war hundemüde. Sie hatte hier eigentlich nur kurz duschen und dann sofort wieder aufbrechen wollen. Emma wunderte sich bestimmt schon, wo sie blieb.

»Also hör mal, das hier hat mich schon genug Überwindung gekostet, du könntest wenigstens so tun, als ob du dich freust!«

Und dann sagte Milena wortwörtlich den gleichen schrecklichen Satz wie Freddy, als sie das letzte Mal bei ihm gewesen war.

»Ich kann mich nicht erinnern, dich eingeladen zu haben, Luisa.«

Luisa stockte der Atem, sie spürte, wie ihr das Blut ins Gesicht schoss. War das Zufall? Oder hatten die beiden über sie gesprochen? Ja, so musste es sein. Wie demütigend!

Schnell wandte sie sich ab, um ihr wutverzerrtes Gesicht zu verbergen, und streifte ihre Schuhe ab. Unter Milenas misstrauischen Blicken entledigte sie sich ihrer dicken Stiefel und ließ einen nach dem anderen auf den Boden plumpsen. Inzwischen hatte sie sich wieder gefangen und machte es sich halb liegend auf der Recamiere gemütlich. Neugierig sah sie sich um und warf einen geringschätzigen Blick auf Milenas Fitnessecke, die mindestens ein Viertel des großen, geschmackvoll eingerichteten Raumes einnahm.

»Das hab ich ja, Gott sei Dank, noch nicht nötig«, sagte sie spitz.

»Sport ist das beste Mittel, um Aggressionen abzubauen«, bemerkte Milena träge. »Kann ich dir wärmstens empfehlen.«

Luisa lief rot an. »Her mit den Gläsern, bevor ich dir doch noch mit dieser Flasche den Schädel einschlage«, lachte sie dröhnend.

Aber ihre Stimme hatte inzwischen schon einiges an Munterkeit eingebüßt, und Milena hielt ihr schnell die beiden Gläser hin.

Während Luisa einschenkte, beobachtete sie verstohlen ihre Rivalin. Milena wirkte abgeschlagen und müde, das war gut. Sie musste nur noch die richtige Gelegenheit abwarten, um die kleine Kapsel, die sie schon die ganze Zeit in ihrer linken Hand verbarg, unauffällig in Milenas Glas fallen zu lassen. Das Zeug würde sich sofort auflösen und war angeblich vollkommen geschmacklos. Und das Beste: Es war hinterher im Körper nicht mehr nachzuweisen. Milena würde ganz banal an Herzversagen sterben, eigentlich ein viel zu angenehmer Tod für ein Luder wie sie.

Aber danach würde für Luisa endlich ein neues Leben beginnen. Zusammen mit Freddy.

Die beiden Gläser klangen hübsch, als sie aneinanderstießen.

»Prost«, gähnte Milena. *Hoffentlich fällt sie mir jetzt nicht auch noch um den Hals,* dachte sie beklommen.

»Salut«, zwitscherte Luisa und nahm einen tiefen Schluck aus ihrem Glas.

Der Inhalt der Flasche konnte also nicht vergiftet sein. Milena atmete auf und trank ebenfalls. Im nächsten Augenblick hing Luisa auch schon an ihrer Brust, und der Sessel quietschte unter der doppelten Last.

»Ich bin ja so froh, dass wir es geschafft haben, endlich Frieden zu schließen«, seufzte sie in Milenas Ohr.

»Ja, ja, schon gut.«

Milenas Gesicht war jetzt von ihrem Glas abgewandt. Blitzschnell öffnete Luisa die Hand und ließ die kleine Giftkapsel hineinfallen. Überschwänglich drückte sie Milena einen Kuss auf die Wange und hielt sie ein paar Sekunden lang fest umschlungen. Dann drehte sie sich abrupt weg und ließ sich wieder zurück auf die Couch sinken. Milena betrachtete sie nachdenklich.

»Muss ich dir jetzt meine Blinddarmnarbe zeigen?«, fragte sie ironisch.

»Briefmarkensammlung reicht völlig«, kicherte Luisa überdreht.

Bald war es so weit. Das Biest hatte noch maximal eine Stunde zu leben. Vorausgesetzt natürlich, sie würde austrinken.

Milena stellte ihr Glas neben Luisas auf dem Beistelltischchen ab und setzte sich unter der mannshohen, ausladenden Palme im Schneidersitz auf den Teppich.

»Also, eine Briefmarkensammlung hab ich leider nicht zu bieten«, sagte sie mit ihrer dunklen Stimme. »Du weißt ja, ich sammle lieber Männer. Prost, auf die Liebe.«

Und ehe Luisa es verhindern konnte, griff Milena blitzschnell nach einem der Gläser.

»Halt, das ist meins!«, rief Luisa.

»Ach ja?«, strahlte Milena. »Na, wenn schon. Wir sind doch jetzt Schwestern. Na los, auf Freddy.«

Sie nahm das andere Glas und streckte es Luisa entgegen. Ihre großen Augen funkelten wie Sterne.

Luisa starrte sie entsetzt an. Hatte diese Schlange etwas gemerkt? An Zufall konnte sie kaum glauben, verdammt! Aber zum Glück hatte sie ja mehrere Kapseln dabei. Das Problem war nur, die nächste möglichst schnell und unauffällig aus der Hosentasche zu kriegen.

Im selben Augenblick federte sie gekonnt ungeschickt vom Sofa hoch, und der gesamte teuflische Inhalt des Glases landete auf ihrer Hose.

»Hoppla!«, kreischte sie. »Ich geh mal kurz ins Bad und tupfe mich ein bisschen ab.«

»Mach das, du Schussel.« Milenas Augen glitzerten sanft.

Luisa konnte nicht widerstehen, im Bad ein paar der prall gefüllten Schublädchen zu inspizieren. Sie verzog hämisch den Mund, Milena hätte in ihrer Wohnung ohne weiteres ein Kosmetikstudio eröffnen können. Als Luisa ein paar Minuten später ins Wohnzimmer zurückkam, hielt sie schon die nächste Giftkapsel in ihrer geschlossenen Faust.

Milena saß immer noch auf dem Boden und schenkte sich gerade nach.

»Für dich auch?«, fragte sie liebenswürdig, während sie zu Luisa aufsah.

»Na klar«, nickte Luisa, drehte sich zu dem Tischchen in ihrem Rücken um, zerdrückte die Kapsel in ihrer Hand und ließ das Pulver blitzschnell in ihr Glas fallen. Dann stellte sie es neben Milenas Glas auf den Boden. Milena füllte es mit Schwung randvoll auf.

»Ich hoffe, du hast im Bad nichts mitgehen lassen?« Sie blinzelte Luisa träge an.

»Im Gegensatz zu dir brauche ich das ganze Zeug nicht«, versetzte Luisa trocken.

Sie würde den Teufel tun und sich von dieser Schlampe provozieren lassen.

»Ja, ja. Bist 'ne ehrliche Haut«, sang Milena aufreizend in Grönemeyer-Manier.

Sie erhob sich, drehte Luisa den Rücken zu und schlenderte zu der großen Regalwand auf der anderen Seite des Raumes.

Luisa konnte ihr Glück kaum fassen! Nein, Milena hatte keinen Verdacht, sonst würde sie sich niemals so sorglos verhalten. In ihrer Hast, die beiden Gläser zu vertauschen, hätte Luisa beinahe schon wieder das Giftglas verschüttet. Es gelang ihr gerade noch, ein unschuldiges Gesicht aufzusetzen, als Milena schon mit einem Schälchen Pistazien zurückkehrte.

So, jetzt musste es einfach klappen! Luisa nahm ihr Glas, trat zur Terrassentür und linste durch einen Vorhangspalt hinaus in die Dunkelheit.

»Hast du eigentlich gar keine Angst, so allein im Erdgeschoss zu wohnen?«

Sie bemühte sich, locker und unbeschwert zu klingen, doch in ihrem Inneren tobte diese alles vernichtende Wut. Nervös nippte sie an ihrem Sekt und verschluckte sich prompt.

»Nö, wieso?«

Milena trat dicht neben sie. Das Glas in ihrer Hand war nur noch halb voll, und Luisas Herz machte einen Hüpfer. Mein Gott, es funktionierte!

»So oft bin ich ja gar nicht allein, wenn du verstehst, was ich meine«, plapperte Milena drauflos. »Die Kerle geben sich doch bekanntlich bei mir die Klinke in die Hand.«

Nicht mehr lange, du dumme Ziege, dachte Luisa böse. Sie machte ein paar hastige kleine Schritte zurück ins Zimmer, denn mit einem Mal konnte sie die Nähe dieser Viper kaum noch ertragen.

»Dabei will ich doch nur eins. Endlich den Mann fürs Leben finden«, sinnierte Milena schwärmerisch.

Luisa fuhr herum. Von wegen! Alles, was Milena im Sinn hatte, war, andere Frauen zu demütigen und ihnen die Männer auszuspannen. Sie genoss die Macht, verletzen zu können, sie war durch und durch boshaft und berechnend.

Milena drehte sich um, wie ein glutroter Sturzbach floss das prächtige Haar über ihre Schultern. Fast war es, als schwebe sie über den Teppich, der weiße Morgenmantel umspielte ihre langen Beine, als sie zur Stereoanlage ging und eine CD auflegte. In den Lautsprechern knackte es leise, irgendetwas Klassisches erklang, die Melodie kam Luisa vage bekannt vor.

Tod, wo ist dein Stachel?, erklang es plötzlich aus hundert Kehlen.

Es musste sich um eine Totenmesse handeln. Wie … unheimlich! Warum hatte Milena aus ihrer stattlichen CD-Sammlung ausgerechnet dieses Chorstück ausgesucht? Die Musik klang hochdramatisch, war wunderschön. Luisa erschauerte.

Lautlos tauchte Milena plötzlich wieder neben ihr auf, Luisa schrak unwillkürlich zusammen und drehte sich um. Jetzt standen sich die beiden Frauen in der Mitte des Zimmers direkt gegenüber, Milenas Lächeln war unergründlich.

Tod, wo ist dein Stachel? Hölle, wo ist dein Ziel? Die aufwühlende Chormusik erfüllte fast drohend den Raum, die perfekte Untermalung zum Sterben …

Luisa bebte vor innerer Erregung, sie blickte nach unten, und es durchfuhr sie wie ein Stromschlag, als sie sah, dass Milenas Glas inzwischen leer war. Mit dem Rest von vorhin war die Dosis inzwischen auf jeden Fall tödlich.

Nun konnte nichts mehr schiefgehen, sie musste nur noch warten, bis Milena bewusstlos zu Boden sank. Dann erst würde sie die mitgebrachten dünnen Handschuhe überstreifen, die Gläser spülen und abtrocknen, alles sauber abwischen und sämtliche Spuren, die verraten könnten, dass sie hier in Milenas Wohnung gewesen war, beseitigen. Schließlich wusste sie nur zu gut, worauf es dabei ankam.

Da, aus dem Augenwinkel heraus bemerkte sie, dass Milenas Hände leise bebten. Begann das Gift schon zu wirken? Am liebsten hätte sie laut geschrien und mit Fäusten auf dieses verfluchte Weib eingeschlagen. Aber sie musste sich beherrschen, bald war sowieso alles vorbei.

Sie ging wieder zurück zur Couch, ließ sich hineinsinken und begann, mit den Zähnen Pistazien aufzuknacken. Das Krachen im Mund tat gut; das Geräusch selbst und auch der Schmerz, der ihr wohltuend ins Zahnfleisch fuhr. Bis aufs Äußerste angespannt äugte sie zum Fenster hinüber.

Milena wirkte plötzlich matt und kraftlos, Luisa sah, wie sie sich über den kleinen Schreibtisch am Fenster beugte und sich mit beiden Händen auf der Tischplatte abstützte. Das lange Haar floss ihr über den Rücken wie rotschimmerndes Gold.

»Mir ist so … heiß«, stammelte sie.

»Bald ist dir kalt, ganz kalt.« Luisa lachte leise.

Milena wandte ihr ihr leichenblasses Gesicht zu und starrte sie mit glasigem Blick an. In dem dämmrigen Licht wirkten ihre Wangen hohl, tiefe Schatten verdunkelten die Augen, die ungläubig aus ihren Höhlen stierten. Nun lächelte sie nicht mehr, das überhebliche Grinsen war ihr vom Gesicht gewischt.

»Du wirst sterben, Schönste«, flüsterte Luisa heiser. »In wenigen Minuten bist du schon mausetot.«

Sie weidete sich an der Panik, die jetzt in Milenas weit aufgerissene Augen trat, und ihr Gesicht glühte vor Hass. War es Einbildung, oder schwankte die schlanke, hohe Gestalt am Fenster?

Tatsächlich, ein konvulsivisches Beben ging durch Milenas Körper, stöhnend sackte sie vornüber, richtete sich aber wie unter quälenden Schmerzen noch einmal auf. Langsam und stockend kam sie auf Luisa zu, ihr Hals wirkte schief, seltsam verdreht. Luisa sprang keuchend auf und flüchtete in die Diele. Die gespenstisch wankende Gestalt, die sich Schritt für Schritt vorwärtsschleppte und beide Arme nach ihr ausstreckte, machte ihr plötzlich Angst, ihr brach der Schweiß aus, entsetzt wich sie immer weiter zurück. An der Abschlusstür zwang sie sich innezuhalten, sie durfte die Wohnung auf keinen Fall verlassen, sie hatte hier später noch einiges zu erledigen.

Sich mühsam auf den Beinen haltend, erreichte Milena jetzt den Flur, das Gesicht eine totenblasse, furchteinflößende Grimasse. Luisa wimmerte leise und presste ihren Rücken gegen die Wohnungstür. Was sollte sie bloß tun, falls Milena sich auf sie stürzte?

Aber Milena war schon zu geschwächt, sie öffnete den Mund zu einem stummen Schrei, röchelte und rang heftig nach Atem. Das Glas entglitt ihrer Hand, haltsuchend griff sie um sich und erwischte eine Stehlampe, die krachend zu Boden fiel.

»Das Telefon«, hauchte sie, »Luisa … bitte … hilf mir!«

Luisa sah sie mit kaltem Herzen an. Milena würde das Telefon nicht finden. Daran hatte sie vorhin als Erstes gedacht und es gut versteckt, bevor sie ins Bad verschwunden war. Vor ihren Augen sank Milena, den verzerrten Mund halb geöffnet, in die Knie, kippte zur Seite und brach lautlos zusammen. Über ihre Schultern ergoss sich in einer letzten fließenden Bewegung der rotgoldene Haarschleier, dann rührte sie sich nicht mehr.

Luisas Herz hämmerte wie wild. Sie zwang sich dazu, tief und gleichmäßig zu atmen. Es war ein berauschender, gleichzeitig aber auch ein entsetzlicher Triumph! Die grässliche Starre des Todes legte sich wie ein Leichentuch über die Wohnung, wie gelähmt blickte Luisa auf die leblose Gestalt zu ihren Füßen.

Tod, wo ist dein Stachel, sang der Chor, *Hölle, wo ist dein Ziel?* Luisa zitterte am ganzen Körper.

Und plötzlich begriff sie, was sie getan hatte, es war, als greife ihr eine eisige Hand an die Kehle und schnüre ihr die Luft ab. Sie schluchzte laut auf, Tränen rannen ihr über die Wangen. Sie hatte einen Menschen getötet, nichts würde jemals wieder so sein wie zuvor … Noch konnte sie Milena vielleicht retten, sie musste nur ihr Handy holen und den Notarzt rufen.

Aber sie tat es nicht. Wie betäubt stand sie da, ihre zitternden Hände spielten unablässig mit dem leeren Glas, sie spürte es kaum, als es zwischen ihren Fingern zerbrach und die dünnen, feuchten Scherben auf ihre Füße rieselten. Reglos blieb sie stehen und betrachtete wie gebannt die Blutstropfen, die langsam zu Boden fielen.

49

Vorhin im Laden hatte Emma eine Kleinigkeit gegessen. Sie überlegte kurz, ob sie für Milena etwas herrichten sollte, ließ es dann aber bleiben. So, wie Milena geklungen hatte, war ihr nicht nach Essen zumute. Patrick war für ein paar Tage zu seinem Freund Henry nach Berlin gefahren, sie würden also unter sich sein und konnten ungestört reden.

Es war fast eine Stunde her, seit Milena angerufen und sich für den Abend angekündigt hatte, eigentlich hätte sie inzwischen längst hier sein müssen.

Emma ging in ihre kleine, gerade so mit dem Notwendigsten ausgestattete Küche, die sich im ersten Stockwerk des alten Wasserturms befand. Sie setzte sich an den halbmondförmigen Esstisch aus rötlichem Kirschbaumholz, der sich in die Rundung des Turmes schmiegte, und schaltete den kleinen Fernseher ein, der, wie in einer italienischen Kneipe, knapp unterhalb der Decke auf einem schmalen Regal stand. Auf dem Bildschirm erschienen die Lottogewinner der Woche, ein düster dreinblickendes Ehepaar mittleren Alters, das alles andere als jubilierende Freude ausstrahlte. Mit leidvoller Miene ließen die beiden sich darüber aus, welch erdrückende Sorge das viele Geld für sie darstellte, welche Sicherheitsmaßnahmen der Riesengewinn erforderlich machte, wie sie sich ab sofort gegen Übergriffe und Überfälle würden schützen müssen, wie viele Neider es gäbe und dass sie jetzt sicherlich all ihre Freunde verlieren würden, weil die ihnen ja ihr Glück gar nicht gönnten und so weiter und so fort. Es war ein einziges Gejammer, und Emma wäre am liebsten in den Fernseher gekrochen, um die bedauernswerten Pechvögel abwechselnd in den Hintern zu beißen.

Sie sah auf ihre Uhr. Viertel vor eins. Eigentlich war sie todmüde und hätte nichts lieber getan, als sich sofort schlafen zu legen. Aber Milena würde sicher bald auftauchen. Es konnte aber nicht schaden, schon mal zu duschen. Zuhören konnte man schließlich auch im Bademantel.

Als sie bettfertig war, war es schon kurz nach halb zwei und Milena war immer noch nicht da. Ohne Erfolg versuchte sie noch ein paar Mal, sie über ihr Handy zu erreichen. Milena musste doch auf dem Display ihre Nummer erkennen, warum meldete sie sich nicht? Unschlüssig saß Emma in der Küche und starrte hinaus in die schwarze Nacht. Der Neckar glitzerte aus den schwarzen Feldern hervor wie eine sich dahinschlängelnde Blindschleiche, in der Ferne krochen die Positionslichter eines Flugzeugs über den Nachthimmel.

Sie öffnete eine Flasche Rotwein und nahm sie mit nach oben ins Schlafzimmer. Die Hälfte des Raumes nahm das runde Bett ein, auf der anderen Seite befanden sich Wandschränke und offene Regale, die bis zur Decke reichten.

Auf dem Kopfkissen lag ein aufgeschlagenes Buch. Emma trank einen Schluck Wein, legte sich bäuchlings aufs Bett und versuchte zu lesen, aber es gelang ihr nicht, sich zu konzentrieren. Wieder sah sie auf die Uhr, inzwischen war es schon fast zwei.

Hatte Milena ihre Pläne geändert? Warum hatte sie ihr dann nicht Bescheid gesagt? Vielleicht aus Rücksicht, weil sie glaubte, Emma sei inzwischen schlafen gegangen? Ihr fielen auch wirklich schon die Augen zu, aber ein bisschen wollte sie noch warten. Im Zweifelsfall würde die schrille Türklingel sie sowieso wieder wecken. Sie nahm noch einen Schluck, rollte sich auf den Rücken und legte das Buch nur mal kurz neben sich. Wenige Sekunden später glitt sie in einen tiefen, festen Schlaf.

Milena kam in dieser Nacht nicht mehr, und auch nicht am nächsten Tag. Sie war verschwunden.

50

»Los, Caroline, reiß dich zusammen und spring endlich!«

Frau Höllmann, die drahtige Sportlehrerin, stand breitbeinig neben dem Stufenbarren und starrte missmutig zu Caro hoch.

»Oder bist du schon am Holm festgewachsen?«, rief sie ungeduldig.

Die anderen Mädchen auf den niedrigen Holzbänken in der verhassten Turnhalle kicherten, und Caro kämpfte mal wieder mit den Tränen. Frau Höllmann wollte nach ihren Füßen greifen, um sie zu halten, aber Caro rückte ängstlich zur Seite. Dabei klammerte sie sich so krampfhaft am oberen Holm fest, dass ihre Knöchel weiß anliefen.

»Wie schön, du bist noch nicht angewachsen.« Die Lehrerin tat ganz erleichtert. »Du bist also frei wie ein Vögelchen und kannst springen, wohin du willst. Ich empfehle dir jedoch wärmstens unsere elastische, weiche Turnmatte.«

Die ganze Klasse lachte, und Caros feistes Gesicht wurde puterrot.

»Nun mach schon, dir kann doch gar nichts passieren. Wenn es schiefgeht, fange ich dich einfach auf.«

Von wegen auffangen! Frau Höllmann war in Kubikzentimetern gemessen vielleicht grade mal eine halbe Caro. Sie wäre platt wie eine Briefmarke, wenn Caro auf sie fallen würde, so viel war sicher.

Caros Knie zitterten. Was für ein Blödsinn, über Böcke zu springen und auf Barren herumzuturnen, wozu sollte das gut sein? Und dafür gab's dann auch noch Noten! Caro hasste Sport, ja, überhaupt jede Art von Bewegung. Obwohl, auf das Schlittschuhlaufen mit Milena hatte sie sich fürchterlich gefreut. Milena hatte versprochen, es ihr beizubringen. Sie wollten sich im Eisstadion Schlittschuhe leihen, aber Milena war nicht gekommen, sie hatte in der Zwischenzeit nicht mal angerufen. Wahrscheinlich hatte sie zu viel mit ihren Verbrechern zu tun. Caro würde ihr großzügig verzeihen, denn Milena hatte sie bisher eigentlich noch nie enttäuscht. Sie war ihre beste Freundin, und sie würden einfach ein andermal zusammen ins Eisstadion gehen. Bald.

Ihre Finger waren nassgeschwitzt, der Holm schon ganz glitschig. Sie holte tief Luft, kniff die Augen zusammen und sprang in die Tiefe. Natürlich blieb sie mit dem linken Fuß hängen und landete mit einem gewaltigen Bums auf der scheußlichen, blau gerippten Gummimatte.

Die Kinder quietschten vor Vergnügen. Es war äußerst unterhaltsam, ein Mädchen wie Caroline Krampp in der Klasse zu haben. Sie war fürchterlich fett, hatte praktisch keinen Hals, zum Ausgleich dafür aber gleich drei Kinne. Man brauchte Caro nur anzusehen, und schon fühlte man sich automatisch hübsch und lustig, sogar dann, wenn man in Wirklichkeit weder hübsch noch lustig war. Caros weißblondes Haar stand wie Stroh strubbelig in alle Richtungen vom Kopf ab, und auf ihrer Haut tummelten sich ganze Horden von Sommersprossen. Ihr Mund war klein und meistens trotzig zusammengekniffen.

Ächzend rappelte Caro sich auf. Sie war auf den Rücken gefallen, und für einen kurzen Moment blieb ihr die Luft weg. Na toll, nun tat ihr der Hintern weh, und ihr Kopf dröhnte. Bloß nicht heulen, damit würde sie den anderen nur eine Freude machen. Caroline, die Heulsuse. Caroline, die Dicke. Ohne aufzublicken schlich sie zur Bank. Die Mädchen linsten zu ihr hinüber und stießen sich kichernd mit den Ellbogen an.

Frau Höllmann seufzte. Es gelang ihr einfach nicht, dieses Kind in Bewegung zu bringen, stattdessen wurde Caro immer träger und behäbiger. Sie musste bald mal mit den Eltern des Mädchens sprechen. Da fiel ihr ein, dass Caroline weder einen Vater noch Geschwister hatte, sondern nur eine Mutter. Eine schwierige Mutter. Mona Krampp. Eine, die alles besser wusste. Egal, sie würde es trotzdem versuchen.

Endlich, die Pausenklingel.

Caro atmete erleichtert auf und trottete zum Umkleideraum. Sie verkroch sich immer in die hinterste Ecke zum Umziehen. Trotzdem spürte sie beschämt die verächtlichen Blicke, wenn sie sich mühsam in ihre Hose zwängte. Die meisten Mädchen aus der Klasse waren sportlich und schlank, manche waren sogar viel zu dünn.

Aber sie hatte trotzdem einen Riesenvorteil: Sie musste später keine Angst vor den Kerlen haben, die würden sie nämlich überhaupt nicht wahrnehmen, das war jetzt schon so. Obwohl sie so dick war, schien sie unsichtbar zu sein. Und das war nicht das Schlechteste. Sie fand Männer abstoßend, ihre glotzenden, seltsam wässrigen Augen, wenn sie Mädchen nachguckten. Sie wusste zwar nicht genau, was dahintersteckte, spürte aber deutlich, dass da etwas war, das einen in einen gefährlichen, komplizierten Strudel zog, in eine Art Verschwörung, die ihr instinktiv Angst einjagte. Es hatte mit Körpern zu tun, mit nackten, ausgelieferten Körpern. Die entblößten Frauen überall in den Zeitschriften und im Fernsehen … Sie waren nur dazu da, damit Männer sie jederzeit angaffen konnten. Das ganze Thema war eine hässliche, schiefe Sache! Und sie wollte niemals etwas damit zu tun haben, deshalb war es viel besser, dick zu sein.

Langsam trottete sie nach Hause. Allein, wie immer. Vielleicht hatte sie ja Glück und Milena war endlich wieder zurück.

51

»Ist Milena Breiter denn immer noch im Urlaub?«, fragte die Sekretärin Irmgard Hölzer, die allein an einem Vierertisch saß, gerade ihre Serviette zusammenfaltete und auf den Teller legte.

Sie trug heute ein hellrotes Strickensemble, das ihre schlanke Figur verblüffend gut zur Geltung brachte.

»Nein, und sie müsste eigentlich schon seit Tagen wieder im Präsidium sein«, erwiderte Elmar Ringshauser. »Ich frage mich allmählich, wo sie steckt. Milena … äh … Frau Breiter ist bisher noch nie vom Dienst weggeblieben, ohne sich abzumelden.«

»Klar, sie ist ja eine Heilige«, warf Luisa Eichinger ironisch ein.

Missmutig säbelte sie an ihrer Rindsroulade herum.

»Milena, so, so«, machte Niederegger zwischen zwei Bissen. »Ich wusste gar nicht, dass Sie schon beim Du angekommen sind.«

Seine Augen wurden von der neuen Brille unnatürlich vergrößert, er sah aus wie eine vorwitzige Rieseneule.

»Und ich wusste nicht, dass ich dafür ein Gesuch bei Ihnen einreichen muss«, versetzte Ringshauser scharf.

Niederegger zuckte die Achseln. »Meine Güte, sind Sie aber empfindlich, mir ist das doch völlig egal. Im Gegenteil, ich hätte absolut nichts dagegen, wenn sie mich auch duzen würde.«

Ringshauser grinste. »Sie hat was, stimmt's?«

»Stimmt.« Das kam von Friedemann Schill.

»Verdammt, wenn ihr euch bloß hören könntet!«

Bei »hören« krachte Luisa Eichingers Faust so heftig auf den Tisch, dass das Geschirr klirrend auf dem Kantinentisch in die Höhe hüpfte, ein Messer und zwei Gabeln landeten scheppernd auf dem pflegeleichten Linoleumboden.

Irmgard Hölzer fuhr zusammen und erhob sich dann hastig, um ihr Tablett zum Tresen zu bringen. Negative Schwingungen so kurz nach dem Essen schlugen auf den Magen, das wusste jedes Kind.

Friedemann Schill warf Luisa einen durchdringenden Blick aus seinen Scheinwerferaugen zu und schüttelte warnend den Kopf.

Luisa lief rot an und versuchte sich zusammenzureißen. Worüber regte sie sich eigentlich noch auf? Milena war seit fast einer Woche tot, sie konnte ihr also nichts mehr anhaben. Natürlich wusste das keiner außer ihr selbst, alle dachten, sie sei bloß verreist. Aber bald würden sie es wissen. Und dann würde alles gut werden. Freddy würde die Schlampe mit der Zeit vergessen und sich wieder auf sie konzentrieren. Er war zwar immer noch verstockt und abweisend, aber das würde sich nach und nach wieder legen, da war sie ganz sicher.

»Oho, das hört sich ja richtig gefährlich an, werte Kollegin«, meinte Ringshauser lauernd.

»Sie *ist* richtig gefährlich«, murmelte Schill.

Luisa zuckte zusammen.

»Ich hätte da einen interessanten Therapievorschlag«, sagte Ringshauser freundlich. »Sie fahren gleich nachher mit Niederegger zu Milena Breiters Wohnung auf die Blumenau und kümmern sich um die Angelegenheit. Versuchen Sie doch mal rauszukriegen, was da los ist. Was halten Sie davon?«

»Nichts. Gar nichts«, schnaubte Eichinger. »Kann das nicht jemand anderes machen?«

»Theoretisch schon, aber bei niemandem sonst hätte es eine so wunderbar heilsame Wirkung«, beharrte Ringshauser mit hintergründigem Lächeln.

Luisa fühlte, wie brennende Hitze in ihr aufstieg. Die Vorstellung, Milenas Wohnung zu betreten und selbst ihre Leiche entdecken zu müssen, versetzte sie in heillose Angst. Ihr wurde schwindlig. Alles, bloß das nicht! Sie ließ Messer und Gabel fallen und schob ihren noch halb vollen Teller von sich, fuhr sich mit ihrer Serviette über die Stirn und zerknüllte sie zu einem kleinen, harten Papierball, bevor sie sie auf ihren Teller warf.

»Das … äh … geht nicht«, stotterte sie verzweifelt. »Ich muss den ganzen Nachmittag Berichte schreiben.«

»Das hat Zeit bis morgen«, sagte Ringshauser sanft. »Niederegger weiß übrigens auch schon Bescheid. Er fährt gleich nach dem Essen mit Ihnen hin, stimmt's, Herr Kollege?«

Niederegger brummte zustimmend und fuhr damit fort, jeden Bissen auf seinem Teller misstrauisch zu sezieren, bevor er ihn in den Mund schob. Ein Wunder, dass er es überhaupt über sich brachte, in der Kantine zu essen!

Luisa starrte entsetzt von einem zum anderen. Sie konnte nicht weiter widersprechen, ohne sich womöglich verdächtig zu machen. Aber zu Milenas Wohnung fahren und sie dort tot im Flur liegen zu sehen, das war völlig unmöglich, das gab ihre Schauspielkunst einfach nicht her. Sie saß in der Falle! Nicht dass sie es bereute, dieses Aas umgebracht zu haben, ganz bestimmt nicht. Trotzdem, in den Tagen nach ihrem nächtlichen Besuch bei Milena waren ihre Gefühle Achterbahn gefahren. Sie hatte einen Menschen getötet! Und das nicht etwa im Affekt, sondern ganz gezielt und mit eiskalter Berechnung. Seither hatte sie das Gefühl, als steckten zwei Personen in ihr. Sie konnte einfach nicht fassen, was diese andere Luisa da fertiggebracht hatte, es war ungeheuerlich! Und nur zu ertragen, wenn sie in Zukunft überhaupt nichts mehr mit der Sache zu tun hatte. Sie musste dieses Ereignis ganz und gar von sich abtrennen, als sei es nicht wirklich kürzlich erst passiert, sondern in einem anderen Leben, in einer anderen Zeit …

Wie in Trance hatte sie nach dem Mord Milenas Wohnung verlassen. Vorher hatte sie alles genau nach Plan erledigt. Sie hatte die Handschuhe übergezogen, sämtliche Flächen abgewischt, aufgeräumt und alles so hinterlassen, dass nichts mehr auf eine zweite Person, die in dieser Nacht bei Milena gewesen sein könnte, hinwies. Bei all dem hatte sie es strikt vermieden, Milenas Leiche auch nur anzusehen. Sie wollte überhaupt nicht wissen, ob es noch Lebenszeichen gab, ob sie ihr vielleicht hätte helfen, sie womöglich sogar noch hätte retten können. Sie musste ein paar Mal über den leblosen Körper steigen, stellte sich einfach vor, die Leiche sei ein alter, zusammengerollter Teppich, den jemand im Flur zum Abholen bereitgelegt hatte.

Es hatte funktioniert, Milena war in ihrer Vorstellung tatsächlich zum Gegenstand geworden, zu einem lästigen Gegenstand, den es loszuwerden galt.

»So, ich wäre dann so weit.« Niedereggers Stimme riss sie aus ihren Gedanken.

Luisa fuhr zusammen. Die anderen Kollegen waren inzwischen weg, sie hatte nicht einmal mitbekommen, wie einer nach dem anderen die Kantine verließ. Alle, außer Niederegger. Und natürlich Ringshauser, der ihr direkt gegenübersaß und sie mit seinen schwarzen Wolfsaugen beobachtete.

52

In Milenas Wohnung rührte sich nichts. Natürlich nicht.

Luisa befahl sich, zu denken und zu fühlen wie Niederegger, der ja von nichts wusste, schon gar nicht, was ihn da drinnen erwartete. Beim Anblick der Leiche durfte sie dann mit Fug und Recht ein bisschen hysterisch werden, aber vorher musste sie sich zusammenreißen. Das Herz klopfte ihr bis zum Hals, ihr war speiübel.

Sie klingelten noch einmal. Zuerst unten, bei Milena, und dann, als immer noch nichts geschah, bei Mona Krampp, der Hausbesitzerin. In der nächsten Sekunde erschien Frau Krampps neugieriges Gesicht am oberen Fensterchen des Treppenhauses.

»Sie wünschen?«, rief sie mit schriller Stimme.

»Wir sind auf der Suche nach Frau Breiter.«

Mona Krampp erkannte sofort den ungehobelten Kommissar vom Präsidium, in ihren flinken Augen glomm Schadenfreude auf.

»Ach was! Die *Dame* …«, sie lachte auf, »is wohl zu beschäfdischt mit ihre viele Verehrer, um noch Zeit zum Schaffe zu ham.«

»Na na, wir wollen doch hübsch wertfrei bleiben«, mahnte Niederegger. Er erinnerte sich noch sehr gut an Milena Breiters Vermieterin. »Wann haben Sie sie denn zuletzt gesehen?«

»Is schun ä bissel her. Ma weeß jo nie so genau, ob se doo is odder net. Führt ä … na, sagemermol … eher unkonventionelles Leebe. Ganz wertfrei ausgedriggt.«

Niederegger wäre jede Wette eingegangen, dass die Frau über jedes Schulterzucken von Milena Bescheid wusste. Und wenn sie ihre Mieterin inzwischen tatsächlich nicht mehr gesehen hatte, war die Breiter mit Sicherheit auch nicht mehr hier gewesen.

»Wann genau, sagten Sie, haben Sie Frau Breiter zuletzt gesehen?«

Sie erwischte ihn mühelos.

»*Genau* habisch gaanix gsagt.«

Niederegger verschränkte die Arme vor der Brust und blickte herausfordernd zu Mona Krampp auf.

»Wir müssen ausschließen, dass Frau Breiter in ihrer Wohnung etwas zugestoßen ist. Würden Sie uns also bitte reinlassen?«, verlangte er. »Sie haben doch sicher einen Zweitschlüssel?«

»Ham Se än Durchsuchungsbefehl?« Frau Krampp kam sich vor wie im Fernsehen. »Könne Se sisch iwwerhaupt ausweise?«

Im Haus nebenan wurde ein Fenster aufgerissen. Offenbar gab es auf der Blumenau wenig Abwechslung.

In Luisa keimte leise Hoffnung auf. Diese Nervensäge war wirklich Gold wert.

»Eigentlich könnte Frau Krampp doch selbst erst mal nach dem Rechten sehen«, schlug sie vorsichtig vor.

Das käme Niederegger mit seinem Hygiene-Tick doch sicher auch ganz gelegen.

Niederegger bedachte sie mit einem vernichtenden Blick und zückte seinen Dienstausweis.

»Isch seh nix«, brummte Frau Krampp.

Beiläufig winkte sie einem weiteren Nachbarn zu, der inzwischen ebenfalls neugierig aus seinem Fenster hing, ihren Gruß aber nicht erwiderte, was auf ein eher unterkühltes nachbarliches Verhältnis schließen ließ.

»Kommen Sie endlich runter«, schnauzte Niederegger. »Ich warne Sie, uns nicht weiter bei unserer Arbeit zu behindern, und fordere Sie ein letztes Mal dazu auf, uns Frau Breiters Wohnung zu öffnen.«

»Alla gut. Wenn Se misch soo nett bidde.«

Das Fenster wurde mit einem lauten Knall geschlossen, und kurz darauf standen alle drei in dem düsteren Treppenhaus, in dem jedes Geräusch widerhallte. Mona Krampp trug einen lila Trainingsanzug, ihre Füße steckten in Filzpantoffeln.

Mit wichtiger Miene steckte sie den Schlüssel in das Schloss von Milenas Wohnungstür, machte aber keine Anstalten, wieder in ihre eigene Wohnung zu verschwinden.

Was jetzt?, dachte Luisa. *Niederegger mit seinem Fimmel kann nichts anfassen und ich will nicht.*

Aber schon im nächsten Moment sah sie, wie er sich Handschuhe überstreifte. Und er hatte auch welche für sie mitgebracht.

Jetzt wurde ihr erst richtig schlecht. Die Esterhazy-Roulade in ihrem Magen brachte sich plötzlich unangenehm in Erinnerung, ein säuerlicher Geschmack breitete sich in ihrem Mund aus. Sie wappnete sich gegen den Verwesungsgeruch, der ihnen gleich entgegenschlagen würde, ja, sie glaubte sogar, ihn bereits in der Nase zu haben. Sie schloss die Augen und schickte Stoßgebete zum Himmel. Ihre Beine fühlten sich an wie Pudding, sie war nicht in der Lage, auch nur einen einzigen Schritt weiter in die Wohnung zu gehen.

Die Tür ging auf.

Kein Verwesungsgeruch. Nichts.

Fassungslos starrte Luisa auf die Stelle im Flur, wo sie Milena hatte liegen lassen. Sie war weg!

Milena musste tatsächlich noch einmal zu Bewusstsein gekommen sein und sich sterbend durch die Wohnung geschleppt haben. Luisa stöhnte gequält auf, und Niederegger warf ihr einen irritierten Blick zu.

»Sie bleiben draußen«, herrschte er die Hausbesitzerin an, die wie selbstverständlich hinter ihm in die Wohnung marschieren wollte.

»Na, höre Se mol.« Frau Krampps Stimme überschlug sich vor Empörung. »Isch werd doch wohl noch in moim eigene Haus …«

»Gar nichts werden Sie.«

Niederegger schlug ihr die Tür vor der Nase zu. Im nächsten Moment riss er sie unvermittelt wieder auf, und Frau Krampp fiel ihm fast in die Arme. Niederegger stemmte wortlos die Hände in die Hüften und blieb so lange im Türrahmen stehen, bis sie endlich schimpfend die Treppe hinaufstieg. Mit lautem Krachen fiel oben ihre Wohnungstür ins Schloss. Fragte sich nur, ob sie sich draußen oder drinnen befand.

»Nicht zu fassen«, murmelte Niederegger.

Neugierig spähte er in Milenas kleine Küche, die direkt neben dem Eingang lag. Dann sah er Luisa stirnrunzelnd an, ihre grünliche Gesichtsfarbe biss sich aufs Heftigste mit dem türkisfarbenen Läufer im Flur.

»Was ist denn los mit dir?«

»Ach … nichts«, stotterte Luisa. »Mir ist nur ein bisschen übel. Wahrscheinlich ist es dieses matschige Zeug aus der Kantine, das mir im Magen liegt.«

Sie presste demonstrativ beide Hände auf ihren Bauch und sah ängstlich dabei zu, wie Niederegger zuerst in die Küche ging und danach in das gegenüberliegende Schlafzimmer. Gleich würde er entsetzt aufschreien, irgendwo musste Milena schließlich liegen, vielleicht hatte sie es noch bis zum Bett geschafft und war erst dort gestorben. Oder sie hatte das Telefon doch noch gefunden! Luisa erschrak bis ins Mark.

Kurz darauf kehrte Niederegger wortlos in den Flur zurück, warf ihr erneut einen prüfenden Blick zu und öffnete kopfschüttelnd die schmale Tür zum Bad. Luisa fragte sich, wem oder was dieses Kopfschütteln galt. Ihr selbst oder der Tatsache, dass sie völlig außerstande schien, sich an der Suche zu beteiligen? Nach wenigen Sekunden kam er wieder aus dem Bad heraus und marschierte mit festen Schritten den Flur entlang ins Wohnzimmer, wo sie ihn aus den Augen verlor. Langsam ließ sie sich auf den Boden gleiten und blieb zitternd neben der Eingangstür hocken, genau an der Stelle, von der aus sie letzte Woche Milenas Zusammenbruch mit angesehen hatte. Sie wimmerte leise. Im nächsten Moment hörte sie Niederegger an der Terrassentür im Wohnzimmer hantieren. Sie stellte sich vor, wie er einen Blick hinaus in den kleinen Garten warf.

»Nichts«, rief er ihr zu. »Unser Vögelchen ist ausgeflogen.«

Sein graumelierter Kopf tauchte am Flurende wieder auf.

»Also, ich kann hier absolut nichts Auffälliges entdecken«, brummte er. »Du etwa?«

»Nein«, hauchte Luisa.

Tod, wo ist dein Stachel?, ertönte es plötzlich aus dem Nichts. *Hölle, wo ist dein Ziel?*

Die gewaltige Chormusik erfüllte mit einem Schlag die ganze Wohnung.

Die Totenmesse!

Laut schreiend sprang Luisa auf und griff sich, von Entsetzen gepackt, mit beiden Händen an den Hals. Dann sank sie ohnmächtig zu Boden.

53

»Ich hatte kurz zuvor im Wohnzimmer den CD-Player eingeschaltet, wollte einfach nur wissen, was Milena sich als Letztes angehört hat. Nur: Zufällig war es ein Requiem. Und da ist die Eichinger plötzlich umgekippt wie ein frisch geschlagener Weihnachtsbaum.«

»War wohl einfach zu viel für sie.« Elmar Ringshauser lachte leise.

»Nein, das allein kann's nicht sein. Sie war vorher schon so komisch, hat mich alles allein machen lassen und dauernd geseufzt und gejammert. Ich habe das Gefühl, da stimmt was nicht. Sie ist doch sonst nicht so zart besaitet.«

In der Halle des Polizeisportvereins roch es nach schwitzenden Körpern und Chlor. In dem langgezogenen Flachbau gab es neben der Turnhalle noch eine Sauna und ein kleines Schwimmbecken.

»Egal. Jedenfalls wissen wir jetzt immer noch nicht, wo Milena Breiter steckt. Allmählich wird mir das unheimlich. Ihr Handy hat sie auch seit Tagen ausgeschaltet.«

Ringshauser hatte heute Abend den Judokurs geleitet. Außer ihm hatten nur noch zwei andere Kollegen den schwarzen Gürtel, seine Frau und der Polizeiarzt. Sie wechselten sich mit der Leitung der Kurse wochenweise ab.

Die Kursteilnehmer waren schon beim Duschen oder in der Sauna verschwunden, Ringshauser war mit Niederegger in der Halle zurückgeblieben.

Niederegger war natürlich nur als Zuschauer hier. Die Vorstellung, anderen Leuten am Kragen herumzuzerren und auf Matten zu fallen, auf denen sich schon Generationen schwitzender Leiber gewälzt hatten, ließ ihn schaudern. Ganz zu schweigen von dem ekelerregend engen Körperkontakt, der bei solchen Sportarten unausweichlich war. Mit vor der Brust verschränkten Armen stand er neben dem Eingang zur Halle und sah angeekelt dabei zu, wie Ringshauser die Turnmatten in den Geräteraum wuchtete. Und hoffte inständig, dass er ihn nicht um Hilfe bitten würde.

»Mona Krampp wollte nicht damit herausrücken, wann sie Milena Breiter zuletzt gesehen hat«, erzählte Niederegger. »Obwohl sie todsicher über alles, was ihre Nachbarn tun und lassen, genauestens Bescheid weiß.«

Sogar dich hat sie regelmäßig bei der Breiter gesehen. Und ich würde alles dafür geben, zu hören, wie du dich da rausredest, dachte er grimmig. Wenn er an das gekonnt hilflose Gestammel der Sekretärin Irmgard Hölzer dachte, als sie bei dem Verhör mit ihrer Spielsucht herausrückte, war er übrigens felsenfest davon überzeugt, dass sie auf Elmar Ringshauser anspielte, als sie diesen geheimnisvollen Kollegen erwähnte, den sie in der Spielbank getroffen hatte. Ria Ringshauser hatte jedoch all seine Bemerkungen über ihren Mann konsequent abgeblockt.

»O ja, davon bin ich auch überzeugt«, brummte Ringshauser, ohne aufzusehen, während er die nächste Matte herüberzog. »Na gut, dann müssen wir sie eben noch mal ganz offiziell befragen. Mit Vernehmungsprotokoll und allem Drum und Dran, vielleicht hilft ihr das auf die Sprünge.«

Er griff nach seinem Handtuch, das über der Hantelbank hing, und vergrub darin sein Gesicht, um sich den Schweiß abzuwischen. Vor Niedereggers geistigem Auge wanderten ganze Bakterienkolonien hocherfreut von A nach B. Er schüttelte sich.

»Nebenbei hat sie Luisa die ganze Zeit fixiert, als würde sie sie von irgendwoher kennen«, berichtete er weiter. »Gesagt hat sie aber nichts, und Luisa auch nicht.«

»Vielleicht hat sie sie kurz im Präsidium gesehen, als sie neulich hier war.«

»Das kann nicht sein«, widersprach Niederegger sofort. »Luisa war an diesem Tag gar nicht da, das weiß ich genau. Ich hab sie nämlich gesucht und bei dieser Gelegenheit erfahren, dass sie frei hatte.«

»Aha.«

Ringshauser konnte sich ein Grinsen nicht verkneifen. Der Kollege Niederegger war wirklich auf Draht.

»Na ja, ist nicht so wichtig, oder?«, meinte er ausweichend. »Mich beunruhigt mehr, dass Milena sich nicht meldet.«

»Zum Glück ist der mutmaßliche Mörder all dieser Rothaarigen, dieser Rudolf Hardt, tot. Milena Breiter hätte tatsächlich haargenau in sein Schema gepasst.«

Ringshauser schüttelte den Kopf. »Für Hardt als Täter fehlen uns immer noch die endgültigen Beweise, und solange wir die nicht haben, bleibt das für mich reine Theorie«, versetzte er. »Wäre natürlich eine sehr bequeme Lösung, klar. Wir hätten den Mörder der Frauen und gleichzeitig das Motiv für den Mord an ihm selbst. Aber ich bin längst noch nicht überzeugt. Sie etwa?«

»Sie glauben also wirklich, der Kerl läuft immer noch frei herum und hat sich jetzt die Breiter geschnappt?«

»Wäre doch möglich, oder? Lisetta Traub ist auch noch nicht gefunden worden.«

»Falls Hardt aber doch der Täter war, werden wir sie auch höchstwahrscheinlich niemals finden«, seufzte Niederegger. »Wir haben unsere Möglichkeiten inzwischen wirklich ausgeschöpft, ich wüsste nicht, wo wir noch suchen sollten. Wahrscheinlich hockt sie in irgendeinem Versteck, das nur er kannte, und ist längst tot.«

»Hardt war, was seinen Frauengeschmack betrifft, völlig wahllos. Denken Sie doch bloß mal an Sibilla Santmann.« Ringshauser legte sich sein Handtuch um die Schultern und schloss den Geräteraum ab. »Für mich passt das einfach nicht mit dieser Besessenheit für Rothaarige zusammen. Womit wir wieder bei Milena Breiter wären. Wo steckt sie bloß?«

»Vielleicht braucht sie einfach Ruhe und hat ihren Urlaub ein bisschen verlängert.«

»Aber doch nicht, ohne im Präsidium um Erlaubnis zu fragen oder wenigstens Bescheid zu geben.«

Ringshauser betätigte einen Lichtschalter, und die Halle versank im Dunkeln. Hintereinander traten sie auf den spärlich erleuchteten Flur hinaus.

»Bei dem Dauerstress mit ihren diversen Liebhabern könnte sie schon mal mit der Logistik durcheinandergeraten sein«, meinte Niederegger trocken.

»Wie kommen Sie denn auf diesen Quatsch?«, fragte Ringshauser scharf.

»Na ja, das ist wohl kaum zu übersehen, oder? Sie versucht's doch bei jedem.«

»Sie würden wohl selber gern mal bei ihr landen, was?«

»Ich?«, rief Niederegger aus. »Nein, wirklich nicht. Sie sind es doch, der ständig um Milena herumstreicht. Ich halte mich lieber an meine Katzen, da weiß ich wenigstens, woran ich bin.«

Aus dem Schwimmbereich drangen schwache Geräusche herüber. Die erste Saunarunde war wohl vorüber, und die Saunagänger sprangen ins Becken, um sich abzukühlen. Nichts auf der Welt hätte Niederegger dazu bringen können, in diese Brühe abzutauchen, es sei denn, das Wasser bestünde mindestens zu einem Drittel aus Desinfektionslösung.

»Katzen, ja? Oder vielleicht doch lieber Miezen?«, fragte Ringshauser mit einem hintergründigen Lächeln.

»Ach, denken Sie doch, was Sie wollen.«

»Sie werden's nicht glauben, genau das tue ich«, trumpfte Ringshauser auf. »Haben Sie es eigentlich überhaupt jemals mit Frauen probiert?«

Er zog eine Wasserflasche aus seiner Sporttasche und wandte Niederegger sein breites Kreuz zu.

»Ja, hab ich«, antwortete Niederegger ärgerlich. »Ich weiß zwar nicht, was Sie das angeht … Es war eine entbehrliche Erfahrung, würde ich sagen. Aber danach konnte ich wenigstens mitreden. Ich finde, dieser ganze Beziehungskram wird gnadenlos überbewertet. Punkt. Zufrieden?«

»Ich frage mich eher, ob *Sie* zufrieden sind. Ich find's jedenfalls seltsam, wie Sie mit diesem Thema umgehen.«

Ringshauser setzte die Flasche an den Mund und trank in gierigen Zügen.

»Ach ja? Und *ich* finde es seltsam, wie Sie mit Ihrer Frau umgehen.«

Ringshauser zuckte zusammen. Er ließ die Wasserflasche sinken und starrte Niederegger böse an. Was fiel dem Kerl eigentlich ein, so mit ihm zu reden?

»Mann, passen Sie bloß auf, was Sie sagen!«

»Sie haben doch angefangen rumzubohren und mich auszuquetschen.« Niederegger wandte sich ab und machte ein paar Schritte in Richtung Ausgang. An der schweren Tür drehte er sich noch einmal um, sein Gesicht war plötzlich starr und unnahbar. »Aber klar, Ihr Privatleben ist natürlich tabu«, zischte er. »Was hat Ihre Frau Ihnen denn getan? Sie behandeln sie wie einen Hofnarren, der seinem König an den Thron gepinkelt hat. Absolut lächerlich.«

Ringshauser war inzwischen lila angelaufen. »Mensch, was nehmen Sie sich heraus?«, brüllte er. »Wie kommen Sie dazu, sich über mich und meine Frau ein Urteil anzumaßen?« Ein übler Verdacht keimte in ihm auf. »Hat sie … hat sie etwa mit Ihnen darüber gesprochen?«

»Müsste sie Sie vorher um Erlaubnis fragen?«

Der Karren war sowieso schon im Dreck, jetzt konnte er ihn auch ruhig komplett versenken.

»Jetzt reicht's, Kollege!«

Ein paar neugierige Gesichter erschienen an dem Durchgang zur Schwimmhalle, aber Ringhauser war nicht mehr zu bremsen.

»Warum bleiben Sie nicht einfach zu Hause bei Ihren Katzen!«, polterte er mit hochrotem Kopf. »Sie könnten sich Lebensmittel schicken lassen und alles, was von draußen in Ihr Haus kommt, von oben bis unten desinfizieren, die Keime und Bakterien hätten nicht die geringste Chance, zu Ihrem Luxuskörper durchzudringen. Und Sie wären glücklich!«

Jemand kicherte.

Niederegger war blass geworden. Er betätigte mit dem Ellbogen den Türöffner, und die Stahltür sprang auf. Ohne sich noch einmal umzudrehen, trat er hinaus auf den Parkplatz und ließ die Tür hinter sich zuknallen. Draußen war es stockdunkel. Eisige Luft schlug ihm entgegen, genau das Richtige nach dem unerträglichen Mief da drinnen. Er atmete tief durch und ging zu seinem Wagen.

Es war zu erwarten gewesen, dass Ringshauser um sich schlagen würde. Wahrscheinlich dachten alle im Präsidium wie Ringshauser, bestimmt zerrissen sie sich schon längst die Mäuler über ihn. Er war inzwischen wohl doch schon zu lange hier, hatte angefangen, Wurzeln zu schlagen und sich an das miese Kaff zu gewöhnen. Sogar an die Kollegen.

Aber nun war es ganz klar, seine Tage in Mannheim waren gezählt.

54

Milena war seit ihrem nächtlichen Anruf vor fast zwei Wochen wie vom Erdboden verschluckt, und Emma verging fast vor Sorge.

Sie war sogar ins Präsidium in den L-Quadraten gegangen und hatte darauf bestanden, mit Elmar Ringshauser persönlich zu sprechen. Er war der einzige Kollege, außer Freddy natürlich, zu dem Milena näheren Kontakt gehabt hatte. Man ließ sie geschlagene zwanzig Minuten in dem kleinen, kahlen Raum neben der Anmeldung im Erdgeschoss warten, dann kam Ringshauser endlich herein, schloss nachdrücklich die Tür und setzte sich neben sie auf einen der unbequemen Besucherstühle. Emma wunderte sich, warum er sie nicht einfach in sein Büro bat, wagte aber nicht nachzufragen, er mochte seine Gründe haben.

Während sie redeten, waren seine dunklen Augen unter den buschigen Brauen ständig in Bewegung, seine massige Gestalt drückte mühsam unterdrückte Energie aus.

Ringshausers Ungeduld wirkte ansteckend, Emma sprach automatisch schneller, kam ins Stottern. Zwar hörte Ringshauser ihr höflich zu, schien sich selbst aber keine allzu großen Sorgen um Milena zu machen. Emma war enttäuscht, hier vergeudete sie offenbar nur ihre Zeit.

»Passt Milena mit ihrer roten Mähne etwa nicht genau in die Reihe dieser verschwundenen rothaarigen Frauen?« Das wenigstens musste sie noch loswerden. »Ist Ihnen nicht klar, dass sie vielleicht in der Gewalt dieses Irren sein könnte?«

Ringshauser zog die Augenbrauen hoch. »Danke für den Hinweis, Frau Teuber«, antwortete er hölzern, »aber bitte überlassen Sie die Ermittlungen doch lieber uns.«

Er stand abrupt auf und streckte ihr seine Hand hin, die sie nur zögernd ergriff. Es war nicht zu fassen! Milena war spurlos verschwunden, aber niemand scherte sich darum. Im Gegenteil, Ringshauser wirkte erleichtert, Emma so schnell wieder losgeworden zu sein.

Sie sah ihm nach, bis seine sportliche, hünenhafte Gestalt am oberen Treppenabsatz verschwunden war. Irgendetwas stimmte nicht mit ihm, seine Sorglosigkeit war nicht echt, das spürte sie genau.

Und da fasste sie einen Entschluss.

55

Es war schon weit nach Mitternacht, als Emma endlich in die Straße auf der Blumenau einbog, in der Milena wohnte. Der Tag im Laden war lang und anstrengend gewesen, sie hatte sich kaum auf ihre Arbeit konzentrieren können, weil sie ständig an ihr Vorhaben denken musste.

Es hatte tatsächlich wieder zu schneien begonnen, und der Boden war immer noch kalt genug, um den dünnen Schneefilm zu einer karstigen Schicht gefrieren zu lassen. Jetzt, wo der März gerade vorbei war, baumte der Winter sich noch einmal auf.

Vor der Eingangstür zum Haus war eine schmale Sandspur gestreut, und Emmas vorsichtige Schritte verursachten ein sanft knirschendes Geräusch. In den Fenstern der umliegenden Häuser brannte noch vereinzelt Licht, doch im Obergeschoss, wo Milenas Vermieterin wohnte, war alles dunkel. Das hatte allerdings nicht viel zu sagen, wie Emma aus Milenas Erzählungen wusste. Es konnte durchaus sein, dass Mona Krampp wieder mal ihrer Lieblingsbeschäftigung nachging und irgendwo auf der Lauer lag.

Emma öffnete leise die Tür zu Milenas Wohnung und trat zögernd ein. Ein leichter Hauch von Rosenöl lag in der Luft. Milenas Duft.

Gerüche haben die Macht, bis zu den verborgensten Gefühlen vorzustoßen, sie können ein Feuerwerk von Erinnerungen entfachen und uns viel tiefer anrühren, als bewusstes Denken es je vermag. Emma schloss die Augen, ihr war, als würde Milena im nächsten Moment aus einer der Türen treten.

Aber alles blieb totenstill. Das surrende Ticken der großen Wanduhr, die in der Küche über dem Esstisch hing, war das einzige Geräusch in der Wohnung.

Emma tastete nach dem Lichtschalter direkt neben der Eingangstür, und sofort tauchten die drei gelben Lämpchen an der Wand den in verschiedenen Erdtönen gestrichenen Flur in warmes Licht. Aus einem plötzlichen Impuls heraus drehte sie sich um und steckte ihren Schlüssel von innen ins Schloss.

Sie war schon oft hier gewesen und kannte sich in der Wohnung aus, aber die sonst so vertraute Umgebung erschien ihr heute seltsam fremd und bedrohlich.

Falls das Haus von Beamten observiert und Emma aufgegriffen würde, müsste sie ihnen eine einleuchtende Erklärung liefern. Na ja, sie war Milenas Freundin und wollte in der Wohnung nach dem Rechten sehen, ganz einfach. Sie wollte sich systematisch einen Raum nach dem anderen vornehmen. Es hieß zwar, dass die Polizei die Wohnung schon durchsucht hatte, aber vielleicht hatte man das nur behauptet, um sie zu beruhigen. Außerdem entdeckte sie vielleicht Ungereimtheiten, die fremden Personen, die Milena nicht so gut kannten wie sie selbst, gar nicht auffallen würden. Niemand hatte sie nach ihrem Zweitschlüssel gefragt, also hatte sie auch niemandem davon erzählt.

Die Wohnung war nicht so ausgekühlt, wie sie befürchtet hatte. Die Heizung war also nicht vollständig heruntergedreht. Emma ging in die Küche und machte Licht.

Milena hatte ein wunderbares Gespür für Farben. Sie hatte die beiden über Herd und Spüle sonnengelb gekachelten Wände nach unten und an den Seiten mit breiten, anthrazitfarbenen Rahmen abgesetzt und die restlichen Flächen flaschengrün gestrichen. Die Schränke waren cremeweiß lackiert, und den weiß gefliesten Küchenboden durchzog ein unregelmäßiges, schwarzes Mäandermuster. Die Küche war eigentlich ein freundlicher, lebendiger Raum, all das konnte aber heute nichts gegen Emmas bedrückte Stimmung ausrichten.

In der Spüle lag schmutziges Geschirr, ziemlich viel sogar. Aber das war nicht verwunderlich, Milena besaß keine Spülmaschine und war noch dazu nicht gerade eine Sauberkeitsfanatikerin. Emma hätte am liebsten sofort angefangen, Ordnung zu schaffen, aber dann fiel ihr noch rechtzeitig ein, dass sie unbedingt alles so stehen lassen musste, wie es war. Im Kühlschrank befanden sich die üblichen Grundnahrungsmittel wie Butter, Marmelade, Milch, Eier, Joghurt, Käse, der zu schimmeln begann, eine halbe vertrocknete Ananas und ein paar Scheiben Schinken, die an den Rändern schon braun wurden und sich einrollten. Es sprach doch wohl hoffentlich nichts dagegen, wenigstens die verdorbenen Lebensmittel wegzuwerfen? Bestimmt nicht.

Sie nahm die Sachen heraus und warf alles in den Mülleimer unter der Spüle. Bei der Gelegenheit bemerkte sie, dass eine frische Mülltüte eingehängt war. Sie würde die Tüte später mitnehmen und draußen entsorgen. Im Regal in dem kleinen Speisekämmerchen befanden sich Konserven, Saft und Wein, ein paar Spirituosen und ein Brotkasten mit einem steinharten halben Laib Brot, den sie ebenfalls in den Abfalleimer beförderte. Auf dem Herd stand eine kleine Espressokanne. Sie kippte den Kaffeesatz in den Müll, spülte die Kanne mit heißem Wasser aus und stellte sie zum Trocknen auf das Abtropfbrett.

In der Küche deutete jedenfalls nicht das Geringste darauf hin, dass Milena vorgehabt hatte, für längere Zeit zu verreisen, wie die Polizei beharrlich zu vermuten schien. Dabei hätten sie doch zu dem gleichen Ergebnis kommen müssen wie sie selbst. Milena war zwar nicht übermäßig ordentlich, aber sie würde sicher nicht ohne triftigen Grund Lebensmittel verschimmeln oder ihre Palme verdursten lassen.

Aber vielleicht hatte sie genau das gehabt, einen triftigen Grund? Den sie Emma allerdings mit keiner Silbe mitgeteilt hatte, und nachweislich auch sonst keinem ihrer gemeinsamen Freunde.

Sie füllte Wasser in eine Kanne und goss vorsichtig die ausladende Bananenpalme, die sich elegant zum Fenster neigte. Dann ging sie in das riesige Wohnzimmer hinüber.

Dort herrschte die gewohnt gemütliche Unordnung. Überall lagen Kleidungsstücke von Milena herum, Strickjacken, Halstücher, Socken, Gürtel. Auf dem Beistelltisch neben der Recamiere lag ein aufgeschlagenes Buch, es war Calvinos »Ritter auf den Bäumen«. Daneben stand ein Glas, noch halbvoll mit einer hellbraunen Flüssigkeit, die nach Hochprozentigem roch. Wahrscheinlich Whisky, Milenas Lieblingsdrink. Ungefähr ein Viertel des Zimmers wurde von Fitnessgeräten beherrscht.

Natürlich gab es in den Regalen jede Menge Bücher, sie standen bemerkenswert ordentlich in Reih und Glied und wirkten so unangetastet und unbenutzt wie Attrappen in einer Möbelabteilung. Emma trat an ein Regal heran und nahm ein Buch heraus. Es war keine Attrappe, sondern ein richtiges Buch. Wie all die anderen übrigens auch, die sie, einem unwiderstehlichen Impuls folgend, eins nach dem anderen herauszog.

Was hatte sie auch anderes erwartet? Wieso nur hatte sie plötzlich das Gefühl, in einer Kulisse zu stecken, eine Kulisse, die eigens zu dem Zweck errichtet schien, irrezuführen und zu täuschen?

Was für ein Unsinn! Dies war das Wohnzimmer ihrer Freundin Milena, sie war schon hundertmal hier gewesen, das Gefühl der Unwirklichkeit und Fremdheit rührte bestimmt nur von den verwirrenden Geschehnissen der letzten Tage. Sie fasste sich an ihre heiße Stirn, vielleicht bekam sie ja Fieber? Beklommen setzte sie sich an den zierlichen Schreibtisch, der vor dem bodentiefen Fenster stand, und starrte hinaus in die Dunkelheit.

Ein eisiger Schauer durchfuhr sie, als ihr plötzlich bewusst wurde, dass sie hier wie auf einem Präsentierteller saß. Jeder, der, aus welchen Gründen auch immer, ums Haus schlich, konnte ungehindert hineinsehen, vor allem, wenn drinnen Licht brannte.

Hastig sprang sie auf und ließ die Jalousien herunter. Schon besser. Aber ihre Kehle war heiß und trocken, sie musste sich dazu zwingen tief durchzuatmen, um das Gefühl des Beobachtetwerdens, des Ausgeliefertseins, abzuschütteln.

Auf dem Schreibtisch lagen nur ein paar Zettel. Die meisten waren wohl Erinnerungsnotizen, die Milenas Arbeit bei der Polizei betrafen.

Mit Elmar ins Küchenstudio las Emma, und *Friedemann anrufen!* auf einem anderen. Mit einem kleinen Herzchen daneben.

Ein klitzekleines, kratzendes Geräusch ließ sie zusammenfahren, sofort breitete sich eisige Kälte in ihr aus. Sie hielt mitten in der Bewegung inne, die Hand schon am Knauf der Schreibtischschublade. Das Kratzen schien von der Wohnungstür zu kommen. Sie horchte angestrengt, nahm dann all ihren Mut zusammen und schlich mit wild pochendem Herzen auf Zehenspitzen in den Flur, wo sie zitternd stehen blieb. Hatte jemand sie ins Haus gehen sehen, war ihr jemand gefolgt?

Aber nein, da war nichts, sie hatte sich getäuscht, ihre Nerven lagen wohl wirklich blank. Zögernd tappte sie ins Wohnzimmer zurück und setzte sich wieder an den Schreibtisch. Wahrscheinlich war das Geräusch von der Straße gekommen, schließlich wohnten in dem Viertel noch mehr Menschen, die kamen und gingen. Und als Zugabe im Haus noch eine allzeit bereite, neugierige Vermieterin.

Vorsichtig öffnete sie eine Schreibtischschublade nach der anderen und überflog kurz den Inhalt. In der obersten lagen Briefpapier und Kuverts in verschiedenen Größen, dazwischen ein paar Briefe, die an Milena adressiert waren. Emma schnappte nach Luft, als sie plötzlich einen Brief von Luisa Eichinger in der Hand hielt. Das war doch ... natürlich ... Milenas eifersüchtige Kollegin, die Polizistin, die sie in Egberts Kneipe getroffen hatten. Interessant! Emma erinnerte sich noch gut an die giftigen Blicke, die Luisa Milena zugeworfen hatte. Es war also anzunehmen, dass dies hier kein Liebesbrief war.

Sie nahm das dicht beschriebene Blatt aus dem Kuvert, hielt kurz inne und versuchte wieder, sich darüber klar zu werden, ob sie wirklich das Recht hatte, noch weiter in Milenas Privatsphäre einzudringen, oder ob sie einfach nur unverschämt neugierig war.

Nein, wenn sie mehr über Milenas Verschwinden erfahren wollte, durfte sie gerade vor so etwas nicht Halt machen, vielleicht war der Brief wichtig.

Luisa Eichinger schrieb in sauberer, peinlich akkurater Druckbuchstabenschrift. Eigentlich verwunderlich, dass sie nicht gleich einen Computer benutzt hatte. So deutlich wie die Schrift selbst war auch der Inhalt des Briefes.

Luisa beschimpfte Milena als Schlampe und warnte sie vor weiteren Versuchen, ihr ihren Freddy auszuspannen, sonst werde sie es bitter bereuen.

Emma lächelte. Luisa war erstaunlich naiv. Einerseits hielt sie Milena ganz offensichtlich für ein ausgemachtes Flittchen, glaubte aber allen Ernstes, dass sich dieses Flittchen an irgendwelche Beischlafregeln gebunden fühlte. Rührend. Eine einfältige, rasend eifersüchtige Frau. Wie weit würde sie wohl gehen?

Freddy! Nichts passte weniger zu diesem distinguiert dreinblickenden, vornehmen Schönling als dieser weichgespülte Kosename.

Milena hatte in ihrer Krakelschrift nur eine einzige, denkbar unromantische Bemerkung unter den Brief gekritzelt: *Friedemann abhaken.*

Emma faltete den Brief zusammen und schob ihn in seinen Umschlag zurück. Sie lächelte wieder. Milena hatte sich also tatsächlich erweichen lassen und Freddy aufgegeben. Die Frage war nur, ob der sich so einfach abhaken ließ. Ihr hatte sie zumindest nichts von all dem erzählt, aber vielleicht war sie auch einfach bisher nicht dazu gekommen.

Emma sah den Stapel Briefe rasch durch. Nein, von Luisa war keiner mehr dabei, aber es befanden sich auffällig viele weibliche Absender auf den anderen Umschlägen. Neugierig öffnete sie den Brief einer gewissen Karina Holler. Vielleicht war sie eine Freundin von früher, zu der Milena noch Kontakt hatte.

Na, von wegen Freundin! Zu Emmas grenzenlosem Erstaunen war der Brief eine einzige hasserfüllte Schimpftirade. Und so ging es munter weiter. Emma war wie vor den Kopf geschlagen, als sie noch sieben weitere Schmähbriefe betrogener Frauen fand, die sich zwar im Tonfall unterschieden, letztlich aber alle Milenas Promiskuität zum Inhalt hatten und mit diversen unschönen Drohungen aufwarteten. Allein drei davon stammten von einer Frau namens Priscilla Strohmeier, was für ein Name! Die übrigens in ihrem dritten und letzten Brief ihren leibhaftigen Besuch angekündigt und »der Hure« Prügel in Aussicht gestellt hatte.

Sieh an, im Gegensatz zu den anderen Frauen war Luisa Eichinger geradezu freundlich, um nicht zu sagen poetisch mit Milena umgesprungen.

Emma atmete tief durch.

Milena schien ein regelrechtes Doppelleben geführt zu haben! Selbstverständlich war sie niemandem Rechenschaft schuldig, dennoch konnte Emma diese rücksichtslose, männerfressende Nymphomanin, wie sie in den Briefen beschrieben wurde, nicht mit der offenherzigen, einfühlsamen Freundin in Verbindung bringen, die sie zu kennen glaubte. Dies hier waren richtig üble Neuigkeiten, die ein wenig schmeichelhaftes Bild von Milena heraufbeschworen. Emma wünschte sich fast, Milenas Computer knacken zu können.

Die Briefe im Schreibtisch waren sicher nur die sprichwörtliche Spitze des Eisbergs. Wie mochten wohl die E-Mails einer Frau aussehen, die offensichtlich hemmungslos über jeden Mann herfiel, der ihr über den Weg lief?

Da … da war es wieder!

Emma lauschte angsterfüllt und mit angehaltenem Atem. Das Kratzen kam doch aus nächster Nähe und nicht etwa von der Straße oder aus der oberen Wohnung. Jemand war draußen im Treppenhaus!

Ihre Nackenhaare sträubten sich, sie begann am ganzen Körper zu zittern. Obwohl ihre Beine nicht so recht gehorchen wollten, schlich sie wieder vorsichtig in den Flur. Versuchte etwa jemand in die Wohnung zu gelangen? Jemand, der einen Schlüssel zu Milenas Wohnung besaß, den er aber nicht benutzen konnte, weil Emmas Schlüssel von innen steckte?

Oder … ihr Herz stockte … vielleicht war es sogar Milena selbst, die endlich zurückkam? Klar, so musste es sein! Milena war zurück und wollte einfach nur ihre eigene Wohnungstür aufschließen. Froh marschierte sie zur Tür und wollte gerade den Mund aufmachen, als ein heiseres Flüstern ihr das Blut in den Adern stocken ließ.

»Ich bin's. Los, lass mich rein. Bitte … nicht böse sein … Ich hab's einfach nicht mehr ausgehalten.«

Emma erstarrte. War das etwa einer von Milenas … Männern?

»Ich bin so froh, dass du wieder da bist. Bitte, mach auf«, drängte die fremde Stimme.

Sowohl Erleichterung als auch Verzweiflung klangen echt, und Emma war kurz davor, einfach die Tür zu öffnen. Aber dann ließ sie die Hand schnell wieder sinken.

Sie hatte keine Ahnung, wer da draußen stand. Und vor allem, was würde geschehen, wenn dieser Jemand begriff, dass sie gar nicht Milena war?

Was für ein Glück, dass sie ihren Schlüssel von innen eingesteckt hatte! Aber was, wenn der Kerl versuchte, mit Gewalt hier reinzukommen? Sollte sie sich im Bad einschließen und den Notruf wählen? Doch was sollte sie am Telefon sagen? Dass sie in eine fremde Wohnung eingedrungen war und nun Angst vor einem anderen Eindringling hatte?

Sie hielt immer noch krampfhaft den Atem an und hätte am liebsten vor Furcht geschrien. Sie stellte sich vor, dass der Fremde da draußen gerade ebenfalls den Atem anhielt und lauschte, und wagte nicht, sich zu rühren. Nach vier oder fünf Minuten, die ihr wie Stunden vorkamen, hörte sie von draußen leise sich entfernende Schritte und kurz darauf ein feines Klicken. Der Mann hatte offenbar das Haus verlassen.

Emmas Herz klopfte noch immer bis zum Hals. Sie hielt die ganze Zeit über beide Hände auf den Mund gepresst und blieb noch minutenlang in der dunklen Diele stehen.

Nein, sie konnte nachher unmöglich nach Hause fahren. Am besten verließ sie erst morgen Milenas Wohnung. Ja, so würde sie es machen. Nichts und niemand konnte sie dazu bringen, in die Nacht hinauszugehen, wo der Kerl von vorhin ihr vielleicht auflauerte und nur darauf wartete, dass sie herauskam.

Sie machte sich bittere Vorwürfe, dass sie nicht abgewartet hatte, bis Patrick aus Berlin zurück war. Er hatte zwar sehr seltsam reagiert, als sie kürzlich über Milena gesprochen hatten, dennoch hätte er Emma bestimmt begleitet, wenn sie ihn darum gebeten hätte.

Wahrscheinlich würde sie überhaupt nicht schlafen können. Auch gut, dann hatte sie umso mehr Zeit, die Wohnung weiter in Augenschein zu nehmen. Aufgewühlt schlich sie ins Wohnzimmer zurück. Es war auf jeden Fall tausendmal besser, sich abzulenken und etwas zu tun, als sich starr vor Furcht in irgendeiner Ecke zu verkriechen.

Sie legte die so wenig schmeichelhaften Briefe wieder an ihren Platz zurück und zog die unterste Schreibtischschublade heraus. Inmitten eines Sammelsuriums von Stiften und anderen Schreibutensilien fand sie ein gelbes Post-it-Blöckchen, aus dem wohl auch die Notizen stammten, die oben auf dem Tisch lagen. Emma nahm den Block heraus. Die letzte Notiz hatte feine Druckspuren auf dem obersten Blatt hinterlassen. Mal sehen, ob sie zu einem der Memos passten.

Emma holte aus Milenas Malkasten einen Kohlestift, hielt ihn leicht schräg und fuhr vorsichtig über das Papier. Es funktionierte! Dünne weiße Linien traten aus der feinen Kohleschicht hervor. Dies war eindeutig eine andere, eine neue Notiz. Es war wohl die letzte, die Milena hier am Schreibtisch geschrieben hatte. Wahrscheinlich hatte sie den Zettel mitgenommen.

Papas Ärztin anrufen war schwach zu entziffern, und darunter stand eine Telefonnummer.

Emma stutzte. Milena hatte also doch Familienangehörige, zumindest einen Vater. Warum hatte sie ihn nie erwähnt? Welchen Grund gab es, einen alten Vater zu verschweigen?

Das Telefon! Hatte Milena vielleicht zuletzt diese Nummer gewählt?

Emma folgte der völlig verhedderten Schnur und fand das Telefon im Bad neben der Badewanne. Sie hatte völlig vergessen, dass es inzwischen schon drei Uhr nachts war, und betätigte, ohne nachzudenken, kurzerhand die Wahlwiederholung. Aber sie klingelte niemanden aus dem Schlaf, denn am anderen Ende meldete sich nur ein Anrufbeantworter. Sie verfluchte die Angewohnheit moderner Menschen, so wenig wie möglich von sich preiszugeben. Eine seelenlose Automatenstimme nannte keinen Namen, sondern ratterte stattdessen eine Telefonnummer herunter und forderte den Anrufer auf, eine Nachricht zu hinterlassen. Emma notierte sich die Nummer, es war jedenfalls nicht die der Ärztin, sondern eine Nummer mit Kölner Vorwahl. Na, sie würde einfach in den nächsten Tagen so lange dort anrufen, bis sie irgendwann eine lebendige Person erreichte.

Milena hatte, wahrscheinlich während sie in der Wanne saß, zuletzt diese Nummer angerufen, vermutlich jemanden aus ihrer Kölner Zeit. Ob man dort wohl inzwischen mitbekommen hatte, dass sie spurlos verschwunden war? Sicherlich nur, wenn die Polizei auch in Köln nachgeforscht hatte. Was Emma mittlerweile bezweifelte.

Im Badezimmer lagen benutzte Handtücher in einem Knäuel auf dem Boden. Die Wanne war nach dem letzten Bad nicht richtig nachgespült worden, eine mittlerweile längst eingetrocknete Schaumschlange hatte eine blassrosa Spur zum Abfluss hinterlassen. Milena hatte wohl rotes Badesalz benutzt. Ein weißer Fön hing baumelnd an seinem Kabel, das in einer Steckdose neben dem Spiegel steckte, und auf der Glaskonsole unter dem Spiegel lagen Kajalstifte, Wimperntusche und Lippenstifte. Daneben steckten in einem terrakottafarbenen Becher Zahnbürste und Zahnpasta.

In dem weißen Eckschränkchen gab es Unmengen von Cremetöpfchen, Körperlotionen, Enthaarungscremes, Fläschchen mit Badezusätzen, Parfumflacons und Make-up-Tiegel. Milena schien das Zeug wirklich pfundweise zu verbrauchen. Im Fach darunter befanden sich Haarbürste und Kamm, Wattepads, Kosmetiktücher, ein angebrochenes Päckchen mit Einwegrasierern, ein Körbchen, vollgepackt mit unzähligen Nagellackfläschchen, und ein Fläschchen mit Nagellackentferner. Im größten Fach ganz unten lagen frische Handtücher, zusammengefaltete Duschmatten und eine große angebrochene Packung Toilettenpapier. Emma blieb einen Moment lang ratlos stehen, Milenas Badezimmer hatte wahrhaftig keine großartigen Überraschungen zu bieten.

Nun kam Milenas Schlafzimmer an die Reihe. Emma war zwar erschöpft, andererseits aber auch völlig überdreht. An Schlafen war also überhaupt nicht zu denken.

Sie machte einen Schlenker zurück in die Küche und suchte in Milenas Weinregal nach einer Flasche Rotwein. Wenn sie heute Nacht sowieso nicht mehr nach Hause fuhr, konnte nach der ganzen Aufregung ein Gläschen Wein nicht schaden. Mit einem lauten Plopp zischte der Korken aus der Flasche, Emma holte sich ein Glas aus dem Schrank und nahm beides mit ins Schlafzimmer. Sie tappte durch den halbdunklen Flur und öffnete die Tür zu dem quadratischen Raum mit den in satten Kontrastfarben gestrichenen Wänden. Diesmal zog sie die dicken dunkelblauen Samtvorhänge zu, bevor sie Licht machte. Sie stellte die Rotweinflasche auf die kleine Kommode neben der Tür und nahm einen tiefen Schluck aus ihrem Glas, während ihr die hasserfüllten Worte aus den Briefen in Milenas Schreibtisch unaufhörlich durch den Kopf jagten.

Das große französische Bett sah aus, als wäre ihm gerade jemand entstiegen. Das Bettzeug war zerwühlt, und auf der Polsterbank am Fenster lagen achtlos hingeworfene Kleider, obenauf ein flauschiger Pyjama aus Flanell. In dem etwa buchtiefen Regal, das oberhalb des Bettes über die gesamte Breite in die Wand eingelassen war, lagen zwischen Büchern und bunten Glasschälchen mit Teelichtern Milenas Ringe und Halsketten und zwei ihrer auffälligen Eulenbrillen. Dazwischen stand ein kleiner silberfarbener Wecker.

Emma setzte versuchsweise eine der Brillen auf.

Und stellte überrascht fest, dass die Gläser keinerlei Sichtveränderung bewirkten, sie bestanden auf beiden Seiten offenbar nur aus Fensterglas. Milena trug die Dinger also tatsächlich nur zum Spaß, was für eine Idee! So schön waren sie nun auch wieder nicht.

Nach einem weiteren Schluck Rotwein nahm sie sich Milenas bunt bemalten, prall gefüllten Kleiderschrank vor, indem sie flüchtig zwischen die unordentlich auf Bügeln hängenden Kleidungsstücke griff und sie von der rechten Seite zur linken schob. Sofort wurde ihr klar, dass es bei der Riesenmenge an Klamotten unmöglich war, festzustellen, ob Sachen fehlten oder nicht.

Emma begann vor Erschöpfung zu frieren, doch jetzt kam Aufhören natürlich erst recht nicht mehr in Frage.

Als Letztes öffnete sie die schweren Türen des alten Wandschranks im Flur. Auf dem obersten Regal lagen zwei Reisetaschen, die beide leer waren, und ein Hartschalenkoffer mit Rollen. Es sah nicht so aus, als ob hier noch ein weiterer Koffer Platz gehabt hätte, der jetzt fehlte.

Emma holte einen Stuhl aus der Küche, stieg hinauf und wuchtete den Koffer herunter. Polternd landete er auf dem Boden. Allzu schwer war er nicht, es konnte also nicht viel drin sein. Sie kniete nieder, hob den Deckel und starrte verblüfft hinein.

Zuerst erkannte sie nur ein Gewirr roter Haare, unwillkürlich fuhr sie zurück und schrie leise auf. Dann riss sie sich zusammen und sah genauer hin.

Perücken. Der ganze Koffer war voll mit roten Langhaarperücken! Sie griff mit beiden Händen hinein und ließ die glänzenden Strähnen ungläubig durch ihre Finger gleiten. Was war hier los? Wozu zum Teufel brauchte Milena Perücken? Und noch dazu so viele, wo sie doch selbst so wundervolles Haar hatte, um das alle sie beneideten?

Plötzlich richtete sie sich mit einem Ruck auf, die Erkenntnis traf sie wie ein Schlag. Der Gedanke war ungeheuerlich. Wie unheimlich das war, wie fremd und furchteinflößend! Tränen brannten ihr in den Augen, und eine eiskalte Faust schien sich in ihren Magen zu bohren.

Wie eine Schlafwandlerin geisterte sie durch die spärlich erleuchtete Wohnung, ziellos, Schritt für Schritt, einfach nur, um nicht mehr den Koffer mit den herausquellenden roten Perücken sehen zu müssen. Irgendwann ließ sie sich im Wohnzimmer auf die Recamiere sinken und wickelte sich, immer noch völlig benommen, in die warme Decke, die am Fußende lag.

Einfach liegen bleiben, nichts mehr tun, nichts mehr suchen, nichts mehr finden …

Wenn ihre Vermutung richtig war, würde das zumindest erklären, warum alle Spuren von Milena im Nichts endeten. All diese willkürlich verstreuten Hinweise … absichtlich ausgelegt von einem schlauen Hasen, der jede Menge Extrahaken schlug, um seine Verfolger zu verwirren und abzuhängen.

Emma zitterte vor innerer Erregung. Es war unfassbar! Jemand hatte sich rote Perücken und diese Eulenbrillen aufgesetzt, eine Frau, die Milena nur spielte.

Aber wozu?

Und wenn Milena nicht die war, die sie zu sein vorgab, wer war sie dann?

Es war fast fünf Uhr morgens, als Emma auf der Couch endlich in einen unruhigen Schlaf fiel. Kurz bevor ihr die Augen zufielen, stahl sich ein kleiner, bohrender Gedanke in ihren Kopf. Noch etwas stimmte nicht in Milenas Wohnung. Abgesehen von all den befremdlichen Entdeckungen dieser Nacht war sie plötzlich absolut sicher, dass sie etwas Wichtiges übersehen hatte. Nein, umgekehrt: Etwas war nicht da, was eigentlich hätte da sein müssen. Ja, so war es. Es war etwas ganz Alltägliches, völlig Banales. Und es fehlte.

Warum war ihr das bloß früher niemals aufgefallen?

Doch das Bild war zu schwach, zu flüchtig, um ganz bis in ihr Bewusstsein vorzudringen. Sie konnte es nicht festhalten. Sie ließ los, und es fiel ins Nichts.

56

Als Emma wieder aufwachte, war es schon Mittag. Ganz im Gegensatz zu gestern schien die Sonne heute von einem strahlend blauen Himmel, und die Ereignisse der Nacht kamen ihr nun völlig unwirklich vor.

Die Recamiere war wirklich kein ideales Schlafmöbel. Ihre Knochen waren steif und ihr Rücken völlig verspannt. Trotzdem war sie froh, überhaupt ein paar Stunden geschlafen zu haben. Sie tappte ins Bad und spritzte sich kaltes Wasser ins Gesicht, um zu sich zu kommen.

Nein, sie hatte nicht geträumt. Mitten im Flur lag noch immer der unheimliche Koffer.

Sie überwand sich und angelte eine der Rothaarperücken heraus. Dann hievte sie den Koffer wieder auf das oberste Bord und schlug die Tür des Wandschranks zu. Nachdenklich blickte sie auf die rote Perücke in ihrer Hand, trat vor den

Flurspiegel und setzte sie versuchsweise auf. Gar nicht so übel, sie sah aus wie Milenas kleine Schwester. Sie schnitt ihrem Spiegelbild eine Grimasse. Mit Milena konnte sie natürlich nicht im Entferntesten mithalten.

Gähnend tappte sie in die Küche und kochte sich einen Espresso, den sie, am Küchenfenster stehend, trank.

Gerade als ihr der Gedanke kam, dass das Wohnviertel tagsüber eigentlich nicht weniger ausgestorben wirkte als nachts, bog draußen ein dickes Mädchen um die Ecke und trottete mit auf den Boden gesenktem Blick auf das Haus zu. Das war doch die kleine Tochter der Vermieterin, wie hieß sie doch gleich? Ach ja, Klara oder so ähnlich.

Sie wirkte niedergeschlagen und lustlos und sah genau in dem Moment auf, als Emma näher ans Fenster herantrat. Emma hob die Hand und winkte. Das Kind blieb wie angewurzelt stehen und starrte sie mit offenem Mund an. Dann zog es, den Blick weiter auf Emma geheftet, mit mechanischen Bewegungen einen Schlüssel aus der Jackentasche.

Emma fasste sich in die rote Mähne.

Natürlich, die Kleine musste sie mit der Perücke auf dem Kopf von weitem für Milena halten! Sie eilte zur Wohnungstür und trat ins Treppenhaus. Das Mädchen schloss unten gerade die Haustür auf, ließ sie krachend hinter sich zufallen und blieb unten am Eingang stehen. Schüchtern blickte es aus großen, braunen Rehaugen zu Emma auf. Frau Krampp schien nicht zu Hause zu sein, sonst wäre sie sicher schon längst oben an der Treppe erschienen, um ihre Tochter wegen des Lärms zu maßregeln.

»Du bist ja gar nich Milena«, stellte die Kleine nüchtern fest.

Sie war in einen ballonartigen grauen Anorak gepackt, der viel zu groß und höchstwahrscheinlich das abgelegte Kleidungsstück irgendeines Erwachsenen war, vermutlich sollte sie noch hineinwachsen. Bestimmt wurde sie damit in der Schule von ihren Klassenkameraden aufgezogen, und vermutlich nicht nur deswegen. Sie hatte ein pausbäckiges, kugelrundes Mondgesicht, das ausschließlich aus Augen und Sommersprossen zu bestehen schien, die struppigen blonden Haare standen ihr wirr vom Kopf ab.

»Nein, ich bin Emma. Erkennst du mich denn nicht?«

»Ah ja. Hast du dich verkleidet? Spielst du Theater?«

»So ähnlich«, antwortete Emma. »Aber bitte verrate mich nicht.«

Emma wusste, dass die Kleine ab und zu unten bei Milena gespielt hatte. Hatte wohl ansonsten wenig Freunde hier.

»Milena ist viel schöner als du«, erklärte das Kind jetzt unumwunden und zog den Reißverschluss ihrer hässlichen Jacke auf.

Darunter kam ein noch hässlicherer grauer Pullover zum Vorschein.

»Danke. Geschmacksache.«

»Wann kommt Milena denn wieder?«

Das Mädchen ließ seine Schultasche auf die schwarz-weißen Steinfliesen plumpsen und schälte sich aus dem Anorak.

»Ich hab keine Ahnung«, antwortete Emma. »Eigentlich hatte ich gehofft, dass du mir das sagen könntest. Sag mal, Klara, hast du nicht irgendeine Idee, wo sie sein könnte? Hat sie dir was erzählt?«

Das Mädchen schüttelte den Kopf.

»Caro heiß ich, nich Klara«, informierte sie Emma. »Milena hat versprochen, mit mir ins Eisstadion zu gehen. Zum Schlittschuhlaufen. Aber sie hat mich nich abgeholt, ich hab die ganze Zeit auf sie gewartet.«

Caro sprach ohne jeglichen Vorwurf in der Stimme. Ein bisschen resigniert vielleicht, aber doch so, als sei sie solch unzuverlässiges Verhalten von Erwachsenen längst gewöhnt.

»Gehst du mit mir hin?«, fragte sie plötzlich hoffnungsvoll.

Emma lächelte. »Wenn ich mal mehr Zeit habe, vielleicht. Aber ich kann's nicht so gut, weißt du. Milena ist viel sportlicher als ich. Wenn ich bloß wüsste, wo sie steckt!«

»Die Polizei war hier«, sagte Caro plötzlich.

Sie bückte sich, warf sich den Schulranzen über die Schulter und legte sich ihre Jacke über den Arm. Emma überlegte fieberhaft, wie sie das Mädchen davon abhalten konnte, einfach nach oben in die Wohnung zu verschwinden.

»Ja, ich weiß«, nickte sie. »Haben sie dich auch ausgefragt?«

»Nee, das konnten sie gar nich.« Caro blieb jetzt direkt vor ihr stehen und linste an Emma vorbei in die Wohnung. »Ist sonst noch jemand da drin?«

»Nein, ich bin ganz allein«, versicherte Emma. »Aber, wieso konnte die Polizei dich nichts fragen?«

»Weil Mama mich ins Bett geschickt hat.«

»Aaah«, machte Emma. »Was hättest du ihnen denn sonst erzählt?«

»Gar nix«, antwortete die Kleine viel zu schnell und sah weg. »Aber ich hätt sie gefragt, warum sie nich in einem richtigen Streifenwagen rumfahren.«

Emma überlegte blitzschnell. Es war ein bisschen gemein, das Mädchen zu ködern, aber sie hatte das deutliche Gefühl, dass das Kind etwas verheimlichte. Da war jedes Mittel recht.

»Willst du nicht kurz reinkommen? Deine Mama ist sowieso noch nicht da. Ich guck mal nach, ob Milena Eiscreme im Kühlfach hat, ja?«

Die großen Augen des Mädchens leuchteten kurz auf, verdüsterten sich aber sofort wieder.

»Ich darf nich, Mama hat's verboten.«

»Hm. Schade.«

Caro schlug wortlos die Augen nieder und schlich die Treppe hinauf, ohne sich noch einmal umzusehen.

»Warte mal, Caro«, rief Emma ihr nach. »Hast du vielleicht in letzter Zeit fremde Leute gesehen, die zu Milena kamen?«

Caro blieb am oberen Treppenabsatz stehen. »Zu Milena kamen dauernd irgendwelche Leute. Ich war auch oft da«, sagte sie.

»Ja, ich weiß, sie hat mir von dir erzählt. Sie mag dich.«

Caro strahlte.

»Sie ist einfach verschwunden, verstehst du, ich mach mir wirklich Sorgen um sie«, erklärte Emma.

»Das musst du nich«, antwortete Caro prompt. »Sie hat bestimmt ihre Knarre mitgenommen.«

Emma schnappte nach Luft. »Ihre Knarre? Sag das noch mal«, hauchte sie. »Milena hat eine Waffe?«

»Klar, sie ist doch bei der Polizei.«

»Aber … aber Milena ist nur Fotografin, keine Polizistin.«

»Trotzdem«, beharrte die Kleine. »Sie hat gesagt, dass sie die Pistole braucht, aber Mama darf nix davon wissen. Milena war furchtbar böse, als ich sie in der Kiste unter dem Sofa gefunden hab, und hat sie mir einfach weggenommen. Dabei wollt ich doch bloß damit spielen.«

»Oh«, hauchte Emma.

Das wurde ja immer schöner! Wozu brauchte Milena eine Waffe? Besaß sie denn überhaupt einen Waffenschein?

Caro war inzwischen weiter die Stufen hinaufgestiegen, jetzt war sie fast oben, hielt noch einmal kurz inne und beugte sich über das Geländer, um Emma besser sehen zu können. In diesem Moment ertönten energische Schritte vorm Haus.

Was für ein Pech, Caros Mutter war im Anmarsch!

Caro ließ auf der Stelle das Geländer los und war im nächsten Moment verschwunden. Auch Emma beeilte sich, in Milenas Wohnung zu huschen. Für Mona Krampp hatte sie in diesem Augenblick überhaupt keinen Nerv, sie musste erst mal die neuesten Informationen verdauen.

Sie presste ein Ohr von innen an die Tür und hörte Frau Krampp die Treppe hinaufkeuchen und kurz darauf, wie sie ihre Tochter mit irgendeiner barschen Maßregelung begrüßte. Caros Leben war bestimmt kein Zuckerschlecken.

Emma ging in die Küche zurück und ließ sich auf einen Stuhl sinken.

Eine Pistole, in Milenas Wohnung!

Aber vielleicht hatte sich das Mädchen die Sache mit der Waffe unterm Sofa auch einfach nur ausgedacht? Wahrscheinlich sah sie zu viel fern und hatte noch dazu eine blühende Phantasie. Kein Wunder. Milena hatte mal erwähnt, dass Caro die meiste Zeit allein daheim herumhockte und sich selbst überlassen war.

Aber diese nüchterne Ernsthaftigkeit, mit der sie von der Waffe erzählt hatte! Emma hatte eigentlich nicht den Eindruck gehabt, dass Caro sich nur wichtig machen wollte.

Sie sprang auf, rannte ins Wohnzimmer und spähte unter die Recamiere. Nichts, natürlich nicht. Milena hatte die Pistole mitgenommen, vorausgesetzt, das Ding existierte überhaupt. Emma sank auf die Couch.

In den letzten vierundzwanzig Stunden hatte sich ihr Bild von Milena um hundertachtzig Grad gedreht. Diese Frau, von der sie gedacht hatte, sie sei ihre beste Freundin, war in Wahrheit ein völlig fremder Mensch, ein einziges riesengroßes Fragezeichen.

Emma spürte ein diffuses Gefühl der Bedrohung in sich aufsteigen, das sie eigentlich nicht länger ignorieren konnte. Sie musste mit jemandem reden, am besten noch einmal mit der Polizei. Und diesmal würde sie sich nicht abwimmeln lassen, jetzt *mussten* sie ihr einfach zuhören. Sie hatte jede Menge brisanter Neuigkeiten, ihr schwirrte der Kopf von all den aufwühlenden Entdeckungen. Sie stand auf und begann, ihre Sachen zusammenzusuchen. Plötzlich konnte sie gar nicht mehr schnell genug aus dieser Wohnung hinauskommen.

Zuvor ging sie aber noch einmal zurück ins Wohnzimmer, notierte sich sämtliche Absenderinnen der Briefe und steckte den Zettel mit den beiden Telefonnummern in ihre Handtasche. Diesen Spuren konnte sie ja wohl selbst einigermaßen gefahrlos nachgehen, die Polizisten hätten dafür wahrscheinlich sowieso nur ein müdes Lächeln übrig.

Draußen warf sie den Rucksack auf die Rückbank ihres Wagens und fuhr los. Ein paar Passanten sahen neugierig zu ihr herüber, aber niemand machte Anstalten sie anzusprechen oder gar aufzuhalten.

So erschlagen wie sie war, konnte sie sich kaum auf das Autofahren konzentrieren. Sie nahm den kürzesten Weg, vorbei an dem Stadtteil Vogelstang nach Ilvesheim und von dort über die Neckarbrücke nach Seckenheim und schließlich nach Edingen. Als sie schon fast zu Hause war, fiel ihr ein, dass sie vergessen hatte, die Mülltüte aus Milenas Küche zu entsorgen. Na ja, das konnte warten. Sie bezweifelte allerdings, dass sie tatsächlich noch einmal den Mut aufbringen würde, die Wohnung zu betreten.

Plötzlich bemerkte sie bei einem kurzen Blick in den Rückspiegel, dass sie noch immer die rote Perücke trug. Sie riss sie hastig vom Kopf und warf sie zu ihrem Rucksack auf den Rücksitz.

Der alte Wasserturm stand in der frühlingsverheißenden Nachmittagssonne, nach den Aufregungen der letzten Nacht ein tröstlicher und beruhigender Anblick. Traktorengeknatter wehte über die Felder, ein Krähenschwarm zog unter Krächzen, das wie übermütiges, hämisches Gelächter klang, seine Kreise in der hellblauen Luft. Trotzdem nahm sie das vertraute, freundliche Bild nur am Rande wahr, die Erleichterung, zu Hause zu sein, ließ sie plötzlich umso mehr ihre Erschöpfung spüren. Sie sehnte sich nach einem heißen Bad und ihrem Bett. Morgen früh würde sie dann gleich zur Polizei gehen.

Sie hatte nicht bemerkt, dass ihr die ganze Zeit über unauffällig ein Auto gefolgt war, das jetzt beim Schützenhaus anhielt. Emma war so zerstreut, dass sie wahrscheinlich nicht einmal mitbekommen hätte, wenn ihr eine komplette Fußballmannschaft einschließlich Trainer aufgelauert hätte.

Sie stellte ihr Auto direkt neben dem Turm ab und nestelte an ihrem Schlüsselbund. Aufatmend betrat sie ihre Wohnung und schleppte sich die enge Treppe hinauf. Nachdem sie den Rucksack im Wohnzimmer abgeladen hatte, ließ sie sich aufs Sofa sinken und griff zum Telefon. Bevor sie in die Wanne stieg, wollte sie doch noch den Anruf bei dieser Ärztin hinter sich bringen und nach Milenas Vater fragen. Sie riss eine Tüte

Studentenfutter auf und warf sich ein paar Handvoll Nüsse in den Mund.

Diese Telefonnummer war ihre einzige wirklich greifbare Spur, um mehr über Milena herauszubekommen. Die Ereignisse der letzten Nacht erschienen ihr inzwischen wie ein böser Traum, ein surrealistischer Trip in eine andere Welt.

Hier jedoch gab es einen leibhaftigen Vater, Milenas Vater, dessen Ärztin man anrufen konnte. Handfeste Alltäglichkeiten, genau das brauchte sie jetzt. Sie hielt den Zettel mit der Nummer gegen das Licht, um sie besser lesen zu können. Es war eine Nummer mit einer Vorwahl aus der Pfalz. Ihre Hand zitterte, als sie die Nummer eintippte.

Was mache ich hier eigentlich?, fragte sie sich plötzlich. Milena würde ihr die Hölle heiß machen, falls sich ihre Schnüffelei irgendwann als überflüssig erweisen sollte.

»Seniorendomizil ›Waldpfad‹«, meldete sich eine sanfte Stimme, »hier Schwester Daniela, was kann ich für Sie tun?«

»Ist dort nicht die Praxis von Doktor … äh …«

Das hatte sie nun von ihrer dilettantischen Voreiligkeit, sie wusste ja nicht einmal einen Namen. Aber sie hatte Glück.

»Sie wollen mit unserer Ärztin sprechen? Tut mir leid, die Sprechstunde ist gerade zu Ende. Aber Momentchen, wenn wir Glück haben, erwischen wir sie noch.«

Ein Seniorendomizil! Milenas Vater war also Bewohner eines Altenheims.

Während im Hörer Stille eintrat, das ab und zu von einem Knacken unterbrochen wurde, fühlte Emma eine lächerliche Dankbarkeit in sich aufsteigen, weil eine ihr völlig fremde Person das Wörtchen »wir« eingeflochten und sich damit wenigstens vorübergehend zu einer Art Verbündeten gemacht hatte. Der kurze tröstliche Augenblick wurde allerdings schon im nächsten Moment von der nassforschen Stimme der Ärztin wieder zerstört.

»Wagenblass. Sie wünschen?«

Emma zögerte, aber nur kurz. Sie musste sich natürlich als Milena ausgeben, sonst würde sie überhaupt nichts erfahren.

»Milena Breiter hier. Guten Tag, Dr. Wagenblass. Ich sollte Sie anrufen wegen meines Vaters?«

Verärgert registrierte sie, dass ihre Stimme zitterte. Es war wahrhaftig nicht leicht, von heute auf morgen Detektivin zu spielen und dabei nicht die Nerven zu verlieren.

»Heißt Ihr Vater ebenfalls Breiter?«

»Ich glaube ja. Doch, natürlich.« Sie hatte keine Ahnung!

»Sind Sie sicher, dass Sie bei mir richtig sind? Ich habe keinen Patienten mit diesem Namen. Ist Ihr Vater vielleicht ein Neuzugang?«

Neuzugang? Wovon war hier die Rede? Von Menschen oder von Zuchtbullen?

»Nein, eigentlich nicht … tja, oder doch? Ich … äh … vielleicht heißt er auch ganz anders«, stotterte Emma.

Wie ärgerlich! Wie konnte ihr nur so etwas Dummes über die Lippen kommen? Ihr Mut sank, am liebsten hätte sie sich die Zunge abgebissen.

»Sie wissen nicht wie Ihr eigener Vater heißt? Na bravo. Für einen solchen Blödsinn hab ich wirklich keine Zeit. Guten Tag.«

Noch ehe Emma eine weitere Frage anbringen konnte, hatte die Ärztin aufgelegt, und aus der Leitung tönte nur noch nervtötendes Tuten.

Toll, das hatte sie ja wirklich gründlich vermasselt. Milenas Vater hieß wahrscheinlich ganz anders. Vielleicht war Milena ja doch mal verheiratet gewesen und hatte ihren Ehenamen behalten. Oder es gab andere familiäre Verwicklungen, aus denen sie mit dem Namen Breiter hervorgegangen war, wer konnte das heutzutage schon wissen? Sie hatte zwar nie etwas Derartiges erzählt, aber bei all den Überraschungen, die Emma in den letzten Tagen im Zusammenhang mit Milena erlebt hatte, wäre dies noch eine der harmloseren Art. Der Name Breiter konnte natürlich sogar pure Erfindung sein. Dann würde es noch schwerer werden, etwas herauszufinden. Aber sie musste es wenigstens versuchen.

Sollte sie gleich noch mal in dem Heim anrufen? Vielleicht hatte sie Glück und bekam wieder die berufsbedingt solidarische Wir-Schwester an den Apparat und konnte ihr etwas Brauchbares entlocken. Sie überwand sich rasch und wählte.

»Seniorendomizil ›Waldpfad‹, Schwester Daniela, guten Tag.«

»Hallo, Schwester Daniela, hier ist noch mal Milena Breiter. Es geht um meinen Vater«, bluffte sie ins Blaue hinein.

Schwester Daniela tat keinen Mucks, völlig zu Recht witterte sie Verrat.

»Dr. Wagenblass konnte mir leider nicht weiterhelfen.« Emma schluckte nervös. »Deshalb wende ich mich nun nochmals an Sie.«

Schwester Daniela schnaufte am anderen Ende unentschlossen in den Hörer. Immerhin hatte Dr. Wagenblass fast dreißig Sekunden Zeit gehabt, ihr einen Maulkorb zu verpassen.

Emma räusperte sich. »Schwester Daniela, die Frage mag Ihnen jetzt vielleicht seltsam erscheinen, aber es ist wirklich sehr wichtig. Gibt es bei Ihnen vielleicht einen männlichen Heimbewohner, der eine Tochter mit langen, roten Haaren hat?«

»Seltsam ist gar kein Ausdruck. Wollen Sie mich verarschen?«

Der verbindliche Tonfall war jetzt ganz und gar aus ihrer Stimme verschwunden und mit ihm das wundervolle »wir«. So viel zu Schwester Danielas Solidarität.

»Überhaupt nicht«, beteuerte Emma, »das würde ich nie …«

Tututut. Schwester Daniela hatte aufgelegt.

»… wagen.« Emma ließ frustriert den Hörer sinken.

Trotzdem, sagte sie sich, war sie einen kleinen Schritt weitergekommen. Sie konnte jetzt nicht mehr aufgeben, nicht nach all dem, was sie in den letzten Stunden herausgefunden hatte.

Ein Seniorendomizil namens »Waldpfad« – sie würde herausfinden, wo das Heim war, und einfach hinfahren. Sie würde alle männlichen Bewohner unter die Lupe nehmen, und wenn sie jedes Zimmer einzeln durchkämmen musste. Wenn Milenas Vater wirklich dort lebte, würde sie ihn finden. Dann würde sie vielleicht endlich mehr erfahren.

57

»Iss net so gierisch«, nörgelte Mona.

Bevor sie selbst auch nur ein einziges Mal in ihr Brot beißen konnte, hatte ihre Tochter Caroline schon zwei davon hinuntergeschlungen. Es gab nichts Schlimmeres als Maßlosigkeit, fand Mona.

Sie griff mit grimmigem Gesicht zu dem weißen Magerkäse und schnitt lauter identische Scheibchen ab, die sie so akkurat auf ihrem Brot verteilte, als handele es sich um ein byzantinisches Mosaik und nicht um ein hundsgewöhnliches Knäckebrot.

»Un außerdem sagisch dir immer widder, dass du doi Brot net so dick belege sollsch«, dozierte sie. »Gugg misch oo un nimm dir ä Beischpiel.«

Caro schielte zu der hageren, unfrohen Gestalt am Tischende hinüber. Seit sie denken konnte, war ihr oberstes Ziel, *nicht* zu werden wie ihre Mutter. Hastig griff sie nach einer Scheibe Salami und klatschte sie noch auf den Käse, bevor sie in ihr Brot biss.

Mona seufzte.

»Konnsch du donn garnet …«

Weiter kam sie nicht, weil in diesem Moment die Klingel schrillte.

Mutter und Tochter schraken zusammen. Hier oben wurde höchst selten geklingelt, meistens waren es entweder der Briefträger oder irgendwelche Handwerker, aber keiner von denen kam abends um sieben. Mona stürzte in die Diele und versuchte hastig, ihr widerborstiges Haar glattzustreichen, was ihr allerdings nur unzureichend gelang. Caro nutzte die Gelegenheit, um sich unzensiert drei Scheiben Schinken in den Mund zu stopfen. Während Mona noch dabei war, ihre Erscheinung zu optimieren, läutete es wieder.

»Is gut, isch kumm jo schun!«, brüllte sie und trat ans Flurfenster, um einen kurzen Blick auf die Straße zu werfen.

Fremde Personen mit Sammelbüchse wies sie grundsätzlich ab. Wenn man die erst mal zu Wort kommen ließ, war der Abend gelaufen. Aber die da unten kamen keineswegs mit Sammelbüchse.

»Ach Gott«, ächzte sie, und ihre Hand fuhr schützend an ihren Hals.

Sie schwankte zwischen Abscheu und Begeisterung. Im Vorgarten standen die beiden Pfeifen von der Polizei, die kürzlich Milena Breiters Wohnung durchsucht hatten, und starrten zu ihr herauf.

»Was wolle die donn schun widder?«, grummelte sie und betätigte den Türöffner. »Ab mit dir ins Bett, hawwemer uns?«, rief sie über die Schulter zurück in die Wohnung.

Die Eingangstür fiel zu, die beiden Besucher kamen schon die Treppe herauf.

»Ich will aber hierbleiben«, begehrte Caro auf. »Es is noch viel zu früh, und ich bin noch überhaupt net müd.«

»Wonn du müd bisch, bestimm immer noch isch, kapiert?«

»Ich will fernsehen«, quengelte Caro. »Mir is langweilig.«

»Nix do. Wie wersenmol mit Lese?«

»Wer isses denn?«

Caro erschien hinter dem Rücken ihrer Mutter und sah als Erstes Luisa Eichingers Kopf auftauchen, und direkt dahinter den von Herbert Niederegger.

»Des geht disch nix oo«, wies ihre Mutter sie zurecht, packte sie bei den Schultern und schob sie in die Wohnung zurück.

»Darf ich mir wenigstens ’nen Becher Eis mit ins Zimmer nehmen?«, bettelte Caro, die Gunst der Stunde nutzend.

»Vun mir aus konnsch de gonze Kiehlschronk mitnemme«, herrschte Mona das Kind an. »Hauptsach, du gibsch Ruh.«

Niederegger und Eichinger grinsten sich an. Mona Krampp, wie immer ein Feuerwerk der guten Laune.

»Guten Abend, Frau Krampp«, grüßten sie unisono.

»Sind Se sischer, dass Se zu mir wolle un net zu Ihrer holde Kollegin von unne?«

»Um die geht es ja.«

Niederegger hatte sich vorgenommen, sich heute nicht von Frau Krampp provozieren zu lassen.

»Dürfen wir kurz reinkommen?«

»Wenn’s ubedingt soi muss«, nuschelte Frau Krampp.

»Sie können auch gerne ins Präsidium kommen und dort Ihre Aussage machen, wenn Ihnen das lieber ist«, bemerkte Niederegger freundlich, während er sich die Schuhe auf der betagten Kokosmatte abtrat.

Beim Gedanken an die Bakterien, die dort unten Hasch mich spielten, überfiel ihn heftige Sehnsucht nach seiner Sagrotansprühflasche.

»Dange, die Brieder kennisch inzwische«, versetzte Mona und trat einen Schritt zur Seite.

Niederegger übersah absichtlich ihre Hand und betrat die Wohnung, während Luisa schon dabei war, ihren Mantel aufzuknöpfen.

»Isch hab Sie hier schunnemol gseh«, sagte Mona unvermittelt zu Luisa Eichingers gesenktem schwarzen Schopf.

»Klar haben Sie mich gesehen«, murmelte Eichinger ohne aufzusehen. »Sie haben uns letzte Woche doch selber reingelassen.«

»Wolle Se misch fer bleed verkaafe?« Frau Krampp hatte nicht vor, sich einschüchtern zu lassen. »Sie warn kerzlisch ällää bei der Breider, stimmt’s? Un Sie hatte ä Flasch Sekt debei.«

»Blödsinn«, blaffte Luisa. »Wie wollen Sie denn das im Dunkeln gesehen haben?«

»Hach«, triumphierte Mona. »Woher wisse Se donn, dasses dungel war?«

Niederegger atmete scharf ein, und Luisa schoss das Blut ins Gesicht.

Die Krampp war wirklich mit allen Wassern gewaschen, ein wahrer Alptraum! In dem Kittelschürzen-Outfit steckte fraglos eine kombinationsfreudige Wald- und Wiesenspionin, die anscheinend rund um die Uhr auf dem Posten war.

»Es war genau drei Verdel zwölfe«, trat Mona erbarmungslos nach. »Hab misch noch gewunnert, dass die Breider Ihne iwwerhaupt uffmacht.«

Das wundert mich allerdings auch, dachte Niederegger, während er unschlüssig vor der Tür stehen blieb.

Luisa gab keine Antwort, umständlich schälte sie sich aus ihrem Mantel und ruderte in dem engen, stickigen Flur so heftig mit den Armen, dass sie den Kunstdruck eines Schwarzwaldhauses von der Wand fegte.

»Basse Se doch uff«, jammerte Krampp.

Hervorragendes Ablenkungsmanöver, dachte Niederegger.

Und tatsächlich, Mona Krampp scheuchte Luisa zur Seite und machte sich mit wütend zusammengekniffenen Lippen daran, die überall verstreuten Teile des kaputten Holzrahmens aufzulesen, während Niederegger in die Küche trat. Luisa bei Milena? Mit Sekt? Dieser pikanten Neuigkeit musste er unbedingt nachgehen.

»Tja, wie Se sehe, störe Se grad beim Oobendesse«, bemerkte Frau Krampp, während sie in die Küche voranging und mit resignierter Geste auf den gedeckten Tisch wies.

»Das tut uns natürlich sehr leid«, versicherte Niederegger wenig überzeugend. »Aber wir können es ja kurz machen. Ist Ihre Mieterin inzwischen wieder in ihrer Wohnung aufgetaucht? Oder haben Sie …«

»Ach«, unterbrach Mona mit sichtlicher Genugtuung. »Sie wisse's also noch garnet? Na, des basst zu dem Frischtsche, sisch net bei ihrer Aaweit zuriggzumelde.«

Sie setzte sich an den Tisch und schob ihren Teller, auf dem ein angebissenes Knäckebrot lag, von sich. Niederegger blieb beim Fenster stehen, warf einen kurzen Blick auf die Straße und wandte sich dann wieder um.

Luisa war leichenblass geworden, sie ließ sich auf einen Stuhl sinken und verschränkte die Arme vor der Brust.

Was hat sie denn jetzt schon wieder?, dachte Niederegger irritiert, bevor er sich wieder auf Mona Krampp konzentrierte.

»Wie? Wollen Sie etwa damit sagen, dass Sie Frau Breiter inzwischen gesehen haben?« Niederegger trat an den Tisch heran, setzte sich aber nicht.

»Allerdings. Sie is heit Middag mit 'nem Rucksack ausm Haus un ins Audo vun ihrer Freundin gschtigge.«

»Aber Mama, das war doch …«, ertönte plötzlich Caros Stimme von der Tür her.

»Halt dudischdo raus«, schnauzte ihre Mutter.

Caro blieb in der Tür stehen und zog einen Flunsch. Ihr Shirt über der viel zu engen Hose zierte ein großer, dunkler Eiscremefleck.

»Lassen Sie das Mädchen doch mal ausreden«, schaltete Niederegger sich ein.

»Gaanix lossisch«, trumpfte Mona auf. »Nix wie Futtern und Fänseh im Kopp, un noch dezu ä haarsträubendi Fondasie.«

»Aber Mama, Milena war doch gar nich …«

»Abmarsch, awwer flott!«, fuhr Mona dazwischen.

Caro zuckte die Achseln und trottete mit gesenktem Kopf davon, einen Moment später knallte heftig eine Tür.

»Kää Benämme, des Kind«, regte Mona sich auf. »Ma hat's net leischt als Mudder.«

Sie erhob sich und schloss nachdrücklich die Tür zum Flur.

»Ham Sie Kinner?«, fragte sie plötzlich, zu Niederegger gewandt.

Ihre schwarzen Knopfaugen taxierten Niedereggers zerfledderte Junggesellenerscheinung von Kopf bis Fuß.

»Nein«, sagte Niederegger energisch. »Also, wie war das jetzt mit Frau Breiter?«

Er bemerkte, dass Luisa noch immer völlig verkrampft auf ihrem Stuhl hockte und offensichtlich Blut und Wasser schwitzte. Was war nur los mit ihr? Musste irgendwie mit diesem Haus hier zusammenhängen. Sie würde doch hoffentlich nicht wieder umkippen?

»Beneidenswert«, schmeichelte Mona Krampp, ohne auch nur im Geringsten auf seine Frage einzugehen. »Schont die Näffe. Un? Verheirat?«

Niedereggers Glubschaugen weiteten sich hinter der dicken Brille. Versuchte diese Frau etwa mit ihm zu flirten?

»Frau Krampp«, schnappte er, »können wir bitte beim Thema bleiben?«

»Gern. Schunsch irgendwie liiert?«

Niederegger lief rot an.

Unter anderen Umständen hätte Luisa diese Szene genossen, es war herrlich, wie Niederegger sich wand und schier aus seinem Anzug zu hüpfen drohte. Aber was hatte die Klatschbase da grade erzählt? Sie hätte Milena gesehen? Das war doch gar nicht möglich, Milena hatte doch den vergifteten Sekt vor ihren Augen ausgetrunken, das konnte sie unmöglich überlebt haben! Es sei denn, es war später noch jemand aufgetaucht, der sie rechtzeitig gefunden und in ein Krankenhaus gebracht hatte. Aber das hätten sie doch mittlerweile auf dem Präsidium längst mitbekommen.

Und ihre Rechnung war absolut nicht aufgegangen, im Gegenteil. Freddy ging ihr seit Milenas Verschwinden aus dem Weg, wo er nur konnte. Sie hatte ihm tagelang vor seiner Wohnung in Neuostheim aufgelauert, um ihn allein zu erwischen und zur Rede zu stellen. Vergeblich, er war nie dort aufgetaucht. Wo hielt er sich bloß neuerdings nach

Dienstschluss auf? Ein furchtbarer Verdacht regte sich in ihr, hatte Freddy vielleicht schon wieder eine neue Flamme?

»Sind Sie sicher, dass die Person, die Sie heute gesehen haben, wirklich Milena Breiter war?«, fragte sie mit belegter Stimme.

Niederegger umkreiste den Tisch und trat dann wieder ans Fenster.

»Ihr rodi Mähn deedisch uff hunnert Meder Entfernung erkenne«, versicherte Mona. »Die konn ma garnet verwechsle.«

Niederegger atmete hörbar aus und war im nächsten Moment schon auf dem Weg zur Tür.

»Dann ist ja alles in Ordnung«, stieß er hervor. »Milena Breiter ist also gesund und munter.«

Er trat in den Flur hinaus und stieß dort mit Caro zusammen, die sofort wieder den Rückzug antrat und hastig in ihrem Zimmer verschwand.

»Bleibt allerdings immer noch die Frage, warum sie sich nicht im Präsidium meldet«, murmelte er vor sich hin.

Luisa sprang auf, schnappte sich ihren Mantel und schlüpfte mit zitternden Händen hinein. Sie mochte gar nicht daran denken, was ihr blühte, wenn Milena tatsächlich noch am Leben war. Warum bloß hatte sie sich in jener Nacht nicht zusammengenommen und sich vergewissert, dass Milena wirklich tot war? Aber sie hatte es einfach nicht über sich gebracht, sie auch nur anzufassen. Blieb nur noch zu hoffen, dass die Krampp sich irrte.

»Vielen Dank für Ihre Hilfe, Frau Krampp.«

Niederegger nickte ihr knapp zu und öffnete die Abschlusstür.

Frau Krampp folgte ihnen bis nach unten und blieb mit in die Hüften gestemmten Armen auf dem Treppchen zum Vorgarten stehen.

»Und nun zu dir, meine Liebe«, wandte Niederegger sich an Luisa, kaum, dass sie neben ihm im Wagen saß.

Es war klar, was jetzt kommen musste. Luisa fingerte umständlich an ihrem Gurt herum und blickte stur geradeaus. Niederegger startete den Wagen und fuhr aus der Parklücke. Während er herumkurvte, versetzte er seiner Hornbrille einen leichten Stups, um sie auf der Nase zurechtzurücken. Eine graue Haarsträhne fiel ihm in die Stirn, und er strich sie ungeduldig zurück.

»Willst du mir allen Ernstes erzählen, dass ausgerechnet du deiner Erzrivalin Milena einen Freundschaftsbesuch abgestattet hast?« Er zog ironisch die Augenbrauen hoch. »Und das mitten in der Nacht, mit einer Flasche Sekt? Also, auf die Geschichte bin ich jetzt wirklich mal gespannt.«

»Ich wollte ... äh ... versuchen, mich mit ihr auszusprechen.«

Es hatte keinen Zweck abzustreiten, dass sie hier gewesen war. Miss Marple hatte viel zu gut aufgepasst.

Niederegger lachte freudlos. »Du und Sanftmut, das passt wirklich überhaupt nicht zusammen.«

Er sah zu seiner kapriziösen Kollegin hinüber, die so angestrengt aus dem Fenster starrte, als wolle sie sämtliche vorbeisausenden Laternenpfähle zählen. Ihr hübsches, ebenmäßiges Gesicht unter dem blauschwarzen Haarschopf war blass und angespannt.

»Hat ja auch gar nicht geklappt«, murmelte Luisa. »Stell dir vor, sie wollte mich nicht mal reinlassen.«

»Na, so was«, grinste Niederegger. »Absolut unverständlich. Wo es doch nichts Schöneres gibt, als mitten in der Nacht von einer missgünstigen Arbeitskollegin aus dem Bett geklingelt zu werden.«

»Sie war noch gar nicht im Bett«, antwortete Luisa entnervt.

»Ach, sie hat dich also doch reingelassen?«

Niederegger nahm eine Rechtskurve zu eng und rammte dabei den Bordstein. Der Wagen machte einen Satz und kam ins Schlingern.

»Oh Mann, Herbert.« Luisa krallte sich mit beiden Händen am Armaturenbrett fest. »Lass lieber mich weiterfahren!«

»Lenk nicht ab«, brummte Niederegger, während er den Wagen wieder auf Spur brachte. »Du behauptest also, dass du mitsamt deinem Sekt unverrichteter Dinge wieder abgezogen bist?«

Sie fuhren auf der B 38 stadteinwärts, gerade kamen sie an Käfertal vorbei. Jetzt am Abend konnte man sich schwer vorstellen, dass hier tagsüber der Verkehr tobte und quasi ein Verkehrsstau in den nächsten überging.

»Bin ich, ja. Ich sage doch, ich hab die Wohnung nicht betreten«, beharrte Luisa mit zusammengezogen Augenbrauen. »Und überhaupt, was geht dich das eigentlich an? Ich muss mich ja wohl nicht vor dir rechtfertigen.«

Sie ließen das Universitätsklinikum inmitten seines parkähnlichen Geländes links liegen, überquerten die Friedrich-Ebert-Brücke und bogen kurz darauf am Nationaltheater links ab auf den Friedrichsring.

In ein paar Minuten hätten sie das Präsidium erreicht, und dann würde Luisa den Kerl einfach stehen lassen. Sollte er doch denken, was er wollte! Man würde nirgendwo in Milenas Wohnung Spuren von ihr finden, dafür hatte sie gesorgt. Was in jener Nacht wirklich geschehen war, konnte ihr niemand nachweisen. Außer Milena natürlich.

Aber wenn sie noch lebte, wo steckte sie dann? Und wenn Mona Krampp sich geirrt hatte und Milena tot war, wo zum Teufel war dann ihre Leiche? Ein kalter Schauder jagte Luisa den Rücken hinunter. Die Breiter, dieses Biest, machte sogar noch nach ihrem Tod Ärger.

58

An jenem verfluchten Tag hatte er die Mutter, rasend wie eine Irrsinnige, in der Küche überrascht, wie sie mit bloßen Füßen wieder und immer wieder einen nur noch zuckend am Boden liegenden Körper traktierte. Das nach oben gekehrte

Gesicht seines Vaters war zertrümmert, die brechenden Augen glotzten ziellos heraus. Die Mutter war halbnackt, wohl noch von der vorausgegangenen Hetzjagd, nur ein sackförmiges, mit Blut besudeltes Hemd bedeckte den schwammigen Körper bis knapp über die Hüften.

Von den in stolzer Siegerpose erhobenen Händen strömte das Blut des Vaters in braunen Rinnsalen über ihre bloßen Arme hinab. Neben dem sich kaum noch regenden Bündel am Boden lag der blutverschmierte, gusseiserne Topf, mit dem sie auf den Vater eingedroschen hatte. Schränke und Regale waren zertrümmert, der Fliesenboden übersät mit Scherben und aus ihren Angeln gerissenen zerborstenen Schranktüren.

Was für ein erbitterter Kampf musste dies gewesen sein, und welch überraschender Sieg für die Mutter!

Aber es war ein falscher Sieg. Warum nur hatte sie nach Jahren der Unterwürfigkeit plötzlich aufbegehrt? Liebte sie ihr erbärmliches Leben denn nicht mehr?

Beim Anblick ihres Sohnes hatte sie endlich von dem halbtoten Vater abgelassen und ihn aus irren, tief in dunklen Höhlen liegenden Augen angestrahlt. Da hatte er das Ungeheuerliche begriffen. Sie war glücklich! Weil sie glaubte, entkommen zu sein. Bildete sie sich tatsächlich ein, die Regeln einfach ändern und sich über ihr Schicksal erheben zu können? Nach Jahren des Winselns und Flehens lachte sie nun, noch nie zuvor hatte er seine Mutter lachen hören. Es war ein völlig verrücktes, ganz und gar unangebracht glückseliges Lachen. Es klang fremd und kehlig, sie wieherte und grölte, bis er in seiner Wut einen Stuhl ergriff und ihr an den Schädel schleuderte.

In ihrem entsetzten Blick lag vollkommene Fassungslosigkeit, und er erkannte, dass sie sich im Recht wähnte. Aus irgendeinem Grund hatte sie plötzlich geglaubt, um ihre Freiheit kämpfen zu dürfen, nicht begriffen, dass sie das große Gleichgewicht gestört, nein, schlimmer, dass sie es zerstört hatte. Sie hatte Vater getötet. Wie konnte sie glauben, ihr Leben dürfe noch weitergehen?

Sie starrte ihn an, und etwas in ihrem Blick brach und erlosch.

Dabei bist du doch noch gar nicht tot, schoss es ihm durch den Kopf.

Er hörte seinen eigenen pfeifenden Atem, während er auf sie einschlug. Es war ein Geräusch, das nicht aus ihm selbst, sondern irgendwo anders herzukommen schien.

Er musste diese Nacht, das ungeheuerliche Geschehen an diesem Punkt einfrieren, konservieren. Die Zeit musste ab sofort stillstehen, nur dann konnte er weiterleben wie bisher. Fast wie bisher.

Sie würden ihn nie verlassen ...

Er hatte seine am ganzen Leib zitternde Mutter an ihren blutüberströmten Armen gepackt und hochgerissen. Nun lachte sie nicht mehr, in ihren verschwollenen, duckmäuserischen Augen stand namenloses Grauen, das ihn tief befriedigte. Das altbekannte, vertraute Heulen und Winseln hatte wieder vollkommen von ihr Besitz ergriffen, und ein wunderbar neues, berauschendes Gefühl von Macht durchströmte ihn.

Ja, er hatte die Macht, die Zeit zurückzudrehen, er konnte seine Mutter wieder in die Mutter verwandeln, die er kannte. Er konnte sie beherrschen, dafür genügte allein seine Körperkraft, mit der er sie wie eine Puppe auf den nächstbesten Stuhl stieß. Ihre Rückenwirbel krachten an die hölzerne Lehne, es brauchte gar nicht so viel, um sie zu brechen. Würde sie noch einmal versuchen, ihrem Schicksal zu entkommen? Sicherheitshalber fesselte er sie mit der Wäscheleine aufrecht an ihren Stuhl. Sie besaß keine Kraft mehr, um sich zu wehren, wimmerte nur noch leise vor sich hin.

Und zu ihren Füßen hauchte der mächtigste Mann in ihrem Dasein sein Leben aus.

Dies waren die letzten Geräusche, die ihn an das Leben mit seinen Eltern erinnerten. Vertraute, heimelige Geräusche. Wie geschaffen dafür, bis in alle Ewigkeit in seinem Kopf erhalten zu bleiben.

Er spürte schon den eisigen Hauch des Todes, als er, ohne sich noch einmal umzudrehen, hinausging und mit absurder Sorgfalt die Tür hinter sich abschloss. Er hatte die Küche in dieser Nacht mit einem Gefühl der absoluten inneren Leere verlassen.

Einige Stunden lang waren noch zaghafte Geräusche verendenden Lebens zu ihm herausgedrungen. Aber sie hatten ihn nicht berührt, nichts verband ihn mit den geschundenen Leibern da drinnen.

Danach herrschte Totenstille in dem großen, alten Haus.

Aber nein, nichts war geschehen, was sein Leben verändert hätte. Er war ja nicht einsamer als zuvor. Alles war gut. Er musste nur noch eines erledigen, hatte nur noch dieses eine große Ziel. Seinen Vater zu rächen.

Und nun war Milena endlich da! Er hatte sich nicht in ihr getäuscht. Sie hatte als Erste tatsächlich begriffen, was getan werden musste, um seine aus den Angeln geratene Welt wieder ins Lot zu bringen. In ihr hatte er die Frau gefunden, die fähig war zu verstehen, dass nur bedingungslose Unterwerfung den Verrat wiedergutmachen konnte. Nach endlos zermürbenden, vergeblichen Versuchen konnte das Vergehen der Mutter endlich gesühnt werden.

Und der Kreis würde sich schließen.

59

Anton Traub saß reglos in seinem Ohrensessel am Fenster.

Es musste tatsächlich schon Frühling sein, denn es war noch hell, und zwar lange, nachdem sie ihr gemeinsames Abendessen unten im Speisesaal eingenommen hatten und jeder wieder in seinem eigenen Zimmer vor sich hin dämmerte.

Der Frühling war schon von jeher seine liebste Jahreszeit gewesen und eigentlich in jedem neuen Jahr immer wieder ein Grund zur Freude, aber in letzter Zeit konnte er sich über nichts mehr freuen. Die Tage erschienen ihm trostlos und öde, denn seit langer Zeit war keines seiner Kinder mehr hier gewesen.

Er erinnerte sich daran, dass Lisetta bei ihrem letzten Besuch sehr schweigsam und in sich gekehrt gewesen war, aber er hatte nicht aus ihr herausbekommen, was sie wirklich bedrückte. Und Marvin? Es war tiefster Winter gewesen, als der ihn zum letzten Mal besucht hatte, sie hatten zusammen einen langen Marsch unternommen. Für Marvin war es wahrscheinlich nur ein kleiner Spaziergang gewesen. Danach waren sie dann noch in dem alten Café im Park eingekehrt, eine nette, willkommene Abwechslung für ihn. Er hatte sich sogar einen Grog bestellt, der ihm, mangels Übung, allerdings sofort zu Kopf gestiegen war.

Jeden Tag löcherte er die Schwestern und Pfleger mit Fragen nach seinen beiden Kindern, aber sie kamen ihm immer nur mit Ausflüchten, versuchten ihm einzureden, dass sie kürzlich erst hier gewesen seien, wollten ihn damit beruhigen. Doch er spürte genau, dass das nicht stimmte. Es war aber sinnlos, ihnen zu widersprechen, sie meinten es ja nur gut.

Er hatte aufgehört, mit Appetit zu essen, nichts interessierte ihn mehr. Bei den wöchentlichen Gesellschaftsabenden hockte er teilnahmslos in seiner Ecke und nahm nichts von all dem wahr, was um ihn herum geschah.

Nicht dass er etwas verpasst hätte. Alle hier warteten bloß noch auf den Tod, das konnte man in Gesellschaft tun oder jeder für sich allein. Alles war leer und schal geworden, es gab keine Farben mehr, das Leben fand nur noch den Weg zu ihnen, wenn Besuch von draußen es in die bedrückend stillen Zimmer der Alten trug. Hier drinnen verrann es nutzlos, versickerte in der grauen Eintönigkeit, unaufhaltsam und unwiederbringlich.

Heute Abend mussten sie wieder mal feiern, Schwester Daniela hatte ihn extra ermahnt, sich noch nicht gleich nach dem viel zu frühen Abendessen ins Bett zu legen. Irgendein Bewohner des Heims war ein Jahr älter geworden, tätää!

Bei solchen Gelegenheiten wurden sie in die kleine Aula unter dem Dach gekarrt, mit ihren Gehwägelchen und Rollstühlen. Die wenigsten begriffen, dass sie dort waren, um irgendetwas zu feiern, sie würden wieder an einem schreiend bunt gedeckten Tisch unter Luftschlangen hocken und vor sich hin stieren, sich wundern, dass man sie nicht einfach in Ruhe ließ, sondern mit drängender Geduld versuchte, so etwas wie Festtagsstimmung heraufzubeschwören. Man konnte von Glück sagen, wenn man neben jemandem zu sitzen kam, den man wiedererkannte und mit dem man vielleicht wenigstens ein paar Sätze wechseln konnte. Die Sekunden später allerdings meist schon wieder vergessen waren.

Aber egal, diese kurzen Momente gefühlter Verbundenheit waren besser als nichts, ein winziges Leuchten im immer undurchdringlicher werdenden Dunkel.

60

Das Seniorendomizil »Waldpfad« lag am Stadtrand von Mainz.

Emma hatte nicht mal Patrick von ihrem Vorhaben erzählt. Um ehrlich zu sein, aus Angst davor, ihm keine schlüssige Erklärung liefern zu können. Tatsache war jedenfalls, dass sie mit Milenas rotgelockter Perücke auf dem Kopf in ihrem Auto saß. Die einzige Chance, Milenas Vater zu finden, ohne seinen Namen zu kennen, war, ihn durch ihr Erscheinen an Milena zu erinnern und damit irgendeine Reaktion bei ihm auszulösen. Sie hatte sich, statt die Autobahn zu nehmen, hinter Ludwigshafen für die schöne Landstraße entlang des Rheins entschieden und kam im strahlenden Aprilsonnenschein in Mainz an.

Laut Karte musste sie mitten durch die Innenstadt, ab dem nördlichen Stadtrand noch ein paar Kilometer weiter nach Westen fahren und dabei den Rhein rechts liegen lassen. Wie eine riesige Patchworkdecke aus malerisch zusammengewürfelten leuchtend gelben, grünen und brauen Rechtecken breiteten sich die Felder zu beiden Seiten der Landstraße aus.

Entgegen ihrem ursprünglichen Vorhaben war Emma inzwischen noch nicht im Polizeipräsidium gewesen, aus Angst, wieder abgewimmelt und belächelt zu werden. Sie wollte mehr vorzuweisen haben, wobei ihr selber nicht ganz klar war, was sie sich eigentlich von dem Besuch bei Milenas Vater versprach. Sofern sie ihn überhaupt fand.

Was für ein Spiel spielte Milena? Und welche Rolle hatte sie Emma dabei zugedacht?

Der Parkplatz vor dem Altenheim war ziemlich voll. Emma hatte bewusst einen Sonntag für ihr Vorhaben gewählt, weil sie hoffte, unter vielen Besuchern weniger aufzufallen. Außerdem war es an einem Sonntag wahrscheinlicher, Milenas Vater überhaupt anzutreffen.

Das Gebäude war in mehrere, unterschiedlich hohe Komplexe unterteilt, die allesamt über den Haupteingang zu erreichen waren. Es lag inmitten von Feldern und Wiesen, den hell gepflasterten Weg zum Eingang säumten gepflegt gestutzte Rosenbüsche, die jetzt freilich noch kahl waren.

Emma betrat das auf Hochglanz polierte Foyer. Dies war eines der besseren Heime, soviel sie inzwischen wusste, sogar das teuerste der Stadt. Die Familie konnte also auf keinen Fall arm sein. Ein paar Rollstühle samt Insassen standen direkt neben dem Eingang, und Emma wurde mit unverhohlener Neugier gemustert. Sie lächelte den Alten zu und zwang sich, gemächlich zu gehen, weil sie hoffte, angesprochen zu werden. Aber nichts geschah.

Aufs Geratewohl bestieg sie einen der vier Fahrstühle. Sie konnte nur auf ihr Glück, auf einen Zufall hoffen und beschloss, zunächst durch die völlig identisch wirkenden einzelnen Stockwerke zu schlendern. Überall roch es nach Putz- und Desinfektionsmitteln, sicher war es nicht einfach, den Geruch von Krankheit und Tod in Schach zu halten. Besucher kamen ihr entgegen, die Angehörige zu einem kleinen

Spaziergang abholten, Schwestern und Pfleger eilten geschäftig durch die Gänge. An den zitronengelben Wänden hingen in akkurat bemessenen Abständen Kunstdrucke in dezenten Farben und kleine, bunte Wandteppiche, und an den Stellen, an denen die Gänge breiter wurden, standen geschmackvolle Zweisitzer und Sessel, abgeteilt von hohen, gepflegten Grünpflanzen. Dennoch konnte die hotelähnliche Atmosphäre schlichter Eleganz nicht vergessen machen, dass der weitaus häufigste Gast hier drinnen Gevatter Tod war.

Emma lugte in Zimmer, deren Türen offen standen, und nickte den Bewohnern freundlich zu, immer in der Hoffnung, dass jemand auf sie aufmerksam werden und sie ansprechen würde. Als sie sich bis ins oberste Stockwerk durchgearbeitet hatte, wollte sie gerade wieder kehrt machen, als sie hinter einer Doppelflügeltür zaghaften Chorgesang hörte. Unschlüssig blieb sie stehen.

»Horch, was kommt von draußen rein, hollahi, hollaho, wird wohl mein Feinsliebchen sein, hollahi jaho!«, sangen etwa ein Dutzend brüchiger, zittriger Stimmen.

»Wenn ich mal gestorben bin, hollahi, hollaho,
trägt man mich zum Friedhof hin, hollahi jaho!«

Irgendjemand hier hatte anscheinend eine gute Portion schwarzen Humor.

Emma zögerte kurz, überwand sich dann aber, klopfte an die Tür und zog sie vorsichtig auf. Hier war offensichtlich eine Feier im Gange. Eine Pflegerin in blauweiß gestreiftem Kittel trällerte lauthals vor sich hin, während sie Saft in Gläser einschenkte, die auf einem großen Tablett auf einer Anrichte standen. Im Hintergrund lief eine CD, die die Akkorde vorgab, und etwa zwanzig Senioren, darunter auch drei Männer, saßen um einen großen ovalen Tisch herum und hielten sich an den Händen, während sie mehr schlecht als recht versuchten, der Melodie zu folgen. Keiner sah seinen Nachbarn an, es schien, als sei jeder für sich alleine hier, die lärmende Musik und die schrillbunte Dekoration bildete einen krassen Gegensatz zu den ernsten, grauen Gesichtern.

Bei Emmas Eintreten drehten sich ein paar Köpfe in ihre Richtung, während andere überhaupt nicht auf die Unterbrechung reagierten. Ein hagerer alter Mann mit dichtem, schlohweißen Haar strahlte Emma an und rief etwas, das Emma nicht verstehen konnte. Bei dem Versuch, sich zu erheben, stieß er gegen den Tisch und plumpste wieder in seinen Stuhl zurück. Teetassen schwappten über, und die Pflegerin warf Emma einen tadelnden Blick zu, während sie sich zu der Musikanlage umdrehte, um die CD abzustellen.

»Verzeihung«, platzte Emma in die plötzliche Stille hinein.

»Ach, Lisetta, da bist du ja endlich«, rief der Greis.

Er versuchte noch einmal aufzustehen und tastete nach seinem Stock, der neben ihm am Tisch lehnte. Endlich schaffte er es, seinen Stuhl beiseitezurücken, der Stock fiel polternd zu Boden.

»Das ist nicht Lisetta, Herr Traub«, bemerkte die Schwester nüchtern, nachdem sie Emma kurz taxiert hatte.

Sie trug eine lila Brille mit dicken, runden Gläsern, ihr hageres Gesicht wurde von einem Wust schwarzer Löckchen umrahmt, ihre Füße steckten in soliden, weißen Gesundheitssandalen, in denen es möglich schien, die Alpen zu überqueren.

»Das ist richtig. Ich ... äh ... bin nur eine Nichte«, stotterte Emma.

Was für ein Glück! Das musste Milenas Vater sein, aber warum nannte er sie Lisetta?

»Ah, daher die Familienähnlichkeit, man sieht auf den ersten Blick, dass Sie mit Lisetta Traub verwandt sein müssen.«

Lisetta Traub. Wo hatte sie diesen Namen bloß schon mal gehört?

Emma zupfte verlegen an ihrer unechten, rotlockigen Haarpracht.

Die Pflegerin lächelte ihr zu, mit unglaublicher Schnelligkeit hatte sie Küchentücher hervorgezaubert und den verschütteten Tee aufgewischt, und im nächsten Moment bückte sie sich schon, um Herrn Traubs Stock unter dem Tisch hervorzuziehen.

»Möchten Sie nicht hierbleiben und mitfeiern?«, fragte sie eifrig. »Die alten Leutchen würden sich freuen. Warten Sie, ich bringe Ihnen eine frische Tasse.«

»Ach, wenn nichts dagegen spricht, würde ich doch lieber …«, begann Emma.

»Sie wollen gern mit Ihrem Onkel allein sein«, nickte die Pflegerin verständnisvoll. »Waren Sie schon mal hier?«

»Ach, das ist lange her«, log Emma lahm.

»Zimmer 105, gleich hier um die Ecke, im nächsten Flur.«

»Was soll das? Ich weiß doch selbst, wo ich wohne«, schaltete sich der alte Mann ärgerlich ein.

Er war inzwischen mit kleinen schlurfenden Schritten näher gekommen und blieb jetzt dicht vor Emma stehen. Sie blickte in zwei strahlend blaue Augen, die sie enttäuscht und zugleich neugierig musterten.

»Natürlich wissen Sie das, Herr Traub«, meinte die Pflegerin gelassen. »Ich wollte nur ganz sichergehen.«

»Du bist tatsächlich nicht Lisetta«, stellte Herr Traub betrübt fest, ohne sich von der Stelle zu rühren. »Schade.«

Die Pflegerin nahm ihn beim Arm, drückte ihm seinen Stock in die rechte Hand und schob ihn sanft in Richtung Tür.

»Passen Sie bitte ein bisschen auf ihn auf, er ist zur Zeit nicht gut zu Fuß«, raunte sie Emma zu. »Viel Spaß mit Ihrer Nichte«, wünschte sie dann mit dröhnender Stimme.

»Ich hab keine Nichte«, behauptete der Greis bockig.

»Aber Onkel«, improvisierte Emma, »kennst du mich denn nicht mehr?«

Im nächsten Moment standen sie auch schon draußen auf dem Flur, und die Pflegerin zog die Tür zum Gemeinschaftsraum hinter ihnen zu.

»Wo ist Lisetta?« Herr Traub hielt sich nicht mit Nebensächlichkeiten auf. »Oder weißt du wenigstens, wo Marvin steckt?«

»Nein, leider nicht«, antwortete Emma.

Sie wusste ja nicht mal, wer Lisetta und Marvin waren! Seine Kinder, vermutete sie. Der alte Mann hatte sich jetzt ohne viel Federlesens bei ihr untergehakt und führte sie tatsächlich in die richtige Richtung zu seinem Zimmer.

»Und wer bist du?«, fragte er, als sie den ziemlich überheizten Raum betraten.

Er versetzte der Tür einen gezielten Stoß mit seinem Stock, und sie fiel mit einem lauten Knall ins Schloss.

»Ich heiße Emma«, antwortete sie wahrheitsgemäß. »Ich bin eine Freundin von Milena.«

Das Bett mit seiner samtigen, dunkelroten Tagesdecke stand gleich hinter der Tür, daneben ein antikes Nachttischchen mit einer hübschen Leselampe und auf dem Bett lag ein aufgeschlagenes Buch mit dem Gesicht nach unten. Offenbar konnten die Bewohner dieses Altenheims ihre eigenen Möbel von zu Hause mitbringen, darauf ließ auch das Klavier auf der gegenüberliegenden Seite des Raumes schließen, auf dem Dutzende von Familienfotos standen.

»Sehr schön. Aber wer ist Milena?«

Der Greis ließ sich in einen Lehnstuhl sinken, der dicht beim Fenster stand, seinen Stock behielt er zwischen den Knien. Sein schlohweißer, dichter Haarschopf leuchtete in der hereinblinkenden Abendsonne und umgab seinen Kopf wie einen Strahlenkranz.

»Na, das hier!«, rief Emma aufgeregt, griff nach einem der Bilder und kniete sich neben den Lehnstuhl nieder.

Sie hatte Milena sofort erkannt, obwohl sie auf dem Bild jünger und schmaler wirkte. Sie hatte es geschafft, sie hatte tatsächlich Milenas Vater gefunden.

»Blödsinn«, behauptete der Alte. »Das ist Lisetta, mein Prinzesschen.« Dann tippte er mit seinem Finger auf den jungen Mann, der neben seiner Tochter stand und ihr unglaublich ähnlich sah, und sagte: »Und das ist mein Sohn Marvin, Lisettas Zwillingsbruder. Sie waren seit Ewigkeiten nicht mehr hier. Haben mich wohl vergessen.«

Emma sprang auf und trat wieder zum Klavier. Anton Traub sah aus den Tiefen seines Lehnstuhls aufmerksam zu ihr hinüber, schien aber nichts dagegen zu haben, dass sie ein Bild nach dem anderen in die Hand nahm und umdrehte. Familienbilder, Klassenfotos, Fotos mit Freunden, aber auch Einzelaufnahmen der Geschwister.

Und tatsächlich! Auf einem der älteren Bilder, das einen Schnappschuss der Zwillinge auf einer Burgruine zeigte, stand auf der Rückseite: *Lisetta und Marvin, 1997 in Lindenfels.*

Lisettas herrliches rotgoldenes Haar floss ihr über den Rücken, sie lachte in die Kamera, während ihr Bruder mit gelangweiltem Blick und in die Hüfte gestemmten Armen neben ihr stand. Er war größer und etwas kräftiger als sie und hatte kurze, glatte Haare, dennoch war die Ähnlichkeit der Geschwister frappierend.

Emma schwirrte der Kopf. Milena hieß also in Wahrheit Lisetta, und sie hatte nicht nur einen Vater, sondern auch einen Bruder. Noch dazu einen Zwillingsbruder! Es wurde alles immer geheimnisvoller und verwirrender. Und der alte Herr Traub wusste genauso wenig, wo diese Lisetta steckte, wie sie selbst.

Was Elmar Ringshauser wohl zu all dem sagen würde? Ob sie Herrn Traub wohl bitten konnte, ihr eines dieser Bilder für ein paar Tage zu überlassen?

»Wenn du schon mal hier bist … äh … wie war doch gleich dein Name?«, ertönte plötzlich die Stimme des alten Mannes in ihrem Rücken.

Man musste schließlich jede Gelegenheit nutzen, um hier rauszukommen. Wer weiß, wie lange es noch dauern würde, bis Lisetta oder Marvin mal wieder aufkreuzten.

»Emma, ich heiße Emma«, antwortete sie mechanisch, während sie sich zu ihm umdrehte.

»Meinetwegen. Emma«, wiederholte er. »Wie wär's mit einem kleinen Spaziergang?«

61

Nach dem Besuch bei Milenas Vater im Heim – *Lisettas* Vater, korrigierte sich Emma sofort – war sie nun doch noch einmal zu … ja, Lisettas Wohnung auf der Blumenau gefahren, diesmal, weil das Wetter so schön war, mit dem Fahrrad, und hatte die Küche aufgeräumt, den Müll entsorgt und die Pflanzen gegossen.

Es musste einen Grund dafür geben, warum Lisetta sich den Decknamen Milena zugelegt hatte. Seltsam war nur, dass die falsche Identität bei ihrer Einstellung als Polizeifotografin nicht aufgeflogen war. Sie hatte doch sicher Zeugnisse und eine Geburtsurkunde vorlegen müssen.

Emma musste sich eingestehen, dass sie insgeheim gehofft hatte, irgendwelche neuen Spuren von Lisettas zwischenzeitlicher Anwesenheit zu entdecken, aber alles in der Wohnung war genauso wie bei ihrem letzten Besuch. Offensichtlich war niemand mehr hier gewesen, weder Lisetta selbst noch sonst jemand.

Es hatte sie einige Überwindung gekostet, noch einmal alleine herzukommen, aber Patrick benahm sich in letzter Zeit reichlich seltsam, sobald die Sprache auf Lisetta kam. Emma hatte ihm inzwischen von ihrem nächtlichen Besuch in Lisettas Wohnung erzählt, er hatte Emma aber nur mit demonstrativ verschlossener Miene zugehört und ihr am Ende geraten, sich nicht weiter einzumischen und vorsichtig zu sein.

Unschlüssig blieb sie in der Diele stehen, irgendetwas hielt sie in den schweigenden Räumen fest. Noch immer lag ein hauchfeiner Rosenölduft in der Luft, aber nun beschwor er nicht mehr das Bild einer vertrauten Person herauf, nein, der Duft gehörte jetzt zu der Fremden, die nicht Milena, sondern Lisetta hieß und ihr eine Menge Unsinn erzählt hatte. Warum nur? Plötzlich erinnerte sie sich auch wieder an dieses seltsame Gefühl vom letzten Mal, dass irgendetwas in der Wohnung nicht stimmte, etwas, das ihr Unterbewusstsein irritiert hatte, etwas, das fehlte. Aber so sehr sie sich auch das Hirn zermarterte, ihr fiel einfach nicht ein, was es war. Es war zum Verrücktwerden!

Schritt für Schritt ging sie noch einmal durch alle Räume, strich im Wohnzimmer über die kompakte Staubschicht, die inzwischen alle glatten Flächen bedeckte, öffnete Schubladen und Schränkchen und stöberte ziellos darin herum, im Schlafzimmer starrte sie minutenlang auf das ungemachte Bett, auf dem noch immer Lisettas flauschiger Schlafanzug lag, beugte sich darüber und tippte mit dem Zeigefinger ein paar der Gegenstände an, die auf der kleinen, in die Wand eingelassene Ablage über dem Bett standen. Wecker, Teelichter, Schmuck.

Hier war es nicht, nein.

Es war das Badezimmer, das sie magisch anzog. Sie knipste das Licht an, trat in den kleinen weißgekachelten Raum und spulte in Gedanken ihre eigene Morgentoilette ab, angefangen vom Weckerklingeln bis zum Verlassen des Hauses. Sie konzentrierte sich und durchforstete dabei noch einmal sämtliche Regale und Schublädchen. Nein, alles war im Übermaß vorhanden, vom Deo bis zum Einwegrasierer, ganz zu schweigen von Lisettas gigantischem Vorrat an Schminkutensilien, der für ein ganzes Mädchenpensionat ausgereicht hätte. Sie hatte sich getäuscht, hier fehlte absolut nichts. Aber warum hatte sie dann noch immer dieses mulmige Gefühl?

Als ihr beim besten Willen nichts mehr einfiel, was sie in der Wohnung noch hätte tun können, trat sie ins Treppenhaus hinaus und schloss die Tür zwei Mal hinter sich ab.

Ein vertrauter Schmerz im Unterleib, dieses penetrante, unverkennbare Ziehen, erinnerte sie daran, dass sie heute oder morgen ihre Tage bekommen würde. Na gut, das hieß für das heutige Abendprogramm Badewanne, Buch und einen doppelten Whisky – ein unabänderliches, mittlerweile liebgewonnenes Ritual, das fast immer zuverlässig half.

Sie öffnete die Haustür und zog sie leise hinter sich zu. Von Lisettas Vermieterin und der kleinen Caro war weder etwas zu sehen noch zu hören. Was natürlich keineswegs bedeutete, dass die Krampp nicht doch irgendwo auf der Lauer lag.

Sie betrat die von der Abendsonne beschienenen Stufen, die in den kleinen Vorgarten hinunterführten, ihr Blick fiel auf die akkurat rechtwinklig gestutzten Buchsbaumhecken zu beiden Seiten des Eingangstörchens.

Und mit einem Mal blieb sie wie versteinert stehen.

Na klar, das war's! Plötzlich wusste sie, was in Lisettas Wohnung fehlte. Warum war ihr das bloß nie aufgefallen?

Sie wirbelte herum und machte sich mit bebenden Händen daran, die Haustür wieder zu öffnen. Sie musste noch einmal gezielt suchen, sichergehen, dass sie sich wirklich nicht irrte.

Sie stürmte ins Bad und durchsuchte es erneut. Nichts! Vielleicht im Schlafzimmer? Nein, da war auch nichts. Zum Schluss ging sie noch einmal durch alle Räume und durchwühlte jeden Winkel, machte sich aber nicht mehr die Mühe, alles wieder ordentlich an seinen Platz zu legen. Lisetta würde toben, wenn sie in ihre Wohnung zurückkam. Aber das war egal, es spielte keine Rolle mehr.

Kein Zweifel, in der ganzen Wohnung gab es keinen einzigen Tampon, keine Damenbinden, ja, nicht einmal Slipeinlagen!

Lisetta trug Perücken und benötigte keine Tampons. Emma wurde plötzlich ganz elend, sie wankte in die Küche und ließ sich auf einen der Stühle fallen.

Plötzlich ergab alles einen Sinn. Lisettas Abneigung gegen Schwimmbäder, die immer viel zu dick aufgetragene Schminke, ihre Vorliebe für auffällige Klunker und schreiende Farben, die wahrscheinlich nur den Zweck hatten, ihre Weiblichkeit hervorzuheben …

Warum nur? Was sollte diese ganze Maskerade, wozu dieses unheimliche Spiel?

Im nächsten Moment sprang sie auf.

Weg hier! Sie wollte nur noch raus aus der Wohnung. Als sie in völliger Verwirrung zu ihrem Fahrrad hastete, hörte sie plötzlich eilige Schritte hinter sich. Im nächsten Augenblick wurde sie am Arm gepackt und unsanft herumgewirbelt.

»Was zum Teufel haben Sie in Milenas Wohnung zu suchen?«, dröhnte eine Männerstimme an ihrem Ohr.

»He, was soll das?« Emma schüttelte unwillig die Hand ab.

Doch dann blickte sie erleichtert in Friedemann Schills erhitztes Gesicht.

»Sag mal, erkennst du mich nicht?«

Seine Verblüffung wich nur langsam dem Wiedererkennen.

Emma half ihm auf die Sprünge. »Ich bin's, Emma, äh ... Milenas Freundin.«

Es war wohl vorerst besser, wenn sie die neuesten Entwicklungen noch für sich behielt, wer weiß, auf welchem Stand Freddy war? Wahrscheinlich hatte er keinen Schimmer davon, wer Milena wirklich war. Genauso wenig wie sie selbst noch vor wenigen Minuten.

»Wir haben uns mal bei Egbert getroffen, beim Fondue-Abend, du bist mit deiner reizenden Luisa irgendwann im wahrsten Sinne des Wortes hereingeschneit, weißt du nicht mehr?«, sprudelte sie hervor. »Ziemlich spät übrigens, wir waren schon fast fertig mit dem Essen. Luisa und ... äh ... Milena haben sich pausenlos angegiftet.«

Endlich entspannte sich sein Gesicht, und er lächelte. Er war wirklich ausgesprochen attraktiv mit dem vollen dunklen Haar und den blitzenden grünen Augen.

»Sie ist nicht meine Luisa«, erklärte er mit ärgerlichem Unterton.

»Dachte ich mir schon«, antwortete Emma unverblümt. »Vielleicht solltest du ihr das mal sagen.«

»Ach, das hab ich doch schon hundertmal getan, sie will es einfach nicht wahrhaben.« Echte Verzweiflung schwang in seiner Stimme mit.

Emma beschloss, nicht weiter darauf einzugehen, seine Beziehungsprobleme interessierten sie im Moment überhaupt nicht.

»Hat sich Milena vielleicht inzwischen bei dir gemeldet?«, fragte sie stattdessen.

Milena ist ein Mann. Milena ist Marvin Traub.

Friedemann schüttelte den Kopf. »Tja, schön wär's. Aber sie ist anscheinend immer noch nicht wieder aufgetaucht, was?«

»Nein«, antwortete Emma bedrückt, »bei mir auch nicht.«

»Was machst du denn eigentlich hier, wenn Milena gar nicht da ist?« Friedemanns Miene drückte plötzlich wieder Misstrauen aus.

Emma stutzte, es war also kein Zufall, dass er ausgerechnet auf der Blumenau unterwegs war. Er war offensichtlich auch wegen Milena hier, klar, er machte sich wahrscheinlich ebenso große Sorgen wie sie selbst. Wenn der wüsste!

»Äh … ich habe einen Zweitschlüssel«, antwortete sie. »Hab grade mal ein bisschen Ordnung gemacht. Müll rausgebracht, abgespült und so. Ich kann doch da drin nicht einfach alles vor sich hingammeln lassen.«

Milena ist Marvin, hämmerte es pausenlos in ihrem Kopf.

»Hast du Lust, irgendwo einen Kaffee trinken zu gehen? Komm, ich lad dich ein.« Friedemann klang eifrig, erwartungsvoll sah er sie an.

Emma zögerte, aber nur kurz. Eigentlich gab es keinen Grund abzulehnen. Vielleicht war dies sogar eine gute Gelegenheit, Freddy ein bisschen auszuhorchen.

»Na gut«, stimmte sie zu, »ich muss sowieso noch in die Stadt.«

Sie stiegen in seinen Wagen, und er versprach ihr, sie später wieder bei ihrem Fahrrad abzusetzen.

62

Beim Betreten des Cafés *Zeilfelder* in der Fressgasse wurden sie von Kaffeedüften eingehüllt wie von einem dunklen, warmen Mantel. Um fünf Uhr nachmittags herrschte hier Hochbetrieb, und da im Erdgeschoss alle Tische besetzt waren, drängten sie sich an der beachtlichen Warteschlange vor der Kuchentheke vorbei und stiegen die mit Parkett ausgelegte Treppe in die oberste Etage hinauf. Die gelbstichige Originaltapete mit dem Blumenmuster im Treppenaufgang erinnerte an längst vergangene Zeiten, als das *Zeilfelder* noch *Café Kollmar* hieß, auch das Inventar war teilweise übernommen worden. Inzwischen waren die alten Holztische mit den auf Korbgeflecht eingelassenen Glasplatten sogar fast schon wieder modern.

Sie hatten Glück, bei ihrem Eintreten wurde gerade ein Fenstertisch frei. Kaum hatten sie auf den mit grünem Plüsch bezogenen Stühlen Platz genommen, als die Chefin persönlich an ihren Tisch kam, um die Bestellung aufzunehmen.

»Hallo Lima, wie geht's?«

Friedemann schielte auf die Tafel mit den Kuchenspezialitäten.

Aha, die beiden kannten sich, daher die bevorzugte Behandlung, stellte Emma fest. Noch nie zuvor war sie im *Zeilfelder* von der Inhaberin selbst bedient worden.

»Ach Gott, Friedemann, wie soll's mir schon gehen? Er fehlt mir, wissen Sie, er fehlt mir wirklich. Es ist schier unerträglich.«

Frau Neuner war um die sechzig und hatte ein paar Kilo zu viel, was ihrer Attraktivität jedoch keinen Abbruch tat. Unter einem Wust von graublonden Locken lugte ein pausbäckiges Gesicht hervor, die flinken braunen Augen schossen zwischen Emma und Friedemann hin und her. Ihre Haut war, Vorteil für die nicht ausgemergelten Diätunwilligen, abgesehen von ein paar Krähenfüßen um die Augen nahezu faltenlos.

»Ich weiß«, seufzte Friedemann. »Mir fehlt er auch. Ist ja auch alles noch nicht lange her.«

»Als ob es gestern erst passiert wäre, genau so fühle ich mich.«

Frau Neuner zwinkerte heftig mit den Augen, um die aufsteigenden Tränen zurückzuhalten, ihre Nase nahm eine zartrosa Färbung an.

»Und dann diese ewigen Verhöre, die Gegenüberstellungen mit seiner Frau, es ist peinlich und entwürdigend.«

Frau Neuner nahm kein Blatt vor den Mund. Offenbar ging sie davon aus, dass Emma Bescheid wusste, während die völlig im Dunkeln tappte.

»Wenn sie das Schwein, das ihm die Briefbombe geschickt hat, doch bloß endlich schnappen würden! Dann könnten wir alle wenigstens mal wieder etwas zur Ruhe kommen.«

Allmählich dämmerte Emma, worum es hier ging. Um das Attentat auf den Leiter der Mannheimer Mordkommission. Wie hieß er doch gleich? Sandberg oder so ähnlich. Aber was hatte Frau Neuner damit zu tun?

»Früher oder später werden wir ihn fassen«, versicherte Friedemann tröstend, obwohl er davon keineswegs überzeugt war.

Frau Neuner atmete tief durch, ihr eindrucksvolles Dekolleté wogte.

»Tja, aber das Leben geht weiter ... oh, wie ich diesen blöden Spruch hasse! Aber genauso ist es, es bleibt einem nichts anderes übrig, als einfach irgendwie weiterzumachen. Was sollte man auch sonst tun?«

Emma nickte mitfühlend, und Frau Neuner riss sich zusammen. »Was kann ich Ihnen bringen?«

Emma bestellte einen Milchkaffee. Da sie in der letzten Zeit nachts kaum zur Ruhe kam, und wenn sie dann endlich doch mal einschlief, von Alpträumen geplagt wurde, war sie tagsüber oft müde und abgeschlagen, ein bisschen Koffein würde ihr sicher gut tun. Appetit auf Kuchen hatte sie allerdings nicht.

Friedemann bestellte grünen Tee und ein Stück Nusstorte. Frau Neuner lächelte ihnen noch einmal traurig zu und verschwand dann in Richtung Treppe.

»Die Arme«, sagte Emma, sich behutsam vorantastend. »Lima?«

»Lisa Marie Neuner«, erklärte Friedemann achselzuckend. »War die Geliebte unseres Chefs. Ex-Chef, wie man leider sagen muss. Heribert Santmann.«

Emma nickte. Also hatte sie mit ihrer Vermutung richtig gelegen.

»Er war ein guter Freund, wir haben zusammen Tennis gespielt.«

»Wie schrecklich für dich«, sagte Emma. »Und seine Frau? Wusste sie …?«

»Von Lima?« Friedemann lächelte wehmütig. »Anfangs nicht, aber irgendwann hat Sibilla es dann wohl mitgekriegt und es ihm mit gleicher Münze heimgezahlt. Und das ausgerechnet mit diesem Kioskbesitzer, der auch erst kürzlich ermordet wurde. Das war sogar noch vor Santmanns Tod. Aber darüber darf ich eigentlich gar nicht reden.«

Friedemann senkte schuldbewusst den Kopf, eine dichte, dunkle Haarsträhne fiel ihm in die Stirn.

»Na ja, Milena hat dir bestimmt auch schon davon erzählt.«

Hatte sie nicht! Es gab so einiges, was Milena nicht erzählt hatte.

»Frau Santmann hat wohl irgendwie kein Glück mit ihren Männern«, sagte Emma unbestimmt.

»Oder umgekehrt«, nickte Friedemann, und seine grünen Augen blickten sie nachdenklich an.

Frau Neuner erschien mit der Bestellung, eilte aber gleich wieder nach unten.

»Wann hast du eigentlich zuletzt mit Milena gesprochen?«, fragte Friedemann zwischen zwei Bissen.

»Das ist inzwischen fast drei Wochen her. Sie …« – das *sie* wollte Emma kaum noch über die Lippen – »… hat mitten in der Nacht bei mir angerufen und wollte sogar noch vorbeikommen. Und das ist das Letzte, was ich von ihr gehört habe.«

Emma nippte an ihrem Kaffee. Sie war so sehr damit beschäftigt, ihre verwirrten Gedanken zu sortieren, dass sie genauso gut Spülwasser hätte trinken können. Am Nebentisch nahm eine junge Frau Platz, die ihr vage bekannt vorkam. Sie war ausgesprochen dürr und hatte fisselige, weißblonde Löckchen, die ihr bis auf die mageren Schultern fielen. Umständlich kramte sie in einer schreiend bunten Handtasche und zog schließlich Zigaretten und Feuerzeug hervor. Suchend sah sie sich nach einem Aschenbecher um, dann fiel ihr Blick auf das Nichtraucherschild an der Wand, und sie verzog genervt ihren leuchtend pink bemalten Mund. Sie packte die Zigaretten wieder weg und griff nach der Karte.

Warum setzt sie sich denn nicht einfach nach unten in den großzügigen Raucherbereich in der Zwischenetage?, schoss es Emma durch den Kopf. Und wo hatte sie diese Frau bloß schon mal gesehen?

»Vielleicht wurde Milena ja von einem ihrer vielen Verehrer verfolgt und musste untertauchen?«

Friedemann klaubte mit zwei Fingern eine schokolierte Haselnuss von seinem Tortenstück und ließ sie zwischen strahlend weißen Zähnen verschwinden.

»Untertauchen?«, rief Emma. »So ein Quatsch!«

Sie hatte immer mehr das Gefühl, sich auf Treibsand zu bewegen, den Boden unter den Füßen zu verlieren.

Ein paar Gäste sahen schon herüber. Die blonde Dürre vom Nachbartisch fixierte Friedemann ungeniert. Der blickte kurz zu ihr hinüber und wandte sich dann gleichgültig wieder ab. Wahrscheinlich war er ständige Aufmerksamkeit von Frauen gewöhnt.

»Na ja, all die Männer, die hinter ihr her sind. Und nicht zu vergessen deren aufgebrachte Ehefrauen.« Friedemann lächelte fein. »Das kann verdammt ungemütlich werden.«

Emma bekam plötzlich einen trockenen Hals.

Was wusste Friedemann? Ihr fielen die Drohbriefe ein, die sie in Marvins Schreibtisch gefunden hatte. Sie konnte sich nicht vorstellen, dass Marvin ausgerechnet Friedemann davon erzählt haben sollte, dem er doch die ganze Zeit die verliebte Milena vorgespielt hatte.

»Wie meinst du das?« Der Kloß in ihrem Hals wurde noch ein bisschen dicker.

»Reg dich nicht auf, Emma«, sagte Friedemann gelassen. »Ich will Milena nicht schlechtmachen, keine Angst. Es ist bloß … Ich finde einfach, sie ist nicht sehr wählerisch, was ihre Männerbekanntschaften angeht. Und ich glaube, manchmal ist sie auch ein bisschen rücksichtslos.«

Emma griff nach ihrer Kaffeetasse und nahm einen kräftigen Schluck. Ihre Hand zitterte merklich, und die Tasse klirrte leise, als sie sie auf den Unterteller zurückstellte. Das Gespräch beunruhigte sie plötzlich zutiefst. Sie erinnerte sich wieder an das überwältigende Gefühl der Fremdheit, das in jener Nacht in … Marvins Wohnung Besitz von ihr ergriffen hatte. Na, inzwischen war diese ganze Kiste ja quasi explodiert.

Und plötzlich hatte sie eine Eingebung. Sie räusperte sich und gab sich einen Ruck. »Sagt dir der Name Lisetta Traub etwas?«

»Na klar, die Frau wird doch seit Monaten vermisst. Wie kommst du darauf?«

Emma riss die Augen auf. »Vermisst? Das ist doch nicht zu fassen!«

Kein Wunder, dass Lisetta Traub ihren alten Vater nicht mehr besuchen kam!

»Du meinst, sie wird polizeilich gesucht?«

»Allerdings«, nickte Friedemann. »Liest du denn keine Nachrichten?«

Emma schüttelte den Kopf. »Eher oberflächlich«, gab sie zu. »Aber, sag mal, das heißt ja, dass Milena …« Verwirrt brach sie ab.

»Heißt was?«

Friedemann hatte seine Torte inzwischen aufgegessen und sah sich nach einer Bedienung um, wahrscheinlich um Nachschub zu bestellen.

»Na hör mal, Milena soll dieser Lisetta Traub verteufelt ähnlich sehen. Ist dir das denn nie aufgefallen?«

Es war ein Schuss ins Blaue, aber Emma hatte ins Schwarze getroffen.

»Doch«, nickte Friedemann versonnen. »Ja, das stimmt, sie könnten tatsächlich Schwestern sein. Aber Milena hat keine Geschwister.«

Emma biss sich auf die Lippen. Friedemann hatte offensichtlich keine Ahnung. Natürlich nicht. Milena hatte alle in dem Glauben gelassen, dass sie keine Angehörigen mehr hätte. Aber seit wenigen Stunden wusste zumindest sie selbst, dass das nicht stimmte. Gar nichts stimmte! Sollte sie Friedemann nicht doch aufklären? Konnte sie ihm überhaupt trauen?

Sie musste. Wenn nicht ihm, wem sonst?

Gerade als sie den Mund aufmachen wollte, um ihm die Augen zu öffnen, mischte sich die Blonde vom Nebentisch in ihr Gespräch ein.

»Entschuldigen Ssie«, lispelte sie. »Ich hab da grade zufällig den Namen meiner besten Freundin gehört. Kennen Ssie Lisetta Traub etwa persönlich?«

»Äh … nein.«

Emma musterte die Fremde jetzt unverhohlen. Ihre Lider waren dick mit schwarzem Kajalstift umrandet, was einen viel zu harten Kontrast zu dem weißblonden Haar darstellte und die kleinen grauen Augen unangenehm stechend wirken ließ. Ihre Bluse hing auf den knochigen Schultern wie bei einer Marionette. Ihre dürre Gestalt löste in Emma den Impuls aus, doch noch ein Stück Torte zu bestellen.

»Wir wissen nur, dass Lisetta Traub als vermisst gilt«, steuerte Friedemann bei.

»Sie hat ssich tatsächlich nie wieder bei mir gemeldet, sseit ssie mit ihrer großen Liebe auf und davon ist.«

Plötzlich streckte die Fremde ihnen über den Tisch hinweg ihre kleine, kalte Hand entgegen, die zuerst Friedemann und dann Emma, etwas zögerlich, ergriff. Das Gelispel kam wohl von einem Zungenpiercing, einem kleinen Kügelchen, das bei jedem Wort zwischen ihren Zähnen aufblitzte.

»Corinna Heise«, stellte sie sich vor und kicherte nervös. »Ich glaube, ehrlich gesagt, immer noch, dass dieser Neue dahintersteckt.«

»So, meinen Sie?« Friedemann sah sie zweifelnd an.

»Ja, meine ich.« Corinna blickte fragend von einem zum anderen, und rutschte auf ihrer Bank ein Stückchen näher. »Und wer sseid ihr?«

»Ich heiße Emma Teuber«, stellte Emma vor. »Und das hier ist Friedemann Schill.«

Ihr wurde zunehmend klar, dass diese Frau sich eigentlich in einer ganz ähnlichen Lage befand wie sie selbst. Auch Corinnas Freundin war verschwunden. Lisetta. Bestimmt kannte Corinna den alten Anton Traub und mit Sicherheit auch Lisettas Bruder Marvin.

Ach, natürlich, jetzt wusste sie auch, warum ihr die Frau so bekannt vorkam. Sie hatte sie sicherlich irgendwo auf einem der vielen Fotos auf Anton Traubs Klavier gesehen. Was für ein Zufall!

Friedemann griff nach seiner Kuchengabel und drückte sie in die letzten Tortenkrümel auf seinem Teller, bevor er sie zum Mund führte.

»Wer ist denn Ihrer Meinung nach dieser Kerl, mit dem Lisetta Traub durchgebrannt sein soll?«, fragte er die Blonde.

»Keine Ahnung.« Corinna Heise zuckte die Achseln, und die fast weißen Löckchen tanzten auf ihren Schultern.

Emma musste plötzlich an ihre Eltern denken, die auf der Spitze ihres Christbaums immer einen Engel sitzen hatten, der genau solch strohiges weißes Haar hatte.

»Ach, Sie kennen ihn also gar nicht?«, fragte sie enttäuscht.

»Nein.« Corinna schüttelte bedauernd den Kopf. »Lisetta hat ihn mir nie vorgestellt, ess war ja alless noch ganz frisch. Aber immerhin …«, ihre Stimme wurde zum vertraulichen

Raunen, »… hab ich die beiden mal von Weitem zusammen gesehen. Zwar nur ein einzigess Mal, aber … Wer weiß, vielleicht würde ich den Mann ssogar wiedererkennen, wenn er mir zufällig irgendwo über den Weg läuft.«

»Nach so langer Zeit?«, meinte Friedemann achselzuckend. »Das ist ziemlich unwahrscheinlich. Und je mehr Zeit vergeht, desto unwahrscheinlicher wird es. Leider.«

»Da haben Ssie natürlich recht«, stimmte Corinna ihm zu. »Man kann nie wissen.«

»Und?« Friedemann musterte beiläufig eine Gruppe von Schülern, die lärmend die schmale Treppe heraufdrängten. »Nehmen wir mal an, Sie träfen ihn tatsächlich, was würden Sie denn dann tun?«

Corinna schlug die Augen nieder und schwieg ein paar Sekunden. Die schwarzen Balken auf ihren Lidern waren in den Augenwinkeln bröckelig und verschmiert.

»Ich würde natürlich versuchen rauszufinden, wie er heißt. Ist doch klar.« Beifallheischend sah sie auf. »Und dann würde ich zur Polizei gehen. Ssoll er denen doch mal ein bisschen auf die Sprünge helfen, oder?«

63

Albert ließ sich aufatmend auf seiner Lieblingsbank am Waldrand nieder, endlich konnte man sich draußen wieder aufhalten, ohne ständig vor Kälte zu zittern. Von hier führte ein breiter, geteerter Weg hinauf zum oberen Philosophenweg und von dort aus weiter bis zum Heiligenberg mit den Ruinen des alten Zisterzienserklosters und der Thingstätte. Man hatte einen herrlichen Ausblick über Heidelberg, das von dem silbrig glitzernden Neckar durchschnitten wurde. Die Sonne sorgte heute für ein Postkartenpanorama, ein paar Krokusse streckten neben der Bank ihre bunten Köpfe aus der dunklen Erde. Auf der gegenüberliegenden Neckarseite thronte, eingebettet im Frühlingswald, das mächtige Heidelberger Schloss über der Altstadt.

Albert fischte ein Päckchen aus der Tasche, in dem sich sein Mittagessen befand, ein Käsebrötchen und ein Schälchen mit frühen Erdbeeren, die er auf dem Wochenmarkt erstanden hatte. Ja, ja, das konnte er sich jetzt alles leisten, er ging sorgsam um mit Rudis Erbe, wollte es nicht einfach sinnlos verschleudern. Wenn er weiterhin so clever und vorsichtig mit dem Geld haushalten würde, konnte er noch Monate damit hinkommen. Sogar ein Zimmer hatte er sich ab und zu genommen, im Winter, wenn es so eisig kalt wurde, dass es draußen nirgends mehr auszuhalten war. Er ging dann immer in die gleiche kleine, heruntergekommene Pension, wo man ihn inzwischen schon kannte und respektierte. Er zahlte stets im Voraus und hinterließ sein Zimmer einwandfrei, ja, quasi vorbildlich.

Die Sonne schickte ihre flirrenden Frühlingsstrahlen durch die hellgrün knospenden Äste der Bäume, ein paar Vögel zwitscherten eifrig um die Wette. Er lehnte sich mit einem zufriedenen Seufzer zurück und atmete die milde, süßlich duftende Waldluft ein. Ja, so war das Leben auszuhalten.

Eine Familie mit zwei Kleinkindern kam den steilen, gewundenen Pfad vom Neckar herauf. Einer der Knirpse schwankte auf seinen stämmigen Beinchen auf Albert zu und ließ sich direkt vor seinen Füßen auf die Erde plumpsen. Albert schlug das Zeitungspapier auseinander, in das die Marktfrau das Erdbeerschälchen gepackt hatte. Ah, sie schmeckten noch ziemlich wässrig, da war ihm ein knackiger, grüner Apfel doch lieber. War wohl einfach noch zu früh für die Dinger.

Er knüllte die »Rhein-Neckar-Zeitung« zusammen. Und faltete sie dann mit vor Aufregung zitternden, fahrigen Händen sofort wieder auseinander, strich sie glatt, wollte nicht glauben, was ihm da von der Titelseite in die Augen sprang.

»Mord an Rudolf H. gibt der Polizei noch immer Rätsel auf«, las er zu seinem grenzenlosen Erstaunen.

Er suchte nach dem Erscheinungsdatum oben in der Ecke. Aha, die Zeitung war schon einige Wochen alt. Aufgeregt verschlang er den Artikel. Am überraschendsten war, dass davon ausgegangen wurde, dass Rudis Tod gar kein Selbstmord, sondern Mord war. So ein Blödsinn, wie kamen sie bloß darauf?

Ihm wurde abwechselnd heiß und kalt, als ihm einfiel, dass er selber wahrscheinlich den Grund für diese Annahme geliefert hatte, indem er das Geld aus der Schublade unter dem Ladentisch hatte mitgehen lassen.

Hatte man deswegen diesen Schluss gezogen? Oder gab es noch andere Hinweise? Ihm wurde richtig übel, als er sich vorstellte, dass er vielleicht tatsächlich dafür verantwortlich war, dass man Rudis Tod als Mord betrachtete und nicht als das, was viel naheliegender war, nämlich Selbstmord. Wie um alles in der Welt sollte jemand den dicken Rudi in seinem eigenen Kiosk an die Decke gehängt haben? Und vor allem wer? Die Ermittlungen liefen anscheinend in eine völlig falsche Richtung. Na, seinetwegen konnten sie sich die Zähne daran ausbeißen.

Apropos beißen. Er wickelte sein Käsebrötchen aus und biss herzhaft hinein.

Aber was, wenn ein Unschuldiger verdächtigt wurde? Bloß weil er damals zu feige gewesen war, im Kiosk zu bleiben und die Polizei zu rufen?

Er las weiter.

»Zigarettenlieferant entdeckte das Opfer«, hieß es.

Aber das stimmte doch gar nicht! Es war doch Rudis Frau Linda gewesen, die ihn gefunden hatte, als sie in die Hütte geschlichen war, kurz nachdem er selbst sie verlassen hatte.

Erst jetzt wurde ihm klar, dass sie tatsächlich geschlichen war. Damals hatte er sich nichts dabei gedacht. Aber jetzt? Warum zum Teufel hatte Linda verschwiegen, dass sie die Leiche ihres Mannes gefunden hatte?

Jetzt gab es sogar schon zwei Gründe, warum er zu den Bullen gehen musste. Er allein wusste, wo das verschwundene Geld geblieben war, und er hatte Linda in den Kiosk gehen sehen. Nun fiel ihm auch wieder ein, wie sehr er sich darüber gewundert hatte, dass sie beim Betreten der Hütte nicht den kleinsten Mucks von sich gegeben hatte, fast so, als hätte sie gewusst, was sie da drin erwartete. Das allein war schon seltsam genug. Und um dem Ganzen die Krone aufzusetzen, hatte sie dann auch noch das Licht ausgemacht.

Er jammerte leise vor sich hin, als ihm immer klarer wurde, dass er wahrscheinlich ein äußerst wichtiger Zeuge war. Aber er konnte sich doch nicht selbst ans Messer liefern! Nein, unmöglich. Er tröstete sich mit dem Gedanken, dass die Zeitung hier schon Wochen alt und inzwischen sicherlich sowieso schon alles gelaufen war.

Andererseits war es sehr wahrscheinlich, dass sie Spuren von ihm im Kiosk gefunden hatten, Fasern und Hautpartikel und solches Zeug. Heutzutage reichte es doch schon, auf den Boden zu spucken, um überführt zu werden. Sein Schweigen war womöglich die Ursache dafür, dass man noch immer nach einem Schuldigen suchte.

Er packte das angebissene Brötchen wieder in die Papiertüte. Der Appetit war ihm gründlich vergangen. Es blieb ihm wohl doch nichts anderes übrig, er musste in die Höhle des Löwen gehen und seine Aussage machen. Das war er Rudi einfach schuldig.

64

»Ich … ich war es, der das ganze Geld genommen hat«, stotterte Albert, als er einen Tag später im Mannheimer Polizeipräsidium auf einem der ungemütlichen Besucherstühle saß.

So, jetzt war es raus, jetzt würden sie ihn einsperren.

Mit Sicherheit war er der größte Idiot des gesamten Universums, weil er sich freiwillig stellte. Aber er konnte nicht anders, er durfte einfach nicht zulassen, dass aufgrund seiner Feigheit womöglich ein Unschuldiger des Mordes bezichtigt wurde und hinter Gittern landete.

»Wovon reden Sie, Mann?«

»Na, von dem Geld aus Rudi Hardts Kiosk«, entgegnete Albert. »Ich hab aber schon einen Teil davon ausgegeben.«

Wenn sie es wiederhaben wollten, war er sowieso geliefert. Der Polizeibeamte starrte ihn an wie ein Marsmännchen, aber bei der Erwähnung von Rudis Kiosk war er plötzlich hellhörig geworden.

»Verstehe ich Sie richtig, Sie wollen mir erzählen, dass Sie aus Rudolf Hardts Kiosk Geld gestohlen haben?«

»Von wollen kann keine Rede sein«, murmelte Albert gequält, »aber ich muss irgendwie. Rudi war schließlich mein Freund. Oder zumindest so was Ähnliches.«

»Mir ist zwar nicht bekannt, dass Geld vermisst wurde«, sagte der Beamte langsam, »aber warten Sie, ich hole den ermittelnden Kommissar.«

Albert blieb verwirrt sitzen. Dann war das fehlende Geld aus der Ladenkasse also gar nicht der Grund für die Annahme, Rudi sei ermordet worden! Na, umso besser. Er bereute schon, es überhaupt erwähnt zu haben. Eigentlich konnte er gleich wieder gehen, ihm fiel ein Stein vom Herzen. Er stand auf, schlich zur Tür – und rannte direkt in einen Hünen hinein, der sich wie der Rächer der sieben Weltmeere vor ihm aufbaute. Hinter ihm erschien eine zierliche Frau mit streichholzkurzem, rabenschwarzem Haar, die ihn missmutig von Kopf bis Fuß musterte.

Albert plumpste auf seinen Stuhl zurück und beobachtete mit wachsendem Unbehagen wie die beiden sich ebenfalls Stühle heranrückten und ihm gegenüber Platz nahmen. Sie stellten sich kurz vor, aber Albert hörte gar nicht richtig hin. Die Dunkelhaarige fing augenblicklich an, an ihren Nägeln zu kauen, schwer zu sagen, ob aus Langeweile oder aus Nervosität. Albert fischte die betagte »Rhein-Neckar-Zeitung« aus seiner Manteltasche und legte sie vor sich auf den Tisch.

Es war ratsam, den Aufenthalt hier in diesen heiligen Hallen so begrenzt wie möglich zu halten, deshalb kam er gleich zur Sache.

»Nicht Karsten Lembach hat Rudi gefunden, wie es hier drinsteht«, er tippte mit dem Finger auf den Artikel, »sondern Linda, Rudis Frau.«

Er hob seine Wollmütze an und kratzte sich am Kopf. Die Schöne starrte ihn angewidert an.

»Oder, besser gesagt, ich selbst«, setzte er hinzu.

»Ja, was denn nun?«, fragte Luisa Eichinger genervt.

»Um ganz ehrlich zu sein: ich. Linda kam erst zum Kiosk, als ich schon wieder draußen war.«

»Sie waren dort?«, stieß Ringshauser hervor. »Und Linda Hardt auch?«

»Mhm, ja«, gestand Albert verzagt.

Der Kommissar durchbohrte ihn mit seinen Blicken. »Und warum, verdammt noch mal, melden Sie sich erst jetzt?«, wetterte er. »Frau Assistentin, es wäre vielleicht gar nicht übel, das Ganze hier schriftlich zu fixieren«, sagte er zu der Schönen gewandt. »Natürlich nur, wenn das nicht zu viel verlangt ist.«

Luisa erhob sich aufreizend gemächlich von ihrem Stuhl und schlenderte zu einem der Schreibtische im Hintergrund, um sich mit Papier und Stift zu versorgen.

»Äh … tja, unsereins ist nachrichtentechnisch nicht immer so ganz auf dem neuesten Stand, wenn Sie verstehen, was ich meine«, verteidigte sich Albert.

»Was soll das denn heißen, Mann?«

»Na ja, die Zeitung hier hab ich ja nur durch puren Zufall vor die Linse gekriegt, da war mein Essen drin. Sonst hätte ich doch nie mitgekriegt, dass Sie denken, Rudi wäre ermordet worden.«

In Ringshausers rechtem Auge glomm ein gefährlicher Funke auf. Albert duckte sich, er wünschte, nie hergekommen zu sein.

»Eichinger, holen Sie mal schnell die Bilder vom Tatort«, befahl Ringshauser. »So, und jetzt noch mal ganz von vorn.

Sie behaupten also, am Morgen des 11. Januar in Rudolf Hardts Kiosk gewesen zu sein?«

Die Assistentin verdrehte die Augen, warf schwungvoll ihren Schreibblock auf den Tisch und entschwand. Das Blöckchen schlitterte über die glatte Fläche und segelte genau in dem Augenblick zu Boden, als die Tür hinter ihrem Rücken zufiel.

»Ja, war ich. Leider.« Albert seufzte tief. »Wenn ich gewusst hätte, dass er da drinnen an der Decke hängt, wäre ich ganz bestimmt draußen geblieben.«

»Und Sie können bezeugen, dass Linda Hardt ebenfalls im Kiosk war?«

»Sag ich doch. Aber sie hat sich sehr seltsam benommen. Gar nicht so, als hätte sie grade Rudis Leiche gefunden.«

»Interessant«, murmelte Ringshauser. »Wie hätte sie sich denn Ihrer Meinung nach benehmen müssen?«

»Jammern, heulen, um Hilfe rufen oder so was.«

»Und sie tat gar nichts?«

»Nein. Doch. Sie hat das Licht ausgemacht.«

»Sie hat das Licht ausgemacht?«

Ringshauser wurde noch um ein paar Dezibel lauter, und seine buschigen Augenbrauen schossen in die Höhe. »Sind Sie da ganz sicher?«

»Wenn ich es Ihnen sage! Hat mich ja auch gewundert, ich versteh's, ehrlich gesagt, bis heut nicht.«

»Aber ich«, nickte Ringshauser grimmig.

Luisa Eichinger fegte ins Zimmer zurück und knallte einen Stapel Fotos auf den Tisch. Albert warf einen Blick darauf und stieß einen Schrei des Entsetzens aus.

»Wer hat das denn gemacht?«, rief er aus.

Mit einem Schlag hatte er wieder die Bilder des grässlichen Morgens vor Augen, an dem er Rudi gefunden hatte.

»Was gemacht?« Ringshauser beugte sich gespannt vor.

Luisa unterbrach tatsächlich ihr Nägelkauen und verharrte mitten in der Bewegung. Die Finger der rechten Hand vorm Mund erhoben, starrte sie Albert aus großen Augen an.

»Na, dem armen Rudi diesen Schal in den Mund gestopft?« Albert überwand sich, beugte sich vor und nahm widerstrebend das oberste Bild zur Hand, warf es dann aber gleich wieder zurück auf den Tisch. Er schüttelte sich. »Das ist ja ekelhaft!«

Luisa ging in die Knie und klaubte ihren Notizblock vom Boden auf, dann setzte sie sich wieder, wickelte einen Kaugummi aus und stopfte ihn sich in den Mund.

»Wollen Sie damit etwa sagen, dass Rudolf Hardt diesen Schal noch nicht im Mund hatte, als Sie ihn fanden?«, fragte Ringshauser lauernd.

Albert wand sich auf seinem Stuhl. Er hatte es geahnt, es war doch ein Fehler gewesen herzukommen. Dennoch nickte er beklommen mit dem Kopf.

»Wären Sie bereit auszusagen, dass das Licht an der Decke brannte?«, bohrte Ringshauser weiter, während Luisa wie besessen auf ihrem Kaugummi herumkaute.

»Wenn's unbedingt sein muss«, brummte Albert unbehaglich, während er sehnsüchtig zur Tür schielte.

Auf Ringshausers Gesicht erschien ein zufriedenes Grinsen.

65

Der röhrende Hirsch hing nicht mehr an seinem Platz über dem Sofa. Frau Hardt hatte sich von ihm getrennt und stattdessen einen Sonnenuntergang in dramatischen Orangetönen aufgehängt.

Überhaupt hatte der Heimgang des verblichenen Rudolf, der noch immer in seinem Trauerrahmen vom Kaminsims herablächelte, unter ästhetischen Gesichtspunkten betrachtet anscheinend nur Vorteile. Die ganze Wohnung in der Heidelberger Weststadt wirkte freundlicher, großzügiger. Linda Hardt hatte rigoros ausgemistet und ihrem trauten

Heim inzwischen ihren eigenen Stempel aufgedrückt, alles Dunkle, Behäbige konsequent daraus verbannt und durch neue Möbel und unaufdringlichere Accessoires ergänzt. Das Ergebnis konnte sich sehen lassen, der Preis dafür allerdings sicher auch.

Sogar Linda Hardt selbst hatte rein optisch gesehen gewonnen. Sie wirkte schlanker, lebendiger und vor allem weniger bekümmert. Sie hatte die schwarze Witwentracht abgelegt und damit auch die entsprechende Trauermiene.

»Wie ich sehe, hat die Versicherung gezahlt«, eröffnete Niederegger das Gefecht.

Er pfiff anerkennend durch die Zähne und vollführte eine ausladende Armbewegung, die die teure Einrichtung würdigte und gleichzeitig Frau Hardts neu erblühte Gestalt mit einschloss.

Ringshauser ärgerte sich. So überempfindlich Niederegger seine eigene Person betreffend war, so unsensibel schien er im Umgang mit anderen zu sein. Seit der Kerl ihn damals im Fitnessraum so gnadenlos niedergebügelt hatte, hatten sie nicht mehr zu einem einigermaßen zwanglosen Umgangston zurückgefunden. Sie gingen sich aus dem Weg, wo sie nur konnten.

Linda Hardt errötete prompt bis unter die Haarwurzeln ihres mittlerweile knallrot gefärbten Pagenkopfes und ließ sich in einen cremefarbenen Sessel fallen.

Ringshauser setzte sich ebenfalls, fast hatte er das Gefühl, in frisch geschlagene Sahne zu sinken, so flauschig und edel waren die Bezüge. Ein Jammer, dass Linda Hardt all dies würde zurückgeben müssen.

Niederegger zog wieder mal seine Nummer ab, nachdem er vorhin an der Eingangstür schon Linda Hardts dargereichte Rechte ignoriert hatte, und bezog, unter Wahrung des notwendigen Sicherheitsabstandes zu den Anwesenden, seinen Lieblingsplatz am Fenster.

Offenbar hatte Frau Hardt beschlossen, nicht auf seine Provokation einzugehen, stattdessen fragte sie so arglos wie möglich: »Was kann ich für Sie tun, meine Herren? Haben Sie etwas Neues herausgefunden?«

»Allerdings«, schnauzte Niederegger. »Und zwar über Sie.«

Die Röte in Linda Hardts Gesicht wechselte zu ungesunder Blässe. Ihre Hand fuhr an den Blusenkragen, nervös fingerte sie daran herum. Sie trug ein lindgrünes Strickensemble mit einer weißen Rüschenbluse darunter, ihre Füße steckten in silbrig glänzenden Pantoletten.

»Was würden Sie dazu sagen, wenn jemand Sie am Kiosk gesehen hätte, an diesem Morgen, an dem Ihr Mann starb?«, tastete Ringshauser sich vor.

»Was ich sagen würde?«, empörte sie sich. »Ich würde sagen, dass dieser Jemand lügt. Ich war beim Orthopäden, und dafür hab ich jede Menge Zeugen.«

»Stimmt, da waren Sie tatsächlich«, nickte Ringshauser. »Aber vorher waren Sie im Kiosk. Sogar zweimal.«

»Das ist nicht wahr, das müssen Sie mir glauben«, widersprach sie mit schriller Stimme.

Im nächsten Moment sprang sie auf, steuerte auf eine schlanke Eckvitrine zu und förderte eine halbvolle Flasche Cognac zu Tage. Sie kippte ein gut eingeschenktes Gläschen des goldgelben Seelentrösters im Stehen hinunter und füllte gleich wieder nach. Mit der Flasche in der einen und dem Cognacschwenker in der anderen Hand kehrte sie zu ihrem Sessel zurück.

»Bedienen Sie sich ruhig«, kiekste sie und knallte die Flasche auf den Couchtisch. »Es ist genug da. Gläser sind im Schrank.«

»Das brauchen Sie wohl dringender als wir«, blaffte Niederegger.

»Ich habe wirklich nichts mit dem Mord zu tun«, jammerte Frau Hardt. »Ich habe meinen Mann nicht umgebracht.«

»Nein«, sagte Ringshauser sanft, »denn das hatte er schon selbst erledigt.«

Linda Hardt krallte die hellrosa lackierten Fingernägel in die flauschigen Armlehnen ihres Sessels und schnappte nach Luft.

»Ihr Mann hat sich umgebracht, weil er an diesem Morgen erfuhr, dass seine Geliebte Kaja Rohner ermordet worden war«, fuhr Ringshauser fort. »Er war gerade dabei, die druckfrischen Zeitungspacken aufzuschneiden, als er auf einem der Titelblätter ihr Bild erkannte. Er hat mitten in der Arbeit aufgehört und sich in seiner Verzweiflung erhängt.« Linda Hardt starrte düster auf das Glas in ihrer Hand und beschloss, dass aller guten Dinge drei waren.

»Mein Mann liebte nur sich selbst, glauben Sie mir«, nuschelte sie, während sie erneut zur Flasche griff. »Keine Frau der Welt wäre ihm wichtig genug gewesen, um sich zu erhängen.«

»Genau das hat er aber getan«, beharrte Ringshauser. »Das alles muss sehr frustrierend für Sie gewesen sein.«

Linda Hardt ließ ein wütendes Schnauben hören.

»Und jetzt kommt Ihr Improvisationstalent ins Spiel«, übernahm Niederegger. »Sie haben nämlich alles getan, um den Selbstmord Ihres Mannes wie Mord aussehen zu lassen, sonst wäre ja die Lebensversicherung nicht ausgezahlt worden, nicht wahr?«

»Was erlauben Sie sich?«, rief Linda Hardt tief entrüstet aus. »Das ist eine bodenlose …«

»Sie sind in eine öffentliche Telefonzelle gegangen«, fuhr Niederegger mit erhobener Stimme fort, um sie zu übertönen, »…damit Ihre Nummer später nicht zurückverfolgt werden konnte, haben den Zigarettenlieferanten Karsten Lembach angerufen und ihn noch mal zu seinem vorigen Kunden an den Tattersall geschickt, um sicherzugehen, dass er erst später am Kiosk eintreffen und Sie genug Zeit dafür haben würden, alles zu arrangieren. Sie kannten Lembachs Tour genau, er kam später tatsächlich genau rechtzeitig, um die Leiche Ihres Mannes zu entdecken. Dann gingen Sie wieder zum Kiosk zurück, stiegen neben der an der Decke baumelnden Leiche auf den Stuhl und stopften Ihrem Mann seinen eigenen Schal in den Mund, um Fremdeinwirkung zu suggerieren. Jetzt mussten Sie nur noch die Glühbirne herausdrehen, wir sollten ja denken, jemand habe ihn zum Besteigen des Stuhls veranlasst, um ihn vom Oberlicht aus erwürgen zu können.« Er hüstelte. »Hab ich was vergessen?«

»Es ist eine Schande, einer trauernden Witwe so was Gemeines zu unterstellen«, klagte Frau Hardt mit weinerlicher Stimme. »Als ob ich Nerven aus Drahtseilen hätte!«

»Die haben Sie tatsächlich bewiesen.« Aus Ringshausers Mund klang es beinahe wie ein Lob. »Und wenn jemand Sie überrascht hätte, hätten Sie immer noch so tun können, als hätten Sie die Leiche gerade erst gefunden. Wie praktisch, dass Ihr Mann jeden Morgen auf das Dach stieg, um die Abdeckung des Oberlichtes zurückzuklappen. Es würden also auf jeden Fall Spuren auf der Leiter zu finden sein, da konnten Sie sicher sein.«

»Sie können mir nichts nachweisen.« Linda Hardt war jetzt den Tränen nahe, ihr Gesicht mit den weit aufgerissenen, kugelrunden Augen war ein einziger Vorwurf, ihre Nasenflügel bebten.

»Oh doch, das können wir«, sagte Ringshauser zufrieden. »Wir haben einen Zeugen, der Sie zur fraglichen Zeit am Kiosk gesehen hat. Und er kann bezeugen, dass Ihr Mann gar keinen Schal im Mund hatte, als er starb. Dieser Zeuge ist bereit, seine Aussage zu beeiden.«

»Wer soll das denn sein?«, schniefte Frau Hardt. »Er lügt.«

»Sie werden ihm noch früh genug begegnen«, versprach Niederegger. »Und zwar im Gerichtssaal.«

Frau Hardt heulte entsetzt auf.

»Aber so lange sollten Sie nicht warten«, ergänzte Ringshauser. »Ein Schuldeingeständnis wirkt sich in der Regel strafmildernd aus.«

66

Corinna Heise verließ angenehm müde das windschiefe Häuschen ihrer Großtante Hedi im Weinheimer Gerberviertel und stöckelte zu ihrem Wagen. Ein Schatten löste sich von der Hauswand und folgte ihr rasch. Ihre hochhackigen Stiefel machten einen solchen Lärm in der kahlen Gasse mit dem Kopfsteinpflaster, dass sie die geschmeidigen Schritte ihres Verfolgers unmöglich hören konnte.

Es war sehr dunkel, der Mond war nicht zu sehen, und die Straßenlaternen spendeten nur mattes Licht. Leichter Frost lag in der Nachtluft, sie zog ihren Mantel enger um die Schultern und beschleunigte ihren Schritt. Seltsam, sie hätte schwören können, dass sie das Auto genau hier, am Ufer der Weschnitz, abgestellt hatte, weil sie nachmittags, als sie in Weinheim angekommen war, keinen Parkplatz weiter oben in der Altstadt gefunden hatte. Tantchens Achtzigster hatte zahlreiche Verwandte auf den Plan gerufen, die die ohnehin enge Gasse, in der die Tante wohnte, hoffnungslos zugeparkt hatten.

Sie blieb kurz stehen und dachte nach.

Ein Geräusch in ihrer Nähe ließ sie herumfahren. Angestrengt starrte sie in die Dunkelheit, ein leiser Schauer lief ihr über den Rücken. Nein, da war nichts.

Aber wo war bloß ihr Wagen? Suchend lief sie ein Stück in Richtung *Hausbrauerei* und dann wieder zurück, immer an dem leise gurgelnden Flüsschen entlang. Nur in vereinzelten Fenstern schimmerte noch Licht, die nächtliche Stille lag bleiern über den Häusern, es war wirklich eine reichlich ungemütliche Tageszeit für einen unfreiwilligen Spaziergang.

Erleichtert sah sie endlich in der dunkelsten Ecke der völlig menschenleeren Straße hinter einem großen Lieferwagen ihr Auto auftauchen. Aufatmend schloss sie es auf und setzte sich hinters Steuer.

Der Sitz, warum war der Sitz so weit hinten? War sie vielleicht nachmittags beim Aussteigen versehentlich an dem Hebel hängen geblieben? Wahrscheinlich. Sie rückte den Sitz wieder zurecht, schnallte sich an und drehte den Zündschlüssel herum. Ein leises Klicken ertönte, aber sonst passierte gar nichts. Fluchend versuchte sie es wieder und wieder.

»Na, komm schon«, jammerte sie, »spring endlich an!«

Sie hielt inne und untersuchte das Armaturenbrett. Nein, Radio und Licht waren ausgeschaltet, eine leergelaufene Batterie war es also nicht. Aber warum auch immer die Karre nicht anspringen wollte, ohne fachmännische Hilfe würde sie es nachts um halb eins jedenfalls nicht herausfinden, sie hatte nicht einmal eine Taschenlampe im Wagen. Und auch die hätte ihr wahrscheinlich nichts genützt. Frustriert hämmerte sie mit ihren kleinen Fäusten auf das Lenkrad.

Ihre Tante wollte sie jetzt nicht mehr stören, sie war nach der aufreibenden Feier todmüde gewesen. Außerdem verspürte sie nicht die geringste Lust, den ganzen Weg durch die engen, dunklen Gassen des Gerberviertels bis fast hinauf zum Weinheimer Marktplatz zurückzugehen.

Es half alles nichts, am besten rief sie sich einfach ein Taxi, und morgen würde sie dann weitersehen. Sie wühlte in ihrer Tasche nach ihrem Handy. Und fuhr erschreckt zusammen, als plötzlich jemand von außen an die Scheibe klopfte.

»Nein, bitte nicht!«, keuchte sie, als sie sein Gesicht erkannte.

Was wollte der Kerl hier? Eine heiße Welle der Angst stieg in ihr hoch. Blitzschnell versuchte sie, den Türknopf herunterzudrücken. Aber er war schneller, mit einem Ruck riss er die Autotür auf. Ihr Herz schlug wild, als sie langsam ausstieg. Ihre Beine zitterten.

Sie hatte keine Wahl … keine Wahl …

Mit einem leisen Klicken fiel hinter ihrem Rücken die Autotür zu, sein Arm streifte sachte ihre Hüfte, er sagte kein Wort. Sie zwang sich, zu ihm aufzuschauen. Sein Gesicht war starr wie eine Maske, die kalten, grünen Augen schienen durch sie hindurchzublicken. In dem matten Nachtlicht wirkten sie fast gelb.

»Wass machen Ssie denn noch sso spät in dieser Gegend?«, wagte sie zu fragen und versuchte dabei krampfhaft, ihrer Stimme einen einigermaßen festen Klang zu geben.

Er rührte sich nicht vom Fleck, starrte nur weiter stumm und reglos auf sie herunter.

Sie schloss die Augen und lehnte sich zitternd mit dem Rücken gegen ihren Wagen, er rückte näher und drängte sich so dicht an sie heran, dass sie jetzt regelrecht zwischen ihrem Auto und seinem Körper eingeklemmt war. Sie blickte zu ihm auf, er war so nah, dass sie seinen Atem über ihr Gesicht streichen fühlte.

Plötzlich spürte sie die eigenen heißen Tränen auf ihren kalten Wangen, es überraschte sie, wie überdeutlich sie diesen Gegensatz wahrnahm.

Nicht weinen … nicht weinen …

»Gestrandete Frauen einsammeln«, flüsterte er endlich.

Sein Lächeln ließ ihr das Blut in den Adern gefrieren.

»Und wie ich sehe, komme ich genau richtig.«

»Nett von Ihnen«, plapperte sie panisch drauflos. »Aber ich wollte mir gerade ein Taxi …«

War das wirklich ihre Stimme? So hohl, so dünn und so vollkommen kraftlos?

»Komm schon«, befahl er sanft und packte mit eisernem Griff ihren Arm. »Mein Wagen steht hier gleich um die Ecke.«

Hilflos ließ sie sich von ihrem Retter abführen.

67

Als Emma das einschüchternd düstere Polizeipräsidium betrat, war es schon fast Mittag. Wenn sie sie wieder wegschicken würden, konnte sie sich wenigstens sagen, dass sie alles getan hatte, um ihr Gewissen zu beruhigen. Mochten sie ihr nun glauben oder nicht – was danach geschah, lag nicht mehr in ihrer Hand. Aber diesmal würde sie sich nicht mehr mit diesem oberschlauen Ringshauser herumschlagen, nein, sie würde direkt in die Chefetage marschieren und dort so lange ausharren, bis man ihr fünf Minuten zuhörte.

Sie hatte inzwischen immer mal wieder versucht, jemanden unter der Kölner Nummer zu erreichen, die sie in Milenas alias Marvins Wohnung gefunden hatte, wieder war nur der Anrufbeantworter angesprungen, und sie hatte um Rückruf gebeten. Es hatte sich aber bisher niemand gemeldet.

Etwa ein Dutzend Besucher trieben sich im Foyer des Präsidiums herum, einige saßen wartend auf den hässlichen braunen Stühlen, die an der kahlen, weißgekalkten Wand aufgereiht standen. Emma blieb vor der großen Tafel im Eingangsbereich stehen und studierte die Namen mit den Zimmernummern dahinter. Da, im dritten Stock saß der Leiter der Mordkommission, oder besser gesagt, die Leiterin. Ria Ringshauser.

Oha, die hatte ja den gleichen Namen wie dieser arrogante Schnösel, der sie bei ihrem letzten Besuch im Polizeipräsidium so unwirsch abgefertigt hatte. Ob die beiden irgendwie miteinander verwandt waren?

Genau in diesem Moment sprang der arrogante Schnösel, großspurig immer zwei Stufen auf einmal nehmend, die Treppe herunter. Er wirkte angespannt und hektisch und würdigte sie keines Blickes, übersah sie einfach. Na, heute war ihr das ausnahmsweise mal recht.

Aus den Augenwinkeln nahm sie seine drahtige Gestalt wahr, den durchtrainierten Oberkörper, die muskulösen Beine, die in ausgebleichten Jeans steckten. Sie drehte sich schnell wieder zu der Tafel um und wartete, bis seine Schritte auf dem blank gewienerten, grauen Linoleumboden nicht mehr zu hören waren. Dann fuhr sie mit dem Fahrstuhl in den zweiten Stock hinauf und suchte Ria Ringshausers Zimmer.

Emma klopfte, aber nichts rührte sich. Sie klopfte noch mal, diesmal ein bisschen kräftiger, da öffnete sich plötzlich eine Tür in ihrem Rücken, und ein Mann, der aussah wie ein Bücherwurm aus dem letzten Jahrhundert, streckte seinen Kopf heraus. Er steckte in einem altmodischen, braunen Anzug, der ihn wahrscheinlich älter aussehen ließ, als er tatsächlich war, darunter trug er ein grau gestreiftes Hemd, das am Hals so eng zugeknöpft war, dass es seinen Adamsapfel empfindlich einschnürte. Mit eulenhaften, durch dicke Brillengläser stark vergrößerten Augen sah er abschätzend an ihr herunter.

»Was gibt's?«, blaffte er statt einer Begrüßung.

»Mein Name ist Emma Teuber«, stellte Emma sich vor. »Ich möchte zur Leiterin der Mordkommission. Ich hab, glaube ich, ein paar Neuigkeiten, die sie interessieren könnten.«

»So, glauben Sie. Worum geht's denn?«

»Um meine Freundin Milena Breiter, sie ist eine Ihrer Kolleginnen. Oder besser gesagt ...«

Der Bücherwurm ließ sie gar nicht erst ausreden. Stattdessen öffnete er die Tür ein Stückchen weiter. »Na, dann kommen Sie mal rein. Sie haben Glück, Frau Ringshauser ist nämlich gerade hier bei mir.«

Er trat beiseite, und Emma schlüpfte in das Zimmer, in dem es stark nach Putzmitteln roch. Und noch nach etwas anderem, Stärkerem, was war das bloß?

Ria Ringshauser stand am Fenster mit einer großen Tasse in der Hand und sah ihr entgegen. Sie trug schwarze Jeans und einen roten Strickpullover. Dunkles, halblanges Haar fiel ihr locker auf die Schultern. Sie mochte um die vierzig sein, vielleicht auch ein bisschen älter.

»Möchten Sie auch einen Tee?« Sie streckte Emma eine Hand entgegen. »Mein Kollege Herbert Niederegger«, fügte sie mit einem kurzen Kopfnicken in Richtung des Bücherwurms hinzu.

Ihre klugen, blauen Augen musterten Emma von Kopf bis Fuß. Praktischer Haarschnitt, biedere Kleidung, weder hübsch noch hässlich.

Dann wies sie auf einen Tisch, um den, wie mit dem Zollstock abgemessen, in exakt gleichem Abstand vier unbequem wirkende Stühle standen.

Emma schüttelte den Kopf. »Für mich nichts, danke.«

Sie würde sich ganz gewiss keine Sekunde länger als nötig hier aufhalten. In diesem Raum war es in jeglicher Hinsicht unterkühlt und frostig. Emma beschloss, einfach ihren Mantel anzubehalten. Irritiert registrierte sie, dass überall Kleenexboxen mit diesem obligatorisch heraushängenden weißen Papiertuch herumstanden.

Was war denn hier los? Wurden in diesem Zimmer drei Mal täglich Heulmeetings abgehalten? Oder litt Niederegger unter chronischem Dauerschnupfen?

»Na, dann legen Sie mal los«, ermunterte Ria Ringshauser sie.

»Tja, ich weiß gar nicht, wo ich anfangen soll.«

Emma ließ ihren Rucksack neben ihrem Stuhl zu Boden plumpsen.

»Vielleicht mit dem Wichtigsten zuerst, wir haben nicht ewig Zeit«, unterbrach Niederegger.

Emma zuckte zusammen.

»Meine Güte, Niederegger!« Ringshauser bedachte ihren Kollegen mit einem gereizten Blick.

Niederegger klopfte ungeduldig mit einem Stift auf seinen Schreibblock und verzog genervt das Gesicht.

Dieser Kerl hier ist keinen Deut besser als Elmar Ringshauser, dachte Emma.

»Na gut.« Sie atmete tief durch. »Das Wichtigste also zuerst. Milena Breiter ist nicht das, was sie zu sein scheint. Sie ist nämlich …äh … ein Mann.«

»Wie bitte?« Ria Ringshauser sprang auf. »Wie kommen Sie denn darauf?«

»So ein Blödsinn«, ereiferte sich Niederegger. »Halten Sie uns alle für Idioten oder was?«

»Nicht alle.« Emma lächelte fein, und Niederegger lief grün an.

»Wir arbeiten seit Monaten eng mit Frau Breiter zusammen«, bellte er. »Glauben Sie wirklich, so was Wesentliches hätten wir übersehen?«

»Lassen Sie Frau …«

»Teuber. Emma Teuber.«

»… Frau Teuber doch einfach mal ausreden«, schaltete Ringshauser sich energisch ein.

Sie war hinter ihrem Stuhl stehen geblieben. Vor ihrem geistigen Auge erschien die mondäne Gestalt Milena Breiters, aufreizend, verführerisch, Milena, die zwanghaft zu flirten begann, sobald ein männliches Wesen auch nur den Raum betrat, und auf die sie selbst rasend eifersüchtig gewesen war. Die Breiter, stets perfekt geschminkt und gestylt, sollte ein verkleideter Mann sein? Unmöglich! Wahrscheinlich wollte diese Frau hier sich einfach nur wichtig machen.

»Milena Breiter ist eine Frau mit allem Drum und Dran«, grummelte Niederegger vor sich hin. »Ich hab sie selbst in den Armen gehalten.«

»Ach ja?«, sagte Ringshauser liebenswürdig. »Mir war überhaupt nicht klar, dass Sie solch dienstüberschreitenden Kontakt zu Frau Breiter pflegen.«

»Unfreiwillig, ganz und gar unfreiwillig«, würgte Niederegger hervor.

Mit Schaudern dachte er an den Tag des Attentats auf Santmann zurück, als er die Breiter in sein Zimmer bugsiert und ihr Whisky eingeflösst hatte. Sie hatte ihn damals mit ihrer unverhofften Anhänglichkeit völlig aus der Fassung gebracht.

»Ich hab's ja selbst monatelang übersehen.« Emma drehte Niederegger jetzt halb den Rücken zu und sah zu Ria Ringshauser hoch, die mit ihrer Tasse in der Hand im Zimmer auf und ab tigerte. »Und das, obwohl wir eng befreundet sind«, setzte Emma hinzu.

Dann erzählte sie von ihrem Streifzug durch Milenas Wohnung, den roten Perücken und von der kleinen Caro, die behauptet hatte, Milena besäße eine Knarre.

Niederegger beugte sich so weit nach vorn, dass er fast vom Stuhl fiel. »Das alles ist aber noch kein Beweis dafür, dass Milena Breiter ein Mann ist«, stellte Ria nüchtern fest.

Sie versuchte, ruhig und beherrscht zu klingen, doch in ihrem Inneren brodelte es. Dort unten auf der Straße vor dem Präsidium spielte sich gerade ein Parkplatzdrama ab, bei der die kapriziöse Kollegin Eichinger den Sieg über Kommissar Becker davontrug. Hocherhobenen Hauptes stolzierte sie auf den Eingang zu und ließ Becker fluchend zurück.

»Stimmt«, sagte Emma mit einem Schulterzucken und klemmte sich das dichte dunkle Haar hinter die Ohren. »Zu dem Zeitpunkt wusste ich es auch noch nicht. Aber als ich dann den alten Anton Traub im Altenheim besuchte …«

»Wie bitte? Sie waren bei Anton Traub?« Ria Ringshausers Stimme drohte zu kippen. »Was, um Himmels willen, hat der denn mit Milena Breiter zu schaffen?«

»Was soll ich sagen? Er ist ihr … nein … *sein* Vater.«

Ria Ringshauser schnappte nach Luft.

»Ich bin durch eine Telefonnummer in Milenas Wohnung auf ihn gestoßen«, erklärte Emma. »Genauer gesagt war es die Nummer der Ärztin, die das Altenheim betreut, in dem Herr Traub lebt.«

Sie dachte flüchtig an Schwester Daniela und lächelte. Womöglich war sie ihr letzten Sonntag unwissentlich über den Weg gelaufen.

»In meiner Not hab ich ihn schließlich aufgesucht. Ich wollte einfach endlich wissen, was los ist. Deshalb habe ich …«

»Sie müssen sich keine Sorgen mehr machen, Frau Teuber«, unterbrach Ria. »Milena Breiter, oder wer immer diese Person auch sein mag, ist inzwischen gesehen worden, und zwar von Frau Krampp, ihrer Vermieterin.«

Sie durchmaß mit langen Schritten den Raum und ließ sich wieder auf ihren Stuhl fallen. Ihre Tasse hielt sie mit beiden Händen vor ihrem Bauch fest. Am liebsten hätte sie

sie gegen die Wand geschleudert, aber sie zwang sich, ruhig bleiben.

Elmar hat es gewusst. Der Mistkerl hat es die ganze Zeit gewusst.

»Wann?«, rief Emma erstaunt. »Und warum meldet sie … äh … er sich dann nicht bei mir?«

Niederegger sprang auf und griff zum Telefon. Der unmoderne braune Anzug war ihm mindestens eine Nummer zu klein, und so bewegte er sich auch. Gehemmt, eingezwängt, linkisch.

»Frau Hölzer, bringen Sie uns doch mal die Protokolle der Befragungen von Mona Krampp.«

Ein paar Sekunden später betrat eine blasse, zierliche Frau mittleren Alters den Raum, wortlos reichte sie Niederegger eine graue Mappe und entfernte sich wieder.

»Das war … Moment mal … ja, hier haben wir's, am zehnten April«, las Niederegger vor. »Wir, also Eichinger und ich, waren danach dann noch mal in Frau Breiters Wohnung. Das Geschirr war abgespült worden und so weiter und so fort. Kleinigkeiten eben, aber es war offensichtlich, dass Milena Breiter tatsächlich inzwischen da gewesen sein muss.«

Emma starrte ihn an. »Aber nein, das war doch ich!«

Sie schlug die Hände vors Gesicht, als ihr plötzlich klar wurde, dass sie an genau diesem Tag mit der rotgelockten Perücke auf dem Kopf das Haus verlassen hatte. Offenbar war sie dabei gesehen worden und hatte damit noch zusätzlich für Verwirrung gesorgt.

»Tut mir leid«, stöhnte sie, »wahrscheinlich hab ich mit meiner Eigenmächtigkeit alles durcheinandergebracht.«

Auf Ringshausers Gesicht breitete sich ungläubiges Staunen aus, abrupt knallte sie ihre Teetasse vor sich auf den Tisch. Niederegger knirschte mit den Zähnen, als Emma zu der Stelle kam, als Caro im Treppenhaus aufgetaucht war und auf Anhieb durchschaute, dass sie nicht die echte Milena vor sich hatte.

»Sie hätten sofort herkommen müssen«, herrschte Ringshauser Emma ungehalten an.

»Aber das hab ich doch getan«, beteuerte Emma. »Zweimal sogar.«

»Und warum weiß ich dann nichts davon? Bei wem, bitte, wollen Sie denn da gewesen sein?«

»Bei Ihrem … äh … also … bei Elmar Ringshauser«, stotterte Emma. »Aber das war natürlich, bevor ich herausfand, dass Milena mit Lisetta Traub verwandt ist. Und da schließt sich der Kreis. Weil sie nämlich … nein … weil *er* nämlich …«

Emma schnappte sich ihren Rucksack, kramte nach den Familienbildern, die sie aus dem Altenheim mitgebracht hatte, und warf sie auf den Tisch. Die Fotos glitten über die glatte Fläche und breiteten sich aus wie ein bunter Fächer. Niederegger fielen fast die Augen aus dem Kopf.

Ria Ringshauser betrachtete die Fotos eingehend. Dann sah sie Emma an. »Wollen Sie uns etwa erzählen, dass Milena Breiter Lisetta Traubs Bruder Marvin ist?«, stieß sie ungläubig hervor.

»Genau so ist es.«

Emma spürte, wie sich Erleichterung in ihr ausbreitete. Endlich war sie mit ihren Informationen an der richtigen Adresse.

»Frau Teuber, Sie stehen bis auf weiteres unter Polizeischutz.« Rias Stimme klang ruhig und fest, obwohl sie sie in Wahrheit kaum noch unter Kontrolle hatte.

Emma starrte sie mit schreckgeweiteten Augen an. »Aber Sie können mich doch nicht einfach …«

»Glauben Sie mir«, sagte Ringshauser bestimmt, »es ist nur zu Ihrem Besten. Ach ja, noch etwas: Lassen Sie die Finger von dieser roten Perücke. Und danken Sie Gott dafür, dass Sie noch am Leben sind.«

68

»Das darf doch nicht wahr sein!«

Niederegger schlug mit der Faust auf den Tisch, die lila Kleenexbox und Ria Ringshausers Tasse hüpften gemeinsam in die Höhe.

»Wenn die Krampp ihre Tochter doch bloß mal hätte ausreden lassen«, tobte er, »dann hätten wir das alles schon viel früher rausbekommen. Ich könnte mich ohrfeigen, dass ich mich nicht einfach über sie hinweggesetzt und mir die Kleine zur Brust genommen habe! Und ich hab diesen Marvin sogar selbst ein paar Mal verhört, damals, als seine Schwester verschwunden ist. Ich frage mich bloß, was der ganze Zauber soll? Wozu dieses Schmierentheater?«

»Ich fürchte, ich kenne den Grund«, sagte Ria tonlos.

Sie zitterte vor Wut. Kein Wunder, dass Elmar sich über ihre Eifersucht auf Milena Breiter nur lustig gemacht hatte! Ihr wurde noch nachträglich übel, wenn sie an die rührende, verlogene Szene dachte, die er letzte Woche in der Küche hingelegt hatte. Sie war sich plötzlich sicher, Elmar hatte sie die ganze Zeit auf übelste Weise hintergangen, er hatte sie ganz bewusst auflaufen lassen. Und Santmann hatte mitgespielt, und dies wahrscheinlich mit dem Leben bezahlt. Wenn an dieser haarsträubenden Geschichte wirklich etwas dran war – und es sah ganz danach aus –, würde sie Elmar, ohne zu zögern, mit seinen eigenen Hausschuhen erschlagen.

»Komisch. Wenn das alles stimmt, frage ich mich, warum Ihr Mann uns nichts von den Perücken erzählt hat?«, entfuhr es Niederegger mit einem schnellen Seitenblick zu Ria. »Er war es doch, der Milenas Wohnung zweimal eigenhändig durchsucht hat.«

Seine Chefin blitzte ihn wütend an. »Was weiß ich? Er wird schon seine Gründe haben.«

Klar, dass Niederegger die Gelegenheit nicht ausließ, Elmar mal wieder an die Wand zu nageln. Ria fragte sich mittlerweile allerdings, warum sie Elmar noch immer in Schutz nahm. Eine innere Stimme sagte ihr, dass Emma Teuber die Wahrheit sprach und dass alles, was sie erzählte, durchaus Hand und Fuß hatte. Sie starrte aus dem Fenster, so dass Niederegger ihr Gesicht nicht sehen konnte, das vor Wut sicherlich rot angelaufen war.

»Ganz bestimmt hat er Gründe, und auf die bin ich auch richtig neugierig«, versetzte er ironisch. »War er nicht beide Male sogar alleine dort?«

Der Kerl hatte wirklich eine Riesenbegabung, einen auf die Palme zu bringen. Auch wenn er mit seiner Bemerkung diesmal leider recht hatte. Am liebsten wäre Ria sofort zu Elmar gerannt, um ihm den Stuhl unterm Hintern anzuzünden.

»Ich kann einfach nicht glauben, dass Elmar mich mit keinem Wort über Emma Teubers Besuche im Präsidium informiert hat.« Sie öffnete die Tür und trat hinaus auf den Flur.

»Er wird schon seine Gründe haben«, stichelte Niederegger. »Ihre Worte.«

Ria wirbelte herum und brachte ihn mit einem drohenden Blick zum Schweigen.

69

Warum meldete Marvin sich nicht, wenn er wirklich schon aus Köln zurück war? Er war doch inzwischen von seiner Vermieterin gesehen worden? Es gab keine Erklärung für Marvins Schweigen, es sei denn …

Du siehst Gespenster, ermahnte sich Elmar Ringshauser, während er in die Pflugstraße in Feudenheim einbog und auf sein Heim zuschritt. Die ersten zarten Blüten der Zierkirsche neben dem Hauseingang hoben sich in der Dämmerung weiß und rosa von dem samtschwarzen Geäst ab. Er liebte dieses Bäumchen fast so sehr wie Rigoletto, die Promenadenmischung der Söders, der gerade mit andächtig erhobenem Bein dagegenpinkelte. Er registrierte, dass Söder ihm kurz, und wie ihm schien, irgendwie mitleidig zunickte. Dabei konnte er doch gar nicht wissen, dass Elmar noch an diesem Abend quasi in seine Einzelteile zerlegt werden würde, weil er nun gar keine andere Wahl mehr hatte, als Ria reinen Wein einzuschenken.

Er musste ihr noch heute von Milena Breiter alias Marvin Traub erzählen, von der Vereinbarung mit Santmann und von den geheimen Treffen in Marvins Wohnung.

Alles eben. Ria würde toben!

Bis zu dem Zeitpunkt des Attentats auf Santmann konnte er sein Schweigen noch vertreten, aber dass er Ria nach ihrer Ernennung zur Leiterin der Mordkommission nicht umgehend über alle Details in Kenntnis gesetzt hatte, war in der Tat unverzeihlich, mit nichts zu rechtfertigen. Und mit jedem Tag, den er hatte verstreichen lassen, ohne seine Karten offen auf den Tisch zu legen, hatte er sich tiefer hineingeritten. Nur eine schnelle Auflösung des Falles hätte ihm eine Art Rechtfertigung verschaffen können. Aber nun war Marvin auch noch verschwunden, alles lief aus dem Ruder.

Er schloss die Haustür auf und betrat den Flur. Im Wohnzimmer brannte Licht, er hörte gedämpfte Stimmen. Ria war noch im Präsidium, es mussten also Kai und Toni sein.

»Bin wieder zu Hause«, rief er mit dröhnender Stimme, warf seinen Mantel über die Garderobe und schlüpfte aus den Schuhen.

Das Gemurmel im Wohnzimmer verstummte. Ein kurzer Blick in den Flurspiegel offenbarte ihm, dass er einem zerzausten Kakadu ähnelte und dunkle Ringe unter den Augen hatte. Nicht mehr lange, und er würde aussehen wie Derrick. Neugierig steckte er den Kopf durch die Wohnzimmertür.

Der Raum war nur von der marokkanischen Bodenlampe sanft erhellt, das fast bis zur Decke hoch gewachsene Avocadobäumchen warf filigrane Schatten an die lindgrün gestrichenen Wände. Auf dem betagten Ledersofa saßen Toni und ihr besserwisserischer Freund Steffen, aber nicht händchenhaltend und knutschend wie sonst, sondern nüchtern reserviert, fast schon bedrückt, jeder für sich in seiner Ecke.

Toni drehte den Kopf und sah zu ihm auf. »Hallo Paps«, lächelte sie. Ihr kleines, spitzes Gesicht wirkte besorgt. »Du siehst aus, als hättest du drei Nächte hintereinander durchgemacht.«

»Danke, Schätzchen, genauso fühle ich mich auch. Und bei euch ist alles klar?«, fragte er mit bemühter Munterkeit.

Die Stimmung im Raum war weit unter null, das spürte sogar er. Wenn Ria ihm auch bei jeder Gelegenheit vorwarf, unsensibel zu sein.

»Steffen kann sich in der Firma nicht loseisen für Australien«, seufzte Toni düster.

Herzlichen Glückwunsch, dachte Elmar. *Endlich mal 'ne gute Nachricht!*

»Wie schade«, brummte er halbherzig.

»Das finde ich allerdings auch«, nickte Steffen. »Aber in ein paar Monaten sähe es schon viel besser aus. Wenn Toni also das Ganze einfach nur ein bisschen nach hinten verschieben würde …«

»Aber das geht doch nicht wegen meines anschließenden Studiums«, begehrte Toni auf.

»Dann fängst du eben später damit an«, dozierte Steffen. »Wo ist das Problem?«

Wenn er wenigstens attraktiv gewesen wäre! Wie oft musste man einen Steffen Dietmer wohl an die Wand werfen, um einen Märchenprinzen zu kriegen? Elmar blieb an der Tür stehen und sagte nichts. Es war offensichtlich, dass das Thema Australien schon mehrmals von vorne bis hinten durchgekaut worden war. Na schön, wenn es der guten Sache half, wollte er gern Publikum spielen. Er ließ sich in seinen Lieblingssessel fallen und nahm sich eine Handvoll Kartoffelchips, die auf dem niedrigen Holztisch standen.

»Das Problem ist, dass dann von dem geplanten Jahr in Australien nur noch vier oder höchstens fünf Monate übrig bleiben«, beschwerte sich Toni. »Dabei hatte ich mich so auf 'ne richtig lange Zeit gefreut.«

Jetzt war es wichtig, das taktisch Richtige zu sagen. Elmar führte sich vor Augen, dass Toni immer ein ausgesprochener Trotzkopf gewesen war. Also setzte er alles auf eine Karte.

»Was bedeutet schon ein ganzes Jahr alleine unter wildfremden Menschen in einem fernen Land, wenn man stattdessen sechs Monate mit dem Liebsten reisen kann?«, warf er scheinheilig ein.

Toni erstarrte, während Steffen ihn freudig überrascht anstrahlte.

»Genau das hab ich ihr auch schon gesagt, aber sie will es einfach nicht einsehen«, stieß er hervor.

Toni hasste es, wenn man über sie sprach, als wäre sie nicht anwesend, deshalb erwiderte Elmar gelassen: »Warten Sie einfach ab, bis sie sich ein bisschen beruhigt hat.« Verschwörerisch zwinkerte er Steffen zu. »Sie weiß doch, was sie an Ihnen hat.«

»Meinen Sie?« Steffens Vollmondgesicht entspannte sich, er lehnte sich zurück und ließ den Kopf an die Sofalehne sinken.

»He, Leute!«, brüllte Toni. »*Sie* befindet sich hier mit euch in diesem Zimmer. Und ihr werdet es nicht für möglich halten, sie kann sprechen!«

Fast kam Elmar sich jetzt ein bisschen schäbig vor, aber es musste sein.

»Machen Sie sich nichts daraus«, sagte er beschwichtigend zu Steffen. »Früher oder später wird sie schon zur Vernunft kommen, glauben Sie mir.«

»Uuuh, ich brauche dringend frische Luft.«

Toni sprang wutentbrannt vom Sofa auf und warf dabei beinahe den Couchtisch um. Sie stürmte zur Terrassentür und riss sie auf. Ein Schwall feuchter Abendluft strömte herein. »Dass ausgerechnet du mir so in den Rücken fällst, Papa! Das hätte ich nie von dir erwartet!«

Genau, ich auch nicht, dachte Elmar.

Aber jetzt hieß es aufpassen! Wenn er zu dick auftrug, kam Toni ihm womöglich noch auf die Schliche. Draußen wurde eine Autotür zugeschlagen, Elmar erkannte den Klang unzweifelhaft.

»Was sagt Mama denn dazu?«, fragte er listig.

»Weiß ich nicht«, maulte Toni. »Sie ist ja kaum noch hier. Und wenn sie mal da ist, ist sie nicht ansprechbar.«

Sie war am Fenster stehen geblieben und starrte trotzig herüber. Ihre zierliche Gestalt vibrierte vor innerer Anspannung. Steffen saß vornübergebeugt mit den Ellbogen auf den Knien auf dem Sofa und versuchte, überlegen und gelassen zu wirken.

»Na, jetzt übertreibst du aber.« Elmar hievte sich aus seinem Sessel hoch und wandte sich zur Tür. »Sie kommt übrigens grade. Am besten redest du sofort mit ihr.«

Das würde ihm wenigstens noch eine kleine Galgenfrist verschaffen. Außerdem wäre Ria nach dieser erfreulichen Nachricht vielleicht etwas milder gestimmt.

»Ich mache mir inzwischen in der Küche etwas zu essen. Habt ihr auch Hunger?«

»Herzlichen Dank auch, mir ist der Appetit vergangen.« Toni verschränkte beide Arme vor der Brust.

»Ach, also ich könnte schon etwas vertragen«, ließ Steffen sich aus seiner Sofaecke vernehmen. »Wer weiß, wie lange wir hier möglicherweise noch …«

»Wie kannst du jetzt bloß ans Essen denken!«, kreischte Toni.

Elmar schloss leise die Tür hinter sich und marschierte in Richtung Küche. Gerade als er den Kühlschrank öffnete, fiel draußen die Haustür ins Schloss. Nun blieben ihm noch maximal zehn Minuten, länger würde sich Ria nicht mit Steffen herumschlagen. Erregtes Stimmengewirr drang über den langen Flur. Während er Brot aus dem Kasten holte und zwei Scheiben auf einem großen, runden Holzbrett mit Butter bestrich, legte er sich eine Strategie zurecht.

Er würde mit Tag X beginnen, dem Tag, an dem Marvin, der Zwillingsbruder der vermissten Lisetta Traub, im Präsidium erschienen war und seine Mitarbeit angeboten hatte. Santmann hatte Elmar als seinen potenziellen Nachfolger zu der Unterredung gebeten, und er erinnerte sich noch genau daran, wie abstrus ihm Marvins Idee erschienen war. Er hatte sich sofort strikt dagegen ausgesprochen.

Bald darauf war die nächste rothaarige junge Frau verschwunden, sie waren immer mehr unter Druck geraten, und Santmann hatte, vielleicht auch, weil es sich hier um seinen letzten großen Fall handelte, schließlich doch Marvins abenteuerlichem Vorschlag zugestimmt.

Da Santmann von Anfang an den Verdacht hegte, dass der Täter womöglich in den eigenen Reihen zu suchen war, beschlossen sie übereinstimmend, dass es so wenige Mitwisser wie möglich geben sollte.

Marvins Aufgabe, der als Milena verkleidet seiner Schwester Lisetta fast aufs Haar glich, war von vornherein klar umrissen. Er sollte den Killer, der Lisetta womöglich in seiner Gewalt hatte, durch seine frappierende Ähnlichkeit mit ihr aus der Reserve locken, und sich, sobald der Kerl ihm auf den Leim gegangen war, herausziehen und der Polizei alles Weitere überlassen. Die Idee stammte natürlich von Marvin selbst, er wäre ohnehin nicht davon abzuhalten gewesen, diese Maskerade durchzuziehen und sich einzumischen. Aber er musste schwören, jegliche Art von Alleingang zu unterlassen, andernfalls hätte Santmann sich niemals auf das Ganze eingelassen.

Doch es konnte natürlich etwas schiefgegangen sein, vielleicht hatte der Verrückte Marvin tatsächlich enttarnt und verschleppt? Dann gnade ihm Gott!

Es gab aber auch noch eine ganz andere, äußerst unheimliche Möglichkeit, die zu Ende zu denken ihm bisher allerdings der Mut gefehlt hatte. Wenn nun Marvin selbst …

Elmar Ringshauser spürte, wie ihm plötzlich der Schweiß ausbrach. Weil sein Innerstes sich mit aller Macht gegen diesen ungeheuerlichen Verdacht aufbäumte.

Ging seine Phantasie mit ihm durch, oder war dies wirklich alles möglich?

Doch, es *war* möglich. Leider! Marvin konnte den aufopfernden Bruder tatsächlich nur gespielt haben, rührend besorgt um seine Zwillingsschwester, in deren Schatten er zeitlebens gestanden hatte. Konnte es eine brillantere Tarnung geben?

Ohne wirklich mitzubekommen, was er tat, verteilte Elmar Schinken und Käse auf den Broten und belegte sie mit Tomatenscheiben und Salatblättern.

Marvin hatte sich regelrecht aufgedrängt, hatte Santmann so lange in den Ohren gelegen, bis dieser schließlich zustimmte. War dies alles vielleicht Teil eines größeren Plans? Papas Prinzesschen. Wie hämisch und boshaft hatte Marvins Stimme stets geklungen, wenn er erzählte, dass Lisetta das Lieblingskind seines Vaters gewesen war! Waren dies vielleicht die Momente gewesen, in denen der Hass mit ihm durchging und die Maske rissig wurde? Hatte Marvin sich ein Deckmäntelchen der ganz besonderen Art umgehängt, um sich auf diese Weise elegant seiner verhassten Schwester zu entledigen, die er angeblich über alles liebte?

Seine bedauernswerten Opfer hätten vor ihm als vermeintlicher Geschlechtsgenossin wohl kaum Angst gehabt, es wäre ganz einfach gewesen, sie in die absonderliche Falle zu locken.

Ein kalter Schauer lief ihm über den Rücken.

Wie gruselig mochte es für die Frauen gewesen sein, wenn sich die schöne Milena vor ihren Augen plötzlich in ein irre grinsendes Monster verwandelte! Und sie hatten keine Ahnung, warum sie sterben mussten. Sie waren ja nur Bauernopfer, eine makabre Irreführung, um von dem eigentlichen Motiv, dem Mord an der Schwester, abzulenken. Es wäre eine wahrhaft perfekte Inszenierung, da zwei der rothaarigen Frauen lange vor Lisetta Traub verschwanden und somit der schaurige Boden für den kaltblütigen Mord an Lisetta bereitet war.

Elmar nahm einen Schluck Bier direkt aus der Flasche, dann stellte er sie vor sich auf den Tisch und stützte den Kopf in die Hände. Er hatte Marvin getröstet, war ihm ein geduldiger Zuhörer und Freund gewesen, während der sich womöglich in Wahrheit die ganze Zeit über ihn kaputtgelacht hatte.

Nein! Er schüttelte nachdrücklich den Kopf, als könne er so die sich überschlagenden Gedanken vertreiben. Er hatte doch selbst erlebt, wie Marvin gelitten hatte, das konnte doch unmöglich alles nur gespielt gewesen sein!

Klar, Marvin war beides, gelernter Fotograf und Schauspieler. Dies hatte maßgeblich dazu beigetragen, dass alle ihm die exzentrische Milena ohne weiteres abgekauft hatten, aber auch Schauspielkunst hatte irgendwo ihre Grenzen.

Elmar starrte auf die unberührten, appetitlichen Brote auf seinem Teller, doch plötzlich hatte er überhaupt keinen Hunger mehr. Gerade wollte er aufstehen, da wurde die Tür aufgerissen.

Er blickte auf und erschrak. Ria sah schrecklich aus, völlig aufgelöst. Hässliche, rote Flecken bedeckten Gesicht und Hals, als hätte sie Scharlach. Sie stierte ihn aus fiebrig glänzenden Augen unverwandt an, während sie auf ihn zukam und ihre Schultertasche mitten im Raum achtlos zu Boden fallen ließ. Sie hatte wohl einen wirklich stressigen Tag hinter sich, wenn ein kleiner Disput mit Steffen sie dermaßen aus der Fassung bringen konnte.

Jetzt baute sie sich drohend vor ihm auf. »So, und nun zu dir«, stieß sie hervor. Sie packte den Esstisch links und rechts mit beiden Händen an den Ecken und stützte sich schwer darauf nieder.

»Ist das nicht eine erfreuliche Entwicklung der Dinge?«, fragte Elmar vorsichtig. »Ich meine, Steffen hat ja wohl alles versucht, aber …«

»Steffen interessiert mich einen Dreck«, herrschte sie ihn an.

Kleine Speicheltröpfchen flogen durch die Luft, sie spuckte buchstäblich Gift und Galle.

Er fuhr in seinem Stuhl zurück. »Aber bist du nicht auch der Meinung, dass …? Also, ich dachte eigentlich …«

»Was nennst du eine positive Entwicklung, he?« Sie schlug mit beiden Fäusten auf den Tisch, dass es krachte. »Dass ich von fremden Menschen zufällig erfahren muss, dass du mich monatelang hintergangen hast?«

»Aber was … woher …«

»Nein!«, schrie sie außer sich. »Die Frage ist, woher *du* weißt, dass *ich* es weiß, oder? Freiwillig wärst du doch nie damit herausgerückt!«

»Das ist nicht wahr, Ria«, sagte Elmar tonlos.

Sie wusste Bescheid, wie war das bloß passiert? So ein unglaubliches Pech! Ria würde ihm niemals abnehmen, dass er ausgerechnet heute sowieso fest entschlossen gewesen war, seine Karten auf den Tisch zu legen.

»Ich wollte dir heute wirklich alles erzählen, und ich weiß auch, dass es ein Riesenfehler war, dich die ganze Zeit über …«

»Ach, wirklich?«, fiel sie ihm mit schneidender Stimme ins Wort. »Das fällt dir ja verdammt früh ein!« Sie nahm die Hände vom Tisch und richtete sich auf. Sie sah ganz danach aus, als würde sie im nächsten Moment auf ihn losgehen. »Was wolltest du mir denn heute so plötzlich erzählen?«, fauchte sie. »Dass Milena Breiter ein Mann ist? Und dass dieser Mann Lisetta Traubs Bruder Marvin ist? Dass du und Santmann und Marvin Traub die ganze Zeit unter einer Decke steckten?«

»Wenn du sowieso schon alles …«

»Wer wusste noch Bescheid?«, brüllte Ria.

»Äh … also, tja … die Hölzer.«

Elmar stand auf und ging um den Tisch herum auf sie zu. Sie hatte alles Recht der Welt, wütend zu sein. Marvin hatte recht gehabt, er hätte natürlich viel eher mit Ria über alles reden müssen, jetzt war ihm dies mit einem Mal sonnenklar. In diesem Moment wollte er sie einfach nur noch in den Arm nehmen, sie beschwichtigen und um Verzeihung bitten.

Ob sie ihm wohl jemals verzeihen würde?

»Sag, dass das nicht wahr ist«, ächzte sie.

Er wollte die Arme um sie legen, aber sie schlug wie wild um sich und stieß ihn mit beiden Fäusten heftig vor die Brust. Hilflos ließ er die Hände sinken.

»Die Hölzer, meine Sekretärin, ich kann's nicht glauben!«, schrie Ria. »Und der Briefträger? Bist du sicher, dass der Briefträger nicht auch mit von der Partie war? Und hey, was ist mit dem Pförtner?«

»Ria, Liebling, bitte! Lass mich doch erklären ...«

»Nenn mich nie wieder Liebling! Und geh mir aus dem Weg. Hau ab, ich will dich nicht mehr sehen!«

Heftig gestikulierend stürmte sie auf ihn los, Elmar sprang erschrocken zur Seite. So aufgebracht hatte er Ria noch nie erlebt. Selbst damals nicht, als er sie mit Sandrina von der Spurensicherung betrogen hatte.

»Es war ... mit Santmann so abgesprochen ... wirklich! Das musst du mir glauben«, stotterte er. »Es war nie meine Absicht ...«

»Santmann ist seit Wochen tot«, zischte sie, während sie so nah an ihn herantrat, dass er ihren heißen Atem am Kinn spürte.

Er konnte ihre Wut regelrecht riechen.

»Dir ging es doch nur noch darum, dein Ego wieder aufzupolieren, indem du den Fall ohne meine Hilfe löst. Ist dir eigentlich klar, was du angerichtet hast? Womöglich ist Marvin Traub deinetwegen ebenfalls tot!«

Elmar wich zurück und stieß hart gegen das Küchenregal in seinem Rücken. Scheppernd krachten Teller und Tassen zu Boden.

»Gehst du jetzt nicht ein bisschen zu weit?«

Die Scherben knirschten unter seinen Füßen, zum Glück trug er Hausschuhe.

An der Tür erschien Kais ängstliches Gesicht. »He, was ist denn hier los?«

Er musste gerade nach Hause gekommen sein, steckte noch in Jacke und Mütze. Hinter ihm erspähte Elmar ein schüchtern dreinblickendes, etwa fünfzehnjähriges Mädchen mit langen, blonden Haaren und einer kolossal sperrigen Zahnspange, die sie daran zu hindern schien, ihren Mund zu schließen.

Na, wunderbar, dies war wirklich ein passender Abend, die neue Freundin in die Familie einzuführen.

»Ich? Ich gehe zu weit?«, brüllte Ria. »Raus. Raus, und zwar alle!«

Elmar schlich in großem Bogen um sie herum und scheuchte Kai aus dem Raum, bevor er selbst aus der Tür schlüpfte und sie hastig hinter sich zuzog. Keine Sekunde zu früh, denn im nächsten Augenblick flogen mehrere Gegenstände gegen die Tür, begleitet von nicht enden wollenden Klirrkaskaden.

Er blieb mitten im Flur stehen und räusperte sich verlegen. »Hallo, also … ich bin Kais Vater.«

»Ich bin Lilian«, wisperte das Mädchen ergriffen.

Sie streckte ihm zögernd eine kleine, eisige Hand entgegen, ihre riesigen, dunklen Augen blickten verwirrt zu ihm auf.

»Meine Frau … äh … ist zur Zeit etwas nervös«, erklärte er lahm und schritt mit dem letzten bisschen Würde, das er noch aufbringen konnte, in Richtung Wohnzimmer, wo, wie ihm im nächsten Moment wieder einfiel, schon die nächste Beziehungskatastrophe lauerte.

»Sag bloß, Papa«, krächzte Kai, »darauf wären wir jetzt nie gekommen.«

70

Er hatte Lisetta gefunden, endlich! Seine Mission war erfüllt.

Der Kerl hatte sie tatsächlich die ganze Zeit über in seiner Gewalt gehabt, hatte sie zu einem Teil seiner kalten Welt gemacht, in der Menschen gefühllose Gegenstände waren, hatte sich Lisetta einfach genommen, so wie man eine reife Himbeere im Vorbeigehen vom Strauch pflückt.

Und nun war sie tot. Papas Prinzesschen war tot, durch nichts mehr zu retten …

Marvin zwang sich dazu, nicht mehr an Lisettas fast bis zur Unkenntlichkeit abgemagerten Körper zu denken, der dort oben im Bett des Verrückten lag. Er musste seine Sinne beisammenhalten, wenn wenigstens er dieses grausige Haus, in dem es aus allen Ritzen nach Tod und Verwesung stank, lebend wieder verlassen wollte.

Vorerst musste er jedoch weiter mitspielen, das Ungeheuer in Sicherheit wiegen, so entsetzlich das auch war. Und auf eine Gelegenheit hoffen, fliehen zu können. Er musste unter allen Umständen zum Schein in dieser wahnwitzigen Geschichte, die sich der Irre da zusammengesponnen hatte, bleiben. Der durfte nicht einmal spüren, dass er ihm etwas vormachte.

Jetzt waren sie beide in der Todesküche, mit Sicherheit der grässlichste Ort auf Erden!

Marvin versuchte krampfhaft, die beiden Skelette zu ignorieren, mit denen der Kerl sich andauernd in näselndem Tonfall unterhielt, als hätte er es mit zwei ungezogenen Kindern zu tun, die ihm nicht antworten wollten. Ständig wurde ihm übel von diesem alles beherrschenden Geruch des Todes, er konnte nur hoffen, dass man es ihm nicht ansah.

Nun wandte der Verrückte sich wieder ihm zu, und Marvin befahl sich, ihm kerzengerade in die flackernden Augen zu blicken. Die kranke Zärtlichkeit, die aus diesen Augen sprach, berührte ihn wider Willen, aber er verbot sich jegliches Mitgefühl, er durfte nicht die geringste Schwäche zeigen.

»Denk immer daran, dass das hier jetzt dein Zuhause ist. Unser Zuhause, mein Engel. Bist du glücklich?«

Marvin schluckte und nickte, wandte sich schnell wieder dem Herd zu. »Natürlich bin ich glücklich«, presste er hervor.

Er schwitzte unter der rotgelockten Perücke, alle vier Herdplatten unter den Töpfen liefen auf Hochtouren. Es sollte ein Festmahl werden, ein Mahl für zwei Leichen und ihren mörderischen Sohn.

»Hörst du, Vater?«, säuselte die Stimme entzückt. »Milena ist glücklich, jetzt wird endlich wieder alles gut.«

Marvin hörte Schritte in seinem Rücken, und plötzlich fassten ihn zwei kräftige Arme von hinten um den Leib. Ein erigiertes Glied presste sich hart gegen seine Hüfte, er schrie unwillkürlich auf vor Grauen. Sofort fuhren die Arme zurück.

»Aah, ich hab mich verbrannt«, rief er schnell.

Jetzt bloß keinen Fehler machen!

»Du darfst mich nicht ablenken, sonst kann ich mich nicht konzentrieren«, setzte er mit mühsam beherrschter Stimme hinzu.

Er musste eisern die Spielregeln einhalten, sonst würde er so enden wie all die anderen, die vor ihm in dieses Leichenhaus verschleppt worden waren.

»Schon gut, mein Engel, du hast ja recht. Mutter konnte es auch nie leiden, wenn Vater sie beim Kochen störte, stimmt's, Mutter?«

Marvin hörte, wie er sich an dem Stuhl zu schaffen machte, auf dem die tote Mutter saß. Schüttelte er sie wieder, weil sie ihm keine Antwort gab? Ein eisiger Schauer lief ihm über den Rücken, als er sich den abscheulich wippenden Totenkopf mit den verfilzten, roten Haarsträhnen vorstellte.

»Ach, verdammt«, murmelte der Verrückte ärgerlich. »Ich glaub, ich geh schon mal raus und lade den Wagen aus. Kommst du hier alleine klar?«

Marvin brauchte ein paar Sekunden, bis er realisierte, dass die Frage ihm galt.

»Ganz bestimmt«, sagte er aus tiefstem Herzen. »Aber soll ich dir nicht lieber helfen?«

Endlich! Sobald er unbeobachtet war, musste er sofort versuchen, an seine Tasche kommen, die irgendwo draußen im Flur lag. Dann konnte er mit seinem Handy Hilfe holen und musste nur noch abwarten, bis die Polizei diese finstere Festung stürmte und ihn befreite.

»Oh nein, Milena. Du bleibst hier.«

Das kannte er inzwischen schon, die Stimmung konnte jederzeit in Sekundenschnelle umschlagen. Breiiger Treibsand, der unberechenbar schlingernd über schwarzen Abgründen wogte, die direkt in die Hölle zu führen schienen.

Marvin hörte die große Haustür draußen zuschlagen und knirschende, sich entfernende Schritte auf dem Kies. Sofort hetzte er zur Tür, aber nun war sie plötzlich abgeschlossen.

Er erschrak! Anfangs, als sie zusammen hier angekommen waren, hatte er noch völlig unbehelligt im ganzen Haus umherspazieren dürfen.

Und jetzt? Was hatte er falsch gemacht, womit nur hatte er sich das Vertrauen des Irren verspielt? Wenn er es nicht schaffen würde Hilfe zu holen, war er verloren, und alles wäre umsonst gewesen.

Er hätte sich ohrfeigen können, dass er Ringshauser nicht wenigstens einen kleinen Hinweis gegeben hatte, mit welchem Kollegen sie es zu tun hatten. Gut, er hatte natürlich sichergehen müssen, dass Lisetta sich tatsächlich in dessen Gewalt befand, bevor eine Polizeiaktion womöglich noch alles zunichte machte. Aber nun konnte es bereits zu spät sein, der Kerl hatte diese krankhaft feinen Antennen eines Psychopathen.

Von draußen hörte er scharrende Geräusche. Marvin warf einen Blick aus dem Fenster. Der Verrückte schleppte anscheinend kistenweise Lebensmittel ins Haus, es sah ganz danach aus, als wolle er sich hier mit seiner angebeteten Milena bis in alle Ewigkeit verbarrikadieren. Flitterwochen im Horrorkabinett …

Ein Blick auf die beiden Skelette am Küchentisch erinnerte ihn daran, was ihm blühte, wenn seine Tarnung als Frau aufflog. Und dazu musste es zwangsläufig früher oder später kommen. Plötzlich fragte er sich, ob er die unumgängliche Konfrontation nicht lieber selber herbeiführen sollte, solange er noch einigermaßen bei Kräften war und das Überraschungsmoment auf seiner Seite hatte.

Ja, er musste es versuchen, er hatte gar keine andere Wahl.

Kurz entschlossen wandte er sich zum Herd und schaltete alle Kochplatten herunter. Zur Hölle mit der Henkersmahlzeit!

In diesem Moment drehte sich schon der Schlüssel im Schloss, und die Küchentür wurde aufgestoßen.

»Warum tust du das?«, fragte Marvin mit möglichst argloser Stimme, ohne sich umzudrehen.

Beiläufig griff er nach einem Kochlöffel und rührte geschäftig in einem der nagelneuen Töpfe. Alles hier, außer den beiden Stühlen der Eltern natürlich, war nagelneu. Die Schränke, der Tisch, die Lampen, das Geschirr. Neu und exquisit.

»Was meinst du, mein Engel?«

»Mich einsperren«, sagte Marvin mit leisem, wohl kalkuliertem Vorwurf in der Stimme. »Vertraust du mir etwa nicht mehr? Ich wollte nur mein Schminktäschchen aus der Handtasche holen, und da hab ich gemerkt, dass du mich eingeschlossen hast.«

»Kein Problem, ich hole es dir.«

»Nein, das will ich lieber selber machen.« Marvin drehte sich um und lehnte sich so lässig wie möglich mit der Hüfte gegen den Herd. »Du weißt doch, wie Frauen sind.«

Aber sein kokettes Lächeln misslang, und er schlug schnell die Augen nieder. Sein Blick blieb an dem aufwändig für vier Personen gedeckten Tisch hängen. Nicht mal die Kerzen fehlten. Die grausigen Schwiegereltern in spe hingen stumm in ihren Stühlen und starrten aus leeren Augenhöhlen auf die großen, weißen Teller.

»Oh ja, das weiß ich tatsächlich.« Die Stimme klang jetzt schneidend und drohend. »Sie lügen, schmieren einem Honig ums Maul, und bei der erstbesten Gelegenheit versuchen sie auszubüchsen. Und das kann ich nicht zulassen, das ist dir doch klar?«

»Aber ich bin doch freiwillig hier«, rief Marvin aus. »Weil ich dich liebe! Verstehst du denn nicht, dass dein Misstrauen mich verletzt?«

Das Gesicht des Verrückten leuchtete auf, rötete sich vor Freude, und Marvin kam sich beinahe schäbig vor. Mit wenigen Schritten war er da und riss Marvin in seine Arme. Der Kochlöffel landete polternd auf dem Boden, und Marvins Gesicht wurde in die stickige Wolle eines Pullovers gedrückt.

»Ich könnte es nicht ertragen, dich zu verlieren, Milena. Versprich mir, dass du mich nie verlässt.«

»Ich verspreche es«, wisperte Marvin, nach Luft schnappend. »Und jetzt lass mich los, bevor ich ersticke.«

War die Perücke verrutscht? Er fasste sich mit beiden Händen an die Schläfen, wie um sich die Haare nach hinten zu streichen. Aber nein, alles war in Ordnung.

»Oh, entschuldige.«

Zerknirscht ließ der große, kräftige Mann die Arme sinken, sein Gesicht verzog sich zu einer mitleiderregenden Grimasse.

Marvin trat einen Schritt zurück und sah ihm fest in die flehenden, grünen Augen. »Heißt das, du vertraust mir jetzt?«

»Ich … ich muss.« Der Verrückte schluchzte plötzlich auf. »Und ich will. Ja, ich will.«

Er ist ein Kind, dachte Marvin erschüttert. *Ein verlorenes Kind mit einer todkranken Seele, im Körper eines ausgewachsenen, gefährlichen Mannes.*

»Bist du schon fertig mit dem Ausladen?«, fragte er, um Zeit zu gewinnen.

»Nein, aber es ist nicht mehr viel. Ich wollte nur … mal kurz nach dir sehen.«

Kontrollieren wolltest du mich, dachte Marvin grimmig.

»Dann beeil dich bitte«, sagte er leichthin. »Das Essen ist nämlich gleich fertig.«

»Das klingt gut, irgendwie so … so … heimelig.«

Im nächsten Moment fiel die Tür ins Schloss.

Marvin atmete erleichtert auf und wandte sich wieder dem Herd zu. Der Kerl hatte nicht gemerkt, dass die Herdplatten abgestellt waren, Gott sei Dank.

Er wartete ein paar bange Minuten, drehte sich dann um und schlich zur Tür. Sie war tatsächlich offen.

Er spähte ins Treppenhaus. Dort drüben an der Garderobe hing seine Tasche, sorgsam neben den Mänteln aufgehängt. Er riss die Tasche herunter und durchwühlte sie, während er in die Küche zurückstolperte und sich direkt hinter der Tür niederkauerte. Sein Herz klopfte bis zum Hals. Er ließ die Tür halb offen stehen, um mitzubekommen, was sich draußen abspielte. Wieder hörte er das Schleifen von Kartons auf der Türschwelle, dieser Mensch richtete sich tatsächlich auf einen ausgiebigen Honeymoon ein.

Wahrscheinlich blieben ihm jetzt nur noch wenige Sekunden, jeder Handgriff musste also sitzen. Sein Handy war zum Glück unversehrt, er wählte Elmars Nummer und betete inständig. *Geh ran! Geh ran!*

Oh, nein, Ringshausers Mailbox sprang an.

»Elmar, ich bin's, Marvin«, wisperte er heiser. »Er hat mich entführt! Wir sind hier im Kraichgau, in der Nähe von …«

Ein leise surrendes Geräusch ließ ihn herumfahren, ihm stockte der Atem, und im nächsten Augenblick stürzte sich ein riesiger Schatten auf ihn und schleuderte ihn zu Boden.

»Du Miststück«, heulte der Verrückte. »Du hast mich verraten, verraten, verraten!«

Bei jedem Wort schlug er in rasender Wut auf Marvin ein, traf wahllos Rücken, Kopf und Gesicht. Marvin spürte Blut im Mund, er keuchte und hustete, versuchte, die Schläge abzuwehren und sich aus dem Würgegriff zu befreien, aber der Rasende drückte ihn erbarmungslos nieder, kniete mit seinem ganzen Gewicht auf ihm, das lange, rote Haar der Perücke verfing sich in seinen zerstörerischen Fingern.

Und plötzlich geschah es! Die Perücke rutschte mit einem Ruck von Marvins Kopf.

Ein entsetzliches, nicht enden wollendes Klagegeschrei, kaum noch menschlich, eher wie das Geheul eines gepeinigten Tieres, hallte durch das alte Haus.

Marvin bäumte sich mit aller Kraft auf, dieser Moment war seine einzige und letzte Chance. Er warf sich herum und wand sich verzweifelt unter dem massigen Körper, der ihn scheinbar mühelos unter sich begrub und sämtliche Atemluft aus ihm herauspresste.

Er drehte seinen Kopf unter Aufbietung all seiner Kräfte nach oben, und das Letzte, was er sah, war die wutverzerrte Fratze, die in ungläubiger Abscheu auf ihn herunterstarrte und wie in Zeitlupe versteinerte.

71

Endlich Feierabend. Die Sekretärin Irmgard Hölzer hatte gerade das Präsidium verlassen und war auf dem Weg nach Hause. Es war zwar für Mitte April ziemlich kühl, aber immerhin noch hell. Im Westen zeigte sich am unteren Rand des dunkelblauen Himmels ein orangeroter Leuchtstreifen, der die blutrote untergehende Sonne aufzusaugen schien. Es roch deutlich nach Frühling, und Hölzer atmete tief die klare Abendluft ein. Kurz entschlossen entschied sie sich dafür, einen kleinen Schlenker durch die Stadt zu machen. Wer weiß, vielleicht schaffte sie sogar den ganzen Weg durch die Lindenhofunterführung am Hauptbahnhof bis nach Hause zum Almenhof. Manchmal machte sie das nach der Arbeit. Es befreite den Kopf, an der frischen Luft konnte sie am besten denken. Sie überquerte die Kapuzinerplanken bis zum Strohmarkt.

Wieder und wieder hatte sie über Santmanns Tod nachgegrübelt und über die Tatsache, dass sie genau an dem Tag des Attentats aus heiterem Himmel magenkrank geworden war. Ria Ringshauser hatte natürlich recht. Es war wirklich unwahrscheinlich, dass dies ein simpler Zufall gewesen war. Zumal sie sonst nie Magenprobleme hatte, dies schrieb sie ihrer sorgfältigen Ernährungsweise zu.

Viel wahrscheinlicher war tatsächlich, dass jemand sie vorübergehend aus dem Weg hatte räumen wollen. Mit Erfolg. Immer wieder hatte sie den Tag vor dem Unglück innerlich Revue passieren lassen, aber noch immer war sie nicht dahintergekommen, wie dieser Jemand das bewerkstelligt haben sollte.

Soeben ging sie an einer der beiden Eisdielen in den Planken, der Eismanufaktur *Fontanella* vorüber.

Wie schön, die riesigen Fenster des Eiscafés standen sperrangelweit offen, ein Teil der Tische, die in der Fußgängerzone standen, waren besetzt, und die Kellnerinnen trugen verführerisch bunte Eisbecher nach draußen. Immer ein sicheres Zeichen, dass der Winter endgültig überstanden war.

Sie blieb stehen und genoss den Anblick der vor Sauberkeit blitzenden, bis zum Rand mit sahniger Eiscreme gefüllten rechteckigen Behälter, die sich wie in einem überdimensionalen Malkasten bunt aneinander reihten.

Im Jahre 1969 hatte Dario Fontanella hier in Mannheim das Spaghetti-Eis erfunden, Irmgard Hölzers Lieblingsdessert. Bei dem Gedanken daran lief ihr das Wasser im Mund zusammen. Sie überlegte, ob sie nicht einfach hineingehen und den Frühling mit diesem ganz privaten kleinen Ritual begrüßen sollte. Ein Blick auf die Uhr sagte ihr aber, dass es noch viel zu früh für ihren Magen war. Dann also morgen. Sie würde am nächsten Tag in der Kantine den Nachtisch weglassen und später auf dem Weg nach Hause in die Eisdiele gehen.

Gleichzeitig begann ein kleiner, flüchtiger Gedanke in ihrem Kopf zu rumoren, der sie in Unruhe versetzte, obwohl sie noch keine Ahnung hatte, warum.

Wie ferngesteuert schlenderte sie weiter und überquerte die Fußgängerampel am Kaiserring. Die Meeresgöttin Amphitrite auf der Spitze des Wasserturms blitzte in der goldenen Abendsonne, die Fontänen in der gepflegten Parkanlage des Friedrichsplatzes begrüßten sie mit perlendem Rauschen.

Der kleine, flüchtige Gedanke hakte sich indessen immer hartnäckiger in ihren Gehirnwindungen fest, sie konnte regelrecht spüren, wie er sich in ihrem Oberstübchen Platz schuf, um endlich ins Bewusstsein vorzustoßen.

Sie ging am Wasserturm vorbei und schritt die Stufen rechts der Kaskaden in den Park hinunter, frühlingshungrige Menschen saßen auf den Bänken unter den Arkaden und auf der steinernen Einfassung der Wasserbecken.

Und plötzlich wusste sie es.

Sie blieb mit einem Ruck stehen. Wie hatte sie das bloß vergessen können? Ihre Chefin hatte vollkommen recht, es war tatsächlich etwas anders gewesen am Tag vor Santmanns Ermordung. In der Kantine.

Und es war wirklich nur eine unbedeutende Kleinigkeit. Und kurz darauf waren all diese entsetzlichen Dinge geschehen. Das Attentat, die ständigen Verhöre. Darum war alles andere automatisch in den Hintergrund getreten, gerade weil es so unwichtig erschien.

Aber wenn man genauer darüber nachdachte …

Sie ging langsam und stockend weiter, setzte mechanisch einen Fuß vor den anderen. An der Kunsthalle überquerte sie die Fußgängerampel zur Roonstraße.

Auf einmal begann ihr Herz zu stolpern, der Verkehrslärm, alle Geräusche um sie herum drangen plötzlich nur noch dumpf gefiltert wie durch einen Zentner Watte zu ihr durch. Ein Auto hupte direkt neben ihr, irgendjemand rempelte sie unsanft an. Sie nahm nichts davon wahr, weil die Gewissheit, die sich allmählich in ihr ausbreitete, so ungeheuerlich war, dass sie die Gegenwart vollständig auslöschte.

Jemand war am Tag vor dem Attentat in der Kantine zu ihr an den Tisch gekommen und hatte ihr seinen Nachtisch überlassen, den es an diesem Tag gegeben hatte, eine kleine Portion Spaghetti-Eis. Jeder im Präsidium wusste, dass dies ihr Lieblingsdessert war und dass sie auch einem zweiten nicht würde widerstehen können. Sie hatte sich erfreut bedankt und das Eis mit Genuss verspeist. Es war genauso gut gewesen wie das erste. Und es hatte keinen Deut anders geschmeckt.

Ihr wurde klar, wie einfach es gewesen war sie auszuschalten. Gerade weil sie nichts anderes gegessen hatte als sonst, hatte sie das geschickte Manöver nicht durchschaut. Bis heute.

Aber wer war der freundliche Spender gewesen?

Sie tappte wie eine Schlafwandlerin, wie von unsichtbaren Fäden gezogen, weiter durch die Toräckerstraße in Richtung Hauptbahnhof, Gesichter zogen an ihrem inneren Auge vorüber, eines nach dem anderen.

Er? Nein, das war doch völlig ausgeschlossen!

Wieder blieb sie abrupt stehen, ein Mann rammte ihr einen Kinderwagen in die Hacken und entschuldigte sich umständlich. Hölzer reagierte nicht, blinzelte ihn nur verständnislos an. Plötzlich fühlte sie, dass ihr schwindlig wurde, die aufsteigende Panik ließ ihr Herz rasen.

Kein Zweifel, er war es gewesen! Sein Gesicht schob sich energisch vor alle anderen, wie er sie anlächelte, sich zu ihr herabbeugte und das Glasschälchen mit dem Eis vor ihr auf den blassblauen Kantinentisch stellte.

Sie war wieder langsam weitergegangen. Ergab das alles einen Sinn?

Natürlich. Ja.

Ihr stockte der Atem, als ihr schlagartig bewusst wurde, dass sie jetzt ganz allein den Schlüssel für diesen Fall in Händen hielt, sie musste auf der Stelle Elmar Ringshauser benachrichtigen. Oder vielleicht doch lieber gleich seine Frau?

Ihr brach der Schweiß aus, sie riss den Reißverschluss ihrer Jacke auf und öffnete mit fahrigen Händen die obersten zwei Knöpfe ihrer Bluse. Sie atmete kurz und heftig, ihr wurde übel, als sie an das Gemetzel dachte, das er in Santmanns Zimmer angerichtet hatte.

Warum nur hatte er das getan? Er war doch sogar eng mit Santmann befreundet gewesen?

Es gab nur eine einzige schlüssige Erklärung. Elmar Ringshauser hatte recht mit seiner Vermutung, dass Santmann kurz vor seiner Ermordung etwas Ungeheuerliches herausgefunden hatte. Santmann war ihm auf die Schliche gekommen, deshalb hatte er sterben müssen.

War er tatsächlich auch der Mörder all dieser Frauen?

Ein erstickter Laut entfuhr ihr. Plötzlich standen viele scheinbar unzusammenhängende Ereignisse in scharf umrissener Klarheit vor ihr, sie konnte die Wahrheit fast mit Händen greifen. Es passte alles zusammen.

Er war gar kein Spieler, und sie hatten sich nicht zufällig in der Spielbank getroffen, er hatte sie ganz gezielt verfolgt und ausspioniert! Nach dem Mord an Santmann hatte er sie äußerst geschickt beschattet, indem er sie überall unauffällig im Auge behielt. Er konnte ja nicht sicher wissen, dass Santmann auch ihr noch nichts von seinem Verdacht mitgeteilt hatte. Und außerdem musste er damit rechnen, dass ihr irgendwann das verflixte zweite Dessert einfiel. Wahrscheinlich wusste er immer sehr genau, wo sie war und was sie gerade tat.

Eisige Kälte breitete sich in ihr aus, sie schluchzte unterdrückt auf und begann zu laufen.

Bestimmt wusste er auch jetzt, wo sie war.

Er war hier.

Sofort versteifte sich ihr Körper, sie durfte sich auf keinen Fall etwas anmerken lassen. Aber hatte sie das nicht längst schon getan? Sie unterdrückte ein Stöhnen.

Es war unglaublich anstrengend, das Schritttempo wieder auf ein normales Maß zu drosseln, wo ihr Instinkt ihr doch befahl, lauthals zu schreien und loszurennen. Sie zwang sich, die Schultern zu lockern und sich zu entspannen. Vor allem durfte sie sich auf gar keinen Fall umschauen. Stattdessen blieb sie vor dem Schaufenster einer Apotheke stehen und starrte hinein.

Tauchte dort hinten, in ihrem Rücken, nicht gerade ein zögerlicher, dunkler Schatten auf? Das Herz klopfte ihr bis zum Hals, was sollte sie bloß tun?

Sie musste dringend telefonieren, wagte aber nicht, ihr Handy aus der Tasche zu holen. Denn, wenn sie richtig vermutete und er hier irgendwo in der Nähe war, wäre er in Sekundenschnelle bei ihr. Sie bildete sich nicht ein, ihn abhängen zu können. Er war jünger, kräftiger und viel schneller als sie und ihr mit seiner kranken Phantasie sowieso haushoch überlegen. Dazu über die Maßen erfindungsreich und ein brillanter Schauspieler. Schließlich hatte er alle an der Nase herumgeführt.

Die Angst kroch in ihr hoch wie Gift, das sie zu lähmen drohte.

Fieberhaft dachte sie nach. Sie konnte versuchen, unbemerkt eine kurze SMS zu versenden, ja, das war's! Einfach an ein paar gespeicherte Nummern, die sie über die Kurzwahltasten ohne weiteres blind erwischte.

Entschlossen betrat sie die Apotheke und stellte ihre Tasche auf der schmalen Ablage vor der Kasse ab. Bestimmt war sie leichenblass. Aber darüber würde sich in einer Apotheke wohl niemand groß wundern.

Zwei Kunden standen bereits im Laden. Sie überlegte blitzschnell. Falls er tatsächlich da draußen war und alles durchs Ladenfenster beobachtete, und davon musste sie ausgehen, konnte er der Apothekerin direkt ins Gesicht schauen. Sie durfte also nichts tun oder sagen, was die Frau erschreckte, sonst wüsste er aufgrund von deren Reaktion sofort Bescheid. Sie musste es schaffen, ganz normal mit ihr zu reden, wenn sie an der Reihe war.

Mit der linken Hand zog sie beiläufig verschiedene Beutel mit Hustenbonbons aus der gut gefüllten Thekenlade und steckte einen nach dem anderen langsam wieder zurück, den letzten ließ sie oben auf der Glasplatte liegen. Mit der anderen Hand suchte sie, ohne hinunterzublicken, in der Tasche nach ihrem Handy und begann, mit zitternden Fingern die Tasten zu erfühlen.

»Guten Tag, was kann ich für Sie tun?« Das freundliche Gesicht der Apothekerin wandte sich ihr zu.

»Äh … ich habe starke Halsschmerzen, ich nehme auf jeden Fall schon mal diese Bonbons.« Sie zeigte auf die Tüte.

Zum Glück hatte sie die Abfolge der winzigen Buchstaben, die sie drücken musste, erstaunlich deutlich vor Augen. Dritte Reihe von oben, ganz links, viermal drücken … zweite Reihe rechts, dreimal … und dann noch mal die dritte Reihe, viermal drücken … SOS …

»Gern.« Die Frau tippte einen Betrag in die Kasse.

»Aber ich brauche trotzdem noch etwas Stärkeres für die Nacht«, krächzte sie, während ihre rechte Hand in der Umhängetasche über die kleinen Tasten fuhr. »Die Dinger allein reichen wahrscheinlich nicht.«

Ihre Stimme klang tatsächlich schwach und heiser, die Angst schnürte ihr die Kehle zu, sie hatte Mühe, die Worte überhaupt herauszubringen.

So. Jetzt noch seinen Namen.

Alle würden natürlich glauben, sie sei vollkommen übergeschnappt. Und dann hoffentlich begreifen, dass dies kein Scherz war, sondern bitterer Ernst.

Die Apothekerin leierte routiniert eine Reihe von Produktnamen herunter, während Hölzer sie unverwandt fixierte und gleichzeitig ihre Finger durch Abzählen der Handy-Tasten die richtigen Buchstaben, so hoffte sie inständig, erwischten. Und schon im nächsten Augenblick erreichte die Nachricht, die einschlagen würde wie eine Bombe, ihre wichtigsten Kollegen.

Geschafft! Sie hätte heulen können vor Erleichterung.

»Geben Sie mir einfach irgendwas«, keuchte sie.

Die Apothekerin überlegte kurz und holte dann eine kleine grüne Schachtel aus einer Schublade. Umständlich kramte Hölzer nach ihrem Portemonnaie und zählte ganz langsam das Geld auf die Theke.

Inzwischen hatte sie panische Angst davor, die Apotheke zu verlassen, obwohl ihr klar war, dass sie sich ab jetzt nirgendwo mehr sicher fühlen konnte. Um den Moment hinauszuzögern, bat sie noch um Kopfschmerztabletten.

Oh nein! Sie schlug die Hände vors Gesicht, ihr Herz drohte auszusetzen.

Mit kaltem Entsetzen wurde ihr bewusst, dass sie seine Nummer ebenfalls unter ihren Schnellwahltasten gespeichert und somit gerade angewählt hatte.

Sie war so gut wie tot! Wenn er bisher noch nicht gewusst hatte, dass sie ihm auf die Schliche gekommen war, dann wusste er es *jetzt*.

Die Apothekerin wandte sich zu den Regalen um, und genau in diesem Moment ertönte die Ladenglocke. Ein neuer Kunde war hereingekommen.

Ahnungsvoll drehte Hölzer sich um, die Handtasche entglitt ihren Fingern. »Helfen Sie mir … bitte! Sie müssen mir helfen«, hauchte sie, bevor sie auf dem kalten Fliesenboden ohnmächtig zusammensackte.

72

Irgendetwas war faul gewesen an dieser rührenden Mutter-Sohn-Szene.

Der Mann hatte behauptet Arzt zu sein, und das mochte vielleicht sogar stimmen. Er hatte die Ohnmächtige nach allen Regeln der Ärztekunst behandelt und es schließlich geschafft, sie ins Bewusstsein zurückzuholen.

Aber war diese Frau wirklich seine Mutter? Mein Gott, wie sie ihn angestarrt hatte, als sie wieder zu sich kam! Mit weit aufgerissenen Augen, den Mund verzerrt vor Entsetzen. Als sei er der Teufel persönlich. Und welche Mutter, deren Sohn Arzt ist, spaziert völlig entkräftet in eine Apotheke, und kauft dort wahllos Arzneimittel, statt sich von ihm zu Hause beraten und kurieren zu lassen? Das passte doch überhaupt nicht zusammen!

Die Apothekerin hatte plötzlich ein ganz ungutes Gefühl bei dieser Geschichte.

Natürlich wusste sie keine Namen, die kranke Frau hatte schließlich kein Rezept vorgelegt. Aber sie hatte ein gutes Gedächtnis für Gesichter. Außerdem hatte sie von ihrer Apotheke aus mit angesehen, dass der Arzt seine »Mutter« eiligst in einen Wagen auf der gegenüberliegenden Straßenseite bugsiert hatte. Und sich vorsichtshalber die Nummer gemerkt.

Sie griff zum Telefon und wählte den Notruf. Viel zu bieten hatte sie zwar nicht, aber vielleicht konnten sie ja trotzdem etwas mit ihren kargen Informationen anfangen.

73

Seit klar war, dass Rudolf Hardt Selbstmord begangen hatte, schied er als der Mörder der Rothaarigen aus. Er hatte sich vermutlich erhängt, weil ebendieser Killer seine Geliebte Kaja Rohner getötet hatte. Das Monster lief also immer noch frei herum, davon musste man leider ausgehen. Und damit standen sie wieder ganz am Anfang.

Nein, das war falsch, denn am Anfang hatten sie noch keinen Schimmer davon gehabt, dass die neue Polizeifotografin ein verkleideter Mann und noch dazu der Bruder einer der vermissten rothaarigen Frauen war. Was für eine Oper!

Herbert Niederegger schüttelte, noch immer fassungslos, den Kopf. Beim Aufeinanderprallen des Ehepaares Ringshauser an jenem Abend wäre er wirklich gerne Schiedsrichter gewesen. Er hatte das Weiße in Ria Ringshausers Augen aufblitzen sehen, als sie aus seinem Zimmer stürmte. Elmar Ringshauser war mittlerweile sicherlich gut und gerne zwei Köpfe kürzer.

Beunruhigend war auch, dass Marvin Traub sich immer noch nicht zurückgemeldet hatte. Es war leider gut möglich, dass er inzwischen tatsächlich von diesem Verrückten eingefangen worden war. In seiner Verkleidung passte er natürlich perfekt in dessen Beuteschema.

Niederegger betrat einen Baumarkt im Rhein-Neckar-Zentrum, der abends immer lange geöffnet hatte. Er musste dringend Katzenfutter besorgen. Um diese Zeit, kurz vor Ladenschluss, war das Einkaufen hier immer am angenehmsten, weil so wenige Kunden da waren. Er hasste Gedränge in den Gängen und an den Kassen, die dicke Luft, die Menschen in größeren Ansammlungen zwangsläufig produzierten, war ihm zutiefst zuwider. Er zog sich seine Einweghandschuhe über, schnappte sich einen Einkaufswagen und steuerte auf die Abteilung Tiernahrung zu.

Luisa Eichinger und Mona Krampp waren wahrscheinlich die letzten Menschen, die Marvin Traub lebend gesehen hatten, immer vorausgesetzt, dass Mona Krampp sich nicht täuschte, wenn sie behauptete, Luisa habe ihrer vermeintlichen Rivalin Milena spätabends einen Besuch abgestattet. Wenn dies tatsächlich stimmte, war es sicher wieder mal um diesen affigen Schill gegangen. Luisa hatte den Kerl immer noch nicht unter Kontrolle, fast schien es sogar, als versuche Schill, sich aus Luisas Fängen zu lösen.

Na, er wünschte ihm jedenfalls viel Spaß beim Freistrampeln, Luisa war eine echte Klette. Wenn sie sich mal in etwas verbissen hatte, war sie nicht zu bremsen. Aber das hatte Schill sicher auch schon mitbekommen. Wie glückliche Turteltauben wirkten die beiden jedenfalls nicht gerade, die Verliebtheit schien ziemlich einseitig zu sein.

Gedankenverloren belud er seinen Wagen bis oben hin mit Dosen und Paketen.

»Ach, Sie haben auch Katzen?«, zwitscherte plötzlich eine weibliche Stimme neben seinem Ohr.

Er fuhr herum und prallte mit dem Kopf gegen ein Reklameschild für Hundekuchen. Eine große blonde Frau lächelte ihn, fast auf Augenhöhe, spitzbübisch an. Er fuhr zurück.

Oh nein, nicht schon wieder eine Teilnehmerin dieser Flirtkurse, die seit letztem Jahr in der Stadt angeboten wurden! Nirgendwo war man mehr sicher vor dieser wild entschlossenen, in zehn Sitzungen hochgecoachten Kontaktwut. Im Frühling war es besonders schlimm.

Wortlos machte er kehrt und manövrierte seinen Einkaufswagen rasch in Richtung Kasse. Die Blonde starrte ihm mit offenem Mund nach. Hastig packte er seine Einkäufe auf das Warenband.

Im Fall Santmann traten sie immer noch auf der Stelle. Es wurde immer offensichtlicher, dass die beiden Ringshausers komplett unterschiedliche Lösungsansätze vertraten. Schon lange hegte er den Verdacht, dass Elmar Ringshauser immer noch nicht all seine Informationen offengelegt hatte. Und die kleine fiese Stimme in seinem Kopf, die ihm dies einflüsterte, wurde von Tag zu Tag lauter.

Er lud das Katzenfutter in den Kofferraum seines Wagens und schob den Einkaufswagen zum Eingang des Baumarktes zurück.

Und warum hatte Elmar Ringshauser nach dem Attentat auf Santmann eigentlich darauf bestanden, alleine zu dessen Witwe zu fahren, und sein Angebot, ihn zu begleiten, ausgeschlagen? Was hatte er zu verbergen, musste er Sibilla Santmann vielleicht gar in seinem Sinn instruieren?

Niederegger schwirrte der Kopf, als er sich in seinen Wagen setzte und startete. Obwohl es schon ziemlich spät war, war der riesige Parkplatz des Einkaufszentrums noch recht voll und das Ausparken entsprechend mühsam. Na ja, es war Freitagabend, das Wochenende stand vor der Tür, da wurde eingekauft, was das Zeug hielt. Bestimmt wurden auch schon die ersten Grillpartys geplant, für die nächsten paar Tage war herrliches Frühlingswetter vorhergesagt. Bei schönem Wetter fuhr er am liebsten über Landstraßen nach Hause, deshalb überquerte er die B 38 und fuhr schnurgerade nach Süden in Richtung Heddesheim.

Apropos Sibilla Santmann …

Was hatte die Witwe auf seine Frage, wo ihr Mann am Abend vor dem Attentat gewesen war, gleich noch mal geantwortet? Irgendetwas an ihrer Antwort war doch seltsam gewesen.

Mein Mann wollte in die Sauna gehen, hatte sie gesagt.

Ja, richtig, es handelte sich um einen Dienstag, Santmanns Saunatag. Santmann war aber an diesem Abend gar nicht dort gewesen, weil sein Begleiter ihm kurzfristig abgesagt hatte. Das hatte er sofort überprüft.

Aber, Moment mal, Santmann war doch trotzdem wie immer mit seinem Saunabeutel losgezogen, also hatte die Absage ihn zu Hause offensichtlich gar nicht mehr erreicht. Sein Handy hatte er aber, laut Sibilla Santmann, im Wohnzimmer liegen lassen. Wie also hätte ihn jemand erreichen können, wenn er doch schon unterwegs gewesen war?

Mitten in Heddesheim musste er an einer roten Ampel halten.

Wer war eigentlich Santmanns Saunafreund gewesen? Ach ja, Friedemann Schill. Der schon wieder.

Sein Handy piepte. Aha, eine SMS. Er bekam die Dinger so selten, dass er sie noch nicht mal auf Anhieb am Ton erkannte. Seine Augen weiteten sich, als er sah, von wem sie war. Irmgard Hölzer, na wunderbar! Was wollte die denn von ihm? Er las und stutzte.

Zunächst verstand er überhaupt nichts. Dann erstarrte er. Was zum Teufel hatte die Hölzer mit Schill zu schaffen? Und wieso SOS?

Hinter ihm hupte jemand. Die Ampel vor ihm leuchtete grün. Er fuhr an.

Und plötzlich begriff er. Und er begriff auch, dass die Sekretärin in höchster Gefahr schwebte. Hektisch setzte er seinen Wagen auf den Grünstreifen neben der Straße und versuchte, sie über ihr Handy zu erreichen, aber es war schon wieder ausgeschaltet.

Verdammt, das konnte nichts Gutes bedeuten, er durfte keine Sekunde mehr verlieren. Seine Katzen mussten warten.

Schill. Ausgerechnet!

Luisa hatte ihm mal erzählt, wo er wohnte. Niederegger wendete und bog mit quietschenden Reifen in die Landstraße nach Feudenheim ein. Von Feudenheim aus war es nur ein

Katzensprung nach Neuostheim zu Schills Wohnung. Seine Gedanken lösten sich vom bewussten Denken ab, schossen in alle Richtungen davon, kehrten wieder um und bildeten neue Verknüpfungen. Bilder und Worte wirbelten in seinem Kopf durcheinander und ordneten sich wieder, die Synapsen tanzten Tango.

Und plötzlich passte alles zusammen.

Wie hatten sie nur so blind sein können? Dabei hatten sie die Lösung die ganze Zeit über direkt vor Augen gehabt. Und ausgerechnet die Hölzer war draufgekommen, es war nicht zu fassen! Wie hatte sie das bloß geschafft?

Seine Gedanken rasten, während er sich rücksichtslos durch die Autoschlangen drängelte und sämtliche Verkehrsregeln brach. Ein nicht enden wollendes, wütendes Hupkonzert brandete auf.

Natürlich wusste Schill über jeden ihrer Schritte Bescheid, und nicht nur das. Er hatte von Anfang an die Fäden in der Hand gehabt, hatte alle um sich herum überaus geschickt manipuliert, immer genau so, wie es in sein verrücktes Hirn, in seinen irren Plan passte.

Es überlief ihn eiskalt, wenn er daran dachte, wie nah er dem Wahnsinnigen tagtäglich gekommen war, wie vertraut sie sich im Laufe der Ermittlungen geworden waren.

Und Santmann musste Schill auf die Schliche gekommen sein, wahrscheinlich durch das zufällige Treffen im Küchenstudio. Wie mochte er sich wohl gefühlt haben, als ihm klar wurde, dass einer seiner engsten Mitarbeiter, sein Saunafreund Schill, ein Mörder war?

Aber das war jetzt nicht mehr wichtig. Wichtig war nur noch, dass nicht noch mehr Menschen durch Schills Hände starben.

Er spürte, wie ihn altbekannte Kräfte durchströmten, sein Jagdinstinkt war erwacht. Er würde das Geständnis aus dem Kerl herausprügeln, wenn es sein musste.

74

Es war damals absolut richtig gewesen, die Wohnung in Neuostheim zu mieten.

Jede Frau nähme sofort Reißaus, wenn ein erwachsener Mann in seinem Alter zugeben muss, noch bei seinen Eltern zu wohnen. Klar, die Zweitwohnung war reine Fassade, wirklich daheim fühlte er sich natürlich nur zu Hause bei den Eltern. Aber der Schachzug hatte sich gelohnt. Allesamt fanden sie seine schicke Penthousewohnung klasse, sie fielen reihenweise darauf herein.

Draußen und drinnen. Leben und Tod.

Er hatte früh gelernt, in beiden Welten perfekt zu funktionieren. Und es gab nichts, was diese beiden Welten zu verbinden vermochte. Der Wandel passierte ganz von selbst, ohne sein Zutun. Er konnte sich immer darauf verlassen, dass es funktionierte, ja, dies war das Einzige in seinem Leben, auf das er sich wirklich verlassen konnte.

Er war die Spinne. Und die Stadtwohnung war das Netz, in das er seine Opfer lockte. Wenn sie sich darin verfangen hatten, betäubte er sie und schaffte sie hinaus aufs Land ins alte Haus im Kraichgau. Dort führte er sie seelenruhig ihrer eigentlichen Bestimmung zu.

Wirklich praktisch waren dort auch die großzugigen Kellergewölbe, in denen er die sündigen Körper, nach einem wieder mal missglückten Versuch, endlich die Richtige zu finden, in den eigens dafür aufgestellten Wannen sterilisieren und damit wieder in ihren jungfräulichen Zustand zurückversetzen konnte. Ehrlich gesagt waren all diese Dinge wichtige Gründe für seine Berufswahl gewesen. Als Arzt erwarb man unschätzbares Wissen über menschliche Körper und über viele biochemische Zusammenhänge, das unverzichtbar war, wenn man das Leben eines Schattens führte. Er war immer sehr strebsam und fleißig gewesen, hatte alles Wissenswerte aufgesogen wie ein ausgetrockneter

Schwamm. Und er hatte alle Zeit der Welt, an Geld hatte es nie gefehlt.

Sein Ehrgeiz hatte sich jedenfalls gelohnt. Ein Arzt kam problemlos an alles Wichtige heran, Betäubungsmittel, Totenscheine, Patientendaten, ohne dass jemand sich wunderte, wofür er dies oder jenes benötigte. Man lebte in einem unantastbaren Kokon, gesellschaftlich hochgeachtet und wertgeschätzt, man war quasi ein kleiner Gott, Herrscher über Leben und Tod. Eine bessere Tarnung konnte es wohl kaum geben!

Dazu noch ein ansprechendes Äußeres, und die Täuschung war perfekt.

Als die Fußgängerampel von Rot auf Grün sprang, überquerte er beschwingt die Kunststraße. Eine Frau mit einem kleinen Jungen an der Hand lächelte ihm zu, weil er vorbildlich stehen geblieben und nicht wie die zwei kichernden Teenager bei Rot losspaziert war. Er wusste eben, was sich gehörte.

Er hatte einfach immer alle Rechnungen für das Haus seiner Eltern weiter bezahlt, Strom, Wasser, Müllabfuhr. Kein Mensch hatte jemals Verdacht geschöpft. Finanziell war die Doppelbelastung kein Problem für ihn, er hatte ein anständiges Gehalt als Polizeiarzt, das Haus war abbezahlt und nach dem Tod seiner Eltern nun sein rechtmäßiges Eigentum. Er hatte die beiden Totenscheine für die Behörden damals selbst ausgestellt, schließlich wusste keiner über die Abwicklung solcher Formalitäten so gut Bescheid wie er.

Er ließ die jüngsten, höchst chaotischen Ereignisse noch einmal vor seinem geistigen Auge Revue passieren.

Dass die Hölzer, er lachte leise in sich hinein, versehentlich an ihn selbst ihre so aufschlussreiche SMS geschickt hatte, war ein geradezu unverschämtes Glück gewesen! Sicherlich hatte sie die Ringshausers anwählen wollen und sich in ihrer heillosen Aufregung vertan. Und ausgerechnet seine Nummer erwischt! Nun würde niemand ihr zu Hilfe eilen, dem armen zerzausten Hühnchen. Ihr Schicksal war besiegelt, er konnte sie natürlich nicht am Leben lassen. Er lächelte bedauernd, eigentlich hatte er sie wirklich gemocht.

Er bog in die Planken ein. Die riesigen Schaufenster der Geschäfte zu beiden Seiten der breiten Einkaufsstraße leuchteten freundlich in der Dunkelheit. Bald war Geschäftsschluss, aber noch trieben sich viele Kauflustige herum. Er genoss das Stimmengewirr und die umtriebigen Menschen, badete in ihrer Lebendigkeit, um die Eiseskälte des Todes, die er in sich trug, zu betäuben.

Er hatte eigentlich nicht mehr damit gerechnet, dass dieser alten Schachtel doch noch irgendwann ein Licht aufgehen würde. Nachdem er sie sich geschnappt hatte, hatte er seinen Wagen einfach wieder in Neuostheim abgestellt und war zum Präsidium zurückmarschiert, einfach nur, um sich noch mal kurz zu zeigen.

Er hatte aber nur noch Luisa dort angetroffen und sich eiligst wieder aus dem Staub gemacht, bevor sie sich auf ihn stürzen konnte.

Oh Mann, beinahe wäre alles aufgeflogen, aber es war gerade noch mal gut gegangen!

Jetzt hockte die Hölzer gefangen in einem der Kellerräume seines Elternhauses, er würde ihr zu gegebener Zeit seine ungeteilte Aufmerksamkeit widmen. Wenn sie bis dahin noch nicht erfroren war. Was gut passieren konnte, denn es war entsetzlich kalt dort unten.

Um Bertie Santmann, der ihm damals heimlich vom Küchenstudio bis zum Haus der Eltern gefolgt war, tat es ihm ehrlich leid, aber er hatte natürlich keine Wahl gehabt. Der alte Bluthund war misstrauisch geworden und damit gefährlich. Er hatte ihn gerade noch rechtzeitig aus dem Weg geräumt. Wenn er auch nur einen Tag länger gezögert hätte, wäre es zu spät gewesen. Doch mit ihm hatte er tatsächlich einen guten Freund verloren, dessen Posten im Präsidium nun diese aufgeblasene Ria Ringshauser eingenommen hatte.

Eine junge Frau schoss unachtsam aus einem Ledergeschäft und fiel ihm fast in die Arme. Sie wurde rot und stammelte eine Entschuldigung. Zuvorkommend klaubte er ihre Einkaufstüten vom Boden auf und strahlte sie an, und als er sich entfernte, spürte er ihre neugierigen Blicke im Nacken. Sie war hübsch und hatte tatsächlich langes rotes Haar, aber er durfte sich jetzt nicht aufhalten lassen, er hatte wichtigere Dinge zu erledigen.

Mit Luisa würde er sich wahrscheinlich später auch noch näher befassen müssen, ob ihm das nun passte oder nicht. Er erschauerte vor Wonne, als er sich ihr vor Grauen verzerrtes Gesicht vorstellte, ihre schreckgeweiteten Augen, wenn sie endlich begriff, mit wem sie es die ganze Zeit zu tun gehabt hatte.

Welch ungeheurer Triumph, alle, aber auch wirklich alle derart meisterhaft hinters Licht geführt zu haben!

An einem Brezelstand blieb er stehen und kaufte sich eine Laugenstange mit Käse und Schinken. Erst jetzt spürte er, dass er einen Riesenhunger hatte, er nahm noch eine Butterbrezel und dazu eine Cola. Die alberne Verkäuferin himmelte ihn haltlos an, nur weil er ihr zwanzig Cent Trinkgeld gab.

Frauen waren wirklich allesamt dumme Geschöpfe, sie bekamen offenbar überhaupt nicht mit, was man wirklich von ihnen dachte, wie verabscheuungswürdig man sie fand. Ein dünnes Lächeln genügte, und schon schwebten sie im siebten Himmel. Diese hier gebärdete sich, als hätte er ihr nicht läppische zwanzig Cent, sondern gerade einen Brillantring geschenkt. Leider war sie mit ihren strohigen blonden Haaren überhaupt nicht sein Typ, sonst hätte er sie liebend gern in seinen ganz persönlichen siebten Himmel befördert.

Er lächelte kalt und knallte die leere Coladose auf den Tresen, die sie mit übertriebener Beflissenheit entgegennahm.

Nach dem Überqueren des Friedrichsrings nahm er seinen Lieblingsweg durch die Lameystraße zum Nationaltheater. Am Theresienkrankenhaus würde er die Gleise der OEG überqueren und auf dem oberen Dammweg am Neckar entlang zu seiner Wohnung in Neuostheim spazieren.

Gerne hätte er Corinna verschont, aber auch das war leider nicht möglich gewesen. Sie hatte ihn eindeutig wiedererkannt, das hatte sie ihm damals im *Zeilfelder* deutlich zu verstehen gegeben, und sie hätte niemals darauf verzichtet, ihn mit ihrem Wissen zu erpressen. Möglicherweise wäre sie irgendwann doch noch zur Polizei gerannt und hätte die Verbindung zwischen ihm und Lisetta hergestellt. Aber auch diese Gefahr war jetzt beseitigt, nichts konnte ihn mehr aufhalten. Keiner, der seine mit den Eltern bevölkerte Küche je zu Gesicht bekommen hatte, war je am Leben geblieben.

Er biss herzhaft in seine Brezel.

Außer Marvin natürlich, aber viel Leben steckte auch in dem inzwischen nicht mehr. Möglicherweise musste er gar nicht mehr selbst Hand anlegen, das war ihm eigentlich immer am liebsten.

Was für ein Verrat, dass seine große Liebe Milena nur eine Kunstfigur gewesen war, ein Hirngespinst dieses widerlichen Kerls!

Er hatte sich immer noch nicht von dem Schock erholt. Lisetta hatte immer nur von einem Bruder erzählt, wer aber konnte ahnen, dass dieser Bruder ihr Zwilling war? Schill schüttelte sich vor Ekel, als er daran dachte, dass er diesen Kerl berührt und sogar Körper an Körper mit ihm gekämpft hatte. Vor Männern ekelte er sich womöglich noch mehr als vor Frauen, vor allem vor solchen Männern.

Er musste ihn ja in Zukunft nicht mehr anfassen, Marvin war gefesselt und geknebelt, und bei seinem nächsten Besuch im Elternhaus wäre er wahrscheinlich schon tot, so tot wie all die anderen im Haus.

Auf der Höhe des Fernmeldeturms musste er ein paar Ruderern ausweichen, die ihr langes, schmales Boot die Treppe vom Neckar herauf zum Bootshaus trugen.

Vielleicht würde er Lisetta und Marvin sogar zusammen verscharren. Genau, die Zwillinge, im Tode vereint. Da würden die Ringshausers Augen machen!

Nach den Sportplätzen verließ er angenehm beschwingt den Uferweg und bog nach Neuostheim ab. Doch plötzlich hielt er mitten in der Bewegung inne.

Seltsam. Er hätte gar nicht sagen können, warum, aber irgendetwas war heute anders.

Waren es die beiden Typen, die dort drüben betont lässig an einer Hauswand lehnten? Oder war es die Tatsache, dass, außer diesen beiden, heute hier nirgendwo sonst Menschen zu sehen waren, kein einziges Auto, ja, nicht mal ein Fahrrad?

Genau, die Straße lag viel zu still und zu leer im fahlen Mondlicht, er fühlte die Gefahr mehr, als dass er sie sah. Sein untrüglicher innerer Radar war wie von selbst angesprungen.

Er achtete ganz automatisch darauf, den Straßenlaternen auszuweichen, und drückte sich chamäleongleich gegen die Häuserwände. Seine Nasenflügel bebten. Er roch ihn förmlich, den Hinterhalt.

Was war geschehen? Hatte er einen Fehler gemacht?

Oder Moment mal! Hatte die Hölzer womöglich nicht nur an ihn ihre verräterische SMS geschickt, sondern auch noch an andere Kollegen? Das wäre natürlich fatal, äußerst fatal. Er verwünschte sich dafür, dass er ihr Handy in seiner Wut zertrümmert hatte, jetzt konnte er seinen Verdacht nicht einmal mehr nachprüfen.

Aber vielleicht bildete er sich das alles auch nur ein, ja, auch das war möglich. Er reagierte sowieso immer zu empfindlich, hatte einfach eine viel zu dünne Haut. Schlimmer noch. Da, wo andere eine Haut hatten, besaß er nur blanke, offenliegende Nervenstränge, die beim geringsten Anlass zu glühen begannen.

Aber er hatte es im Griff, er hatte alles im Griff.

Trotzdem machte er sofort kehrt, er durfte kein Risiko eingehen, am besten zog er sich erst mal zu seinen Eltern ins alte Haus zurück und wartete dort ab, was weiter geschah. Den Wagen würde er vorsichtshalber hier stehen lassen, stattdessen würde er ein Taxi nehmen. Zum Glück hatte er gerade erst kürzlich Unmengen von Lebensmitteln ins Elternhaus geschleppt, damit konnte er eine ganze Weile hinkommen.

75

Als Herbert Niederegger in die Straße, in der Schill wohnte, einbiegen wollte, sah er die Straßensperre.

»Kluge Frau«, murmelte er.

Hölzer hatte offensichtlich nicht nur ihn benachrichtigt, sondern auch noch andere Kollegen.

Er blieb also auf der Hauptstraße, bog erst in die übernächste Seitenstraße ein und hielt an einem kleinen, dunklen Park an. Schill war wohl heute nicht mit seinem Wagen unterwegs, sicher hatten die Kollegen das abgecheckt. Andernfalls hätten sie damit rechnen müssen, dass auch Schill die Straßensperre bemerkte, wenn er zufällig am Oberen Luisenpark entlang nach Hause fuhr. Wahrscheinlich war er, wie fast immer, zu Fuß am Reschke-Ufer entlang und dann durch die Stadt ins Präsidium gekommen. Wie oft hatte er Schill um diesen angenehmen Arbeitsweg beneidet!

Ob sie ihn schon gefasst hatten?

Er schaltete die Scheinwerfer aus und wollte gerade aussteigen, als er auf dem gegenüberliegenden Bürgersteig eine dunkel gekleidete Gestalt auf sich zukommen sah, die sich auf seltsam verräterische Weise fortbewegte. Er konnte die vibrierende Furcht spüren, die die Person ausstrahlte, ja, er konnte sie beinahe sehen. Es war, als hätte der Kerl ein glitzerndes Cape um die Schultern. Er fühlte, dass es Schill war, noch bevor er ihn erkannte.

Blitzschnell krümmte er sich so tief wie möglich hinter dem Lenkrad zusammen. Es war Jahrzehnte her, dass er etwas Ähnliches versucht hatte. Damals war er höchstens zwölf gewesen, und der rasende Schmerz in seinem Rücken erinnerte ihn daran, dass inzwischen doch ein paar Jährchen vergangen waren. Sein Herz klopfte wild, die Dienstpistole bohrte sich in seine Taille. Mit zusammengebissenen Zähnen fingerte er an dem Halfter herum, um ihn wenigstens ein bisschen zu lockern.

Schill hatte also tatsächlich durchschaut, dass sie sein Haus umstellt hatten. Natürlich konnte er versuchen, ihn zu überwältigen und festzunehmen. Aber noch viel besser war es, ihm zu folgen und sich von ihm zu seinem Versteck führen zu lassen.

Und Niederegger war sich sicher, dass es irgendwo dieses Versteck, wahrscheinlich Ort vieler grausiger Verbrechen, geben musste. Denn dieser Ort konnte unmöglich Schills Penthousewohnung in Neuostheim sein. Luisa und auch andere Kollegen waren hier häufig zu Besuch gewesen, und Schill hätte dies niemals zugelassen, wenn es in der Wohnung irgendetwas zu verbergen gäbe.

Niederegger hielt den Atem an und zählte langsam bis zehn. Angestrengt lauschte er auf Geräusche von draußen, doch er hörte nichts außer dem fernen Rauschen der Autostraßen. Zu lange durfte er nicht warten, sonst lief er Gefahr, Schill aus den Augen zu verlieren.

Sachte drückte er die Autotür auf, immer in der Erwartung eines plötzlichen Angriffs, und kroch langsam auf allen vieren auf die Straße.

Nichts geschah.

Er richtete sich halb auf und starrte in die Richtung, in die Schill gegangen war, sah ihn gerade noch um die nächste Häuserecke verschwinden. Sofort rannte er los, an der Ecke bremste er ab und schob sich langsam weiter voran, bis er Schill wieder im Blickfeld hatte. Der ging zwar zielstrebig in Richtung Reschke-Ufer, verfolgte dabei aber einen seltsamen Zickzackkurs, hielt sich konsequent abseits von Lichtquellen aller Art.

Niederegger pfiff leise durch die Zähne. Ganz klar, Schill hatte erkannt, dass man nach ihm fahndete. Darum rannte er auch nicht, sondern bewegte sich möglichst unauffällig und gemächlich und blickte die ganze Zeit über wie in Gedanken versunken zu Boden. Manchmal sah er sich verstohlen um, und Niederegger konnte immer gerade noch abtauchen. Er vergrößerte den Abstand, um nicht doch noch aufzufliegen, inzwischen war er sowieso fast sicher, erraten zu haben, welches Ziel Schill anstrebte: den Taxistand am Theresienkrankenhaus.

Nun, er würde jedenfalls dranbleiben, selbst wenn Schill vorhatte, einen fliegenden Teppich zu chartern. Er musste nur bald eine Möglichkeit finden, die Kollegen auf den neuesten Stand zu bringen.

Kaum kam das Krankenhaus in Sicht, sah Niederegger Schill tatsächlich in ein Taxi steigen, das im nächsten Moment auch schon vorwärtsschoss. Niederegger hechtete auf einen Mann zu, der soeben sein Auto an der Bassermannstraße abgestellt hatte und gerade im Begriff war, es abzuschließen.

»Polizei. Ich brauche sofort Ihren Wagen!« Mit diesen Worten riss er dem verdatterten Mann den Autoschlüssel aus der Hand und warf sich auf den Fahrersitz.

»He, Sie können doch nicht einfach ...«

Niederegger knallte die Autotür zu und raste los. Das Taxi bog in der Ferne in die Ludwig-Ratzel-Straße ein, wahrscheinlich dirigierte Schill den Fahrer zur Autobahn. Zum Glück ahnte der Kerl nicht, dass ihm jemand dicht auf den Fersen war.

Es würde nicht einfach werden, Schill zu überwältigen, der Arzt war jünger und kräftiger als Niederegger, aber dafür hatte er immerhin eine Waffe. Er tastete nach seiner Dienstpistole. Und erschrak! Sie musste sich vorhin bei der Herumkriecherei am Auto aus dem Halfter gelöst haben.

Ein Würgereiz überkam ihn, er hustete und hustete. Oh nein, er hatte ausgerechnet den Wagen eines Rauchers erwischt! Noch vor wenigen Wochen hätte er alles für einen Zug aus einer Zigarette gegeben, aber inzwischen konnte er den Geruch kalten Rauchs kaum noch ertragen.

Er befahl sich, tief durchzuatmen.

Im Extremfall konnte er fast alles ertragen, das wusste er. Genau deswegen war es für ihn ja so heilsam, einen solch gefährlichen Job zu machen. Er spürte, wie all das Bedrohliche, das ihn im Alltag so schmerzlich einschränkte und ihm den Ruf eines Zwangsneurotikers eingebracht hatte, plötzlich von ihm abfiel. Weil nur noch eines wichtig war: diesen Kerl da vorne zu kriegen.

76

Als sie wieder zu sich kam, war die erste überwältigende Wahrnehmung Kälte, Eiseskälte. Sie riss die Augen auf und starrte angestrengt in die undurchdringliche Dunkelheit. In der Hoffnung, nur zu träumen, versuchte sie, Arme und Beine zu strecken. Bestimmt würde sie im nächsten Moment aufwachen und feststellen, dass sie mal wieder ihre Decke aus dem Bett gestrampelt hatte. Aber warum fühlte sie sich bloß so zerschlagen und schwach? Eine Heizdecke! Vor dem nächsten Winter musste eine schöne, kuschelige Heizdecke her.

Irmgard Hölzer drehte sich zur Seite und hob die Hand, um ihre Nachttischlampe anzuknipsen. Aber da war nichts. Keine Bettkante, kein Nachttisch, keine Lampe. Nur Leere und Schwärze. Von allen Seiten. Und was war das bloß für ein ekelhaft süßlicher, modriger Gestank?

Irmgard Hölzer stieß mit dem Ellbogen hart auf steinigen, schmutzigen Untergrund und schrie auf vor Schmerz. Dies war kein Traum. Dies war nicht ihr Bett, nicht ihre Wohnung. Und plötzlich fiel ihr alles wieder ein. Das Spaghetti-Eis in der Kantine. Schill. Die Apotheke.

Schill!

Sie schlug die Hände vors Gesicht und begann haltlos zu schluchzen. Sie war verloren!

Er hatte sie an irgendeinem Ort, dessen Existenz wahrscheinlich nur er selbst kannte, in dieses finstere, eisige Loch gesperrt. Warum, um Himmels willen, brachte er sie nicht einfach um?

Sie versuchte sich aufzusetzen und schlang die Arme um ihren mageren Körper. Vor Kälte und Grauen zitterte sie am ganzen Leib, ihre Zähne schlugen heftig aufeinander.

Elmar Ringshauser hatte immer vermutet, dass der Mörder unfähig war, mit eigenen Händen zu töten. Also würde Schill sie hier vermutlich eines einsamen, qualvollen Todes sterben lassen, wie seine anderen Opfer auch.

Wahrscheinlich würde sie jämmerlich erfrieren. Ihr Schädel brummte, die kleinste Bewegung löste pochendes Dröhnen in ihrem Kopf aus.

Ob sie wohl schon nach ihr suchten? Aber was half es ihr, dass die anderen jetzt über Schill Bescheid wussten, wenn keiner ahnte, wohin er sie verschleppt hatte?

Ihre Fingerspitzen waren völlig taub vor Kälte, die Füße fühlten sich an wie zwei grobe, nichtsnutzige Klötze. Sie musste sich bewegen, irgendetwas tun, was ihren Kreislauf in Gang brachte. Sie stützte sich mit beiden Armen auf dem Steinfußboden ab und versuchte aufzustehen, aber die beiden Klötze am Ende ihrer Beine wollten ihren Körper nicht mehr tragen. Sie fiel zur Seite, wo sie verzweifelt ihren Kopf in den Armen vergrub und zitternd liegen blieb.

Es war egal, sie würde ja sowieso sterben. Wozu sich also noch anstrengen?

Aber ein paar Minuten später begann ihr Körper sich wieder wie von selbst zu regen, sie würde wohl kämpfen müssen, solange noch ein Funken Leben in ihr war. Es war zwecklos, sich dagegen zu wehren.

Sie fing an, auf allen vieren durch den Raum zu kriechen, der Gestank nach Urin und Exkrementen nahm ihr schier den Atem. Wahrscheinlich war sie nicht die Erste, die Schill hier unten abgeladen hatte. Und womöglich auch nicht die Letzte. Er hatte sogar seinen Freund Heribert Santmann ermordet! Bestimmt war Marvin inzwischen auch längst tot.

Marvin.

Sie bereute zutiefst, auf Elmar gehört und Ria Ringshauser als Santmanns Nachfolgerin nicht sofort nach dessen Tod in alles eingeweiht zu haben. Vielleicht wäre dann wenigstens Marvin noch am Leben. Aber jetzt war es zu spät. Sie hatte damals nicht mal Elmars Beweggründe hinterfragt, er schien immer so sicher, das Richtige zu tun. Stattdessen hatte sie die Ahnungslose gespielt, und Ria Ringshauser hatte ihr geglaubt.

Vorsichtig robbte sie weiter voran. Plötzlich stieß sie mit dem Kopf gegen eine Wand, tastend befühlte sie mit beiden Händen die groben, unregelmäßig gesetzten Ziegel. Ihr Gefängnis war wohl der Keller eines sehr alten Hauses. Sie entschied sich für eine Richtung und schob sich auf ihren schmerzenden Knien langsam immer weiter an der Mauer entlang, um abzuschätzen, wie groß ihr Grab war. Eine Minute später gelangte sie an eine mächtige Holztür, die jedoch keinen Millimeter nachgab, als sie verzweifelt an ihr rüttelte. Verriegelt natürlich!

Kein Lichtschimmer, kein Laut drang durch die Ritzen. Sie heulte auf, als ihr rechter Unterarm über einen scharfen Gegenstand schrammte. Vorsichtig schob sie den zerfetzten Ärmel ihres Pullovers hoch und leckte mit der Zunge über die wunde Stelle, schmeckte Blut. Sie verschnaufte kurz, indem sie sich mit dem Rücken gegen das klamme Holz der Tür lehnte, und kroch dann wieder weiter.

Im nächsten Augenblick griff sie in eine weiche, bewegliche Masse. Stoff. Decken? Aufgeregt begann sie in der Masse zu wühlen, doch dann schrie sie auf und fuhr zurück.

In den Kleidern steckte ein Körper!

»Hallo«, jammerte sie. Ihre zittrige Stimme hallte dumpf von den Wänden zurück. »Hallo, hören Sie mich?«

Keine Antwort.

»Hallo«, versuchte sie es noch einmal.

Vielleicht war die Person, die hier mit ihr zusammen eingesperrt war, bewusstlos? Sie wagte nicht mehr, sich zu rühren.

Oder … Sie schüttelte sich vor Entsetzen. Tot?

Es half nichts, sie musste es herausfinden. Sie zwang sich, eine Hand auszustrecken und berührte den Körper, fühlte einen Arm, Schultern, Haare … lange Haare.

»Marvin!«, schrie sie panisch. »Marvin?«

Mit bebenden Händen forschte sie weiter, ertastete die Halsschlagader und wimmerte leise. Der Mensch, der hier lag, war zweifellos tot, wahrscheinlich erfroren.

Tränen liefen ihr die Wangen hinunter, aber sie fühlte nichts dabei, konnte nicht mehr denken, der Schock lähmte sie.

So kauerte sie, vor Verzweiflung und Hoffnungslosigkeit in sich zusammengekrümmt, eine kleine Ewigkeit bewegungslos auf dem schmutzigen kalten Steinboden, während keinen halben Meter von ihr entfernt eine Leiche lag.

Wahrscheinlich würde sie hier unten Stück für Stück die Kontrolle über ihren Körper verlieren und elend erfrieren. Oder würde sie irgendwann ohnmächtig werden und einfach nie wieder aufwachen? Die Kälte fraß sich immer unerbittlicher in ihren mageren Körper, dazu kam bohrender Hunger. Sie hatte seit vielen Stunden keinen Bissen mehr gegessen, wusste ja nicht einmal, wie lange sie hier schon gelegen hatte, bevor sie wieder zu sich gekommen war.

Plötzlich fiel ihr ein, dass sie in ihrer Schultertasche immer ein Beutelchen mit getrockneten Früchten hatte. Wo war die Tasche geblieben? Vielleicht hatte Schill sie ebenfalls in die Gruft geworfen, damit sie nicht bei ihm gefunden werden konnte?

Die Hoffnung auf etwas Essbares verlieh ihr neue Kräfte. Sie begann, das Kellergewölbe in Bahnen einzuteilen und systematisch abzusuchen. Jedes Mal, wenn sie auf die Leiche stieß, schluchzte sie erneut auf und kroch in einem Bogen um sie herum.

Irgendwann fand sie tatsächlich ihre Tasche und durchwühlte sie hastig, bis sie die Tüte mit den Datteln ertastete. Sie riss sie auf und verschlang gierig den Inhalt.

Das war dann aber auch schon alles, was ihre Handtasche zu bieten hatte. Verzweifelt suchte sie nach ihrem Handy, aber natürlich war es nicht mehr da. Zuletzt in Händen gehalten hatte sie es in der Apotheke, als sie ihren Notruf losschickte. Dies alles schien Lichtjahre entfernt, geschehen in einer anderen Zeit, in einer anderen Welt. Der eisige Schreck, als er plötzlich hinter ihr stand, seine Hand auf ihrer Schulter, sein abscheuliches Lächeln, seine säuselnde Stimme …

Sie zwang sich, das bedrückende Bild zur Seite zu schieben, indem sie die Augen schloss und versuchte, sich in eine sanfte, helle Landschaft hineinzuversetzen, einen heiteren, sonnigen Landstrich in der französischen Provence, den sie besonders liebte. Vor ihrem inneren Auge erschienen weite, blaue Lavendelfelder, die schlanken Silhouetten von Zypressen vor azurblauem Himmel, sie konnte den Duft von Thymian und Rosmarin riechen und hörte das Summen der Sommergrillen, spürte die sengenden flirrenden Sonnenstrahlen auf ihrer Haut …

Es funktionierte! Sie befahl sich, stoßweise auszuatmen, presste beide Hände auf ihren Bauch und hielt den Atem an, so lange sie nur konnte. Dann ließ sie die Luft wieder mit einem Schlag einfallen. Mit der Zeit spürte sie, wie ihr Körper sich entspannte, ihre Atmung wurde ruhiger, tiefer. Und Schills siegessichere Fratze verblasste.

Da sie sowieso in Bewegung bleiben musste, beschloss sie schließlich, die Gruft weiter abzusuchen. Vielleicht hatte die tote Person, wer immer sie auch sein mochte, ebenfalls eine Tasche bei sich gehabt. Doch nein, sie fand nichts. Auch nicht, nachdem sie den ganzen Raum mehrmals durchsucht hatte.

Erschöpft sank sie nieder und lehnte sich wieder mit dem Rücken gegen die Holztür. Die Stunden verrannen im schwarzen Nichts, irgendwo dort oben gab es Luft und Licht und Wärme. Vielleicht sogar helle Sonne, wenn gerade Tag war. Sie begann wieder zu weinen, während die Kälte sie einhüllte wie ein Mantel aus Eis.

Sie betete, bat um die Gnade, einfach im Schlaf sterben zu dürfen, vor allem wollte sie *ihm* vor ihrem Tod nicht noch einmal begegnen! Der Gedanke an sein milde lächelndes Gesicht und den verderblichen Betrug, der hinter der süßlichen Maske lauerte, verursachte ihr heftigen Ekel.

Vielleicht hatten sie ihn inzwischen sogar schon geschnappt! Aber wenn sie nicht aus ihm herausbrachten, wohin er sie entführt hatte, würden sie sie hier trotzdem niemals finden. Oder sie fanden sie zu spät, und sie war bis dahin verdurstet oder erfroren.

Ein ungeheuerlicher Gedanke keimte plötzlich in ihr auf, ihr Herz stolperte.

»Oh nein, das kann ich nicht«, hauchte sie.

Sie keuchte, ihr Magen hob sich vor Entsetzen.

Gleichzeitig wusste sie aber schon, dass sie ihrem Überlebensinstinkt irgendwann gehorchen würde, ja, *musste*.

Es war ihre einzige Chance, nicht zu erfrieren und wenigstens noch eine Weile zu überleben. Sie hatte überhaupt keine Wahl, sie musste sich zwingen! Und wenn sie es früher oder später sowieso tun würde, konnte sie es auch gleich hinter sich bringen.

Sie tastete sich, schlotternd vor Kälte und Grauen, voran, bis sie wieder auf die Leiche stieß, und begann auf der Stelle, noch bevor sich irgendetwas in ihrem Inneren dagegen sperren konnte, den toten Körper zu entkleiden.

Schnell wurde ihr klar, dass es sich nicht um Marvin handeln konnte, die Person war viel zu zierlich. Eine Welle der Erleichterung durchströmte sie, vielleicht war Marvin ja doch noch am Leben? Gleichzeitig weinte sie vor Mitleid mit der unbekannten toten Frau, die den Fehler begangen hatte, Schills Weg zu kreuzen, und diesen Fehler mit dem Leben bezahlt hatte.

Während ihr die Tränen unaufhörlich über die Wangen strömten, streifte sie der Leiche mit fahrigen Händen zuerst den warmen Wintermantel ab und dann eine Strickjacke. Die Haare der Toten schlangen sich dabei um ihre bebenden Finger, sie drehte ihr so behutsam wie möglich den Kopf zur Seite, so als wäre sie noch lebendig, und strich ihr sanft das Haar zurück.

Nun kamen Stiefel und Strümpfe an die Reihe. Ihre Hände versagten ihr immer wieder den Dienst, sie erschauerte jedes Mal bis ins Mark, wenn sie die kühle, tote Haut unter ihren Fingern spürte.

Nicht denken, nicht fühlen, nur handeln, ermahnte sie sich.

Die Fremde war jetzt fast nackt. Sie hatte es geschafft, konnte kaum glauben, was sie getan hatte. Nun noch die Hose. Und siehe da, unter den angewinkelten Beinen der Leiche ertastete sie zu guter Letzt tatsächlich einen kleinen, ledernen Rucksack.

Erschöpft schleppte sie ihre Schätze in Richtung Holztür, dem Ort, wo sie sich der Freiheit am nächsten fühlte, und schlüpfte mit klammen Fingern in die Kleidungsstücke, indem sie sie eins nach dem anderen über ihre eigenen zog. Der Wildledermantel hatte innen ein dickes, flauschiges Fell und reichte ihr bis weit über die Knie. Sie knöpfte ihn bis oben hin fest zu, und sofort fühlte sie sich wärmer, geschützter.

Sie ließ sich nieder und lehnte sich wieder mit dem Rücken gegen die Holztür, legte den Rucksack der Toten auf ihre ausgestreckten Beine und begann aufgeregt, ihn zu durchsuchen. Vielleicht war etwas Nützliches darin, die tote Frau brauchte nichts mehr in diesem Leben.

Sie ertastete gefütterte Handschuhe, die sie ebenfalls überstreifte. Sofort begannen ihre steif gefrorenen Finger zu kribbeln. Und das hier musste eine Zigarettenschachtel sein, dies eine Packung Papiertaschentücher, ein Lippenstift und, ihr Herz machte einen Satz, eine Orange, nein, kleiner … eine, nein, sogar zwei Mandarinen.

Sie machte sich gar nicht erst die Mühe, die Handschuhe auszuziehen, hastig schälte sie die Früchte und stopfte sie sich in den Mund. Dann hielt sie sich mit ihren behandschuhten Händen die Mandarinenschalen unter die Nase, nie war dieser Duft köstlicher gewesen als in diesem Moment. Ihr wurde bewusst, wie kostbar die einfachsten Dinge schienen, wenn sie plötzlich nicht mehr selbstverständlich waren.

Sie ließ den Kopf nach hinten gegen die Tür sinken und hielt kurz inne. Henkersmahlzeit.

Dann wühlte sie weiter in der Tasche, vielleicht gab es ja noch mehr Essbares? Aber außer einem schmalen Lederetui, das wahrscheinlich ein Portemonnaie war, war nichts mehr in dem Rucksack. In dem Etui befand sich bestimmt auch ein Ausweis der Toten, oder zumindest etwas, das Aufschluss über ihre Identität gab. Nur leider konnte sie in der schwarzen Finsternis hier unten nichts sehen, geschweige denn lesen.

Plötzlich fielen ihr die Zigaretten ein. Wo Zigaretten waren, musste es auch ein Feuerzeug geben. Oder Streichhölzer.

Wieder zog sie den Rucksack auf ihren Schoß und forschte nach Seitenfächern, aber es gab keine. Doch halt, außen, auf der rechten Seite, war ein kleines Fach mit Reißverschluss, und darin fand sie tatsächlich ... ein Feuerzeug.

Mit fahrigen Händen knipste sie es an. Der dünne, flackernde Schein fiel auf die entkleidete Frau, die leblos zu ihren Füßen lag. Ein verzweifelter Laut entstieg ihrer Kehle, sie fuhr unwillkürlich zurück und zog ihre Beine dichter an sich heran.

Die Tote hatte helles, lockiges Haar, ihre nackten Beine leuchteten gespenstisch bleich in der Dunkelheit. Irmgard zwang sich, den Blick von der Leiche abzuwenden. Ja, sie befand sich in einem alten, feuchten Gewölbekeller, aber er war viel kleiner, als sie ihn sich vorgestellt hatte. Mit der rechten Hand hielt sie das Feuerzeug weiter fest umklammert, mit der anderen griff sie nach dem Portemonnaie.

Tatsächlich, hier drin war ein Ausweis.

Eine junge Frau mit weißblonden Korkenzieherlöckchen lächelte ihr spitzbübisch entgegen. Corinna Heise, las sie. Wegen der Handschuhe hatte Hölzer nicht bemerkt, dass die kleine Flamme des Feuerzeugs ihr schon fast die Fingerspitzen versengt hatte. Schnell ließ sie es fallen.

Corinna Heise. War das nicht diese Freundin von Lisetta Traub, die Elmar und Marvin ein paar Mal befragt hatten? Aber ja! Sie selbst hatte doch die Protokolle getippt, damals, als Marvin sich als Polizeifotografin Milena Breiter verkleidet bei der Mannheimer Kripo eingeschlichen hatte.

Irmgard versuchte sich zu erinnern. Corinna hatte bestritten, den neuen Partner ihrer Freundin Lisetta gekannt zu haben. Nun, offensichtlich kannte der wohl zumindest sie.

Santmann hatte einmal, als sie mit ihm zusammen bei Marvin gewesen war, behauptet, er könne riechen, dass Corinna etwas verschwieg. Er war felsenfest davon überzeugt gewesen, dass sie wusste, wer Lisettas neuer Schwarm war. Offenbar hatte er recht gehabt, es gab tatsächlich eine Verbindung zwischen Corinna Heise und Schill. Und jetzt lag sie hier unten tot im Keller.

Sie ließ ihren Kopf wieder nach hinten gegen die Holztür sinken und schloss die vom vielen Weinen geschwollenen Augen. Dankbar kuschelte sie sich in den warmen Wintermantel der Toten, und irgendwann glitt sie zu Boden und fiel, zusammengekrümmt wie ein Fötus, wieder in einen unruhigen Schlaf.

77

Als sie Stunden später erneut erwachte, dachte sie zuerst, der quälende Durst hätte sie geweckt. Ihre Glieder schmerzten, sie fuhr sich mit der Zunge über die trockenen Lippen, fühlte die rissige, schrundige Haut. Wie viel Zeit war wohl inzwischen vergangen? Sie hatte nicht die geringste Ahnung.

Mit bebenden Händen tastete sie nach der Zigarettenschachtel, die sie in Corinna Heises Rucksack gefunden hatte. Noch nie in ihrem Leben hatte sie geraucht, aber nun würde sie es tun. Sie fand das Feuerzeug auf dem Boden und zündete sich eine Zigarette an, nahm vorsichtig einen Zug. Sofort begann sie zu röcheln. Ihr Mund zog sich zusammen von dem ekelhaft bitteren Geschmack, ihr Magen rebellierte. Sie hob die Hand, in der sie die Zigarette hielt, um sie an der Mauer auszudrücken, als sie plötzlich von draußen ein scharrendes Geräusch hörte. Sie erstarrte mitten in der Bewegung.

Schritte. Schritte auf der Treppe hinter der Holztür. Jemand kam zu ihr herunter.

Die Schritte näherten sich, und einen Moment später hörte sie schon das Knirschen des Schlüssels im Schloss. Namenloses Entsetzen packte sie.

Schill!

Er murmelte etwas vor sich hin, das sie nicht verstehen konnte. Wollte er sich etwa vergewissern, dass sie inzwischen erfroren war? Sie unterdrückte ein Ächzen, schaffte es irgendwie, lautlos aufzustehen. Ihre Kehle brannte vor Durst, und sie fühlte sich so schwach wie noch nie in ihrem Leben, trotzdem rückte sie geistesgegenwärtig dicht hinter die Tür, durch die er im nächsten Augenblick eintreten würde.

Die Tür schwang knarrend auf, Schill trug eine Öllampe vor sich her und leuchtete in den Keller. Geblendet kniff sie die Augen zusammen und hielt den Atem an. Mit dem nächsten Schritt würde er direkt neben ihr stehen. Ihre einzige Chance war, dass er mit dem, was jetzt kam, nicht rechnete. Sie streckte sich und hob den Arm …

»So, meine Täubchen«, hörte sie ihn flüstern. »Ich hoffe wirklich für euch, dass ihr endlich tot seid, sonst muss Freddy doch noch ein bisschen nachhelfen.«

Als er einen Schritt nach vorne machte, drückte sie ihm mit einer einzigen raschen Bewegung die glimmende Zigarette ins Auge.

Er heulte auf wie ein wildes Tier, die Lampe krachte zu Boden, sie stieß ihn mit aller Kraft zur Seite und hetzte an seinem fallenden Körper vorbei.

Hohe, steile Stufen zur Linken wurden von einem fahlen Lichtschimmer, der von oben einfiel, schwach erhellt. Während ihr Herz bis zum Zerspringen raste, stolperte sie die Stufen hinauf, doch im nächsten Moment fühlte sie schon seine Hand wie eine Eisenklaue an ihrem Knöchel. Sie schrie auf und stürzte, ihr Kopf schlug hart gegen eine Steinkante. Schill warf sich sofort keuchend auf sie, sein Gewicht presste ihr den Atem aus dem Brustkorb, tief in sich drinnen fühlte sie Knochen bersten, er würde sie zermalmen wie eine lästige Fliege.

Gerade als sie das Gefühl hatte, ihr Körper müsse im nächsten Moment mittendurch brechen, polterten schwere Schritte die Treppe herunter, jemand riss Schill von ihr weg und schleuderte ihn zu Boden. Sie japste und schnappte nach Luft, rappelte sich auf und starrte angestrengt nach unten in den Kellergang, wo Schill erbittert mit einer dunklen Gestalt kämpfte.

Aber warum war nur ein einziger Polizist gekommen? Sie sah genauer hin und erkannte in dem fahlen Licht Niederegger.

Es war ein ungleicher Kampf. Niederegger war kleiner als Schill, er hatte keine Chance gegen die rasende Bestie. Schill gewann in seiner entfesselten Wut jetzt mehr und mehr die Oberhand, wie eine Maschine drosch er auf Niedereggers Kopf ein. Niederegger keuchte und würgte, versuchte sich zu schützen. Sie musste eingreifen, irgendetwas tun, widerstand dem Impuls, einfach die Treppe hochzuhetzen und zu flüchten. Stattdessen nahm sie all ihren Mut zusammen und drückte sich an dem kämpfenden Knäuel vorbei zurück in den Keller, ihrem abscheulichen Gefängnis, und ergriff mit beiden Händen die zerborstene Öllampe. Ohne eine Sekunde zu zögern wirbelte sie herum, erhob mit letzter Kraft ihre schmerzenden Arme und schlug mit der schweren Lampe auf Schills Nacken ein.

Er drehte sein Gesicht nach oben und starrte mit seinen fiebrig flackernden Scheinwerferaugen verwundert zu ihr hoch, aus dem offenen Feuermal im linken Augenwinkel tropfte Blut. Zu ihrem Erstaunen lächelte er, nein, es war eigentlich kein Lächeln, sondern ein Grinsen, ein überhebliches, anmaßendes Grinsen. Trotzdem fand sie es plötzlich entsetzlich, dieses schöne junge Gesicht zerstören zu müssen.

»Verzeihung«, wisperte sie, mehr zu sich selbst als zu dem Mörder, bevor sie die schwere Lampe in sein Grinsen niedersausen ließ.

Schill sackte bewusstlos zusammen und begrub Niederegger unter sich.

Die Lampe entglitt ihren Händen, zu Tode erschöpft sank sie zu Boden.

»Können Sie denn nicht ein einziges Mal Ihre bescheuerte gute Kinderstube vergessen?«, keuchte Niederegger. »Nicht mal in so 'nem absurden Moment?« Erfolglos versuchte er, seinen Körper unter dem Schills herauszuziehen. »Meine Güte, ich dachte schon, Sie schlagen nie zu.«

»Wenn etwas getan werden muss, dann tue ich es auch«, verkündete Irmgard Hölzer steif.

»Na, da bin ich aber froh, dass Ihre Prinzipien in diesem Fall nicht dagegensprachen. Wie wär's, wenn Sie mir helfen?«, ächzte Niederegger. »Und falls der Kerl wieder zu sich kommen sollte, bitte ich Sie hiermit in aller Form, ihn gleich wieder k. o. zu schlagen.«

»Oh. Klar. Natürlich.«

Gemeinsam drehten sie Schills schlaffen Körper auf den Bauch, und Niederegger fesselte ihm mit dem stabilen abnehmbaren Lederriemen von Irmgards Handtasche die Hände auf den Rücken. Dann schleppte er sich zur Wand des Kellergangs und glitt an ihr entlang zu Boden. Sein Gesicht glänzte in dem Dämmerlicht von Schweiß und Blut.

»Ist alles in Ordnung mit Ihnen?«, fragte Irmgard mit brüchiger Stimme.

Unendliche Erleichterung durchströmte sie. Und Dankbarkeit für das Wunder, dass sie noch am Leben war.

»Kommt Ihnen die Frage nicht reichlich seltsam vor?«, stöhnte Niederegger. »Sie haben vielleicht Nerven!«

Er sah, dass sie am ganzen Körper zitterte.

»Na schön«, sagte er finster. »Ich habe keinen einzigen heilen Knochen mehr im Leib, bin von Bakterien und Keimen umzingelt, wie ich es mir schlimmer nicht vorstellen kann, und dieser Wahnsinnige hier hätte uns beide gerade fast umgebracht. Aber doch, ja, sonst ist alles in Ordnung.«

Sie schwieg.

Er sah aus zusammengekniffenen Augen zu ihr hinüber. Erst jetzt bemerkte er, dass ihr Tränen über die Wangen liefen, sie sah aus, als wäre sie soeben der Hölle entstiegen. Und plötzlich tat sie ihm leid. Für eine Person, die normalerweise tagtäglich nur am Schreibtisch hockte und Buchstaben sezierte, hatte sie sich wacker geschlagen. Verdammt wacker sogar.

Er atmete tief durch.

»Trotzdem geht es mir so gut wie schon lange nicht mehr, zugegeben.«

Er ließ seinen Kopf nach hinten gegen die Wand sinken, und ein glückseliges Lächeln breitete sich auf seinem Gesicht aus.

»Wir haben's geschafft«, murmelte er, »wir haben's tatsächlich geschafft.«

»Ja.« Irmgard sank schluchzend zu Boden. »Es ist vorbei.«

Sie wollte schlafen, nur noch schlafen, niemals in ihrem Leben wollte sie jemals wieder irgendetwas anderes tun als schlafen.

»Noch nicht ganz«, erinnerte Niederegger. »Wir müssen uns sofort um … äh … Milena kümmern.«

»Marvin! Ist er etwa … auch hier gefangen?« Hölzer stotterte vor Aufregung. »Ist er … ist er noch am Leben?«

»Sie wussten also Bescheid?« Niederegger durchbohrte sie mit seinem Blick. »Nicht zu fassen, darüber werden wir bei

Gelegenheit noch ein paar Takte reden! Na, jedenfalls liegt er bewusstlos oben im Haus, mit viel Glück kommt er vielleicht durch.«

Vor Erleichterung schluchzte sie erneut auf.

»Aber halten Sie sich besser von der Küche dort oben fern«, riet Niederegger. »Sonst können Sie für den Rest Ihres Lebens nicht mehr ruhig schlafen.«

»Aber wir müssen doch ...«

»Lassen Sie sich's gesagt sein«, fiel er ihr ins Wort. »Es reicht, wenn ich mich in den nächsten Wochen mit Albträumen herumschlage.«

Überrascht registrierte Irmgard, wie neue Kräfte sie durchströmten. Beherzt stieg sie über Schills am Boden liegenden Körper.

»Unterstehen Sie sich«, zeterte Niederegger.

Er hasste Sentimentalitäten. Doch im nächsten Moment war sie schon bei ihm und drückte ihm einen Kuss auf seine schweißnasse Wange.

»Ich werde Sie nie wieder retten«, versprach er und wischte sich hektisch übers Gesicht. »Aber wenn Sie nun schon mal hier sind ... In der rechten Jackentasche steckt mein Diensthandy.«

78

Alle waren gekommen. Na schön, fast alle. Jedenfalls die, die ihm wirklich wichtig waren. Sogar Irmgard Hölzer, die sonst nie freiwillig eine Kneipe betrat, und auch der unsägliche Niederegger, dem er letztendlich sein Leben zu verdanken hatte, waren Marvins Einladung gefolgt.

Heute, an einem warmen Samstagabend im Mai, war die Neckarstadt besonders lebendig, wenn sie auch sicherlich nicht mit Klein-Istanbul, wie die G-Quadrate liebevoll genannt werden, mithalten konnte, wo sich türkische, arabische und asiatische Imbissbuden und Restaurants aneinanderreihen, in denen man bis spät in die Nacht hinein vorzüglich speisen kann. Aber Egbert war hochzufrieden, das *Uhland* brummte.

Irmgard Hölzer hatte in Schills Horrorhaus überraschend unerschrocken und mutig gehandelt, und das gemeinsam erlebte Grauen in den Kellergewölben hatte ihr und Niedereggers Leben auf einen Schlag verändert. Sie waren über Nacht zu Helden geworden, denen man ihre diversen Spleens und Schrullen augenzwinkernd nachsah. Sie trug heute einen bordeauxroten Hosenanzug mit schwarzem Top und sah richtig elegant aus.

Niederegger hatte selbstverständlich eigenes Besteck mitgebracht, aber immerhin hatte er sein Sitzkissen zu Hause gelassen. Zwischen der ordinären Kneipenbank und seinem wertvollen Hinterteil befand sich im Moment also tatsächlich nichts, allein das war schon ein Riesenfortschritt. Natürlich beäugte er argwöhnisch alle Speisen, bevor er sie in jämmerlich kleinen Bissen hinunterwürgte, aber das konnte keinen der Anwesenden noch überraschen. Außer natürlich Egbert, der den seltsamen Vogel misstrauisch von seiner Theke aus beobachtete.

Marvin blickte in die erhitzten Gesichter, die ihn an dem großen Tisch umgaben. Es war schon spät, sie hatten sich die Mägen mit Soljanka, Blinis und scharf gewürztem Fleisch mit wahren Bergen von Gemüse vollgeschlagen. Und nun, nach dem reichhaltigen Essen, floss der Wodka in Strömen.

Egbert hatte seine Drohung wahr gemacht und für seinen »russischen Abend« tatsächlich eine schrille, ohrenbetäubend laute Balkan-Band engagiert. Die Hälfte der Gäste tanzte schon wild entfesselt, als er sich jetzt durch die schwitzenden Leiber hindurchkämpfte, in der Hand einen weißen, malerisch mit Schokoladensauce verzierten Teller, auf dem ein Spaghetti-Eis thronte.

Egberts Toupet saß heute Abend absolut makellos, er trug einen original russischen Kasack, der ihm ausgezeichnet stand. Verschwörerisch zwinkerte er Marvin zu und lud den Teller mit einer galanten Armbewegung vor Irmgard Hölzer ab.

»Extra für Sie aus dem *Adria* importiert«, erklärte er lächelnd. »Ist zwar nicht russisch, aber jemand hat mir verraten, dass Sie eine Schwäche dafür haben.«

»Schaffen Sie mir bloß das Zeug vom Hals«, zeterte Irmgard, während sie entsetzt beide Hände von sich streckte. »Nie wieder in meinem Leben werde ich ein Spaghetti-Eis anrühren, das hab ich diesem fiesen Schill zu verdanken.«

»Ach, schade, das tut mir aber leid!«

Egbert riss mit bedauerndem Gesicht den Teller hoch und wollte ihn wieder mitnehmen.

»Halt!«, brüllte Elmar Ringshauser aus seiner Ecke. »Her mit dem Ding, ich hab damit überhaupt kein Problem.«

»Du hast mit so manchen Dingen kein Problem, mit denen du besser eines haben solltest«, bemerkte Ria Ringshauser scharf.

Elmar war wochenlang zu Kreuze gekrochen, aber sie hatte ihm immer noch nicht verziehen. Na ja, immerhin redete sie seit ein paar Tagen wieder mit ihm. Und sie saß hier mit ihm am gleichen Tisch, wenn auch so weit entfernt wie nur möglich, nämlich am anderen Ende. Unauffällig schielte er zu ihr hinüber.

Marvin und Max saßen dicht nebeneinander. Marvin sah nach seinem Klinikaufenthalt noch ziemlich abgemagert und blass aus.

»Bitte gib uns noch mal die Mona, als sie erfuhr, dass du in Wahrheit ein Mann bist«, bat Emma.

Marvin verzog sein Gesicht zu einer verzückt angeekelten Grimasse, und alle schrien vor Lachen.

»Hat sie nicht versucht, dich von deinem Umzug nach Köln abzubringen?«, fragte Emmas Freund Patrick.

»Na klar«, nickte Marvin. »Solch ein herrlicher Skandal, und das in ihrem Haus! Sie hat alle Zeitungsartikel aufgehoben und am laufenden Band Interviews gegeben, sogar im

Rhein-Neckar-Fernsehen. Sie brüstet sich damit, meine engste Vertraute gewesen zu sein.

»Sag mal«, wandte Emma sich plötzlich an Max, »wie war das eigentlich, als du damals in der Nacht draußen an Marvins Wohnungstür warst und ich dich nicht reinlassen wollte?«

»Ich hab sofort gemerkt, dass etwas faul ist. Ich wusste, dass es nicht Marvin sein konnte, der in der Wohnung herumgeistert, denn er hätte mich niemals einfach draußen stehen lassen.«

Max gab sich alle Mühe, die übermütige Balkanband zu übertönen. »Er hätte mich hineingezerrt und einen seiner Wutausbrüche bekommen, weil ich mich wieder mal nicht an unsere Abmachung gehalten hatte. Ich war drauf und dran, die Polizei zu holen.«

»Ich auch«, ächzte Emma. »Ich war halb verrückt vor Angst. Kurz zuvor hatte ich diese Drohbriefe der Frauen gefunden, an deren Männer ›Milena‹ sich herangemacht hatte. Ich sage nur Priscilla Strohmeier.«

»Schwarzer Gürtel«, warf Marvin mit emporgerecktem Zeigefinger ein. »Ich hatte keine Chance.«

Karen schwebte in einer rotweißen Tunika heran, die ihre aufregenden Formen heute nur erahnen ließ, und versorgte alle mit frischen Getränken.

»Ich hab mich draußen in meinen Wagen gesetzt«, fuhr Max fort, »und abgewartet.«

»Du hast mir also tatsächlich aufgelauert?«

»Ich war doch viel zu aufgewühlt, um einfach nach Köln zurückzufahren. Ein paar Mal bin ich zwar eingenickt, aber als du dann am nächsten Tag mit der roten Perücke auf dem Kopf aus dem Haus kamst, war ich schlagartig wieder hellwach. Ich hab meinen Augen nicht getraut. Und bin dir einfach hinterhergefahren.«

»Ich hab nichts davon mitbekommen.«

»Als dann irgendwann am Ortsrand von Edingen euer Wasserturm in Sicht kam, wurde mir endlich klar, wer du bist.

Elmar hatte inzwischen sein Eis verspeist und nippte an einem Wodka. Er schien die Unterhaltung zwar zu verfolgen, wirkte aber seltsam in sich gekehrt.

»Dein Vater wird niemals aufhören, nach Lisetta zu fragen, Marvin.« Er drehte sein Glas in den Händen und starrte Marvin durchdringend an. »Du musst ihm irgendwann die Wahrheit sagen.«

»Ich weiß«, nickte Marvin bekümmert. »Aber ich hab es einfach noch nicht übers Herz gebracht. Ich hatte sogar schon die verrückte Idee, ihm Lisetta einfach weiterhin vorzuspielen.«

Er kippte bereits den vierten Wodka hinunter, und Max beobachtete ihn besorgt.

»Eine schwierige Entscheidung, Marvin«, schaltete sich Ria ein. »Die Ihnen kein Mensch abnehmen kann.«

Marvin seufzte niedergeschlagen.

Karen brachte ein Tablett mit starkem russischem Kaffee.

»Marvin, Sie hatten Schill doch irgendwann mal tatsächlich im Visier«, bohrte Irmgard weiter. »Warum haben Sie den Gedanken denn eigentlich wieder fallen lassen?«

»Weil Luisa mir ständig unter die Nase gerieben hat, wie glücklich sie mit ihm gewesen war, bevor ich in Mannheim auf der Bildfläche erschienen bin. Und deshalb ist er als Verdächtiger schnell wieder ausgeschieden. Wir wussten ziemlich sicher, dass der gesuchte Killer nicht in der Lage war, eine halbwegs normale Beziehung zu einer Frau aufzubauen. Genau das hat Luisa aber immer wieder behauptet. Dass diese Liebesbeziehung mit Schill in Wahrheit nur in ihrem Kopf existierte, ist mir erst viel später klar geworden. Eigentlich erst in der Nacht, in der sie mit ihren Giftkapseln meine Palme im Wohnzimmer tötete.«

Marvin lächelte etwas gequält.

»Wie haben Sie es denn überhaupt geschafft, diesen Abend zu überleben?« Irmgard schob ihren Wodka zu Niederegger hinüber.

»Na ja, es war nicht schwer zu erraten, dass Luisa etwas im Schilde geführt hat, als sie mitten in der Nacht mit Prosecco vor meiner Tür stand. Mir war klar, dass ich das Zeug auf keinen Fall trinken durfte! Also hab ich den Sekt einfach in die Palme gekippt. Ich wollte wissen, wie weit Luisa geht, und sie hat das Ganze ja auch wirklich bis zum bitteren Ende durchgezogen. Zum Glück hab ich in den letzten Jahren ab und zu Shakespeare gespielt, da kriegt man Übung im Sterben.«

»Und ausgerechnet in dieser Nacht hat Schill dich dann in sein Horrorhaus gelotst«, rief Emma schaudernd.

»Genau.« Marvin nippte an seinem Wodka. »Nachdem Luisa weg war, habe ich noch kurz mit Ringshauser und Max telefoniert, bevor ich mich endlich zu meiner Verabredung mit dir aufgemacht habe.«

Ria warf ihrem Mann einen bitterbösen Blick zu.

»Schill hatte mich ja seit Wochen ständig beobachtet«, erzählte Marvin weiter. »Er hat bestimmt nicht schlecht gestaunt, als er Luisa in dieser Nacht aus meiner Wohnung kommen sah. Jedenfalls blieb mir fast das Herz stehen, als er mir plötzlich auf der Straße entgegenkam, um mich ›abzuholen‹, wie er es nannte. Ein Blick in sein versteinertes Gesicht hat genügt, und ich wusste Bescheid.«

»Ich glaube, ich wäre an deiner Stelle tot umgefallen«, warf Patrick ein.

»Viel gefehlt hat bei mir ehrlich gesagt auch nicht«, gab Marvin zu. »Aber wenn ich eine Chance haben wollte, Lisetta zu finden, durfte ich mir nichts anmerken lassen. Ich tat also so, als fände ich es völlig normal, dass er mir mitten in der Nacht seine Eltern vorstellen will, und bin brav in seinen Wagen gestiegen. Noch nie wurde mein schauspielerisches Talent auf eine so harte Probe gestellt.«

Marvin hielt schon wieder sein Wodkaglas in die Höhe, um Nachschub anzufordern, und Egbert schoss sofort hinter seiner Theke hervor.

»Als wir in dieses grässliche Haus kamen, war ich kurz davor zusammenzubrechen«, fuhr Marvin mit belegter Stimme fort. »Dieser alles überdeckende Gestank der Verwesung … die malträtierten Skelette seiner Eltern, mit denen er sich ständig im Plauderton unterhalten hat.« Er schüttelte sich. »Und die ganze Zeit über musste ich ihm die verliebte Milena vorspielen.«

Max legte beschützend den Arm um Marvins Schultern.

»Als ich endlich kurz entwischen konnte, um zu telefonieren, ist er Sekunden später wie aus dem Nichts aufgetaucht und über mich hergefallen. Aber Lisetta ...« Marvin brach mit tränenerstickter Stimme ab.

Elmar beugte sich vor, ergriff sein Wodkaglas und leerte es in einem Zug, indem er seinen Kopf in den Nacken warf.

Ria erhob sich von ihrem Platz, um zur Toilette zu gehen. Als sie sich hinter Elmars Stuhl vorbeidrückte, beugte sie sich plötzlich zu ihm hinunter.

»Was ist los mit dir, Freundchen?«, zischte sie ihm ins Ohr.

Elmar zuckte zusammen. »Nichts, wieso? Ich bin einfach bloß müde«, brummte er.

»Erzähl mir nichts«, murmelte Ria. »Ich kenne diesen Wolfsblick.«

Elmar lief rot an, erwiderte aber nichts. Nur noch ein paar Tage, dann waren die Kollegen von der Spurensicherung endlich so weit, und er würde seinen letzten Trumpf ausspielen. Und diesmal hatte er einen wirklich hervorragenden Grund für sein Schweigen. Denn falls er im Unrecht war, ersparte er sich dadurch eine deftige Blamage, hatte er jedoch richtig kombiniert, war er fein raus. Aber würde er das Ganze auch wirklich beweisen können?

»Gib dir Zeit, Marvin«, sagte Emma mitfühlend. »Du hast wirklich alles getan, um deine Schwester zu retten.«

»Nicht genug«, murmelte Marvin. »Lisetta ist tot, nichts wird jemals wieder so sein wie zuvor.«

Ein paar Minuten herrschte betretenes Schweigen, untermalt von der stampfenden Balkanmusik, die plötzlich unerträglich unpassend erschien.

»Es gibt aber auch positive Neuigkeiten«, sagte Max, entschlossen, das Thema zu wechseln. »In Marvins ehemalige

Wohnung bei der Krampp zieht bald eine Familie mit zwei Kindern ein.«

»Perfekt«, freute sich Emma. »Dann hat Caro endlich ein paar Kinder zum Spielen im Haus. Vorausgesetzt, die schaffen es, Caro vom Fernseher loszueisen.«

»Was passiert denn eigentlich mit Luisa Eichinger?«, fragte Patrick plötzlich. »Muss sie ins Gefängnis?«

»Da bin ich mir sogar ziemlich sicher«, nickte Elmar Ringshauser. »Schließlich war das ein geplanter Mordversuch.«

»Sie hat inzwischen ein Geständnis abgelegt«, berichtete Niederegger. »Ich dachte wirklich, Schrunz fallen die Ohren ab. Wo er doch mindestens eins seiner scharfen Augen auf sie geworfen hatte.«

»Ach was?«, machte Irmgard Hölzer überrascht. »Davon hab ich absolut nichts mitbekommen.«

»Oh ja«, bestätigte Ringshauser. »Aber Luisa hatte nur Augen für Schill. Sie war besessen von ihm. Genauso besessen wie er von Milena.«

»Stimmt, Besessenheit ist der richtige Ausdruck«, meinte Niederegger. »Mit Liebe hat das überhaupt nichts zu tun.«

»Achtung, hier spricht der Fachmann«, feixte Elmar Ringshauser, während er lautstark seinen duftenden Kaffee schlürfte. »Hört sich irgendwie an wie Kochtipps von einem Giftmischer.«

»Verzeihung, Herr Kollege. Ich vergaß, dass *Sie* unser Experte für Beziehungsfragen sind«, konterte Niederegger, die Glubschaugen hinter den dicken Brillengläsern drohend aufgerissen.

»Man muss kein Wetterfrosch sein, um zu hören, wenn's donnert«, kam es völlig unerwartet von Irmgard. »Gib mir mal bitte den Zucker, Herbert.«

Elmar Ringshauser lachte still in sich hinein. Die beiden hockten einträchtig nebeneinander auf der dunkel polierten Holzbank. Irmgard Hölzer betrachtete Niederegger mit einem Stolz, als hätte sie ihn gerade eben eigenhändig erschaffen.

Niederegger verstaute umständlich sein benutztes Besteck in einem kleinen, länglichen Plastikschälchen.

»Und Sie, werter Herr Kollege«, wandte Ringshauser sich an ihn, »haben nach der Aktion in Schills Horrorkabinett zu Hause bestimmt erst mal ein Sagrotanbad genommen, was?«

»Lavendel war's jedenfalls nicht.«

79

Zwei Wochen später ging es Marvin Traub schon wieder ganz gut, er wirkte inzwischen kräftiger und gelassener. Seine Arbeit am Kölner Theater hatte er aber noch nicht wieder aufgenommen, er wollte auf jeden Fall noch die nächste Spielzeit abwarten.

Er und Elmar Ringshauser hatten die Kölner Altstadt hinter sich gelassen, waren hinunter zum Rhein spaziert und immer weiter am Fluss entlang. Das Wetter war herrlich, die Ausflugsdampfer luden ganze Schwärme von Touristen am Ufer ab, die hungrig und angeregt schwatzend in die kleinen Restaurants an der Promenade einfielen. Es war Mittagszeit, die Sonne ließ den Fluss und die Wiesen unter tiefblauem Himmel in den freundlichsten Farben erstrahlen.

Es war vorhin nicht leicht gewesen, Max davon abzuhalten mitzukommen, aber Ringshauser hatte es schließlich doch geschafft.

Je weiter sie sich von der Innenstadt entfernten, desto weniger Menschen trafen sie. Elmar blickte über die Schulter zurück. Die Rheinbrücke und der links daneben aufragende gewaltige Dom lagen nun schon in weiter Ferne. Dort vorn tauchten die ersten Häuser von Rhodenkirchen auf, prächtige Villen, die an die saftig grünen Rheinwiesen grenzten. Hier waren nur noch vereinzelt Spaziergänger unterwegs. Der Weg verlief jetzt direkt am Fluss, sanfte Wellen plätscherten über den groben Kies am Ufer.

Elmar verlangsamte seinen Schritt und blieb entschlossen stehen. Konnte es überhaupt jemals einen richtigen Zeitpunkt geben?

»Weißt du, was mich stutzig gemacht hat, Marvin?«, fragte er.

Marvin drehte sich um und blieb dann ebenfalls stehen, sah ihn arglos an. Die dichten, rotblonden Haare lagen schimmernd um seinen Kopf wie ein goldener Helm.

Elmar wartete gar nicht erst auf eine Antwort, sondern sprach ruhig weiter, hielt Marvins große, braune Augen in seinem Blick gefangen.

»Dass alle von Schill verschleppten Frauen ohne unmittelbare Fremdeinwirkung gestorben sind.« Elmars Gesicht wurde hart. »Wirklich alle. Außer deiner Schwester Lisetta.«

»Ist das so?«, fragte Marvin erstaunt.

»Allerdings«, nickte Elmar. Seine Stimme bebte leise. »Lisetta wurde erstickt. Mit einem Kissen.«

»Wie schrecklich!« Marvins Stimme war nur noch ein Flüstern, seine Miene undurchdringlich.

Er wandte sich brüsk ab und schlenderte weiter.

Eine Frau mit einem großen, zähnefletschenden Hund kam ihnen entgegen. Sie nickte Elmar zu, während der Hund wütend an seiner Leine zerrte. Es blieb zu hoffen, dass Frauchen die Oberhand behielt.

»Ich habe mich natürlich gefragt, warum Schill ausgerechnet bei Lisetta von seinem Muster abgewichen sein sollte«, sagte Elmar zu Marvins abweisendem Rücken. »Wenige Tage noch, und sie wäre sowieso tot gewesen, ohne dass er einen Finger hätte rühren müssen.«

Marvin antwortete nicht, setzte wie ein Roboter weiter mechanisch einen Fuß vor den anderen. Er hatte den Kopf jetzt gesenkt, wirkte plötzlich kleiner, weniger aufrecht.

»Warum hat er nicht einfach abgewartet?«, fuhr Elmar mit erhobener Stimme fort, indem er sich ebenfalls in Bewegung setzte, um Marvin wieder einzuholen. »Es gab doch keinerlei Grund, plötzlich etwas anders zu machen. Nein, kein Zweifel, jemand anders muss Lisetta getötet haben.«

»Das ist nicht möglich!« Marvin fuhr herum. »Wer sollte das gewesen sein?«

»Tja, genau das habe ich mich auch gefragt.« Elmar blieb dicht vor Marvin stehen, spürte die nervöse Erregung, die von ihm ausging. »Und deshalb ließ ich mir noch einmal alle Möglichkeiten durch den Kopf gehen.«

Sie standen sich jetzt Auge in Auge gegenüber, keiner von beiden senkte den Blick.

»Stell dir vor, Marvin«, fuhr Elmar fort, »einen schrecklichen Tag lang hab ich sogar mit dem Gedanken gespielt, du wärst der Mörder all dieser Rothaarigen. Ich dachte, du hättest die anderen Frauen vielleicht nur entführt und getötet, um dein eigentliches Ziel zu vertuschen, Lisetta wegen des Erbes eures Vaters aus dem Weg zu schaffen.«

»Wie konntest du nur?« Marvin war jetzt leichenblass.

»Ja, wie konnte ich nur.«

Elmar riss sich endlich von Marvins braunen Samtaugen los und betrachtete versonnen seine eigenen riesigen Hände.

»Aber nein, dieses Ungeheuer warst du natürlich nicht.«

Marvin atmete schwer.

»Wer weiß, vielleicht hat Schill bei Lisetta eben doch aus irgendeinem Grund sein Verhalten geändert und sie selbst getötet?«, sprudelte er eifrig hervor. »Könnte doch sein.«

»Könnte sein, ja«, nickte Elmar. »Hat er aber nicht.«

»Dann muss ich dir jetzt also dankbar dafür sein, Elmar, dass du mich nicht für ein Ungeheuer hältst?« Marvins Augen funkelten gefährlich.

»Für Dankbarkeit besteht kein Anlass«, sagte Elmar langsam. »Im Gegenteil, Marvin. Du wirst mich hassen.«

Marvin starrte ihn ungläubig an.

»Als klar wurde, dass Lisetta als einzige Frau aktiv getötet worden war, ließ ich nochmals jeden Millimeter in Schills Schlafzimmer akribisch untersuchen. Die Ergebnisse sind gestern Abend gekommen, und darum bin ich hier.«

Marvins Gesichtsausdruck wechselte von Ungläubigkeit zu Entsetzen.

»Tja, Marvin, früher, vor ein paar Jahren, als es diese wundervollen, unwiderlegbaren Methoden der Spurensicherung noch nicht gab, wärst du wahrscheinlich tatsächlich damit durchgekommen.«

»Elmar, um Himmels willen, wovon redest du?«, rief Marvin außer sich. »Womit wäre ich durchgekommen?«

Elmar baute sich dicht vor ihm auf und sah ihm direkt ins Gesicht. Er überragte Marvin um Haupteslänge, war ihm rein körperlich weit überlegen.

»Mit dem Mord an deiner Schwester Lisetta. Denn du warst es, der sie getötet hat.«

Die Worte fielen herab wie mächtige Felsbrocken, zerschnitten die Zeit.

»Und das war von Anfang an dein Plan. Darum musstest du sie auch unbedingt als Erster finden. Sie durfte auf keinen Fall von uns gefunden werden, sonst hätte sie ja vielleicht doch noch überlebt.«

Marvins Gesicht war jetzt weiß vor Wut. »Wie kannst du es wagen!«, schrie er. »Wie hätte ich Lisetta töten können? Schill hat mich in seiner Gewalt gehabt!«

»Später hat er dich wahrscheinlich tatsächlich überwältigt, als du versucht hast, mich anzurufen. Also musst du Lisetta getötet haben, bevor Schill dich ins Koma geprügelt hat. Und genau das war gleichzeitig ein todsicheres Alibi. Wirklich praktisch.«

»Ich habe Lisetta nicht getötet«, tobte Marvin. »Das schwöre ich beim Leben meines Vaters!«

»Dann ist dir das Leben deines Vaters keinen Pfifferling wert«, sagte Elmar leise. »Wenn Schill dich wirklich nur dieses eine Mal, und nur für ein paar Sekunden, aus den Augen gelassen hat, in denen du es nicht mal geschafft hast zu telefonieren, wie, frage ich dich, konntest du dann nach oben in sein Schlafzimmer gelangen, wo deine halbtote Schwester in seinem Bett lag? Und dass du dort oben warst, steht felsenfest, denn wir haben, außer Schills und denen seiner Opfer, noch weitere DNA-Spuren in seinem Schlafzimmer gefunden.«

Er schluckte, und als er weitersprach, war seine Stimme bitter und schwer.

»Deine, Marvin. Auch auf dem Kopfkissen, das du Lisetta aufs Gesicht gepresst hast.«

Plötzlich gab es nur noch sie beide. Jede Regung, alle Geräusche schienen auf einen Schlag wie ausgelöscht. Es war, als hätte sich eine riesige Glocke aus Glas über sie gesenkt.

»Pech für Papas Prinzesschen, dass sie immer habgieriger wurde, nicht wahr? Und damit begonnen hatte, Papas Konten abzuräumen. Tausender für Tausender.«

Marvin taumelte ein paar Schritte die Böschung hinunter, ließ sich ins Gras fallen und vergrub aufschluchzend seinen Kopf in den Armen.

Elmar folgte ihm nach und blickte auf ihn herab. Er hatte kein Mitleid.

»Das konntest du natürlich nicht zulassen. Du wusstest genau, dass du wie immer den Kürzeren ziehen würdest, solange Lisetta am Leben ist und euren Vater um den Finger wickelt. Darum musste sie sterben! Der Verrückte mit seiner Besessenheit für Rothaarige passte dir da wunderbar in den Kram. Ein Todeszug, auf den du nur aufspringen musstest.«

Ein Partyschiff glitt vorüber, die Tanzenden johlten und winkten den zwei Gestalten am Ufer übermütig zu.

Elmar Ringshauser setzte sich neben Marvin ins Gras und wartete.

Nachtrag

Alle in diesem Buch geschilderten Handlungen und Personen sind frei erfunden, Ähnlichkeiten mit lebenden oder realen Personen wären rein zufällig und sind nicht beabsichtigt.

Real vorhandene Lokalitäten wurden für den Handlungsablauf teilweise verfremdet, so ist zum Beispiel das Innenleben des Edinger Wasserturms, in dem traditionell der amtierende Edinger Wassermeister wohnt, reine Phantasie.

Ich bedanke mich herzlichst bei meinen eifrigen TestleserInnen, allen voran Arwed Ziegler und meinem Lieblingsschwager Traugott Graser.

Meinem Lebenspartner Walter Dieterle danke ich für seine Engelsgeduld.